Elisabeth Büchle

Mehr als nur ein Traum

Über die Autorin

Elisabeth Büchle ist gelernte Bürokauffrau, examinierte Altenpflegerin und seit ihrer Kindheit ein Bücherwurm. Schon früh begann sie, eigene Geschichten zu Papier zu bringen. In ihren Romanen bettet sie romantische Liebesgeschichten in gründlich recherchierte historische Kontexte ein. Mit ihrem Mann und den jüngeren ihrer fünf Kinder lebt sie im süddeutschen Raum. Mehr Informationen über die Autorin unter www.elisabeth-büchle.de.

Elisabeth Büchle

MEHR ALS NUR EIN TRAUM

Roman

GerthMedien

Für Jonathan

Prolog

Spätsommer 1961

Fabienne Chevalier warf zum wiederholten Mal einen Blick in den Rückspiegel. Ein Wagen folgte ihr, wie an den kreisrunden Scheinwerfern unschwer erkennbar war. Das war ungewöhnlich. Vor allem zu dieser nächtlichen Stunde.

Erschöpft strich sie sich den Schweiß von der Stirn. Ihr Gesicht war für ihre 48 Jahre erstaunlich faltenfrei, dafür hob sich die Narbe auf ihrer Wange umso deutlicher hervor.

Schwüle Hitze beherrschte die Nacht. Ein weißer Mond stand fast perfekt rund am Firmament und tauchte die Landschaft in ein blaues Licht. Der Mississippi wälzte sich brodelnd unter der alten Holzbrücke hindurch. Fabienne lenkte ihr Automobil vorsichtig über die knarrenden Holzbretter, kurz darauf rumpelte sie über die Schienen, die in Richtung des Holzfällerlagers und des Sägewerks führten.

In dem von Schwarzen bewohnten Dorf brannte kein Licht. Friedliche Stille lag über den einfachen Hütten und Anbauten. Trotz des lauten Motors hörte Fabienne eine Kuh in ihrem Verschlag brüllen, untermalt vom endlosen, schrillen Zirpen der Grillen.

Die Schlaglöcher in der nicht befestigten Straße zwangen sie, langsamer zu fahren. Hinter ihr kamen die Autoscheinwerfer näher. Sie verließ die Ansammlung der heruntergekommenen Hütten und drückte das Gaspedal durch. Das Land war durchzogen von Bodenwellen, über die die schnurgerade Piste hinwegführte. Links und rechts erhoben sich dunkle Baumriesen und ließen das Mondlicht nur sporadisch durch.

Schließlich erreichte Fabienne ihr Ziel. Sie hielt am Straßenrand, stellte den Motor ab und schaute erneut in den Innenspiegel. Das Fahrzeug, das ihr folgte, hatte ebenfalls nicht im Dorf angehalten. Soeben verschwanden seine Scheinwerfer in einer Senke und tauchten gleich darauf auf dem Hügelkamm wieder auf. Das flaue Gefühl in ihrer Magengegend nahm zu. Mühsam kurbelte sie das Fenster hoch, griff nach ihrer Handtasche und stieg aus.

Der Pick-up hielt auf der gegenüberliegenden Straßenseite. Über die Melodie der Grillen und das laute Knattern des Motors hinweg hörte sie, wie ratschend die Handbremse festgestellt wurde. Der Fahrer verließ seinen Wagen. Er ließ den Motor laufen, und die Scheinwerfer beleuchteten die sandige Piste bis zur nächsten Bodenwelle.

Der schwarze Schatten, der auf Fabienne zukam, ging leicht gebeugt, als wolle er etwas verbergen.

Der Mann trat ins Mondlicht und Fabienne atmete erleichtert auf. „Sie sind es", sagte sie und lächelte. „Kann ich etwas für Sie tun?"

„Ja. Sterben Sie."

Fabienne taumelte unwillkürlich einen Schritt zurück. Sie tastete nach der offen stehenden Fahrertür. In den sonst so freundlichen Augen des Mannes lag ein gefährliches Glitzern. Erst jetzt bemerkte sie, dass er eine Schusswaffe in der Hand hielt.

„Was ...?"

Sie kam nicht mehr dazu, den Satz zu Ende zu bringen. Die Pistole spuckte Feuer, brachte Lärm, Schmerz und Tod.

Teil I

Februar – April 1963

„… Neunzehnhundertdreiundsechzig ist kein Ende, sondern ein Anfang …“
Martin Luther King[1]

1. Kapitel

Mit einem unüberhörbaren Klatschen landeten die Fotografien auf dem Verkaufstresen und wirbelten ein paar beschriebene Notizzettel gleich einem aufgescheuchten Mückenschwarm umher. Felicitas bemühte sich, die Papiere einzufangen, stieß dabei allerdings gegen ihr Wasserglas. Es kippte und der Inhalt ergoss sich auf die polierte Holzfläche. Die 26-Jährige brachte die Bilder rasch in Sicherheit und drehte sich dann zu ihrem aufgebrachten Chef um.

„Was hast du dir nur dabei gedacht?" Der ältere Herr mit dem gepflegten grauen Schnauzer schüttelte verständnislos den Kopf.

Felicitas drückte ihm die Fotografien, die seinen Ärger ausgelöst hatten, in die Hand und begab sich auf die Suche nach einem Tuch, um der sich ausbreitenden Wasserlache auf dem Tresen Herr zu werden.

„Ich wollte die Notizen einfangen", rief sie dem Fotografen zu, wohl wissend, dass er nicht auf ihr Missgeschick angespielt hatte. Ihre grünen Augen blitzten vor Schalk.

„Frau Birkenbach bringt ihre beiden Buben in dunklen Anzügen, mit weißen Hemden, umgebundenen Fliegen und dazu frisch frisiert zu uns, und du hast tatsächlich angenommen, dass sie damit einverstanden ist, dass du ihnen die Fliegen entfernst, die Hemden aus den Hosen ziehst, ihre Haare zerzaust und sie auf einem Strohballen in einem Schuppen ablichtest?" Heinz März behielt nur mühsam beherrscht die stoische Ruhe bei, die ihm sonst zu eigen war, was Felicitas jedoch nicht weiter beeindruckte. Sie würden auch diese Aufregung gemeinsam durchstehen und anschließend weiterarbeiten wie bisher.

„Sie kennen doch die Birkenbach-Jungen, Herr März? Das sind wilde Raufbolde. Das sind diejenigen, die Ihnen letzte Woche mit einem Stein im Schneeball die Scheibe eingeworfen haben."

„Und deshalb meinst du, dass du sie und ihre Mutter bestrafen musst?"

„Nein, ich wollte die beiden so fotografieren, wie sie nun einmal sind: normale Kinder und keine snobistischen, wie Balzhähne ausstaffierten kleinen Erwachsenen!"

Heinz hob die Fotografien dicht vor die Augen und musterte die Kinder. Sie versteckten die Hände in den Hosentaschen, lehnten Rücken an Rücken und grinsten in seine Richtung. Wieder gefasster wartete er, bis Felicitas den Tresen trocken gewischt hatte, ehe er die Bilder erneut vor ihr ausbreitete. „Diese Fotos sind exzellent, und das weißt du, Fräulein. Aber Frau Birkenbach hatte bestimmt etwas anderes im Sinn, als sie die Rabauken so *snobistisch* ausstaffiert zu uns geschickt hat."

Felicitas zuckte eigensinnig mit den Schultern. „Und ich dachte, die Eltern möchten *ihre* Kinder fotografiert haben, so wie sie wirklich sind. Wir könnten in Zukunft Puppen mit den Sonntagskleidern der Kinder ausstaffieren und …"

„Felicitas?", fragte der Mann geduldig.

„Ja, Herr März. Bevor ich die Lausbuben in ihren Normalzustand zurückversetzt habe, habe ich selbstverständlich anständige Studioaufnahmen von ihnen gemacht", gestand Felicitas endlich. Sie zog eine braune Papiertüte aus der Ablage und reichte ihm die Abzüge mit den steif dastehenden Jungen, die brav in die Kamera lächelten. Nach einem flüchtigen Blick auf die Bilder brummte Heinz versöhnlich.

„Dann werfe ich diese hier weg." Felicitas ließ die der Familie zuerst ausgehändigten Fotografien in den Papierkorb unter dem Tisch gleiten.

„Schade drum. Du solltest sie nicht wegwerfen."

„Wozu sollte ich sie aufheben? Die will doch niemand!"

Ihr Chef hielt das Thema damit anscheinend für ausreichend diskutiert, denn er griff nach Hut und Mantel und schritt zur gläsernen Eingangstür seines Fotostudios. „Ich bringe die Bilder persönlich zu den Birkenbachs und entschuldige mich angemessen. Sieh du zu, dass das Schaufenster heute noch fertig wird." Vom leisen Läuten des Türglöckchens begleitet trat Heinz hinaus auf die verschneite Hauptstraße.

Felicitas räumte den nassen Lappen in die Dunkelkammer und kletterte in das beengte, fast leere Schaufenster.

Mit ihrem guten Auge für Details stellte sie die gerahmten Hochzeitsfotos in die Ecke, drapierte den Zylinder und den Schleier daneben und verließ dann ebenfalls den Laden, um die Dekoration von außen zu betrachten. Mehrere frisch angetraute Ehepaare blickten ihr von den Fotos teils ernst, teils zaghaft lächelnd entgegen, während zwei Kleinkinder mit Pausbacken sie missmutig anschauten und selbst auf der Fotografie noch um ihr Gleichgewicht zu kämpfen schienen. Einige der Bilder waren in Schwarz-weiß, andere Familien hatten sich die deutlich teureren Farbfotografien geleistet.

Die Fotografin rieb sich mit klammen Händen über die geröteten Wangen. Ihr Blick ruhte auf der Lücke zwischen den Kinderfotos und dem Zylinder mit Schleier. Nachdenklich spitzte sie ihre Lippen, ging dann entschlossen zurück in den angenehm warmen Laden und rahmte die von ihr vor wenigen Minuten im Papierkorb versenkten Bilder. Gleich darauf stellte sie die Abzüge von den Birkenbach-Jungen auf die Erhöhung inmitten des Schaufensters. Erneut setzte sie sich der Kälte im Freien aus und besah sich mit leicht schief gelegtem Kopf ihr rebellisches Werk.

In ihre Überlegungen versunken trat sie auf der Stelle, um ihre Füße warm zu halten. Ihr Blick wanderte die verschneite Hauptstraße entlang. Frauen in schwingenden Röcken und langen Mänteln eilten zwischen den Häusern hindurch, manche mit ein oder zwei ebenfalls warm gekleideten Kindern an den Händen. Mit vom Einkauf prall gefüllten Taschen und Körben verweilten sie hier und da zu einer Plauderei, bevor sie ihren Heimweg fortsetzten. Dort angekommen würden sie den Ofen anheizen und für ihre Lieben eine schmackhafte Abendmahlzeit zubereiten.

Ein Seufzen kam über Felicitas' vor Kälte bebende Lippen. Ein Teil von ihr sehnte sich durchaus nach jenem Familienidyll, doch es gab da auch eine andere Seite in ihr, und diese rebellierte gegen die friedliche Normalität um sie herum. Man schrieb das Jahr 1963 – 18 Jahre nach Kriegsende – und Felicitas hatte zunehmend das Gefühl, nicht in die heile Welt hineinzupassen, die sich infolge des Wirtschaftsaufschwungs auch in ihrem bayrischen Heimatstädtchen entwickelt hatte.

Seit etlichen Jahren lebte sie vollkommen auf sich gestellt, wusste daher um die Vorzüge eines ungebundenen Lebens, kämpfte gelegentlich aber auch gegen seine Nachteile an. Sie arbeitete bei Heinz März, aß bei der Familie März und traf sich einmal in der Woche mit ihrer besten Freundin, die seit einem halben Jahr mit einem in Bad Tölz stationierten Hubschrauberpiloten der US-Army liiert war.

Ihre Routine beruhigte Felicitas wie das sanfte Glucksen der Isar, drohte sie aber gleichzeitig mit überhandnehmender Langeweile zu erdrücken. Bisweilen hegte Felicitas den Verdacht, dass sie im Grunde ihres Herzens auf eine Flutwelle wartete.

„Fräulein Jecklin! So nachlässig angezogen werden Sie doch krank", wurde sie von einer freundlich mahnenden und vom Alter leicht brüchigen Frauenstimme aus ihren Überlegungen gerissen.

„Guten Abend, Frau Kroner. Ich sehe mir nur schnell die neuen Auslagen an."

Die Frau ergriff Felicitas' kalte Hand, während sie sich dem Schaufenster zuwandte. „Das haben Sie hübsch gemacht. Heinz kann sich glücklich schätzen, eine so begabte Angestellte zu haben. Die beiden Birkenbach-Buben gefallen mir besonders gut!"

Frau Kroner, bereits im Begriff zu gehen, drückte der überraschten Felicitas nochmals kräftig die Hand. Felicitas sah der älteren Dame zu, wie sie mit vorsichtig durch den Schnee tastenden Schritten ein Haus nach dem anderen passierte und dabei allen Passanten freundlich zunickte. War Felicitas womöglich nicht die Einzige in dem kleinen Ort, die es nach Abwechslung verlangte?

Von einer inneren Unruhe erfasst kehrte Felicitas in den Laden zurück, warf einen Blick auf die tickende Uhr an der Wand und schloss hinter sich ab. Sie musste vor der Abendmahlzeit noch aufräumen und nass aufwischen. Während sie fleißig werkelte, begaben sich ihre Gedanken auf Wanderschaft. Sie hatte es selbst in der Hand, ihrem Leben eine neue Wendung zu geben. Und diese Möglichkeit war ihr von völlig unerwarteter Seite zugetragen worden. Ob sie das Wagnis eingehen sollte?

~

Kerstin Müller warf einen intensiven Blick auf die monströse Walnussholz-Standuhr. Ihr Herz klopfte vor Vorfreude, denn nun konnte es nicht mehr lange dauern, bis Christopher kam. Obwohl sie ihn erst vor drei Tagen gesehen hatte, zeigte das sehnsüchtige Kribbeln in ihrem Inneren, wie sehr sie ihn vermisste. Lächelnd ging sie zu dem quadratischen Holzcouchtisch und arrangierte die Grünholzzweige in der Vase neu, strich mit einer flüchtigen Bewegung das bestickte Deckchen glatt, um anschließend die Kissen in einer Ecke der Couch zu drapieren.

Felicitas, ihre Freundin, runzelte die Stirn und sagte halblaut vor sich hin: „Die lagen da doch vorhin schon."

Kerstin ließ sich nicht beirren, sondern sah sich zufrieden um, eilte dann zu ihren Eltern in die Küche und prüfte die sorgfältig vorbereitete Käse- und Wurstplatte.

„Und du willst wirklich nicht zum Essen bleiben?", rief sie Felicitas zu.

„Wie an jedem Tag in jeder Woche …"

„… hast du beim Ehepaar März zu Abend gegessen", vervollständigte Kerstin Felicitas' Satz, während sie aufgeregt an ihrem aufgesteckten blonden Haar zupfte.

„Darf ich dich etwas fragen, Kerstin?"

„Natürlich!“ Kerstin gab es auf, noch eine Kleinigkeit zu finden, die sie vergessen hatte vorzubereiten. Sie ließ sich neben ihrer um wenige Jahre älteren Freundin auf der Couch nieder, wobei der soeben drapierte Kissenschmuck in sich zusammenfiel.

„Ich habe dir doch von dem Brief dieses amerikanischen Anwalts erzählt?“

„Sicher. Zwei Frauen, irgendwelche Großtanten von dir, sollten ein Haus in den Staaten erben. Die Damen lehnten ab, und jetzt bist du in der Erbfolge an der Reihe.“

„Soll ich das Erbe doch antreten?“

„Feli!“ Kerstin, die als Notariatsgehilfin arbeitete, warf Felicitas einen entsetzten Blick zu. „Darüber haben wir doch wirklich oft genug gesprochen! Nachdem alle Verwandten der Verstorbenen in den Staaten das Erbe abgelehnt haben und selbst deine unbekannten alten Großtanten so intelligent waren, es auszuschlagen, warum solltest du auf die Angelegenheit hereinfallen?“

„Aber …“

„Feli, das Erbe kann nichts Gutes beinhalten, wenn es aus den USA bis hierher weitergereicht wurde“, versuchte Kerstin erneut, die Freundin von dem Gedanken abzubringen, in den Bundesstaat Mississippi auszuwandern. „Eventuell ist das Grundstück haushoch mit Schulden belastet oder ihm hängt eine andere, uns verborgene, unangenehme Eigenheit an. Niemand will es haben, und das hat sicher einen absolut nachvollziehbaren Grund. Lehn das Erbe ab und fertig!“

Während sie sich einige vorwitzige Strähnen ihres braunen Haares aus dem Gesicht strich, murmelte Felicias: „Vermutlich hast du recht.“

„Bestimmt. Auch Christopher ist meiner Meinung.“

Felicitas schrak zusammen, als es an der Tür Sturm läutete, Kerstin hingegen sprang auf, eilte in den Flur und ließ ihren Freund herein. Dieser küsste sie flüchtig auf die Stirn, ehe er ihr seine nasse Kopfbedeckung und den klammen Mantel in die Hand drückte.

Heimlich vergrub sie ihr Gesicht in dem so herrlich nach Christopher duftenden Kleidungsstück. Mit einem nahezu berauschenden Glücksgefühl beobachtete sie, wie ihre Eltern aus der Küche kamen, den amerikanischen Soldaten herzlich begrüßten und sich mit ihm an dem gedeckten Tisch niederließen. Ihre Eltern gewöhnten sich allmählich an den Gedanken, dass sie sich in einen US-Amerikaner verliebt hatte.

„Wir sprachen soeben über Felis ominöses Erbe“, begann Kerstin eine Plauderei, während sie sich ebenfalls setzte.

„War das Thema nicht abgehakt?“, fragte Christopher in seinem leicht akzentuierten Deutsch. „Weshalb denkst du noch immer über die Erbschaft nach?“, hakte er nach, als er von der in Gedanken versunkenen Felicitas keine Antwort erhielt.

„Weil ich mir wieder unsicher geworden bin.“ Die junge Frau erhob sich schwungvoll.

„Du könntest ja rüberfliegen und dich dort präziser über das Erbe informieren“, schlug Herr Müller vor, klang aber selbst nicht überzeugt von seiner Idee.

„Diesen Plan habe ich längst verworfen. Ich besitze zwar das Geld für den Hinflug, käme allerdings nicht mehr zurück, weil mein Erspartes dafür leider nicht ausreicht. Und an mein fest angelegtes Sparguthaben komme ich eigentlich noch nicht ran.“

„Wenn du dich über einen längeren Zeitraum in den USA aufhalten willst, brauchst du ohnehin eine Aufenthaltserlaubnis“, erklärte ihr Kerstin.

„Ich dachte, Christophers Familie könnte mir bei den Formalitäten helfen. Oder dieser Anwalt.“

Christopher sah Felicitas zweifelnd an. „Aber wovon würdest du dort leben? Wer würde dich versorgen oder auf dich aufpassen?“

Felicitas hob ergeben beide Hände. „Ist schon gut. Ich lehne das Erbe ab. Was soll ich auch in Mississippi? Ihr habt sicher recht: Mit dem Haus kann etwas nicht in Ordnung sein.“

Aufmunternd lächelte Kerstin ihre Freundin an, konnte sie doch ihre Freude über diese Entscheidung nicht verhehlen. Die Angst, Felicitas könnte Deutschland verlassen, hatte sie in den letzten Tagen gehörig umgetrieben. Zumindest hoffte Kerstin, dass Felicitas' Entschluss nun besiegelt war, denn diese hatte die aufreibende Angewohnheit, ihre Ansichten innerhalb kürzester Zeit wieder zu revidieren. Und das ohne einen ersichtlichen Anlass oder Grund.

„Ich wünsche euch einen schönen Abend“, sagte Felicitas in die Runde und wandte sich in Richtung Flur.

Kerstin erhob sich, begleitete ihre Freundin zur Tür und schloss sie fest in die Arme. „Ich bin froh, dass du dich zum Bleiben entschieden hast. Es ist für eine Frau viel zu gefährlich, allein und aufgrund einer wirklich unsicheren Angelegenheit einfach auf Reisen zu gehen. Und du kannst nicht einfach zurückkehren, sollte dir danach zumute sein.“

„Und deshalb bleibe ich!“, bestätigte Felicitas, wickelte sich den Schal um den Hals und öffnete die Tür. Sie ging über den schneebedeckten

Gartenweg zur Straße. Die sanft rieselnden Schneeflocken umhüllten sie wie eine schützende Decke und bildeten rasch eine weiße Haube auf ihrem dunklen Haar.

~

Felicitas war bereits eine geraume Zeit von der Dunkelheit verschluckt worden, ehe Kerstin die Tür zuschob und sich mit dem Rücken an das Türblatt lehnte.

Vermutlich war Kerstin der einzige Mensch, dem Felicitas die Erlebnisse ihrer Kindheit und die damit verbundenen, sie noch immer plagenden Albträume anvertraut hatte. Und genau diese grauenhaften Träume waren der Grund, weshalb Kerstin ihren unbestimmten Verdacht, dass Felicitas gelegentlich beobachtet wurde, für sich behielt. Felicitas sollte endlich in Ruhe leben dürfen, zumal ihre nächtlich wiederkehrenden Erinnerungen zuletzt nachgelassen hatten. Es schien fast, als verblassten sie ebenso wie Felicitas' Fotografien, die zu lange von den hellen Strahlen der Sonne beschienen wurden.

Kerstin wusste nicht, ob sie richtig handelte, indem sie schwieg. Doch momentan überwog ihre Sorge, dass sie durch ein Ausplaudern ihrer vermeintlichen Beobachtung Felicitas wieder in das Chaos und den Schmerz ihrer Vergangenheit zurückkatapultieren könnte. Das wollte sie unbedingt vermeiden.

~

Der Schlüsselbund rutschte aus Felicitas' kalten Fingern und fiel genau zwischen die Stufen und den Treppenabsatz. Hastig griff sie danach, stieß sich dabei jedoch den Kopf am Metallgeländer, das daraufhin zu vibrieren begann.

„Autsch!", entfuhr es ihr, und sie musste mit ansehen, wie die Schlüssel in die Lücke fielen und aus ihrem Blickfeld verschwanden. Ein Klirren ertönte, als der Bund Sekunden später im Erdgeschoss auf dem Steinfußboden aufschlug.

Die junge Frau verdrehte die Augen, legte ihre Handtasche und die Post vor ihrer Wohnungstür ab und stieg wieder hinunter. Missgeschicke dieser Art waren leider bezeichnend für sie. Gelegentlich fragte sie sich, ob es jemals aufhören würde, dass sie alles umwarf, fallen ließ oder über etwas stolperte.

Als sie das Erdgeschoss erreicht hatte und sich nach dem Schlüssel bückte, öffnete sich die Wohnungstür hinter ihr.

„Fräulein Jecklin, was tun Sie denn da?“, fragte eine schneidende, weibliche Stimme.

„Mir ist der Schlüsselbund heruntergefallen.“ Felicitas hielt das leise klimpernde Beweisstück hoch.

Ihre Nachbarin taxierte sie mit vorwurfsvollem Blick. „Sie haben heute die Mülltonne nicht auf die Straße gestellt.“

Felicitas biss sich verlegen auf die Unterlippe. „War ich schon wieder an der Reihe? Das tut mir leid. Ich habe es völlig vergessen.“

„Ja, Sie waren an der Reihe. Und Sie müssen noch die Treppe kehren und Schnee schieben“, erinnerte die Frau sie im Befehlston an ihre Pflichten.

„Das erledige ich sofort. Ich ziehe mir nur schnell meine warmen Stiefel an.“

„Tun Sie das!“ Die Tür wurde laut zugeschlagen.

Felicitas hastete in den zweiten Stock hinauf, schloss die Wohnungstür auf und stolperte dabei prompt über ihre Handtasche. Reaktionsschnell hielt sie sich am Türrahmen fest.

Sie warf die Post auf die Ablage in ihrem winzigen Flur und klappte den Schuhschrank auf. Dabei fiel ihr Blick auf die amerikanische Briefmarke des obersten Umschlags. Ein aufgeregtes Kribbeln perlte von ihrer Magengegend in Richtung Kopf und in ihre Finger und Zehen. Die Stiefel gerieten in Vergessenheit. Sie ergriff den Brief, betrat das Wohnzimmer und öffnete das Kuvert wenig sorgsam mit dem Zeigefinger. Aufs Neue bat man sie um Rückmeldung bezüglich des Erbes, ein Haus mit Grundstück in Wilkinson County im Staat Mississippi.

~

Mit quietschenden Reifen bremsten mehrere Autos vor dem Haus, und das dröhnende Knattern der Motoren erstarb. Die um den massiven Holztisch versammelten Personen hoben alarmiert die Köpfe. Lähmendes Schweigen breitete sich aus; ängstliche Blicke wurden ausgetauscht.

Karl Ritzenhofen, das Oberhaupt der Familie, bei der Fitzi zwei Stunden zuvor untergetaucht war, erhob sich so langsam, als drücke ein Zentnergewicht ihn nieder. Schließlich trat er an eines der Sprossenfenster, schob, darauf bedacht, jede hektische Bewegung zu vermeiden, den dunkelgelben Vorhang beiseite und blickte auf die geschotterte Straße.

„Gestapo!“, zischte er und bestätigte damit die Befürchtung aller Anwesenden. Seine im schwäbischen Dialekt hervorgestoßenen

Anweisungen peitschten wie Hiebe durch den Raum: „Adolf, bring das Mädchen fort! Christine, du räumst ihr Gedeck weg!"

Dann warf er, bereits auf dem Weg zum Treppenhaus, der entsetzt dreinschauenden Siebenjährigen einen mitleidigen Blick zu.

Noch ehe der dreizehnjährige Adolf sie bei der Hand nehmen konnte, rannte Fitzi in die angrenzende Küche und verließ das an den Hang gebaute Bauernhaus über den ebenerdigen Hinterausgang. Nach ihr stolperte Adolf in den abendlichen Sonnenschein hinaus. Auf allen vieren krabbelten sie den steilen Abhang hinauf, bis sie die Scheune aus ausgebleichtem Holz erreichten. Das offen stehende Scheunentor mutete Fitzi wie ein gefräßiger schwarzer Schlund an.

„Du kannst dich zwischen den Weinfässern verstecken", raunte Adolf ihr zu.

Fitzi folgte dem schlaksigen Jungen in den düsteren Schuppen, in dem die Weinfässer für die baldige Lese meterhoch neben- und übereinandergestapelt lagen. Sie waren allesamt mit Wasser gefüllt, damit das Holz nicht austrocknete und barst.

Adolf deutete auf eine schmale Lücke zwischen zwei liegenden Fässern in der untersten Reihe. Wiederum gaukelte Fitzis ausgeprägte Fantasie ihr vor, in das aufgerissene Maul eines Ungeheuers zu blicken, das sie zu verschlingen drohte.

In den vergangenen Jahren hatte sie sich so viele Male in ähnlich winzigen Verstecken verkrochen, dass ihr mittlerweile davor graute. Diese Monster waren gleichermaßen Feind und Freund.

Fitzis Zögern entfachte Adolfs Wut. „Mach endlich! Oder willst du wie die anderen enden und meine Familie mit hineinziehen?"

Das Mädchen holte tief Luft und schob sich mit den nackten Füßen voraus in den schwarzen Spalt. Staub, Spinnweben und ein Gemisch aus modriger und zugleich süß und bitter riechender Feuchtigkeit hüllten sie ein. Mühsam drehte Fitzi in der Enge und Dunkelheit den Kopf und sah zwischen den metallbeschlagenen Rundungen der Fässer hindurch zu, wie Adolf hinaus in den Sonnenschein trat. In die Freiheit.

Es vergingen nur Sekunden, bis eine Silhouette den sonnenüberfluteten Eingang verdeckte und einen bedrohlich langen Schatten bis zu ihrem Versteck warf. Der Mann trat zögernd ein. Eine zweite, sehr bullige Person folgte ihm. Diese hatte Adolf am Ohr gepackt und zerrte ihn mit sich in den Schuppen.

Fitzi hielt den Atem an, während sie einer lauten Wutrede lauschte, aus der sie einmal mehr erfuhr, wie minderwertig, hinterhältig und dreckig sie sei; kein Mensch im eigentlichen Sinne. Ihre Angst steigerte sich, als der imposante Schatten direkt auf sie zukam und mit dem schwarzglänzenden Stiefel gegen das Fass zu ihrer Linken trat. Er löste ein Dröhnen aus, das in ihrem Kopf zu einem schmerzhaften Donnern anschwoll. Würden die aufgestapelten Fässer nun auseinanderrutschen? Waren sie im Begriff, über Fitzi hinwegzurollen und sie zu zermalmen?

Ein Pistolenschuss löschte für einen Augenblick alle anderen Geräusche aus. Dem Knall folgte ein Pfeifen in Fitzis Ohren, in das sich das gurgelnde Glucksen von Wasser sowie das bösartig klingende Knarren der Weinfässer mischte. Drohten diese jetzt nachzugeben?

Weshalb das alles?, fragte sich Fitzi und spürte den leichten Schwindel, der sie ermahnen wollte, endlich wieder zu atmen. Doch das war nicht möglich! Die Fässer erdrückten sie! Der Platz war selbst für einen flachen Atemzug zu knapp.

Das nächste Geräusch, das zu Fitzi durchdrang, war das harte, bellende Gelächter eines der Eindringlinge. Dieser stieß Adolf derb nach draußen, und Fitzi sah neiderfüllt, wie der orangefarbene Sonnenschein den Jungen liebevoll einhüllte. Um sie hingegen herrschte Dunkelheit, die sie bald restlos verschlingen würde. Schon breitete sich vor ihren Augen eine eigentümliche Schwärze aus.

Indessen hantierten die Gestapo-Männer mit dem neben der Tür aufgeschichteten Brennholz und einem kleinen Gegenstand. Wenige Augenblicke später züngelten an mehreren Stellen winzige, aber gefräßige gelbe Flammen hoch. Die Tür wurde mit einem unüberhörbaren Knall zugeschlagen, der Riegel energisch vorgelegt.

Sie atmete noch immer nicht.

~

Felicitas fuhr im Bett hoch und schnappte nach Luft. Ihr Nachthemd klebte schweißnass an ihr, und sie zitterte am ganzen Leib. Sie waren zurück: diese grässlichen Albträume; Episoden aus ihrer Vergangenheit. Warum nur quälten diese Erinnerungen sie wieder Nacht für Nacht?

Sie schwang die Beine aus dem Bett. Eisige Kälte umfing sie. Ein fahler Mond schien durch das Fenster, beleuchtete den Linoleumboden, ihren Stuhl und den Brief aus den Vereinigten Staaten auf dem Tisch. Sie strich sich das feuchte Haar aus dem Gesicht, ohne ihre Augen von dem Umschlag zu nehmen. Aufgewühlt schüttelte sie den Kopf. Ja, sie war impulsiv. Vielleicht deshalb, weil sie sich als Kind ständig auf neue Begebenheiten hatte einstellen müssen. Wie oft hatte sie sich in letzter

Zeit überlegt, einmal in den Norden zu reisen, da dort angeblich noch entfernte Verwandte von ihr lebten. Zu einer Entscheidung hatte sie sich jedoch nie durchringen können. Aber bei der Frage, ob sie das Erbe in Mississippi annehmen sollte, hatte sie sich wirklich viel Zeit gelassen und Rat bei Kerstin und Christopher eingeholt.

Waren es die Albträume, die plötzlich mit entsetzlicher Intensität wiederkehrten, die sie dazu trieben, den bereits gefassten Entschluss erneut zu überdenken?

~

Keuchend und einige Minuten zu spät kam Felicitas beim Fotostudio an. Die Glocke über der Tür klingelte Sturm, sodass Heinz hochschreckte.

„Fräulein!", fuhr er sie unwillig an, ehe er sich die schwarze Uhrmacherlupe wieder zwischen Wange und Augenbraue klemmte und sich über eine Fotografie beugte.

„Entschuldigung, Herr März. Ich musste heute Morgen noch Schnee schieben und einen Brief zur Post bringen."

Ihr Chef winkte ab. Es war nichts Ungewöhnliches, dass seine etwas chaotisch veranlagte Angestellte zu spät zur Arbeit erschien. „Frau Glatt und Frau Link haben vorhin hereingeschaut. Sie wünschen sich von ihren Kindern Fotos wie diejenigen, die im Schaufenster ausgestellt sind. Ich habe für heute Nachmittag Termine vereinbart."

Felicitas' zweifelnder Blick entging dem Fotografen, da er mit seiner Lupe und dem Bild beschäftigt war. „Kinderbilder wie die im Schaufenster?", hakte sie ungläubig nach.

„Das sagte ich doch."

„Wissen Sie, welche Abzüge da draußen stehen?"

„Die von den Birkenbach-Buben, nehme ich an?"

„Ja ..." Felicitas zog das Wort in die Länge und wartete auf eine weitere Reaktion, die jedoch ausblieb. Kopfschüttelnd trat sie ins Freie, um sich zu vergewissern, dass noch immer dieselben Fotografien in der Auslage standen, die sie am Abend zuvor in einem Akt der Rebellion hineingestellt hatte. Die Vorstellung, dass es doch Familien gab, die diese Art von Kinderbildern bevorzugten, ließ sie fröhlich auflachen.

Mit einem Einkaufskorb am Arm verließ Ingeborg März kurz nach ihr den Laden und gesellte sich neben sie. Mit hochgezogenen Augenbrauen musterte sie die saloppen Bilder der beiden Jungen.

„Felicitas! Nimm bitte sofort die Aufnahmen der zerzausten Jungen aus dem Fenster. Sie könnten dem Ansehen meines Gatten schaden."

„Wie Sie meinen." Felicitas gelang es nicht, ein erneutes Schmunzeln zu unterdrücken. Gut gelaunt wagte sie zu sagen, was ihr schwer im Magen lag: „Übrigens werde ich nicht mehr lange für Sie arbeiten. Ich habe ein Haus in Übersee geerbt und reise aus, sobald alle rechtlichen Angelegenheiten geklärt sind."

Nach der Eröffnung ihrer ungewöhnlichen Zukunftspläne war ihr die ungeteilte Aufmerksamkeit der Frau sicher. „Du willst uns verlassen? Weiß mein Gatte denn schon Bescheid?"

„Nein, aber ich werde es ihm gleich erzählen."

„Dann hoffe ich, wir finden rasch einen Ersatz für dich." Frau März tappte mit vorsichtigen Schritten durch den flach getretenen Schnee davon.

Nicht im Mindesten überrascht von der herzlosen Reaktion auf ihre umwälzende Nachricht kehrte Felicitas in den Laden zurück. Sie hatte sich in dieser Kleinstadt niemals zu Hause gefühlt. Nun trug sie den Traum im Herzen, dass sich das in ihrer neuen Heimat grundlegend ändern würde.

2. Kapitel

Sechs Wochen nachdem sie ihren Entschluss wieder einmal über den Haufen geworfen hatte, war Felicitas endlich in Amerika angekommen. Neugierig sah sie sich um. Eine Vielzahl der teils aus Stein, teils aus Holz erbauten Gebäude wiesen so breite Holzveranden auf, dass sie den Gehweg ersetzten. Ihre gedrechselten Säulen trugen Balkone, deren Holzgeländer sich mit Ornamenten schmückten. Entlang der Straße wuchsen gewaltige, knorrige Eichen und spendeten Schatten, wie sie es wohl bereits seit einem oder zwei Jahrhunderten taten. Die graugrünen Bärte des Spanischen Mooses hingen schaukelnd von den ausladenden Ästen, und Felicitas fragte sich, ob die im lauen Wind flüsternden Blätter einander von der Schönheit und der Bitterkeit der vergangenen Jahre erzählten.

Das Rauschen des Mississippi, der sich unweit der lang gestreckten Ortschaft vorbeiwälzte, wurde von der schnarrenden Hupe eines Pick-ups übertönt. Fred Mason, ein Farmer aus dem Umland, winkte Felicitas zum Abschied mit seiner abgearbeiteten, braun gebrannten Hand zu. Schnell stellte Felicitas ihr Gepäck in den Straßenstaub und winkte dem sympathischen, alten Herrn nach. Er war so freundlich gewesen, sie von Woodville bis hierher mitzunehmen.

In eine braune Staubwolke gehüllt fuhr der knatternde Pick-up davon, wobei Fred offenbar jedes Schlagloch suchte, das die Fahrbahn hergab.

Felicitas beschattete mit der Hand ihre Augen und versuchte sich zu orientieren. Schließlich schulterte sie ihren Rucksack und nahm ihren schweren Koffer. So beladen taumelte sie in Richtung einer hölzernen Veranda und erklomm die drei knarrenden, von der Sonne ausgebleichten Stufen. Vor einer fast blinden, offen stehenden Glastür, über der ein verwittertes, kaum noch lesbares Eingangsschild darauf hinwies, dass sich hier der „Country-Store" befand, hielt sie inne. Obwohl der Kalender erst April anzeigte, machte ihr die schwüle Hitze zu schaffen. Als sie ihre deutsche Heimat verlassen hatte, war dort gerade der letzte Schnee des Frühjahrs gefallen.

Felicitas' flache Schuhe klapperten über die Holzveranda und ihr sperriges Gepäckstück schlug unsanft gegen den Türpfosten, als sie sich durch die Tür zu zwängen versuchte. Angesichts des Lärms, den sie schon wieder veranstaltete, zog sie betroffen den Kopf ein. Sie musste endlich lernen, sich vorsichtiger zu bewegen.

„Wenn Sie meinen Laden abreißen und anschließend neu aufbauen wollen, dann nur weiter so“, drang eine tiefe, raue Frauenstimme zwischen den überfüllten, jedoch akkurat eingeräumten Regalen hervor. Auch ihr war die auffällig gedehnte Sprechweise zu eigen, die Felicitas schon an dem alten Fred aufgefallen war. Diese erschwerte es Felicitas zusätzlich zu ihrem nicht perfekten Englisch, die Menschen hier im Süden zu verstehen. „Entschuldigen Sie bitte, aber ich wollte mein Gepäck nicht draußen stehen lassen.“

„Bei uns kommt nichts weg, Süße! Das ist eine saubere Stadt mit ehrlichen, anständigen Bürgern!“

„Das ist gut!“ Felicitas war unbehaglich zumute, wollte sie doch keinesfalls den Eindruck erwecken, dass sie die Leute dieser Gegend für unehrenhaft hielt. Immerhin war sie jetzt Eigentümerin eines Hauses in diesem Ort und würde den Rest ihres Lebens hier verbringen! Ein wenig amüsierte sie sich allerdings über die stolze Bezeichnung „Stadt“ für die rund 30 Häuser, die entlang der Uferstraße standen. Hinzu kam wohl noch die etwa gleiche Anzahl an Gebäuden in der winzigen Querstraße und an der Route in Richtung Woodville. Wie viele Ferienhäuschen es direkt am Flussufer gab, hatte sie auf die Schnelle nicht abschätzen können.

Seufzend stellte sie ihren Koffer ab und nahm vorsichtshalber auch den Rucksack herunter, damit sie nicht an einem der Regale hängen blieb. Dann machte sie sich auf die Suche nach der Person, zu der die Stimme gehörte, und fand hinter dem mit Süßigkeitengläsern, Schnürsenkeln, Schnupftabak und Kräutertöpfen beladenen Tresen eine schlanke Frau in einem Schaukelstuhl. Ihr dunkles, von grauen Strähnen durchzogenes Haar trug die etwa Fünfzigjährige zu einem strengen Knoten zurückgebunden, und über ihren mageren Schultern lag ein Baumwolltuch. Felicitas wurde es beim Anblick des Schals noch wärmer, schwitzte sie doch trotz ihres luftigen A-Linien-Kleides seit der Fahrt in dem von der Sonne aufgeheizten Pick-up ohnehin aus allen Poren.

„Was kann ich für Sie tun? Suchen Sie etwas Bestimmtes?“, schnarrte die Ladeninhaberin nicht unfreundlich, aber auch nicht unbedingt herzlich. Fasziniert beobachtete Felicitas, dass die Frau sprechen konnte, ohne dabei den Mund nennenswert zu öffnen – sofern man diesen unsäglichen Dialekt verstand.

Felicitas trat an den Tresen und umklammerte die Kante der zerschrammten Holzfläche, deren unzählige schwarze Löcher wohl von unachtsam abgelegten Zigaretten herrührten. „Mein Name ist Felicitas Jecklin. Ich komme aus Deutschland und habe das Haus von Miss Virginia Tampico geerbt."

Jetzt öffnete die Frau den Mund – weit und für eine lange Zeit! In Felicitas keimte der Verdacht, dass der Laden entweder nicht sonderlich viel Gewinn abwarf oder die Frau zu geizig war, um einen Teil ihres Einkommens in einen Zahnarztbesuch zu investieren, denn ihre Zahnruinen waren durchaus dazu geeignet, Kinder zu erschrecken.

„Aus Deutschland?"

„Ja."

„Wie alt sind Sie?"

„Sechsundzwanzig."

„Heißen Sie wirklich so?"

„Ja."

„Und Sie haben das Haus von Miss Virginia geerbt?"

„Genau!"

„Walter! Walter! Komm mal her!"

Felicitas zuckte angesichts der Lautstärke, in der die Frau nach einem Walter rief, vor Schreck zusammen. Unruhig trat sie von einem Bein auf das andere. War ihr einen Fehler unterlaufen? Sie hatte sich doch lediglich vorstellen und nach dem Weg zu ihrem neuen Zuhause fragen wollen.

Eine grässlich knarrende Tür wurde aufgeschoben und nicht minder geräuschvoll wieder geschlossen. Gemächliche Schritte näherten sich dem Tresen. Gleichzeitig betrat jemand hinter Felicitas den Laden. Neugierig drehte sie den Kopf, konnte gegen das Sonnenlicht, das in das Gebäude flutete, aber nur eine groß gewachsene, männliche Gestalt ausmachen.

„Bill, einen Augenblick bitte", sagte die Ladeninhaberin, und diesmal gelang ihr das erneut, ohne ihre Zähne zu zeigen, geschweige denn, ihre Lippen zu bewegen.

Die Schattengestalt, derlei Bitten offenbar gewohnt, gab einen zustimmenden Laut von sich, ergriff einen der neben der Ladentür aufgestapelten Holzstühle und setzte sich auf die Veranda hinaus, wo er sich eine dicke Zigarre anzündete.

„Was ist, Dorothy?" Der lautstark herbeizitierte Walter brachte sich mürrisch in Erinnerung.

„Die Süße hier sagt, sie kommt aus Deutschland und hat das Tampico-Haus geerbt."

Felicitas musterte den rundlichen Walter ebenso interessiert wie er sie. Der Mann war nicht sehr groß, hatte die Fünfzig seit ein paar Jahren überschritten, und auf seiner fortgeschrittenen Glatze spiegelte sich das Licht der Deckenlampe.

„Sie kommen aus Deutschland?"

„Ja."

„Wie alt sind Sie?"

„Sechsundzwanzig."

„Und wie heißen Sie?"

„Felicitas Jecklin."

„Und Sie haben das Haus von Virginia Tampico geerbt?"

„Genau!"

„Sag ich doch!", mischte Dorothy sich ein, wobei sie sich schwerfällig aus ihrem Schaukelstuhl erhob, ihre Arme auf den Tresen stützte und Felicitas leicht vornübergebeugt betrachtete.

„Dann ist es wohl so", glaubte Felicitas zu verstehen, war sich aber nicht sicher, ob sie Walter richtig verstanden hatte. Der bedachte sie mit einem misstrauischen Blick, ehe er sich abwandte. Als sich die knarrende Tür hinter ihm geschlossen hatte, überlegte Felicitas, ob sie sich besser woanders nach dem Weg erkundigen sollte. Allerdings befürchtete sie, dass sie dann dieselben Fragen noch ein drittes Mal gestellt bekommen würde. Bei dieser Dorothy hatte sie zumindest einen kleinen Zeitvorteil – denn Zeit, das schienen die Menschen hier reichlich zu besitzen!

„Süße, das Haus von Miss Virginia steht seit zwei Jahren leer. Wir sind immer davon ausgegangen, dass sie überhaupt keine Verwandten hat!"

Unbekümmert zuckte Felicitas mit den Schultern. „Zwei Frauen in Deutschland wurde das Erbe angeboten, doch sie hatten kein Interesse daran. Danach bekam ich das Angebot."

„So? Und Sie haben angenommen?"

„Wie Sie sehen."

„Was sehe ich?"

„Ich bin hier!"

„Ach ja!"

Felicitas wischte sich mit dem Unterarm den Schweiß von der Stirn. Sie fand das Gespräch als zunehmend anstrengend, zumal sich alles in ihr nach einer Möglichkeit zum Frischmachen und einem Bett sehnte.

„Würden Sie mir bitte erklären, wie ich das Haus finden kann?“, fragte sie in dem Versuch, das Geschehen voranzutreiben, verbunden mit der Hoffnung auf eine verständliche Auskunft noch am gleichen Tag.

„Das könnte ich, Süße. Aber ich vermute mal, dass Sie da nicht wirklich hinwollen!“

„Weshalb denn nicht? Ich habe das Haus doch geerbt. Ich besitze eine beglaubigte Eigentumsurkunde und ...“

„Süße, es hat sich niemand um das Gebäude gekümmert. Abgesehen von Ratten, Schlangen und Waschbären.“

Bei der Vorstellung, das Haus könne von allerlei Getier bewohnt sein, jagte ein kalter Schauer über Felicitas' Rücken. Dennoch hob sie widerspenstig den Kopf und hoffte einfach, dass Dorothy übertrieb. „Ich werde es gründlich putzen und in Schuss bringen.“

„Wie schön, Süße!“

„Ich heiße Felicitas Jecklin.“

„Das weiß ich, Süße.“

Ein weiterer Kunde betrat den Laden. Felicitas wollte gerade erleichtert aufatmen, als sie hörte, dass dieser ebenfalls nach einem Stuhl griff und ihn zu dem rauchenden Bill hinaus auf die Veranda trug.

„Wir sind hier gleich so weit“, rief Dorothy so laut hinter der neuen Kundschaft her, dass Felicitas missbilligend die Augen zusammenkniff.

„Nur keine Eile, Miss Dorothy“, antwortete eine junge Männerstimme. „Ich habe ein paar Minuten!“

Halb belustigt, halb verärgert vermutete Felicitas, dass er vermutlich eher von Stunden sprach, behielt den Gedanken aber für sich. „Wenn Sie mir jetzt bitte erklären würden, wie ich das Haus finde, dann–“

„Das Tampico-Haus? Da können Sie nur hin, wenn Sie genau so eigensinnig sind, wie Miss Virginia es zeitlebens war.“

Mit einer für die Gegend vermutlich auffällig flinken, an Felicitas jedoch müde wirkenden Handbewegung strich sie sich ihre verschwitzten, im Gesicht klebenden Haare zurück. Dabei musterte sie die Inhaberin des Ladens erneut intensiv. Ob es überhaupt jemand gab, der eigenwilliger war als diese Dorothy?

„Da ich meine Verwandte leider nicht kannte, ist es mir unmöglich, Vergleiche zwischen uns zu ziehen. Allerdings bin ich müde und möchte–“

„Müde? Dann sollten Sie da heute wirklich nicht mehr hin, Süße.“

„Ich räume das Notwendigste auf und säubere–“

„Ich rate Ihnen dringend: Fangen Sie mit dem Badezimmer an!“

Felicitas' fröhliches Lachen füllte den Raum mit Leben. Sie hatte beschlossen, das skurrile Gespräch nicht als Ärgernis, sondern von der humorvollen Seite zu nehmen. Und keinesfalls würde sie zuerst das Badezimmer auf Vordermann bringen, denn ein Bett und eine benutzbare Küche schienen ihr weitaus wichtiger zu sein.

„Da Sie sich nicht vom Gegenteil überzeugen lassen wollen, Süße, erkläre ich Ihnen den Weg: Sie gehen erst mal nach links. Gehen Sie so lange weiter, bis Sie die Stadt hinter sich gelassen haben. Folgen Sie dem Wegweiser in Richtung Sägewerk, über unseren größten Hügel, über die Brücke und über die Bahngleise. Nach den Bahngleisen müssen Sie an den Hütten vorbei. Dann biegen Sie am dritten Bach links ab. Dort beginnt der Fußpfad zum Haus. Der Weg ist kürzer als der zur offiziellen Auffahrt. Die befindet sich weitere zwei Meilen die Straße hinunter."

Felicitas legte beide Hände an ihre Wangen und schaute die Frau Hilfe suchend an. Falls sie Dorothy mit ihrer schleppenden Aussprache überhaupt richtig verstanden hatte, musste ihr neues Zuhause sehr weit abseits liegen.

„Soll ich es Ihnen aufschreiben, Süße?"

„Nein, danke. Ich kann mir das schon merken. Aber ... fährt vielleicht ein Bus in die Richtung?"

„Ob da ein Bus hinfährt?" Dorothy brachte das Kunststück fertig, mit fast geschlossenen Lippen zu lachen. Wegen ihrer tiefen Stimme glich ihr Heiterkeitsausbruch dem eines Mannes. „Süße, Sie gehören da draußen gar nicht erst hin. Doch da Sie sich diesen Unsinn in den Kopf gesetzt haben, werden Sie schauen müssen, wie Sie hinkommen."

„Sie können sich meinen Wagen ausleihen, Miss. Morgen früh um sechs brauche ich ihn aber wieder", ertönte die jugendliche Stimme hinter ihr, die dem ebenfalls geduldig ausharrenden Kunden gehörte.

Felicitas bedankte sich bei Dorothy, ignorierte ihren mitleidigen Blick, nahm an der Tür ihr Gepäck auf und trat in den strahlenden Sonnenschein hinaus. In dem Versuch, ihre Augen an das grelle Sonnenlicht zu gewöhnen, blinzelte sie mehrmals. Endlich konnte sie neben dem großen Herrn mit dem breitkrempigen grauen Hut einen jungen Mann ausmachen, der offenbar seinen spärlichen Bartwuchs dadurch beschleunigen wollte, dass er sich bei der noch unnötigen Rasur die Haut aufschnitt. Mehrere Krusten auf seinen Wangen, um die Mundpartie und am Hals ließen diese Vermutung aufkommen.

Die beiden Wartenden erhoben sich höflich, wobei der schlaksige Junge ihr seine ungewöhnlich große Hand entgegenstreckte.

„Mein Name ist Flip. Ich wohne mit meiner Familie am Ende der Straße." Er zeigte nach rechts.

„Hallo, Flip. Ich heiße Felicitas. Darf ich mir tatsächlich deinen Wagen ausleihen?"

„Aber klar doch. Du kannst unmöglich mit dem ganzen Gepäck den weiten Weg zu Fuß gehen. Nur um sechs Uhr morgens solltest du ihn wieder vor unserem Haus geparkt haben. Sonst komme ich nicht zum Holzfällerlager raus." Flips Worte kamen so eintönig über seine Lippen, als habe er keine Lust, ihnen irgendeine Klangfarbe zu geben.

Er drückte ihr vertrauensvoll den Schlüssel in die Hand und deutete auf einen vollkommen verdreckten, uralten Pick-up auf der gegenüberliegenden Straßenseite. Zuerst den Schlüssel, dann das heruntergekommene Vehikel betrachtend, zögerte Felicitas. Flip bückte sich jedoch tatkräftig, als wolle er keinen Widerspruch gelten lassen, nahm ihren Koffer und trug ihn über die Straße. Äußerst unsanft warf er ihn auf die Ladefläche.

„Bill Phillips", stellte sich nun der andere Mann vor. „Ich bin der Bürgermeister dieser Stadt. Wie lange wollen Sie bleiben?"

Felicitas ließ sich von dem Bürgermeister ihre Rechte quetschen, die sie daraufhin verstohlen rieb. Bill sah mit seinem kräftigen Körperbau, der Bluejeans und dem am Hals lässig offen stehenden blau karierten Flanellhemd eher wie ein körperlich schwer arbeitender Farmer denn ein Büromensch oder Politiker aus. Und auch er nannte die Ansiedlung eine Stadt. Offenbar waren die Bürger des Dorfes extrem stolz auf ihre … Stadt.

„Ich dachte, für immer", erwiderte Felicitas zaghaft und ohne zu ahnen, wie zerbrechlich und hilflos sie dabei wirkte.

„Sind Sie aus Deutschland hierher gereist?"

Felicitas atmete tief ein. Mühsam unterdrückte sie einen aufkeimenden Groll über die sich wiederholenden Fragen, ergriff ihren Rucksack und flüchtete zu dem Fahrzeug, vor dem Flip, der intensiv auf einem Kaugummi kaute, auf sie wartete.

„Du musst beim Anlassen kräftig Gas geben! Der Motor ist ein bisschen schwach auf der Brust, bis er sich warm gefahren hat. Fahr vorsichtig bei den Hütten, damit du da nicht anhalten musst."

„Bei den Hütten? Warum? Was ist da?"

„Da sind die Ni … die Schwarzen."

„Aha", erwiderte Felicitas nichtssagend und ohnehin nicht in der Lage, tief greifende Überlegungen anzustellen. Die Information, dass ihr Haus weit abseits der Ortschaft lag und sich womöglich in einem schlechteren Zustand befand, als sie befürchtet hatte, nagte an ihr. Außerdem missfiel ihr der Umstand, dass sie gleich an ihrem ersten Tag auf Hilfe angewiesen war, selbst wenn es nur einen gelangweilt erscheinenden Teenager traf. Umso größer war ihre Dankbarkeit für Flips selbstlose Geste, einer Fremden seinen Wagen zu leihen.

Felicitas benötigte drei Versuche, ehe sie die vor Schmutz starrende Tür aufreißen konnte. Im Inneren des Pick-ups sah es nicht einladender aus. Der Boden, die Armaturen und auch die Sitzbank strotzten vor getrockneter Erde, Staub und anderen undefinierbaren Flecken. Leere Coladosen und Bierflaschen lagen im Fußraum, die Seitenscheiben waren annähernd blind. Energisch drehte sie den Schlüssel im Schloss und trat, wie Flip es ihr geraten hatte, das Gaspedal vollständig durch. Es knallte laut. Erschrocken zuckte Felicitas zusammen. Im Rückspiegel sah sie, wie das Haus hinter dem Auto in einer schwarzen Rauchwolke verschwand.

„Super! Das Baby mag dich!", lachte Flip und schlug die Tür zu, sodass eine Staubwolke sie einhüllte.

Behutsam lenkte Felicitas das Gefährt über die Kreuzung, die sogar eine Ampelanlage hatte, fuhr in Richtung Ortsausgang und gab es bereits nach wenigen Metern auf, den Schlaglöchern auszuweichen. Es gab ihrer einfach zu viele, und bei jedem sprangen die Dosen und Flaschen fröhlich klappernd hoch.

So holperte sie an dicht nebeneinanderstehenden Gebäuden vorbei, begleitet von dem ungleichmäßigen Brummen des Vehikels. Sie ließ das verschlafene Dorf mit seinem Gemisch aus Federal Style-, Palladio- und Antebellum-Häusern und den sich zwischen ihnen versteckenden alten Schuppen und Bauwerken moderneren Stils hinter sich. Der Pick-up arbeitete sich mit einem beängstigend dröhnenden Motorengeräusch den kleinen Hügel hinauf und an verstreut liegenden Fischer- und Jagdhütten vorbei. Bald eröffnete sich Felicitas ein herrlicher Blick über weite Felder, grüne Wiesen und sumpfige Wasserflächen, die von beschaulichen Hainen eingerahmt waren. Mitten hindurch zog sich die schnurgerade Straße über mehrere unterschiedlich hohe Erhebungen, die wie Wellen durch die Landschaft zu rollen schienen.

Felicitas bestaunte die satten Farben und die abwechslungsreiche Schönheit des Landstrichs wie auch das Flimmern der aufgeheizten Luft über den Feldern und der Straße. Das in ihr aufsteigende Glücksgefühl zauberte ein Lächeln auf ihr Gesicht. Sie empfand eine unbändige Freude darüber, dass sie dieses faszinierende Panorama an Farbenfülle, Weite und betörender Natur ab sofort Tag für Tag genießen durfte. In diesem Augenblick war sie sich sicher: Sie hatte die richtige Entscheidung getroffen.

Der von Dorothy erwähnte „größte Hügel“ der Umgebung lag wie ein schlafender Bär am Ende der ständig an- und absteigenden Straße, und sein Anblick verleitete Felicitas zu einem heiteren Lächeln. Aber was hatte sie erwartet? Immerhin war die höchste Erderhebung im ganzen Staat Mississippi ein Berg mit 246 Metern Höhe.

Als es dem knatternden Gefährt gelungen war, den Bär zu bezwingen, breiteten sich links und rechts der Straße weitere ausgedehnte Anpflanzungen aus. Wie ein dunkles Band zerteilte die Eisenbahnlinie die an einen Wald grenzenden Felder. Parallel zu den Schienen schlängelte sich ein Nebenarm des Mississippi durch üppige Wiesen dem weit entfernten Ozean entgegen.

Felicitas näherte sich einer zerbrechlich und alt aussehenden Holzbrücke. Das von Sonne und Wind ausgebleichte Holz wirkte brüchig, die Stellen, die den brodelnden Wellen nahe kamen, wiesen dagegen ein Unheil verkündendes Schwarz auf. Obwohl Felicitas ständig der Abgasgestank des Pick-ups um die Nase wehte, nahm sie nun deutlich den Geruch von Moder wahr. Sie flehte zu Gott, dass das fragile Gebilde dem Gewicht des Pick-ups standhalten würde, und lenkte den Wagen auf die Holzbretter, die unter den Rädern laut klackerten und dröhnten. Erst als sie die Brücke sicher passiert hatte, atmete sie wieder aus. Das Wechselbad der Gefühle, das sie seit dem Augenblick durchlebt hatte, als sie aus Freds Pick-up gestiegen war, brachte sie neben der hohen Luftfeuchtigkeit zusätzlich ins Schwitzen.

Nachdem sie auch die Bahngleise hinter sich gelassen hatte, wurde die Straße zunehmend schlechter. Felicitas fuhr zwischen hohen, ehrwürdig wirkenden Bäumen hindurch, bis im Schatten des sich weit ausdehnenden Mischwaldes links und rechts ärmliche Häuser auftauchten.

Neugierig betrachtete sie die heruntergekommenen Behausungen, Schuppen und Ställe, die aus den unterschiedlichsten Materialien zusammengezimmert waren. Weshalb Flip sie wohl vor diesem Ort und den Schwarzen gewarnt hatte? Die Menschen, die hier lebten, hatten doch lediglich eine andere Hautfarbe und waren gewiss nicht unfreundlicher oder gefährlicher als die Weißen in dem kaum größeren Dorf.

Plötzlich vollführte der Pick-up einen seltsamen Hopser und fuhr nun sehr leise eine lang gezogene Bodenwelle hinunter. Die Bremsen benötigten mehrere derbe Tritte, ehe sie griffen und Felicitas das Gefährt zu einem Tempo abbremsen konnte, das sie auf der abschüssigen und löchrigen Piste angemessen fand. Sie rollte unter den ausladenden Bäumen hindurch, die verzerrte Schatten auf die Straße warfen, und an weiteren Holzhütten vorbei, bis der Wagen von allein zum Stehen kam. Die daraufhin eintretende Stille hätte Felicitas im Grunde als angenehm empfunden, müsste sie nicht befürchten, dass mit dem Motor etwas nicht in Ordnung war.

Hilflos schaute sie durch die verdreckte Windschutzscheibe. Auf den Stufen einer hölzernen Veranda saßen zwei kleine Jungen und betrachteten die Fremde ungeniert. Felicitas musterte sie allerdings nicht minder interessiert, immerhin hatte sie noch nie zuvor Menschen mit so dunkler Hautfarbe aus der Nähe gesehen. Ihre Gesichter wirkten sanft und unschuldig wie fast alle Kindergesichter, aber die Fotografin in ihr war vor allem von den großen Augen fasziniert, die dreinschauten, als staunten sie den ganzen Tag über etwas, das sie längst kannten.

Felicitas wurde in ihrer Betrachtung gestört, als sich ihr ein Mann mit raumgreifenden Schritten näherte. Er trug eine deutlich zu kurze Jeans, die mit Hosenträgern über unbekleideten Schultern festgehalten wurde. Unwillkürlich hielt Felicitas den Atem an. Einem dermaßen muskelbepackten Hünen war sie noch nie zuvor begegnet, und seine ebenholzschwarze Hautfarbe verstärkte die beeindruckende Wirkung noch. Alles an dem Mann war erschreckend fremd für sie.

Hektisch drehte sie den Schlüssel im Zündschloss und trat mehrmals kräftig das Gaspedal durch. Bis auf ein schnell ersterbendes Röhren des Anlassers geschah jedoch nichts.

Der Schwarze verharrte in gut drei Metern Entfernung und schob seine gewaltigen Hände in die ausgebeulten Hosentaschen. Nervös strich Felicitas sich die Haare aus dem verschwitzten Gesicht. Was sollte sie jetzt tun? Ganz offensichtlich brauchte sie Hilfe, allerdings flößte ihr der breitschultrige und selbstsicher wirkende junge Mann Angst ein. Sie murmelte ein kurzes Stoßgebet, öffnete unter Zuhilfenahme ihrer Füße die klemmende Tür und stieg aus. Da sie nicht gerade mit einer imponierenden Körpergröße aufwarten konnte, fühlte sie sich neben dem Hünen nahezu winzig. Um diesen Umstand zumindest ein wenig auszugleichen, straffte sie energisch die Schultern.

„Hallo, ich bin Felicitas Jecklin", stellte sie sich vor, wobei es ihr kaum gelang, ihrer Stimme den gewünscht festen Klang zu geben. Zudem faszinierten sie die Schweißperlen auf der dunklen Haut des Mannes. „Ich habe mir den Wagen geliehen, um zu meinem neuen Zuhause zu fahren, aber leider scheint er defekt zu sein."

„Abner Cross“, erwiderte der Schwarze knapp und schaute an ihr vorbei auf das Automobil. „Der gehört Mr Flip!“, fuhr er gedehnt und mit verschluckten Endungen fort.

„Das stimmt.“

„Er verleiht den gern, wenn er kein Geld für Benzin hat. Haben Sie auf die Tankuhr geschaut?“, fragte Abner, und Felicitas gewann den Eindruck, als bemühe er sich sehr, seine Worte deutlich auszusprechen. Sicherlich hatte er in ihr sofort eine Ausländerin erkannt.

„Nein, das habe ich leider nicht“, gab Felicitas unumwunden zu. Suchend sah sie sich nach einer Tankstelle oder Werkstatt um, konnte in der kleinen Ortschaft jedoch nichts dergleichen entdecken. Abners Grinsen ließ sie verlegen und unschlüssig zugleich mit den Schultern zucken.

„Ich habe einen Ersatzkanister“, erklärte er knapp, drehte sich um und stapfte über die staubige Piste davon. Erleichtert sah Felicitas Abner nach, war er doch freundlich und hilfsbereit, und Hilfe konnte sie dringend gebrauchen – schon wieder!

Die beiden Jungen auf der Veranda winkten Abner vergnügt zu, bevor der im Nachbarhaus verschwand. Nur einen Augenblick später kehrte er mit einem verbeulten Metallkanister in der Hand zurück. Mit gemächlichen Bewegungen, vermutlich, weil auch hier draußen in den Wäldern die Uhren langsamer gingen, öffnete er den Tankstutzen und leerte die gemütlich glucksende gelbbraune Flüssigkeit in den Autotank. Bereits nach einigen Sekunden hob er den Kanister an, gab noch einen winzigen Spritzer nach und schraubte die Verschlüsse zurück auf den Tank und den Kanister.

„Das genügt bis zu Miss Virginias Haus und zurück in die Stadt“, erklärte er mit einem Grinsen, das er durch ein schnelles Kopfsenken zu verstecken versuchte.

Wieder versöhnt mit der Situation, schmunzelte auch Felicitas. „Wie viele Dollar bekommen Sie dafür?“

Abner stellte das Behältnis auf den Sandboden und ließ einen kurzen, aber keinesfalls aufdringlichen Blick über sie gleiten. Schließlich zuckte er mit den Schultern, was Felicitas den Eindruck vermittelte, dass er lieber verschwieg, was er gern sagen wollte. Da sie sein Verhalten nicht einordnen konnte, kramte Felicitas mit gerunzelter Stirn in ihrer Handtasche nach den fremden Geldscheinen, von denen sie Abner einen hinstreckte. Ohne den dargebotenen Schein anzusehen, nahm er ihn und schob ihn in die Gesäßtasche seiner Jeans.

Nicht mehr ganz so befangen wie zuvor öffnete Felicitas die Autotür, wandte sich dann jedoch nochmals zu dem Schwarzen um. „Woher wissen Sie, dass ich zu Virginia Tampicos Haus unterwegs bin?“

Ihr Helfer grinste und deutete mit dem Daumen in die Luft. „Die Bäume flüstern es den Vögeln zu, und die erzählen es uns!“

Felicitas hob verwundert die Augenbrauen, hinterfragte seine Worte jedoch nicht, zumal die Möglichkeit bestand, dass sie die Erklärung ebenfalls nicht verstehen würde. „Vielen Dank für Ihre Hilfe!“

„Alles klar, Ma'am.“ Abner hob kurz die Hand, ehe er sich wegdrehte, den Kanister ergriff und zu den Jungen schlenderte, die die Begegnung interessiert verfolgt hatten.

Dieses Mal gab Felicitas vorsichtiger Gas, was ausreichte, weil der Motor vom Fahren noch warm war, und passierte die links und rechts entlang der Sandpiste stehenden Gebäude. Die Türen standen allesamt zum Lüften offen, und auf den meisten der überdachten und von Sträuchern und Bäumen gesäumten Veranden saßen Familien. Sie aßen und lachten miteinander, während sie den vorbeifahrenden Wagen gelassen beobachteten. Allem Anschein nach war Flips verdreckter Pick-up in ihrer Straße ein gewohntes Bild.

~

Als Felicitas durch das dritte Rinnsal fuhr, das die Straße querte, kam ihr in den Sinn, dass sie vergessen hatte zu fragen, ob es einen Weg zu ihrem Haus gab, den sie mit einem motorisierten Untersatz befahren konnte. Sie bremste abrupt ab und blieb mit laufendem Motor mitten auf der unbefestigten Piste stehen. Stattliche Baumriesen erhoben sich in den wolkenlosen Himmel und schwankten sanft hin und her, schmale, hölzerne Strommasten standen in regelmäßigen Abständen am Straßenrand.

„Ich fahre jetzt weiter und biege die erste Abfahrt links ein“, beschloss Felicitas und schickte zum zweiten Mal an diesem Tag ein Stoßgebet zum Himmel. Hier draußen gab es keine Menschenseele, bei der sie nach dem Weg hätte fragen können. Seufzend lenkte sie den ratternden Pick-up tiefer in das undurchdringliche Grün des Waldes hinein, bis sie an eine Stelle gelangte, an der ein breiter Bachlauf die Straße überflutete. Ein weiteres Mal bremste Felicitas scharf ab. Vorsichtig fuhr sie durch das erfreulicherweise flache Wasser und entdeckte gleich darauf einen quadratischen weißen Stein am linken Straßenrand. Erneut hielt sie an. Obwohl zwischen den Bäumen ein diffuses Licht herrschte, glaubte sie, unter hohem Gras, wild wuchernden Sträuchern und zarten Kiefern Spurrillen zu erkennen. Ob sie eine befahrbare Abzweigung vor sich hatte?

Felicitas ließ den Motor laufen, trat die Tür auf und stieg aus. Neugierig betrachtete sie den Markierungsstein und suchte sein Gegenüber auf der anderen Seite des zugewachsenen Weges. Versteckt unter verschlungenen Kudzu-Pflanzen wurde sie fündig. Mühsam zerrte sie die Zweige und Blätter beiseite und fand auf dem Stein zwei eingemeißelte Buchstaben: VT. Ihre Vermutung, dass sie für die Initialen Virginia Tampicos standen, war wohl nicht aus der Luft gegriffen.

Erleichtert richtete Felicitas sich auf, allerdings verging ihr das siegessichere Lächeln schnell, als ihr Blick auf den verwilderten Pfad fiel. Dieser wirkte, als sei er seit langer Zeit von niemandem mehr benutzt worden. Sorge keimte in ihr auf. Ob sie den Weg mit Flips Wagen befahren konnte? Und was erwartete sie am Ende der Auffahrt? Ein verfallenes Gebäude in einem völlig verwahrlosten Garten, in dem es vor Schlangen, Ratten und am Ende gar Alligatoren nur so wimmelte? Schon allein die Vorstellung jagte ihr einen kalten Schauer über den Rücken.

Mit einem aufgeregten Flattern in der Magengegend, als hätten sich unzählige Nachtfalter zu einem wilden Tanz versammelt, kehrte Felicitas zu Flips Lieferwagen zurück und wuchtete sich auf den Fahrersitz. Es half nichts, grübelnd und schwitzend im Fahrzeug zu verharren, denn dadurch verbesserte sich ihre Situation nicht. Also bog sie wesentlich beherzter, als sie sich fühlte, in die Zufahrt ein. Zwischen den beiden Markierungssteinen gab sie kräftig Gas, damit es der Pick-up über die Bodenunebenheiten hinwegschaffte. Die auf dem Pfad wachsenden Sträucher und Blumen, das hochstehende Gras und die Baumschösslinge verschwanden unter der Stoßstange, als fresse der Wagen sie auf.

Der Weg führte rund fünfhundert Meter geradeaus, beschrieb daraufhin eine weite Rechtskurve und endete vor einem geschlossenen, schmiedeeisernen Tor, das zwischen zwei schmalen Sandsteinquadern gut zweieinhalb Meter hoch bis in die Zweige der Bäume reichte. Kudzu-Efeu, in diesem Landstrich üppig wuchernd, hatte von den dunklen Gusseisenstangen ebenso Besitz ergriffen wie von den Steinquadern und Baumstämmen. Durch den Bewuchs hindurch sah Felicitas einen gekiesten Platz und die Fassade eines einstmals weißen zweistöckigen Gebäudes. Umgeben von einer hohen Hecke und von Bäumen, die sich großzügig in Spanisches Moos kleideten, schien es, als habe es sie an einen gleichermaßen verwunschenen wie düsteren Ort verschlagen.

Felicitas stieg mit weichen Knien aus und näherte sich zögernd dem Tor. Ihre Unsicherheit wuchs mit jedem Meter, den sie auf dem federnden Boden zurücklegte. War es nicht völlig verrückt, was sie getan hatte?

Energisch kämpfte sie die in ihr aufkeimenden Zweifel nieder. Sie war nun einmal hier, also musste sie das Beste aus der Situation machen. Sie griff nach dem Metallriegel und kippte ihn zurück, dann drückte sie mit ihrer linken Schulter gegen die beiden Torflügel. Mit einem schrecklichen Quietschen, aber erstaunlich zügig schwangen sie auf und gaben den Weg frei. Die unheimlich anmutende Atmosphäre löste sich auf, als habe jemand in einem erhabenen Saal, der in Dämmerlicht getaucht war, die Lichter angeknipst. Hinter dem runden Vorplatz erhob sich das mit ehemals weißen Holzschindeln verkleidete Haus. Eingerahmt von einer Fülle üppig blühender Magnolien, die ihre tulpenförmigen Blüten in zartem Weiß, kräftigem Purpur und dunklem Violett der Sonne entgegenreckten, wirkte es schlichtweg bezaubernd.

Felicitas hielt den Atem an, diesmal vor Begeisterung. Das Gebäude mochte heruntergekommen aussehen, doch die Außenanlagen vermittelten auf sie einen äußert gepflegten Eindruck, vor allem für ein Anwesen, das seit zwei Jahren leer stand. Das Grundstück war ein Traum – wunderschön!

Hastig lief Felicitas zum Auto zurück, lenkte es zwischen den Torflügeln hindurch und parkte auf dem Vorplatz. Als das Knattern des Motors endlich erstarb, hüllte angenehme Stille sie ein. Sie wurde augenblicklich vom Rauschen der Bäume, dem Zwitschern der Vögel und dem Rascheln der Sträucher und Gräser gefüllt, unterstützt vom Zirpen der hier allgegenwärtigen Grillen.

Voller Elan sprang Felicitas aus dem Fahrzeug und stieß die verdreckte Tür zu. Aufmerksam, damit ihr ja kein Detail der plötzlich über sie hereinbrechenden berauschenden Farben- und Duftexplosion entging, ging sie auf das zweistöckige Gebäude mit dem steilen Giebeldach und dem weit in die Höhe reichenden, gemauerten Kamin zu. Sechs Stufen, von einem massiven hölzernen Geländer umrahmt, führten zu einer Tür, in die acht rechteckige Glasscheiben eingelassen waren. Ein zierliches Vordach, getragen von zwei schlanken runden Holzsäulen, beschattete die Treppe.

Voller Vorfreude und Neugier kramte Felicitas in ihrer Handtasche und holte einen großen Schlüssel hervor, den sie ins Schloss steckte. Die Tür ließ sich problemlos öffnen, und Felicitas wurde von einer Wolke aus Staub und einem Wald aus Spinnweben willkommen geheißen. Sie betrat einen quadratischen, durch die weißen Holzwände freundlich erscheinenden Flur, von dem aus eine dunkle Holztreppe in den ersten Stock hinaufführte und mehrere hell lasierte Türen abgingen. Prüfend warf sie einen Blick in den ersten Raum. Dieser beherbergte eine gemütliche Küche. Die erstaunlich modernen Gerätschaften deuteten darauf hin, dass ihre unbekannte Verwandte durchaus vermögend gewesen sein dürfte.

Felicitas' Begeisterung über das zwar staubige, aber dennoch hinreißende Ambiente durchströmte sie wie perlender Champagner und ließ sie auflachen. Alle ihre Sorgen und Zweifel gerieten in Vergessenheit. Am liebsten hätte sie sich wie ein Kind mit ausgebreiteten Armen im Kreis gedreht. Doch stattdessen eilte sie in den Raum, der der Küche gegenüberlag. Hier musste sich ein Arbeitszimmer befunden haben. Eine Nähmaschine, eine Schreibmaschine und ein CB-Funkgerät standen auf zwei Tischen verteilt, ein polsterbezogener Stuhl und ein Bett waren zum Schutz vor dem Staub in Laken gehüllt worden. Ein ähnliches Bild bot sich ihr auch im Wohnzimmer: abgedeckte Polstermöbel, trotz der Staubschicht wunderschön anzusehende, robuste Tische, Kommoden, Regale, schmutzige Fenster und eine Verandatür, vor der ein vergilbter, einstmals schilffarbener Vorhang traurig auf die staubigen, dunklen Holzdielen herunterhing.

Gespannt auf den Anblick, der sich ihr hinter dieser Tür bieten würde, zog Felicitas den luftigen Stoff beiseite und öffnete die mit weißen Streben unterteilte Glastür. Eine noch intakte Fliegengittertür ließ sich problemlos nach außen aufstoßen, und so gelangte Felicitas auf eine Veranda, die sich über die gesamte Hausfront erstreckte. Ein Geländer, dessen weiße Farbe fast vollständig abgeblättert war, fasste die Veranda ein und öffnete sich an einer Stelle hinaus auf den gepflegten Rasen.

Felicitas war von der ersten Sekunde an von dem fröhlich dahinplätschernden Fluss fasziniert. Er schlängelte sich unterhalb der leicht abschüssigen Wiese durch das Grundstück und verschwand zwischen knorrigen Zypressen und schlanken Weiden. Ein Holzsteg ragte etwa bis zur Flussmitte und endete dort in einer etwa vier mal vier Meter großen Plattform. Darunter floss gemächlich das blau schattierte Wasser hindurch, das im Laufe der Jahre grüne Algengewächse an den Stützbalken hatte wachsen lassen.

„Wie schön!", entfuhr es Felicitas begeistert. Sie lief durch das knöchelhohe Gras zum Steg und betrat die Holzplanken, während sie das Schilf am gegenüberliegenden Ufer bewunderte. Plötzlich splitterte das

Holz unter ihren Füßen. Ihr rechtes Bein sackte weg. Felicitas stieß einen erstickten Schrei aus und sah sich schon im Fluss liegen. Verzweifelt suchten ihre Hände nach Halt, während Bruchstücke des Stegs auf dem Wasser davontrieben. Glücklicherweise hielten die daneben verarbeiteten Holzbohlen ihrem Gewicht stand, sodass sich nur ihr Schuh mit Wasser füllte. Es gelang ihr, sich hochzuziehen. Keuchend legte sie sich auf den Rücken, betrachtete die am blauen Himmel fliegenden Vögel und spürte überdeutlich ihren kraftvoll arbeitenden Herzschlag. Sie bemühte sich, gleichmäßig zu atmen.

Erst nach geraumer Zeit richtete sie sich auf, um den entstandenen Schaden zu begutachten. Ihr Schuh war durchnässt, der Nylonstrumpf zerrissen, und rote, teilweise blutige Striemen zierten ihren Unterschenkel. Als sie die Verletzung sah, sandte diese sogleich ein unangenehmes Brennen und einen pochenden Schmerz aus. Dennoch fand sie beim Blick auf die scharfkantige Bruchstelle, dass sie recht glimpflich davongekommen war.

Vorsichtig, um nicht noch einmal einzubrechen, tastete sie sich zurück ans Ufer. Auf der leicht ansteigenden, sowohl sandigen als auch grasbewachsenen Uferböschung angekommen, besah sie sich unwillig die nassen, dunklen Holzplanken. Weshalb hatte sie nicht daran gedacht, dass das Holz morsch sein könnte? Im gleichen Augenblick flog schnatternd ein Entenpaar aus dem Schilf auf, floh den Flusslauf entlang und verschwand zwischen den Sumpfzypressen.

Felicitas' Herz klopfte noch immer schnell, während sie misstrauisch die schwankenden Schilfhalme betrachtete. Für den Bruchteil einer Sekunde glaubte sie zwischen den langen Halmen eine menschliche Gestalt zu sehen. Entsetzt hielt sie den Atem an. Wer versteckte sich auf ihrem Grundstück und beobachtete sie?

„Hallo, ist da jemand?", rief sie schließlich mit unsicherer Stimme. Sie beschattete ihre Augen mit beiden Händen und versuchte, mehr als Umrisse zu erkennen, was ihr gegen das Sonnenlicht und die blitzenden Reflexionen auf dem Wasser jedoch nicht gelang. Allerdings blieb jetzt alles ruhig; die Schilfhalme wiegten sich sanft im Wind. Niemand war zu sehen. Vermutlich hatten das Zusammenspiel von Licht und Schatten und die vom Wind bewegten Blätter ihrer Fantasie einen Streich gespielt. Achselzuckend vertrieb sie die verwirrenden Eindrücke, ging zurück zur Veranda und betrat das Haus. Ihr Zuhause!

~

Felicitas holte ihr Gepäck von der Ladefläche des Pick-ups, stellte es im Eingangsbereich ab und begab sich auf die Suche nach einem Putzschrank. Sie fand ihn hinter einer schmalen Tür gleich neben der Kochzeile und betrachtete erfreut das Sortiment an Putzutensilien. Ungeachtet ihres schmerzenden Beines wollte sie jetzt sofort die Küche putzen. Mit viel Elan drehte sie den Wasserhahn auf, doch nichts geschah. Dann war, wie aus weiter Ferne kommend, ein seltsames Klopfen zu hören, das rasch zu einem beängstigenden Brodeln anschwoll. Ein kräftiger Strahl schmutzig-braunes Wasser schoss ins Spülbecken und verpasste Felicitas eine unwillkommene, jedoch warme Dusche. Tropfend und unfähig, sich zu bewegen, stand Felicitas da, die Augen starr auf den wild spuckenden Wasserhahn gerichtet. Das unheimlich brodelnde Geräusch nahm allmählich ab, das Wasser floss gleichmäßiger und verwandelte sich von einer rostbraunen Brühe zu einem immer klarer aussehenden Nass. Felicitas, erfreut darüber, Wasser zu haben, obwohl das Haus lange leer gestanden hatte, ließ es geraume Zeit fließen, bevor sie den Hahn zudrehte. Dann schaute sie an sich hinunter zu der Pfütze, in der sie stand. Sie sah schrecklich aus. Dennoch hatte ihr die überraschende Abkühlung gutgetan, immerhin herrschten an diesem Tag im April bereits Temperaturen um die 30 °C.

Ihr Blick wanderte von den verstaubten Möbeln zu den Spinnweben in den Ecken. Sauber würde sie ohnehin nicht bleiben, stellte sie fest, und holte Besen und Staubwedel, um sich zuerst dem gröbsten Schmutz zu widmen.

~

Nicht einmal eine Stunde später lief Felicitas der Schweiß in Strömen über den Körper. Die Sonne stand jetzt genau an dieser Seite des Hauses, weshalb sich die Küche beträchtlich aufheizte, dem surrenden Deckenventilator zum Trotz. Beherzt riss Felicitas beide Küchenfenster auf. Ein Fellbündel floh geräuschvoll von der äußeren Fensterbank, was Felicitas, nur mühsam einen Schrei unterdrückend, zurückzucken ließ. Sie knallte das Fenster zu, doch dieses zeigte sich widerspenstig und schwang wieder auf. Abwechselnd rieselten kalte und heiße Schauer über Felicitas' Rücken; ihre Beine zitterten. Mit ihrem schmutzigen Unterarm wischte sie sich über das erhitzte, glänzende Gesicht, stockte jedoch mitten in der Bewegung.

Erneut glaubte sie zu sehen, dass jemand im Schilf bei den Trauerweiden kauerte. Reglos und mit angehaltenem Atem musterte sie die schwarze Silhouette. Die Sonnenreflexionen auf dem Wasser blendeten sie zwar, bildeten aber auch winzige Lichtblitze, die die glatten Stämme der Weiden und die zwischen ihnen versteckte Gestalt flackernd beleuchteten. Nun war sie sich vollkommen sicher: Irgendjemand, der nicht gesehen werden wollte, befand sich dort drüben!

Die Furcht raubte ihr den Atem. Warum beobachtete diese Person ihr Haus – oder sie? Für ein neugieriges Kind, das von der Ankunft der Deutschen gehört hatte, war der Schatten zu groß. Alles an ihm deutete auf einen kräftigen Mann hin!

Nun erst wurde Felicitas bewusst, wie einsam es hier draußen war, umgeben von rauschenden Wäldern und sumpfigen Seen. Ihr Grundstück lag gut zwei Kilometer von der Schwarzensiedlung entfernt und etwa fünfhundert Meter abseits der Straße. Außerdem wusste kaum jemand von ihrer Anwesenheit in diesem riesigen Land. Wer würde schon bemerken, wenn ihr etwas zustieß?

Langsam wandte Felicitas sich vom Fenster ab. Vermutlich war diese Person ein harmloser, aber neugieriger Waldspaziergänger oder ein Arbeiter aus dem Sägewerk auf dem Heimweg. Es gab keinen Grund, sich zu fürchten.

3. Kapitel

Felicitas verließ das dunkelblau gekachelte Bad mit der Badewanne, die auf vier krummen Beinen stand. Bereits am Tag ihrer Anreise hatte sie es geschrubbt und eingerichtet – und zwar noch bevor sie mit dem Säubern der Küche fertig gewesen war, was durchaus Sinn gemacht hatte. Nur dadurch hatte sie die Möglichkeit gehabt, etwa jede volle Stunde in kaltes Wasser abzutauchen, um sich abzukühlen. Ohne diese Erfrischung hätte sie die Hitze und Luftfeuchtigkeit kaum ausgehalten. Allerdings würde Dorothy, die ja dringend genau dazu geraten hatte, niemals davon erfahren.

Seit etwas mehr als zwei Wochen lebte sie nun in dem geerbten Haus, und sie hatte es geschafft, in dieser Zeit alle Zimmer auf Vordermann zu bringen. Obwohl sie während der Renovierung in verschiedenen Geschäften das benötigte Material gekauft und Handwerker angeheuert hatte, kannte sie kaum jemanden aus der Ortschaft und den verstreut liegenden Höfen. Aber das sollte sich heute ändern, denn Felicitas hatte auf Anraten von Dorothy zu einem Begrüßungsfest im Gemeindezentrum eingeladen.

Schwer bepackt mit einer Kiste voller Lebensmittel eilte Felicitas zu Flips Pick-up, den sie erneut ausgeliehen hatte. Sie reckte sich, stellte die Kiste zu den übrigen auf die Ladefläche und drückte die Klappe der Laderampe hoch. Voller Vorfreude tänzelte sie zur Fahrerkabine, wo sie zum wiederholten Male ein braunes Eichhörnchen vom Sitz verscheuchte. Vielleicht gefiel diesem der Geruch des verschütteten Biers.

Felicitas' nachdenklicher Blick glitt über ihr Haus, das in helles Sonnenlicht getaucht war, und verharrte an der Haustür, die im Schatten des Treppenvordaches lag. Hatte sie die Tür abgeschlossen? Sie zuckte mit den Schultern. Wenn sich jemand Zutritt verschaffen wollte, würde ihm das so oder so gelingen.

Wie Flip es ihr erklärt hatte, gab sie kräftig Gas, lobte das Vehikel, als es brav ansprang, und fuhr durch das geöffnete Tor auf die abenteuerliche Zufahrt. Sie wurde ordentlich durchgeschüttelt, erreichte aber zügig die Sandpiste.

Felicitas rollte durch das Hüttendorf, über die Gleise und die Brücke und kam bald an die Stelle, wo die Häuser näher beieinanderstanden und die „Stadt" bildeten. Dort begrüßte sie ein ihr mittlerweile vertrauter Anblick: ein völlig verrosteter und von Kudzu-Pflanzen überwucherter Pick-up. Das Gefährt musste viele Jahre zuvor bei der Baumgruppe abgestellt worden und in Vergessenheit geraten sein. Inzwischen diente er als eine Art Ortsschild-Ersatz.

In der Main Street angekommen, hielt Felicitas vor dem Gemeindezentrum. Hierbei handelte es sich um die ehemalige Scheune eines längst abgerissenen Farmhauses. Das dunkle Holzgebäude war aus unerfindlichen Gründen stehen geblieben, während rundum die schönen, mit Veranden und Balkonen verzierten Häuser erbaut worden waren. Gleich nebenan stand das Gasthaus eines gewissen Steve Cartier, dessen Sommerküche bei Veranstaltungen im Gemeindezentrum genutzt werden durfte.

Felicitas parkte den Pick-up, der jetzt noch penetranter knatterte als vor zwei Wochen, und sah sich prüfend um. Die Straße wirkte an diesem frühen Nachmittag ungewohnt verwaist, selbst das Café schien nicht geöffnet zu haben, obwohl man ihr versichert hatte, dass sie dort jederzeit eine Mahlzeit oder einen Drink bekommen könnte.

Mit einem kräftigen Tritt stemmte sie die Autotür auf und sprang auf die staubige Straße. Noch immer zeigte sich kein einziges neugieriges Gesicht an einem der Fenster oder Gartenzäune. Achselzuckend ging sie über den Gehweg zur Scheune, zerrte den rostigen Eisenriegel auf und öffnete beide Torflügel. Trockene warme Luft hüllte sie ein. Ein breiter Lichtstreifen beleuchtete einen Holzbretterboden, über dem der Heustaub tanzte. Strohballen lagen entlang der Längsseiten, während im hinteren Teil einige unachtsam zusammengestellte Tische neben einfach gezimmerten Bänken darauf warteten, endlich einmal wieder ihrer Bestimmung nachzukommen.

Felicitas strich sich nachdenklich über ihr ärmelloses rotes A-Linien-Kleid und das weiße Seidentuch, das ihre Taille betonte. Hatte Dorothy nicht von rauschenden Festen in der Scheune geschwärmt? Allerdings sah es so aus, als ob hier schon eine ganze Weile keine Zusammenkunft mehr stattgefunden hatte.

Erleichtert darüber, frühzeitig losgefahren zu sein, öffnete sie ein paar Fensterläden, um Licht und Luft einzulassen, und zog dann die schweren Bänke und Tische über die mit großen Astlöchern versehenen unebenen Bretter. Dabei musste sie sich mit dem Arm schon wieder den Schweiß vom Gesicht wischen. Die Hitze Mississippis schien sie auszupressen wie eine Orange. Es war ein kleiner Trost für sie, dass die Einheimischen die Temperaturen zwar besser vertrugen, dabei aber nicht weniger schwitzten.

Zufrieden betrachtete Felicitas ihr Werk. Nun fehlten nur noch die rot-weiß karierten Tischdecken, die sie in einer Truhe in Virginias Haus gefunden hatte, und die Einmachgläser mit den Kerzen. Anschließend würde sie sich ungehindert den Vorbereitungen für das Essen widmen können. Voller Vorfreude auf das anstehende Fest und das Kennenlernen ihrer neuen Nachbarn – bis jetzt war ihr einziger Vertrauter ein beschwipstes Eichhörnchen – eilte sie nach draußen. Zu ihrem Schrecken befand sich auf der Ladefläche des Pick-ups ein riesiger grauer Mischlingshund. Das Tier wühlte mit der Schnauze hingebungsvoll in ihren Kisten.

„He!“, rief sie aufgebracht, was den Hund veranlasste, überaus langsam seinen mächtigen Kopf zu heben. Unübersehbar war er ein waschechter Einwohner dieser Gegend! Das Tier blickte sie mit nach vorn geknickten Ohren aus einem blauen und einem braunen Auge an, ließ sich durch ihre Anwesenheit aber nicht weiter stören.

„Verschwinde! Wenn ich dich noch mal in der Nähe meiner Lebensmittel sehe, ziehe ich dir das Fell über die Ohren!“, rief sie und wedelte mit beiden Armen. Der Hund wedelte seinerseits mit dem Schwanz, sprang gemächlich auf die Straße hinunter und trottete in gleichgültiger Gemütlichkeit von dannen.

~

Leise summend schnitt Felicitas die letzte Tomate und legte sie auf die Platte. Dann warf sie dem Streuner, der unter dem Tisch der Sommerküche lag, ein Stück Wurst zu und machte sich daran, das Brot zu schneiden.

„Wo sind Sie denn?“, erklang plötzlich eine raue Stimme aus der Scheune. Der Hund schoss fluchtartig davon. Dorothy trat aus der Hintertür und kam mit langsamen Schritten in ihre Richtung. Vor sich balancierte sie eine Glasschüssel, gefüllt mit einer rötlichen Flüssigkeit, in der Obststücke und Eiswürfel schwammen.

„Ich bringe Bowle, Süße“, sagte sie, wie gewohnt ohne die Lippen nennenswert zu bewegen, und warf einen Blick auf die Platten, Schüsseln und Holzbretter, die sich auf den Ablagen der überdachten Freiküche stapelten.

„Meine Güte, haben Sie das alles allein arrangiert? Warum haben Sie keine der Frauen aus dem Dorf zum Helfen eingestellt?“

Unangenehm berührt strich Felicitas mit dem Handrücken ein paar Strähnen aus ihrem erhitzten Gesicht. Auf den Gedanken war sie nicht gekommen, und dabei wäre eine der schwarzen Frauen vielleicht ganz froh über ein zusätzliches Einkommen gewesen.

„Oh, ich … Ich wusste nicht …“, stammelte sie betroffen.

„Ich bereite im Festraum einen Tisch für das Büfett vor“, erklärte Dorothy unbeeindruckt. Walter, ihr Ehemann, schaute kurz herein, grüßte mit grimmiger Miene und wurde von Dorothy zur Mithilfe verdonnert.

Noch während Felicitas die Speisen und die Getränke in die Scheune trug, füllte diese sich zusehends. Mädchen in hübschen Kleidern und Jungen in kurzen Hosen und Hemden, deren Ärmel aufgekrempelt waren, liefen laut lachend umher. Frauen, von denen die meisten etwas Essbares mitbrachten, und Männer – ausnahmslos festlich gekleidet – traten ein, begrüßten sich und ließen sich an den Tischen nieder. Der Pastor der Stadt kletterte schwerfällig auf einen Strohballen und bat, mit beiden Händen winkend, um Gehör. Die Männer nahmen ihre Hüte ab und selbst die Kinder senkten eilig die Köpfe. Sie waren es gewohnt, dass vor jedem Fest und vor jeder Veranstaltung gebetet wurde.

Pastor Finch, ein älterer Herr mit deutlich sichtbarer Vorliebe für gutes Essen, dankte Gott mit kräftiger, sonorer Stimme für einen Mann, den Felicitas nicht kannte und der offenbar die Stadt verlassen hatte. Gerade als die ersten Gäste die Köpfe hoben, setzte er erneut zu einem Dank für eine Familie an, die Felicitas ebenso unbekannt war. Anschließend dankte er noch für das Zusammensein, die erfrischenden Getränke und für die leckeren Speisen. Nach seinem dröhnenden Amen drängten weitere Neuankömmlinge herein, die während des Gebetes draußen vor der Scheune gewartet hatten.

Der Einladung von Felicitas – ein handschriftlicher Anschlag am Schwarzen Brett vor Dorothys Laden – waren weitaus mehr Personen gefolgt, als sie angenommen hatte. Demzufolge eilte sie geschäftig in die provisorische Küche und suchte die restlichen Lebensmittel zusammen.

Die gleichbleibende Lautstärke der fröhlichen Gespräche, begleitet von ausgelassenem Gelächter, drang zu ihr herüber, während sie damit beschäftigt war, die bereits geleerten Platten aufzufüllen. Viel zu schnell waren alle ihre Nahrungsmittel verbraucht, und mit Schweißperlen auf der Stirn sah Felicitas zwei Jungen entgegen, die mit leeren Holztellern auf sie zueilten. Ratlos presste sie ihre Hände an ihr verschwitztes rotes

Gesicht. Welche Unmengen stopften die Menschen in sich hinein? Hatten sie extra gefastet, um sich heute den Bauch zu füllen? Doch das Schlimmste an ihrer Situation war, dass sie hier in der Sommerküche keine Kontakte knüpfen konnte, wie sie es eigentlich geplant hatte. Sie verscheuchte das Gefühl der Überforderung ebenso energisch wie die Insekten, die sie unaufhörlich umschwirrten.

„Die Getränke waren aus, Miss. Mr Cartier hat Flaschen vom Steve's rübergebracht", erklärte ihr einer der Jungen, woraufhin sie benommen den Kopf schüttelte. Am Ende des Tages würde sie pleite sein!

Überrollt von ihrer ausufernden Party trocknete sie ihre Hände an der nicht mehr sauberen Schürze ab und folgte dem Kind in die Scheune. Dort schnappte sie hörbar nach Luft, und das nicht nur, weil diese in dem aufgeheizten Schuppen entsetzlich warm und von einem bunten Gemisch aus Gerüchen durchsetzt war. Unzählige Menschen saßen an den Tischen, dicht an dicht auf den aufgestapelten Strohballen, auf dem kleinen Podium und ein paar Kinder sogar auf dem Boden links und rechts der Flügeltore.

Felicitas betrachtete fassungslos das Meer aus wogenden blonden, roten und dunklen Haarschöpfen. Ihre handgeschriebene Einladung musste von jeder Familie im näheren Umkreis angenommen worden sein – und dabei zählte nicht eine einzige Person aus dem Dorf neben der Bahnlinie zu den Gästen. Verblüfft und zugleich von Hilflosigkeit überwältigt, zwängte sich Felicitas durch die Reihen, bis sie endlich auf Walter stieß. Sie beugte sich zu ihm und flüsterte: „Können Sie mir bitte aus Ihrem Laden Lebensmittel zur Verfügung stellen?"

„Jetzt?"

„Bitte, Mr Hayes, es ist alles aus."

„Was wollen Sie denn?", brummte er unfreundlich.

„Was Sie dahaben. Würste, Fleisch, Reis, Kartoffeln."

„Ich bin gleich zurück", sagte er zu den Männern am Tisch und verschwand in der Menschenmenge.

Felicitas, die bereits gelernt hatte, dass *Ich bin gleich zurück* eine halbe Stunde und länger bedeuten konnte, hatte es nicht eilig, sich zwischen den Feiernden in Richtung Hintertür durchzukämpfen. Dabei musterte sie die Menschen und fragte sich, ob unter ihnen auch der Mann war, der sie am Tag ihres Einzugs heimlich beobachtet hatte.

Die warme Sonne sandte ihre Strahlen durch das Fenster in Kerstin Müllers Büro. Begeistert betrachtete die junge Frau die blühenden Apfelbäume auf dem Grünstreifen, den sie von ihrem Platz aus sehen konnte. Endlich war es Frühling! Sie seufzte und wandte sich dem beträchtlichen Stapel dunkelbrauner Mappen zu, die sie heute Morgen auf den Tisch gelegt bekommen hatte. Das Notariat in Bad Tölz hatte einige Erbschaftsangelegenheiten zum Prüfen und Ablegen an Außenstellen weitergeleitet. Darunter befanden sich unabgeschlossene Fälle aus der Zeit vor und während des Krieges. Diese Akten würden vermutlich nie vollständig bearbeitet werden können.

Kerstin warf erneut einen Blick aus dem Fenster. Im Augenblick würde sie viel lieber mit Christopher durch den lauen Frühlingstag spazieren, anstatt die Papiere durchzusehen. Entsprechend widerwillig griff sie nach der obersten Mappe. Verwundert hob sie die Augenbrauen, als sie den Namen „Felicitas Jecklin" las. Ausgerechnet die Akte ihrer Freundin landete auf ihrem Schreibtisch? Das war ja ungewöhnlich! Doch weshalb waren die Unterlagen mit einem Marker versehen, der darauf hinwies, dass der Vorgang nicht abgeschlossen war? Immerhin hielt sich Felicitas seit mehreren Wochen in den Staaten auf!

Wehmut ergriff Kerstin, als sie an den tränenreichen Abschied auf dem Münchner Flughafen zurückdachte. Es fiel ihr schwer, die Trauer, die sie empfand, von sich zu schieben, und ihre Hände zitterten, als sie den Aktendeckel aufklappte. Ein Vermerk auf dem obersten Blatt ließ sie stutzen. Aus dem Anwaltsbüro in den USA, das die komplizierte länderübergreifende Erbangelegenheit zu klären versucht hatte, waren abschließende Unterlagen nicht nach Deutschland nachgereicht worden. Mehrmals hatte man schriftlich und telegrafisch Kontakt gesucht, wohl aber vergebens. Die in dicken Lettern vermerkten Worte am unteren Rand des Deckblattes veranlassten Kerstin, die Stirn zu runzeln: *Anwaltskanzlei laut Aussage des zuständigen Beamten in Washington D. C. nicht registriert. Existiert nicht.* Darunter prangte ein fettes rotes Fragezeichen. Kerstin starrte es an, als hoffte sie, aus dem Satzzeichen könnten Buchstaben entstehen, die ihr erklärten, was da vor sich ging. Hatte sie sich doch nicht getäuscht? Umgab das Erbe etwas Mysteriöses?

Wieder wanderten ihre Gedanken zu dem Tag zurück, an dem sie sich von ihrer besten Freundin hatte verabschieden müssen. Als Felicitas den den Fluggästen vorbehaltenen Bereich des Flughafens betreten hatte, hatte sie geglaubt, dort den Mann zu erblicken, der ihr bereits mehrmals in Felicitas' Nähe aufgefallen war. In dem Wunsch, einen Blick auf den

Fremden mit dem schwarzen Mantel und dem tief in die Stirn gezogenen Hut werfen zu können, war Kerstin an der Absperrung entlanggeeilt. Aber der Mann war aus ihrem Blickwinkel verschwunden, ohne sich noch einmal umzudrehen. Obwohl Kerstin verunsichert gewesen war, hatte sie den Vorfall schließlich als ein Produkt ihrer Fantasie abgetan. Sie hatte ihren Eltern und Christopher nichts von ihrem Eindruck erzählt, dass Felicitas möglicherweise beobachtet wurde. Schon als Kind hatte sie über eine viel zu blühende Fantasie verfügt, und nachdem vor ein paar Tagen ein Brief ihrer Freundin eingetroffen war, in dem Felicitas ihr neues Zuhause in den buntesten Farben beschrieb, hatte Kerstin ihre Bedenken endgültig beiseitegeschoben.

Es war typisch für Felicitas, dass sie Entscheidungen traf, nur um sie dann kurzfristig und ohne Vorwarnung wieder über den Haufen zu werfen. Mit dieser Sprunghaftigkeit hatte Kerstin zu kämpfen, seit sie Felicitas vor einigen Jahren kennengelernt hatte.

Doch Felicitas schrieb, dass es ihr gut ginge. Das Erbe war ein wunderschönes Anwesen nahe einer eher verschlafenen Ortschaft und nicht, wie Kerstin befürchtet hatte, eine heruntergekommene, verschuldete und unbewohnbare Ruine. Dennoch beunruhigte dieser seltsame Aktenvermerk Kerstin erneut zutiefst. Sie würde die Akte mit nach Hause nehmen und mit Christopher darüber sprechen. Vielleicht sah er eine Möglichkeit, Näheres über eine offenbar nicht mehr existierende Kanzlei in der Hauptstadt seines Heimatlandes herauszufinden.

~

Zurück in der Küche sorgte Felicitas erst einmal für Sauberkeit und genügend Platz. Walter kam erstaunlich zügig mit zwei Körben voller Lebensmittel und verschwand noch viel schneller wieder in der Scheune. Seufzend machte sich Felicitas an die Arbeit, und gerade als die Speisen abgeholt wurden, tauchte auch der Hund wieder auf. Mit schief gelegtem Kopf sah er Felicitas an, bevor er sich erneut unter die Arbeitsplatte legte, wo er zufrieden mit dem buschigen Schwanz auf den Boden klopfte.

„Na, zumindest dich habe ich kennengelernt. Wobei ich finde, dass du mir mal deinen Namen verraten könntest!“

„Er heißt Big und hat hier nichts zu suchen“, sagte eine Männerstimme hinter Felicitas und ließ sie herumwirbeln. Das Fleischmesser nahezu drohend erhoben, starrte sie auf einen etwa 30-jährigen, rothaarigen Mann, dessen Blick interessiert über die Kochtöpfe, die Platten und den Herd glitt.

„Haben Sie die Snacks etwa alle allein zubereitet?"

Felicitas nickte, was dem Mann einen anerkennenden Pfiff entlockte, ehe er ihr seine feingliedrige Rechte entgegenstreckte. „Steve Cartier. Sie können morgen bei mir im Café anfangen. Ich schätze, Sie brauchen früher oder später einen Job!"

Das Angebot ließ Felicitas irritiert auflachen, doch zumindest hatte sie sich so weit gefasst, dass sie endlich das scharfe Messer beiseitelegte.

„Ich hatte zwei Mädchen zum Bewirten der Gäste eingeteilt. Wo sind die denn?"

„*Sie* haben ... Hilfe herbestellt?" Felicitas zog fassungslos die Schultern hoch. Die Verwirrung, die die unüberschaubare Anzahl an Gästen in ihr ausgelöst hatte, wuchs noch weiter an. Weshalb sollte der Besitzer des Cafés irgendwelche Helferinnen anstellen? Hatte er einen derartigen Ansturm erwartet?

„Ich muss übrigens mal eine klitzekleine Nebensächlichkeit klarstellen, Miss Felicitas. Hier fand heute eine große Beerdigung statt. Die Leute von den umliegenden Farmen und den benachbarten Dörfern haben Ihre Party versehentlich für den Leichenschmaus gehalten."

Felicitas stand reglos in der offenen Sommerküche, umgeben von Lebensmitteln, Gewürzen und unfertigen Speisen. Vollkommen überrumpelt starrte sie Steve an. War das möglich? Ein Großteil der von ihr verköstigten Menschen waren gar nicht ihre Gäste, sondern gehörten zu einer Trauergesellschaft?

Steve musterte sie aufmerksam. Fürchtete er einen Zusammenbruch ihrerseits? Oder einen Wutanfall? Tränen?

Sie schlug sich mit der flachen Hand vor die Stirn und lachte schallend los. Die Situation war einfach zu grotesk! So etwas konnte doch nur ihr passieren!

Es dauerte geraume Zeit, bis sich auf dem verdutzten Gesicht des Gastwirtes ein schiefes Grinsen ausbreitete. Er zwinkerte ihr belustigt zu, und sie versuchte vergeblich, sich zu beruhigen. Dabei sah sie aus dem Augenwinkel, wie Big, der sich unter eine alte Buche verzogen hatte, aufsprang und freudig mit dem Schwanz zu wedeln begann.

Eine breitschultrige Gestalt näherte sich, gekleidet in der hiesigen beigefarbenen Sheriffuniform. Der Mann, Felicitas schätzte ihn auf Anfang dreißig, streichelte und klopfte das hocherfreute Tier ausgiebig, wobei er die noch immer lachende Felicitas nicht aus den Augen ließ.

„Hallo Steve, gibt es für mich noch irgendeinen kleinen Rest?", begrüßte er schließlich ihren Gesprächspartner.

„Das ist Miss Felicitas' Werk. Sie wird dir einen Teller füllen, solange ich mich auf die Suche nach den beiden Mädchen mache. Die sollen jetzt mal die Küche übernehmen, damit auch die fleißige Miss mal zum Essen kommt." Steve verschwand ohne Eile in der Scheune.

Während Felicitas Kartoffeln, Reis, Salat und Fleisch auf einen Teller füllte und, nach einem Blick auf die stattliche Statur des Deputys, ein zweites Steak dazulegte, holte dieser aus dem Café drei Stühle und einen kleinen, runden Tisch. Er stellte die Möbel neben die Buche und musterte Felicitas ungeniert.

Felicitas trug den Teller zum Tisch, unter dem Big es sich sofort bequem gemacht hatte. Bevor sie zur Außenküche zurückeilen konnte, hielt der Deputy sie energisch am Arm zurück. „Setzen Sie sich bitte. Ich bringe Ihnen etwas zu essen."

Für einen Mann seiner Körpergröße und der in diesem Landstrich üblichen Behäbigkeit drehte der Deputy sich ungewöhnlich flink um, schritt zur Arbeitsfläche und belud einen Teller, den er vor Felicitas abstellte, ehe er sich die Ärmel hochkrempelte und sich zu ihr setzte. Froh darüber, endlich einmal zu sitzen und Schatten spendendes Laub über sich zu haben, streckte Felicitas die Beine von sich.

Die Buchenblätter raschelten fröhlich im leichten Wind, und weit oben in den Zweigen riefen Vogelkinder hungrig nach ihren Eltern. Felicitas betrachtete ihre vom heißen Spülwasser roten Finger und genoss den Augenblick des Nichtstuns. Während aus der Scheune weiterhin Gelächter herüberdrang, empfand sie einen angenehmen Frieden.

„Landon Brown." Die tiefe Stimme des Deputys riss sie aus ihren träge fließenden Gedanken. Sie schüttelte die braun gebrannte Hand des Mannes und war erleichtert, als er ihre gequetschten Finger wieder losließ.

„Es freut mich, Sie kennenzulernen, Deputy Brown." Verstohlen rieb sie sich die Hand, meinte ihre Worte jedoch völlig ernst. Immerhin würden der Deputy und Steve die Einzigen bleiben, die sie an diesem Tag kennenlernte – einmal abgesehen von dem Hund.

„Essen Sie lieber, damit Sie dem anstehenden Abwasch und Abbau gewachsen sind", foppte der Hüne sie mit einem Schmunzeln und machte sich über seine Mahlzeit her. Da Felicitas eher Durst als Hunger hatte, beobachtete sie, wie Steve zwei junge Mädchen zur Sommerküche schickte, ihnen Anweisungen erteilte und danach mit einigen Flaschen in den Händen zu Felicitas und dem Deputy schlenderte. Mit einem Seufzen setzte er sich zu ihnen in den Schatten des Baumes.

„Ich wusste nicht, was Sie trinken", wandte er sich an Felicitas. Sie lächelte ihn dankbar an und griff nach der gekühlten Zitronenlimonade.

„Mein Angebot ist übrigens ernst gemeint, Miss. Falls Sie einen Job brauchen, melden Sie sich bei mir."

„Das ist sehr nett, Mr Cartier. Eigentlich möchte ich als Fotografin arbeiten, aber leider hat die Renovierung des Hauses meine Ersparnisse verschlungen. Ich hatte gehofft, auf Kredit ein Fotolabor einrichten zu können ..." Verlegen rieb sie über den kalten Flaschenhals und verstrich die winzigen Wasserperlen darauf. Dabei bemerkte sie den kurzen Blickwechsel zwischen dem Ordnungshüter und dem Café-Betreiber. Es war ihr unangenehm, zugeben zu müssen, dass sie restlos pleite war und schon wieder Hilfe brauchte, wenngleich diese nur finanzieller Art war und die Bank daraus sicher reichlich Gewinn schlagen würde.

„Was halten Sie davon, wenn ich Ihnen das Geld vorschieße, und Sie arbeiten es bei mir ab?"

„Das würden Sie tun?" Interessiert setzte Felicias sich aufrecht hin und strich eine vorwitzige Haarsträhne aus ihrem hochroten Gesicht. Gab es für sie eine Möglichkeit, ihren Traum zu verwirklichen, ohne bei einer Bank in der Kreide zu stehen? Der Gedanke gefielt ihr ausnehmend gut, zumal die Arbeit in einem Café bei ihrem Wunsch, Kontakte zu knüpfen, hilfreich sein könnte. Ein Hauch von Hoffnung wehte durch ihr Herz, ähnlich dem Wind, der sanft die Blätter über ihr zum Rascheln brachte. Womöglich war ihre Situation doch nicht so verfahren.

Steve grinste gutmütig und schob mit seinen Beinen den Hund beiseite. Big wich zwar zurück, legte sich aber zwischen Felicitas und Landon. Dort lauerte er hechelnd und mit heraushängender Zunge auf einen weiteren Leckerbissen, den er prompt zugesteckt bekam.

„Miss Felicitas, Ihr Essen ist hervorragend", lobte Landon. „Hier bekommt man entweder nur grauenhaft fades oder viel zu scharfes Zeug. Steve hier ist übrigens ein Küchenchef mit der faden Variante."

Da Felicitas ihren Teller nicht angerührt hatte, stellte sie diesen kurzerhand vor den Deputy. Breit grinsend aß Landon seine zweite Portion.

„Ich biete Ihnen den Deal an", erklärte Steve, ohne sich von Landons Worten aufbringen zu lassen, „weil ich Sie dadurch für geraume Zeit als Arbeitskraft an mein Café binden kann. Sagen Sie mir einfach, an welchen Tagen Sie am liebsten arbeiten wollen, und die Lücken decken dann die Aushilfen ab."

Unschlüssig blickte Felicitas zu den beiden Mädchen in der Sommerküche hinüber. Keinesfalls wollte sie ihnen ihren Job streitig machen. Als könne er ihre Überlegungen erraten, fügte der Deputy hinzu, wobei er mit der Gabel auf seinen Freund deutete: „Das geht schon in Ordnung. Steve kann zusätzliche Hilfe gebrauchen."

Zögernd musterte sie das markante Gesicht des Sheriffs, dem der Wind ein paar blonde Strähnen in die Stirn geweht hatte, doch der widmete sich schon wieder seiner Mahlzeit. Felicitas entschied wie so oft spontan, und reichte Steve ihre noch immer leicht schmerzende Rechte. „Wenn ein Gesetzeshüter das sagt, kann ich mich wohl darauf verlassen!"

„Prima, abgemacht! Und die Kosten für dieses Fest dividiere ich Ihnen auseinander. Immerhin handelt es sich ja nicht um Ihre Beerdigung!"

4. Kapitel

Felicitas betrachtete die übrig gebliebenen Lebensmittel des aus den Fugen geratenen Festes und schaute sich dann misstrauisch nach Walter um. Er zeigte ein verdächtig zufriedenes Grinsen, und die im Mondlicht blank schimmernde Glatze mutete ein bisschen höhnisch an. Ob er heimlich eine zweite Ladung Lebensmittel angeliefert hatte, obwohl das nicht nötig gewesen wäre?

Felicitas verdrängte den Gedanken und packte die restlichen Reissäckchen zu den Kartoffeln und den in kleine Behältnisse verpackten Rinderkoteletts. Was sollte sie bloß mit den Resten anfangen? Die ungekochten Kartoffeln und den Reis konnte sie einlagern, nicht jedoch Fleisch, Gemüse und Salat. Steve hatte im Moment keinen Bedarf an Lebensmitteln, also blieb es an ihr, sie zu verarbeiten. Nachdenklich betrachtete sie die Säcke und Kisten und den Hund, der wie ein Wächter neben ihnen lag. Sie hatte keine Antwort parat, nicht einmal auf die Frage, wie sie zu ihrem Haus gelangen konnte, denn Flip war in Begleitung einiger übermütiger Kumpels laut hupend mit seinem Pick-up davongebraust.

Hilflos zog Felicitas die Schultern hoch und trat zurück in die Scheune. Dort stand Dorothy und scheuchte Walter, Landon und Fred, den älteren Herrn, der Felicitas am Tag ihrer Ankunft in seinem Auto mitgenommen hatte, durch die Gegend. Cécile, Freds Frau, sammelte die Tischdekoration ein und legte die Tischdecken zusammen.

„So eine schöne Party, Süße! Das haben Sie richtig gut gemacht. Jetzt können viele Menschen in der Stadt und der Umgebung etwas mit Ihrem Namen anfangen!“, flötete Dorothy aufgekratzt.

Felicitas konnte ein belustigtes Auflachen nicht unterdrücken.

Unbeeindruckt von Felicitas’ ausbleibender Reaktion wies Dorothy ihren Mann und Landon an, die restlichen Bänke beiseitezuschaffen.

„Ich denke, die wichtigsten Menschen haben Sie kennengelernt“, fuhr sie, an Felicitas gewandt, fort.

„Ich dachte, mit Ihnen hätte ich die wichtigste Person bereits an meinem ersten Tag getroffen!“, erwiderte Felicitas.

Dorothy strahlte sie an und zeigte dabei ihre schlechten Zähne, während Walter Felicitas einen misstrauischen Blick zuwarf und Landon sich verstohlen lachend wegdrehte. Die trotz ihres hohen Alters sehr grazile Cécile drückte Felicitas im Vorbeigehen den Arm, griff nach einem Besen und begann, Heustaub und Schmutz aufwirbelnd, die heruntergefallenen Essensreste, Servietten und Zigarettenstummel zusammenzukehren.

Kurz darauf verabschiedeten sich die Hayes' und die Masons. Felicitas schloss die Nebentür und trat zu ihren Kisten, wo sie von dem Mischlingshund freudig begrüßt wurde. Grübelnd schaute sie zu der milchigen Mondsichel hinauf und lauschte auf das Zirpen der Grillen. Noch immer wusste sie nicht, wie sie nach Hause kommen konnte. Ob sie Steve wecken und um ein Zimmer für eine Nacht bitten sollte?

Feste Schritte näherten sich ihr und dem Hund. Prompt sprang Big auf und jagte dem Deputy entgegen, der seine Uniformjacke lässig über der linken Schulter trug, den breitkrempigen Hut auf dem Kopf.

„Sie müssen sich ein Auto anschaffen. Und ein Pferd!", schlug er vor.

„Ein Pferd?" Felicitas lachte auf und schüttelte den Kopf. „Was soll ich mit einem Pferd anfangen? Ich kann weder reiten noch weiß ich, wie man so ein Tier versorgt."

„Dann lernen Sie es!" Landon bückte sich, ergriff zwei der Jutesäcke und trug sie mit einer Leichtigkeit davon, als seien sie mit Federn und nicht mit Kartoffeln gefüllt. Verdutzt sah Felicitas ihm nach, wie er, vom Mondlicht beschienen, in Richtung Straße verschwand. Da er sich nicht von ihr verabschiedet hatte, ging sie davon aus, dass er sich die Kartoffeln nicht als Dank für seine Hilfe geschnappt hatte und mit ihnen im Arm nach Hause marschierte. Also hob sie eilig eine der Holzkisten auf und lief ihm hinterher. Am Straßenrand parkte ein Polizeiwagen, in dessen Kofferraum Landon die Kartoffelsäcke verstaute, ehe er ihr entgegenkam und ihr die Kiste abnahm.

„Ich fahre Sie", erklärte er und fügte hinzu, als er die Kiste neben die Säcke stellte: „Und in den nächsten Tagen erkundige ich mich, wo Virginias Pferd untergestellt ist. Irgendjemand wird es ja versorgt haben."

„Virginia Tampico besaß ein Pferd?"

„Sie sollten ebenfalls eines haben! Dringend! Und ich nehme mal an, der Wallach steht Ihnen rechtlich ohnehin zu."

„Ich brauche kein Pferd, Deputy. Wirklich nicht!"

Erfreut darüber, dass endlich einmal jemand über ihre verstorbene Verwandte sprach, zumal Landon sie offenbar persönlich gekannt hatte, rannte sie ihm hinterher. „Sie kannten meine Verwandte?"

„Virginia? Ja."

„Waren Sie gut mit ihr bekannt? Können Sie mir ein bisschen von ihr erzählen? Was war sie für ein Mensch?"

„Jeder hier kannte Virginia. Ich bin hier geboren und aufgewachsen, und obwohl ich mehrere Jahre zur Ausbildung fort war, haben wir nie den Kontakt verloren." Der Mann griff nach einer weiteren Kiste, reichte sie ihr und hob die größere auf.

Da Felicitas den Eindruck hatte, dass Landon noch etwas hinzufügen wollte, schaute sie ihn fragend an. Er zuckte jedoch lediglich mit den breiten Schultern, drehte sich um und stapfte davon, gefolgt von dem riesigen Hund, der wohl einen Narren an dem Mann gefressen hatte. Felicitas blieb nichts anderes übrig, als den beiden erneut hinterherzulaufen. Sie wartete, bis Landon die Kiste auf die Rückbank gepackt hatte, stellte ihre daneben und schlug die Tür zu. Unschlüssig stand sie da, während der Deputy zur Fahrertür ging.

Mit einem Mal überfielen sie Zweifel an ihrem leichtfertigen Vertrauen diesem Fremden gegenüber. War es richtig, in seinen Wagen zu steigen? Immerhin kannte sie ihn doch kaum!

Die Federung des Automobils gab bedenklich quietschend nach, als sich der große Mann hinter das Steuer klemmte. Felicitas betrachtete das Warnlicht auf dem Dach und schüttelte über sich selbst den Kopf. Landon war ein vereidigter Gesetzeshüter. Weshalb sollte sie ausgerechnet ihm nicht trauen können? Ihre Erfahrungen mit Uniformierten waren allerdings nicht die besten ...

Entschlossen, sich weder von ihren unterschwelligen Ängsten noch von grausamen Erinnerungen beeinflussen zu lassen, öffnete sie die Beifahrertür, gleichzeitig drängte sich Big an ihre Beine.

„Du kannst nicht mitkommen!", lachte sie. Der Mischling legte den Kopf schief und ließ die Zunge weit heraushängen; seine Ohrspitzen waren nach vorn abgeknickt. Felicitas strich ihm über den gewaltigen Schädel. „Du gehörst sicher irgendwo hin. Also lauf!"

„Er ist ein Streuner, den wir, seit er vor etwa drei Jahren aufgetaucht ist, nicht mehr losbekommen haben. Da er gesund und absolut harmlos ist, hat ihn die Stadtbevölkerung akzeptiert."

„Er ist ein richtiger Streuner?"

„Ja. Jeder steckt ihm Futter zu. Die Kinder bürsten ihm gelegentlich das Fell. Er kommt zurecht. Sie könnten ihn mitnehmen, wenn Sie wollen. Vielleicht ist das sogar ein guter Gedanke, immerhin leben Sie allein da draußen im Wald."

„Erst wollten Sie mir ein Pferd andrehen und jetzt dieses Ungetüm von einem Hund. Ich betreibe doch keine Tierpension!", widersprach Felicitas, drückte Big beiseite und schloss energisch die Tür.

Breit grinsend ließ Landon den Wagen an und fuhr los, während seine Beifahrerin durch die Heckscheibe zurückschaute. Der Mischling saß mitten auf der Straße, den Kopf zur Seite geneigt, und blickte ihnen nach. Entschlossen wandte Felicitas sich um. Sie hatte nie Tiere um sich gehabt. Sie benötigte weder einen Hund noch ein Pferd!

Gut zweihundert Meter weiter drehte sie erneut den Kopf. Big saß auf derselben Stelle und wurde von der nur noch gelb blinkenden Ampel in regelmäßigen Abständen angeleuchtet.

„Ich denke, es ist eine gute Idee, den Hund mitzunehmen!", beschloss sie und fing sich von ihrem Fahrer einen irritierten Blick ein. Dennoch stoppte er und sah sie mit weit hochgezogenen Augenbrauen prüfend an, ehe er ausstieg und das Tier herbeipfiff.

~

Landon bremste scharf ab, als er den Bahndamm ansteuerte, und beschleunigte wieder, kaum dass das Rattern der Räder über den Schienen verstummt war. Kurz darauf säumten die ersten Hütten die holprige, staubige Straße. Felicitas sah die Familien auf ihren Veranden sitzen. Flackernde Kerzen standen auf Tischen, Verandastufen und Fenstersimsen und verbreiteten ein heimeliges Licht. Vor einigen Häusern brannten orange züngelnde Feuer, deren Rauch senkrecht nach oben stieg und von der Dunkelheit verschluckt wurde. Alles in allem wirkte das Bild auf Felicitas gemütlich und friedlich.

Unter den im Freien sitzenden Menschen entdeckte Felicitas bekannte Gesichter. Die zwei Jungen, die sie bei ihrer Ankunft beobachtet hatten, saßen wie damals auf einer der vier durchhängenden Stufen einer Veranda. Einer spontanen Eingebung folgend bat sie Landon anzuhalten.

„Was ist los?", fragte der Deputy, nachdem er den Wagen angehalten hatte.

„Leider war niemand aus diesem Dorf bei meinem Begrüßungsfest."

Landons Augen leuchteten im Widerschein eines Feuers, während er ihr einen undefinierbaren Blick zuwarf. Der Motor lief noch immer dröhnend, doch er nahm den Gang raus und drehte sich zu ihr um. „Sie sind nicht von hier, das merkt man", sagte er und schenkte ihr ein flüchtiges Lächeln. „Die Menschen im Dorf fühlten sich nicht eingeladen. Sie–"

„Wie dumm von mir!“, unterbrach Felicitas ihn und schüttelte entsetzt über ihre Nachlässigkeit den Kopf. Der Deputy hob nur die Augenbrauen. Offenbar hielt er ihr Gespräch für beendet.

„Ich hätte sie persönlich einladen müssen. Sie mussten ja annehmen, dass sie nicht willkommen sind, da der Aushang nur im anderen Dorf ... in der *Stadt* hing!“, verbesserte sie sich schnell.

Landon öffnete den Mund, schloss ihn jedoch wieder, ohne etwas gesagt zu haben.

„Würde es Ihnen sehr viel ausmachen, kurz zu warten? Ich habe eine Idee!“ Felicitas legte ihre Hand auf seinen kräftigen Arm, aber da er die Ärmel des Uniformhemdes weit aufgekrempelt hatte, zog sie diese sofort wieder fort.

„Hören Sie–“, begann er, doch sie unterbrach ihn erneut.

„Es dauert auch nicht lange. Sie können gern im Wagen sitzen bleiben, ich bin gleich zurück.“ Ohne eine Entgegnung abzuwarten, stieg Felicitas aus. Big, der friedlich im hinteren Fußraum gelegen hatte, sprang zwischen den Vordersitzen hindurch und folgte ihr nach draußen.

Felicitas eilte zu den Jungen, die nun näher zusammenrutschten. Gleichzeitig erhob sich auf der Veranda ein Teenager und gesellte sich zu den beiden.

„Guten Abend zusammen!“, grüßte Felicitas und nickte den Frauen zu, die auf einer Holzbank auf der Vorderveranda saßen und sie musterten. Felicitas’ Schritte wurden kleiner, da das Ausbleiben jedweder Reaktion sie schmerzlich an ihre Kindheit erinnerte. Auch sie hatte sich viele Jahre lang in argwöhnisches Schweigen gehüllt. Dieses ausgeprägte Misstrauen war ihre Lebensversicherung gewesen. In einem schweren und langwierigen Prozess hatte sie lernen müssen, sich davon wieder zu lösen.

„Ich heiße Felicitas Jecklin. Vor Kurzem bin ich in das Haus von Virginia Tampico gezogen.“ Sie holte tief Luft. „Heute habe ich in der Stadt ein Fest gegeben, es jedoch versäumt, Sie alle persönlich einzuladen.“

Der ältere Junge drehte sich zu den beiden Frauen um und zog hilflos die Schultern hoch. Schnell fügte Felicitas hinzu: „Mein Versäumnis tut mir sehr leid. Ich möchte mich entschuldigen.“

Der Junge starrte sie an, als stamme sie von einem anderen Stern, und auch die Kinder schauten mit großen Augen zu ihr auf. Felicitas zwinkerte ihnen zu, wandte sich dann aber an die Frauen. Ihre dunklen Gesichter wurden undeutlich von einer einzelnen Kerze beschienen. „Ich habe einige Lebensmittel im Wagen, die ich Ihnen gern überlassen würde.“

Felicitas zuckte bedauernd mit den Schultern. „Ich weiß, das ist kein Ersatz für eine vergessene Einladung und ein verpasstes Fest. Doch–“

„Kann ich Ihnen helfen, Miss?“, fragte eine tiefe Stimme hinter Felicitas. Erleichtert blickte sie Abner entgegen. Wie bereits bei ihrem ersten Zusammentreffen kam sie sich neben ihm wie ein unscheinbares Zwerglein vor.

Big, der bisher um die Aufmerksamkeit der beiden Jungen gebuhlt hatte, sprang freudig an Abner hoch, was Felicitas zu der Vermutung verleitete, dass der Hund sich von großen Männern angezogen fühlte.

Noch einmal versuchte Felicitas in Worte zu kleiden, weshalb sie gekommen war. Ehe Abner antworten konnte, stand eine der Frauen auf und gesellte sich zu ihnen an die Treppe. Felicitas betrachtete die etwa Gleichaltrige neugierig. Ihr krauses Haar war mit einem dunklen Band zu einem lustigen kleinen Dutt auf dem Kopf zusammengefasst.

„Ich hole Birdie“, sagte sie kaum verständlich zu Abner und machte einen so großen Bogen um Felicitas, als fürchte sie, sich bei ihr mit einer Krankheit anzustecken.

Abner stützte lässig den Unterarm auf das wackelige Treppengeländer, richtete sich dann jedoch ruckartig wieder auf.

„Deputy, Sir!“, grüßte er knapp.

Felicitas drehte sich um und entdeckte Landon hinter sich. Er hatte die Uniformjacke angezogen und den Sheriffhut über den Kopf gestülpt, sodass er sehr formell wirkte. Grüßend nickte er dem Schwarzen zu.

Felicitas hatte den Eindruck, dass sowohl Abner als auch die drei Jungen eine gewisse Erleichterung über Landons Anwesenheit zeigten, obwohl sie dem Deputy unübersehbar eine gehörige Portion Respekt entgegenbrachten. Bekümmert sah Felicitas von einem zum anderen. War ihr Englisch denn so miserabel? Wurde sie missverstanden? In der Stadt konnte sie sich doch auch verständigen.

„Miss Felicitas, Sie bringen die Leute durcheinander!“, raunte Landon ihr zu.

„Aber das wollte ich nicht.“

Nachsichtig lächelte Landon auf sie herunter, was eine trotzige Widerspenstigkeit in ihr aufquellen ließ, ähnlich Reis in heißem Wasser.

Die Schwarze mit dem Dutt kam zurück, gefolgt von einer kleinen, rundlichen Frau, deren Gesicht von tiefen Runzeln durchzogen war. Ihre krausen grauen Haare standen wirr in allen Richtungen ab. Als sie Abner und die Jungen anlächelte, leuchteten ihre Augen auf. Landon zog höflich den Hut und klemmte ihn sich unter den Arm.

Die alte Frau klopfte Abner kurz auf das breite Kreuz, lächelte Landon an und gesellte sich dann zu Felicitas. Die Fotografin in ihr musterte hingerissen die aussagekräftigen Gesichtszüge der Greisin, in der jede einzelne der tief eingegrabenen Falten von Zeiten der Freude, der Trauer und tief gehender Lebenserfahrungen sprach.

Felicitas streckte ihr die Hand entgegen, die die Frau ergriff und lange festhielt. „Sie sind eine Verwandte von Miss Virginia?"

„Eine weit entfernte Verwandte. Felicitas Jecklin."

„Man nennt mich Birdie, Miss. Meine Enkelin Lily sagte, Sie bringen uns Lebensmittel?"

Ein zweites Mal erklärte Felicitas ihr Bedauern über die fehlende Einladung und dass sie die restlichen Lebensmittel den Familien im Dorf überlassen wollte. Birdie sah sie dabei fröhlich lächelnd an und hörte ihr mit leicht geneigtem Kopf aufmerksam zu. Als Felicitas geendet hatte, ließ Birdie sie los, um die beiden kleinen Jungen herbeizuwinken.

„Das sind Bobby Charles und Chapter", stellte sie die etwa Achtjährigen vor. „Sie helfen Ihnen beim Ausladen. Abner, du legst drüben den Rost auf das Feuer und du, Adam Lee, sagst überall Bescheid: Miss Felicitas gibt ein Fest!"

„Birdie!", stieß die auf der Holzbank sitzende Frau in warnendem Tonfall hervor, doch die alte Dame winkte mit der Hand ab. „Miss Felicitas hat uns eingeladen. Das dürfen wir nicht ausschlagen!"

Felicitas lachte bei dem Gedanken an ein gemeinsames Grillfest begeistert auf und sah zu, wie Adam Lee von einer Veranda zur anderen lief. Immer mehr dunkle Silhouetten schlenderten zum Feuer, an dem Abner alles für ein Mitternachtsmahl vorbereitete.

~

Zufrieden lehnte Felicitas an der obersten Holzstufe und beobachtete die Baumriesen, die im Nachtwind sanft schwankten. Nie zuvor in ihrem Leben hatte sie so viel gegessen – und getrunken, denn die von den Schwarzen zubereiteten Speisen waren mehr als nur würzig gewesen! Felicitas hatte dem Kartoffelpüree und der feurigen roten Soße ebenso zugesprochen wie dem scharf gewürzten Fleisch mit gegrilltem Maisbrot samt Erbsen und verschiedenen Bohnensorten. Zum Nachtisch, als sie eigentlich gedacht hatte, kurz vor dem Platzen zu sein, hatte man ihr leckeren Nusskuchen, gleich darauf Erdbeertorte und dann noch gekühlte Kokosstückchen angeboten. Nun saß sie mit Bobby Charles und Chapter auf den Verandastufen und lauschte den fröhlichen Gesprächen, dem Zirpen der Grillen und dem gelegentlichen Ruf eines Waldtieres. Zusammengerollt zu ihren Füßen lag der ebenfalls gesättigte Big.

Wie unter einer Glocke hing die Wärme zwischen den Bäumen und Häusern, wobei es bei Weitem nicht mehr so schwül war wie tagsüber. Zufriedene Müdigkeit senkte sich auf Felicitas, und während der Mond langsam am sternengeschmückten Himmel weiterwanderte, erklangen die melodiösen Klänge eines Banjos, zu dem bald mehrere Stimmen zu summen und schließlich zu singen begannen.

Felicitas zuckte zusammen, als Landon sie ansprach: „Ich würde Sie jetzt gern nach Hause fahren."

Felicitas sprang auf. „Entschuldigen Sie bitte. Ich hätte Ihre Zeit nicht so lange in Anspruch nehmen dürfen."

Big stand ebenfalls auf und lief zum Wagen des Sheriffs, offenbar wollte er sich eine Mitfahrgelegenheit sichern.

„Gute Nacht, Bobby Charles und Chapter", verabschiedete Felicitas sich von den an den Geländerpfosten lehnenden Jungen.

„Gute Nacht, Miss Tess", murmelte Bobby Charles schläfrig.

Felicitas winkte den Familien zu, die sich vor Birdies Haus versammelt hatten. Ein paar ältere Männer standen höflich auf, während die Frauen schüchtern zurückwinkten.

Abners Frau Viola und seine Schwester Lily reichten Felicitas zurückhaltend die Hand, doch auf ihren Gesichtern lag ein Lächeln.

Die für die nächtliche Stunde noch erstaunlich muntere Birdie ergriff kräftig Felicitas' Rechte. „Gott segne Sie, Miss Tess." Birdie übernahm schlicht die Kurzform, die der müde Bobby Charles ausgesprochen hatte. „Miss Virginia wäre stolz auf Sie!"

„Stolz? Aber weshalb denn das?" Felicitas lachte leise, runzelte gleichzeitig jedoch die Stirn.

Die alte Frau blieb ihr eine Antwort schuldig, lächelte sie allerdings liebevoll an und drückte ihr nochmals kräftig die Hand, ehe sie die Kinder zu Bett scheuchte, als gehörten sie alle zu ihr.

Abner folgte Felicitas zum Automobil, wo er ihr die Tür aufhielt. „Vielen Dank, Mr Cross, für den schönen Abend", sagte sie und kletterte in das Wageninnere.

Auch Landon öffnete die Fahrzeugtür, stieg aber nicht sofort ein. Abner trug ihm auf: „Sie sollten ihr besser ein paar Dinge erklären, Sir, Mr Deputy."

„Ich versuche es", erwiderte Landon, zwängte sich hinters Steuer und ließ den Motor an. Die Lichter flammten auf und beleuchteten die

Sandpiste, einige davonschlendernde Familien und die ärmlichen Häuser. Baumstämme wurden vom Scheinwerferlicht für einen Augenblick in Licht getaucht, ehe sie wieder in der Dunkelheit verschwanden.

„Reizende Menschen sind das." Zufrieden mit dem Verlauf der Nacht kuschelte Felicitas sich in das durchgesessene Polster. „Etwas zurückhaltend vielleicht."

„Miss Felicitas, die Leute sind es nicht gewohnt, dass eine Weiße sie einlädt oder gemeinsam mit ihnen feiert. Im Allgemeinen wird nicht einmal mit ihnen gesprochen."

Alarmiert warf Felicitas dem Deputy, der starr auf die Piste schaute, einen prüfenden Blick zu. Plötzlich rückten ihr die an Bänken, Wasserspendern und Türen angebrachten *Colored-* und *White-*Schilder ins Bewusstsein; ebenso einige Gespräche mit Kerstin und Christopher über die Rassenproblematik besonders im Süden. Betroffen presste sie die Hände an ihre Wangen. „Sie haben nicht am Fest im Gemeindezentrum teilgenommen, weil sie dort nicht gern gesehen sind, nicht wahr?"

„Richtig. Die Städter bleiben unter sich und die Schwarzen genauso. Es gibt durchaus Kontakte geschäftlicher Natur. Das ist aber alles."

In Felicitas' Kopf wirbelten allerlei Fragen durcheinander. Hatte sie ein Tabu gebrochen; einen Fehler begangen? Würde man über sie lachen oder sie für ihre Handlung sogar verurteilen?

„Warum sagte Birdie, dass Virginia Tampico stolz auf mich gewesen wäre?", stellte sie schließlich eine ihrer vielen Fragen.

Von Landon kam ein Brummen, wobei er ihr einen kurzen Seitenblick zuwarf, ehe er sich wieder auf die schlechte Straße konzentrierte. Erst dreiundzwanzig getroffene Schlaglöcher später stellte er eine Gegenfrage: „Weshalb stellen Sie von den unzähligen Fragen, die Ihnen im Kopf umherschwirren müssen, ausgerechnet diese?"

Felicitas lachte über seinen verzweifelten Tonfall. „Weil ich annehme, dass ich aus einer Antwort darauf auch anderes verstehen werde."

„Schlaues Mädchen", sagte ihr Begleiter trocken, bremste ab und bog in ihre Auffahrt ein. Offenbar hatte Landon keine Probleme damit, bei Dunkelheit die Abzweigung zu finden.

„Virginia war ein außergewöhnlicher Mensch. Unter anderem kümmerte sie sich nicht darum, was die Leute im County über sie dachten. Abners Mutter Holly Dedra, Birdies Tochter, war ihre beste Freundin."

Felicitas betrachtete das Profil ihres Begleiters. Der Mond sandte ein milchiges Licht durch die Frontscheibe, sodass sie nicht mehr als Konturen sehen konnte. Es erstaunte sie, dass Holly Dedra, die sie auf etwa

50 schätzte, Virginias Vertraute gewesen war. Sie hätte auf eine ältere Frau getippt, vielleicht in Birdies Alter. Leise sprach sie ihre Überlegung aus. Ein weiterer Seitenblick von Landon traf sie, bevor sie die Torflügel passierten und auf dem knirschenden Kies anhielten.

Der Deputy schaltete den Motor aus, stützte den linken Ellenbogen auf den Rahmen des heruntergekurbelten Fensters und fixierte die vom Mond beschienene weiße Eingangstür. „Als Virginia vor zwei Jahren starb, war sie achtundvierzig Jahre alt."

Überrascht hob Felicitas die Augenbrauen. In ihrer Vorstellung war Virginia eine greise, weißhaarige Dame gewesen. „War sie denn krank? Hatte sie einen Unfall?"

Ihr Gesprächspartner zuckte mit seinen breiten Schultern und erwiderte ausweichend: „Nichts von alledem."

Er stieg aus, ging um das Fahrzeug herum und öffnete Felicitas die Tür. Behände kletterte sie aus dem Wagen und ließ den Hund heraus, der zielstrebig unter der Treppe verschwand.

Felicitas reichte Landon zum Abschied die Hand. „Herzlichen Dank für alles, Deputy. Und es tut mir leid, dass es so spät geworden ist."

Er drückte ihre Rechte erneut viel zu kräftig und schloss die Beifahrertür. „Können Sie mit einem Funkgerät umgehen?", wollte er wissen, während er zum Kofferraum ging und die letzte Lebensmittelschachtel herausholte. Felicitas verneinte.

„Ich zeige es Ihnen." Er bedeutete ihr durch eine Kopfbewegung, dass sie vorausgehen sollte. Zu der unverschlossenen Eingangstür. Landon sah sich allerdings aufmerksam um, als sie das Licht anknipste. Zielstrebig trat er in die Küche, packte die frischen Lebensmittel aus und stapelte den Rest in den kühlen Vorratsraum am Ende des Flurs. Es war nicht zu übersehen, wie gut er sich auskannte. Dennoch wanderte sein Blick vom weißen Küchentisch über die dazugehörige Bank bis hin zum Fenster, bevor er das Geschirr in den Glasschränken musterte, das Felicitas von ihrer Verwandten übernommen hatte. Er strich mit der Hand über den Vorhangstoff, ehe er den Nebenraum betrat, in dem sich das CB-Funkgerät befand.

Geduldig zeigte er Felicitas, wie sie dieses bedienen musste, und ließ sie probehalber das Sheriffoffice in der Stadt anfunken. Zu Felicitas' Schrecken meldete sich ein der Stimme nach sehr junger Mann. Landon nahm ihr die Sprechmuschel ab. „Guten Morgen, Jo-Jo. Ich habe Miss Jecklin das Funkgerät erklärt. Du brauchst heute früh keine Kontrollfahrt durchs Dorf zu machen, ich fahre da ja ohnehin gleich noch mal durch."

Es rauschte kurz, ehe Landons Kollege erneut zu hören war. „Auch gut! Sag der Dame, ich habe sie bei ihrem Fest leider nicht gesehen. Aber ich werde sie da draußen bei Gelegenheit besuchen und mich vorstellen."

„Sie hat es gehört, Jo-Jo." Landon schaltete das Gerät aus und zwängte sich an Felicitas vorbei aus dem Zimmer. Über die knarrenden Holzdielen trat er zur Eingangstür und scheuchte das zutrauliche Eichhörnchen auf.

„Stellen Sie sich besser darauf ein, dass Sie morgen in der Stadt *das* Gesprächsthema sind. Und das nicht nur wegen Ihrer aus den Fugen geratenen Party. Hier bleibt selten etwas unentdeckt! Also legen Sie sich am besten ein dickes Fell zu, und schaffen Sie sich neben einer Fotoausrüstung auch einen stabilen Pick-up an. Ich schaue nach dem Pferd."

„Dass ich ein Auto brauche, sehe ich ja ein. Aber das Pferd, Deputy, das können Sie lassen, wo es ist!"

Bereits auf den Stufen winkte Landon lässig mit der Hand ab. Felicitas folgte ihm zur Tür, sah zu, wie er auf dem Vorplatz wendete und durch den dunklen Wald aus ihrem Blickfeld verschwand. Ein leises Grunzen unter der Treppe verleitete sie zu einem Schmunzeln. Big in ihrer Nähe zu wissen war ein beruhigendes Gefühl, obwohl sie nicht wusste, ob er sich als Wachhund eignete.

~

Landon fuhr zügig und im gewohnten Slalom, um zumindest den tiefsten Schlaglöchern auszuweichen. Seine Gedanken drehten sich um Felicitas, und er schüttelte grinsend den Kopf. Diese Fremde war die Naivität pur. Wie konnte jemand blindlings in den Süden der Vereinigten Staaten ziehen, ohne zuvor wenigstens ein paar Informationen über die politische Lage und die Lebensweise der Menschen eingeholt zu haben? Ohnehin wirkte sie ein wenig konfus, beinahe hilflos. Felicitas hatte, ohne misstrauisch zu werden oder um Hilfe zu bitten, für ihre Gäste und die Trauergäste aus den umliegenden Gemeinden gekocht – wobei das bei Steve Bewunderung hervorgerufen hatte.

Der Gipfel der Naivität war jedoch, dass sie in der Annahme hierhergekommen war, sie sei eine Verwandte und somit Erbin von Virginia Tampico. Landons belustigtes Grinsen wandelte sich zu einer grimmigen Maske. Allerdings gab es da einige erstaunliche Lichtblicke, die auf deutlich mehr Intelligenz hindeuteten, als Felicitas auf den ersten Blick erkennen ließ. Auf jeden Fall war sie absolut inkonsequent, was auch ihre Entscheidung bezüglich des Hundes bewies.

Landon war im Süden aufgewachsen und wusste, dass hier grundsätzlich jeder aus Prinzip eine andere Ansicht vertrat als sein Gesprächspartner. Felicitas vereinte jedoch gleich mehrere unterschiedliche Meinungen in einer Person! Eines jedenfalls stand für ihn fest: Felicitas Jecklin war vollkommen harmlos. Und damit war sie die perfekte Bewohnerin für das Tampico-Anwesen.

~

Per Handschlag besiegelte Felicitas ihr Arrangement mit Steve und schlenderte kurz darauf zum Ende der Main Street, wo Flips Eltern einen Autohandel betrieben. Sie hielt vor dem gekiesten Hof inne, auf dem allerlei auf Hochglanz polierte Autos, Pick-ups, Traktoren und Motorroller ihr vorläufiges Zuhause gefunden hatten. Ihr zweiter Blick galt den weißen Holzpfosten, die den Hof von der Straße und dem Nachbargrundstück trennten, und den zwischen ihnen gespannten dicken Seilen, an denen kleine Konföderierten-Flaggen im Wind flatterten. Kaum dass der Kies unter Felicitas' Schuhen zu knirschen begann, tänzelte ihr eine rundliche Frau mittleren Alters entgegen. Sie trug hohe Schuhe, ein mintfarbenes Etuikleid und eine Elizabeth-Taylor-Frisur. Ihre Augen waren durch kräftige Lidstriche und falsche Wimpern auffällig betont, wie es gerade in Mode war.

„Sie sind die Deutsche, nicht?", begrüßte Flips Mutter sie in breitestem Südstaatenslang. Felicitas nickte belustigt. Vermutlich hatte die Frau gestern ebenfalls Felicitas' Essen vertilgt, wusste aber nicht, wie sie aussah.

„Was kann ich für Sie tun?"

„Ich möchte ein Auto kaufen."

„Ja, das brauchen Sie da draußen in der Einöde!" Die Frau führte sie zu einem rosaroten Cadillac Cabriolet. Die steil aufsteigenden Heckflossen ließen Felicitas unwillkürlich an zwei zu kurz geratene Flügel eines Drachen denken.

„Für eine moderne Frau ist das der absolute Traumwagen. Chic und ein wenig extravagant. Sie können mit Ihren Freundinnen schöne Stunden verbringen, wenn sie mit offenem Verdeck fahren, und sich den Fahrtwind um die Ohren wehen lassen. Der Caddy besitzt ein hervorragendes Autoradio, mit dem Sie die aktuellen Hits von Elvis Presley, Joey Dee oder von dieser britischen Gruppe, den Beatles, abspielen können. Neue Reifen sind aufgezogen, sie genügen Ihnen viele Jahre, der Motor und alles andere wurde von meinem Gatten gründlich kontrolliert. Ein wahrer Traumwagen zu einem vernünftigen Preis."

Felicitas warf dem Traum in Schweinchenrosa einen flüchtigen Blick zu, während sie sich vorstellte, wie sie damit auf der Sandpiste mit den Schlaglöchern und kreuzenden Wasserläufen herumholperte. Vermutlich würde sie das von Landon angedrohte Pferd brauchen, um das Vehikel dort herauszuziehen!

Bevor sie Flips Mutter erklären konnte, dass sie ein robustes Fahrzeug benötigte, trat ein hagerer Mann, der unverkennbar Ähnlichkeit mit Flip hatte, aus der ebenerdigen Haustür.

„Wir verkaufen nicht an Leute, die sich mit Negern abgeben! Komm ins Haus, Fanny." Nach den unfreundlich in ihre Richtung gebellten Worten knallte Flips Vater die Tür hinter sich ins Schloss.

Die falsche Liz Taylor sah Felicitas entsetzt an. Die Nachricht von ihrem spätabendlichen Fest im Dorf war wohl noch nicht bis zu ihr durchgedrungen. „Na ja, Sie sind neu hier", murmelte die Frau. Vielleicht hätte sie gern das rosarote Schlachtschiff verkauft, das auf wundersame Weise den Weg in diese Ortschaft gefunden hatte.

Fanny wandte sich ab, ohne dabei eine nennenswerte Eile an den Tag zu legen, und wackelte auf ihren unbequemen Schuhen zum Haus.

„Gut! Dann kaufe ich mein Auto woanders!", beschloss Felicitas, obwohl sie keine Ahnung hatte, ob das möglich war. Mit einem beherzten Satz sprang sie über das mit Fähnchen geschmückte Absperrseil, blieb aber mit einem Absatz daran hängen und stürzte auf die Knie. Mit hochrotem Kopf rappelte sie sich wieder hoch und reckte die Nase in die Luft.

~

Rund eine halbe Stunde später parkte Steve einen alten dunkelblauen Dodge Pick-up vor Dorothys Laden, vor dem Felicitas auf einem Stuhl im Schatten des Verandadaches saß und darauf wartete, bedient zu werden.

Steve trat zu ihr und drückte ihr den Schlüssel in die Hand. „Mr und Mrs Hauser wissen sicher, dass ich den Wagen für dich gekauft habe."

„Bekommst du deswegen Schwierigkeiten?"

„Deswegen? Nein. Ich habe dir einen Kredit gegeben und dich beim Kauf eines Fahrzeugs beraten. Die Hausers haben ein Auto verkauft, ohne dass sie dabei ihre Grundsätze über den Haufen werfen mussten." Steve zuckte mit den Schultern, nickte dem Bürgermeister zu, der sich ihnen über die Veranda näherte, und schlenderte davon.

Bürgermeister Phillips, wie immer mit einer dicken braunen Zigarre zwischen den Zähnen, holte sich einen Stuhl aus dem Laden und setzte sich ebenfalls auf die Veranda. Er räusperte sich mehrmals, bevor er

Felicitas ansprach. „Als Bürgermeister der Stadt muss ich Sie darauf aufmerksam machen, dass Sie sich hier keine Freunde machen, wenn Sie sich mit den Schwarzen abgeben, Miss. Da können Sie noch so viele Partys im Gemeindezentrum veranstalten. Wir wollen mit denen nichts zu tun haben."

„Ich merke es mir, Mr Phillips", erwiderte Felicitas einfach.

Sie erhob sich, als Dorothys Kunde, bepackt mit mehreren Papiertüten, den Laden verließ, und räumte den schweren Holzstuhl an seinen Platz zurück. Ihr erster Weg führte sie zu den Regalen mit den Lebensmitteln, wo sie die Preisschilder an den Holzkisten eingehender prüfte als bisher. Was Bobby Charles und Chapter ihr erzählt hatten, stimmte tatsächlich: Es standen zwei verschiedene Preise auf den Schildchen. Der groß gedruckte galt für die weiße, der andere, deutlich teurere, für die schwarze Kundschaft.

Felicitas Hand zitterte, als sie mit dem Zeigefinger über die höhere Zahl strich. Erinnerungen an Schmierereien auf Schaufenstern, eingeworfene Scheiben und wütend geschriene Parolen, tief in ihrem Inneren verborgen, stiegen in ihr auf und zwangen sie, mehrmals kräftig durchzuatmen. Ob die Menschen jemals damit aufhören würden, sich über andere zu erheben?

„Süße, was machen Sie denn für Sachen?" Dorothys heisere Stimme riss sie aus einem Strudel düsterer Gedanken, sodass sie beinahe Dankbarkeit für die Störung empfand.

„Was hätte ich mit den vielen von Ihrem Mann unnötigerweise angeschleppten Lebensmitteln anderes tun können? Sie hätten die bestimmt nicht zurückgenommen!", erwiderte sie harscher als gewollt. Ihr aufgewühltes Gemüt kam nur langsam zur Ruhe.

„Auf keinen Fall!", pflichtete Dorothy ihr bei und warf einen kurzen Blick zur Nebentür, durch die ihr Walter gelegentlich den Laden betrat. Dann flüsterte sie zwischen nahezu geschlossenen Lippen hindurch: „Halten Sie sich von denen beim Wald fern. Es könnte sonst Ärger geben."

„Das, Miss Dorothy, höre ich heute nicht zum ersten Mal." Selbst Felicitas übernahm bereits die Eigenheit des Südens, auch die verheirateten Frauen mit Miss und ihrem Vornamen anzusprechen.

Eine neue Kundin trat aus dem Sonnenschein in den Laden und griff nach einem Stuhl, zögerte dann jedoch und sagte: „Miss Mary-Daphne meint, es gibt weder Kartoffeln noch Reis oder Würste zu kaufen. Stimmt das?"

„Morgen wieder!", blaffte Dorothy, dabei stieg eine leichte Röte von ihrem Hals bis zu ihren straff zurückgekämmten Haaren. Felicitas zog eine Grimasse. Die Hayes' mussten am Vortag ein gutes Geschäft gemacht haben!

„Was brauchen Sie, Süße?", fragte Dorothy, wieder an Felicitas gewandt.

„Ich habe eine Bestellliste für verschiedene Chemikalien, Papier und andere Kleinigkeiten. Können Sie mir die Sachen besorgen?" Felicitas legte die Einkaufsliste für ihr improvisiertes Fotolabor auf den zerkratzten Tresen, die Dorothy sogleich sorgfältig las. Bei jedem unbekannten Wort sammelten sich auf ihrer Stirn mehr Schweißperlen, und das erste Mal, seit Felicitas Dorothy kannte, nahm sie ihr Baumwolltuch von den Schultern.

„Sie wollen ... damit aber nicht zufällig eine Bombe bauen?"

„Eigentlich nicht. Aber wer weiß ...?" Felicitas sah den Schreck in Dorothys Gesicht und wollte ihren Spaß unverzüglich abschwächen, doch genau in diesem Augenblick näherten sich schwere Schritte.

„Ach, Dan. Miss Felicitas scherzt bestimmt nur", rief Dorothy zuckersüß, reichte dem älteren Sheriff allerdings die Liste.

„Mach dir keine Gedanken, Dorothy. Landon sagte, Miss Felicitas ist Fotografin. Sie braucht das Zeug, um Bilder zu entwickeln." Der Mann gab den Zettel unbesehen an die Ladeninhaberin zurück und griff grüßend an die Hutkrempe. „Dan Fraser. Ich bin Sheriff in Woodville. Gelegentlich fahre ich herüber und schaue nach meinen Kollegen."

„Also ich finde, Landon hätte der Süßen gestern durchaus–", brummte Dorothy und machte es Felicitas somit unmöglich, sich vorzustellen. Da der Sheriff sie aber bereits mit Miss Felicitas angesprochen hatte, war dies wohl auch nicht nötig.

„Sie ist erwachsen, oder? Landon muss für sie nicht den Babysitter spielen", unterbrach der Sheriff Dorothy barsch.

„Aber anscheinend wusste sie nicht ... Immerhin stammt sie aus Deutschland ...", stammelte Dorothy.

„Dann weiß sie es jetzt."

„Wir müssen ihr noch mal deutlich erklären, dass sie mit den Leuten vom Dorf keinen Kontakt pflegen sollte."

„Sie hat es jetzt sicher gehört."

„Ob das an diesem Waldhaus liegt? Miss Tampico war ja nicht davon abzubringen, mit denen Umgang zu haben. Und was hat es ihr eingebracht? Wahrscheinlich hat einer von ihnen sie umgebracht!"

Felicitas, bereits bei der Tür, da sie der Meinung war, bei der Diskussion überflüssig zu sein, drehte sich langsam um. Virginia war ermordet worden?

Der County-Sheriff beachtete sie noch immer nicht, also verließ sie den Laden und bestieg ihren Pick-up. Das Automobil war sauber, die rostroten Polster ohne Risse, und es gab sogar ein Radio. Unterlegt von lautem Zischen und Knacken stellte sie einen Sender ein, der schwungvollen Rock 'n' Roll spielte, und fuhr zu diesen Klängen aus der Stadt. Allerdings konnten selbst die flotten Rhythmen nicht verhindern, dass ihre Gedanken unruhig um den gewaltsamen Tod ihrer Verwandten kreisten.

Als die Räder über die Brücke und anschließend über den Bahndamm ratterten, traf sie eine Entscheidung: Es war sicher am besten für sie, sich den örtlichen Gepflogenheiten anzupassen. Und für ihren inneren Frieden könnte es von Vorteil sein, wenn sie nicht zu viele Details über den Tod von Virginia wusste.

Teil 2

Mai 1963

Bei dem Prozess, den gerechten Platz zu erreichen, dürfen wir nicht ungerechter Taten schuldig werden. Versuchen wir nicht, unseren Durst nach Freiheit zufriedenzustellen, indem wir vom Becher der Bitterkeit und des Hasses trinken. Wir müssen unseren Kampf immer auf der hohen Ebene der Würde und Disziplin führen. Wir dürfen nicht erlauben, dass unser kreativer Protest in physische Gewalt degeneriert. Wir müssen uns immer wieder zu den majestätischen Höhen erheben und physische Gewalt mit der Macht der Seele konfrontieren. Die wunderbare neue Kampfbereitschaft, welche die Gemeinschaft der Neger umgibt, darf nicht zum Misstrauen von allen weißen Menschen führen. Viele unserer weißen Brüder, wie es sich durch ihre Anwesenheit hier zeigt, haben erkannt, dass ihr Schicksal mit unserem Schicksal verbunden ist. Sie haben auch erkannt, dass ihre Freiheit unentwirrbar mit unserer Freiheit verbunden ist. Wir können nicht alleine gehen. Während wir gehen, müssen wir ein Gelöbnis ablegen, dass wir immer weitermarschieren werden. Wir können nicht umkehren.

Martin Luther King

5. Kapitel

Wie nahezu an jedem Abend, seit sie vor zwei Wochen den Pick-up gekauft hatte, hielt Felicitas im Dorf, da ihr Birdie von der Vorderveranda aus zugewunken hatte. Sie trat an das gesplitterte Holzgeländer und unterhielt sich mit der alten Frau, den neugierig herbeilaufenden Kindern und deren Eltern, während sich die warme Maisonne allmählich hinter den knorrigen Bäumen verabschiedete. Das endlos erscheinende Dröhnen eines vorbeifahrenden Zuges und das Rattern der Räder über die Schwellen drangen lautstark herüber. An diesem Tag wagte Felicitas, ein Thema anzusprechen, das ihr seit geraumer Zeit auf dem Herzen lag: „Ich habe gehört, Miss Virginia sei ermordet worden."

Birdie sah sie traurig an und bat sie, ihr in den Garten zu folgen. Auf dem Weg dorthin bewunderte Felicitas die tiefroten Heckenrosen, die bis über die Fenster hinaufrankten. Hinter der Hütte ragte ein Wellblechdach über eine Veranda hinweg, auf der eine Holzbank als Schaukel an den Dachträgern befestigt war. Dem Anbau schloss sich ein lang gezogenes Feld an, auf dem eine bunte Anzahl verschiedener Pflanzen wuchs. Die Fotografin in ihr war sofort begeistert von den vielen Farbnuancen. Sie hatte bereits gehört, dass es in Mississippi das ganze Jahr hindurch frisches Gemüse und Obst gab, doch die Vielfalt in Birdies Garten erstaunte sie dennoch. Zwischen den akkurat angelegten Pflanzenreihen stand Birdies Enkelin Lily, die mit einer Harke Unkraut jätete.

„Sehen Sie, Miss Tess, das, was neben dem Haus wächst, sind unterschiedliche Tomatensorten." Birdie deutete in verschiedene Richtungen und erklärte: „Das sind Limabohnen und Kuhbohnen. Schwarze-Augen-Bohnen gedeihen gleich hier und dort drüben gibt es Erbsen, Gurken, Auberginen, Kürbisse, Grün- und Senfkohl, Rüben, Kartoffeln, Karotten, süße, gelbe und grüne Zwiebeln, Rote Bete, Mais, grüner Paprika, und das dahinter werden einmal Cantaloupe- und Wassermelonen."

Während Felicitas ausgiebig die Sortenvielfalt bestaunte, verschwand Birdie im Haus und kehrte mit drei Gläsern Zitronenlimonade zurück.

„Wissen Sie, Lily hat ein Händchen für den Garten. Sie baut zudem Gurken, Brechbohnen, Kürbisse, Butterbohnen, rote Bohnen und Chilibohnen an."

Nun genauestens im Bilde darüber, was sie bei Birdie und Lily alles einkaufen konnte, folgte Felicitas Birdies Einladung und setzte sich neben sie auf die sanft schwingende Holzschaukel. Lily kam herüber, wusch sich in einem Wasserfass die erdigen Hände und machte es sich auf der Verandatreppe bequem. Sofort stand Felicitas auf und reichte ihr das dritte Glas mit der perlenden Limonade.

„Danke, Miss Tess", murmelte Lily und trank den Inhalt in einem Zug aus. Die löchrige Fliegentür schwang auf, und Birdies Tochter Holly Dedra gesellte sich zu ihnen auf die Holzschaukel. Das Gestell knarrte, schien aber keine Mühe zu haben, die drei Frauen zu tragen.

Holly Dedra hatte sich ebenfalls ein erfrischendes Getränk mitgebracht. Sie drehte das Glas mit dem kleinen Sprung an der oberen Kante in ihren kräftigen Händen, während sie von ihrer verstorbenen Freundin Virginia zu erzählen begann.

Fasziniert lauschte Felicitas, wie tief verbunden die weiße Frau sich mit den Schwarzen gefühlt hatte. Selbst in der Stadt war sie für deren Belange eingetreten, obwohl ihr deshalb Vorwürfe, Spott, ja sogar Hass entgegengeschlagen waren. Mit ihrer selbstbewussten Art hatte sie sich aber durchaus Respekt verschafft, weshalb sie größtenteils in Ruhe gelassen worden war.

Holly Dedra erzählte mit kehliger Stimme, in die sich abwechselnd Trauer und freudige Erinnerungen mischten. Derweil brach die Nacht herein, und es fielen die ersten Regentropfen. Lily, durch den Regen von den Stufen vertrieben, betrat das Haus ihrer Großmutter. Schwer und warm hing die schwüle Luft unter den Bäumen. Aus dem vereinzelt metallischen Klopfen auf das Wellblechdach entstand bald ein donnerndes Prasseln, das alle anderen Geräusche verschluckte.

Als Holly Dedra mit belegter Stimme berichtete, wie Virginia in der Nähe ihres Hauses erschossen bei ihrem Automobil aufgefunden worden war, balancierte Lily ein Tablett auf die Veranda hinaus.

Es herrschte Schweigen; einzig unterbrochen vom Knarren der Holzschaukel. Birdie und Holly Dedra hingen wehmütigen Erinnerungen nach, Felicitas hingegen verspürte ein starkes Bedauern darüber, ihre Verwandte niemals persönlich kennengelernt zu haben. Ihre Sehnsucht nach einer Familie, nach Menschen, denen sie sich zugehörig fühlen durfte, ergriff sie mit Vehemenz.

Unterdessen brachte Lily einen Krug mit Wasser und kurz darauf einen gusseisernen Topf heraus, dem ein würziger Duft entstieg. Heißer Dampf stieg in Richtung des fleckigen Wellblechs hinauf, auf das der Regen monoton trommelte. Die junge Schwarze schöpfte aus dem Topf und reichte dem weißen Gast den ersten Teller. Noch immer berührt von Holly Dedras Geschichte, nahm Felicitas ihn mit einem zaghaften Lächeln entgegen. Als schließlich alle einen Teller in den Händen hielten, hob Birdie den Kopf und dankte ihrem Herrn im Himmel mit kräftiger, fröhlicher Stimme für die Ehre, Virginia Tampico gekannt zu haben. Danach dankte sie für ihre Familie, für ihre Freunde im Dorf, für das Essen, für die Köchin und schließlich auch für die weiße Frau, die sich auf ihre Veranda verirrt hatte.

Felicitas lächelte, versunken in längst verloren geglaubte Erinnerungen an die Gebete aus ihrer Kindheit. Sie sah sich an einem hübsch gedeckten Esstisch, im Kreis ihrer Eltern und eines anderen Mädchens, in dem sie eine Cousine vermutete. Ihre Mutter, deren Gesicht ihr Gedächtnis nicht mehr freigab, hatte fast ebenso leidenschaftlich gebetet, wie Birdie es tat. Wohlige Wärme überkam Felicitas. Sie hatte diese Gespräche mit Gott geliebt, sich ihm dabei ganz nahe gefühlt. Nachdem ihre Familie gewaltsam auseinandergerissen worden war, hatte sie dieses Gefühl tief in sich vergraben – wie so vieles andere auch.

„Vorsicht, Miss Tess. Das Jambalaya könnte noch sehr heiß sein", warnte Holly Dedra, kaum dass Birdie geendet hatte.

„Danke", sagte Felicitas, wartete einen Augenblick und verbrannte sich erst dann die Zunge.

Birdie lachte aus vollem Halse über Felicitas' Grimassen und vertrieb damit die dunklen Wolken aus ihren Herzen, die die traurige Geschichte um Virginia hervorgerufen hatte. Die Schaukel vibrierte kräftig unter Birdies Gelächter und das Wasser aus dem Glas, das Lily Felicitas eilig gereicht hatte, schwappte auf ihren Rock.

Während sie nun erheblich vorsichtiger das scharfe Gericht aus Fleisch, Reis und allerlei Gemüse löffelte, betrachtete sie die Frauen in ihrer Gesellschaft. Drei Generationen einer Familie hatten sich hier versammelt, doch Felicitas fühlte keinen Neid, sondern ein überraschendes, angenehmes Gefühl der Zugehörigkeit. Die Gespräche drehten sich nun um Felicitas' zukünftige Arbeit im Café und um ihre Pläne mit dem eigenen Fotostudio. Lilys Anstellung bei den Carbonnes, einer wohlhabenden Familie, und die bevorstehenden Ernten in diesem Jahr waren ebenfalls Teil ihrer Unterhaltung.

Die Nacht hatte das Land fest im Griff, als Felicitas sich endlich auf den Heimweg machte. Eilig hastete sie auf ihr Auto zu, damit sie halbwegs trocken einsteigen konnte. Die große, muskelbepackte Gestalt neben dem Pick-up erkannte sie sogar im Dunkeln.

Höflich zog Abner seinen tropfenden Hut, klemmte ihn unter den Arm und öffnete ihr die Tür. „Das ist ein guter Wagen. Ich hatte schon befürchtet, Mrs Hauser dreht Ihnen Miss Virginias pinkfarbenes Cabrio an."

„Der Caddy gehörte ihr?", fragte Felicitas verwundert und blieb stehen, woraufhin ihr das kinnlange Haar innerhalb von Sekunden nass am Kopf klebte.

Abner lachte kurz auf. „Miss Virginia wurde ein Auto gestohlen, weil sie es oft vorn an der Straße abgestellt hatte. Danach hat sie das auffälligste Auto gekauft, das sie finden konnte. Niemand hat es je gewagt, es sich unter den Nagel zu reißen!"

Felicitas fiel in sein Lachen mit ein. Im Besitz des rosafarbenen Schlachtschiffs wäre wohl jeder Dieb bis nach Jackson hinüber aufgefallen.

„Mrs Hauser war nach Miss Virginias Tod ganz scharf auf den Caddy. Sie hat ihn gründlich reinigen lassen und wollte ihn selbst fahren, aber ihr Mann hat es ihr nicht erlaubt."

„Weshalb denn das? Ich finde, er passt perfekt zu dieser modebewussten Frau!"

„Vielleicht, weil er einer Frau gehört hatte, die mit unseresgleichen befreundet war? Oder weil Miss Virginia darin ermordet wurde?"

Betroffen strich sich Felicitas den Regen aus den Augen. Ihr Blick wanderte fragend zu Abners Gesicht hinauf, doch das lag gänzlich im Dunkeln, da der Mond sich hinter dichten Regenwolken versteckte.

„Hat man je herausgefunden, wer meiner Verwandten das angetan hat?"

Abner schob die Hände tief in seine ausgebeulten Hosentaschen. Dabei zogen sich die Hosenträger bedrohlich in die Länge. „Die Weißen sagen, es sei einer von uns gewesen. Wir sagen, es war einer von ihnen!" Abner stülpte sich den Hut auf die nassen Locken und stapfte davon.

Betroffen sah Felicitas ihm nach, bis die Nacht ihn verschluckte. Es wäre bestimmt sinnvoll, keine Fragen mehr zu Virginias Tod zu stellen, denn offenbar legte sie damit den Finger auf eine offene Wunde.

Tropfnass stieg sie in den Wagen, ließ ihn an und fuhr in Richtung ihres Zuhause. Mit dem robusten Fahrzeug rollte sie zügig durch die

Bachläufe, die die Piste querten und jetzt gewaltige Wassermassen mit sich führten. Im unzureichenden Licht der Scheinwerferkegel entdeckte sie die weißen Markierungssteine viel zu spät, also wendete sie mühsam auf der Fahrbahn und bog dann in die Einfahrt ab. Bereits nach ein paar Metern hielt sie allerdings an und betrachtete überrascht das schlammige Bachbett, das einmal der Waldweg gewesen war. Zwar hatte ihr Pick-up einen starken Motor und große Räder, doch sie war sich nicht sicher, ob er eine Fahrt durch das Wasser überleben würde. Hatte Virginia deshalb vorn an der Straße geparkt?

Unschlüssig starrte Felicitas auf den vom Scheinwerferlicht angeleuchteten Regen, lauschte, wie er gleichmäßig auf das Autodach prasselte und der Scheibenwischer rhythmisch quietschte. Schulterzuckend schaltete sie schließlich den Motor und das Licht aus und verließ den Pick-up. Nass war sie ohnehin, da konnte sie den restlichen Weg auch zu Fuß zurücklegen. Der Wagen stand, ohne dass er von der Straße aus gesehen werden konnte, im Dunkel des Waldes, aber noch außerhalb des unter Wasser stehenden Bereichs. Ihm würde hier sicher nichts geschehen.

Blinzelnd, da ihr das Regenwasser in die Augen lief, schloss sie die Wagentür ab und stapfte am Wegrand entlang in Richtung Haus. Wie gut sie daran getan hatte, den Pick-up stehen zu lassen, wurde ihr bereits nach wenigen Metern klar. Mittlerweile versank sie bis über die Knie im Wasser, auf dem Kiefernzapfen, Äste und Blätter schwammen.

Minutenlang kämpfte sie sich durch die plätschernden Fluten, eingehüllt in eine Regenwand und umgeben von im Wind rauschenden Baumriesen. Schließlich wurde das Wasser flacher, und kurz vor dem offenen Tor erreichte sie festen, wenn auch vom Regen durchtränkten Boden. Wie jeden Abend – wenn sie es nicht gerade vergaß – zog sie die Torflügel zu, und somit war ihr bezauberndes Eiland durch die Mauer, die Hecken, den Flusslauf und die Bäume vom Rest der Welt abgeschnitten.

Felicitas eilte über den knirschenden Kies in Richtung Eingang. Ein eigentümliches Geräusch ließ sie innehalten. Bebend vor Nässe und Kälte blieb sie stehen und lauschte in die Nacht hinein. Woher rührte das seltsam tiefe Brummen? Stammte es von einem Alligator, der sich wegen der Überschwemmung bis ans Haus hinauf gewagt hatte? Oder gab es hier andere Raubtiere, von deren Existenz sie nichts wusste? Verzweifelt versuchte sie, mehr als graue und schwarze Schattenrisse zu erkennen. Täuschte sie sich, oder bewegte sich etwas am äußersten Ende ihrer Veranda? Ein ängstlicher Schauer lief ihr über den Rücken. In dem Versuch, schärfer zu sehen, kniff sie die Augen zusammen. Tatsächlich! Gleich neben dem ersten Geländerpfosten regte sich eine riesig anmutende Gestalt.

Einmal mehr wurde Felicitas bewusst, wie einsam es hier draußen war. Ihr Herzschlag beschleunigte sich. Energisch kämpfte sie gegen die lähmende Furcht und ihre damit verbundene Atemnot an. Felicitas zwang sich, die Panik niederzukämpfen, und tastete sich zur Haustür vor. Gerade, als sie die unterste Stufe erreichte und erleichtert aufatmen wollte, erhob sich vor ihr ein großer Schatten. Erschrocken schrie sie auf.

~

Sorgsam legte Kerstin das Blatt auf den anwachsenden Stapel und zog ein neues hervor. Sie schob ihre Brille höher und versuchte, den Inhalt des Dokuments zu erfassen, aber es wollte ihr nicht gelingen. Zu fremd war ihr die amerikanische Amtssprache mit ihren juristischen Fachausdrücken. Ungeduldig warf sie einen Blick auf die tickende Uhr an der Wand. Christopher würde sicher gleich kommen und konnte ihr hoffentlich helfen.

Als es endlich an der Tür läutete, sprang sie so rasch auf, dass eines der nachlässig in ihren Rücken gestopften Sofakissen zu Boden fiel.

„Hallo, schöne Frau!", lachte Christopher und blickte suchend über sie hinweg in den dunklen Flur. Da ihre Eltern nicht zu sehen waren, zog er sie an sich. Kerstin schloss die Augen. Es tat gut, in seinen Armen zu liegen und für einen Moment den Sorgen um ihre Freundin zu entfliehen.

Christopher küsste sie auf die Haare und raunte ihr in seinem leichten, amerikanischen Akzent zu: „Heute ist ein perfekter Tag, um mit dir am Isarufer spazieren zu gehen, etwas Leckeres zu essen und dann …"

Protestierend drückte Kerstin sich von ihm weg. Er entließ sie nur widerwillig aus seiner Umarmung und sah mit gerunzelter Stirn auf sie herab. Entschuldigend legte sie ihre Hand an seine frisch rasierte Wange, was er als Einladung verstand, diese zu ergreifen und jede ihrer Fingerspitzen zu küssen. Kerstin erschauerte, spürte ein betörendes Kribbeln durch ihren Körper ziehen und wusste, dass es nicht viel brauchen würde, bevor sie alles um sich her vergaß. Also wich sie, wenn auch äußerst ungern, einen Schritt zurück.

„Chris, wir können später noch einen Spaziergang machen. Zuerst habe ich eine Bitte an dich."

Er murmelte etwas in ihre blonden Locken und begann, ihre Stirn und ihre Wangen zu küssen.

„Chris!"

„Du bist heute so bürokratisch deutsch", erwiderte er leise und schob sie weiter in den Flur hinein.

„Ich bin nicht bürokratisch deutsch, sondern besorgt und gleich auch wütend!", widersprach Kerstin und wand sich erneut aus seinen Armen. Bei diesem zweiten Versuch, sich nicht von seiner betörenden Nähe ablenken zu lassen, sorgte sie für mehrere Schritte Abstand zwischen ihnen.

„Du bist in Sorge? Weshalb?", fragte Christopher, nun wieder ganz der aufmerksame Gentleman, und zog sein Uniformhemd glatt.

„Feli!"

Die Falten auf seiner Stirn vertieften sich. „Entschuldige, Baby."

„Ist schon gut", erwiderte sie und schenkte ihm ein Lächeln. Es war ja nicht so, dass sie seine Zärtlichkeiten nicht genoss, nur hatte sie im Augenblick anderes im Sinn.

„Was ist mit deiner unglaublich schusseligen Freundin?", hakte er lächelnd nach.

„Mit den Nachlasspapieren ist etwas nicht in Ordnung."

„Diesen Verdacht hattest du ja schon immer, aber Felicitas wollte nicht auf dich hören. Hat sie dir nicht geschrieben, dass es ihr gut geht?"

„Ja, das hat sie. Doch jetzt sind Ungereimtheiten aufgetaucht. Ich bekam ihre Akte auf den Tisch und weiß nicht, was ich damit tun soll."

„In den Keller zu den anderen tragen?"

„Chris!"

Der Gerügte zog eine Grimasse. Es war ihm anzusehen, dass er wenig Lust dazu hatte, sich mit ihr über Felicitas zu unterhalten. Dennoch nickte er und ging vor ihr ins Wohnzimmer. Im Radio wurde ein Freddy-Quinn-Song gespielt und dann ohne Pause zu Gittes *Ich will 'nen Cowboy als Mann* übergeleitet. Kerstin sah den gebürtigen Texaner verstohlen grinsen, als er sich auf das Sofa fallen ließ und den Stapel Papiere in die Hand nahm. Sie war froh, dass Chris bereitwillig seine Pläne aufschob und ihre Sorgen ernst nahm. Sie setzte sich ebenfalls und beobachtete, wie er konzentriert die Unterlagen der Washingtoner Kanzlei durchlas. Schließlich hob er den Kopf und sah sie mit seinen wunderschönen blauen Augen fragend an. „Ich bin kein Jurist, Baby. Was soll ich deiner Meinung nach finden?"

„Lies bitte weiter. Womöglich fällt dir eine Kleinigkeit auf, die übersehen wurde. Ich sage dir später mehr!"

„Alfred Hitchcock bin ich auch nicht!", murmelte er, vertiefte sich aber wieder in die Dokumente. Kerstin dankte es ihm mit einem verliebten Seufzen, lehnte sich zurück und ließ ihre Gedanken zu den Tagen abdriften, an denen sie den dunkelhaarigen Mann gesehen hatte, der ihrer Meinung nach ein auffälliges Interesse an Felicitas gezeigt hatte. Sie war sich sicherer denn je, diesen Mann im Terminal des Münchner Flughafens wiedergesehen zu haben. Er war mit derselben Maschine wie ihre Freundin in die Staaten geflogen ...

Kerstin fuhr hoch, als Christopher die Papiere auf den Wohnzimmertisch warf. Er verschränkte die Arme vor der Brust und sah sie fragend an.

„Nichts Ungewöhnliches?"

„Eine Menge Paragrafen und hochgestochene Formulierungen. Kerstin, ich kann dir hierbei nicht helfen. Außerdem weiß ich noch immer nicht, was dich beunruhigt."

„Das hier!" Sie nahm das zuvor beiseitegelegte Deckblatt mit dem roten Vermerk darauf und legte es Christopher auf die Knie. Er las die handschriftlich verfassten Worte, griff wieder nach der Akte und musterte den Briefkopf. „Die Kanzlei könnte in der Zwischenzeit von einer anderen geschluckt worden sein. Oder sie ist in ein anderes Gebäude umgezogen und die Angestellten hielten es nicht für nötig, den Deutschen die geänderte Adresse mitzuteilen. Möglicherweise, weil sie nicht auf so viel Bürokratie eingerichtet sind." Christopher zwinkerte ihr zu.

„Und im Washingtoner Rathaus weiß niemand davon?"

Christopher ergriff Kerstins Hand. „Felicitas hat in ihrem Brief von dem Haus geschwärmt und mit viel Humor von den charmanten Eigenheiten der Menschen dort berichtet. Baby, es geht ihr gut! Was also beunruhigt dich?"

„Dass es diese Kanzlei womöglich nie gegeben hat. Dass das alles ein Schwindel ist und Feli darunter zu leiden haben wird. Dass ich diesen Mann im Flughafen gesehen habe und er mit Feli im gleichen Flugzeug in die Staaten geflogen sein muss!"

„Welchen Mann?" Christopher beugte sich zu ihr hinab. Das erste Mal, seit sie ihm von ihrer inneren Unruhe erzählt hatte, sah sie einen Anflug von echter Besorgnis auf seinem Gesicht.

„Ich habe nichts gesagt, weil ich niemanden beunruhigen wollte. Allerdings hatte ich in den Wochen vor Felis Abreise mehrmals das Gefühl, dass sie beobachtet wird. Als wir zusammen in München waren, habe ich zweimal einen dunkelhaarigen Mann gesehen, der Feli richtiggehend angestarrt hat. Bei einer unserer Radtouren glaubte ich, denselben Typen noch mal gesehen zu haben. Ich denke, ich habe ihn auch bei einer oder zwei anderen Gelegenheiten bemerkt, und ich bin mir ziemlich sicher, dass er im Flughafen war!"

„Du hast Felicitas nicht darauf angesprochen? Sie nicht gefragt, ob sie ihn womöglich kennt?"

„Nein. Die Ereignisse haben sich erst viel später in meinem Kopf zusammengefügt." Kerstin behielt für sich, dass sie vor allem aus Sorge wegen Felicitas' Albträumen geschwiegen hatte. Vermutlich hatte ihre Freundin niemanden sonst in die schrecklichen Geschehnisse ihrer Kindheit eingeweiht. „Aber jetzt, im Nachhinein …" Von Selbstvorwürfen geplagt blickte sie zu Christopher auf, der tröstend seine Stirn an ihre legte.

„Ich schreibe mir die Kanzlei-Adresse ab und versuche in der Kaserne jemanden mit Beziehungen in die Hauptstadt aufzutreiben. Hab' keine Angst. Deiner Feli geht es bestimmt gut."

„Sie ist so weit fort", flüsterte Kerstin ängstlich. „Was ist, wenn ihr etwas zustößt?"

„Mississippi ist nicht so übel", raunte Christopher. „Und Feli lebt ja dort in einer Kleinstadt. Die Leute dort passen aufeinander auf."

Kerstin nickte, wenngleich ein kleiner Zweifel blieb, der sich schmerzlich in ihrem Nacken festbiss, als wolle er mit aller Macht verhindern, in Vergessenheit zu geraten. Doch das Wissen, dass Christopher sich der Angelegenheit annehmen würde, beruhigte sie zumindest halbwegs. Im Radio spielte Cliff Richards *Rote Lippen soll man küssen,* und das ließ Christopher sich nicht zweimal sagen.

~

Eine tiefe Stimme übertönte Felicitas' heftiges Herzklopfen. „Entschuldigen Sie bitte. Ich wollte Sie nicht erschrecken."

Zitternd hielt Felicitas sich am Handlauf fest und rang um Atem. „Meine Güte, Deputy Brown!", stieß sie hervor. „Ihre Aufgabe ist es, Menschen zu beschützen, nicht, sie zu Tode zu erschrecken!"

„Es tut mir leid. Ich dachte, Sie hätten mich gesehen!"

„In dieser verregneten und dunklen Nacht, wenn Sie im Schatten der Überdachung lauern?!"

„Ich habe Ihnen nicht aufgelauert, Miss. Nur gewartet."

„Für Sie mag das ein Unterschied sein, für mich nicht. Ich habe mich erschreckt!" Aufgewühlt zwängte sich Felicitas an der breitschultrigen Gestalt vorbei, drückte die Klinke herunter und betrat den geräumigen Vorraum. Landon, an diesem Tag leger in Bluejeans und einem blau-weiß karierten Hemd, folgte ihr unaufgefordert. Zumindest hatte er den Anstand besessen, vor dem Haus auf ihre Rückkehr zu warten. Immerhin wusste er vom Vorabend, dass sie selten abschloss – oder besser: selten daran dachte abzuschließen.

Felicitas knipste das Licht im Flur an und betrachtete die nassen Schmutzspuren, die sie bereits im Eingangsbereich hinterlassen hatte. Ihr lindgrünes, mit dunkelgrünen Kringeln bedrucktes Etuikleid klebte wie eine zweite Haut an ihr und von ihren Schuhen war nicht mehr zu sehen als ein paar klobige schmutzig-braune Klumpen. Der dunkle Schlamm reichte ihr bis über die Knie und sah aus, als trüge sie Stiefel mit hohem Schaft.

Ihr Besucher musterte sie ausgiebig, bevor er in einem amüsierten Tonfall fragte: „Sind Sie mit dem Pick-up gleich beim ersten Regen im Morast stecken geblieben?"

Felicitas hob den Kopf und bemerkte mit einem flüchtigen Blick, dass ihr Gast nicht einen Tropfen abbekommen hatte. Saß er denn bereits so lange auf ihrer Treppe? Sie strich einige nasse Haarsträhnen aus dem Gesicht. „Wie sind Sie hierhergekommen? Ich habe kein Auto gesehen."

„Mit den Pferden!"

„Mit … mit den Pferden?" Felicitas starrte in die dunklen Augen des Mannes und schüttelte verständnislos den Kopf.

„Auf meinem Pferd reitend und mit Ihrem als Handpferd."

„Mit *meinem* Pferd?", entfuhr es ihr. Sie stemmte die verschmutzten Hände in die Hüfte und blitzte ihr grinsendes Gegenüber herausfordernd an. „Ich sagte Ihnen doch: Sie können das Tier da lassen, wo es ist."

„Sie brauchen es, akzeptieren sie das einfach! Zum einen, um Ihren Pick-up aus dem Schlamm zu ziehen, und zum anderen, damit Sie auch bei solchem Wetter das Grundstück verlassen können."

„Erstens, Deputy Brown, habe ich den Pick-up *vor* dem schlammigen Wegabschnitt geparkt, und zweitens wird es ja nicht allzu oft so kräftig regnen wie heute."

„Miss Tess", begann der Mann mit hochgezogenen Augenbrauen und einer Stimme, als rede er mit einem bockigen Kleinkind.

Felicitas ließ ihn stehen und stapfte, klebrige Fußspuren hinterlassend, zum Badezimmer. Dort setzte sie sich auf den Wannenrand, stellte die Füße mitsamt den Schuhen hinein und ließ Wasser über ihre Beine laufen. Winzige Zweige, festgeklebte Blätter und Unmengen schwarzbrauner Erde lösten sich und verließen, begleitet von einem lauten Gurgeln des Badewannenabflusses, das Haus.

Felicitas zuckte zusammen, als Landon sie mit seiner lang gezogenen Sprachmelodie ansprach. „Interessante Art der Schuhreinigung."

Mit seiner breiten Gestalt, die annähernd an die Statur Abners heranreichte, füllte er fast den gesamten Türrahmen aus. Er lehnte sich mit der rechten Schulter an die Wand, während Felicitas sich weiter vom Schlamm befreite. „Bevor Virginia vor rund dreißig Jahren das Haus bauen ließ, standen hier die verkohlten Überreste eines Plantagenhauses. Die Familie hatte zur Zeit des Sezessionskrieges die offizielle Auffahrt zuwachsen lassen und an ihr entlang ein geniales Schleusensystem angelegt. Dadurch konnten sie den Weg innerhalb von Minuten in einen reißenden Fluss verwandeln, sodass niemand ahnen konnte, dass der Flusslauf eigentlich eine Straße ist. Angeblich hat das künstlich umgeleitete Gewässer die Familie sowohl vor marodierenden Südtruppen als auch vor den durchziehenden Nordtruppen beschützt – nicht aber vor den Sklaven, die kurz nach Ende des Krieges vorbeikamen. Unter ihnen waren Ortskundige, und die brannten das Haus doch noch nieder."

„Faszinierend!", erwiderte Felicitas, leicht irritiert darüber, wie ungeniert er ihr zusah. Sie öffnete die Schnürsenkel, streifte die Schuhe ab und spülte sie von innen aus, bevor sie die Strümpfe auszog und ebenfalls durchspülte.

Schließlich ließ sie die nassen Kleidungsstücke in der Wanne liegen und wollte nach ihrem Handtuch greifen. Sie bekam den blauen Baumwollstoff zwar mit den Fingerspitzen zu fassen, es gelang ihr jedoch nicht, diesen vom Wandhaken zu lösen. Beim zweiten Versuch beugte sie sich zu weit hinaus. Noch während sie um ihr Gleichgewicht kämpfte, packte Landon sie von hinten unter den Armen, zerrte sie aus der Wanne und stellte sie auf die Füße. Er ließ sie sofort los, reichte ihr kopfschüttelnd das Handtuch und begab sich dann zurück zum Türrahmen, als sei nichts geschehen.

„Danke, Deputy!"

„Es würde ein denkbar schlechtes Bild auf mich werfen, wenn ich erklären müsste, wie Sie in meiner Anwesenheit aus der Badewanne stürzen und sich dabei das Genick brechen konnten!"

Felicitas sah ihn einen Augenblick fassungslos an, ehe sie loslachte. Ihr Gesprächspartner musterte sie mit gerunzelter Stirn, was sie zusätzlich zum Lachen reizte. Ihre Schultern bebten noch immer, als sie ihre Beine abtrocknete und dann einen Wischlappen ergriff und die schmutzigen Fußspuren vom Bad bis zum Eingangsbereich beseitigte.

„Was war denn so komisch?", fragte Landon, der ihr wiederum folgte.

„Stellen Sie sich mal das Entsetzen des Anwalts vor, wenn der sich schon wieder auf die Suche nach einem Erben machen müsste!"

Auf Landons Gesicht zeigte sich sprachlose Verblüffung, ehe er die Küche betrat. „Ich brühe uns einen Kaffee auf, in Ordnung?"

„Nur zu, Sie scheinen sich hier ja ohnehin besser auszukennen als ich", erwiderte sie, während sie die Stufen hinauf in ihr Schlafzimmer eilte, um sich aus dem nassen Kleid zu pellen und eine bequeme Bluejeans und ein Blusentop überzuziehen.

~

Der verführerische Duft von frischem Kaffee hing in der Luft, als Felicitas in ihre Küche trat. Landon hatte es sich auf der Bank bequem gemacht und reichte ihr eine voluminöse Tasse, aus der sich der milchige Dampf in Richtung Zimmerdecke kringelte. Höflich schob er ihr die Milchflasche und eine ehemalige Zigarrendose gefüllt mit Zucker zu.

„Virginia hat mich praktisch aufgezogen", erklärte er ihr wehmütig lächelnd, weshalb er sich in diesem Haus wie zu Hause fühlte.

„Das heißt aber nicht, dass Sie mit mir verwandt sind?"

„Nein", erwiderte er brüsk und trank einen großen Schluck. Sie selbst wartete lieber noch, hatte sie sich doch an Lilys Jambalaya bereits die Zunge verbrannt. Das genügte für einen Tag.

„Was ich vorhin sagen wollte, Miss Tess: Es ist möglich, dass ihr Pickup nicht mehr da steht, wo Sie ihn abgestellt haben. Niemand weiß, ob die Schleusen noch funktionstüchtig sind, allerdings laufen sie bei stärkeren Regenfällen über und setzen den Weg unter Wasser, wenn auch längst nicht so tief, wie sie es ursprünglich getan haben."

„Sie meinen, mein Wagen befindet sich jetzt womöglich im Straßengraben?" Felicitas sah den Mann mit weit aufgerissenen Augen an. Sie besaß das Fahrzeug erst seit Kurzem und war darauf angewiesen – ganz zu schweigen davon, dass sie es noch abbezahlen musste!

„Das könnte durchaus sein. Ich hoffe, Sie haben ihn abgeschlossen?"

Felicitas nickte, wenngleich sie sich da nicht wirklich sicher war, und wagte es, einen Schluck Kaffee zu trinken. Erstaunt hob sie die Augenbrauen. Sie hatte noch nie einen besseren Kaffee getrunken.

Ihr Gast lehnte sich zurück und streckte seine langen Beine unter den Holztisch, wobei die Bank protestierend knarrte. „Ihr Pferd habe ich in dem kleinen Anbau hinter dem Haus untergebracht. Stroh war noch vorhanden, Heu müssten Sie besorgen. Für heute Nacht wird es mit dem Heusack zurechtkommen, den Clive Mason mir mitgegeben hat."

„Was soll ich denn mit dem Tier anfangen?"

„Das Pferd bietet Ihnen – gerade nach einem solchen Regen – die beste Möglichkeit, das Grundstück zu verlassen."

„Ich soll auf dem Pferd in die Stadt reiten?"

„So in etwa dachte ich mir das, ja!" Landons Lachen füllte die Küche, und Felicitas stimmte mit ein. Offenbar lachte der Deputy ebenso gern wie sie, und das machte ihn ihr gleich ein bisschen sympathischer.

„Ich kann weder ein Pferd reiten, noch weiß ich, wie man es versorgt."

„Das bringe ich Ihnen bei. Morgen ist mein freier Tag. Falls der Wolkenbruch bis dahin vorbei ist, zeige ich Ihnen, was Sie wissen müssen."

„Steht Ihr Pferd vor der Veranda?"

„Es ist lang angebunden und kann grasen. Im Anbau ist nur Platz für ein Pferd."

Felicitas nickte lediglich, erinnerte sie sich doch ungern an den voluminösen schwarzen Schatten, der sie in Angst versetzt hatte. War Virginias Pferd etwa auch so riesig? Für den Augenblick beschloss Felicitas, das freundlich gemeinte Angebot auszuschlagen. Sie wollte nicht reiten lernen!

Stille kehrte in der Küche ein. Nur das Trommeln des Regens gegen die Fensterscheiben blieb gleichbleibend stark, die Holzdecke und der Boden wechselten sich mit einer Reihe von Knarr- und Knacklauten ab.

Schließlich war es Felicitas, die das Schweigen brach: „Erzählen Sie mir bitte noch mehr über Miss Virginia. Was tat sie? Wovon lebte sie? Ist sie hier geboren oder ist sie zugezogen?"

„Ich bin nicht Holly Dedra mit ihren ausschweifenden und schön ausgeschmückten Geschichten", schränkte Landon ein. Felicitas schaute ihren Besucher über den Rand ihrer Tasse hinweg an. Was wollte er ihr sagen? Dass er darüber im Bilde war, wie viele Abende sie, seiner Warnung zum Trotz, im Dorf verbracht hatte? Wusste er sogar, wen sie besucht und wer mit ihr zusammengesessen hatte?

„Virginia hat sich um allerlei Belange ihrer Mitmenschen gekümmert."

„Vor allem um die der Schwarzen?"

„Sie töpferte, malte und schnitzte. Einige ihrer Arbeiten konnte sie verkaufen", fuhr Landon fort, als habe er ihre Frage nicht gehört, und deutete mit dem Finger auf die Tassen. Die Künstlerin in Felicitas hatte die handgetöpferten Gefäße bereits an ihrem ersten Tag in diesem Haus bewundert. Mit ihren zwei verschiedenen Blautönen und dem sanften hellen Braun erinnerten sie an einen Sandstrand am Meer, über den sich ein blauer Himmel spannte.

„Virginia nahm mich im Alter von neun Jahren bei sich auf, als meine Mutter, eine ihrer Freundinnen, verstarb. Mein Vater, ein Soldat, war im Ausland stationiert. Er fiel schließlich in Deutschland."

„Das tut mir leid", flüsterte Felicitas betroffen und musterte prüfend Landons Gesicht. Seine braunen Augen ruhten ohne ein Anzeichen von Schmerz oder Vorwurf auf ihr, vielmehr wirkte er ruhig und entspannt.

„Nach Moms Tod hätte mir nichts Besseres passieren können, als von Virginia aufgezogen zu werden. Meinen Vater habe ich ohnehin kaum gekannt." Landon blickte aus dem Seitenfenster in die Dunkelheit hinaus. Versuchte er nun doch, die in ihm aufwallenden Emotionen zu verbergen, oder schaute er nach dem Pferd?

„Der Regen lässt nicht nach. Wäre es ein Problem für Sie, wenn ich in meinem alten Zimmer übernachte?"

„Solange Ihr altes Zimmer nicht mein jetziges Schlafzimmer ist …"

Landon schmunzelte. „Nein, es ist das mit dem Funkgerät."

„In Ordnung!"

Felicitas räumte die Tassen ins Spülbecken, stellte Milch und Zucker beiseite und wischte den Tisch ab. Dabei war sie sich nur zu bewusst, dass Landon sie beobachtete.

„Fühlen Sie sich wohl hier?", erkundigte er sich überraschend.

Sie spülte bedächtig den Lappen aus, hängte ihn über den Wasserhahn, griff dann nach ihrem Küchenhandtuch und drehte sich schließlich zu dem Mann um. „Ja, ich fühle mich wohl. Dieses Haus ist bezaubernd, ebenso wie das Grundstück. Die Menschen in der *Stadt* sind – wie soll ich es sagen – anders als die in dem Dorf, in dem ich die letzten Jahre verbracht habe", meinte sie lächelnd. „Die Schwarzen sind mir fremd gewesen, und bei meiner ersten Begegnung mit Abner hatte ich ein wenig Angst. Aber es ist wohl nur das Ungewohnte, Fremde an ihnen gewesen. Sie sind sehr herzlich und gastfreundlich. Dank meiner missglückten Einstandsparty habe ich jetzt einen Job, den ich morgen antreten werde. Damit kann ich den Pick-up und eine Laborausrüstung abzahlen. Ich finde schon, Deputy, dass es mir gut geht!"

Landon lachte kurz auf, erhob sich und schritt zur Tür. Dort drehte er sich um und sagte: „Sie scheinen mit Virginia verwandt zu sein. Sie hätte es kaum anders ausgedrückt!"

Diesmal war es an Felicitas, glücklich aufzulachen, da sie seine Worte durchaus als Kompliment auffasste.

„Gute Nacht, Miss Tess.“ Wie selbstverständlich gebrauchte Landon die von Bobby Charles eingeführte Kurzform ihres Namens.

„Gute Nacht, Deputy Brown. Sie wissen ja, wo Sie alles finden!“

Sein Lächeln vertiefte sich, ehe er in dem gegenüberliegenden Raum verschwand.

Felicitas ging ins Wohnzimmer, öffnete erst die Verandatür, dann die Fliegentür und trat in die regnerische Nacht hinaus. Ein Drittel der breiten Veranda lag dank des überstehenden Daches im Trockenen, und trotz des kräftigen Niederschlags war die Luft noch immer angenehm warm. Die junge Frau sah den schnell vorbeiziehenden schwarzen Wolken nach und lauschte dem Rauschen des Regens. Landons Pferd hielt sich nahe bei der Veranda auf, beachtete Felicitas aber nicht. Dafür kam Big angelaufen, ließ sich von ihr ausgiebig kraulen und legte sich, als er genug verwöhnt worden war, zum Schlafen neben die Tür.

Wieder wanderte Felicitas' Blick zu Landons Reittier, dabei runzelte sie nachdenklich die Stirn. Der Deputy hatte ihr Virginias Pferd mit der Begründung hergebracht, dass sie damit auch bei überschwemmten Wegen das Grundstück verlassen konnte – er selbst jedoch zog es vor zu bleiben? Müde schob Felicitas alle Überlegungen beiseite, ging zurück ins Haus und zog sorgfältig die Türen hinter sich zu.

~

Der Regen hämmerte ununterbrochen gegen die Scheibe und entlockte den Holzschindeln ein dumpfes Dröhnen. Landon drehte sich auf den Rücken, verschränkte die Arme im Nacken und schloss die Augen. So ausgestreckt passte er mit Mühe und Not in das Bett. In seinem früheren Zimmer hing der Geruch nach Seife, ein Zeichen dafür, wie gewissenhaft Felicitas das Haus geputzt hatte, obwohl sie zumindest diesen Raum wohl kaum nutzte. Virginias Küche roch noch immer nach Gewürzen, nach Kaffeebohnen und – das bildete er sich wenigstens ein – nach dem alten Holztisch, den er für sie abgeschliffen und weiß gestrichen hatte. Die Vorratskammer war gefüllt, der Herd geputzt und die Gardinen frisch gewaschen. Die Küche, der liebste Ort von Virginia und dem Jungen, der Landon einmal gewesen war, war wieder zum Leben erwacht. Bei dem Anblick schmerzte ihn Virginias Verlust wieder fast so sehr wie nach ihrem Tod. Die Frau, die jetzt hier lebte, war eine Fremde. Wenngleich sie charmant war und größere Ähnlichkeiten mit seiner Pflegemutter aufwies, als sie haben sollte – immerhin war sie nicht mit Virginia Tampico verwandt.

Grübelnd lauschte Landon in die Dunkelheit hinein. Felicitas' Schlafzimmer lag direkt über ihm, und er hatte sie vor gut einer Stunde zu Bett gehen hören. Das knarrende Himmelbett war ebenso von Virginia übernommen wie die vertrauten Vorhänge und das altbekannte Geschirr und das erfreute Landon ebenso wie die Tatsache, dass auch Big sich wieder hier herumtrieb. Als er sicher war, dass Felicitas fest schlief, richtete Landon sich auf, schlüpfte in seine Kleidung und holte sich den im Schrank deponierten Regenmantel. Big hob träge den Kopf von den Pfoten, als Landon die Veranda betrat, ignorierte ihn dann aber.

Nachdem Landon sein Pferd gesattelt hatte, warf er einen letzten prüfenden Blick zu den unbeleuchteten Fenstern im oberen Stock, nahm dann die Stute am Zügel und verließ das Grundstück durch das Tor. Rund fünfzig Meter hinter der Pforte überspülte leise plätscherndes Wasser die Zufahrtsstraße. Genau an der Stelle, an der die Fluten auf den Weg flossen, befand sich die erste Schleuse und der seit dem Bürgerkrieg existierende Fluchtweg. Landon bog mit den Händen die Zweige der Kiefern beiseite, die den Pfad versteckten, führte das widerstrebende Pferd hindurch und schwang sich in den Sattel.

Der Waldweg gabelte sich nach wenigen Metern. Während der eine Pfad von einer Schleuse zur nächsten führte, verlief der zweite von der ehemaligen Plantage fort und überquerte auf einer kürzlich von Landon wieder aufgebauten Holzbrücke einen kleinen Zufluss des Mississippi. Von dort gelangte der Reiter tiefer in den dichten Wald und zu einer heruntergekommenen Steinhütte. Sie hatte 1865 der weißen Familie als letzte Zufluchtsstätte vor den brandschatzenden Horden gedient.

Durch einen Spalt im Fenster, das mit einer Plane verhängt war, drang ein spärlicher Lichtschein in die Finsternis. Der Reiter atmete auf. Alles schien in Ordnung zu sein. Rasch sprang er ab, und in dem Moment, als er das Tier an einem Baum festband, schwang die Tür auf.

„Du kommst mit dem Pferd?", fragte Sam verwundert. Er war kleiner als Landon, jedoch ebenfalls gut trainiert und hatte einen hingebungsvoll gepflegten dunklen Oberlippenbart.

„Ich kann mir keine schlammigen Schuhe und verdreckten Hosenbeine leisten."

„Ich dachte, die Kleine sei so einfältig?" Der Mann wich zurück, damit Landon in die von einer Kerze erhellte Hütte treten konnte.

„Hat das tatsächlich jemand angenommen, Sam? Ja, sie wirkt vielleicht naiv und tollpatschig, aber ich denke, wir dürfen sie trotzdem nicht unterschätzen."

„Du scheinst sie zu mögen!“ Sam lachte und setzte sich auf den Baumstumpf, der bereits viele Jahre zuvor als Sitzgelegenheit hierher geschafft worden sein musste.

„Ich kenne sie kaum!“, wehrte Landon ab und stützte sich mit den Händen auf den aufgequollenen, noch aus dem Sezessionskrieg stammenden Eichentisch. Sein prüfender Blick ruhte auf der ausgebreiteten Karte, anhand derer er sich einen Überblick verschaffte, während sein Kumpan ihm von den jüngsten Entwicklungen berichtete.

~

Bodennebel waberte über die feuchte Wiese, hüllte die Sumpfzypressen und Weiden in ein weißes Kleid und verwehrte Felicitas den Blick auf den dahinter beginnenden urwüchsigen Wald. Das Lied einer Spottdrossel war neben dem gleichmäßigen Rauschen des Flusses lange Zeit das einzige Geräusch an diesem jungen Morgen. Als die ersten Sonnenstrahlen einen Weg über das einsam gelegene Haus fanden, funkelten die Regentropfen auf den Grashalmen wie Diamanten und das Grau der Magnoliensträucher verwandelte sich wie von Zauberhand in ein sattes Grün. Die Nebelschwaden lösten sich innerhalb von Sekunden auf, sodass auch dem Fluss, dem Wald und den Bäumen im Garten ihre kräftigen Farben zurückgegeben wurden.

Fasziniert betrachtete Felicitas den Wechsel zwischen Nacht und Tag von ihrer Veranda aus. Sie hielt eine Tasse mit dampfendem Kaffee in den Händen, doch er schmeckte längst nicht so gut wie der, den Landon am Vorabend zubereitet hatte. Da es noch kühl war, begann sie, auf der breiten Veranda auf und ab zu gehen. Dabei kam sie an dem Sattel vorbei, der im Schutz der Wand und des überstehenden Daches lag. Das Leder glänzte dunkel vor Nässe und um die bunt gemusterte Satteldecke hatte sich eine Pfütze gebildet.

Felicitas stellte die Tasse auf den Boden und wollte den Sattel hochheben. Der war jedoch so schwer, dass sie sich erstaunt wieder aufrichtete. Sie versuchte es ein zweites Mal, und diesmal gelang es ihr, den Sattel mitsamt der Decke auf das Seitengeländer der Veranda zu hieven. Hier würde er besser trocknen. Allerdings waren bei dieser Aktion ihre ärmellose rote Bluse mit den weißen Tupfen und ihre nur bis zu den Oberschenkeln reichende Bluejeans feucht geworden.

Mittlerweile tauchte die Sonne die Wiese in freundliches Licht, während hauchdünne weiße Dampfschwaden zum Fluss zogen. Nachdenklich betrachtete Felicitas den Sattel, auf den soeben die ersten

Sonnenstrahlen trafen. Wie war es möglich, dass der Deputy am Vorabend trocken ihr Haus erreicht hatte, während sein Sattel heute Morgen vor Nässe noch immer triefte?

Sie warf einen Blick auf die Stute, doch Landons Pferd hatte über Nacht im Freien gestanden. Somit erklärte sich ihr nasses Fell und der darin klebende Schmutz, dagegen weckte eine durch die Wiese führende Spur Felicitas' Interesse. Sie ließ die Tasse auf der Verandabrüstung zurück, trat über die knarrenden Stufen ins Gras und folgte dem dunklen Band bis zum Vorhof. Hier verlor sich die Spur. Nicht gewillt, vorschnell aufzugeben, überquerte sie das Rondell und lauschte dabei begeistert auf das sanfte Knirschen der Steine unter ihren mittlerweile feuchten Schuhen. Sie ging zum Tor und strich nachdenklich einige Regentropfen von den schwarzen Querverstrebungen. Hatte sie die Torflügel gestern nicht geschlossen?

Felicitas betrachtete den aufgeweichten Boden der Auffahrt. Auch dort gab es tief eingegrabene, vom Regenwasser gefüllte Hufspuren. Die Abdrücke führten von ihr fort und wieder zurück. Irritiert blickte Felicitas zum Haus mit den weißen Schindeln hinüber, das unter den Sonnenstrahlen dampfte. War Landon während des Regens, und demnach mitten in der Nacht, noch einmal davongeritten und anschließend wiedergekommen?

Sie folgte den Hufspuren, doch die endeten an einer Böschung, bevor aus der Zufahrtsstraße ein leise plätschernder Fluss wurde. Es stimmte also wirklich: Die vor rund einhundert Jahren erbauten Schleusen leiteten bei starken Regenfällen erhebliche Wassermassen auf den Weg. Welch geniale Vorrichtung – vor allem, weil sie damals sogar bei Trockenheit funktioniert haben musste!

Felicitas nahm sich fest vor, sich die Konstruktion eines Tages genau anzusehen, soweit sie noch erhalten war. An diesem Morgen jedoch stapfte sie mit durchnässten Schuhen zurück und entdeckte Landon auf der Veranda, der sich an seinem Sattel zu schaffen machte.

„Guten Morgen! Gut geschlafen?“, fragte sie und sah ihn gegen das Sonnenlicht forschend an.

„Guten Morgen. Ich habe geschlafen wie ein Bär! Danke, dass Sie den Sattel auf das Geländer gelegt haben.“

Sie nickte lediglich und ging an der Brüstung entlang zu den Stufen. Offenbar hatte er nicht vor, über seinen nächtlichen Ausflug zu sprechen. Allerdings ging es sie ja auch nichts an, was er tat. Der Ordnungshüter konnte auch zu einem Einsatz gerufen worden sein ...

Da ihre Kaffeetasse nicht mehr auf der Balustrade stand, betrat sie das Wohnzimmer und von dort die Küche. Das Geschirr vom Vortag, einschließlich ihrer Kaffeetasse, stapelte sich gespült auf der Abtropffläche. Felicitas lächelte. So gefiel ihr ein Gast!

Sie bereitete ein Frühstück für zwei Personen zu und trug es auf einem Tablett, dessen Holz von tiefen Sprüngen durchzogen war, auf die Veranda. Der Deputy saß in einem Gartenstuhl am Tisch, als habe er geahnt, dass sie ihm gleich eine Mahlzeit nach draußen bringen würde.

„Ein perfekter Tag, Miss Tess, um Reiten zu lernen. Der Regen hat die Luft abgekühlt und dennoch scheint die Sonne!"

„Haben Sie keine anderen Verpflichtungen?", fragte Felicitas in der Hoffnung, sich dem Vorhaben entziehen zu können.

„Wie ich schon sagte: Ich habe heute frei!" Landon grinste breit und zeigte damit, dass er die Absicht hinter ihrer Frage durchschaut hatte. Er nahm die Teller vom Tablett und schenkte ihr eine zweite Tasse Kaffee ein.

~

„Das klappt schon richtig gut", munterte Landon sie auf und rollte das Seil ein, an dem er sie zu Beginn der Reitstunde im Kreis hatte reiten lassen. Der bunt gescheckte Mustang schnaubte, als wolle er dem Reitlehrer recht geben, doch Felicitas sah eher zweifelnd drein. Zugegeben, das Tier war äußerst folgsam und gut erzogen, dennoch fühlte sie sich auf seinem Rücken noch immer unsicher und erschreckend weit oben.

„Machen wir eine Pause." Landon winkte sie zu sich.

Der Mustang folgte gehorsam ihrer Hilfe und schritt zu dem Mann, der dem Pferd lobend den Hals tätschelte.

„Ich schaue Ihnen beim Absatteln zu." Mit diesen Worten setzte Landon sich auf die oberste Treppenstufe der Veranda.

Felicitas öffnete konzentriert den Sattelgurt und wuchtete den schweren Westernsattel mit dem charakteristischen Horn vom Pferderücken. Sein Gewicht warf sie beinahe um. Sie taumelte mit der Last im Arm in Richtung des Anbaus hinter dem Haus und legte den Sattel über den dafür vorgesehenen Holzbock. Schwer atmend verharrte sie einen Moment im Dämmerlicht des Schuppens und wischte sich mit dem Arm über das Gesicht. Ihr Kopf schwirrte von den vielen Instruktionen und dem Neuen, das sie heute gelernt hatte, und ihre Beine fühlten sich seltsam zittrig an. Nach ein paar Sekunden des Durchatmens ging sie wieder hinaus und nahm dem Tier unter Landons wachsamen Augen den Zaum ab.

„Sie lernen schnell. Am besten, Sie nehmen jetzt ein heißes Bad, während ich mich um das Essen kümmere!"

„Ein *heißes* Bad?" Zweifelnd schaute Felicitas den Mann an.

„Ihre Muskeln werden es Ihnen danken!", erklärte er, sprang auf und polterte über die Veranda davon.

„Heiß baden! Bei der Hitze!" Felicitas schüttelte den Kopf über Landons abstrusen Einfall, band den Mustang in der Nähe der Stute an und betrat ebenfalls das Haus. Unschlüssig blieb sie stehen. Sie hörte Landon fröhlich vor sich hin pfeifend mit dem Kochgeschirr hantieren und war sich nicht sicher, ob es sie ärgerte oder ihr gefiel, dass er sich hier so breitmachte. Energisch verdrängte sie den Gedanken. Dies war Virginia Tampicos Zuhause gewesen, in dem auch er viele Jahre gelebt hatte. Womöglich war es schwer für ihn, dass eine Fremde jetzt darin wohnte.

Da Felicitas nichts weiter zu tun hatte, marschierte sie ins Bad und ließ heißes Wasser in die Wanne ein.

~

Landon und Felicitas verzehrten gerade die in der Pfanne bunt zusammengewürfelte Mahlzeit aus Huhn, Kartoffeln, Brechbohnen, Zwiebeln und eingelegten Tomaten, als im Nebenzimmer das Funkgerät zu knacken und zu rauschen begann. Der Deputy verharrte mit erhobener Gabel, doch als sein Name fiel, ließ er diese auf den Teller fallen, sodass sie klappernd einen kleinen Tanz vollführte. Gelenkig und kraftvoll sprang er von der Bank auf und eilte in den Nebenraum.

Felicitas blieb sitzen, betrachtete die fast leere Pfanne und hörte eine junge Männerstimme von einem Unfall berichten. Er rief sowohl Sheriff Fraser aus Woodville als auch Deputy Brown an die Unfallstelle und bat all jene Männer, die die Zeit erübrigen konnten, ebenfalls an den Fluss bei der Bahnstrecke zu kommen. Der Aufruf klang, als benötigte man jede helfende Hand.

Landon meldete sich über Felicitas' Funkgerät und versprach, in ein paar Minuten dort zu sein. Mit polternden Schritten kehrte er in die Küche zurück.

„Ich muss weg. Sie können dem Mustang vertrauen. Aber benutzen Sie ausschließlich den Pfad, der hinter dem Anbau beginnt, oder die Straße. Reiten Sie niemals eine andere Route. Gleich außerhalb des Anwesens wird der Boden sumpfig und gefährlich!"

„Ich habe keine Vergnügungsausritte geplant, Deputy. Kann ich vielleicht helfen?"

„Das weiß ich noch nicht. Bleiben Sie doch einfach die nächste halbe Stunde in der Nähe des Funkgerätes. Ich melde mich, falls wir Ihre Hilfe brauchen!“ Landon riss seinen schwarzen Stetson von der Garderobe und verließ, begleitet vom Zuschlagen der Eingangstür, das Haus.

Felicitas hörte, dass er lediglich eine Stufe benutzte, bevor sein beachtliches Körpergewicht den Kies zum Knirschen brachte. Durch die Küchenfenster beobachtete sie, wie er zur Veranda rannte und seine Stute sattelte. Das Tier stürmte bereits los, ehe er im Sattel saß, wobei die Hufe Gras- und Erdklumpen durch die Luft schleuderten. Big folgte dem Reiter laut bellend. Der gescheckte Mustang zerrte an dem Seil, das ihn zurückhielt, beruhigte sich aber schnell wieder.

Als die Aufregung sich gelegt hatte, machte Felicitas sich daran, die Küche aufzuräumen. Das Funkgerät knackte und rauschte unentwegt, da sich verschiedene Leute aus der Stadt und den Höfen im Umland in Mutmaßungen über den gemeldeten Unfall ergingen.

Felicitas konnte sich ein Schmunzeln nicht verkneifen. Es war nicht verwunderlich, dass sich jede Nachricht in Sekundenschnelle verbreitete, wenn in beinahe jedem Haushalt ein Funkgerät zur Grundausstattung gehörte, über das alle Gespräche mit angehört werden konnten.

Die junge Frau warf einen Blick auf die tickende Küchenuhr mit den – vermutlich von Virginia – kunstvoll aufgemalten Zahlen. Die halbe Stunde, die sie in der Nähe des Funkgerätes bleiben sollte, war nahezu verstrichen. Sie könnte endlich einmal ihren Fotoapparat auspacken und einige Aufnahmen von ihrem Haus, dem idyllischen Garten mit dem Fluss und den Zypressen anfertigen. Diese würde sie dann an Kerstin und das Ehepaar März nach Deutschland schicken, die sicher wissen wollten, wo und wie sie inzwischen lebte. Und vielleicht würde sie auch den überflüssigen Mustang ablichten.

Als Felicitas ihren Namen im Funkverkehr hörte, wirbelte sie herum. Die leicht rauchige, tiefe Stimme, die begleitet von atmosphärischen Störungen in ihre Küche drang, gehörte unverkennbar zu Landon. Was hatte er ihr so Wichtiges mitzuteilen?

Felicitas warf das Geschirrtuch auf den weiß lackierten Küchentisch und hastete in den Nebenraum. In der Hoffnung, dass sie das Gerät korrekt bediente, nahm sie die Sprechvorrichtung und drückte den Knopf, der es ihr zu antworten erlaubte.

„Ja? Hier spricht Felicitas!“

„Miss Tess, können Sie bitte kommen? Sie finden mich an der Brücke, nahe beim Dorf!“

Felicitas nickte ungeduldig. Sie wusste längst, dass sich dort ein Autounfall ereignet hatte und alle verfügbaren Männer gerufen worden waren, weil man ein Opfer in den Fluten des Stroms vermutete.

„Ich komme!"

„Danke!"

Sorgsam schaltete sie das Gerät aus, lief in den Flur, setzte sich ihren Strohhut auf und griff nach dem Autoschlüssel. Erst da kam ihr die überflutete Auffahrt in den Sinn, und ihre Augen weiteten sich entsetzt. Um Landons Bitte nachkommen zu können, blieb ihr als Fortbewegungsmittel nur das Pferd. Erwartete er das wirklich von ihr? Doch welche andere Möglichkeit hatte sie, wenn sie nicht zu Fuß gehen und dadurch wertvolle Zeit verschenken wollte, bevor sie bei der Brücke eintraf?

6. Kapitel

Der Pfad führte in scheinbar unendlich vielen Windungen durch den Wald aus über 200 Jahre alten, mit Moosbärten behangenen und von Kudzu umschlungenen Virginia-Eichen, vorbei an umgestürzten Stämmen, vereinzelten Hartriegelbäumen und wucherndem Farn. Er endete auf der Sandpiste kurz hinter dem dritten Bachlauf, wie die unsichere Reiterin feststellte. Dorothys Wegbeschreibung war also richtig gewesen.

Der in verschiedenen Brauntönen gescheckte Mustang fiel in einen zockelnden Trab, wobei seine bunte Mähne fröhlich auf und ab wippte. Angestrengt versuchte Felicitas, den richtigen Rhythmus zu finden, und bis ihr das gelang, ließ sich das Tier von ihr nicht stören.

„Bist ein braver Bursche", flüsterte sie und beobachtete, wie der Mustang die Ohren nach hinten drehte. Da er auf dem breiten Weg flotter lief, drückte sie die Füße unwillkürlich fester in die ledernen Steigbügel.

„Nur nicht galoppieren, hörst du? Das kann ich nämlich nicht!", redete sie ihm gut zu, sodass er erneut mit den dunklen Ohren zu spielen begann.

Zügig durchquerten das Pferd und seine unbeholfene Reiterin das Dorf, in dem eine eigentümliche Stille herrschte. Die Hütten wirkten wie ausgestorben, was in Felicitas ein unangenehmes Frösteln hervorrief. Eine Unfallstelle zu betreten hieß vermutlich, Leid und Elend zu begegnen.

Entlang des Flusslaufes standen zwei Polizeiwagen, verschiedene Pickups, ein John-Deere-Traktor und eine chromblitzende schwarze Corvette. Flussaufwärts, hinter der Brücke, schaukelten wie immer hölzerne Fischerboote im Wasser, aber an diesem Tag lagen dort auch zwei moderne Motorboote am Steg vertäut.

Begleitet von einem seltsam dumpfen Klang schlug ein Huf gegen das Gleis auf der Bahntrasse. Es beruhigte Felicitas, dass sie mehr darüber erschrak als das Pferd. Sie lenkte den Schecken zu einem einsam auf einer Wiese stehenden, durch einen Blitz entstellten Baum, aus dem die wuchernden Kudzu-Pflanzen eine wunderliche Skulptur geformt hatten.

Daran war Landons braune Stute angebunden. Felicitas ließ sich vorsichtig aus dem Sattel gleiten. Sie ignorierte das Zittern ihrer Knie, band den Mustang an und stapfte steif auf eine Versammlung diskutierender Männer zu. Die meisten von ihnen trugen beschichtete Hosen über Gummistiefeln und hielten lange Holzstangen in den Händen. Wasserperlen, von der Sonne zum Glitzern gebracht, rollten an den schwarzen und grünen Beinkleidern entlang zu Boden.

Felicitas entdeckte unter den Helfern auch den alten Fred, Walter, der sich ununterbrochen mit der Hand über die Glatze strich, Flips Vater und Steve. Bürgermeister Phillips, der ebenfalls eine Stange in seinen mächtigen Händen hielt und wie immer auf einer Zigarre kaute, gesellte sich soeben zu der Gruppe. Die anderen Männer kannte sie nicht, zumindest nicht mit Namen.

Landon und der Sheriff aus Woodville hantierten am abschüssigen Ufer mit einer grauen Plane; bei ihnen stand ein junger Mann in Sheriffuniform.

Felicitas blieb in einigem Abstand stehen. Sie war die einzige Frau unter all den weißen Männern, die sich gedämpft, jedoch aufgeregt unterhielten. Sie hörte Steve sagen: „Ich habe ein ganz ungutes Gefühl bei der Sache, Leute. Ein wirklich schlechtes Gefühl!“

„Versuchen wir es klein zu halten“, brummte ein vornehm gekleideter weißhaariger Mann. Ihm sah man eine gewisse Bequemlichkeit an der fülligen Figur an. Die restlichen Anwesenden hüllten sich in Schweigen.

Der junge Deputy, in dem Felicitas Jo-Jo vermutete, stieß Landon den Ellenbogen in die Seite. Der blickte auf, entdeckte Felicitas und nickte ihr zu. Verhalten, sodass sie seine Worte nicht verstehen konnte, sprach er mit den Umstehenden, woraufhin alle in ihre Richtung schauten, um sich dann wie auf Kommando zu zerstreuen.

Landon kam mit schweren Schritten auf Felicitas zu, als klebten ihm Zentnergewichte an den Schuhen. Sie jedoch beobachtete, wie der vornehm gekleidete Herr zu dem jungen Ordnungshüter ging, kurz auf ihn einredete und sich daraufhin in die Corvette setzte. Auch die anderen Zivilisten stiegen in ihre Wagen und brausten davon, eine Abgaswolke hinter sich herziehend. Zwei von ihnen bestiegen ihre Pferde, zwei weitere kletterten in die Motorboote, und Fred lenkte den lärmenden und spuckenden grünen Traktor über die Holzbrücke davon.

„Danke, dass Sie gekommen sind“, murmelte Landon und baute sich in voller Größe vor ihr auf. Fragend sah Felicitas in sein unrasiertes Gesicht. Was sollte sie – die Fremde – hier?

„Ich habe leider eine unangenehme Aufgabe für Sie, Miss Tess. Wir haben den Leichnam des Unfallopfers gefunden, können ihn jedoch erst wegbringen, wenn er von zwei Personen identifiziert worden ist. Es ist schwierig genug, ihn hier fortzuschaffen, ohne dass ein Arzt oder ein Richter ihn sich angeschaut hat. Leider ist der Arzt irgendwo unterwegs und der Richter nicht erreichbar."

Felicitas' Blick wanderte an dem muskulösen Oberarm des Mannes vorbei, hinüber zum sanft abfallenden Ufer, wo noch immer der zweite Deputy und Sheriff Fraser bei der Plane warteten. Sie sollte jemanden identifizieren? Dafür war sie nun aber wirklich die Falsche!

Zweifelnd sah sie zu Landon auf, der sich räusperte, ehe er sagte: „Die wenigsten Menschen aus der Umgebung können einen Schwarzen identifizieren."

Felicitas' Beine, vom ungewohnten Ritt ohnehin zittrig, drohten unter ihr nachzugeben.

„Kommen Sie bitte." Landon ließ ihr keine Chance, ihre sich wie in einem Karussell drehenden Gedanken zur Ruhe zu bringen. Er stapfte durch das dürre Gras, das geräuschvoll unter seinen Schritten raschelte, auf seine Kollegen zu. Felicitas blieb wie angewurzelt stehen. Sie hatte in ihrem Leben bereits zu viele Leichen gesehen, entstellt durch Bomben, zu Tode gequält, verhungert ... Meist waren es Unbekannte gewesen. Aber wenn Landon sie hierher beorderte, damit sie dem Unfallopfer einen Namen gab, hieß dies doch, dass er annahm, sie kenne die Person.

„Miss Tess!", rief Landon und winkte auffordernd. Sein Gesicht wirkte völlig unbeteiligt. Ging ihm der Tod dieses Menschen überhaupt nicht nahe?

Mit der Überlegung spielend, schleunigst die Flucht zu ergreifen, näherte sie sich dem rasch dahinfließenden Gewässer. Nach den starken Regenfällen der vergangenen Nacht war der Fluss angeschwollen und trug Äste, ganze Grasbüschel, aber auch von Menschenhand weggeworfenen Unrat mit sich. Feuchte Luft stieg aus dem Flussbett auf und zerzauste ihr Haar.

„Das ist Deputy John Johansen. Ich glaube, Sheriff Fraser haben Sie schon kennengelernt."

John, ein bisschen jünger als Felicitas, reichte ihr die Hand mit den Worten: „Entschuldigen Sie bitte, Miss Felicitas, dass wir Sie herbitten mussten, aber Landon meinte, Sie kennen den Burschen."

Mit zugeschnürter Kehle betrachtete Felicitas die Plane, unter der man die Konturen eines menschlichen Körpers erahnen konnte. Entsetzt hielt sie den Atem an. Die Abdeckung war auffallend klein. Lag hier gar ... ein Kind?

„Miss Felicitas?“ John trat neben sie und ergriff sie fürsorglich am Ellenbogen. „Es tut mir leid“, flüsterte er und musterte sie besorgt. „Ich wünschte, jemand anderes könnte das tun. Aber es hieß, dass Sie ...“

„Können wir das jetzt endlich hinter uns bringen?“, fuhr Sheriff Fraser dazwischen, hockte sich für sein Alter und seine Leibesfülle erstaunlich gelenkig hin und hob die Plane an.

Felicitas öffnete den Mund, doch der Aufschrei blieb ihr in der Kehle stecken.

„Sie erkennen ihn also?“, hakte Sheriff Fraser nach, ehe er die Plane wieder auf das blau unterlaufene Gesicht des Kindes sinken ließ.

„Er heißt Bobby Charles“, flüsterte sie und war froh über die stützende Hand des jungen Deputys. „Seinen Nachnamen kenne ich nicht.“

Vor Felicitas' Augen drehte sich alles. Der kleine Bobby Charles war tot. Der Junge, der sich bei ihren Besuchen im Dorf immer so fröhlich mit ihr unterhalten und ihr den Namen Tess gegeben hatte. Der unzertrennliche Freund von Chapter. Ein heißer Schauer jagte durch sie hindurch. Chapter! Sie kannte die Kinder ausschließlich Seite an Seite, als könne der eine nicht ohne den anderen sein.

„Was ist mit Chapter?“, stieß sie hervor. „War er bei Bobby Charles? Wo ist er?“ Ihr furchtsamer Blick glitt von der Plastikplane zu Landon.

„Sie vermuten, der Junge war nicht allein?“, hakte John nach.

„Die beiden stecken immer zusammen“, flüsterte Felicitas kraftlos und wandte sich dem Zufluss des Ol'Man River zu. Pappeln und wildes Unterholz wuchsen an seinem Ufer, gewährten nur gelegentlich einen uneingeschränkten Blick auf das rasch fließende, gurgelnde Braun des Wassers.

„Einer der Teenager im Auto sagte aus, er habe nur ein Kind in die Fluten stürzen sehen“, sagte der Sheriff und bedeutete Landon, den Leichnam anzuheben.

„Teenager in einem Auto? Die Verursacher des Unfalls? Wo sind die denn? Wo ist das Auto?“, sagte Felicitas halblaut vor sich hin und drehte sich um. Unzählige Reifenspuren durchzogen kreuz und quer die Böschung und die Sandpiste. Bis auf die Polizeiwagen, mit denen Deputy Johansen aus der Kleinstadt und Sheriff Fraser aus Woodville gekommen waren, befand sich kein Fahrzeug mehr vor Ort. Hatte man den Unfallwagen bereits fortgeschafft? So lange lag der Unfall doch noch gar nicht zurück, dass man alle Spuren sichern und die betroffenen Personen in die Stadt hätte bringen können. Warum geschah alles in dieser ungewöhnlichen Eile?

Misstrauisch ließ Felicitas John stehen und stapfte zu den Automobilen. Tatsächlich war hier schnell und effektiv jede Spur vernichtet worden. Zwischen all den Fußspuren, Hufabdrücken und tief eingegrabenen Spurrillen konnte niemand mehr feststellen, welche Reifenspuren zum Unfallwagen gehörten.

Die drei Sheriffs verrichteten zwar im hintersten Zipfel des Staates Mississippi ihre Arbeit, dennoch wussten sie besser als Felicitas, dass ein Unfallort abgesperrt werden musste.

Felicitas versuchte, ihre wild dahinjagenden, einem Schwalbenschwarm gleichenden Gedanken zu beruhigen. Immerhin hatte der Sheriff aus Woodville mit den Autoinsassen gesprochen, nicht wahr?

Felicitas blieb zwischen dem Fluss und den beiden Fahrzeugen stehen und sah zu, wie Landon den toten Bobby Charles auf den Rücksitz des Dienstwagens seines Vorgesetzten bettete.

Inzwischen war der County-Sheriff in seinen Wagen gestiegen und wendete in einem großen Bogen auf der Wiese, bevor er mit seinem leblosen Passagier über die Brücke davonratterte. John verabschiedete sich knapp von Felicitas. Als auch er nach einem kurzen Wortwechsel mit seinem Kollegen davongefahren war, blieben Landon und Felicitas allein zurück.

„Ich habe eine weitere Bitte an Sie." Landons Augen flackerten unruhig.

„Noch so eine schreckliche Aufgabe wie diese eben?", fragte Felicitas zutiefst aufgewühlt und deshalb nicht gerade freundlich.

„Jemand muss Bobby Charles' Eltern–"

„Nein! Oh, nein!", stieß Felicitas laut hervor und hob abwehrend die Hände. „Da gehen Sie mal schön allein hin!" „Aber die Schwarzen respektieren Sie …"

„Sie kennen mich doch erst seit Kurzem!"

„Sie kennen Sie besser als jeden anderen Weißen hier."

„Lassen Sie mich raten: Das liegt an der unüberwindbaren Entfernung zwischen dem Dorf und der ... *Stadt*? Oder an der Tatsache, dass die Leute hier alle so beschäftigt sind?"

„Sparen Sie sich Ihren Zynismus, Miss Tess! Der ist hier wirklich fehl am Platze. Sie wissen besser als ich, welche Rassengesetze bis vor ein paar Jahren in Deutschland galten!"

„Allerdings!", zischte sie ihn an.

„Dann urteilen Sie nicht über uns hier. Manche Situationen sind nicht so, wie sie auf den ersten Blick scheinen, und manches braucht einfach seine Zeit!"

„Unser Krieg ist seit achtzehn Jahren vorbei! Ihr Sezessionskrieg seit fast hundert! Das halte ich für mächtig viel Zeit, um endlich einzusehen, dass die Schwarzen nicht anders sind als Sie! Mit Ausnahme der Hautfarbe und der Möglichkeiten, die man ihnen verwehrt!"

Auf Landons Stirn entstand eine steile Falte. „Bis vor ein paar Wochen hatten Sie noch nie einen Schwarzen gesehen und wussten nichts über das Leben der Menschen hier. Und jetzt maßen Sie sich plötzlich an, eine Expertin für zwischenmenschliche Beziehungen zu sein?" Landons Tonfall klang so bedrohlich, dass Felicitas zurückwich. Die Wiese unter ihren Schuhen wurde abschüssig und wieder umfing sie der feuchte Luftzug, der von den Wellen aufstieg.

„Offenbar habe ich in den vergangenen Wochen mehr Kontakt zu den Schwarzen gehabt als manch einer, der hier geboren ist, sein Leben lang haben wird."

Ihr Gesprächspartner kratzte sich am Hinterkopf, sodass ihm der schwarze Stetson in die Stirn rutschte.

„Da könnten Sie recht haben", murmelte Landon, drehte sich um und ging zu den Pferden. Felicitas folgte ihm zögernd.

„Und genau das ist der Grund, Miss Tess, weshalb ich Sie bei dem, was ich jetzt tun muss, gern dabeihätte. Die Schwarzen lachen viel und lieben das Leben. Genauso intensiv leiden sie jedoch auch. Ich kann mit wütenden Männern umgehen, allerdings nicht mit weinenden Frauen!"

Landon band die Tiere los und warf Felicitas die Zügel des Mustangs zu. Während die braune Stute nervös um ihren aufsteigenden Reiter herumtänzelte, blieb der Wallach gelassen auf der Stelle stehen, bis Felicitas sicher im Sattel saß.

„Würden Sie mich bitte begleiten?", fragte Landon schließlich ruhig und höflich in das Schweigen hinein.

„Ich weiß nicht, ob ich ... darin gut bin", erwiderte Felicitas leise.

„Wer ist das schon?"

Felicitas zog die Schultern hoch. Wie teilte man einer Familie den Tod ihres Kindes mit?

Sie hielt den Schecken ein wenig zurück, und auch ihr Begleiter schien es nicht eben eilig zu haben, die Hütten zu erreichen.

„Wissen Sie, wo Bobby Charles' Familie wohnt?", erkundigte sich Felicitas.

„Nein."

„Dann ist es wohl am besten, wenn ich Birdie hole. Ihre Anwesenheit dürfte ohnehin von Vorteil sein."

„Sehen Sie, Sie sind mir schon eine Hilfe", gab Landon zurück und lenkte sein Pferd von der abschüssigen Straße vor Birdies Haus.

Die alte Frau öffnete die quietschende Holztür und trat auf die Veranda, kaum dass die Reiter den Verandavorbau erreicht hatten. Sie musterte erst Landon, dann den gescheckten Mustang und anschließend dessen Reiterin. Langsam streckte sie eine Hand aus und suchte am Stützbalken der Verandaüberdachung Halt. Dabei schloss sie die Augen, als lausche sie einer inneren Stimme. Ein leises Wehklagen entrang sich ihrer Kehle, und ihre Finger krallten sich so fest um das Holz, dass weitere Farbfetzen abblätterten und lautlos zu Boden fielen.

„Ich wünschte, Virginia wäre hier", murmelte Landon, woraufhin Felicitas ihn prüfend ansah. Er beugte sich zu ihr hinüber und flüsterte: „Die Leute sagen immer, dass die Vögel Birdie alle Geheimnisse zuzwitschern."

„Das habe ich auch schon gehört", erinnerte sich Felicitas.

„Gehen wir!" Birdies energisch klingende Stimme ließ Landon und Felicitas hochschrecken. Die Frau trat auf die sandige Straße, auf der einige wenige Grashalme tapfer ums Überleben kämpften. Felicitas und Landon stiegen ab, banden die Tiere an einen Stützbalken und folgten Birdie über die unebene Straße. Im Zentrum des Hüttendorfes blieb die alte Frau stehen und drehte sich fragend zu ihnen um. Felicitas verspürte eine eigentümliche Erleichterung darüber, dass Birdie offenbar nicht wusste, zu wem sie unterwegs waren.

„Es ist Bobby Charles", flüsterte sie, und dabei schossen ihr Tränen in die Augen. Erst jetzt schien nicht nur ihr Kopf, sondern auch ihr Herz zu erfassen, dass sie ihren kleinen Freund verloren hatte.

Die alte Frau schwankte und umklammerte mit den Händen den Stoff ihres weiten, einfarbigen Kleides. Ihr Gesicht spiegelte den Schmerz wider, der tief in ihre Seele fiel. Dennoch straffte sie die runden Schultern und ging ihnen voran in Richtung Waldrand. Sie passierten auf ihrem Weg verschiedene ärmliche Hütten. Eine Frau erhob sich aus ihrem Schaukelstuhl und trat an die Verandabrüstung, um ihnen nachzusehen, doch sie sprach sie nicht an. Die Stille verdeutlichte lauter als alles, was Felicitas jemals gehört hatte, wie emotional aufgeladen die Atmosphäre im Dorf war. Sogar die stehende Hitze zwischen den Gebäuden schien die grausame Wahrheit hinausschreien zu wollen: Ein Kind war tot!

Endlich erreichten Birdie, Landon und Felicitas die schief in den Angeln hängende Eingangstür ihres Ziels. Landon gestattete sich kein neuerliches Zögern, sondern klopfte kräftig an. Innerhalb von Sekunden erschien eine schlanke Frau hinter der milchigen Glasscheibe. Bobby Charles' Mutter Winnie. Sie trocknete ihre feingliedrigen Hände an einem roten Handtuch ab und öffnete dann energisch die Tür. Über ihre Haare hatte sie ein Tuch gebunden, das dieselbe leuchtende Farbe wie das Handtuch in ihren Händen aufwies. „Was gibt es?", fragte sie direkt, sah aber mit flatternden Augenlidern an den Weißen vorbei zu Birdie.

Ohne lange Vorrede teilte Landon ihr mit, dass man ihren Sohn tot aus dem Fluss gezogen hatte. Dabei versteckte er die Hände tief in den Taschen seiner Jeans. Winnie verharrte gleich einer Statue, das Handtuch in ihren Händen, den Blick starr geradeaus gerichtet.

„Er ist bestimmt bei Chapter", flüsterte sie tonlos.

Ein sanfter Windhauch brachte die Blätter der Bäume und Sträucher zum Rascheln, bewegte einige von Winnies Haarsträhnen und ließ einen Zipfel ihres Kopftuchs aufflattern. Felicitas hatte den Eindruck, dass die Erde zum Stillstand gekommen war. Die völlige Reglosigkeit, das Fehlen jeder weiteren Reaktion Winnies war ihr unheimlich.

Birdies Hand legte sich schwer auf Felicitas' Unterarm, als sie ihr und Landon zuflüsterte: „Geht. Bitte."

Felicitas gehorchte unverzüglich und verließ, gefolgt von Landon, den beengten Platz zwischen den Hütten. Ein herzzerreißender, gellender Schrei erschütterte das Dorf. Mehrfach hallte er aus dem Wald wider.

„Oh mein Gott!", rief Felicitas aus. Sie war kurz davor, mitten auf der schlammigen Straße auf die Knie zu fallen. Was für ein grausamer Schmerz und welch abgrundtiefe Verzweiflung lagen in diesem Schrei!

Innerhalb von Sekunden strömten Kinder, Frauen und Männer herbei und näherten sich den beiden Weißen. Es war Holly Dedra, die zu fragen wagte, was mit Winnie sei, obwohl sie es vermutlich ahnte. Ein zweites Mal sprach Landon das unfassbar Schreckliche aus.

Mehrere Frauen wandten sich ab und eilten zu Bobby Charles' Mutter. Einige der Alten schüttelten traurig die Köpfe und trotteten mit schlurfenden Schritten davon; Mütter nahmen ihre Kinder auf den Arm oder ergriffen sie fest bei den Händen. Still entfernten sie sich mit ihnen. Es schien, als versuchten sie, ihre Lieben vor weiterem Unglück zu beschützen, das fern am Horizont wie eine Gewitterfront aufzog. Zurück blieben ein zottiger Hund und ein kleiner Junge, der Landon mit großen Augen ungläubig ansah.

Big stieß Chapter mehrfach mit der feuchten Schnauze an. Schließlich gab er es auf, die Aufmerksamkeit des Jungen auf sich zu ziehen, und legte sich Landon zu Füßen.

„Bobby Charles konnte viel besser schwimmen als ich!" Chapter sah Felicitas bittend an. Hoffte er von ihr zu hören, dass alles ein Irrtum sei? Aber das ging leider nicht, gleichgültig wie sehr sie es sich wünschte.

Chapter umklammerte Felicitas' Hand. „Er war ein toller Schwimmer. Er hat es mir beigebracht, wissen Sie?"

„Nein, das wusste ich nicht, Chapter. Doch ich weiß, dass er ein guter Freund für dich war. Ein ganz besonderer Freund." Felicitas ging vor dem Jungen in die Hocke und umfasste seine schmalen Schultern. Erneut stiegen Tränen in ihre Augen und dieses Mal ließen sie sich nicht zurückdrängen. Auch über das schwarze Kindergesicht rollte eine einzelne Träne, die sanft auf Felicitas' Hose tropfte. Sie spürte sie, feucht und heiß. „Es war ein Autounfall. Bobby Charles blieb keine Möglichkeit zu schwimmen."

„Er war sicher angeln", vermutete Chapter leise und lehnte sich dabei Trost suchend an sie. „Ich habe gestern einen riesigen Fisch aus dem Fluss gezogen. Er wollte einen noch größeren fangen!" Zwei weitere Tränen rollten über das runde Gesicht. Chapter kniff die Augen zusammen, als wolle er ihnen damit Einhalt gebieten. „Warum ist er ohne mich gegangen?" Seine Worte waren nur ein verzweifeltes Flüstern.

„Auch wenn du bei ihm gewesen wärst, hättest du nichts tun können", flüsterte Felicitas ihm zu.

Chapter legte den Kopf auf ihre Schulter. Sie verschwieg, wie dankbar sie Gott war, dass zumindest dieses Kind verschont geblieben war.

„Was soll ich denn ohne ihn tun, Miss Tess? Wir waren schon immer zusammen. Meine Mommy muss immer arbeiten. Also war ich bei Bobby Charles. Schon als ich noch gar nicht laufen konnte. Er war wie mein Bruder!"

In Felicitas brach der letzte Damm, der ihren Schmerz zurückgehalten hatte. Ungehindert liefen Tränen über ihr Gesicht und fielen auf das karierte Hemd von Chapter, während seine salzigen Tränen ihre Bluse durchnässten. „Bobby Charles wird in deinem Herzen weiterleben. Ich bin mir ganz sicher: Du wirst ihn nie vergessen."

„Sie auch nicht?"

„Nein", schluchzte sie und überlegte verzweifelt, welche Worte wohl Birdie benutzen würde, um dem Kind Trost zuzusprechen. Sie holte tief Luft und fügte hinzu: „Nein, auch ich werde Bobby Charles immer in meinem Herzen tragen. Weißt du, er ist jetzt an einem wunderbaren Ort, bei seinem himmlischen Vater." Felicitas presste die Lippen zusammen, spürte, wie die von ihr ausgesprochene Hoffnung auch ihr Inneres wärmte.

„Ist Birdie bei Winnie?", fragte Chapter nahezu lautlos.

„Ja, das ist sie."

„Das ist gut. Sie weiß so viel über den Himmel. Das wird Winnie trösten."

„Und dich auch?"

Chapter schlang seine dünnen Arme um Felicitas' Hals und drückte sich noch fester an sie. „Vielleicht später!", murmelte er kaum hörbar.

Schwere, energische Schritte näherten sich ihnen. Eine Männerhand legte sich auf Chapters bebende Schulter, und eine sanfte, wenngleich raue Stimme sagte: „Kind, lass die Miss jetzt los."

Felicitas wollte aufbegehren, denn es gefiel ihr, dass Chapter sie kräftig umarmte. Sie wollte Trost spenden und brauchte diese Umarmung doch ebenso nötig.

Chapter sprang allerdings wie elektrisiert zurück. Er sah sie an, stammelte eine Entschuldigung und stürmte davon.

Felicitas wischte sich über ihre Wangen und hob den Kopf, um gegen die Sonne anzublinzeln und in die Gesichter von Abner und seinem Vater zu schauen. Sie erhob sich, obwohl ihre Knie ihr nur widerwillig gehorchten wollten.

„Danke, dass Sie Chapter getröstet haben. Aber ab jetzt ist seine Familie für ihn da", sagte Freeman Cross mit sonorer Stimme und in die Länge gedehnten Vokalen, nickte ihr zu und schlurfte von dannen.

In Felicitas brodelte der Wunsch, lauthals aufzubegehren. Natürlich war sie weiß und Chapter schwarz, aber das hinderte sie doch nicht daran, sich gegenseitig Trost zu spenden!

„Ich wollte mich nicht aufdrängen", brachte sie mühsam beherrscht hervor.

„Das wissen wir." Abner deutete mit einer Handbewegung an, dass er sie zu ihrem Pferd zurückbringen wollte, und vermittelte ihr damit den Eindruck, als habe er vor, sie höflich, aber bestimmt aus dem Dorf zu geleiten. Ohne ein weiteres Wort und in einer schwer anmutenden, unbehaglichen Atmosphäre, die nahezu greifbar war, erreichten sie die Pferde und den wartenden Landon.

Der Deputy wickelte die Zügel von der Holzstange und drückte ihr die des Mustangs in die zitternde Hand, ehe er sich an Abner wandte:

„Falls du Adam Lee siehst ... Er soll sofort Deputy Johansen oder mich aufsuchen. Wenn er sich bis morgen früh nicht gemeldet hat, schicken wir Suchtrupps nach ihm aus."

„Ich sage es ihm", sagte Abner ohne jede Regung in der Stimme, was Felicitas veranlasste, zwischen den beiden Männern hin und her zu blicken. „Adam Lee? Weshalb suchen Sie nach Adam Lee?", fragte sie schließlich.

„Es heißt, er habe am Steuer des Unfallwagens gesessen", erklärte Landon und sah dabei den schwarzen Hünen an.

„Adam Lee darf nicht fahren", erwiderte Abner knapp.

„Du weißt genau, dass er manchmal mit einigen Jungs unterwegs war."

„Wer hat noch im Wagen gesessen, Sir, Mr Deputy?", presste Abner zwischen zusammengebissenen Zähnen hervor.

„Das ist Inhalt der polizeilichen Untersuchungen." Landons Antwort klang abweisend.

„Weiße!", stieß Abner wütend hervor. „Mehrere Weiße und ein Schwarzer. Und kommt jemand zu Schaden, saß natürlich der *Nigger* am Steuer!"

Die Männer musterten sich mit einer erschreckend bedrohlichen Intensität; schätzten ab, wie weit sie ihre gegenseitige Provokation noch treiben konnten. Felicitas beobachtete beunruhigt das schweigsame Geschehen, ahnte sie doch, dass zwischen den beiden noch ein anderer, tiefer gehender Disput schwelte.

Es war Abner, der schließlich zuerst den Blick senkte. „Auf Wiedersehen, Miss Tess. Deputy!", sagte er und eilte davon.

„Finden Sie allein nach Hause?" Landons Frage schreckte Felicitas auf, war sie doch noch völlig gefangen von dem, was sich in den letzten Minuten abgespielt hatte. Wieder schien die Welt um sie her ins Wanken zu geraten, und sie steckte unweigerlich mittendrin. Landon hingegen wirkte ruhig, gerade so, als sei nichts Gravierendes geschehen. Aber genau diese Gelassenheit war es, die sie zutiefst verwirrte. Tausende von unbeantworteten Fragen wirbelten in ihrem Kopf durcheinander. Zudem regte sich in ihr der Kummer darüber, dass die Menschen sich hier von einer Minute auf die andere als Feinde betrachteten.

„Erzählen Sie mir, was bei dem Unfall passiert ist?", fragte sie anstelle einer Antwort.

„Es gab einen Toten und ein Fahrzeug ist beschädigt. Die Sache ist noch nicht ausgestanden."

Felicitas nickte, wenngleich seine Erklärung völlig unzureichend war.

„Geben Sie auf sich acht“, murmelte Landon, schwang sich in den Sattel und lenkte das Pferd in Richtung Stadt. Allerdings kam er nach wenigen Metern noch mal zurück. Bereits im Begriff aufzusitzen, nahm Felicitas ihren linken Fuß wieder aus dem Steigbügel.

„Ich trage im Augenblick zwar keine Dienstkleidung, Miss. Aber ich gebe Ihnen jetzt als Deputy dieses Bezirks die strikte Anweisung, unverzüglich nach Hause zu reiten. Sie haben hier in den nächsten Stunden, besser noch, in den nächsten Tagen nichts zu suchen!“

„Natürlich, Deputy!“, erwiderte sie und konnte die Spur eines trotzigen Tonfalls nicht unterdrücken.

„Ich verlasse mich darauf!“, schickte er seinen ernsten Worten eine versteckte Drohung hinterher, ehe er endgültig davonritt.

Big folgte Felicitas, als sie durch das erneut wie ausgestorben daliegende Dorf und kurz darauf in den Wald ritt.

~

Felicitas verbrachte den Rest des sonnigen Maitages im Wohnzimmersessel und bewegte ihre schmerzenden Beine möglichst wenig. Dabei hörte sie die hitzigen und nicht enden wollenden Diskussionen über den Unfall am Funkgerät mit. Vermutlich durfte man mehr als die Hälfte der kursierenden Mutmaßungen und Verdächtigungen nicht glauben, dennoch fielen immer wieder die Namen Adam Lee Larnby, Flip Hauser, Bill Junior Phillips, Matt Bauer und Montgomery Carbonne.

Mit den beiden zuletzt genannten konnte Felicitas rein gar nichts anfangen, nahm aber an, dass Montgomery Carbonne einer der Söhne der Familie Carbonne war, bei der Lily arbeitete. Allerdings, das erfuhr sie ebenfalls via Funk, hielt sich dieser Montgomery kaum in der Stadt auf, weil er auswärts zur Schule ging. Felicitas' Eindruck war, dass die Funker seinen Namen und den von Matt Bauer nur vorsichtig einbrachten, ganz im Gegensatz zu ihren Äußerungen über Flip und den Bürgermeistersohn. Adam Lee wurde selten einmal beim Namen genannt. Von ihm sprach man entweder von „dem aus dem Dorf“ oder von „dem schwarzen Boy“. Ein paarmal fiel auch der Begriff „Nigger“.

Um das verstorbene Kind schien allerdings niemand zu trauern, und der Schuldige war bereits ausgemacht: Adam Lee!

~

Am folgenden Morgen betrat Felicitas mit dem Frühstückstablett in den Händen die sonnenüberflutete Veranda und beschloss spontan, am Wasser zu frühstücken. Da es kaum einen Körperteil gab, der ihr nicht wehtat, ging sie mit winzigen Schritten über die Wiese zum Steg, der mit den hellen neuen und dunklen alten Brettern einem Zebra glich. Erleichtert, als habe sie einen Zehn-Kilometer-Marsch hinter sich, ließ Felicitas sich auf das von der Sonne angewärmte grüne Polster des Holzstuhls auf der Plattform sinken. Träge gurgelnd floss das Wasser unter ihr hindurch und plätscherte gegen die Stützpfosten. Im raschelnden Ufergras zirpten Grillen, mehrere Frösche stimmten in das Konzert mit ein und von weiter her erklang das Schnattern der Enten. Ein herber Geruch nach Moder und Harz erfüllte die Luft und konkurrierte mit dem Duft der mittlerweile in voller Blüte stehenden Rosenhecken. Auf der Wasseroberfläche, nahe der Sumpfzypressen, erstreckte sich ein grüner Teppich aus fächerförmigen Blättern, zwischen ihnen setzten die rosafarbenen Lotusblüten fröhliche Farbakzente, und zwei Schildkröten reckten ihre Köpfe aus dem Wasser. Mit einem zufriedenen Seufzen nahm Felicitas ihr belegtes Brötchen und den Kaffee und legte ihre Füße auf eine alte Kiste.

Sie biss gerade das erste Mal ab, als sie eine Männerstimme hörte. „Guten Morgen, Miss, ich komme, um das Gras zu mähen!“

Verwundert nahm Felicitas die Füße herunter und wandte sich in ihrem Stuhl um. Der Rasen hatte es dringend nötig, aber sie konnte sich beim besten Willen nicht daran erinnern, jemanden für die Tätigkeit verpflichtet zu haben. Sie erkannte in der männlichen Person Freeman Cross, Holly Dedras Ehemann. In seiner Begleitung befanden sich zwei kleine Mädchen mit lustig abstehenden kleinen Zöpfen, wobei Felicitas nur Rose Jada kannte, Holly Dedras 7-jährige Tochter. Das andere Mädchen war ihr unbekannt. Hinter den beiden folgte Chapter mit gesenktem Kopf und tief in den Hosentaschen vergrabenen Händen. Er hob kaum die Füße vom Boden, sodass sein Gang dem eines alten Mannes ähnelte. Holly Dedra bildete das Schlusslicht der überraschenden Prozession.

„Guten Morgen, Miss“, wiederholte Freeman, lüftete den Hut und verbeugte sich knapp, was Felicitas, belustigt über so viel Höflichkeit, zu einem Schmunzeln verleitete.

„Entschuldigen Sie bitte, dass ich nicht aufstehe“, rief sie, „aber ich saß gestern das erste Mal und in jedem Fall zu lange im Sattel.“

„Es ist gut, dass Sie Virginias Pferd geholt haben, Miss Tess. So schlammig, wie der Weg heute Morgen noch ist, kommen Sie da mit dem Wagen sicher nicht durch!“, rief Holly Dedra zurück.

Das Automobil! Das hatte Felicitas völlig vergessen. „Wo steht denn mein Wagen?“

„Gleich am Beginn des Waldes, Miss. Es scheint, als ob er ein Stück fortgeschwemmt wurde, doch er ist weder im Graben noch an einem Baumstamm gelandet.“

„Das Glück der Schusseligen!“, lachte Felicitas. Ihr entging das breite Grinsen auf Holly Dedras Gesicht nicht, wenngleich diese sich eilig zu den Mädchen in ihrer Begleitung umwandte. „Meine Rose Jada kennen Sie ja. Das ist ihre Freundin und Chapters jüngere Schwester, Line.“

„Hallo, Line. Wie schön, dich kennenzulernen.“

„Ich mache mich mal an die Arbeit, Miss.“ Freeman setzte sich geschäftig seinen Strohhut auf den bereits leicht ergrauten Lockenkopf.

„Sie wollen hier wirklich mähen?“

„Das ist seit vielen Jahren mein Job, Miss.“

„Auch in den vergangenen beiden Jahren?“, hakte Felicitas nach, die zu verstehen begann, weshalb sie das Grundstück in einem so gepflegten Zustand angetroffen hatte.

„Natürlich, Miss.“

„Dann ... bekommen Sie vermutlich noch Geld von mir?“, fragte Felicitas zögernd. Ihre Finanzlage ließ eine weitere größere Ausgabe schlicht nicht zu.

„Nein, Miss. Miss Virginia hat mich bezahlt, bis sie starb, und für die kommenden zwanzig Jahre wird mein Lohn von Mrs Hauser beglichen.“ Nach dieser irritierenden Auskunft tippte sich Freeman an seinen Strohhut und marschierte hinüber zum Anbau, in dem die Gartengeräte untergebracht waren.

„Chapter, bitte schließ das Tor, damit ich das Pferd rauslassen kann“, rief Freeman gleich darauf dem Jungen zu.

„Aber ...“, Felicitas wollte aufstehen, unterließ dies jedoch, da jeder Muskel in ihrem Körper deutlich signalisierte, dass sie Bewegungen aller Art vermeiden sollte.

„Keine Angst, Miss“, sagte Freeman. „Der Wallach ist bei geschlossenem Tor immer frei umhergelaufen. Er hält sich von den Blumen fern, und in das dichte Unterholz vor dem Wald läuft er auch nicht.“

Chapter trottete eher unwillig zurück zum Tor, ganz anders der Mustang, der im flotten Schritt aus dem Anbau kam, über die Wiese an den Fluss galoppierte und dort erst einmal mit Hingabe Wasser trank. Felicitas gefiel, wie vergnügt der Schecke sich auf dem Grundstück bewegte, und ließ ihren Vorsatz fallen, das Tier grundsätzlich im Stall oder angebunden zu halten. Schließlich wandte sie sich Holly Dedra und den Mädchen zu, die untätig am abschüssigen Ufer standen. „Kommt doch herüber!“, rief sie und winkte einladend mit der Hand.

„Sollen wir wirklich?“, fragte Holly Dedra unsicher.

„Natürlich, Mrs Cross. Sie können hier auf der Kiste sitzen und die Mädchen auf dem Steg. Ich würde Ihnen ja den Stuhl anbieten, aber ich fürchte, ich halte es nach meinem Abenteuer im Sattel auf der harten Kiste nicht lange aus!“

Die Kinder setzten sich auf das von der Sonne angenehm gewärmte Holz und ließen ihre nackten, vom Marsch hierher schlammigen Füße ins Wasser baumeln. Holly Dedra zögerte einen Moment, der Aufforderung nachzukommen, und schob die Kiste etwas von der weißen Frau fort, ehe sie sich darauf niederließ.

Felicitas trank einen Schluck ihres nur noch lauwarmen Kaffees und schaute dann betroffen auf Holly Dedras im Schoß gefaltete Hände. „Oh, bitte entschuldigen Sie meine schlechten Manieren. Möchten Sie auch einen Kaffee?“

Birdies Tochter hob lediglich die Schultern.

„Aber bestimmt doch. Und die Mädchen und Chapter hätten sicher gern ein Glas Milch? Oder Limonade?“ Felicitas richtete sich halb auf, verzog das Gesicht und ließ sich erneut auf die Stoffbespannung zurücksinken.

„Dieses Pferd!“, murmelte sie und warf dem grasenden Mustang einen vorwurfsvollen Blick zu. Line und Rose Jada schauten sie mit funkelnden Augen erwartungsvoll an.

„Wie wäre es, wenn ihr euch selbst aus der Küche etwas zu trinken holt? Ich fürchte, ich verbringe heute den ganzen Tag in diesem Stuhl!“

„Aber Miss Tess …“, wandte Holly Dedra ein.

„Keine Angst. Die Mädchen finden sich schon zurecht, nicht wahr? Chapter, du begleitest sie, ja?“

„Dürfen wir, Holly Dedra?“, bat Line und sah fragend zu der Mutter ihrer Freundin auf, die allerdings entschieden den Kopf schüttelte. „Das ist …“

„Bitte, Mrs Cross. Sie dürfen sich wirklich gern selbst bedienen! Oder Sie begleiten die drei und bereiten für sich eine Tasse Kaffee zu – und mir am besten auch noch eine. Meiner ist inzwischen kalt, und ich mag keinen kalten Kaffee.“

„Also wirklich …“

„Bitte, Mama“, bettelte Rose Jada.

Felicitas sah weiterhin Zweifel in Holly Dedras Gesicht, lachte, beugte sich vor und ergriff ihre Hand. „Sie wollen mir doch nicht ernsthaft weismachen, dass Sie nie im Haus Ihrer Freundin Virginia gewesen sind?"

Die Schwarze musterte Felicitas. Nach geraumer Zeit des Überlegens stand sie wortlos auf und schickte die Kinder vor sich her. Mit erhobenem Kopf und gestrafften Schultern folgte sie ihnen über die Veranda ins Haus.

„Na also!", freute sich Felicitas und schob sich den Rest des Brötchens in den Mund.

Wenig später kehrten die Mädchen, Chapter und Holly Dedra mit ihren Getränken zurück. Der Junge hielt zudem ein Erdnussbutterbrot in den Händen und spähte unsicher zu Felicitas. Sie lächelte ihn an und nickte. „Du darfst das Glas nachher mitnehmen. Ich mag Erdnussbutter nämlich nicht."

„Sie mögen keine Erdnussbutter?" Rose Jada und Line sahen sie so fassungslos an, als habe sie ihnen erklärt, dass sie grundsätzlich auf Nahrung verzichtete.

„Erdnussbutter gibt es in Deutschland nicht. Dorothy Hayes meinte aber, ich müsse sie unbedingt probieren, wenn ich eine richtige Mississippi-Lady werden will." Felicitas seufzte theatralisch auf. „Was nun, da ich sie überhaupt nicht mag, bedeutet: Ich kann *nie* eine Mississippi-Lady sein!"

„Das macht nichts. Ich glaube, ich hab Sie trotzdem gern. Und Bobby Charles hat sie auch gern gehabt. Das hat er mir gesagt", murmelte Line.

Rose Jada stieß ihrer Freundin so kräftig mit dem Ellenbogen in die Seite, dass die Limonade beinahe aus den Gläsern schwappte.

„Das freut mich, Line!", erwiderte Felicitas sanft und bemühte sich darum, den neu aufwallenden Schmerz irgendwo tief in ihrem Inneren einzuschließen.

Die Kinder widmeten sich ihren Getränken, also schenkte Felicitas ihre Aufmerksamkeit erneut Holly Dedra, die es sich wieder auf der Kiste bequem gemacht hatte. „Und jetzt müssen Sie mir bitte erklären, weshalb Ihr Mann für die Arbeit hier im Garten ausgerechnet von Mrs Hauser bezahlt wird."

Schmunzelnd reichte Holly Dedra Felicitas eine Tasse mit dampfendem Kaffee. „Nach Virginias Tod wollte Mrs Hauser unbedingt den rosafarbenen Caddy haben, aber man durfte ihn ihr ja nicht einfach überlassen. Wir vermuten, dass Mrs Hauser jemandem, der für die Erbangelegenheit zuständig war, Geld zugesteckt hat, denn der Caddy wurde ihr schlussendlich doch übergeben. Allerdings mit der Auflage, dass sie dafür die Pflege des Gartengrundstücks für die nächsten zwanzig Jahre bezahlt."

Im ersten Moment war Felicitas wenig angetan von diesem fragwürdigen Handel. Aber dann fiel ihr ein, dass Mr Hauser seiner Frau untersagt hatte, das rosa Ungetüm zu fahren. Jetzt musste Mrs Hauser den unnütz auf ihrem Hof stehenden Caddy verkaufen – und dennoch Freemans Arbeit auf dem Anwesen bezahlen.

„Es scheint noch Gerechtigkeit auf dieser Welt zu geben", sagte sie halblaut in ihre Kaffeetasse und reizte Holly Dedra damit erneut zu einem kleinen Heiterkeitsausbruch.

Als die Mädchen ihre Limonade ausgetrunken hatten, liefen sie zu dem Mustang, der sich geduldig von ihnen streicheln ließ, während Freeman Chapter zur Mitarbeit anhielt. Eine nahezu greifbare Stille senkte sich über das Anwesen. Blaugrün schillernde Libellen schossen über die in der Sonne silbern glitzernden Wellen hinweg, und das Wildentenpaar wagte sich sogar in Felicitas' und Holly Dedras Nähe. Die beiden so unterschiedlichen Frauen schauten eine Weile schweigend den Mädchen zu, bis Holly Dedra sich räusperte.

Fragend hob Felicitas den Kopf, gespannt, ob sie nun erfahren würde, weshalb Holly Dedra ihren Ehemann begleitet hatte. „Chapter geht es nicht gut."

Felicitas schwieg bekümmert. Man brauchte nicht viel Einfühlungsvermögen, um sich in die Trauer und die Verzweiflung des Kindes hineinversetzen zu können.

„Line und Rose Jada sind noch zu jung, um den Verlust wirklich zu begreifen. Aber Chapter ... Und auch die Eltern des Jungen leiden schrecklich." Holly Dedra schluckte hörbar und stellte die Tasse auf eine Holzplanke, da ihre Hände zu sehr zitterten. Dann erst fuhr sie fort: „Heute Morgen war Mr Carbonne bei ihnen. Er sagte, er bedauere den Tod von Bobby Charles."

Felicitas' Mundwinkel zuckten. Der Name Montgomery Carbonne war ihr inzwischen ein Begriff. Er war von den Funkern mehrmals erwähnt, aber niemals mit den unfreundlichen Aussagen bedacht worden wie die anderen jungen Leute, die ebenfalls im Unfallwagen gesessen hatten. Demnach war sein Vater heute ins Dorf gekommen? Gab Montgomery mittlerweile zu, dass er am Steuer gesessen hatte?

„Anschließend war Mr Carbonne bei meiner Familie. Er will, dass wir den beim Unfall entstandenen Schaden an seinem Cadillac Coupé bezahlen. Wissen Sie, Adam Lee wächst bei uns und bei Birdie auf. Er hat keine Eltern mehr."

Holly Dedra rieb sich nervös die Hände, und Felicitas wagte nicht, die bedrückende Stille zu durchbrechen. Ihre Gedanken gingen allerdings auf Wanderschaft. Beschuldigte Carbonne also auch Adam Lee?

„Adam Lee ist heute Nacht nicht nach Hause gekommen, Miss Tess. Jetzt ist ein Trupp Weißer auf der Suche nach ihm."

„Ihm ist doch hoffentlich nichts zugestoßen? Wo könnte er denn sein?"

„Er ist ein kluger, guter Junge. Er ist an einem Platz, wo er in Ruhe überlegen kann, was richtig und was falsch ist. Manchmal brauchen weise Entscheidungen einfach Zeit."

Felicitas nickte unsicher. In Sachen Entscheidungen war sie sicher nicht diejenige, die guten Rat erteilen konnte. Adam Lee war Holly Dedras Mündel. Vermutlich war es schrecklich für sie, sich fragen zu müssen, ob der Junge etwas mit dem Tod von Bobby Charles zu tun hatte.

~

Holly Dedra und Felicitas spülten gerade das Geschirr vom Mittagessen, das sie gemeinsam auf der Veranda eingenommen hatten, als im Garten mehrere Männerstimmen laut wurden. Fast sofort kamen die Mädchen und wenig später auch Chapter in die Küche und scharten sich ängstlich um Holly Dedra. Felicitas trocknete sich die Hände ab und zog den Vorhang vor dem Küchenfenster beiseite. Freeman, dessen schwarze Haut vom Schweiß glänzte, stand schwer auf einen Rechen gestützt mitten auf der nun wieder adrett geschnittenen Wiese. Vor ihm drängten sich vier verschwitzte Pferde nervös aneinander und ihre Reiter sprachen mit dem Gärtner, während sich weitere Männer über das Grundstück verteilten.

„Der Suchtrupp!" Felicitas reichte Holly Dedra das Handtuch und strich im Vorbeigehen Chapter über die schwarzen Locken. Ihre Schritte polterten dumpf über die Holzbretter, als sie über die Veranda zu den Stufen eilte und ins frisch geschnittene Gras hinunterstieg. Sie hastete zu der aufgeregt gestikulierenden Gruppe und gesellte sich neben Freeman.

John zog höflich den Sheriffhut und begrüßte sie mit einem Lächeln, der Bürgermeister nickte ihr kurz zu. Von Hauser wurde sie dagegen ignoriert. Sein Blick war wütend auf den Mann mit dem Rechen gerichtet. Mit einem belustigten Lächeln, da mittlerweile in die Cadillac-Geschichte eingeweiht, fragte Felicitas die Abordnung, was sie hierher geführt habe.

„Wir suchen den Boy, der gestern Carbonnes Wagen kaputt gefahren und das Kind umgebracht hat", erklärte Phillips. In seiner Bluejeans, den vom vielen Tragen glatt gewordenen, fettglänzenden Leder-Batwingchaps und dem karierten Flanellhemd wirkte er auf Felicitas authentischer als in seinen vornehmen Anzügen.

„Adam Lee?" Felicitas beherrschte das In-die-Länge-Ziehen der Vokale inzwischen meisterhaft. „Ich habe ihn nicht gesehen. Hoffentlich geht es dem Jungen gut."

„Sei's drum", brummte Hauser, wendete mit einer ruckartigen Bewegung sein Pferd und trieb es an den Fluss, um es trinken zu lassen.

John stieg ab und warf Freeman wortlos die Zügel zu.

„Sie besitzen doch ein Funkgerät, Miss Felicitas, nicht wahr? Ich muss Sheriff Fraser, den Koordinator der verschiedenen Suchtrupps, anfunken und nachfragen, ob eine andere Truppe den Jungen gefunden hat. Wäre das möglich?"

„Kommen Sie bitte mit." Felicitas führte den Mann durch die Haustür ins Nebenzimmer, sodass er weder die Kinder noch Holly Dedra zu Gesicht bekam. Sie blieb in der Tür stehen, während der Deputy seinen Vorgesetzten in der County-Hauptstadt anfunkte. Niemand hatte auch nur eine Spur von Adam Lee gefunden, was in Felicitas die Frage aufwarf, ob sie darüber froh oder vielmehr bestürzt und zugleich besorgt sein sollte.

John beendete das Gespräch und lehnte sich lässig an den Tisch. „Es tut mir leid, dass Sie in die Sache mit hineingezogen wurden. Aber Landon meinte, Sie seien vermutlich die einzige weiße Person, die das Opfer zweifelsfrei identifizieren könne."

„Ist schon gut, Deputy Johansen."

„Sag doch einfach Jo-Jo. So nennen mich alle meine Freunde. Wir müssten etwa im gleichen Alter sein. Wärst du hier aufgewachsen, hätten wir gemeinsam die Schulbank gedrückt."

„Gern. Ich bin Felicitas. Kann ich euch etwas zu trinken anbieten? Wie lange seid ihr schon unterwegs?"

„Seit dem Morgengrauen. Aber wir dürfen uns nicht zu lange aufhalten."

„Ich könnte Sandwiches zubereiten und ein paar Gläser Eiswasser bereitstellen."

„Das hört sich gut an."

Die unfreiwillige Gastgeberin nickte und schickte sich an, den Raum zu verlassen, doch John ergriff sie am Unterarm. Fröhlich zwinkerte er ihr zu und raunte: „Übrigens hat Landon dich gestern bei Steve entschuldigt. Er hat ihm erklärt, du seist sehr mitgenommen gewesen und er habe dich nach Hause geschickt!"

„Bei Steve …?" Fassungslos schlug Felicitas beide Hände vor ihren Mund. Sie hatte ihren ersten Arbeitstag in Steve Carties Café nicht angetreten! Das war vollkommen in Vergessenheit geraten.

„Meine Güte, bin ich ein Dussel!", stieß sie hervor.

„Ach, gestern wurde im Steve's nicht viel gegessen oder getrunken, nur diskutiert. Er hat es also überlebt!"

„Ich funke ihn sofort an und entschuldige mich bei ihm", beschloss Felicitas.

Wieder hielt John sie zurück. „Wenn ich dir einen Rat geben darf, Felicitas: Tu das nicht. Benutze das Funkgerät nur, wenn es dringend nötig ist."

„Das *ist* dringend!"

„Nicht so sehr", sagte John, ließ sie los und verließ das Haus.

Entschlossen trat Felicitas an den Tisch und griff nach der Sprechmuschel. In diesem Augenblick gab der Lautsprecher eine Abfolge von Knacklauten von sich. „Sie haben den aus dem Dorf noch nicht gefunden", rief eine aufgeregte Frauenstimme.

„Müssen wir jetzt Angst um unsere Kinder haben, wenn sie von der Schule nach Hause gehen?", fragte eine zweite Stimme, die allerdings alles andere als ängstlich klang.

„Schließt in den nächsten Tagen eure Häuser, eure Schuppen und vor allem eure Vorratskammern ab!", bellte eine dritte.

Felicitas zog ihre Hand zurück, als habe das Gerät ihr einen Schlag versetzt, und schob sie in die Hosentasche ihrer kurzen Bluejeans. Die Lust, Steve anzufunken und sich für ihr Ausbleiben zu entschuldigen, war ihr gründlich vergangen. Es musste ja nicht das halbe County erfahren, dass sie schusselig genug war, um ihren ersten Arbeitstag zu vergessen!

~

Nachdem der Suchtrupp sich gestärkt hatte, ritten die Männer über die allmählich abtrocknende Auffahrt davon. Auch Holly Dedra und die Kinder verließen kurz nach den Reitern das Anwesen, taten dies jedoch über den Fußpfad durch den Wald. Tief in Gedanken versunken blickte Felicitas ihnen nach. Sie hatte sich über ihren Besuch gefreut, fragte sich nun aber, aus welchem Grund Holly Dedra und die Kinder Freeman begleitet hatten. Ihre anfängliche Zurückhaltung deutete darauf hin, dass sie nicht auf solch vergnügliche Stunden gehofft hatten, wie sie sie gemeinsam hatten verbringen dürfen.

Felicitas gab Freeman, der dabei war, die Hecken zu schneiden, Bescheid, dass sie in die Stadt fahren würde, und machte sich auf den Weg zu ihrem Automobil. Sie fand den Pick-up meterweit entfernt von der Stelle, an der sie ihn stehen lassen hatte. Einige Schrammen an der Fahrertür sprachen von einem unsanften Kontakt mit einem Baumstamm, ansonsten wirkte das Fahrzeug unversehrt, bis auf die schlammig-braune Farbe unterhalb der Türöffnungen.

„Jetzt hast du ein zweifarbiges Auto“, sagte sie zu sich selbst, stieg ein und setzte vorsichtig auf die Straße zurück. Am Bahnübergang wartete sie rund zehn Minuten, bis sich ein mit Holz beladener Güterzug vorbeigequält hatte. In dieser Zeit wanderten ihre Gedanken traurig zu Bobby Charles zurück.

Wenig später ratterte sie mit dem Pick-up über die Brücke und rollte wie ein Schiff auf aufgewühlter See über die hügelige Landschaft.

Felicitas’ erster Gang führte sie zu Steves Café. An der verstaubten Glastür hing das Geschlossen-Schild, doch als sie die Stirn gegen die Scheibe legte, konnte sie den Eigentümer sehen. Er stocherte mit einem Besen unter den Tischen herum, als jage er eine Ratte, wobei er mit dem Arbeitsgerät unsanft die Stühle verschob.

Felicitas drückte versuchsweise die Klinke und trat ein, als die Tür aufsprang.

„Felicitas! Geht es dir besser? Ich weiß nicht, was diesem Holzkopf von Landon einfällt, dich zu einer Kinderleiche zu schleppen!“

„Ist schon gut. Allerdings muss ich zugeben, dass ich dich gestern einfach vergessen habe!“

„Du hast mich ... vergessen?“ Steve warf den Besen von sich, der klappernd zwischen Tisch- und Stuhlbeinen verschwand, und griff sich theatralisch an die Brust. „Du brichst mir das Herz, Fremde! Ich hätte es beinahe nicht überlebt.“

Felicitas lächelte, hob den Besen auf und tippte Steve mit dem Stiel weiter links auf die Brust. „Du wirst dein gebrochenes Herz vielmehr hier finden!“

„Dann muss es etwas anderes gewesen sein. Mein Stolz vielleicht?“

„Falls du weißt, wo Schusseligkeit und Vergesslichkeit liegen – sag mir Bescheid, ja?“, rief Felicitas ihm zu, während sie bereits die Stühle mit den Beinen nach oben auf die Tische stapelte.

„Weißt du, mit was du Schusseligkeit und Vergesslichkeit in jedem Fall wettmachst?“, fragte Steve. Felicitas schob den Stuhl, den sie in den Händen hielt, weiter in die Tischmitte, bevor sie sich fragend zu ihm umdrehte.

„Mit deiner Ehrlichkeit und deinem Humor!“

„Danke, Steve!“ Diesmal war es an Felicitas, mit theatralischem Unterton zu antworten.

„Ich werde dich mit Komplimenten überschütten, damit du mich nie wieder vergisst! Denn hätten die Leute gestern einen Sinn für Essen und Trinken gehabt, hätte ich ziemlich verloren dagestanden!“

„Es wird nicht mehr vorkommen. Im Normalfall passieren mir derlei Dummheiten nur ein einziges Mal!“

„Im Normalfall?“

„Na ja, es gibt Ausnahmen. Bitte mich besser nie darum, abends ans Abschließen zu denken!“

„Der Kapitän verlässt immer als Letzter das sinkende Schiff!“

„Dann habe ich den Job also noch?“

„Sonst komme ich ja nie wieder zu meinem Geld!“

Felicitas machte sich daran, den Boden zu wischen. Mochten viele der Stadtbewohner für sie fremd und undurchschaubar sein; Steve war anders. Sie mochte ihren Chef!

„Tess?“

„Ja?“, fragte Felicitas, verwundert darüber, wie schnell sie sich an den Namen gewöhnt hatte, den die Schwarzen ihr gegeben hatten. Woher Steve ihn wohl kannte? Von seinem Freund Landon?

„Würdest du mir den Gefallen tun und in nächster Zeit dort draußen im Wald äußerst vorsichtig sein? Versuch dich daran zu erinnern, dass Türen ein Schloss haben, ja? Und streife nicht allein durch die Wälder.“

„Was bereitet dir Sorgen?“

„Da sind eine Menge Leute unterwegs. Suchtrupps, Neugierige, Adam Lees Familie, Adam Lee selbst und Carbonne mit seinem eigenen Suchtrupp. Du bist in Mississippi. Hier besitzt jeder Junge spätestens ab seinem zehnten Lebensjahr ein Gewehr!“

Felicitas war zwar bewusst, dass Steve übertrieb, dennoch rührte sie seine Sorge um ihr Wohlergehen. Und dass in diesem County erschreckend viele Menschen Schusswaffen besaßen, war ihr schon frühzeitig aufgefallen. Sogar an den Sätteln der Reiter vorhin hatte sie die ledernen Hüllen mit den herausschauenden Gewehrschäften gesehen.

„Aber auf mich werden die doch nicht schießen!“ Felicitas’ Lachen klang selbst in ihren eigenen Ohren unecht. Sie hasste Waffen, und es war nicht schwer, die Ursache dafür in ihrer Kindheit in Deutschland zu suchen.

„Hör einfach auf mich, ja? Ich möchte nicht auch noch für deine Beerdigung bezahlen müssen!“

„Okay, Steve. Ich bin ab sofort absolut vorsichtig und überlege mir jeden Schritt zweimal“, erwiderte Felicitas gerührt, machte einen Schritt seitlich und stieß den Wassereimer um.

7. Kapitel

Lily wischte sich den Schweiß von der Stirn und ergriff erneut die Bürste. Ihre Hände waren mit Seifenschaum bedeckt, mit dem sie verzweifelt versuchte, den undefinierbaren dunklen Fleck aus dem Teppich zu entfernen. Inzwischen schmerzten ihre Knie, doch noch immer war die Verfärbung deutlich sichtbar. Lily rutschte rückwärts über den Boden und stieß mit den Füßen gegen das exquisite Sofa. Zum wiederholten Mal wischte sie sich mit dem Unterarm über das vor Schweiß glänzende Gesicht. In diesem Augenblick ging auf der gegenüberliegenden Seite des Raumes die Tür auf.

„Hast du die Zeitungsbilder aus Birmingham gesehen, Vater? Von der Demonstration, die Martin Luther King befürwortet hat, kaum dass er auf Kennedys Intervention hin aus dem Gefängnis entlassen wurde? Kennst du die Fotos von den Polizisten, die auf die Schwarzen einprügeln? Die von den Wasserwerfern und den nach den schwarzen Kindern schnappenden Hunden?“

Der ältere Carbonne zischte wütend: „Warum geben die Narren sich diese Blöße! Nur wegen einer Handvoll demonstrierender Nigger! Die Fotografien weißer Polizisten, die auf Kinder einprügeln, die verletzten Schwarzen, die auf den Straßen liegen; wem soll das nutzen? Weder den Schwarzen, denn ein Großteil der Bevölkerung wird sich nicht darum scheren, noch den Beamten, zumal ihnen jetzt von den Rassenrechtlern mutwillige Gewalt nachgesagt wird!“

„Du hast recht. Aber ich habe im Fernsehen gesehen, dass die heute schon wieder demonstrieren.“

Rich Carbonne fauchte: „Kennedy kann tun und lassen, was er will. Hier bei uns setzt sich die Gleichberechtigung nicht durch – nicht in hundert Jahren!“

Montgomery lachte, und Lily hörte das sanfte Klirren von Kristall. Einer der Carbonne-Männer schenkte sich eines der auf der Anrichte bereitstehenden alkoholischen Getränke ein.

Genau in dem Augenblick, als Lily wieder nach der Bürste greifen wollte, sagte Montgomery etwas leise zu seinem Vater, das sie nicht verstehen konnte. Die Reaktion des Älteren fiel hingegen heftig aus: „Verdammt noch mal! Mir wäre es lieber, sie finden diesen degenerierten Nigger Adam-Irgendwas nicht mehr!"

Lily zuckte erschrocken zusammen. Adam Lee war ihr Vetter, und sie konnte es nicht ausstehen, wenn jemand geringschätzig von ihm sprach.

„Der kann inzwischen sonstwo sein", erwiderte Montgomery mit seiner ungewöhnlich hohen Stimme.

„Dazu hängen die viel zu sehr an ihrer Sippschaft. Wahrscheinlich verstecken sie ihn irgendwo."

„Ich will, dass sie ihn finden. Er soll bestraft werden!" Der jüngere Carbonne ereiferte sich nun ebenfalls lautstark.

„Du verstehst es nicht, hm? Wenn er verschwunden bleibt, kommt das einem Schuldeingeständnis gleich! Niemand wird dich beschuldigen. Ihr müsst nur standhaft bei eurer Aussage bleiben. Wir leben in Mississippi. Hier gilt der Weiße noch etwas!"

Montgomerys Kichern ließ Lily wütend die Zähne zusammenpressen.

„Mir bereiten die Suchtrupps Sorgen", knurrte sein Vater.

Lily spannte sämtliche Muskeln an, als sich ihr Schritte näherten. Was sollte sie jetzt tun? Momentan wirkte sie wie eine heimliche Lauscherin! Mehr verzweifelt als überlegt robbte sie unter die Couch in der Hoffnung, dass Montgomery sie von dort, wo er stand, nicht sehen konnte.

Ihr Brötchengeber machte sich an einem Fenster zu schaffen, kurz darauf wehte eine angenehm frische Brise durch den Raum.

„Was hat dich überhaupt dazu bewogen, den Boy mitzunehmen? Ich hatte dir den Umgang mit ihm doch verboten!", fauchte Carbonne seinen Sohn an.

„Adam Lee ist witzig", verteidigte sich Montgomery.

„Er ist ein Nigger!"

„Das weiß ich. Ich würde ihn auch niemals als einen Freund bezeichnen. Aber mit ihm auf Tour zu sein ist wirklich lustig."

„Sehr lustig, ja. Vor allem im Zusammenhang mit einem toten Kind. Weißt du, was hier los wäre, hätte ich mich nicht genau zum Zeitpunkt des Unfalls in eurer Nähe aufgehalten?"

„Aber du warst ja dort!", murmelte Montgomery unwillig, und selbst dabei klang seine Stimme noch ungewöhnlich hoch.

„Du bist dümmer als Stroh. Ich verbiete dir, über den Unfall zu sprechen. Du sagst keinen Ton mehr – zu niemandem! Hast du mich verstanden?"

„Ja, Sir.“

Lily hörte voller Angst, wie Carbonne wütend im Zimmer auf und ab ging. Gleich würden er oder sein Sohn den nassen Teppich und die zurückgelassene Bürste sehen! Die Unterhaltung war nicht für die Ohren einer Schwarzen bestimmt gewesen und schon gar nicht für jemanden aus Adam Lees Verwandtschaft!

Schwere Schritte polterten an ihrem Versteck vorüber, Lily erkannte Montgomerys Westernstiefel. Der Junge verließ den Raum, ohne auf den schaumigen Fleck am Boden zu achten.

Wo aber befand sich Carbonne?

„Dieser verflixte Bengel!“, hörte Lily ihn erschreckend nahe bei ihrem Versteck toben. „Entweder sollen sie den Niggerboy sofort finden oder gar nicht mehr! Verdammt!“ Eine Faust landete mit dröhnendem Krachen auf einem Holzmöbelstück. Entsetzt schloss Lily die Augen. Sie kannte den Jähzorn des Mannes und war sich ihrer prekären Situation allzu bewusst.

„Ich muss mich auf dem Laufenden halten!“, sagte der Hausherr zu sich selbst. Bevor die Tür hinter ihm zuschlug, hörte Lily, wie er durchs Treppenhaus brüllte: „Ich fahre zu Cartier.“

~

Auch Tage nach Bobby Charles’ Tod war der Unfall das Hauptgesprächsthema der Stadt. Die Gemüter hatten sich kaum abgekühlt, und noch immer waren Suchtrupps unterwegs. Adam Lee jedoch blieb unauffindbar.

Felicitas zwängte sich im Café zwischen John und Flip hindurch, die mit einigen Gleichaltrigen am Tisch saßen, schob sechs leere Limonadengläser zusammen und nahm sie auf, um sie zum Spülen hinter den Tresen zu tragen.

„Geht es dir gut da draußen, Felicitas?“, erkundigte sich der junge Deputy.

„Natürlich. Danke, Jo-Jo.“

„Mir ist nicht wohl bei dem Gedanken, dass du dort allein bist.“

„Weshalb? Die Suchtrupps mit ihren Schusswaffen waren ja bereits vor drei Tagen bei mir“, gab Felicitas keck zurück.

Graue Augen taxierten sie einen Augenblick misstrauisch, ehe ein Grinsen Johns Gesicht erhellte. „Du hast Humor!“

Er lachte und wandte sich wieder der lauten Gesprächsrunde zu. Felicitas schlängelte sich zwischen den Stühlen hindurch, vorsichtig darauf bedacht, mit niemandem in dem überfüllten Raum zusammenzustoßen. Sie ließ mit weißen Schaumresten verzierte Biergläser zu den Limonadengläsern ins Spülwasser gleiten und eilte erneut davon, um Kaffee nachzuschenken.

Die Masons betraten das Lokal, blieben allerdings unsicher in der Tür stehen. Das Steve's war voll besetzt mit lautstark diskutierenden Menschen. Bläulich weiße Rauchschwaden waberten den in dunklem Glas eingefassten Deckenlampen entgegen, die den Gastraum nur spärlich ausleuchteten, und die Musikbox spielte unbeachtet einen Everly-Brothers-Song. Der Geruch von Alkohol, Zigarettenrauch und Schweiß bildete ein stickiges Gemisch, das nicht einmal durch die sich drehenden Deckenventilatoren aufgelöst wurde.

„Entschuldigung", sagte Felicitas mehrmals, als sie sich zwischen den Stühlen hindurchquetschte.

„Ich finde für Sie einen Platz, Mrs und Mr Mason. Kommen Sie bitte", sprach sie das ratlos dreinblickende Ehepaar an. Die beiden hatten sich noch keinen Meter von der Tür entfernt.

„Läuft der Laden so gut, seit Steve Sie eingestellt hat?", fragte Fred, was Felicitas zu einem fröhlichen Auflachen verleitete.

„Wissen Sie, mein Mann und ich begehen heute unseren sechzigsten Hochzeitstag", versuchte Cécile ihr zuzuraunen, was bei dem Lärmpegel fast zu einem Schreien missriet.

„Wirklich? Meinen herzlichen Glückwunsch. Dann haben Sie aber sehr jung geheiratet!"

„Danke, meine Liebe. Ja, ich war gerade sechzehn und Fred war stolze achtzehn Jahre alt."

„Kommen Sie, ich räume Ihnen zur Feier des Tages den besten Tisch frei!" Das Ehepaar folgte Felicitas durch das Gedränge. „Einen Augenblick", rief sie den Masons zu, während sie John und Flip auf die Schultern klopfte. „Leute, ich habe hier ein Paar, das heute seinen sechzigsten Hochzeitstag bei uns feiern will. Was haltet ihr davon, an die Bar zu wechseln?"

John sprang sofort auf und gratulierte den Masons. Die beiden strahlten vor Glück und Stolz, als sich immer mehr Gratulanten anschlossen. Der junge Deputy, an diesem Tag in Bluejeans und kurzärmeligem blauem Hemd, schubste sowohl Flip als auch den neben ihm Sitzenden an, damit sie den älteren Herrschaften ihre Plätze überließen. In der Zwischenzeit kämpfte Felicitas sich hinter ihr hölzernes, stabiles Schutzschild – den Tresen – zurück, spülte hastig die Gläser, bevor das Wasser kalt wurde, und suchte dann in Steves Durcheinander auf der Ablage nach zwei halbwegs ansehnlichen Speisekarten. Lautes Rumpeln vor dem Tresen verdeutlichte ihr, dass die jungen Männer ihrem Vorschlag gefolgt waren.

„Weshalb bin ich nicht gleich auf die Idee gekommen? Jetzt bin ich der bezaubernden Lady viel näher!“, lachte John und erntete dafür schallendes Gelächter vonseiten seiner Freunde und ein Hochziehen der Augenbrauen von Felicitas. John zwinkerte ihr zu und formte mit den Lippen das Wort *Entschuldigung*. Gut gelaunt schüttelte Felicitas den Kopf. Nein, böse konnte sie John nicht sein!

„Hast du alles im Griff?“, fragte Steve, der aus der Außenküche kam, wo er für Barbecue-Nachschub sorgte.

„Bekommen wir, obwohl Barbecue-Tag ist, eine anständige Mahlzeit von der Speisekarte hin? Die Masons haben Hochzeitstag.“

„Lily arbeitet heute in der Küche. Sprich doch mit ihr, was wir anbieten können“, rief Steve über den Lärm hinweg und machte sich mit dem beladenen Tablett auf den Weg zu seinen hungrigen Gästen.

Wie geheißen verließ Felicitas den Schankraum. Sie huschte durch den gefliesten Flur in Richtung Küche, von wo ihr aufgeregte Stimmen entgegenschlugen. Sie hielt inne. Lily rief aufgebracht: „Ich weiß doch, was ich gehört habe! Rich Carbonne sagte, dass die Jungen unbedingt bei ihrer Version des Unfallhergangs bleiben sollen, dann würde ihnen nichts passieren. Und wie froh er sei, dass er rechtzeitig zur Schadensbegrenzung zur Stelle gewesen ist.“

„Lily, du weißt genau, wie verrückt Adam Lee aufs Autofahren ist.“ Abner war hörbar darum bemüht, seine Schwester zu beruhigen.

„Er ist nicht gefahren!“

„Das weißt du doch nicht.“

„Ich habe es aber so verstanden! Weshalb sonst sollte Carbonne seinen Sohn auffordern, in jedem Fall zu schweigen? Der Unfall soll Adam Lee in die Schuhe geschoben werden! Carbonne sagte auch, er hoffe, Adam Lee werde nie gefunden, weil das einem Schuldeingeständnis gleichkäme!“

Abner schwieg. Ein zischendes Geräusch, als schlage jemand ein Ei in eine heiße Pfanne, drang zu Felicitas in den Flur.

„Nur Adam Lee kennt die Wahrheit.“ Abners Worte waren für Felicitas kaum zu verstehen.

„Aus diesem Grund muss er aussagen!“

„Es reicht aus, wenn Adam Lee das mit Bobby Charles’ Eltern klärt.“

„Warum? Er ist im Recht! Wann fangen wir endlich an, unsere Rechte einzufordern, Abner?"

„Welche Rechte?" Ihr älterer Bruder stieß ein bitteres Lachen aus.

„Die, die uns zustehen. Wie das, dass die Kinder eine Schule der Weißen besuchen und mit weißen Kindern gemeinsam in einem Bus fahren dürfen. So wurde es '56, nach dreizehn Monaten Bus-Boykott, durch den Obersten Gerichtshof entschieden!", fauchte Lily. Ein nochmaliges Zischen verriet, dass sie das Ei wendete. „Adam Lee ist ein gescheiter Kerl. Er könnte studieren, er könnte …"

„Wenn er nicht in Mississippi leben würde und nicht schwarz wäre!", fuhr Abner sie an.

„Für uns ist es zu spät, Abner. Nicht aber für Adam Lee oder für Rose Jada, Line, Chapter und die anderen Kinder!" In der Küche breitete sich Stille aus, der Dampf verzog sich, und nur die Geräusche aus dem Gastraum drangen herein.

„Miss Virginia hätte etwas unternommen!", waren Lilys nächste, gepresst klingende Worte, begleitet von einem Schluchzen.

Felicitas schlich ein paar Schritte zurück, dann stürmte sie lautstark in die Küche. Die Nebentür zur Sommerküche schwang hinter Abner zu, seine Schwester wischte sich mit einem Tuch über ihr nasses Gesicht und rettete in letzter Sekunde das Spiegelei vor dem Verbrennen.

„Hallo, Lily. Kannst du mir sagen, welche Mahlzeit von der Karte, in die nie jemand einen Blick wirft, wir den Masons anbieten können? Sie haben heute ihren sechzigsten Hochzeitstag."

„Sicher", erwiderte Lily, nahm die Menükarte entgegen, las langsam und meinte schließlich: „Gebratener Catfish, Krautsalat und Maisbrei?"

Felicitas strahlte Lily an. Bei ihrem letzten Besuch bei Birdie vor zwei Tagen hatte sie Catfish vorgesetzt bekommen. Wenn Lily ihn nur annähernd so gut zubereitete wie ihre Großmutter, würde das Gericht ein wahrer Hochgenuss sein! Sie eilte in den Schankraum und unterbreitete dem Ehrenpaar Lilys Vorschlag.

„Das hört sich wunderbar an." Cécile tätschelte dankbar Felicitas' Hand.

Inzwischen nahm die Geräuschkulisse überhand, da noch mehr Männer in den Raum drängten. Unter den Neuankömmlingen entdeckte Felicitas auch Landon, der sich seinen Sheriffhut unter den Arm geklemmt hatte und sich suchend umsah. Mit einem grüßenden Nicken ging er an ihr vorbei zur Bar, gesellte sich zu seinem Kollegen und unterhielt sich gezwungenermaßen sehr laut mit ihm.

Felicitas gab die Bestellung in die Küche weiter und stellte sich hinter die Theke, um Getränkewünsche entgegenzunehmen.

„Es waren Kinder, sagst du?", rief John Landon fragend zu.

„Kinder mit einem Rucksack. Das sah nach Proviant aus. Als sie uns sahen, sind sie schnell wie der Wind im Wald verschwunden", erwiderte der ältere Deputy und signalisierte Felicitas mit einem Fingerzeig auf ein Wasserglas seine Wünsche.

Während Felicitas Landon Wasser einschenkte, mischten sich die anderen an der Theke in das Gespräch ein. „Die halten ihn versteckt, wollen ihn schützen!"

„Was soll's. Einer von denen ist tot. Sollen die das doch unter sich ausmachen!" Lemmon, Stadtrat und Ehemann der Lehrerin am Ort, verdrehte die Augen.

„Carbonne hat einen ziemlichen Schaden an seiner Nobelkarosse. Dafür will er Geld sehen. Aber solange kein Schuldiger feststeht, wird daraus nichts!", rief Bill Junior, der ganz außen saß. Durch den lauten Zuruf erlangte er die Aufmerksamkeit der Personen am Nachbartisch.

Die Unterhaltungen verebbten; Stühle wurden gerückt. Zwei Männer standen auf und traten zu Landon, um mehr zu erfahren. Der nahm Felicitas das Glas aus den Fingern, winkte energisch mit der freien Hand ab und drehte den Leuten demonstrativ den breiten Rücken zu. John tat es ihm gleich.

Vorwurfsvoll schüttelte Felicitas den Kopf. Weshalb hatten die Deputys ihre Informationen im Café ausgetauscht, wenn sie sich jetzt in Schweigen hüllten, was sicher sinnvoll, nun jedoch zu spät war? Weil der Hinweis über die Kinder zwar den Suchtrupps zugänglich sein sollte, dies aber an Information für sie ausreichte?

Auf ihrem Weg durch die beengten Reihen stellte Felicitas bekümmert fest, wie schnell die Geschichte die Runde machte. Das lag aber vermutlich eher daran, dass die Männer aus Landons Suchtrupp ebenfalls von der Begegnung erzählten. Vielleicht hatte Landon wilden Spekulationen vorbeugen wollen, indem er selbst – und sachlich – darüber gesprochen hatte. Immerhin gab es in diesem Ort nichts, was nicht früher oder später wie Unkraut, das sich wild vermehrte, an die Öffentlichkeit gelangte.

Der Raum leerte sich ein wenig, und Felicitas räumte rasch die verwaisten Tische ab. Pastor Finch und seine Ehefrau betraten das Steve's. Wie alle anderen vor ihnen bestellten sie das Barbecue mit Salat. Felicitas schenkte auf dem Weg Richtung Tresen Kaffee nach, nahm zwei weitere Essens- und einige Getränkebestellungen entgegen und hörte dabei einige Farmer darüber reden, wie der entwischte Adam Lee am besten zu finden sei. Auf dem Rückweg, beladen mit einem Tablett gefüllter Gläser, schnappte sie auf, wie dieselben Farmer sich für den folgenden Tag verabredeten, um sich noch einmal auf die Suche zu begeben.

Nachdem er drei Portionen Barbecue gegessen hatte, brach auch Landon auf. Der Uhrzeiger kroch langsam auf Mitternacht zu und allmählich verabschiedeten sich die letzten Gäste.

Nachdem Steve, Lily und Felicitas sowohl die Küche als auch den Schankraum aufgeräumt und die Tür verschlossen hatten, wartete Felicitas auf Lily, die das Café nur über den Hinterausgang verlassen durfte. Die Kleinstadt hüllte sich in nächtliche Stille. Graue Wolkenfetzen zogen über den Halbmond am Himmel hinweg, ließen sein fahles Licht jedoch hindurch, sodass der Himmelstrabant wie hinter einem schmutzigen Schleier sichtbar blieb. Er beschien die im Wind tanzenden silbrigen Blätter der alten Eichen. Eine kräftige Böe wirbelte zierliche Staubschleier auf und trug sie mit sich davon. Die Straßenlaterne schaukelte sanft und tauchte Hauseingänge und Vorgärten abwechselnd in Licht und Schatten.

Felicitas drehte sich hastig um, als sie schwere Schritte hinter sich vernahm. Wie aus dem Nichts trat Landon zu ihr. Höflich nahm er den Hut ab und legte ihn auf die gewölbte Motorhaube, die im Schein des Mondes und der schaukelnden Lampe wie dunkles Wasser schimmerte.

„Ist bei Ihnen da draußen alles ruhig geblieben?“, erkundigte er sich, was in Felicitas die Frage wachrief, warum neuerdings die halbe Stadt ein Interesse an ihrem Wohlergehen zeigte.

„Ja!“, antwortete sie nur.

Landons sah sie intensiv, nahezu forschend an und verschränkte dabei die muskulösen Arme vor der Brust. „Keine ungewöhnlichen Besucher?“

„Die Suchtrupps waren nur einmal bei mir!“, sagte sie, neigte den Kopf und fragte: „Die Kinder, die Sie im Wald antrafen ... befanden sie sich in der Nähe meines Hauses?“

Ein flüchtiges Lächeln huschte über Landons Gesicht, das dringend eine Rasur nötig hatte. Ob er ihr so viel Kombinationsgabe nicht zugetraut hatte? Doch weshalb sollte er sich sonst nach ungewöhnlichen Besuchern erkundigen, wenn er nicht nachhaken wollte, ob sie Adam Lee gesehen hatte?

„Sehr nahe bei Virginias Grundstück, ja!“, erwiderte er.

„Heißt das, ich muss jetzt wieder mit der Kavallerie vor meinem Haus rechnen?“

„Müssen Sie. Also bleiben Sie am besten auf den regulären Wegen. In Ordnung?"

„Was sollte ich abseits der Pfade und Straßen denn auch tun? Kaninchen jagen?" Felicitas lachte und winkte die auf der anderen Straßenseite wartende Lily zu sich, ehe sie die Fahrertür öffnete. Landon klopfte zum Abschied mit der flachen Hand auf die Motorhaube, schnappte sich seinen Hut und verschwand ebenso rasch, wie er aufgetaucht war.

„Eigenartiger Kerl", sagte Felicitas zu Lily, als diese auf dem Beifahrersitz Platz genommen hatte.

„Er ist in Ordnung … Tess."

Felicitas startete den Motor, während sie sich zwei Dinge vor Augen hielt: Lily fiel es nach wie vor schwer, sie bei ihrem Vornamen zu nennen, und zudem kannte sie Landon offenbar besser, als das bisher den Anschein gehabt hatte.

„Du kennst den Deputy schon länger?", fragte sie deshalb und lenkte den Wagen zügig durch die menschenleere Main Street.

„Ja, ich kenne Landon schon sehr lange. Er und Abner waren früher wie Bobby Charles und Chapter. Unzertrennlich."

Felicitas bremste scharf ab. Eine schwarz-weiß gefleckte Katze überquerte die Straße mit einer Selbstsicherheit, als gehöre diese ausschließlich ihr. Nachdem die Königin der Stadt unter einer Hecke verschwunden war, legte Felicitas den ersten Gang ein und fuhr weiter. Sie war tief in Gedanken versunken.

Abner und Landon verhielten sich auffallend distanziert, keinesfalls so, als ob sie als Kinder befreundet gewesen wären. Abner nannte Landon sogar respektvoll *Deputy* und *Sir*.

„Was ist passiert?", wagte Felicitas zu fragen.

„Das Leben. Das Leben ist passiert." Diese unergründliche Antwort verleitete Felicitas zu einem Brummlaut.

„Früher aß Landon immer bei Birdie und Mum, wenn er aus der Schule kam. Er unterrichtete Abner und mich, aber dann bekam er deshalb Schwierigkeiten mit manchen Leuten aus der Stadt. Von da an besuchte er uns nur noch heimlich oder wir trafen uns bei Miss Virginia. In Abners und Landons fünfzehntem Lebensjahr muss irgendetwas geschehen sein." Lily seufzte und lehnte ihren Kopf erschöpft an den Seitenholm. Dunkelheit umgab die Frauen, zumal die runden Scheinwerfer die Straße nicht weiter als einige Meter beleuchteten. Im blassen Licht des Mondes wuchs der große Hügel wie ein gewaltiges Massiv vor ihnen in die Höhe. Felicitas schaltete herunter und fuhr noch langsamer, hatte sie doch keine Lust, im mit Wasser gefüllten Straßengraben zu landen. Ihrer Beifahrerin warf sie einen prüfenden Blick zu. Ob Lily Landon früher einmal sehr gemocht hatte? Vielleicht tat sie das heute noch?

Es überraschte Felicitas, als Lily von allein zu erzählen fortfuhr: „Abner kam eines Tages blau und blutig geschlagen nach Hause. Unsere Eltern versuchten von ihm zu erfahren, was passiert war. Ich saß auf der Veranda und hörte Bruchstücke von dem, was Abner erzählte. Er nannte mehrmals Landons Namen. Es ist nie etwas gegen seine Peiniger unternommen worden, also war ich mir sicher, dass Weiße ihn zusammengeschlagen hatten. Seit jenem Tag trafen sich Abner und Landon nicht mehr, und drei Jahre später verließ Landon die Gegend."

Felicitas nahm den Gang heraus, da sie die Hügelkuppe erreicht hatten und sie den Wagen im Leerlauf hinunterrollen lassen wollte. Sie setzte gerade zu einer Frage an, als im Lichtkegel der Scheinwerfer eine Gestalt auftauchte. Breitbeinig stand diese mitten auf der Straße. Geistesgegenwärtig trat Felicitas auf die Bremse, denn das war es höchstwahrscheinlich, was Dorothys Ehemann, der sein Gewehr unmissverständlich auf sie gerichtet hielt, von ihr erwartete.

„Jesus, steh uns bei!", hörte sie Lily flüstern, die in ihrem Sitz zusammensackte. Atemlos krampfte Felicitas ihre Finger um das Lenkrad.

Walter trat an die Fahrertür mit der heruntergekurbelten Scheibe. „Warum sitzt *die da* in Ihrem Auto?"

„Meinen Sie Miss Lily?", fragte Felicitas und holte erst einmal tief Luft, bestürzt über den beißenden Tonfall des Mannes.

„Haben Sie es noch immer nicht begriffen? Wir haben mit denen nichts zu schaffen! Wenn Sie die Samariterin spielen wollen, kann die auf der Ladefläche mitfahren."

„Aber warum? Ich habe genügend Platz hier vorn." Felicitas' Antwort brachte ihr ein warnendes Zischen von Lily ein. Am liebsten hätte Felicitas ihr tröstend die Hand gedrückt, aber das wagte sie dann doch nicht. Sie war nicht mehr die unbedarfte Fremde von vor ein paar Wochen.

„Wenn Sie in ein anderes Land auswandern, Miss Felicitas, haben Sie sich an die Gepflogenheiten in diesem zu richten, sonst können Sie gleich dahin zurückgehen, wo Sie hergekommen sind!", fauchte der Mann sie an.

„Da gebe ich Ihnen recht, Mr Hayes. Ich habe mich an die Regeln und die Gesetze des Landes zu halten, in dem ich lebe. Aber ich glaube nicht, dass irgendwo geschrieben steht, ich dürfe Miss Lily nach Mitternacht nicht nach Hause fahren!"

„Es gibt ungeschriebene Gesetze!“

„Tatsächlich? Und wer stellt die auf? Wer ratifiziert sie? Wer sorgt für deren Einhaltung? Sie, Mr Hayes?“

„Die Bürger dieser Stadt!“

Endlich gelang es Felicitas, ihre verkrampften Hände vom Lenkrad zu lösen. Sie strich sich über die Wangen und versteckte damit für einen Augenblick ihr Gesicht. Der Anblick der Waffe, auch wenn sie jetzt auf den Boden gerichtet war, machte ihr Angst. Dennoch bemühte sie sich um einen selbstsicheren, festen Klang in ihrer Stimme. Immerhin hatte sie schon als Kind lernen müssen, sich niemals Furcht anmerken zu lassen und sich gegen vermeintlich Stärkere durchzusetzen. Nur so hatte sie eine Chance aufs Überleben gehabt.

„Gibt es da auch eine Regelung bezüglich nächtlichen bewaffneten Auflauerns? Oder über das Handhaben von Schusswaffen, wenn man bereits zwei Bier, zwei Tequila und einen Bourbon zu sich genommen hat? Ich sollte mich bei Ihrer Frau nach derlei Gesetzesvorlagen erkundigen!“

Der Hitze zum Trotz wirkte Walters Gesicht plötzlich wie eingefroren, und auf seiner vom Mondlicht unvorteilhaft beschienenen Glatze bildeten sich winzige Schweißperlen.

„Na gut, Miss. Es ist ja Ihr Wagen. Vielleicht ist es sogar sinnvoll, um diese Tageszeit niemand zu Fuß gehen zu lassen. Wir wollen ja nicht noch einen Unfalltoten, oder? Das könnte richtig Ärger geben!“ Walter trat an den Straßenrand zurück.

Aufatmend löste Felicitas die Bremse und verdrängte den Wunsch, Walter zu fragen, was er hier draußen eigentlich suchte. Stattdessen ließ sie den Pick-up nahezu geräuschlos den Berg hinunterrollen.

„Meine Güte, Tess!“ Die Stimme ihrer Beifahrerin zitterte unüberhörbar. „Was du dich traust!?“

„Ich habe in Dorothys Laden bis auf Reinigungsalkohol und in Alkohol aufgelöste Medikamente noch nie eine Flasche alkoholischen Inhalts gesehen. Sicher ließe dieser sich gut verkaufen, aber Dorothy tut es nicht. Aus Überzeugung, nehme ich an. Ihr Mann taucht jedenfalls auffällig häufig im Steve's auf, wenn Dorothy im Laden unabkömmlich oder bereits zu Bett gegangen ist. Zudem, und das wäre mein nächster Trumpf gewesen, habe ich ihn schon nach dem Gottesdienst mit einer Bierflasche in der Hand im Garten der Lemmons sitzen sehen. Zufällig weiß ich, dass sonntags das Trinken von Alkohol verboten ist.“

„Dass dir so etwas auffällt …“, flüsterte Lily.

Felicitas zuckte mit den Schultern und lauschte dem Geräusch der Räder, die über die Flussbrücke ratterten. Es wunderte sie selbst immer wieder, wie viele Nebensächlichkeiten ihr im Gedächtnis haften blieben, während manches, wie das Verschließen einer Tür, darin nicht unterzubringen war.

Im Dorf angekommen parkte Felicitas den Wagen vor Holly Dedras Haus und stellte den Motor ab. Lily öffnete zwar die Tür, stieg jedoch nicht aus. Dafür wehten der harzige Duft des Waldes und der des trockenen Straßensandes herein.

„Du erinnerst mich an Miss Virginia, Tess." Nun kam der Name schon viel leichter über Lilys Lippen. Felicitas registrierte es mit Freude, hüllte sich aber in Schweigen und starrte auf die dunklen Umrisse der Häuser, die sich nahe an den Waldrand schmiegten, als müssten sie sich verstecken.

„Du glaubst nicht, dass Adam Lee am Steuer des Unfallwagens saß, nicht wahr?", fragte sie in dem Augenblick, als Lily die Beine aus dem Auto schwang. Ein langer prüfender Blick traf Felicitas, ehe Lily ausstieg. Allerdings drehte sie sich nochmals zu Felicitas um. „Ich weiß nicht mehr, was ich darüber denken soll. Adam Lee war ab und zu mit Montgomery Carbonne unterwegs und er liebt Autos ... Er könnte gefahren sein."

„Aber es spricht auch einiges dagegen?"

„Ich hörte, wie Rich Carbonne zu seinem Sohn sagte, dass er bei der Unfallstelle gewesen sei und Verschiedenes geregelt habe. Er schärfte Montgomery ein, dass er und seine weißen Freunde unter allen Umständen bei ihrer Version der Geschichte bleiben müssten. Sollte mich das nicht misstrauisch stimmen?"

„Sicher!"

„Außerdem verstehe ich nicht, wie der Unfall überhaupt passieren konnte, ohne hier im Dorf für Aufmerksamkeit zu sorgen."

Behände stieg Felicitas aus und schritt in die Straßenmitte. In einiger Entfernung erahnte sie die dunkle Silhouette des großen Hügels. Zwischen ihm und dem Dorf zog sich die Straße dahin, die vom Fluss und den Bahnschienen gekreuzt wurde.

Was, wenn Lily mit ihrem Verdacht recht hatte? Musste im Dorf nicht wenigstens der Aufprall des Autos gegen das Brückengeländer gehört worden sein? Felicitas drohte es bei der Erinnerung an Bobby Charles' letzte Sekunden den Magen umzudrehen. Halt suchend schlang sie die Arme um ihren Leib.

„Fuhr zum Zeitpunkt des Unfalls ein Zug vorbei?", rief sie verhalten in Lilys Richtung, die noch immer neben der geöffneten Autotür stand. „Die Güterzüge verbreiten ja einen Lärm, der alles andere verschluckt!"

„Es fuhr kein Zug. An diesem Tag wurde erst nach zehn Uhr nachts ein Zug erwartet."

„Und einer der Holztransporte vom Sägewerk?"

„Einige unserer Männer arbeiten dort. Ich habe sie gefragt und sie sagten, der sei schon am frühen Morgen rausgegangen."

Felicitas schaute erneut die Straße entlang bis zu dem großen Hügel, der sich wie der Bauch eines vollgefressenen, schlafenden Riesen über die Bäume erhob. Der Wind blies einen dünnen Wolkenschleier vor dem Mond beiseite, und dessen Abglanz ließ die Schienenstränge metallisch schimmern.

„Wir probieren das jetzt aus! Bleib du bitte hier stehen." Ohne eine Entgegnung abzuwarten, marschierte Felicitas so forsch davon, dass der trockene Staub unter ihren Halbschuhen aufwirbelte. Sie überquerte mit energischen Schritten die Gleise und erreichte kurz darauf die Brücke. Schweren Herzens blickte sie auf die zerfetzte Holzbrüstung, die notdürftig durch ein Seil abgesichert worden war. An dieser Stelle war der kleine Bobby Charles zu Tode gekommen ...

Unbehagen kroch gleich einer eisigen Kälte in Felicitas' Inneres und brachte sie so sehr zum Frösteln, dass ihr Körper von mehreren Schauern geschüttelt wurde. Energisch rief sie sich zur Vernunft und besah sich den Abstand zwischen den Holzbohlen und dem schwarzen Nass, das rauschend und glucksend unter ihr hindurchfloss. Erst jetzt erfasste sie, welche Folgen der Unfall noch hätte nach sich ziehen können. Wäre der mit Jugendlichen vollbesetzte Wagen in die Fluten gestürzt, müssten sie wohl mehr als ein Todesopfer betrauern ...

Felicitas riss sich gewaltsam aus ihren bedrückenden Überlegungen. Suchend ließ sie den Blick schweifen und entdeckte unterhalb der steil abfallenden Böschung einen kindskopfgroßen Stein. Vorsichtig kletterte sie den Hang hinunter und mühsam, da sie nun keine Hand mehr zum Abstützen mehr freihatte, mit dem Stein wieder hinauf. Sie schaute prüfend zu Lily, die mitten auf der Dorfstraße stand, die Hände in die Hüfte gestemmt.

Felicitas hob den Flusskiesel über ihren Kopf und schleuderte ihn mit so viel Kraft, wie sie aufzubringen imstande war, gegen einen noch intakten Geländerpfosten. Ein Krachen, gefolgt von mehreren Knacklauten und einem hörbaren Vibrieren des Holzes ertönte. Das Poltern des Felsbrockens über die Holzbohlen hallte ebenfalls erschreckend laut durch die stille Nacht.

Felicitas, erneut von einem kalten Schauer durchrieselt, beobachtete, wie der Stein unter der Absperrung hindurchfiel und eine Sekunde später mit klatschendem Aufspritzen im Fluss verschwand.

Erschüttert legte sie beide Unterarme auf das raue Holzgeländer und schaute in die schwarzen Fluten. Kurz waren kreisrunde Wellen auf der Oberfläche zu sehen, doch der stetig fließende Strom verwischte sie zügig. Ob Bobby Charles ebenso schnell vom dunklen Wasser verschluckt worden war? Hatten die Teenager im Wagen ihn davontreiben sehen? Hatte einer von ihnen versucht, ihm zu Hilfe zu eilen? War Bobby Charles sofort beim Aufprall tot gewesen oder war er ertrunken?

Die junge Frau stand regungslos auf der Brücke und starrte auf die vom Mond beschienenen, silbern blitzenden Wellen. Schließlich löste sie sich von der Brüstung.

Lily war von der Straße verschwunden, was Felicitas veranlasste, bis zum Bahndamm zu rennen und rasch die Schienen zu überqueren. Endlich erreichte sie das Holzhaus von Freeman und Holly Dedra. Ein unterdrücktes Schluchzen von der Veranda her ließ sie an diese treten. Auf der mit feinem Sandstaub bedeckten ersten Stufe saß Lily, die Arme um die Knie geschlungen. Neben ihr kauerte Holly Dedra in einem bodenlangen weißen Baumwollnachthemd. Felicitas setzte sich zu den Frauen und legte ihren linken Arm um Lilys bebende Schultern.

„Ich habe sogar das Aufklatschen des Steins im Wasser gehört!“, flüsterte diese.

„Das dachte ich mir. Allerdings wusstest du, was ich vorhabe. Wenn die Leute beschäftigt waren, die Kinder spielten und lachten–“

„Denkst du nicht auch, dass ein Auto, wenn es mit Wucht gegen das Holzgeländer rast und es durchbricht, ein viel lauteres Geräusch erzeugt als dein Stein?“, unterbrach Lily sie aufgeregt. „Außerdem ist Holly Dedra aufgeschreckt, weil sie befürchtete, dass es schon wieder einen Unfall gegeben hat!“

Schuldbewusst biss sich Felicitas auf die Unterlippe. „Entschuldige bitte, Holly Dedra. Ich wollte dich nicht erschrecken.“

„Es ist ja nichts passiert, doch jetzt wissen wir zumindest: Mit der Unfallgeschichte stimmt etwas nicht. Irgendjemand hätte den Aufprall hören müssen!“, begehrte Holly Dedra auf, mäßigte aber rasch ihre Stimme und sah sich ängstlich um. Hatte sie Angst davor, dass ihre Vermutung an falsche Ohren drang? Was war an jenem Tag, als Bobby Charles starb, wirklich geschehen? Was sollte vertuscht werden und vor allem: von wem?

„Gab es den Unfall womöglich gar nicht? Wurde das Brückengeländer nachträglich manipuliert, als schon alles in Aufruhr war?", überlegte Felicitas laut. Mit einem beklemmenden Gefühl in ihrem Herzen erinnerte sie sich an das Durcheinander der Autospuren. Bereits damals war ihr der Gedanke gekommen, wie gründlich damit alle Spuren, die womöglich einmal wichtig sein könnten, vernichtet worden waren. War dies aus Kalkül geschehen?

„Ich vermute eher, der Unfall hat sich zu einer ganz anderen Zeit ereignet. Früh am Morgen, als der Zug durchfuhr", flüsterte Holly Dedra vielsagend.

„Aber weshalb manipuliert jemand den Zeitpunkt eines Unfalls? Wem sollte das von Nutzen sein?" Fragend beugte Felicitas sich noch weiter vor, damit sie an Lily vorbei deren Mutter mustern konnte. Doch Holly Dedra zog hilflos die Schultern hoch.

Bedrücktes Schweigen senkte sich über die Frauen. Eingehüllt in das nicht enden wollende Zirpen der Grillen verharrten sie reglos und hingen ihren Überlegungen nach. Felicitas starrte unentwegt auf ihren Pick-up, der mit den geöffneten Türen wie ein flügellahmer Vogel wirkte.

Dabei schoss ihr ein Gedanke durch den Kopf, und sie setzte sich ruckartig auf. „Der Unfall kann frühestens im Morgengrauen passiert sein, denn Winnie hätte ihren Sohn niemals nachts zum Angeln aus dem Haus gelassen. Wenn er sich heimlich davongeschlichen hätte, wäre er aber von den Fischern gesehen worden, da die bereits bei Dunkelheit aufbrechen!"

„Da hast du recht", flüsterte Holly Dedra. „Chapter sagte, er habe Bobby Charles an dem Tag nicht gesehen. Und von Winnie wissen wir, dass ihr Sohn früh am Morgen zum Angeln das Haus verlassen haben muss. Und genau innerhalb dieser Zeitspanne fuhr der Zug durch, der alle Geräusche verschluckt haben könnte."

„Also wurde der Unfallzeitpunkt und womöglich auch der Unfallhergang manipuliert", fügte Felicitas hinzu. „Deshalb hat auch niemand die Helfer daran gehindert, die Wiese, die Brücke und die nasse Straße zu befahren. Die Spuren des Unfallwagens, der zu dem Zeitpunkt gar nicht mehr bei der Brücke stand, wären deutlich älteren Ursprungs gewesen als die frischen Spuren der Helfer. Das ist alles ein riesengroßer Betrug!"

„Der dich aber nichts angeht, Tess", sagte Holly Dedra plötzlich energisch, erhob sich und ging auf die Fliegentür zu.

„Oh doch! Das tut es! *Ich* bin nämlich diejenige, die gerufen wurde, um Bobby Charles' Leichnam zu identifizieren. Weshalb traf die Aufgabe wohl ausgerechnet mich? Warum rief man nicht einen von euch oder gleich Bobby Charles' Mutter?"

„Weil die Weißen so wenig wie möglich mit uns zu tun haben wollen!", erwiderte Holly Dedra und zog die Gittertür auf.

„Nein, nicht deshalb!" Felicitas' Lachen klang bitter. „Ich bin fremd und kenne die Gepflogenheiten der Menschen hier nicht besonders gut. Ich war ein naiver und unwissender Zeuge, der gar nicht verstand, was vor sich ging. Sicher dachten die, dass ich niemals durchschaue, wer da wen deckt und dass versucht wird, dem Vorfall einen völlig anderen Hintergrund zu geben – um die Schuld einem Unbeteiligten in die Schuhe schieben zu können!"

„Aber–"

Diesmal fiel Felicitas Lily ins Wort. „Wenn sie sich da mal nicht getäuscht haben!"

Aufgewühlt spurtete sie zu ihrem Wagen, schloss, begleitet von einem lauten Knallen, die Beifahrertür, lief um das Gefährt herum und stieg ein. Die Fahrertür zog sie, in Erinnerung daran, wie spät es war, deutlich leiser zu. Zutiefst verletzt, vor allem aber wütend, startete Felicitas den Motor und fuhr, ohne sich nach den beiden Frauen umzusehen, in Richtung ihres Hauses davon.

~

Noch immer ganz durcheinander von ihrer Entdeckung und den nachfolgenden Überlegungen kletterte Felicitas vor ihrem Haus aus dem Pick-up. Im gleichen Augenblick löste sich eine Gestalt aus dem Dunkel und kam auf sie zu. Ihr Herzschlag beschleunigte sich. Wer mochte das zu dieser späten Stunde sein? Die Tatsache, dass sie keine Waffe in den Händen des Mannes entdeckte, beruhigte sie, zudem erkannte sie in ihm schnell Deputy Brown.

„Und? Haben Sie alles abgesucht?", begrüßte sie ihn mit ihrer Stimmung widerspiegelndem zynischem Unterton.

„Ja", gab er offen zu und musterte sie irritiert. Er hatte offenbar nicht mit einer so heftigen Reaktion auf seine Anwesenheit gerechnet.

„Waren Sie auch in allen Zimmern?"

„Nein, obwohl Sie schon wieder nicht abgeschlossen hatten. Ich war in der Küche und habe mir einen Kaffee aufgebrüht. Bier konnte ich leider nicht finden. Möchten Sie mich deshalb anzeigen?"

„Das Bier hat das Eichhörnchen getrunken." Felicitas blickte auf die klimpernden Schlüssel in ihrer Hand und ärgerte sich einmal mehr über ihre Nachlässigkeit. Umso sorgfältiger schloss sie nun die Türen an ihrem Auto ab, bevor sie zur Treppe ging, gefolgt von Landon.

„Das ... Eichhörnchen?"

Felicitas ignorierte die verwirrte Frage. „Wollen Sie jetzt die Räume inspizieren?"

„Wenn Sie nichts dagegen haben?"

„Was passiert denn, wenn ich etwas dagegen habe?"

Landon zuckte lediglich mit den Schultern.

„Ich halte Adam Lee nicht versteckt!", beteuerte Felicitas, trat ein und drehte am Lichtschalter. Die Deckenlampe im Eingangsbereich flammte auf, und sie schloss für einen Moment geblendet die Augen.

„Das weiß ich. Allerdings kann ich die anderen nur davon abhalten, Ihr Haus unter die Lupe zu nehmen, wenn ich ihnen sage, dass ich es mir bereits angesehen habe!"

Da sie keine Lust hatte, ein weiteres Mal eine Horde schwer bewaffneter Männer auf ihrem Grundstück beherbergen zu müssen, nickte Felicitas ihm auffordernd zu und erklärte: „Ich bringe so lange den Mustang in den Stall."

„Ich habe ihn schon versorgt."

Landon sah sich kurz im ersten Stock um, dann hörte Felicitas polternde Schritte auf der Treppe. Bedauernd stellte sie fest, dass Landons leckerer Kaffee kalt war, schüttete ihn weg und begnügte sich mit einem Glas Wasser.

Mit dem Rücken an die Arbeitsfläche gelehnt horchte sie auf seine schweren Schritte im oberen Stockwerk und versuchte noch einmal, diesen verwirrenden Abend gedanklich zu sortieren.

Landon gesellte sich zu ihr in die Küche und ließ sich wie selbstverständlich auf die protestierend knarrende Bank fallen. „Sie sehen angeschlagen aus, Miss Tess."

Sie taxierte ihren ungebetenen Besucher lange, bevor sie sich unsanft auf den Holzstuhl ihm gegenüber plumpsen ließ, das halb volle Glas auf den Tisch stellte und es mit beiden Händen umfasste.

„Wundert Sie das, Deputy? Es ist weit nach Mitternacht. Ich hatte einen anstrengenden Arbeitstag in Steves Café und wurde auf dem Heimweg von dem bewaffneten Mr Hayes aufgehalten. Er ließ mich erst passieren, nachdem ich ihm angedroht hatte, Dorothy seine Getränkeabrechnung auszuhändigen."

Landon brummte etwas und verschränkte die Hände im Nacken. Er war dabei, es sich in ihrer Küche gemütlich zu machen.

„Genau diese unangenehmen Nebenerscheinungen des Unfalls wollte ich unterbinden. Morgen funke ich, dass Ihr Haus und Ihr Grundstück von mir gründlich durchsucht worden sind. Und Sie sollten sich endlich von den Schwarzen fernhalten, das dürfte Ihre Situation erheblich erleichtern."

„So wie die Ihre damals?", platzte Felicitas heraus.

Landon nahm die Hände herunter, schob dafür die Beine unter die Bank und überkreuzte sie an den Knöcheln. „Sie haben Lily ausgefragt?", vermutete er richtig.

„Erzählen Sie mir, was damals zwischen Ihnen und Abner vorgefallen ist."

„Weshalb sollte ich das tun?"

„Weil wir hier gerade so gemütlich sitzen? Oder weil Sie dabei sind, mir den Kontakt zu meinen Freunden zu verbieten?"

„Manchmal muss man schwere Entscheidungen treffen und bewahrt dadurch nicht nur sich selbst vor einer lauernden Gefahr."

„Wie darf ich das verstehen, Deputy?"

„Sie verstehen mich ausgezeichnet!"

„Sie meinen, ich bringe durch meine Kontakte mit den Schwarzen nicht nur mich selbst in Bedrängnis, sondern auch sie?"

„Sehen Sie, Sie haben mich verstanden!"

„War es bei Ihnen und Abner so? Mussten Sie sich von Ihrem langjährigen Freund abwenden und untätig zusehen, wie er verprügelt wurde, weil Sie ihn letztendlich nur so vor noch Schlimmerem beschützen konnten?"

„Es ist heute kaum besser als damals: Sie als Weiße werden beschimpft, bestraft werden die anderen."

„Weiß Abner davon?"

Landon zuckte scheinbar desinteressiert mit den Schultern, doch der bittere Zug um seinen Mund verriet Felicitas, dass er die Angelegenheit keineswegs so leichtnahm, wie es nach außen wirken sollte.

„Was ist mit Virginia Tampico? Warum durfte sie ungestraft Kontakte zu den Dorfbewohnern knüpfen und aufrechterhalten?"

„Virginia war ... anders", lautete die knappe, nicht eben erschöpfende Antwort, der ein lang anhaltendes Schweigen folgte.

Entgegen ihrer Annahme, dass Landon sich jetzt verabschieden und gehen würde, blieb er sitzen und schaute über sie hinweg auf das

Küchenregal, in dem sich die vertrauten Tassen, Gläser und Vorratsbehälter stapelten. Felicitas beobachtete ihn ungeniert. Dieser Mann war ihr einerseits fremd und oft verstand sie seine fast abweisende Art nicht, andererseits hatte sie ihn als hilfsbereit und sogar charmant kennengelernt. Wer war er nun? Der kaltschnäuzige Deputy oder der höfliche, aber auch von Kummer geplagte Landon Brown?

Felicitas wusste nur eines: Sie wurde nicht schlau aus ihm und das war durchaus reizvoll, denn allzu leicht zu durchschauende Menschen empfand sie als langweilig.

Das mehrmalige Knarren des Gebälks riss sie aus ihren Grübeleien. Prüfend musterte sie ihren Gast. Er hatte den Hinterkopf an die Holzwand gelehnt und die Augen geschlossen. Verwundert betrachtete Felicitas seine fast weichen, ja friedlichen Gesichtszüge. Eine weitere unbekannte Seite an ihm.

Felicitas lächelte, stellte die nächste Frage aber dennoch: „Weshalb haben Sie mich an die Unfallstelle gerufen und nicht jemanden aus dem Dorf?"

„Weil Fraser, Jo-Jo und ich die Befürchtung hegten, dass sich die schreckliche Nachricht dann sofort herumsprechen würde. Daraufhin hätten sich die Helfer einem aufgebrachten Pulk Schwarzer gegenübergesehen. Und das wäre – verbunden mit der Todesnachricht – ein reines Pulverfass gewesen."

„Demnach war es also nicht der Hintergedanke, dass die *Fremde* gewisse Vertuschungsversuche übersehen könnte, der ausschlaggebend für diese Entscheidung war?"

Landon sah plötzlich hellwach aus. Er presste die Zähne kräftig zusammen, wodurch die kantigen Züge seines markanten Gesichts noch deutlicher hervortraten. Felicitas' Finger spielten mit dem Glas, dessen hin und her schwappendes Wasser ein Indiz ihrer Nervosität war.

Dennoch fügte sie entschlossen hinzu: „Der Aufprall auf das Brückengeländer hätte im Dorf gehört werden müssen, Deputy. Zu der Zeit, als das Unglück angeblich passierte, fuhr nämlich kein Zug. Ich überlege, ob jemand das Geländer nachträglich beschädigt hat, was in all dem Lärm durch die anfahrenden Autos unterging. Hat man mit dem Zeitpunkt des Unfalls geschummelt oder den Unfallhergang gleich ganz verfälscht? Die Spuren rund um den Unglücksort sind jedenfalls von den kreuz und quer abgestellten Fahrzeugen vernichtet worden. Ich weiß ja nicht, wie Sie so etwas hier bezeichnen, ich nannte es bis jetzt dilettantisch. Inzwischen vermute ich dahinter einen Betrug oder gar den Versuch, die Schuld am Tod des Kindes einem Unbeteiligten in die Schuhe zu schieben."

„Haben Sie in Deutschland tatsächlich als Fotografin gearbeitet oder waren Sie bei der Polizei?"

Felicitas lachte und entspannte sich. Der Deputy war ihr nach ihrem verbalen, auch gegen ihn gerichteten Angriff nicht böse.

„Was wollen Sie sonst noch wissen, Miss Tess?"

„Weshalb ist der Mord an Virginia niemals aufgeklärt worden?"

Unbeeindruckt durch den plötzlichen Themenwechsel antwortete Landon prompt. „Die Spuren verliefen im Sande."

„Diese Straße führt nur vom Dorf zum Sägewerk. Wer als die Sägewerksarbeiter fährt sonst noch auf der Strecke?", hakte Felicitas nach.

„Es gibt viele Männer, die nur vorübergehend einen Job im Sägewerk suchen. Sie kommen, verbringen einige Tage in der Gegend, kassieren ihren Lohn und ziehen wieder weiter. Zudem wird in den Wäldern gefischt und gejagt."

„Und einer der Tagelöhner oder die Fischer und Jäger sollen Grund gehabt haben, meine Verwandte zu töten?"

„Weshalb nicht? Jeder hier nahm an, dass Miss Virginia vermögend sei. Vielleicht war jemand auf ihr Geld aus."

„Oder?"

Landon seufzte tief. „Wenn ich das wüsste, wäre ich mit den Ermittlungen weitergekommen."

„Was ist nun mit Virginias Freundschaft mit Holly Dedra und den Schwarzen?", kam Felicitas sprunghaft auf ihre Ausgangsfrage zurück, und Landon bewies, dass er ihr ohne Weiteres folgen konnte: „Die Stadtbewohner akzeptierten Virginias Eigenheiten. Sie hat viel Gutes für die Gemeinde getan, war immer für Menschen in Not da."

Felicitas nickte verstehend und versteckte ein Gähnen hinter ihren Händen. Das nahm Landon zum Anlass, sich zu verabschieden. Er griff nach seinem Hut, den er auf einen Stuhl geworfen hatte, und verließ das Haus. Felicitas hörte, wie er die Tür kräftig zuzog und kurz darauf knirschten die Huftritte seines Pferdes über den Kies.

Seufzend betrachtete die junge Frau die im Licht der Deckenlampe matt schimmernde Flüssigkeit in ihrem Glas. Landon hatte nun doch fluchtartig ihre Küche verlassen, kaum dass sie nachzubohren begonnen hatte. Hatte er wirklich eine Auseinandersetzung zwischen Weiß und Schwarz vermeiden wollen, indem er sie zur Identifikation des kleinen Leichnams gebeten hatte? Sah auch er, was Lily, Holly Dedra und sie vermuteten? Weshalb aber ging er als Ordnungshüter nicht dagegen vor?

Unsicher darüber, ob sie dem Mann überhaupt vertrauen durfte, blieb Felicitas noch lange sitzen.

~

Dieses Mal war es Landon, der in der Holzhütte warten musste. Von innerer Unruhe getrieben marschierte er von einer Wand zur anderen, wobei die Kerzenflamme jedes Mal einen wilden Tanz aufführte, wenn er an ihr vorüberkam. Als die Tür hinter ihm aufgestoßen wurde, wirbelte er ruckartig herum.

„Alles in Ordnung bei dir?" Landon sah den Neuankömmling fragend an und setzte sich endlich auf den Baumstumpf.

Sam ließ sich ihm gegenüber auf die Kiste fallen. „Hier sind viele Leute unterwegs, seit das mit dem Kind passiert ist!"

„Das legt sich hoffentlich bald wieder."

„Hast du eine Ahnung, wo dieser Adam Lee stecken könnte?"

Landon beugte sich nach vorn, stützte die Ellenbogen auf die Oberschenkel und wippte mit den gefalteten Händen zwischen seinen Knien auf und ab. „Ich vermute, den Leuten geht es nur um die Jagd. Eigentlich hat niemand ein tiefer gehendes Interesse daran, ihn zu finden. Weshalb auch? Es ist ja keines der weißen Kinder zu Schaden gekommen. Und das verbeulte Blech an Carbonnes Cadillac kostet ihn im Grunde nicht mehr als ein müdes Lächeln, selbst wenn er es offenbar für nötig hielt, Adam Lees Familie mit einer Schadensersatzforderung zu erschrecken."

„Gut, denn es wäre von Vorteil, wenn die Jahrmarktstimmung in den Wäldern bald ein Ende findet."

Landon pflichtete dem Älteren mit einem grimmigen Nicken bei. „Hast du etwas erreichen können?", fragte er seinen Partner, nachdem sie eine geraume Zeit dem Pfeifen des Windes in den Baumwipfeln gelauscht hatten.

„Keine Chance. Vor allem nicht bei dem Trubel. Die sind ja nicht blöd! Und was bereitet dir Kummer?"

Landon sprang auf die Füße, öffnete die schwere Holztür und blickte an seinem Pferd vorbei in den dunklen Wald. „Diese Tess gibt sich zu viel mit den Schwarzen ab."

„Das kennst du doch schon von Virginia Tampico."

„Virginia hatte einen anderen Stand in der Stadt als dieses ... Mädchen. Das kann sie ihren Hals kosten!"

„Und?“

„Ich weiß nicht …“

„Du magst sie?“

Landon zuckte mit den Schultern. Sich einzugestehen, dass er Felicitas anziehend fand, war gleichbedeutend damit, eine Schwäche zuzugeben. Es war ein Fehler, sich in seiner Situation auf irgendwelche Gefühle einzulassen. „Ich denke“, begann Landon und drehte sich zu Sam um, „die haben da oben einen Fehler gemacht. Sie ist nicht das naive Dummchen, das wir haben wollten.“

„Etwas in diese Richtung hast du ja neulich schon angedeutet. Deshalb habe ich ein längeres Telefonat mit Roger geführt. Da hat tatsächlich jemand Mist gebaut!“

„Weißt du inzwischen mehr über ihren Hintergrund?“

„Setz dich!“, forderte der Mann ihn auf, und Landon gehorchte. Es würde von Vorteil sein, mehr über Felicitas zu erfahren, damit er sie endlich richtig einschätzen konnte. Denn trotz ihrer harmlosen, freundlich-fröhlichen Art und ihrer Begabung, ständig überall anzuecken, sei es durch ihre Ansichten oder ihre Tollpatschigkeit, schien sie ihm doch mit einem scharfen Verstand ausgestattet zu sein.

„Felicitas wurde nach dem Krieg unter dem Name Jecklin geführt, da sie den als ihren Familiennamen angab. Mehr Informationen gibt es über sie nicht. Man geht davon aus, dass ein oder beide Elternteile jüdischer Herkunft waren und in der Vernichtungsmaschinerie Hitlers verschwunden sind. Die Behörden vermuten, dass sie eines der Kinder war, die bei einer der Familien Unterschlupf gefunden hatten, die es wagten, Juden zu verstecken. Unter falschem Namen scheint sie sogar eine Zeit lang eine öffentliche Schule besucht zu haben.“

Um seine Betroffenheit nicht zu deutlich zu zeigen, zog Landon sein Messer aus dem Gürtel und bearbeitete damit die trockene, ohnehin abbröckelnde Rinde des Baumstamms. Seine Gedanken flogen wie Vögel in alle Richtungen davon. Wie war es Felicitas gelungen, einem Umfeld Normalität vorzuspielen, das ihr durch und durch feindlich gesonnen war? Was hatte das Mädchen erleiden müssen, ehe die Nazis endlich aus ihrem Leben verschwunden waren? Wie alt war Felicitas bei Kriegsende gewesen? Acht? Neun?

„Sie lebte nach dem Krieg in einem Heim, das sowohl Waisen als auch solche Kinder aufnahm, die in den Wirren des Krieges ihre Eltern aus den Augen verloren hatten. Selbst dort muss sie ihr Versteckspiel fortgesetzt haben. Zum einen, weil die Angst tief saß, zum anderen, weil die

Deutschen auf die Juden noch immer nicht unbedingt gut zu sprechen waren. Aber vermutlich konnte sie das, was sie über Jahre am Leben erhalten hat, ohnehin nicht von einem Tag auf den anderen ablegen. Jedenfalls begann sie im Alter von vierzehn Jahren eine Ausbildung bei einem Fotografen in Bad Tölz und lebte von da an praktisch allein."

Landon säuberte das Messer von den Sägespänen, indem er es an der Uniformhose abwischte.

„Jetzt verstehe ich auch ihre Sympathie für die Schwarzen und ihre Gleichgültigkeit irgendwelcher Drohung gegenüber. Sie kennt das nur zu gut. Nur – hier fühlt sie sich sicher, da keine Nazischergen Jagd auf sie machen."

„Dabei muss es nicht bleiben."

Landon musste seinem Partner recht geben und erhob sich. Sam ergriff ihn am Ärmel der Uniformjacke. „Du begibst dich in ein gefährliches doppeltes Spiel, wenn du sie zu nahe an dich heranlässt."

„Doppeltes Spiel?", Landon lachte sarkastisch auf. „ Ich lebe doch jetzt schon mit mindestens zwei Identitäten."

„Dann pass auf. Und lass die Finger von dem Mädchen! Du hast schon genug Probleme."

Landon verabschiedete sich mit einem kräftigen Händedruck, trat ins Freie und band die Stute los. Umgeben vom Rauschen und Knacken der im Wind schwankenden Baumgipfel ritt er den Pfad entlang. Das, was er soeben über Felicitas' Herkunft erfahren hatte, erklärte einige ihrer auffälligen und manchmal erheiternden Angewohnheiten, wie etwa die Kurzlebigkeit für eine der von ihr getroffenen Entscheidungen. Sie hatte beinahe ihre gesamte Kindheit auf der Flucht verbracht. Pläne, von ihr oder ihren Helfern geschmiedet, waren innerhalb von Stunden, wenn nicht sogar von Minuten über den Haufen geworfen worden – und das war ihr bis heute als Wesenszug geblieben.

Landon fragte sich, wie sich Felicitas ihre Fröhlichkeit hatte erhalten können, und wie sie es fertiggebracht hatte, nach Ende des Krieges weiter in Deutschland zu leben. Lag es daran, weil sie durchaus auch Positives erlebt hatte? Immerhin waren es ebenfalls Deutsche gewesen, die ihr eigenes Leben aufs Spiel gesetzt hatten, um sie zu retten. Vielleicht hatte sie in all dem Schrecken auch Liebe und Zuwendung erlebt. Lag darin das Geheimnis ihres anziehenden Wesens, den schrecklichen Kindheitserlebnissen zum Trotz? Über das Brausen der Bäume hinweg glaubte Landon, Birdies tiefe Stimme zu hören: „Und vergiss nicht die Macht der Vergebung! Sie bewirkt Wunder!"

Landon schob die Worte, zumindest was ihn und Abner betraf, wieder einmal erfolgreich beiseite und lenkte seine Gedanken zu Felicitas zurück. In der Stadt kursierte das Gerücht, die Deutsche habe am Trauergottesdienst für den verunglückten Jungen teilgenommen. Allerdings hätte sie sich dezent im Hintergrund gehalten.

Landon rieb sich die Augen. Jedenfalls agierte Felicitas vorsichtiger als noch vor einigen Wochen. Sie lernte aus ihren Fehlern. Ihm hingegen wurde erneut deutlich: Er durfte sie keinesfalls unterschätzen!

~

Tief in Gedanken erreichte Landon die Zufahrt des Tampico-Anwesens und wollte nach links in Richtung Straße reiten, als er glaubte, ein Geräusch beim Haus zu hören. Er parierte das Tier durch und drehte sich halb im Sattel um, wobei er sich mit der rechten Hand auf dem Hinterzwiesel abstützte. Am offenen Tor vorbei sah er lediglich den Vorplatz und die vordere Hausfront, da ihm die hohe Hecke den Blick auf die Wiese nahm. Dennoch entdeckte er in der Dunkelheit zwischen Zweigen und Blättern vereinzelt aufblitzende Lichtpunkte.

War Felicitas noch auf? Sie war doch so müde gewesen. Und selbst wenn sie nicht schlief, warum sollte sie um diese nächtliche Stunde ein Feuer am Flussufer entfachen?

Der junge Mann runzelte die Stirn. Auf einen Verdacht hin wendete er sein Pferd und galoppierte aus dem Stand durch das Tor. Unter den Hufen spritzten knirschend die Kieselsteine davon. Als er die Längsseite des Gebäudes erreichte, sah er mehrere im Wind flatternde, vom Mond beschienene weiße Gestalten in den Waldweg huschen.

Seine Befürchtung hatte sich bestätigt. In unmittelbarer Nähe des Flusses leckten gelbrote Flammen an einem aus schlanken Holzstämmen errichteten Kreuz. Der aufsteigende Qualm zog dunkel und bedrohlich über die Wiese auf das Haus zu. Und wieder waren Vertreter der „weißen Herrenrasse“ auf Felicitas aufmerksam geworden.

8. Kapitel

Es war bereits nach zehn, als Felicitas an diesem Morgen auf die Veranda trat. Die Sonne stand am wolkenlosen, blauen Himmel und das Gezeter der Enten drang laut vom Fluss herauf. Das Erste jedoch, was Felicitas sah, war eine männliche Gestalt auf einem ihrer Gartenstühle, die Beine auf dem Tisch, den Hut so tief ins Gesicht gezogen, dass es fast vollkommen verdeckt war. An der Hauswand, in unmittelbarer Griffweite, lehnte ein Gewehr. Felicitas verschränkte die Arme vor der Brust und musterte den Schläfer. Ihr Überraschungsgast steckte unverkennbar in der beigefarbenen Uniform eines Sheriffs. Von Big war nichts zu sehen, nur das Eichhörnchen saß einige Meter entfernt auf der Brüstung.

Verwundert fragte sich Felicitas, was Landon veranlasst haben könnte, auf ihrer Veranda zu sitzen, als habe er Wache gehalten. Was ging in dem Mann nur vor?

Da sie ihn nicht wecken wollte, schlich sie an das inzwischen wieder in frischem Weiß erstrahlende Geländer und trieb dabei das Eichhörnchen in die Flucht. Erst da entdeckte sie die verkohlten Überreste eines aus schlanken Baumstämmen errichteten Objekts, das zweifelsohne einmal ein Kreuz gewesen war.

Felicitas' einzige Reaktion war ein Heben ihrer Augenbrauen. Barfuß tappte sie an der Balustrade entlang und stieg die Stufen ins Gras hinunter. Ein schwacher Rauchgeruch hing in der Luft. Rund um das Kreuz, das nur wenige Meter vom Flussufer entfernt war, zeugte niedergebranntes Gras von der Hitze, die die Flammen ausgesandt hatten. Braun und leblos lagen die Grashalme auf der dunklen Erde. Vor dem verbrannten Kreis blieb Felicitas stehen und blickte an dem Gebilde hinauf, das sie weit überragte. Traurigkeit überkam sie und setzte sich als beklemmender Schmerz in ihrem Herzen fest. Sie hatte nicht viele Erinnerungen an ihre Mutter bewahren können, aber sie, die als Jüdin beschimpft und von den Männern mit den schwarzen Stiefeln getreten und weggeschleppt worden war, hatte ihr beigebracht, dass das Kreuz ein Symbol für Hoffnung und Liebe war.

Mittlerweile wohnte Felicitas lange genug hier, um zu wissen, dass jemand dieses Konstrukt in ihrem Garten errichtet hatte, weil man sie warnen und in ihre Schranken weisen wollte. Dieses Kreuz symbolisierte Feindseligkeit und Hass! Ebenso wie es die gezackten Kreuze auf den roten Armbinden und Flaggen in Deutschland getan hatten.

Zu ihrer Verwunderung verspürte Felicitas keine Angst, sondern vielmehr Verständnislosigkeit und tiefe Traurigkeit. Würde die Menschheit jemals begreifen, dass Gott sie alle in ihrer Unterschiedlichkeit geschaffen hatte, weil er Freude daran hatte, das Leben so bunt und abwechslungsreich wie möglich zu gestalten? Und dass er alle seine Kinder liebte? Oder hatte sich die Frau, die sie über Monate in ihrem Keller versteckt hatte, damit getäuscht? Nein, beschloss Felicitas. Birdie, Holly Dedra und Lily waren derselben Meinung, und auch Felicitas' eigene Erfahrungen sprachen dafür, selbst wenn viele davon schrecklich gewesen waren. Als Kind hatte sie sich an diesen Gott geklammert und überlebt – und das nicht nur körperlich. Sie hatte ihren Widersachern vergeben und liebte das Leben, lachte gern …

Felicitas umrundete das kohlschwarze Gebilde langsam, als bewundere sie die Skulptur eines Künstlers. Dabei entdeckte sie, dass Landon wach war und sie beobachtete. Als er bemerkte, dass sie ihn ansah, strich er sich unschlüssig mit den Händen durchs zerzauste Haar und setzte sich den Hut auf. Ohne sich weiter um den Mann zu kümmern, schlenderte Felicitas zum Anbau. Sie wusste einfach nicht, wie sie das verbrannte Kreuz, die Anwesenheit des Deputy und die nagende Unruhe in ihrem Inneren einordnen sollte. Deshalb ging sie einem Gespräch mit Landon aus dem Weg, wobei ihr bewusst war, dass sie sich ihm früher oder später würde stellen müssen.

Das Pferd begrüßte sie mit einem Schnauben, trabte an ihr vorbei ins Freie, als sie die Tür geöffnet hatte, und stob dann mit kraftvollen Sprüngen über die Wiese. Da sie den Stall erst gegen Abend ausmisten wollte, blieb ihr nichts anderes übrig, als zum Haus zurückzukehren. Landon hielt sich nicht mehr draußen auf, aber als sie das Wohnzimmer betrat, hörte sie ihn in der Küche hantieren, kurz darauf im Bad.

Unschlüssig ging sie in die Küche, wo ihr der Duft frisch aufgebrühten Kaffees in die Nase stieg. Felicitas strich sich nachdenklich einige Haarsträhnen hinter die Ohren. Störte es sie, dass Landon sich benahm, als wohne er hier? Dem war nicht so, ohnehin gab es in der Gegend weitaus seltsamere Männer als Landon, selbst wenn sein Handeln für sie nicht zu durchschauen war. Hinzu kam, dass sie sich auf widersprüchliche Weise zu ihm hingezogen fühlte. Allerdings würde sie sich künftig vor den anderen in Acht nehmen müssen – wer auch immer diese *anderen* waren.

Felicitas straffte die Schultern, bereitete Frühstück vor und trug es ins Freie. Ein paar Minuten nach ihr trat Landon auf die Veranda. Er grüßte sie knapp, setzte sich und griff nach einer Scheibe Brot. „Sie müssen mit Ihren Kontakten zu den Schwarzen vorsichtiger sein!"

„Haben wir das Thema nicht schon einmal besprochen?", erinnerte Felicitas ihn an ihr Gespräch vor weniger als zwölf Stunden.

„Da hat es das Kreuz noch nicht gegeben!", entgegnete Landon und warf ihr einen finsteren Blick zu.

Sie lächelte über seine in Raubeinigkeit verpackte Besorgnis und reichte ihm die Marmelade. Schweigend nahmen sie die Mahlzeit ein, schließlich schlug Landon sich mit den flachen Händen auf die Oberschenkel und erhob sich. „Ich muss zur Arbeit."

Felicitas sah zu, wie er die Waffe nahm, mit einem Satz über die Brüstung sprang und zwischen den farbenfroh blühenden Rhododendronbüschen zum Vorhof schlenderte. Seufzend lehnte sie sich zurück und beobachtete den Mustang, der vor den verkohlten Überresten scheute, als ahne er, dass von ihnen nichts Gutes ausging. Felicitas schloss die Augen und ließ sich von den bereits sehr warmen Sonnenstrahlen das Gesicht streicheln. Sie beschloss, doch sofort den Stall auszumisten und den Rest des Tages in aller Ruhe zu verbringen, bevor sie abends zu Steve's ging. Ob sie dort ein paar der Männer bedienen würde, die ihr heute Nacht einen Besuch abgestattet und ein Andenken hinterlassen hatten?

Langsam öffnete Felicitas die Augen. Hatte Landon die Eindringlinge gesehen? Wusste er, wer sie waren? Doch stand er als Deputy dann nicht in der Pflicht, gegen diese Leute vorzugehen? Hatte er die Nacht hier draußen verbracht, weil er befürchtete, dass sie mehr als nur ein Kreuz abbrennen könnten? Der Mann hatte sie beschützen wollen – vielleicht aber auch nur das Haus und seine damit verbundenen Kindheitserinnerungen.

Da all das Grübeln nichts half, erhob sich Felicitas, räumte das Frühstücksgeschirr ab und ging zum Anbau. Sie griff nach dem Riegel, hörte im gleichen Augenblick jedoch ein Geräusch. Erschrocken zog sie ihre Hand zurück, als sei der Türriegel heiß. Hielt sich jemand im Stall auf? Hatte sich hier womöglich einer der nächtlichen Besucher verborgen, bis Landon verschwunden war?

Felicitas rief sich zur Vernunft. Bestimmt hatte sie eine Maus, einen Vogel oder ein anderes Tier aufgeschreckt. Dennoch öffnete sie vorsichtig die Tür und blickte prüfend in das Halbdunkel. Schmutziges und zerstampftes Stroh, eine leere Heuraufe, ein umgestoßener Wassereimer und hinter der halbhohen Trennwand sorgsam aufgereihte Gartengeräte waren alles, was sich ihrem suchenden Blick darbot. Beruhigt betrat sie das Gebäude, um Mistgabel und Schaufel zu holen, die neben einer zweiten Tür an einem Haken hingen. Diese Tür hatte früher einmal als Hintereingang zur Vorratskammer geführt, war nun jedoch zugenagelt.

Felicitas stolperte über das Rad der Schubkarre, taumelte vorwärts und suchte mit den Händen verzweifelt nach Halt. Sie griff ins Leere und prallte mit der rechten Schulter unsanft gegen die Wand. Das Holz gab krachend nach; goldfarbener Heustaub wirbelte hoch. Felicitas lag einen Moment benommen da. Schließlich schälte sie sich zwischen den zertrümmerten Brettern hervor, allerdings konnte sie den Blick nicht von dem Hohlraum abwenden, den sie freigelegt hatte. Durch die Ritzen und Astlöcher drang ausreichend Licht herein, um einen Rucksack, einige Coladosen, eine Decke und ein Paar Schuhe zu erkennen. Verhaltenes Rascheln ließ sie den Kopf heben. Ein weit aufgerissenes Augenpaar in einem dunklen Gesicht starrte sie an. Felicitas zuckte zurück. Sie presste ihre Hände an die Wangen, und ihre Gedanken formten, ohne dass sie es beeinflusste, einen Hilfeschrei gen Himmel.

Nichts geschah. Allmählich beruhigte sich ihr Herzschlag, und sie holte tief Luft. Der Rucksack! Hatte Landon im Café nicht von Kindern im Wald gesprochen, die einen Rucksack mit sich getragen hatten?

„Adam Lee?", fragte sie leise.

„Miss Tess, entschuldigen Sie bitte. Bitte, Miss", stammelte eine Stimme seltsam hohl klingend in dem geheimen Verschlag. Ein Brett der Innenwand glitt wie von Zauberhand beiseite, und der Junge kroch aus seinem Versteck, kauerte sich aber ängstlich in die hinterste Ecke des Anbaus, nahe der vernagelten Hintertür. Nun erschloss sich Felicitas endlich, weshalb Holly Dedra mit den Kindern im Schlepptau ihren Mann hierher begleitet hatte. Sie hatten sie abgelenkt, als Freeman nicht nur ihren Garten gepflegt, sondern auch seinen Neffen Adam Lee im Nebengebäude untergebracht hatte. Vermutlich war er der Einzige, der von der doppelten Wand wusste.

„Bitte, Miss Tess, Ma'am, Sie dürfen Holly Dedra und Freeman nicht böse sein. Ich habe sie gebeten, mich zu verstecken. Wegen … wegen Bobby Charles und seinen Eltern und den Weißen aus der Stadt …" Das Flehen des Jungen zeigte seine Furcht, doch seine gebückte Haltung drückte sie noch deutlicher aus. Er warf einen Blick an Felicitas vorbei nach draußen. War er im Begriff, die Flucht zu ergreifen? Das durfte sie auf keinen Fall zulassen, denn in den Wäldern wimmelte es vermutlich erneut von Suchtrupps.

„Hör zu", sprach sie ihn leise an. „Wir gehen jetzt ins Haus. Dort kannst du baden, und ich bereite dir eine warme Mahlzeit zu. Danach überlegen wir gemeinsam, wie wir weiter vorgehen. Du musst dich aber unbedingt von den Fenstern und den Türen fernhalten."

„Ich weiß, ich habe den Klan heute Nacht gesehen."

Felicitas schluckte trocken. Wenn Adam Lee vom Klan sprach, hieß das wohl, dass die nächtlichen Eindringlinge tatsächlich die unheimlichen weißen Kutten und die hohen Mützen mit den Augenschlitzen getragen hatten! Nachträglich schauderte sie und bedauerte Adam Lee, der sicher Todesängste ausgestanden haben musste. Wie gut sie ihn verstehen konnte! Sie nickte ihm beruhigend zu und trat an die Tür. Forschend sah sie sich um, tastete sich zur Rückseite des Gebäudes vor und wartete dort geraume Zeit, bis sie sicher war, dass sich nicht ausgerechnet jetzt jemand dem Grundstück näherte. Daraufhin winkte sie dem Jungen, und gemeinsam rannten sie über die Wiese, jagten mit großen Sätzen über die Veranda und verschwanden im Haus.

„Geh baden, Adam Lee. Ich muss die verräterischen Spuren im Stall verschwinden lassen."

„Miss Tess! Ich kann unmöglich Ihre Badewanne ... Ich darf nicht einmal auf derselben Bank sitzen wie Weiße oder–"

„Du hältst dich in *meinem* Haus auf, hier lege *ich* die Regeln fest. Also geh baden", unterbrach sie ihn energisch. Der Teenager nickte schüchtern und befolgte ihre Anweisung, während sie den Werkzeugkasten holte und zum Anbau schleppte. Dort zog sie die zweite Wand sorgfältig wieder zu und vernagelte das durch ihre Tollpatschigkeit verursachte Loch.

Wenig später erschien Adam Lee in dem von ihr bereitgelegten Bademantel in der Küche und machte sich gierig über die zubereiteten Eier mit Speck her. Dabei sah er nicht ein einziges Mal auf. Felicitas, die sein Unbehagen bemerkte, werkelte am Spülbecken, ohne ihn anzusprechen. Erst als er den Teller von sich schob, setzte sie sich ihm gegenüber auf die Bank, die sie inzwischen als Landons Platz ansah, obwohl ihr das selbst seltsam vorkam.

„Ich muss dir einige Fragen stellen, Adam Lee."

„Ja, Miss."

„Hast du während des Unfalls in diesem Wagen gesessen?"

„Ja, Miss."
„Saßen alle die Jungen mit im Wagen, über die gesprochen wird?"
„Ja, Miss."
„Wurde bei dem Unfall Bobby Charles von der Brücke gestoßen?"
„Ja, Miss."
„Bobby Charles starb also durch den Unfall?"
„Ja, Miss."
Felicitas faltete die Hände auf der Tischplatte und musterte den Jungen, der wie ein Häuflein Elend auf dem Stuhl kauerte. Ihr Verdacht, das Brückengeländer sei manipuliert worden, um die wahre Todesursache des Kindes zu verschleiern, war demnach unbegründet.
„Der Unfall ereignete sich viel früher am Morgen, als erzählt wird?"
„Ja, Miss."
„Mr Carbonne hielt sich zu dieser frühen Stunde am Bahnübergang auf?"
„Ja, Miss."
„Er schickte dich und die Jungs fort, weil er sich um alles kümmern wollte?"
„Ja, Miss."
Nachdenklich schaute Felicitas aus dem Fenster. Was hatte dieser Mann frühmorgens am Bahnübergang und somit bei den Hütten der Schwarzen getan? Vielleicht war er auf dem Weg ins Sägewerk gewesen. Aber weshalb war er dann so erpicht darauf, seinen Aufenthalt dort zu vertuschen, ebenso wie den exakten Unfallhergang?
„Kannst du auch etwas anderes sagen, als nur *Ja, Miss*?"
„Ja, Miss."
Felicitas lächelte hilflos. „Hast du zum Zeitpunkt des Unfalls am Steuer gesessen?"
Adam Lee schwieg.
„Keine Angst, Adam Lee. Ich bin auf deiner Seite. Ich möchte dir helfen."
Der Junge nickte zwar, kniff dabei aber den Mund verbissen zusammen.
„Wer ist das Auto gefahren?"
Adam Lee senkte den Blick und schwieg weiterhin.
„Willst du aus Solidarität den Namen des Jungen nicht nennen? Er wird dir gegenüber nicht so fair sein. Niemand von den Weißen wird sagen, dass du *nicht* gefahren bist!"
Ein weiteres Mal erhielt sie keine Antwort.

„Hast du Angst? Vor wem? Vor dem Klan? Vor den Jungen, die mit im Auto saßen? Vor Mr Carbonne?"

Ganz plötzlich setzte sich Adam Lee aufrecht hin, verschränkte die Arme vor der Brust und blickte an ihr vorbei aus dem Fenster.

„Adam Lee, ich unterbreite dir jetzt ein Angebot. Ich werde heute in die County-Hauptstadt fahren und mich über deine Rechte erkundigen. Ich werde auch versuchen, einen Anwalt für dich aufzutreiben. Bis ich herausfinde, was wir jetzt am besten tun, versteckst du dich oben im Haus. Deputy Brown hat es durchsucht und das an alle weitergegeben, die auf der Suche nach dir sind. Also wird dich niemand hier vermuten. Holly Dedra und Freeman sage ich, dass sie sich oder die Kinder nicht länger in Gefahr bringen müssen, indem sie dir Lebensmittel und Kleidung zukommen lassen. Ich sorge für alles."

„Wie wollen Sie das bezahlen?", brummte Adam Lee unwillig.

„Mir ist durchaus bewusst, dass das viel Geld kosten könnte. Aber lass das meine Sorge sein." Felicitas verbarg ihre eigene Unsicherheit. Noch immer wartete sie darauf, dass in Deutschland das Geld von ihrem Anlagekonto freigegeben wurde.

Wenig überzeugt zuckte der Junge mit den Schultern. „Und weshalb tun Sie das für mich?"

„Weil ich Ungerechtigkeit nicht leiden kann, weil ich deine Familie schätze und weil Freunde so etwas füreinander tun."

„Vielleicht sollten Sie es lieber nicht tun, Miss Tess", flüsterte Adam Lee.

Felicitas sah, wie sein jugendlicher Trotz erneut der Angst wich.

„Das ist meine Entscheidung."

~

Felicitas hatte mehrere Stunden mit intensiver Recherche in Woodville verbracht und sogar mit einem Juraprofessor über Adam Lees Fall gesprochen. Nun lagen zwei Taschen mit Büchern und Journalen auf dem Beifahrersitz, die sie mit einem Tuch abdeckte, nachdem sie ihren blauen Dodge vor Steves Café geparkt hatte. Benommen, und dies nicht nur aufgrund der überhitzten Fahrerkabine, blieb sie sitzen und schaltete das Radio aus. Nach den Vorkommnissen Anfang Mai in Birmingham, als die Polizisten auf die demonstrierenden Schwarzen, vorrangig Kinder und Jugendliche, eingeprügelt hatten, erhielt Präsident Kennedy Unterstützung von einflussreichen weißen Geschäftsleuten, die um den Ruf ihrer Stadt fürchteten. Durch die anhaltenden Proteste auf der Straße war der Druck der Öffentlichkeit enorm groß geworden, sodass man am Vortag, dem 10. Mai, gezwungen gewesen war, endlich eine Einigung zu erzielen.

Fortan sollte von offizieller Seite die Gleichberechtigung gefördert werden. Heute nun war auf Martin Luther King und seinen jüngeren Bruder Alfred Daniel ein Bombenattentat verübt worden. Zwar waren beide unverletzt geblieben, doch allein die Heftigkeit der zerstörerischen Aggression erschreckte wohl nicht nur Felicitas, die die Nachricht auf der Heimfahrt gehört hatte. Meldungen von Krawallen, bei denen es mindestens 50 Verletzte gegeben haben musste, hatten Kennedy nun veranlasst, 3.000 Bundessoldaten in das Krisengebiet rund um Birmingham zu schicken.

Felicitas fühlte eine immer stärkere Unruhe in sich aufsteigen. Würden die neuesten Nachrichten die Emotionen in dieser Gegend ebenfalls wieder zum Kochen bringen?

Zögernd stieg die junge Frau aus. Obwohl sie wusste, dass sie zu spät war, musste sie sich zwingen, das Steve's zu betreten. Debbie, eine der weißen Aushilfskräfte, hatte bleiben müssen, bis sie eintraf, und warf ihr einen entsprechend wütenden Blick zu. Fluchtartig verschwand das Mädchen im Flur hinter dem Schankraum, während Steve, der am Tresen Kaffee aufbrühte, Felicitas zu sich winkte.

„Es tut mir leid, Steve. Ich habe nicht auf die Zeit geachtet."

„Ist schon gut. Du bist ja nur zwei Stunden zu spät", sagte Steve mit einem undefinierbaren Grinsen.

„Zwei Stunden?", stieß Felicitas hervor und presste die Hände bestürzt an ihre Wangen.

„Du warst heute früher eingeteilt. Schon vergessen?"

Ohne auf ihn einzugehen, stürmte Felicitas an Steve vorbei und erwischte Debbie gerade noch an der Hintertür.

„Debbie, es tut mir schrecklich leid! Ich habe nicht daran gedacht, dass ich für die frühe Schicht eingeteilt war. Hoffentlich habe ich dir nicht den Abend verdorben!"

„Schon okay", erwiderte Debbie, doch ihr Tonfall sagte etwas anderes. Mit einem mürrischen Gesicht schob sie sich einen Kaugummi in den Mund.

„Natürlich bekommst du die zwei Stunden voll bezahlt. Ich werde das Steve sagen und auf meinen Teil des Gehalts verzichten!"

„Ist gut", kaute Debbie zum Abschied.

Felicitas beeilte sich, eine Schürze überzuziehen und die Küche zu betreten, in der es wie auf einem Schlachtfeld aussah. Ein Blick in den

Kühlbereich reichte aus, um festzustellen, dass die vorbereiteten Salate und Sandwiches nicht einmal dem ersten Ansturm des Abends standhalten würden. Dennoch säuberte sie zuerst die Arbeitsflächen, spülte eilig das schmutzige Geschirr, verstaute alles, was sie nicht brauchte, an seinem Platz und machte sich dann in Windeseile daran, weitere Speisen vorzubereiten. Sie stellte Pfannen, Töpfe und Schüsseln griffbereit, damit sich später Reis, Maisbrei, Fleisch und Würste rasch zubereiten ließen.

Irgendwann tauchte Steve auf und lehnte sich mit der Schulter an den Türrahmen. „Ich staune immer wieder, mit welchem Organisationsgeschick du die Küche und den Service meisterst, während der Rest deines Lebens aus purem Chaos besteht!"

Felicitas lachte. Es tat gut, Bobby Charles, Adam Lee, die juristischen Winkelzüge und die zumeist nicht sehr angenehmen Gespräche des Tages vorerst zu vergessen. „Das Geld für Debbies Überstunden ziehst du bitte von meinem Lohn ab, ja?"

„Aber selbstverständlich!", brummte Steve. „Ich weiß nicht, wie du jemals deine Schulden bei mir abbezahlen willst. Hast du wenigstens etwas hinsichtlich des Fotostudios unternommen?"

„Nein", gestand Felicitas. Sie war mit zu vielen anderen Dingen beschäftigt gewesen.

„Und jetzt noch deine Ausgaben in Woodville, was immer du da getan haben magst ..."

„Woher ...?" Felicitas stellte die Pfanne mit den Spiegeleiern zurück auf den Herd, traf diesen allerdings nicht richtig und das Kochutensil rutschte ihr entgegen. Instinktiv sprang sie beiseite. Zischend schlugen die heißen Eier auf dem Boden auf, und die schwere Pfanne deckte sie vollständig zu, als wollte sie das Missgeschick vertuschen.

Steve ging in die Hocke und hob die Pfanne an. „Wie nennst du das Gericht? Versteckte Eier?", foppte er sie, nahm den Holzschieber, beförderte die Bescherung in die Tonne und die Kochutensilien in das riesige Spülbecken.

„Woher weißt du von meinem Aufenthalt in Woodville?"

„Der Bürgermeister hat dich dort gesehen. In der Bibliothek, bei einem Juraprofessor, in einem Buchladen."

„Dann muss er mir aber den halben Tag über gefolgt sein." Ein unliebsames Kribbeln setzte sich in Felicitas' Nacken fest. Die Vorstellung, dass Phillips ihr mehrmals am Tag so nahe gewesen war, ohne dass sie ihn wahrgenommen hatte, war äußerst unangenehm. Vermutlich ein weiteres Erbe ihrer Vergangenheit.

„Keine Sorge. Im Funk wird erzählt, du hättest noch irgendwas wegen deines Erbes zu klären." Achselzuckend ging Steve wieder zu seinen Gästen.

Keine Sorge ...? Felicitas runzelte die Stirn. Was hieß das? Dass Steve sich zusammenreimte, weshalb sie Erkundigungen bei einem Juristen und in der Bibliothek eingezogen hatte? Jedenfalls stand ihr klar vor Augen, wie viel vorsichtiger sie ab sofort agieren musste und wie gut sie daran tun würde, sich strikt an die heute erhaltenen Empfehlungen zu halten!

Steve beschäftigte sie ausschließlich in der Küche. Offenbar hielt er es für sinnvoll, sie an einem Tag, an dem die beunruhigenden Nachrichten aus Birmingham Hauptgesprächsthema waren, nicht im Café bedienen zu lassen.

~

Christopher Keating saß verschwitzt, verschmutzt und müde zwischen seinen nicht besser aussehenden Kameraden auf einem kalten Metallklappstuhl und lauschte den Ausführungen des Lieutenant Colonel. Die 10th Special Forces Group[2] war von einer zweiwöchigen Manöverübung aus dem Schwarzwald zurück und die Offiziere waren sogleich in den Besprechungsraum beordert worden. Die neuesten Meldungen aus den Staaten und aus einem für Christopher bis vor Kurzem noch reichlich unbekannten Land namens Vietnam waren als wichtig genug eingestuft worden, um ihnen gleich nach ihrer Rückkehr mitgeteilt zu werden.

Brian, wie Christopher ebenfalls Texaner, beugte sich zu ihm herüber und raunte: „Eventuell wäre es anders gekommen, wenn die USA das Abkommen von Genf unterzeichnet hätten. Darin waren eine Wiedervereinigung und gesamtvietnamesische Neuwahlen innerhalb von zwei Jahren nach der Zwangsteilung Vietnams vorgesehen."

„Wie bitte?" Verwirrt kniff Christopher ein Auge zu und musterte den schlaksigen Brian.

„Die USA und Großbritannien hatten Angst vor einer Ausdehnung des Kommunismus, vermutlich nicht zu Unrecht. Freie Wahlen wären ziemlich sicher von den Kommunisten gewonnen worden und somit wäre jetzt auch Südvietnam rot gefärbt. Also weigerten sie sich, das Abkommen zu ratifizieren. So hat eben alles zwei Seiten." Christophers Sitznachbar richtete sich auf und lauschte wieder den Worten ihres Vorgesetzten, der ihnen von den militärischen Beratern in Saigon und den gut 16.000 amerikanischen Soldaten in dem geteilten Land berichtete.

„Jetzt sind wir dort eine Schutzmacht und der Feind ist der kommunistische Vietcong[3]", raunte Brian ihm erneut erklärend zu.

„Wie bitte?", wiederholte Christopher viel zu laut, wodurch er sich einen vorwurfsvollen Seitenblick des Lieutenant Colonel einhandelte. Christopher musterte den Piloten neben sich, wobei er sich fragte, woher Brian das alles wusste. Sie waren in Europa stationiert und für Christopher war Vietnam unendlich weit entfernt, und das nicht nur geografisch. Was ging ihn das alles an?

Als habe Brian Christophers Gedanken erraten, zischte er: „Mein Vater ist als Regierungsberater in Saigon. Ein schönes Land. Heiß, tropisch, aber unangenehm unruhig, wie der Colonel uns seit einer halben Stunde erklärt!" Brian grinste und sein knochiges Gesicht verzog sich zu der ihm so eigenen Fratze, einem Totenkopf nicht unähnlich. Nicht zum ersten Mal überfiel Christopher der Wunsch, Brian einen der ungenießbaren Trockenkekse in den Mund zu schieben, da er immer aussah, als sei er kurz vor dem Verhungern. Erneut betrachtete er seinen Sitznachbarn, der jetzt wieder aufrecht auf dem unbequemen Klappstuhl saß und interessiert den Ausführungen ihres Vorgesetzten lauschte. Der Vater dieses unauffälligen und zurückhaltenden Piloten war demnach ein hohes Tier beim Militär – oder in der Politik?

Christopher zuckte zusammen, als die Kameraden aufsprangen und die Klappsitze nach oben an die Lehnen knallten. Allerdings setzten sie sich wieder, als der Lieutenant Colonel die Hand hob, um sich bei der müden Truppe nochmals Gehör zu verschaffen.

„Bis zweiundzwanzighundert[4] ist dienstfrei."

Die Unruhe unter den Männern nahm zu. Christopher stand ebenfalls in den Startlöchern, denn die freie Zeit bedeutete, dass er heute Kerstin endlich wiedersehen würde. Wenn er sich beeilte, konnte er sie von der Arbeit abholen und an ein romantisches Plätzchen entführen. Auspacken, duschen – das ging schnell – und in etwa einer Stunde würde er sie bereits in den Armen halten. Der Gedanke entlockte ihm ein sehnsüchtiges Seufzen. Er hatte Kerstin schrecklich vermisst, ihre melodiöse Stimme, den Duft ihres Haares, ihre weiche Haut, ihre Lippen auf den seinen …

„Und …", donnerte der Bariton des Lieutenant Colonel durch den Raum.

„Ich wusste, dass da noch was kommt", hörte Christopher Brian murmeln. Der sehnige junge Mann saß nach wie vor mit übergeschlagenen Beinen und vor der Brust verschränkten Armen auf dem Stuhl, während alle anderen vorne auf der Stuhlkante kauerten und darauf lauerten, offiziell entlassen zu werden.

„Die auf dem Huey[5] ausgebildeten Piloten bleiben. Der Rest: Wegtreten!"

Der Nachbar zu Christophers Linken, dessen Namen er mittlerweile vergessen hatte, da er von allen nur Tiger genannt wurde, klopfte ihm kräftig auf die Schulter, grinste und flüsterte: „Pech gehabt! Meine Frau und dein blondes Mädchen werden noch warten müssen!"

Erneut schnalzten mehrere Sitzflächen nach oben und das Dröhnen der Stiefel auf dem Parkett erfüllte den Raum. Als die Tür ein letztes Mal ins Schloss gefallen war, winkte der Lieutenant Colonel die verbliebenen Männer an das Pult. Christopher folgte Brian aus der Stuhlreihe und gesellte sich neben ihn.

„Ich habe einen Bekannten im Pentagon", begann der ranghöchste Offizier, der sich nun lässig mit einem Ellenbogen auf die schräge Fläche des Pultes aufstützte. Er erntete herzhaftes Gelächter.

„Diesen Onkel haben wir doch alle, Sir", spottete Clive Whitaker. Ihr Vorgesetzter grinste und nickte, kniff dann aber die Augen zusammen, als blende ihn die Sonne. „Es deuten sich verschiedene Truppenbewegungen in Vietnam an. Listen kursieren, unter anderem mit sämtlichen Kampfhubschrauber-Piloten darauf. Ich wollte euch frühzeitig darüber in Kenntnis setzen. Das kann bedeuten, dass einige von euch bald nach Hause kommen. Oder eben nicht!"

Christopher sah, wie Brian bei der vage formulierten Aussage ruckartig den Kopf hob. Seine sonst immer gelassenen, beinahe gelangweilt wirkenden Gesichtszüge waren plötzlich angespannt. Hoffte er auf eine Versetzung zu seinem Vater in diese exotische Stadt?

„Keating, Norris. Ihr bleibt noch, die anderen können wegtreten."

Nun stieg auch in Christopher eine unangenehme Unruhe auf.

~

Die Zeiger ihrer Armbanduhr standen bereits auf weit nach Mitternacht, als Felicitas mit heruntergekurbelten Seitenscheiben durch das Hüttendorf fuhr. Ein Hund bellte träge und mehrere in einem Verschlag untergebrachte Kühe stießen tiefe lang gezogene Laute aus. Da nirgends mehr ein Lichtschein zu sehen war, beschloss Felicitas, Adam Lees Verwandtschaft erst am nächsten Morgen über die eingetretenen Veränderungen zu informieren. Sie fuhr weiter durch die Nacht und genoss den Fahrtwind auf ihrer erhitzten Haut.

An der Abzweigung zu ihrem Grundstück hielt sie den Wagen an. Auf der Straße, die über verschieden hohe, sanft geschwungene Hügel im dichten Wald verschwand, glaubte sie für einen Moment ein Licht auszumachen. Ob ein Auto vom Sägewerk in Richtung Stadt fuhr und gerade eine Hügelkuppe passiert hatte? Oder war trotz der vorgerückten Stunde noch ein Suchtrupp unterwegs? Felicitas hoffte inständig, dass dieser sich von ihrem Haus ferngehalten hatte.

Beunruhigt bog sie in den engen Waldweg ein, lenkte den Pick-up über die ausgefahrenen Spurrillen und durch das Tor auf den Hof. Eilig suchte sie ihre Taschen zusammen, stieg aus und hastete die Stufen hinauf. Dieses Mal hatte sie an das Abschließen der Haustür gedacht, fand in der Dunkelheit das Schlüsselloch jedoch erst nach längerem Suchen. Endlich sprang die Eingangstür auf. Sie schlüpfte hinein und schob die Tür hinter sich zu, ehe sie das Licht anknipste.

„Ich bin zurück!", rief sie verhalten. Sie trug ihre Taschen in die Küche, stellte sie auf der Bank ab und öffnete ein Küchenfenster. Oben blieb alles ruhig. Ob der Junge bereits schlief? Womöglich war er gar nicht dageblieben, aus Furcht, er könne hier gefunden werden?!

Felicitas lauschte, aber bis auf das Knacken des Holzes und das nächtliche Konzert der Grillen war nichts zu hören. Besorgt begab sie sich zur Treppe und fand den Jungen auf einer der oberen Stufen vor. Er saß dort in der viel zu weiten Kleidung, die Landon noch immer hier deponiert hatte, die Ellenbogen auf die Oberschenkel gestützt, sein Kopf ruhte in seinen Händen.

„Warum hast du denn nichts gesagt? Ich dachte schon, du bist fort!"

„Ich sollte nicht hier sein."

„Das bist du aber. Komm bitte mit in die Küche. Ich muss mit dir reden!"

Adam Lee folgte ihr gehorsam.

„Hast du etwas gegessen?"

„Nein, Miss Tess."

„Du hast seit heute Morgen nichts mehr zu dir genommen?"

„Nein, Miss."

„Hast du nicht gewagt, dich selbst zu bedienen?"

„Nein, Miss."

„Kannst du nichts anders sagen als *Nein, Miss*?"

Er grinste, und ließ sich auf der Bank nieder.

„Adam Lee, du darfst dich selbstständig versorgen. Es ist wichtig, dass du ausreichend Nahrung und Flüssigkeit zu dir nimmst." Felicitas schob die auf sie einstürmenden Erinnerungen an den schrecklichen Durst und den quälenden Hunger ihrer Kindheit beiseite.

„Danke, Miss."

„Und weshalb meldest du dich nicht, wenn ich zurück bin?"

„Ich wusste nicht, ob Sie allein sind. Gestern war der Deputy ..."

„Dann hätte ich wohl kaum meine Rückkehr laut angekündigt."

„Stimmt."

Felicitas wartete auf das *Miss*, doch es kam nicht. Sie verspürte eine nicht geringe Erleichterung darüber.

Während sie Grits[6] mit Butter zubereitete, erzählte sie Adam Lee, was sie heute erreicht hatte. Schweigend, aber aufmerksam hörte der Junge zu. Erstaunlicherweise brauchte sie ihn nicht zu überreden, ihrem Vorschlag Folge zu leisten. Es schien, als habe er sich den Tag über Gedanken zu seiner Lage gemacht. So kam es, dass Felicitas knapp eine Stunde, nachdem sie zu Hause angekommen war, an das Funkgerät trat.

Der Juraprofessor in der County-Hauptstadt hatte ihr eindringlich geraten, Adam Lee nicht ohne vorherige Absprache in die Stadt zu schaffen, da das bei den Deputys den Verdacht wecken könnte, sie habe den Aufenthaltsort des Teenagers die ganze Zeit über gekannt. Ohnehin würde es für Adam Lee von Vorteil sein, hatte ihr der Mann glaubhaft dargelegt, wenn er sich freiwillig beim Sheriff meldete. Doch konnte sie es wagen, das CB-Funkgerät zu benutzen? Mit einem Blick auf die Uhr, die halb zwei zeigte, wagte sie das Unterfangen. Immerhin lagen um diese Uhrzeit die meisten Menschen in ihren Betten.

John antwortete ihr direkt aus dem Sheriffoffice. Sie berichtete in knappen Worten, dass sie Adam Lee zu ihm bringen würde, da er sie darum gebeten habe, dem Sheriff überstellt zu werden. Das Funkgerät knackte und rauschte, als könne es die von ihr übermittelte Nachricht kaum verdauen, ehe sie Johns Antwort hörte. „Sei vorsichtig mit ihm!"

„Vorsichtig?"

„Er könnte gefährlich sein!"

„Der Junge ist verstört und ängstlich, aber sicher nicht gefährlich. Ich komme seinem Wunsch nach, damit die traurige Angelegenheit jetzt offiziell geregelt werden kann", betonte sie noch einmal.

„In Ordnung. Ich warte hier im Büro auf dich und den Burschen."

„Danke, Jo-Jo." Felicitas schaltete das Gerät ab und verließ das Haus. Die schwülwarme Luft des vergangenen heißen Maitages lag schwer über dem Land, sodass selbst der Gesang der Grillen träge wirkte. Der Mond stand rund, groß und leuchtend wie heller Bernstein am nächtlichen

Himmel. Ein sanfter Windstoß brachte die Blätter an Bäumen und Sträuchern zum Rascheln und vom Wald klang der einsame Ruf einer Eule herüber.

Felicitas lächelte Adam Lee aufmunternd zu. Der Junge lehnte am Kotflügel und krallte seine Hände um die Hosenträger, die Landons Hose notdürftig dort hielt, wo sie hingehörte. Felicitas schloss den Pick-up auf und öffnete von innen die Beifahrertür. Während Adam Lee einstieg, verstaute sie ihre Handtasche unter dem Sitz.

„Bereit?“, erkundigte sie sich und ließ auf Adam Lees Nicken hin den Motor an. Die Scheinwerfer flammten auf, und ihr Schein beleuchtete erst die Hausfassade, verlor sich dann über der Wiese, tastete, als Felicitas den Wagen weiter wendete, an den Bäumen und der Mauer entlang, bis er die offenen Torflügel erfasste. Behutsam lenkte sie den Dodge über die Auffahrt und bog auf die schnurgerade Straße ein. Sie erreichten das Hüttendorf, und Felicitas nahm den Fuß vom Gaspedal. Ob Adam Lee mit seiner Familie sprechen wollte? Der Junge starrte allerdings stur geradeaus auf die vom Mond beschienene, staubige Piste, sodass sie wieder kräftiger Gas gab. Die Räder klackerten über die Schienen, ratterten dröhnend über die Holzbrücke, und schließlich erklomm das Automobil den großen Hügel.

In dem Augenblick, als sie über die Kuppe fuhren, flammten grelle Scheinwerfer auf. Geblendet blinzelte Felicitas und trat fest auf die Bremse. Reaktionsschnell lenkte sie den Pick-up nach rechts, damit das entgegenkommende Fahrzeug sie ungehindert passieren konnte. Doch dieses folgte ihrer Bewegung und stellte sich ihr als unüberwindbares Hindernis in den Weg. Ein zweiter Wagen hielt direkt neben ihrer Fahrertür, ein dritter parkte schräg hinter ihr. Felicitas und Adam Lee saßen in der Falle!

Längst vergessen geglaubte Erinnerungen schwappten wie eine Flutwelle über Felicitas hinweg; raubten ihr den Atem. Die überhandnehmende Enge in ihrem Körper erlebte sie wie einen bohrenden Schmerz. Sie richtete einen wortlosen Hilfeschrei an Gott, woraufhin es ihr gelang, auszuatmen und tief Luft zu holen.

Felicitas schaute zu Adam Lee. Sein schweißnasses schwarzes Gesicht wurde von den Autoscheinwerfern unbarmherzig angestrahlt. Der Junge hielt die Augen geschlossen, seine Hände ruhten mit der Handfläche nach oben auf seinen Oberschenkeln, geformt wie eine Schale, als erwarte er, dort etwas hineingelegt zu bekommen. Er bewegte lautlos die Lippen. Sein Anblick spülte eine neue Welle der Angst herbei und ließ

Felicitas erbeben. Die Warnungen von Landon, die Drohungen so mancher Stadtbewohner und das abgebrannte Holzkreuz in ihrem Garten kamen ihr in den Sinn, bezeugten, wie berechtigt ihre Furcht war.

Ein kräftiges Klopfen gegen die halb geöffnete Autoscheibe riss Felicitas in die Gegenwart zurück. Mit zitternder Hand kurbelte sie diese vollständig nach unten. Im Wagen neben ihr saß eine vermummte Gestalt. Sie trug ein weißes Etwas über dem Kopf, das wie eine Mischung aus einem Bettlacken und einer Bäckertüte aussah. Nun wusste sie mit Sicherheit: Der in diesem Landstrich agierende Ku-Klux-Klan hatte sie aufgestöbert!

Felicitas umklammerte mit schweißnassen Fingern das Lenkrad. Ihre Augen fixierten die Vermummung. Die schwarzen, leer wirkenden Augenhöhlen in der Kopfbedeckung ließen sie erschauern. Was würde jetzt mit ihr und Adam Lee geschehen?

~

Der Offizier entließ Tiger und Clive und wartete, bis sich hinter ihnen die Tür geschlossen hatte. „Ihr zwei bekommt den morgigen Tag frei. Ich vermute, ich muss euch nicht sagen, was ihr dringend vorantreiben solltet?"

Christophers Miene war grimmig wie selten einmal. Falls eine Versetzung anstand, würde das seine Beziehung zu Kerstin extrem kompliziert machen. Aus diesem Grund gab sein Vorgesetzter ihm einen Tag Zeit, um die Angelegenheit mit seinem Mädchen zu regeln. Und Brian? Christopher warf dem schlaksigen Soldaten einen prüfenden Blick zu. Der bedankte sich höflich, grüßte und stakste davon.

„Den Antrag müssen Sie schon ohne meine Hilfe fertigbringen, Keating!" Der Lieutenant Colonel lachte und sammelte seine Unterlagen ein. Christopher folgte Brian in den warmen, sonnendurchfluteten Tag hinaus und zu den Parkplätzen.

„Wir wollten im Herbst heiraten", brummte Brian halblaut vor sich hin.

„Du?"

„Ja, ich. Und Lisa."

Verdutzt gesellte Christopher sich zu dem Kameraden in seiner verdreckten Uniform. Es war ihm neu, dass Brian eine deutsche Freundin hatte – dass er überhaupt eine Freundin hatte. Aufmerksam musterte er Brians hagere Gesichtszüge mit der langen Nase in dem blass wirkenden Gesicht und die struppig um die Ohren abstehenden Haare. Über sich selbst erbost schüttelte er den Kopf. Weshalb sollte Brian nicht verlobt sein? Immerhin war er intelligent, höflich, diszipliniert und sehr sympathisch. Brian war ihm sogar darin voraus, dass er dieser Lisa bereits einen Antrag gemacht hatte. Und sie hatte Ja gesagt!

Vor einer bunt gemischten Reihe von Army-Fahrzeugen und Privatwagen hielten sie. Christopher lehnte sich an seinen grünen VW, der durch die Sonne aufgeheizt eine angenehme Wärme ausstrahlte.

„Wie hast du … Ich meine, was hast du zu ihr gesagt?", wagte er Brian zu fragen.

„Hey! Du bist doch hier der Frauentyp!"

„Ich habe noch nie einer Frau einen Antrag gemacht!", erwiderte Christopher nervös und sah zu, wie Brian sich mit der Hand den Nacken rieb.

„Kerstin heißt sie, nicht? Unternehmt einen Ausflug, ein Picknick, irgendetwas Romantisches. Das mögen die Mädchen! Und dann fragst du sie. Mehr als Nein sagen kann sie ja nicht!"

„Du hörst dich an wie Casanova persönlich."

„Lisa ist immerhin meine zweite große Liebe. Es war mein zweiter Antrag. Das Mädchen aus Texas hat Nein gesagt, als es hörte, dass meine Versetzung nach Deutschland ansteht."

„Tut mir leid, Kumpel."

„Braucht es nicht. Lisa schlägt sie um Klassen."

„Und Lisa hat Ja gesagt."

„Richtig, obwohl ich ihr deutlich vor Augen gemalt habe, was sie in einer Ehe mit einem US-Soldaten erwartet."

„Danke, Brian."

„Wir sehen uns morgen Abend. Und nimm dir zumindest die Zeit, vorher zu duschen und dich umzuziehen! Du stinkst wie eine Horde Wildschweine." Brian grinste und eilte mit langen Schritten zwischen den geparkten Fahrzeugen davon.

~

Wasser tropfte aus seinen Haaren auf das frische Hemd, allerdings nahm Christopher sich nicht die Zeit, sie zu trocknen. Er warf die vor Dreck starrende Uniformhose in den Sack zur restlichen Schmutzwäsche und griff zu einem kurzärmeligen Hemd. Flüchtig tastete er die Taschen ab, um nicht versehentlich etwas mitzuwaschen, dabei fand er ein zerknittertes Blatt Papier. Noch ehe er es aufgefaltet hatte, überfielen ihn Schuldgefühle. Er blickte auf Kerstins exakte Handschrift, mit der sie die Adresse des Anwaltsbüros in Washington D. C. niedergeschrieben hatte. Aufgrund des plötzlichen Aufbruchs zu einer Manöverübung hatte er vergessen, sich nach jemandem umzuhören, der Kontakte nach Washington pflegte.

Sorgfältig legte er den Zettel in seinen Spind. Heute Abend, spätestens morgen würde er sich darum kümmern, nahm er sich vor. Felicitas ging es bestimmt so gut, wie sie es in ihrem Brief an Kerstin geschrieben hatte, und es gab sicher eine völlig harmlose Erklärung für die Nichtauffindbarkeit der Kanzlei. Der Sitz des Büros konnte in ein anderes County oder gar in einen anderen Staat verlegt worden sein oder der Anwalt hatte aus Altersgründen seine Kanzlei aufgegeben, ohne zu ahnen, dass die Deutschen noch mehr Schriftstücke von ihm erwarteten.

Christopher warf einen nachdenklichen Blick auf die geschlossene Schranktür. Ob es nicht besser war, sein Versprechen sofort einzulösen? Immerhin war schon genug Zeit verstrichen? Nein, beschloss er spontan. Jetzt wollte er Kerstin erst von ihrer Arbeit loseisen. Ein sehnsüchtiger Schmerz zog in seinem Inneren auf und verstärkte sich durch eine ungewohnte Art von Furcht. Die Frage, wie sie mit seiner möglichen frühzeitigen Verlegung an einen anderen Stützpunkt klarkommen würde, nagte an ihm. Dass sein nächster Aufenthaltsort eventuell nicht einmal die heimischen Staaten, sondern ein vom Bürgerkrieg geschütteltes exotisches Land sein könnte, machte das Gespräch mit Kerstin nicht einfacher, so sehr er es auch herbeisehnte.

Christopher verließ den Gebäudekomplex der Flint-Kaserne[7] und lauschte auf das Läuten der Kirchenglocken und den Verkehrslärm, der von der Straße herüberdrang. Kinderstimmen und das Prellen eines Balls ließen ihn aufblicken.

Carl, Tigers zehnjähriger Sohn, winkte ihm zu und rief: „Wieder zurück, Chris? Heißt das, Daddy ist auch da?“

„Er ist sicher schon zu Hause bei deiner Mom!“

Der Junge jubelte auf, ließ die Freunde und den Ball zurück und stob davon.

Wesentlich langsamer als zuvor und tief in Überlegungen und Sehnsüchte versunken schlenderte Christopher auf den Torbogen zu. Tiger hatte ein Kind. Ihn musste es noch härter treffen, wenn er dauerhaft in ein Krisengebiet verlegt werden würde. Da war es gleichgültig, dass sie speziell für derlei Sondereinsätze ausgebildet waren. Bis vor einigen Monaten hatte Christopher sich niemals solch zweifelnden Gedanken hingegeben. Er war beim Militär, Offizier in einer Spezialeinheit – und das noch für viele Jahre! Gefühlsduseleien durfte er sich im Grunde nicht leisten.

Dennoch trieb ihn jetzt die Frage um, ob es nicht unfair von ihm war, neben seinen Eltern und Geschwistern auch noch Kerstin in Angst um ihn zu versetzen. Hatte ihre Beziehung eine Chance, falls sie vorerst in Deutschland blieb, er aber in die Staaten zurück oder gar nach Vietnam beordert wurde? Unschlüssig blieb Christopher stehen. Die Vorstellung, eine Entscheidung treffen zu müssen, die ihr ebenso wehtun würde wie ihm selbst, wühlte ihn auf. Er musste nachdenken!

Ohne den Hof durch das Haupttor mit den flankierenden runden Türmen verlassen zu haben, drehte er sich um. Die Jungen setzten ihr Basketballspiel ohne Carl fort, Christopher allerdings ging in sein Zimmer zurück; zu seiner Schmutzwäsche und den düsteren Gedanken über eine unklare Zukunft und die damit verbundenen Optionen.

~

„Aussteigen!“, fuhr der Vermummte Felicitas an.

„Das kann ich nicht, wenn Sie direkt vor meiner Tür parken!“, antwortete Felicitas mit deutlich mehr Gelassenheit, als sie empfand.

„Schick den Boy raus, dann kannst du drüben hinterher.“

Felicitas' Atem ging stoßweise, ihre Gedanken drehten sich sinnlos im Kreis. Was sollte sie tun? Wie konnte sie mit den Furcht einflößenden Gestalten verhandeln, ohne sie zu provozieren? Früher hatte sie versucht, sich ruhig und unauffällig zu verhalten und möglichst schnell in der Menge unterzutauchen. In dieser Nacht würde das nicht funktionieren.

Adam Lees panischer Blick steigerte ihre Angst noch. Was hatten die vermummten Gestalten vor? Hatte man auf sie gewartet? Sie hatte doch nur den Deputy angefunkt, weil sie mit Adam Lee … Das Funkgerät! Erblassend schnappte Felicitas nach Luft. Trotz der nächtlichen Stunde musste jemand vom Klan ihren Funkspruch mitgehört haben! Hatte derjenige die Meute mobilisiert?

„Das wird böse enden, Miss Tess“, murmelte Adam Lee.

Felicitas kniff die Augen zusammen. Die in ihr aufsteigende Panik drohte ihr alle Kraft zu rauben. Trotzdem flüsterte sie: „Bete, Adam Lee. Und lass uns tun, was sie von uns verlangen, ja?!“

„Es tut mir leid. Ich hätte Sie da nicht reinziehen dürfen!“

„Das hast du nicht. Es war meine Entscheidung–“ Weiter kam Felicitas nicht, denn einer der Kapuzenträger riss die Beifahrertür auf, packte Adam Lee und zerrte ihn grob aus dem Pick-up. Der Körper des Jungen schlug hart auf dem Straßenrand auf. Ein dumpfes Geräusch folgte, und Felicitas hörte ihn schmerzerfüllt aufstöhnen. Trat jemand mit den Füßen nach Adam Lee?

„Jetzt du, raus da!“, fauchte sie eine erschreckend vertraute Stimme an. Kraftlos gehorchte sie, rutschte auf den Beifahrersitz und stieg aus. Ihre Augen suchten in der Dunkelheit nach Adam Lee. Wo war er?

Mehrere weiß gekleidete Gestalten, vom Mondlicht hell hervorgehoben, entfernten sich von der Straße in ein Feld. Sie schleiften etwas Schweres hinter sich her. Adam Lee?

„Was soll das? Er war auf dem Weg zu Deputy Johansen“, protestierte Felicitas und wollte den Männern hinterhereilen. Ein roher Schlag mit einem Gewehrkolben in die Magengrube ließ sie aufstöhnend auf die Knie sinken. Würgend rang sie nach Atem. Schmerzwellen liefen heiß und kalt zugleich durch ihren Körper. Sie sah ihre Mutter vor sich, die von den Uniformierten mit ihren schwarzen Stiefeln getreten wurde, weil sie Felicitas' Cousine vor den Eindringlingen beschützte …

Einen Moment fürchtete sie, sich übergeben zu müssen. Nervöse Stimmen drangen zu ihr durch. „Hey! Was soll das?“

„Lass das Mädchen in Ruhe.“

„Sie paktiert mit den Niggern!“

„Sie ist eine Weiße!“

„Mit einem rabenschwarzen Herzen.“

„Warum soll es ihr besser ergehen als dem Nigger?“

Mühsam hob Felicitas den Kopf. Was taten die Männer Adam Lee an? Er wollte doch nur Gerechtigkeit! Sie kämpfte sich auf die Knie. Ein zweiter Schlag traf ihren Hinterkopf, und sie fiel vornüber in das staubige Gras. Ihr Gehirn schien zu explodieren. Zusammengerollt lag sie da, wusste nicht, ob sie besser ihren Kopf oder ihren Körper mit den Armen schützen sollte. Wütende Stimmen, noch diffuser als zuvor, umgaben sie. Dann ertönte ein Knall. Die Detonation ließ sogar die Grillen kurz verstummen. Felicitas riss die Augen auf. War das ein Schuss gewesen? Wer hatte geschossen? Auf wen? Adam Lee! Spielte ihre Fantasie ihr schreckliche Streiche?

Jemand stieß sie mit dem Fuß an. Würde sie das nächste Opfer sein? Oder war die Person nur über sie hinweggesprungen?

Ein Auto wurde angelassen und hüllte Felicitas in eine Abgaswolke. Reifen drehten durch, spritzten Steine und Sand auf sie. Eine Gestalt beugte sich über sie. Sie nahm ein silberfarbenes Schimmern in Form eines Sterns wahr. Ein eigenartiger Nebel breitete sich um sie herum aus.

Felicitas schloss die Augen und hörte nicht einmal mehr, wie die anderen Autos mit aufheulenden Motoren davonjagten.

~

Allmählich kam Felicitas zu sich. Um sie her herrschte friedliche Stille. Mühsam drehte sie sich auf den Rücken. Über ihr stand der fast runde Mond am nachtschwarzen Himmel, und seine warme Bernsteinfarbe wurde nur von einigen grauen langsam ziehenden Wolkenfetzen getrübt. Das durchdringende Trommeln der Zikaden schwoll in rhythmischem Einklang an und ab. Tief atmete sie den Geruch der Sommerwiese und der staubigen Straße ein. Sie war allein, und sie lebte!

Eine einzelne Träne löste sich aus ihrem Augenwinkel. Ein geflüstertes Dankgebet kam ihr über die Lippen, ehe ihr Adam Lee einfiel. Ob der Schuss ihm gegolten hatte? Die anheimelnde Atmosphäre schien wie ein Luftballon zu zerplatzen und wich panischem Entsetzen.

Von ihren diffusen Erinnerungen gejagt setzte sie sich ruckartig auf, fiel jedoch wie eine leblose Puppe zurück. Ein stechender Schmerz jagte ihr unbarmherzig bohrend durch den Kopf, und sie presste stöhnend die Hände vor ihr Gesicht. Wieder drohte ihr das Bewusstsein zu schwinden.

Ein näher kommendes Motorengeräusch, begleitet vom regelmäßigen Aufleuchten eines roten Lichtes, erregte ihre Aufmerksamkeit. Näherte sich ein Polizeiwagen? Das Fahrzeug hielt mit schleifenden Bremsen vor ihrem Dodge. Ein Hüne sprang aus dem Wagen und kniete sich neben sie in das vom Straßenstaub bedeckte Gras.

„Miss Tess?", raunte eine raue Stimme.

Felicitas öffnete die Augen. Trotz des breitrandigen Huts, der das Gesicht beschattete, erkannte sie Landon.

„Adam Lee!", hauchte Felicitas und versuchte erneut, sich aufzurichten. Starke Hände drückten sie mit sanfter Gewalt herunter.

„Wo haben sie ihn hingebracht?", fragte Landon, und seine Worte klangen eigentümlich verzerrt. Wurde sie denn schon wieder bewusstlos?

Verzweifelt kämpfte Felicitas gegen das unangenehm dumpfe, schwere Gefühl an. Die rotierende Lampe auf dem Autodach tauchte die Silhouette des Ordnungshüters in gleichmäßigen Abständen in ein rotes Licht und erschwerte ihr die Konzentration. Da sie befürchtete, ihre Stimme nicht im Griff zu haben, deutete sie in die Richtung, in die sie die Männer in ihren weißen Umhängen hatte davongehen sehen. Landon sprang auf, wandte sich aber nochmals zu ihr um. „Jo-Jo kümmert sich um Sie. Bleiben Sie ganz ruhig liegen!"

Sie folgte Landon mit den Augen, als er, vom Mondlicht beschienen, über die Wiese in das Feld ging. Sein Weg führte ihn in einem eigenartigen Zickzack-Kurs zwischen den Pflanzen hindurch, bevor er schließlich niederkniete. Dort also lag Adam Lee? Felicitas' Magen krampfte sich zusammen. Die Ungewissheit über das Schicksal des Jungen quälte sie.

Ungeachtet des durch ihn aufwirbelnden Straßenstaubs warf John sich neben sie auf die Knie und berührte mit beiden Händen ihr Gesicht. „Felicitas! Geht es dir gut?" Seine Stimme, nahe an ihrem Ohr, klang besorgt.

„Der Klan", flüsterte sie und versuchte, an John vorbei zu Landon zu sehen. Was machte er? Lebte Adam Lee noch?

„Was ist mit dir passiert?"

„Ein Schlag in den Magen und einer auf den Hinterkopf", gab sie mechanisch zur Auskunft.

„Kannst du dich aufsetzen und dich gegen das Rad deines Pick-ups lehnen? Ich möchte mir deinen Kopf ansehen."

Felicitas zwang ihren Blick von Landons breitem Rücken fort und stützte sich vorsichtig auf die Ellenbogen. Mit Johns Hilfe gelang es ihr, zu dem schmutzverkrusteten, nach Gummi riechenden Autoreifen zu rutschen und sich daran zu lehnen. Sekundenlang wirbelte vor ihren Augen alles durcheinander. Das Blau und Schwarz der nächtlichen Landschaft mischte sich zu einem verwirrenden Kunstwerk mit dem sanften Orange des Mondes als Mittelpunkt. Allmählich kam die Welt um Felicitas wieder zum Stillstand.

John betastete mit sachtem Druck ihren Hinterkopf, der dabei unangenehme Schmerzsignale aussandte. „Du hast eine gewaltige Beule, jedoch keine Platzwunde!", informierte er sie und legte die Hand erneut an ihre Wange, um ihr Trost zu spenden. Nach den Aggressionen, die sie soeben erlebt hatte, war ihr die Zuneigung des jungen Mannes willkommen. Sein Sheriffstern blitzte für einen Moment hell auf. Verwirrt runzelte Felicitas die Stirn. Dieser Stern! Hatte sie ihn vorhin nicht schon einmal gesehen? War das gewesen, nachdem Landon und John bei ihr und Adam Lee eingetroffen waren? Oder doch davor, als die Klan-Männer noch vor Ort gewesen waren? Aber wessen Stern hatte sie dann gesehen? Den von John oder den von Landon? Den eines anderen Deputys aus den umliegenden Gemeinden oder den von Dan Fraser?

Ein altvertrautes Gefühl von kaltem Misstrauen, gleich einem eiternden Geschwür, brach in ihr auf, und sie strich sich mit fahrigen Bewegungen das Haar aus ihrem Gesicht. War einer der Sternträger ein

Mitglied des Klans und somit beim Überfall auf sie und Adam Lee dabei gewesen? Alles in ihr wehrte sich gegen diese ungeheuerliche Vorstellung. Bestimmt spielte ihr schmerzender Kopf ihr grausame Streiche!

„Jo-Jo, funk den Arzt an. Und er soll sofort einen Krankenwagen anfordern!", rief Landon eine knappe Anweisung herüber. Ein letztes Mal strich Johns Hand tröstlich über Felicitas' Wange, ehe er sich erhob, um die Anordnung zu befolgen.

Felicitas' Blick wanderte erneut zu Landon. Er wurde noch immer vom Mond und dem huschenden roten Signallicht angeleuchtet. Wenn Landon einen Arzt und einen Krankenwagen anforderte, ließ das zwar hoffen, dass Adam Lee am Leben war, sagte letztlich aber nicht viel über den Zustand des Jungen aus.

Also rappelte Felicitas sich langsam auf und kämpfte gegen den Schwindel an, der sie in einen tiefen schwarzen Strudel reißen wollte. Es gelang ihr, ein paar Schritte über die Wiese zu taumeln. Sie trat an die Seite von Landon und warf einen verstörten Blick auf die reglos daliegende Gestalt inmitten der niedergetretenen Getreidehalme. Der Deputy hatte sich seines Hemdes entledigt und wand es soeben um Adam Lees Kopf. Zitternd sank Felicitas auf die Knie und musste sich dabei an Landons unbekleideter Schulter abstützen.

„Hatte ich nicht gesagt, dass Sie liegen bleiben sollen!", raunte Landon ihr barsch zu.

Entsetzt bemerkte Felicitas das dunkle Blut in Adam Lees Haaren, das auch ringsum an den geknickten Halmen klebte. Sein Gesicht wirkte eingefallen, sein Körper lag leblos vor ihr.

„Es ist meine Schuld!", schluchzte sie in einer plötzlichen Erkenntnis und mit einem Schmerz, weitaus schlimmer als der, den sie nach den Schlägen verspürt hatte. „Ich habe ihm vorgeschlagen, dass er sich stellen soll. Ich habe den Funkspruch …" Felicitas brach abrupt ab. Der Juraprofessor aus Woodville hatte ihr geraten, das Erscheinen des Gesuchten im Sheriffbüro anzukündigen. Mit Sicherheit wusste der Mann, dass sie hier draußen größtenteils mit Funkgeräten kommunizierten!

Felicitas konnte den Gedanken, der sich ihr aufdrängte, nicht länger ignorieren: War sie in eine Falle des Juristen getappt? Der Professor war in diesem County verwurzelt. Hatte er überhaupt ein Interesse daran, dem schwarzen Kind Gerechtigkeit angedeihen zu lassen und im Gegenzug dafür einen oder mehrere weiße Jugendliche zur Verantwortung zu ziehen? Die Annahme war so schrecklich, dass Felicitas hörbar nach Luft schnappte.

Landon drückte den Verband gegen Adam Lees Schläfe, musterte sie aber mit besorgtem Blick. Felicitas schwankte wie ein Grashalm im Wind, und der Deputy legte den linken Arm um sie.

„Sie sollten sich hinlegen."

„Nein!", begehrte Felicitas unwillig auf. Sie fühlte sich wie eine Marionette, an deren Fäden zu viele Menschen zogen und zerrten. Sie streichelte über den blutverschmierten Oberarm von Adam Lee und erhob sich dann mühsam. Dabei war sie darauf bedacht, sich nicht erneut auf der Schulter des Mannes abzustützen. Landon folgte mit seiner Hand ihrer Bewegung, vermied jedoch ebenfalls eine weitere Berührung. Offenbar wollte er nur vorbereitet sein, falls sie stürzen sollte.

„Ich setze mich jetzt in mein Auto, weil ich vermeiden will, dass der Arzt zuerst mich und erst dann Adam Lee behandelt! Bitte sagen Sie ihm nichts von meiner Verletzung!"

Noch im Wegdrehen sah sie ein grimmiges Lächeln über Landons Gesicht huschen. Er sagte, als sie mit unsicheren Schritten über das unebene Feld taumelte: „Sie durchschauen das Spiel allmählich!"

Felicitas blieb ihm eine Entgegnung schuldig. Sie setzte sich hinter das Lenkrad und lehnte ihren schmerzenden Kopf vorsichtig an das harte Sitzpolster. Die zuckenden Lichtblitze vom Dach des anderen Wagens und die gebückte Gestalt Landons, zu der sich nun auch John gesellte, hielten ihr auf grausame Weise die Tragödie vor Augen. Gequält schloss sie diese, spürte dem Schmerz in ihrem Körper und ihrem Herzen nach und warf einmal mehr alle Pläne über den Haufen, die sie sich im Bezug auf Adam Lee – und auf ihr eigenes Leben – zurechtgelegt hatte.

~

Der Krankenwagen rumpelte durch die Schlaglöcher, gefolgt von den Autos des ortsansässigen Arztes und der Deputys. Felicitas beobachtete sie, bis sie hinter einem der Hügel aus ihrem Blickfeld verschwanden. Die Fahrertür ihres Pick-ups wurde geöffnet, und Felicitas drehte behutsam den Kopf. Landon hatte den Hut abgenommen und blickte sie prüfend an. Da er sein Hemd eingebüßt hatte, beschien der Mond seine gebräunte Haut und zeigte deutlich die trainierten Muskeln.

„Rutschen Sie rüber. Ich bringe Sie nach Hause!", befahl er in einem Tonfall, der keine Widerrede duldete. Da ihr ohnehin nicht nach Widerspruch zumute war, folgte sie der Anweisung. Der Deputy startete den Motor und wendete den Dodge. Dabei warf Felicitas einen Blick auf das von Fußspuren niedergetretene Feld, in dem Adam Lee gelegen hatte. Die Deputys hatten vorhin mithilfe einer starken Taschenlampe die Fläche im Umkreis von rund fünfhundert Metern abgesucht, aber nichts gefunden, was einen Hinweis auf wenigstens einen der Täter hätte liefern können, was bei der derzeit herrschenden Trockenheit kaum verwunderte.

Ungewohnt langsam, wohl um sie vor zu derben Erschütterungen zu bewahren, ließ Landon den Pick-up den Hügel hinunter auf den im Mondlicht glitzernden Fluss zurollen. Zum wiederholten Male strich sich Felicitas über ihre erhitzten Wangen. Wie sollte sie Adam Lees Familie erklären, dass sie den Jungen verraten hatte, wenn auch unbeabsichtigt? Erneut entrang sich ihrer Kehle ein Seufzen.

Dies war für Landon Anlass genug, den Wagen anzuhalten. Das Motorengeräusch erstarb, die Scheinwerfer erloschen. In die Stille drangen das Rauschen des nahe vorbeifließenden Seitenarms des Mississippis und das nie endende Zirpen der Grillen, gepaart mit einem durchdringenden Froschquaken. Der faulige Geruch der sandigen Flussmarschen lag schwer in der schwülen Nachtluft.

„Sie wollten Adam Lee helfen, Miss Tess."

„Ja, aber ich habe eine Katastrophe ausgelöst!"

„Weshalb dieser Funkspruch?"

„Man riet mir aus juristischen Gründen dazu."

„Wer war das?"

Felicitas nannte den Namen des Professors und beobachtete, wie Landon das Gesicht verzog. Offenbar war der Mann ihm kein Unbekannter. War ihr Verdacht demnach berechtigt?

„Ich erzähle das morgen …", begann Felicitas und deutete in Richtung Wald, in dessen Schutz sie die Hütten der Schwarzen wusste.

„*Ich* werde Adam Lees Familie informieren. Das ist mein Job!"

Felicitas' Reaktion beschränkte sich auf ein kraftloses Schulterzucken. War es richtig, sich um dieses schwierige Gespräch zu drücken, sich quasi aus der Verantwortung zu stehlen? Mit vor der Brust verschränkten Armen glitt sie zurück in das viel zu warme Polster. Sie fühlte sich hilflos, überfordert und schuldig.

Felicitas rechnete damit, dass Landon ihr nun Fragen zu ihren Angreifern stellen würde, doch er ließ geraume Zeit verstreichen, ehe er den Motor wieder anwarf und über die dröhnenden Brückenbohlen fuhr. Als sie, extrem vorsichtig, über die Bahngleise rollten, hatte Felicitas einen Entschluss gefasst. „Halten Sie bitte bei den Hütten. Ich kläre das lieber sofort."

„Das dachte ich mir schon", erwiderte Landon und klang kein bisschen verwundert über ihren plötzlichen Sinneswandel. Er parkte ihren Wagen neben Birdies Haus. In der Zeit, die Felicitas benötigte, um den Pick-up zu verlassen, hatte bereits jemand die Fliegentür aufgestoßen. Mit offenem grauem Haar und in eine rote Decke gehüllt erschien Birdie auf der Veranda.

„Was war da oben los?", fragte sie und ließ sich schwerfällig in ihrem knarrenden Schaukelstuhl nieder.

Aus den Nachbarhäusern näherten sich weitere Personen, unter ihnen Abner, seine Frau Viola, Holly Dedra, Lily und sogar die kleine Rose Jada. Vermutlich hatten die huschenden Lichter auf dem Hügel das halbe Dorf geweckt.

Birdie musterte Felicitas eindringlich, die betroffen den Blick senkte. Tränen stiegen ihr in die Augen. Erneut war sie die Überbringerin einer schrecklichen Nachricht.

Die alte Frau rief sie mit sanfter Stimme zu sich. Felicitas ließ sich zu Füßen der alten Frau auf den Holzboden sinken und lehnte ihren Kopf an Birdies Knie. Mit einer tröstenden Geste, die Felicitas beinahe das Herz zerriss und sich zugleich wunderbar anfühlte, legte die schwarze Frau ihre Hand auf Felicitas' Haar. Allerdings erschwerte ihr Birdies Zuneigungsbekundung, von den Geschehnissen zu erzählen.

Letztendlich war es doch Landon, der die schwere Aufgabe übernahm. Als er seinen nüchtern klingenden Bericht beendet hatte, verharrten alle in einer gedankenschweren Erstarrung. Die mannigfachen Geräusche der Nacht bildeten dagegen eine gewaltige Geräuschkulisse.

Noch immer ruhte Birdies Hand sanft auf Felicitas' Kopf, knapp oberhalb der Stelle, die unangenehm schmerzte, laut dem Arzt jedoch nicht mehr als eine starke Prellung war.

„Armes Mädchen!", hörte Felicitas die schwarze Frau über ihr heftig schlagendes Herz und den hart gehenden Atem murmeln.

„Ich habe alles falsch gemacht, Birdie!", stieß Felicitas aus.

„Nein, Tess, du hast nach deinem Herzen gehandelt. Daraus kann dir niemand einen Vorwurf machen. Und du selbst darfst das ebenfalls nicht! Du trägst keine Schuld daran, dass die Seelen mancher Menschen gefangen sind in Hass und Vorurteilen."

Felicitas drückte sich fester an Birdies Beine. Welch ein Kontrast bestand zwischen diesen sanften und verständnisvollen Worten und denen des Mannes, der behauptet hatte, Felicitas trage ein „schwarzes" Herz in sich?

„Dann … kannst du mir verzeihen?“

„Gott verzeiht mir Tag für Tag – bereits mein ganzes Leben lang – meine Fehler und Unzulänglichkeiten, das Böse in meinem Herzen. Wie könnte ich dir dann meine Vergebung vorenthalten? Ich möchte kein kaltes, hartes Herz in der Brust tragen, angefüllt mit Schuldzuweisungen und Groll! Das würde mich zerstören. Die Bibel zeigt uns, dass Gott nicht vorrangig die Menschen ruft, die *niemals* einen Fehler machen, oder dass er nur diejenigen gebrauchen will, die meinen, alles in ihrem Leben laufe perfekt. Sein Willkommen gilt denen, die schwach sind, Fehler begehen und darunter leiden.“

„Ach, Birdie, was soll ich jetzt nur tun?“

„Vertraue auf Gott, mein Mädchen. Er kann aus Schlechtem Gutes machen. Vor allem dann, wenn wir Menschen es zulassen, zum Beispiel durch unsere Liebe zueinander und durch gegenseitige Vergebung! Tess, wir dürfen fehlerhafte Menschen sein. Aber das darf nicht als Entschuldigung herhalten, anschließend den Kopf in den Sand zu stecken. Wir sollen aus unseren Fehlern lernen und dadurch stark werden – zu dem Menschen, den Gott in uns sieht.“

Felicitas nickte und fühlte einen Hauch von Erleichterung und Hoffnung in sich, der, einem lauen Frühlingswind ähnlich, wohlige Wärme in ihr zuvor verzagtes Herz wehte. Ihr Leben war gepflastert von Fehlentscheidungen. Zuletzt hatte sie den Sprung über den großen Ozean gewagt, und zwischenzeitlich hatte die Überlegung an ihr genagt, dass das vielleicht ein Fehler gewesen war. Galt es nun – wie in längst vergangenen Jahren –, auf diesen Gott zu vertrauen, den Birdie in ihrem Herzen trug?

Zwei Männerstimmen lenkten die Aufmerksamkeit der Frauen auf Landon und Abner. „Es interessiert Sie doch überhaupt nicht, Sir, Mr Deputy!“, brummte der schwarze Hüne soeben.

Landon verschränkte seine kräftigen Arme vor der Brust und stellte sich breitbeinig auf die Straße. Er funkelte sein Gegenüber wütend an. „Das behauptest du! Sieh du zu, dass hier alles friedlich bleibt!“

„Sind wir etwa die, die Ärger machen, Sir, Mr Deputy?“, fragte Abner.

„Du weißt genau …“ Landon unterbrach sich, nahm den Hut ab, drehte ihn in den Händen und setzte ihn dann energisch wieder auf. „Hör endlich mit dem dämlichen *Sir, Mr Deputy* auf!“, herrschte er den Schwarzen an.

„So hat man es uns beigebracht, euch anzusprechen!“

„Ich habe das niemals von dir verlangt!“

„Ha! Wie würden Sie reagieren, wenn ich Sie vor den Stadtbewohnern und den anderen Deputys mit Vornamen ansprechen würde, Sir, Mr Deputy Landon Brown?“ Der Aufregung zum Trotz behielt Abner seine gedehnte Aussprache bei. Obwohl Landon ein großer Mann war, überragte der Schwarze ihn um einen Kopf. Als Abner sich mit in die Seiten gestemmten Händen vor seinem Jugendfreund aufbaute, mutete dies für die schweigsamen Zuschauer unangenehm bedrohlich an. Felicitas blinzelte nervös, Birdie murmelte unverständlich vor sich hin. Ob sie betete?

Einige Dorfbewohner verschwanden zu ihren Hütten, und aus dem Augenwinkel sah Felicitas, wie Holly Dedra sowohl Rose Jada als auch Lily fortscheuchte. Die einzige Weiße neben Landon rutschte unruhig auf den alten Holzdielen umher. Drohte zwischen den ehemaligen Freunden nun gar eine offene Konfrontation?

„Wie würden Sie reagieren, Sir, Mr Deputy?“, hakte Abner provozierend nach. „Genau wie damals, als Ihre weißen Schulfreunde auf mich einprügelten?“

„Du hast keine Ahnung …“

„Dann erklär es mir!“, grollte der Schwarze und trat noch einen Schritt vor, sodass ihn nur noch knapp wenige Zentimeter von Landon trennten. Felicitas bedeckte ängstlich das Gesicht mit ihren Händen. Da die beiden sich mit unbekleideten Oberkörpern gegenüberstanden, wirkten sie wie Boxer im Ring, bereit, sofort und unbarmherzig zuzuschlagen. Vielleicht sollte sie dazwischengehen, bevor die aufgeheizte Situation eskalierte, überlegte Felicitas und wollte sich erheben. Doch Birdie verstärkte den Druck ihrer Hand und hielt sie zurück.

„Gott wirkt, Tess. Manchmal anders, als wir es uns erhoffen! Also komm ihm nicht in die Quere!“, raunte Birdie ihr zu, verlor dabei aber das Geschehen vor der Veranda nicht aus dem Blick.

Landon nahm die Arme herunter und nickte Abner zu. Ohne ein Wort an seinen ehemaligen Kameraden zu richten, schritt er an ihm vorbei in Richtung Kirche, die in einer Waldlichtung nahe beim Dorf stand. Der Schwarze verdrehte die Augen, folgte ihm jedoch.

„Sie hatten mich unter Druck gesetzt, Abner. Sie drohten damit, dir, Holly Dedra, Freeman, Birdie und Lily etwas anzutun, wenn ich nicht endlich aufhöre …“ Landons Stimme verlor sich zwischen den dicht stehenden Bäumen, die den schmalen Pfad zur Kirche säumten.

Birdies Seufzen klang erleichtert. Sie nahm die Hand von Felicitas' Kopf. „Tess?“

Die Angesprochene blickte von dem mondbeschienenen Wald, der die Männer verschluckt hatte, zu dem tränennassen Gesicht der alten Frau. „Was immer du über die heutige Nacht denkst, der Himmel denkt anders darüber!“

Felicitas' Nicken fiel nur halbherzig aus. Ihre Sorge um Adam Lee und ihre Schuldgefühle ließen sich nicht wie Wasser mit einem Tuch durch ein paar Worte wegwischen. Aber auch sie wagte zu hoffen, dass zumindest eines heute heilen durfte: die Freundschaft zwischen Abner und Landon.

Womöglich war es auch für sie an der Zeit, eine alte Beziehung wieder zu kitten? Früher hatte sie Gott vertraut und ständig mit ihm gesprochen. Doch dann war diese Beziehung unter der Last der schweren Jahre verschüttet und später der Oberflächlichkeit preisgegeben worden.

„Erzähl mir bitte, was genau passiert ist“, bat Birdie mit ihrer angenehm tiefen Stimme und wirkte dabei so ruhig wie meist. „Ich will es verstehen. Und anschließend muss ich überlegen, wie wir das Krankenhaus und den Arzt bezahlen und–“

„Das übernehme ich“, warf Felicitas sofort ein. „Ich begleiche die Rechnungen.“

Die alte Frau musterte sie eine scheinbar unendlich lange Zeit, ehe sie sich mit einem Zipfel der Decke das von Schweiß und Tränen benetzte Gesicht trocknete. „Gut“, erwiderte Birdie einfach. „Damit ist das Geld deine Aufgabe, meine ist es, für Adam Lee zu beten!“

~

In den frühen Gesang der Spottdrossel stimmten bald weitere Vogelstimmen ein und vereinigten sich zu einem fröhlichen Chor. Zögernd breitete sich ein heller Schimmer über den Bäumen aus, als überlege die Sonne, ob sie am heutigen Tag ihren Lauf am Himmelszelt überhaupt aufnehmen wolle.

Das Dorf erwachte zum Leben. Ein paar Männer stiegen in einen klapprigen Ford und fuhren in Richtung Sägewerk davon, andere marschierten in die Stadt. Kleine Kinder begannen auf den verstaubten Grünflächen vor den Häusern zu spielen, während sich die älteren bei Holly Dedra auf der Veranda zum Unterricht trafen. Birdie war in ihrem Schaukelstuhl eingeschlafen, und auch Felicitas, die inzwischen auf einem der Polsterstühle saß, nickte immer wieder ein.

Gerade als sie wieder einmal hochschreckte, traten Landon und Abner aus dem im Dämmerlicht liegenden Waldpfad. Mitten auf der Straße blieben sie stehen und sahen sich wortlos an. Ob in dieser Nacht alles zwischen ihnen gesagt worden war? Schließlich war es Landon, der die Hand ausstreckte. Abner warf einen prüfenden Blick in das Gesicht des anderen Mannes, ehe er diese ergriff. Ihr Händedruck fiel knapp aus, ehe die beiden sich schweigend trennten. Ein Anfang war gemacht, weitere Gespräche würden folgen müssen, falls das jahrelange Zerwürfnis vollständig heilen sollte.

Landon kam mit schweren Schritten auf Felicitas zu. Seine Augen waren auf die schlafende Birdie gerichtet, und Felicitas erkannte sanfte Zärtlichkeit in seinem Blick. Ohne Frage liebte Landon Birdie – womöglich ebenso sehr, wie er Virginia Tampico geliebt hatte.

„Kommen Sie, Miss Tess. Ich wollte Sie ja nach Hause bringen!“, flüsterte er.

Bedächtig stand Felicitas auf, da sie weder ihrem Kopf eine zu hastige Bewegung zumuten noch Birdie wecken wollte. Sie huschte von der Veranda und folgte Landon zu ihrem Wagen.

„Wäre es nicht besser, wenn Sie sich von mir in die Stadt zurückfahren lassen würden?“, erkundigte sie sich und fasste an den Griff der Fahrertür.

Landon legte seine Hand auf ihre. „Ich bringe Sie in Virginias Haus, damit Sie sich endlich hinlegen können.“ Seine Stimme klang fest, jedoch bei Weitem nicht so befehlend wie in der Nacht.

„Und wie kommen Sie zurück?“

„Mit dem Mustang.“

Da Felicitas immer noch unter Kopfschmerzen litt und eine bleierne Müdigkeit verspürte, stimmte sie leise zu, woraufhin Landon seine Hand zurückzog. Auf dem Weg zur Beifahrerseite betrachtete sie leicht irritiert ihre angenehm kribbelnde Hand. Überrascht von dem aufwühlenden Gefühl, das nicht eben zur Besserung ihres desolaten Zustandes beitrug, riss sie die Beifahrertür so kräftig auf, dass die Kante beinahe ihre Stirn streifte. Instinktiv wich sie mit dem Kopf aus. Die ruckartige Bewegung trieb ihr Tränen des Schmerzes in die Augen. Plötzlich stand Landon neben ihr. Felicitas hatte keine Ahnung, wie er auf ihre Seite des Wagens gekommen war. Hatte sie schon wieder einen Blackout gehabt?

„Vorsichtig, Miss Tess“, murmelte er dicht an ihrem Ohr, legte seine Hände um ihre Taille und hob sie auf den Sitz. Seine Berührung jagte ein Gefühl wie tausend Nadelstiche durch ihren Körper. Sie suchte seinen Blick, doch obwohl ihr Gesicht seinem sehr nahe war, sah sie im Dämmerlicht und unter dem tief in die Stirn gezogenen, schwarzen Stetson nicht mehr als das mit Bartstoppeln bedeckte, kantige Kinn.

Mehrere Sekunden verstrichen, ehe Landon zurückwich und die Tür schloss. Felicitas sah benommen zu, wie er an dem Dodge vorbeiging, einen letzten Blick auf die schlafende Birdie warf und schließlich einstieg. Wie schon in der Nacht fuhr er konzentriert und bemühte sich, den größten Schlaglöchern auszuweichen. Sie schwiegen, was Felicitas keineswegs als unangenehm empfand. Beide waren sie erschöpft und hingen ihren eigenen schweren Gedanken nach.

Plötzlich lärmte hinter ihnen eine schnarrende Hupe. Felicitas schrak zusammen, was weitere stechende Schmerzen durch ihren Kopf jagte. Landon streckte seinen gebräunten Arm aus dem Fenster und winkte dem Fahrer, ihn zu überholen. Felicitas drehte sich langsam auf dem Sitz um. Flip blieb so lange auf gleicher Höhe, wie er benötigte, um den Deputy zu grüßen und sie anzugrinsen. Mit schweren Augenlidern fixierte Felicitas den völlig verdreckten und wie ein Wildpferd bockenden Pick-up, bis der von einer aufgewirbelten rotbraunen Staubwolke verschluckt wurde.

Eindrücke aus der vergangenen Nacht, teilweise diffus und verschwommen, andere durchaus klar, drängten sich ihr auf. Während sie mit den Fingern über die Sandspuren auf ihrer Hose strich, erkannte sie, wie umfassend ihre Erinnerungen waren. Da gab es die ihr bekannte Stimme, ein Paar auffällige, mit Nieten beschlagene Cowboystiefel und eine eindeutig zuzuordnende Statur. Sogar das Auto, das direkt neben ihrer Fahrertür geparkt hatte, konnte sie identifizieren, da sie selbst schon damit gefahren war. Kopfzerbrechen bereitete ihr allerdings das Aufblitzen des Sheriffsterns, da sie unsicher war, wann sie das Abzeichen gesehen hatte. Verschleierte ihr Gehirn dies bewusst, weil sie sich ansonsten Gedanken darüber machen müsste, wer von den drei Sheriffs tatenlos zugesehen hatte, wie Adam Lee schwer verletzt und sie niedergeschlagen wurde?

Landon bog bei den weißen Markierungssteinen in den Waldweg ein. Wegen der tief eingegrabenen Spurrillen und der sich über den Weg windenden Baumwurzeln wurde die Fahrt für Felicitas zur Tortur. Obwohl Landon rücksichtsvoll fuhr, verbarg sie irgendwann den Kopf in ihren Armen in der Hoffnung, jeden Schmerzenslaut unterdrücken zu können.

Endlich stand das Fahrzeug still. Dennoch wagte Felicitas nicht, sich zu bewegen, aus der irrationalen Furcht heraus, ihr Schädel könne einfach bersten.

Nach geraumer Zeit legte Landon seine Hand auf ihr rechtes Schulterblatt. „Es tut mir leid, Miss Tess“, murmelte er.

Felicitas reagierte nicht, entzog sich ihr doch der Grund für seine Entschuldigung. Bedauerte er, dass sie Schmerzen hatte? Sprach er von dem Überfall auf sie und Adam Lee?

Landon zog die Hand zurück und hinterließ eine eigentümliche Leere an der Stelle. „Als ich Ihren Funkspruch gehört habe, lag ich im Bett. Mein Wagen streikte, und bis Jo-Jo mich auf der Straße in Richtung Stall aufgegabelt hatte …"

„Sie sind nicht mein persönlicher Beschützer, Deputy!", sagte Felicitas kraftlos und richtete sich endlich auf. Sie glaubte, Sorge und eine Spur Unwillen in seinem unrasierten Gesicht zu entdecken.

Landon sah sie lange Zeit schweigend, aber sehr intensiv an, und Felicitas versank beinahe in seinen braunen Augen. In ihnen lag etwas Undurchschaubares; vertraut und doch fremd zugleich.

~

Zögernd betrat Felicitas die im Schatten liegende Veranda. Big reckte seinen mächtigen Kopf, klopfte mit dem Schwanz auf die Holzbretter und beäugte sie hocherfreut. Sie atmete tief die feuchtwarme Luft ein und setzte sich in den bequemen Gartenstuhl. Eigentlich hatte sie unverzüglich zu Bett gehen wollen, doch sie war zu aufgewühlt, um überhaupt an Schlaf denken zu können. Eine Menge unsortierter Gedanken summten wie ein Bienenschwarm in ihrem lädierten Kopf.

Sie betrachtete den grünen Dunst, der über dem Fluss aufstieg und seine feuchten Finger über die Wiese bis fast zur Verandatreppe ausstreckte. Die Nebelschwaden verschluckten den Wald jenseits des Wassers und hüllten den Steg unnachgiebig ein, sodass die Plattform der Betrachterin Unendlichkeit vorgaukelte. Der Schrei einer Rohrdommel, einer verrosteten Pumpe nicht unähnlich, durchbrach die morgendliche Stille.

Big sprang auf und blickte mit heraushängender Zunge in das grün wabernde Farbenschauspiel. In diesem Moment ergossen sich die ersten Sonnenstrahlen wie flüssiges Gold über das Haus. Der Dunst löste sich auf, und es dauerte nur einen Wimpernschlag lang, bis die sanften Wellen auf dem träge fließenden Gewässer die Lichtstrahlen wie tausend funkelnde Sterne widerspiegelten.

Der Hund legte seinen Kopf auf Felicitas' Knie, die ihm das struppige Fell kraulte und leise fragte: „Wo warst du heute Nacht? Ich hätte deine Hilfe gebrauchen können!"

Big winselte und setzte sich, ohne den struppigen Schädel von ihren Knien zu nehmen.

„Du bist genauso eigensinnig wie die Menschen hier", murmelte Felicitas wehmütig lächelnd. Dabei fiel ihr Blick auf das Zaumzeug. Sie hatte es am Vortag eingefettet und zum Trocknen über die Verandabrüstung gehängt. Landon, der gerade im Stall das Pferd sattelte, würde es suchen.

Ein Seufzen kam über ihre Lippen. Es widerstrebte ihr zutiefst, jetzt aufzustehen, da sie ahnte, wie unbarmherzig ihr Kopf die Bewegungen bestrafen würde.

„Wie wäre es, Big? Könntest du mir den Zaum bringen?" Felicitas deutete mit der Hand zur Brüstung. Der Hund tappte zum Geländer. Dort bellte er einmal kurz.

„Genau, ja!", feuerte sie ihn an. Der Hund biss in die Zügel und schleifte den Zaum daran zu ihr.

„Irgendjemand hat dir ein paar Tricks beigebracht, nicht? Warst du mal beim Zirkus? Kannst du vielleicht ..." Zögernd beugte Felicitas sich vor. Da sie verhindern wollte, dass der Deputy sie hören konnte, falls er ausgerechnet jetzt um die Hausecke kommen sollte, flüsterte sie: „Bring das zu Landon in den Stall!"

Der Hund schoss mit dem Zaumzeug im Maul eifrig davon. Ob er wirklich verstanden hatte, was er tun sollte? Abwartend lehnte Felicitas sich zurück. Wenig später näherten sich die Huftritte eines Pferdes. Bekleidet mit einem Hemd aus seinem ehemaligen Zimmer, das ihm an den Schultern spannte, obwohl er die obersten Knöpfe offen gelassen hatte, führte Landon das Tier an den frisch eingefetteten Zügeln herbei. Big sprang in wilden Sätzen um ihn und das Pferd herum, wurde aber sowohl von dem Mann als auch von dem Mustang ignoriert.

„Wollten Sie sich nicht hinlegen?"

„Wollten Sie mir nicht noch einige Fragen zu dem Überfall stellen, *Deputy*?"

„Das eilt nicht!", entgegnete Landon barscher als zuvor, schwang sich in den Sattel und ritt in Richtung Tor.

„Es eilt nicht?", rief Felicitas ihm aufgebracht nach und wollte aufspringen. Ein grässlicher Schmerz hinderte sie daran.

„Mir ist bekannt, wie die Täter aussahen, Miss Tess", rief er, ohne sich umzudrehen. „Weiße Roben und spitze weiße Kapuzen, in denen Schlitze für die Augen ausgespart waren!"

Verärgert ballte Felicitas die Hände zu Fäusten, als Landon aus ihrem Blickfeld verschwand. „Ich kann mich an viele Details erinnern", flüsterte sie, was Big veranlasste, zurück auf die Veranda zu huschen und sich zu ihren Füßen niederzulegen. „Ich bin Fotografin. Ich bin darin geschult,

Kleinigkeiten wahrzunehmen. Aber offenbar ist das völlig gleichgültig, denn es interessiert hier niemanden, wer sich unter den Kutten versteckt und diese schrecklichen Dinge tut. Nicht einmal Deputy Landon Brown!“

Die Erkenntnis quälte sie mehr, als sie sich eingestehen wollte. Und die Frage, wann genau sie den Sheriffstern gesehen hatte – während der Anwesenheit der Klanmitglieder oder erst, nachdem sie davongefahren waren –, verstärkte dieses Gefühl noch. Sie mochte Landon. Sehr. Und sie mochte auch John. Aber einer der beiden könnte dabei gewesen sein, als man auf Adam Lee geschossen hatte!

~

Die Hufe des gescheckten Mustangs wirbelten eine Staubfahne auf. Landon, obwohl müde, weilte mit seinen Gedanken bei Felicitas. Diese Frau geriet von einer Aufregung in die nächste, und die Folgen waren nicht abzusehen. Der Juraprofessor aus Woodville hatte sie seinen Klankumpanen ans Messer geliefert. Beim Befolgen seines Ratschlags – im Office Bescheid zu geben – hatte Felicitas eine Lawine ausgelöst, die sie und Adam Lee eiskalt und unbarmherzig überrollt hatte. Ob der Klan damit zufriedengestellt war, dass Adam Lee schwer verletzt war und sie der Ausländerin, die sich in ihre Angelegenheiten einmischte, ordentlich zugesetzt hatten? Landon bezweifelte es.

Die Hufe klapperten dröhnend über die Holzbrücke, doch nicht einmal das irritierte das gutmütige Pferd. Da der Morgennebel die Bohlen nass und glitschig gemacht hatte, parierte Landon den Wallach vorsichtshalber in den Schritt durch. Dass Felicitas Hinweise zu ihren Angreifern geben konnte, war für ihn durchaus denkbar, allerdings gehörte der Klan nicht zu seinen Aufgaben. Er musste die Finger von dieser rassistischen Vereinigung lassen, weil er ansonsten in einen Kleinkrieg hineingezogen werden würde, der seinem eigentlichen Job entgegenwirken könnte. Und das würde seinem Boss gründlich missfallen!

Landon rieb sich über die sprießenden Bartstoppeln. Ob Felicitas jetzt endlich Ruhe geben würde? Womöglich sollte er zurückreiten und ihr deutlich vor Augen halten, wie sie sich in nächster Zeit zu verhalten hatte und was sie tunlichst vermeiden musste. Unschlüssig wandte er sich im Sattel um und sah über den Fluss und die Gleise zum Wald. Sein Blick fiel auf die primitiven Hütten der Schwarzen, zwischen denen einige Kinder spielten. Er entschied sich dagegen. Immerhin hatte er anderes zu tun. Und wie Felicitas überaus zutreffend gesagt hatte, war er nicht ihr persönlicher Beschützer! Der eigenartige Schmerz in seinem Inneren, verbunden mit seiner Sorge um Felicitas, ließ sich allerdings nicht einfach ignorieren!

~

Der Mustang trug Landon ohne Ermüdungserscheinungen über die letzte Bodenwelle vor der Stadt, während dem Reiter der Schweiß über das Gesicht und den Rücken lief. Für einen Maitag herrschten ungewöhnlich hohe Temperaturen, und die Luftfeuchtigkeit war unerträglich hoch. Landon zügelte das Tier neben dem von Kudzu-Efeu überwachsenen, verrosteten Pick-up. Es hielt folgsam, spielte aber plötzlich nervös mit den Ohren. Abseits der Straße, über der die erhitzte Luft flimmerte, wurde der tiefblaue Himmel von einer wirbelnden, grauweißen Wolke verdeckt. Sie kam vom Grundstück der Phillips', zog mit dem leichten Wind über die Stadt und verlor sich hinter dem angrenzenden Waldstück im Nichts. Die Rauchwolke eines Feuers?

Von einer unguten Vorahnung getrieben lenkte Landon den Mustang über den momentan ausgetrockneten Graben und galoppierte an einem Baumwollfeld entlang und durch ein noch niedrig stehendes Maisfeld. Das anschwellende Heulen der Feuersirene klang herüber. Zumindest hatte jemand den Brand entdeckt und gemeldet!

Steine stoben unter den Hufen hervor, als das Tier über die sorgsam aufgeschüttete Kieszufahrt preschte. Pferd und Reiter nahmen das zierliche Holzgatter vor dem prächtigen Antebellum-Haus im Sprung. An dessen Breitseite angelangt, wagte Landon nur noch zügig zu traben, um niemanden niederzureiten.

Ein Nebengebäude des Anwesens brannte lichterloh. Rotgelbe und blaue Flammen fraßen sich prasselnd durch die Holzwände und leckten am Dach. Ziegel zersprangen klirrend in der Hitze. Der Mustang scheute, stieg hoch und ruderte mit den Vorderbeinen, als wolle er allein den Kampf gegen das Feuer aufnehmen. Völlig überrascht von dem unvorhergesehenen wilden Gebaren des ansonsten lammfrommen Wallachs hielt sich Landon nur mühsam im Sattel. Als die Hufen wieder auf dem Boden aufkamen, sprang er ab.

Felicitas' Pferd stieg erneut, riss Landon gewaltsam die Zügel aus der Hand und galoppierte blindlings davon, kaum dass es die Freiheit spürte. Der Mustang, im Grunde durch nichts zu erschüttern, hatte offenbar beträchtliche Angst vor Feuer! Mit einem Blick auf das knisternde Inferno konnte Landon es ihm nicht verübeln.

Hastig lief er um das Funken speiende Gebäude. Vermutlich saß der Bürgermeister um diese Zeit mit einer dicken Zigarre im Mund in seinem Büro. Aber wo hielt sich seine Ehefrau auf? Musste sie nicht längst auf das Feuer aufmerksam geworden sein? Kritisch blickte der Deputy auf den offenen Torflügel des qualmenden Nebengebäudes, an dessen unterster Kante die Flammen ebenfalls ihr zerstörerisches Werk begonnen hatten.

„Mrs Phillips?", rief er und ging einige beherzte Schritte auf das Scheunentor zu, nur um sofort schützend die Arme vor sein Gesicht zu reißen und vor der unerträglichen Hitze zurückzuweichen. Falls die Frau den Schuppen betreten hatte, war sie nicht mehr am Leben ...

Der schrillen Sirene des nahenden Löschwagens gelang es inzwischen, das Knallen und Knacken des sterbenden Gebäudes zu übertönen. Landon spurtete zurück zum Haupthaus und öffnete das mit einer verwaschenen Südstaatenflagge behängte Tor für die Feuerwehr. Daraufhin trat er unter den von Säulen getragenen rundum verlaufenden Balkon auf die Veranda und klopfte kräftig gegen die Haustür. Versuchsweise drehte er am Türknauf. Die Tür ließ sich öffnen. Landon schob den Kopf zwischen Tür und Zarge – und blickte in den Lauf eines Gewehrs.

~

Der Gewehrlauf bewegte sich so heftig auf und ab, dass Landon einen Blick darüber hinweg wagte. Er erkannte das verschwitzte und von zerzausten Haaren eingerahmte Gesicht von Emmy Phillips. Ihre Augen waren vor Angst weit aufgerissen und schienen durch ihn hindurchzusehen.

„Mrs Phillips. Ich bin es, Deputy Brown. Sie können die Waffe jetzt weglegen!"

„Sind sie weg? Sind sie weg?", keuchte Emmy, hielt die runde Doppelöffnung des Jagdgewehrs jedoch weiterhin auf ihn gerichtet. Für einen Moment schlich sich in Landons fieberhaft arbeitendes Gehirn die Überlegung, ob er die Tür einfach schließen und sich aus dem Staub machen sollte. Doch da senkte Emmy endlich die Waffe.

„Außer mir ist niemand da, Mrs Phillips", antwortete Landon mit ruhiger Stimme, drückte die Haustür auf und nahm der am ganzen Leib zitternden Frau, das Gewehr ab. Begleitet von einem Zucken seines Mundwinkels stellte er fest, dass es geladen und schussbereit war.

Der Löschwagen donnerte vorbei und kam rutschend hinter dem Haupthaus zum Stehen. Gebrüllte Befehle erklangen. Landon ignorierte sie, sicherte die Schusswaffe und ergriff Emmy am Ellenbogen, da sie noch immer seltsam verloren in ihren eigenen vier Wänden stand. Sanft, aber bestimmt führte er sie zu einem Sofa, das, wie das ganze Haus, schon bessere Tage gesehen hatte. „Warum stehen Sie mit der Waffe in der Hand hinter der Tür?", fragte er und setzte sich ihr gegenüber auf den stabilen, niedrigen Eichenholztisch.

„Sie haben den Stall angezündet! Ich dachte, sie kommen auch hierher!", erwiderte Emmy mit bebender, dünner Stimme. „So muss es den Frauen ergangen sein, als Sherman[8] alles in Schutt und Asche gelegt hat."

Landon legte das Gewehr auf den Boden und schob es mit dem Schuh unter den Tisch. Da er ahnte, was jetzt kommen würde, krallte er die Finger um die Tischplatte. Sein Leben würde von heute an noch komplizierter werden, als es ohnehin schon war.

„Es waren zwei Schwarze. Junge Männer. Sie haben zuerst brennendes Holz in den Stall geworfen und kamen dann in Richtung Haus. Sie müssen sie verjagt haben, Deputy." Emmy beugte sich nach vorn, ergriff mit ihren eiskalten Händen seine warmen und drückte sie fest. Tiefe Verbundenheit lag in ihrem Blick. „Aber Sie sind gar nicht im Dienst, Deputy, oder?"

„Irgendwie bin ich das doch immer. Wie Ihr Mann auch", erwiderte Landon, begleitet von einem leisen, trockenen Lachen.

Emmy richtete sich auf und versuchte vergeblich, die Strähnen, die ihr wirr in das Gesicht hingen, unter das Haarband zu zwingen.

„Wenn Sie mich nicht mehr brauchen, Mrs Phillips, würde ich hinausgehen und mit dem Captain reden."

„Gehen Sie nur, Deputy Brown. Mir geht es viel besser. Ihre Anwesenheit war ein Trost für mich!"

Landon erhob sich und verließ eilig das Haus. Ein prall gefüllter Schlauch führte vom alten Hofbrunnen zum brennenden Nebengebäude, um das sich die Feuerwehrmänner scharten. Zu retten war die Scheune nicht mehr, sie versuchten nun, ein Übergreifen der Flammen auf das Haupthaus und die uralten Eichen zu verhindern, deren Moosbehänge und Blätter bereits Spuren der gewaltigen Hitze zeigten.

Nach einem kurzen Gespräch mit Switch, dem Feuerwehr-Captain verließ Landon das Grundstück zu Fuß. Auf der langen Einfahrt kamen ihm mehrere Autos und Fußgänger entgegen, die sich das Feuer aus der Nähe ansehen wollten.

Prompt hielten ihn Walter Hayes und Freddy Hauser auf. „Es heißt, das waren ein paar Boys", knurrte Flips Vater, packte Landon am Arm und stellte sich ihm in den Weg.

Landon wich einen Schritt zurück und verschaffte sich dadurch mehr Abstand zu dem spürbar aufgebrachten Mann. „Gerüchte verbreiten sich hier schneller, als die Funken fliegen können."

„Du wirst die Kerle zur Rechenschaft ziehen, ja? Wo kommen wir denn hin, wenn die anfangen, unsere Häuser in Brand zu stecken!", rief Walter.

„Natürlich", erwiderte Landon und zwang sich, ruhig zu bleiben.

„So erfolgreich, wie Sie den Schwarzen gefunden haben, der das Auto von Rich Carbonne zu Schrott gefahren hat?", spottete Hauser, warf ihm einen geringschätzigen Blick zu und ließ ihn und Walter stehen.

„Warum bist du zu Fuß?", fragte der Gemischtwarenhändler.

„Ich war mit Virginias – Miss Felicitas' Pferd unterwegs. Der Mustang hat sich allerdings aus dem Staub gemacht, als er das Feuer gesehen hat."

„Geht es der kleinen Lady gut?", wollte Walter wissen und strich sich mit einer verlegen wirkenden Geste über den kahlen Schädel.

„Ich weiß es nicht", meinte Landon. „Das Mädchen ist ein bisschen ... eigenartig. Ganz schlau werde ich nicht aus ihr."

„Meine Dorothy mag die Kleine. Wusstest du, dass sie vor einiger Zeit die Bücher bezahlt hat, die Debby bestellt hatte und seitdem nicht bezahlen konnte? Und Lemmons Frau hat Dorothy erzählt, sie habe von Miss Felicitas das Geld für das dringend benötigte Schulmaterial erhalten. Ich glaube dir aufs Wort, dass das Mädchen eigenartig ist, aber Dorothy sagt, sie hat das Herz auf dem rechten Fleck." Walter hob grüßend die Hand und ging weiter.

Landon rieb sich über den Hinterkopf, rückte den Hut zurecht und machte sich auf die Suche nach dem durchgegangenen Pferd. Dabei kam er an John vorbei. Der steckte mit dem Dienstwagen zwischen den Neugierigen fest, die eine Art Jahrmarktstimmung verbreiteten. An der Landstraße angekommen, sah Landon sich vergeblich um. Er hatte gehofft, den Mustang auf einer Wiese beim Grasen anzutreffen. Ob er nach Hause gelaufen war? Er jedenfalls musste sich jetzt erst einmal umziehen, da sein Dienst in weniger als einer Stunde begann.

9. Kapitel

John war nicht mehr zur Befragung ins Dorf hinausgefahren, was Landon nicht anders erwartet hatte. Vielmehr übergab er ihm eine mündliche Zusammenfassung zu seinen Nachforschungen, doch diese enthielt nichts, was Landon nicht ohnehin gewusst oder geahnt hatte. Dann spazierte sein junger Kollege gähnend aus dem Office. Landon griff zum Telefonhörer und rief Sheriff Fraser an. Der verweigerte ihm jedoch einen dritten Deputy zur Unterstützung. In Woodville und Umgebung gab es genug Probleme, derer sie kaum Herr wurden.

Mit dem beklemmenden Wissen, nun wahrhaft in Schwierigkeiten zu stecken, verließ Landon das Haus und wollte gerade in das Automobil steigen, als er Felicitas' Pick-up auf der gegenüberliegenden Straßenseite entdeckte. War dieses verrückte Mädchen denn schon wieder unterwegs?

Er knallte die Wagentür zu, überquerte die Straße und betrat den Laden der Hayes'. An der Theke unterhielt sich Dorothy lautstark mit einer älteren Dame. Suchend schritt Landon zwischen den Regalen hindurch und fand Felicitas, die an einen Fensterrahmen lehnte und einen Brief las. Auf dem ausladenden Sims stapelten sich Stoffballen bis zur Mitte des Fensters und raubten der Sonne die Chance, diesen Teil des Ladens in etwas mehr Licht zu tauchen.

Er nahm die Sonnenbrille ab, lehnte sich mit der Schulter an eines der Holzregale und betrachtete Felicitas, wie sie Seite um Seite des eng beschriebenen Schriftstücks mit den Augen überflog. Dabei bot sie ein so friedliches Bild, dass Landon sich eines Lächelns nicht erwehren konnte. Schließlich hob sie den Kopf, und ohne die Spur eines Erschreckens zu zeigen, sah sie ihn an. „Was tun Sie denn hier?", fragte sie.

„Dasselbe wollte ich Sie fragen, Miss Tess. Sollten Sie nicht besser Ihren Kopf schonen?"

„Das kann ich später noch. Zuerst hatte ich ein paar Besorgungen zu erledigen."

„Sie bekommen ziemlich lange Briefe!" Landon deutete mit einer knappen Kopfbewegung auf den Briefumschlag in ihrer Hand.

Ein Lächeln huschte über ihr betörend unschuldig wirkendes Gesicht. „Ja, meine Freundin in Deutschland ist eine fleißige Schreiberin."

Landon richtete sich auf. Unterhielt Felicitas, entgegen der Information, die er erhalten hatte, doch intensivere Kontakte in ihre Heimat? Anscheinend hatte sie nicht nur mehr Weitsicht und Elan, als gut für ihn war – dazu eine Kämpfernatur, die sie als Kind den Holocaust in Deutschland überleben lassen hatte –, sondern war auch tiefer in Deutschland verwurzelt, als man ihm erzählt hatte! Dieser Fehler könnte ihn teuer zu stehen kommen! Vielleicht sollte er ein paar Leuten kräftig in den Hintern treten.

„Sie haben eine treu schreibende Bekannte?", hakte er nach und versuchte sich an einem harmlosen Plauderton.

„Ist das so verwunderlich?"

Landon hatte sich wieder im Griff und ermunterte sie durch ein Lächeln, mehr von dem preiszugeben, was ihm gefährlich werden könnte. Felicitas folgte der nonverbalen Einladung prompt: „Meine Freundin Kerstin arbeitet beim Notariat unserer Kreisstadt. Sie ist übrigens mit einem Ihrer Landsleute liiert, einem Soldaten. Er ist in Bad Tölz stationiert."

Damit ergriff sie einen Korb und winkte ihm zum Abschied kurz zu. Grimmig sah er ihr hinterher, bis sie an den Regalen vorbei in den hellen Sonnenschein hinausgetreten war. Die Beziehung von Felicitas' Freundin mit einem US-Soldaten behagte ihm noch weniger als die Tatsache, dass ihre Freundschaft den Umzug in die Staaten überdauert hatte.

Die ältere Kundin verließ hinter Felicitas den Laden, sodass Dorothy Zeit für ihn fand. „Landon, wie geht es Emmy Phillips? Ihr ist doch hoffentlich nichts zugestoßen?"

„Es geht ihr gut."

„Da bin ich aber froh. Was ist nur los? Erst der Unfall, dann ein Überfall auf die arme Miss Felicitas und nun das Feuer beim Bürgermeister. Sieh zu, dass du die Stadt wieder in den Griff bekommst, Deputy!"

„Ich werde mich bemühen, erhalte jedoch keine Verstärkung. Und wir sind nun mal nur zu zweit."

„Du bist Sheriff-Deputy. Falls Not am Mann ist, kannst du den einen oder anderen vor Jahren vereidigten Reserve-Deputy heranziehen. Mach davon Gebrauch."

„Sicher, wenn es an der Zeit ist", erwiderte Landon. Er wollte den Hut aufsetzen und gehen. In dieser Gegend einen der Reserve-Deputys um Hilfe zu bitten, könnte bedeuteten, den Bock zum Gärtner zu machen.

Er wusste nicht, wer sich alles unter einer weißen Kutte versteckte, und er würde sich hüten, in diese Richtung Nachforschungen anzustellen. Sobald er in spätestens zwei, drei Wochen untertauchen würde, konnte sich sein Nachfolger mit dem Problem herumschlagen.

„Du hast Miss Felicitas hoffentlich ordentlich die Leviten gelesen? Wird sie jetzt endlich vernünftig sein?"

Landon senkte den Hut und drehte ihn im Kreis. „Ich weiß nicht, Dorothy. Sie ist etwas ..."

„Dickköpfig?"

Er lachte. „Ja, so kann man es nennen. Aber sie meinte es nicht böse. Vermutlich denkt sie einfach nicht darüber nach, welche Folgen ihr Handeln nach sich ziehen könnte."

„Die Süße braucht einen Mann, der sie führt!", überlegte Dorothy laut. Landon sah sie in Gedanken bereits eine Liste potenzieller Ehemänner aufstellen, die sie der Frau nach und nach vorstellen wollte.

„Eigentlich ist sie ein nettes Ding. Sie tritt sogar in Miss Virginias Fußstapfen. Hast du gehört, dass sie Debbys Bücherrechnung bezahlt hat? Und das neue Pult für die Schule? Und soeben kam sie von den Phillips'. Sie hat sich nach dem Wohlergehen der Bürgermeisterfrau erkundigt und Farbe für sie besorgt. Warst du mal in dem alten Haus? Es ist schrecklich heruntergekommen. Mrs Phillips lädt keine Gäste mehr ein, wohl, weil ihr der Zustand des Hauses peinlich ist. Ich weiß nicht, was mit unserem Bürgermeister los ist. Er verdient doch gutes Geld. Wo steckt er es nur hin? Wahrscheinlich in ein unsinniges Männerhobby. Und jetzt kommt das Mädchen, sieht das Haus und beschließt, ihr zu helfen. Na, sie ist ausgebildete Fotografin. Sie wird einen Blick für Details haben – oder für die ehemals schönen, nun vernachlässigten Dinge, nicht wahr, Landon?"

Mit einem Brummen stimmte Landon ihr zu und wollte sich endlich den Stetson aufsetzen, doch Dorothy war noch nicht bereit, ihn ziehen zu lassen. „Die Süße hat einen Anschlag am Schwarzen Brett ausgehängt. Sie sucht nach einem Laden und bietet an, Portraits, Familienbilder und Ähnliches zu machen. Ich habe mich als Erste in der Liste eingetragen."

Pastor Finch betrat den Laden. Dorothy präsentierte ihr geschäftsmäßiges Lächeln, das wie immer gekonnt ihr schadhaftes Gebiss versteckte. Dankbar für die Unterbrechung, setzte Landon nun endlich den beigen Hut auf und tippte grüßend an seine Krempe.

Die drückende, schwülheiße Luft ließ ihn wie gegen eine Mauer laufen. Zwischen den Gebäuden hielten sich die Abgase der vorbeifahrenden

Autos und damit ein unangenehmer Gestank. Felicitas' Pick-up war verschwunden, also drehte Landon sich zum Anschlagbrett an der Ladenwand um und las ihre Anzeige. Zufrieden lächelnd überquerte er dann die Straße und ging zu seinem Dienstwagen. Felicitas wurde allmählich vernünftig. Sie knüpfte Kontakte in der Stadt und sah sich nach einem Laden für ihr Fotostudio um. Steve würde das freuen, hatte er der Frau doch unvernünftig viel Geld vorgeschossen.

Obwohl Landon die brütend-heißen Sommer des Landstrichs gewohnt war, verschlug ihm die Hitze im Inneren des Wagens erst einmal den Atem. Er kurbelte alle Fensterscheiben herunter und zog schwarze Lederhandschuhe über, um das heiße Lenkrad anfassen zu können. Wenig später lenkte er das Automobil aus der Stadt. Bei der Abfahrt zum Grundstück der Phillips' verlangsamte er das Tempo. Eine dünne weiße Rauchsäule stieg hinter dem ehemaligen Plantagenhaus in den wolkenlosen Himmel hinauf. Noch immer parkte der rote Feuerwehrtruck im Hof inmitten einer Menschenmenge. Jemand, den Landon aus der Entfernung nicht erkennen konnte, stand erhöht, möglicherweise auf dem Tritt eines der dort abgestellten Fahrzeuge, und hielt eine Ansprache.

Auf Landons Stirn bildeten sich tiefe Querfalten. Er hielt am Straßenrand unweit des überwucherten Pick-ups und ergriff das schwarze Fernglas auf dem Beifahrersitz. Mit auf dem Fensterholm aufgestütztem Ellenbogen blickte er durch das Glas und erkannte den Bürgermeister persönlich, der zu den Versammelten sprach. Sein Gesicht war krebsrot angelaufen, und er unterstrich seine Worte mit großen, wenngleich trägen Gesten.

Landon blieb nur zu hoffen, dass die Gesichtsfarbe des Redners von der Hitze, nicht jedoch von einer Hetzbotschaft herrührte, die die Menge aufpeitschen würde. Eine Hasspredigt gegen die Schwarzen war das Letzte, was er jetzt gebrauchen konnte. Noch mehr Aufruhr würde seine und Sams Pläne erneut dramatisch gefährden!

Frustriert warf Landon das Fernglas auf den Beifahrersitz, legte den Gang ein und fuhr zu den Hütten der Schwarzen. Er würde dort einige unerfreuliche Fragen bezüglich des Feuers stellen müssen. Dass er sich nur ihren Unwillen einhandeln und keine brauchbaren Antworten bekommen würde, war ihm durchaus bewusst. Verharrte er aber in Untätigkeit, war ihm der Ärger der Stadtbewohner sicher – und das war nicht unbedingt die angenehmere Alternative.

Im Schein der Tischlampe und von Insekten umschwirrt tippte Landon mit den Zeigefingern seinen Bericht. Das Klappern der Schreibmaschinentypen wurde plötzlich vom lauten Knacken des Funkgeräts schräg hinter ihm übertönt. Landon ließ die Hände über den Tasten schweben und wartete, was über den Empfänger hereinkommen würde.

„Hey, Landon, ich bin es, Fred Mason. Bist du im Office?"

Landon erhob sich und quetschte sich zwischen Schreibtisch und Regal zum Funkgerät durch. Er mochte den alten Mason, der gemeinsam mit seiner Frau draußen auf seiner Farm ausharrte, obwohl er kaum noch in der Verfassung war, die Felder zu bestellen.

„Was gibt es denn, Mr Mason? Wie geht es Miss Cécile?"

„Ach, der hübschen Lady geht es hervorragend, Landon. Sie wird sich freuen, wenn ich ihr sage, dass du dich nach ihr erkundigt hast. Wie wäre es, komm doch mal wieder zum Abendessen vorbei! Und bring endlich mal eine Frau mit!"

Landon setzte sich grinsend auf die Schreibtischkante.

„Weshalb ich mich melde ..." Freds Stimme war ernst geworden, sodass Landon instinktiv nach der Waffe auf der Tischplatte griff. Mit einer flüssigen Bewegung schob er sie in das schwarze Gürtelholster.

„Ich sehe von meiner Veranda aus Rauch. Er kommt aus dem Wald, ungefähr aus der Richtung, in der das Dorf liegt."

„Zum ...!" Landon verschluckte den Rest.

„Fahr mal lieber hin, Landon. Ich melde den Brand noch bei der Feuerwehr, falls die nicht ohnehin zugehört haben."

Ein Rauschen folgte, dann die Stimme von Switchs Ehefrau: „Ich schmeiß den Captain aus dem Bett!"

„Danke, Mr Mason", bellte Landon in die Sprechmuschel, warf sie zurück auf die Apparatur und stürmte, im Vorbeigehen seinen Hut vom Ständer reißend, aus der Tür. Noch während er das Office abschloss, hörte er bereits mehrere Funker die ersten Mutmaßungen über das Feuer und die Gefahr eines Waldbrandes anstellen.

Landon zwängte sich hinters Steuer und schaltete die rote Warnlampe auf dem Dach ein. Mit überhöhter Geschwindigkeit jagte er über die noch belebte Straße und tauchte dann in die über dem Land liegende Dunkelheit ein. Die Autoräder trafen unbarmherzig die Schlaglöcher, die bei den schlechten Lichtverhältnissen nicht zu erkennen waren. Landon behielt dennoch das hohe Tempo bei. Obwohl die Nacht hereingebrochen war, war es kaum abgekühlt. Die schwüle Luft stand wie unter einer Glocke und verlangsamte das Leben hier im Distrikt zusätzlich. Nicht jedoch die Flammen, wie Landon mit einem besorgten Blick feststellte, als er über den großen Hügel fuhr und auf die Brücke zuraste. In dem Moment, als er über das Bahngleis rumpelte, erkannte er, dass die kleine Kirche brannte.

Grimmig schlug er mit einer Hand aufs Lenkrad. Bis zum frühen Nachmittag hatte er die misstrauisch schweigenden jungen Männer im Dorf zu befragen versucht, jedoch ohne Erfolg, und bei der Gelegenheit hatte ihm Birdie von dem am Abend geplanten Gebetsgottesdienst für Adam Lee erzählt.

Als Landon ins Dorf fuhr, warf die Signallampe auf dem Autodach gespenstische rote Lichter auf die Fenster und Wellblechdächer. Bei seinem abrupten Abbremsen wirbelten Staubwolken auf. Laut durcheinanderrufende Frauen sammelten sich vor dem Pfad zur Lichtung, auf der die Kirche und der Friedhof lagen.

Landon zwängte sich energisch zwischen ihnen hindurch. Jemand zischte ihm ein Schimpfwort hinterher, was er ignorierte. Er rannte den Waldweg entlang und gelangte in dem Augenblick auf die Lichtung, als das Kirchendach tosend zusammenfiel. Eine Kaskade rot glühender Funken stob in den schwarzen Himmel hinauf. Die Lichtung, die Bäume, der Friedhof und sogar die Menschen und der Himmel waren allesamt in ein eigenartiges orangefarbenes Licht getaucht. Durchdringendes Weinen und schrille Rufe übertönten das donnernde Prasseln des Feuers. Eine Frau fiel auf die Knie und rief ununterbrochen einen Namen. In ihren Augen spiegelten sich die Flammen und die Angst um einen geliebten Menschen.

Landon schenkte dem brennenden Kreuz hinter dem aus den Angeln getretenen Holztor des Friedhofs lediglich einen kurzen Blick. Er suchte ein bekanntes Gesicht und fand es in Holly Dedra, die reglos vor dem flackernden, heißen Inferno stand.

„Holly Dedra, ist noch jemand da drin?“, brüllte er gegen die gewaltige Geräuschkulisse an.

Tränen rannen über ihr schweißnasses Gesicht und funkelten von den Flammen beschienen goldfarben auf. „Ich weiß es nicht“, keuchte sie. „Als das Feuer ausbrach, sind wir rausgelaufen. Die Klan-Leute haben ein paar Jungen geschnappt und verprügelt.“ Holly Dedra hustete trocken. Sie hatte viel Rauch eingeatmet. Energisch schlug sie sich mit der Hand vor ihre Brust, ehe sie mit sich vor Furcht überschlagender Stimme fortfuhr: „Abner habe ich noch nicht gesehen. Und Chapter auch nicht. Ebenso wenig Miss Tess.“

Landons Hände ballten sich zu Fäusten. Felicitas ließ offenbar nichts aus! „Wo sind Birdie und die anderen?"

„Birdie sitzt mit den Kindern dort drüben", krächzte Holly Dedra und deutete zur Friedhofsmauer. „Viola und Lily kümmern sich um Winnie und ihre Familie."

„Kannst du versuchen herauszufinden, wer sonst noch fehlt?", bat Landon die noch immer hustende Frau. Sie nickte, und er eilte auf das brennende Gebäude zu. Ein Jugendlicher kam ihm entgegen, der aus der Nase blutete und sich den Unterleib hielt. Eine Frau mit angesengtem Rock, vermutlich seine Mutter, folgte ihm. Beide beachteten Landon nicht, als sei er mittlerweile mit dem eigentümlichen Licht verschmolzen.

Von der Hitze, die ihm entgegenschlug, nahezu benommen taumelte er an der Friedhofsmauer entlang. Dort lehnte ein alter Mann mit dem Rücken an der moosbewachsenen Umfriedung, dem Blut aus einer langen Wunde über Wange und Hals lief.

Landon ging vor dem Verletzten in die Knie. „Brauchen Sie Hilfe, Mr Jordan?", schrie er.

Der Blick des Greises wanderte über Landons Uniform, bis er ihm direkt ins Gesicht sah. „Nein, Sir, Mr Deputy. Aber vielleicht die da hinten!" Unendlich langsam hob er die Hand und deutete in den Wald.

Landon erhob sich und zog seine Schusswaffe. Ohne sie zu entsichern lief er über den Wiesenpfad, der von herausgefallenen Steinen aus der Friedhofsmauer und übererdig verlaufenden Baumwurzeln gesäumt war. Mit der linken Schulter voraus drang er in das dicht gewachsene Unterholz ein. Von einem Augenblick auf den anderen umgab ihn angenehm kühle Feuchtigkeit, doch selbst zwischen den Bäumen herrschte das orangebraune Licht vor, als habe die Luft sich mit dieser Farbe vollgesogen. Im Gegensatz zum Gebrüll des Feuers bildete das Rascheln der Blätter eine leise, versöhnlich gestimmte Melodie. Dennoch beruhigte sie Landons aufgewühltes Gemüt nicht.

Mit der Waffe in der Hand zwängte er sich durch das Unterholz, vorbei an den von Kudzu überwucherten Stämmen uralter Virginia-Eichen, Zypressen und Hartriegelbäume. Er suchte in dem geisterhaften Dämmerlicht fieberhaft nach Abner, Chapter und Felicitas. Aber war es ihnen überhaupt gelungen, die brennende Kirche zu verlassen?

~

Schwarze Baumriesen und in sich verschlungenes Unterholz verbargen Abner vor den Maskierten. Seine Muskeln waren aufs Äußerste angespannt, ahnte er doch die Anwesenheit von Chapter und Felicitas in der unmittelbaren Nähe. Bis jetzt war es ihnen gelungen, sich vor den Männern in den weißen Kutten zu verbergen, die mittlerweile aufgehört hatten, all diejenigen mit ihren Tritten und Schlägen zu traktieren, die nicht schnell genug hatten fliehen können.

Prüfend sah Abner sich um. Mehrere Klanmänner sammelten sich auf einer winzigen Lichtung, und einer von ihnen, der ihm allerdings den Rücken zuwandte, hob die spitz zulaufende Kapuze an und wischte sich über das Gesicht.

Ein matter bläulicher Schimmer erregte Abners Aufmerksamkeit. Misstrauisch kniff er die Augen zusammen. Was hatte er da gesehen?

Ein Funkenregen stob dem Himmel entgegen. Ein gewaltiges Brausen und Toben rollte herbei, der Wald wurde in ein blendendes weißgelbes Licht getaucht, als habe die Hölle ihre Pforten geöffnet. Gemeinsam mit dem Dachstuhl der Kirche fiel das Licht wieder in sich zusammen. Zurück blieben wirbelnde Funken und eine Wolke aus orangebraunem Rauch, der zäh zwischen den Baumstämmen hindurchkroch – und Abners Gewissheit, dass dort drüben, verborgen unter Farnen, Felicitas steckte und das Geschehen fotografierte.

Warum nur lichtete sie die verhüllten Gestalten ab und brachte sich damit in Gefahr?

Abner wischte sich die Schweißperlen von der Stirn, die ihm unaufhörlich in die Augen liefen. Vorhin hatte einer der Vermummten seine Kapuze gelüftet. War es Felicitas gelungen, genau diesen Moment auf Film festzuhalten? Wusste sie nun, wer sich unter dieser Maske versteckte? War sie auf eine Enttarnung der Angreifer aus?

Abner knirschte mit den Zähnen, als er sah, wie sich zwei der Gestalten dem Versteck der Deutschen näherten. Hatte nicht nur er die mutige Fotografin entdeckt?

Zögernd bog er die Zweige auseinander, die ihn verbargen. Er musste die junge Frau und Chapter beschützen – und die Fotos. Entschlossen brach er aus dem Dickicht und zog damit die Aufmerksamkeit auf sich.

Vier Männer stürmten auf Abner zu, und er trat die Flucht an, wobei er so viel Krach wie möglich machte. Er kannte sich in diesem Wald bestens aus, immerhin hatte er hier seine Kindheit und Jugend verbracht. Blitzschnell wechselte er in einem trockenen Flussarm die Richtung und sprintete geduckt voran. Allerdings kam er nicht weit. Plötzlich sprangen ihm zwei andere Klanmänner in den Weg, warfen sich auf ihn und versuchten ihn niederzuringen.

Abner schlug einem von ihnen die geballte Faust in den Magen und wollte sich gerade dem anderen zuwenden, als ihn jemand von hinten packte. Drei Gegner zwangen ihn zu Boden. Schweigend droschen sie auf ihn ein, trafen ihn an den empfindlichsten Stellen, bis seine Gegenwehr erlahmte. Er war völlig benommen, als sie endlich von ihm abließen und ihm die Hände auf den Rücken fesselten.

„Gleich nebenan ist ein Jagdweg. Ich hole meinen Wagen. Diesen Nigger wird niemals wieder jemand zu Gesicht bekommen!“, erklärte ein Mann, der bereits dabei war, sich zu entfernen.

~

Landon drückte die Zweige beiseite und drang noch tiefer in den Wald ein. Wo waren Chapter, Abner und Felicitas? Hatten die Anhänger des Klans sie verschleppt? Bei dem Kind und der Frau konnte er sich das vorstellen, Abner jedoch war ein Bär von einem Mann. Er würde sich energisch zur Wehr setzen und entsprechende Spuren hinterlassen! Landon hielt inne und lehnte sich seitlich an einen rauen Baumstamm. Der Widerschein der Flammen ließ seine Augen wild flackern. Suchte er hier vergebens nach dem Kind und seinem alten Freund, dessen Vergebung er erst vor Kurzem hatte erfahren dürfen? Was war mit Felicitas geschehen? Dieses Gefühl, als reiße ihm jemand das Herz aus dem Leib, wühlte Landon zutiefst auf.

Ein Rascheln, wenige Meter von ihm entfernt, ließ ihn herumfahren. Er nahm die Waffe in beide Hände und schob sich, den Rücken immer im Kontakt mit der Baumrinde, um den breiten Stamm, damit der Feuerschein ihn nicht mehr erreichte.

Was hatte das Geräusch verursacht? Ein herunterfallender Ast? Ein Tier? Oder doch ein Mensch? Ganz ruhig entsicherte er die Pistole. Geraume Zeit blieb er reglos stehen, lauschte und versuchte, die Finsternis mit den Augen zu durchdringen. Nichts geschah. Bewusst entspannte er seine Hände, mit denen er die Waffe noch immer fest umschlossen hielt.

Jemand hustete.

Erneut hoch konzentriert kniff Landon die Augen zusammen. Er lokalisierte die Stelle, aus der das Geräusch gekommen war, und huschte dann, hinter den Bäumen Schutz suchend, darauf zu. „Wer ist da?“, schnauzte er im Befehlston und wechselte anschließend sofort seinen Standort.

„Deputy Brown? Sind Sie das?“, hörte er eine kindliche Stimme fragen.

„Chapter?"
„Ja, Sir."
„Bist du allein?"
„Ja, Sir."

Landon sicherte die Waffe, steckte sie zurück ins Holster und verließ seine Deckung. Da er nun von der dunklen Seite des Waldes in Richtung Feuer blickte, entdeckte er das zusammengekauerte Kind zwischen einigen gewaltigen, übererdigen Baumwurzeln. Unendlich erleichtert, wenigstens Chapter lebend aufgespürt zu haben, kauerte er sich neben ihn. Das Kind lehnte sich für einen kurzen Augenblick an Landons Knie, besann sich dann jedoch eines Besseren und rückte wieder von ihm ab.

Landon legte ihm tröstend eine Hand auf die Schulter. „Bist du in Ordnung, Junge?"

„Als ich mit Miss Tess aus der Kirche gerannt bin, sind uns zwei der Weißkutten gefolgt. Doch wir konnten ihnen entwischen. Sie waren langsam!"

Vor Erleichterung schloss Landon für einen Moment die Augen. Felicitas war demnach dem Feuer entkommen. „Weißt du, wo Miss Tess hingelaufen ist und wo Abner sein könnte?"

„Von Abner weiß ich nichts. Miss Tess hat mich in den Wald geschickt. Wohin sie dann lief, weiß ich nicht."

„Gut gemacht, Chapter. Jetzt komm, ich bringe dich zu deiner Familie."

Landon ergriff die kleine Kinderhand fest und führte Chapter zu der sich im Todeskampf windenden Kirche zurück. Noch immer stiegen wild tanzende Funken in den nächtlichen Himmel auf. Mehrere Männer waren inzwischen dabei, mit nassen Tüchern ein Übergreifen der Flammen auf nahe stehende Bäume zu verhindern. Der alte Jordan lehnte immer noch mit dem Rücken an der Friedhofsmauer.

Die Mutter des Jungen entdeckte sie zuerst. Sie stieß einen schrillen Freudenschrei aus, stürmte auf sie zu und riss das Kind in ihre Arme. Ein Wortschwall und Freudentränen ergossen sich über Chapter.

Landon zwinkerte ihm zu und hastete zu Birdie. „Der alte Jordan lehnt da hinten an der Mauer, jemand sollte nach ihm sehen", schrie er gegen die brüllenden Flammen an.

„Jordan hat vor vielen Jahren seine Frau bei einem Feuer verloren. Ich gehe sofort zu ihm. Was ist mit Abner? Hast du ihn gesehen?"

„Nein, tut mir leid. Ich suche ihn und Tess noch."

„Tess? Sie ist mit Lily und einem der verletzten Jungen ins Dorf gegangen." Birdie hielt inne, neigte den Kopf zur Seite und lauschte. „Die Feuerwehr kommt?" Verwundert spitzte sie die Lippen, als sei der Gedanke, dass ihnen ausgerechnet von den Weißen Hilfe angeboten wurde, völlig abwegig. Dann wanderte ihr Blick an Landon vorbei zu den Bäumen. Zwar kämpften die Männer mit ihren nassen Decken gegen den Funkenflug an, doch das brennende Gebäude spie noch immer Feuer wie ein wütender Drache aus den Legenden längst vergangener Tage. Ein Waldbrand wäre für den Landstrich verheerend, das wussten auch die Weißen.

„Mach deine Arbeit, Landon. Ich kümmere mich um Jordan." Birdie drängte ihn mit sanfter Gewalt in Richtung Hüttendorf, und Landon folgte ihrer Aufforderung nur zu gern. Er kehrte dem Skelett, das das geliebte Gotteshaus der Schwarzen gewesen war, bereitwillig den Rücken zu. Im Dorf konnte er sich vergewissern, ob Felicitas, die mit ihrer verwirrend konfusen Art so herrlich lebendig wirkte, wirklich unversehrt war.

Der Löschwagen parkte unmittelbar vor dem Fußweg zur Lichtung. Die Männer rollten in aller Eile Schläuche aus, und Landon nickte dem lautstark Befehle brüllenden Captain zu. Switch, der gut doppelt so alt wie Landon und eigentlich Zahnarzt war, blickte ihn grimmig an und sagte in schneidendem Tonfall: „Am besten, wir schlafen ab sofort in unseren Stiefeln, Brown!"

Landon blieb ihm eine Antwort schuldig. Hatte Switch mit seiner Befürchtung recht, und die Hassspirale stand erst an ihrem Anfang? Wie viele Feuer, Verletzte und möglicherweise auch Tote würden sie beklagen müssen, ehe wieder Ruhe einkehrte?

Mit geballten Fäusten sah der Deputy sich um und erblickte Lily, die einen Eimer Wasser auf Birdies Veranda schleppte. Dort lag, gebettet auf ein weißes Laken, eine männliche Gestalt. Felicitas beugte sich über diese. Eine Schramme zog sich über ihre verrußte Wange, und ihre ehemals helle Bluse wies einige Löcher auf. Mit vorsichtigen Bewegungen versorgte sie den Verletzten und sprach beruhigend auf ihn ein.

Erfreut darüber, dass sie wohlauf war und sogar in der Lage, anderen zu helfen, beobachtete er sie eine ganze Weile lang.

Als Felicitas schließlich den Kopf hob und sich mit dem Arm eine Haarsträhne aus ihrem Gesicht strich, sah sie ihn. Was er in ihren Augen zu lesen glaubte, bereitete ihm Unbehagen. Sie war auf ein Gespräch über die Männer aus gewesen, die sie und Adam Lee überfallen hatten, was er jedoch rigoros unterbunden hatte. Nun hatte es noch zwei Brände und mehrere Verletzte gegeben. Warf sie ihm Untätigkeit vor,

Desinteresse daran, die Klanmänner zu überführen und der Gerichtsbarkeit zu überstellen?

Landon versenkte die Hände tief in den Hosentaschen. Natürlich tat sie das – und nicht zu Unrecht. Schließlich hatte er andere Interessen! Er runzelte die Stirn, als Felicitas' Lippen lautlos einen Namen formten: „Abner?"

Landon zog die Schultern hoch, was ihm einen weiteren vorwurfsvollen Blick aus ihren ausdrucksstarken Augen einbrachte, bevor sie sich wieder über den Verletzten beugte.

Er verhärtete sein Herz gegen alles, was sich darin regen wollte. Das Leben war nun mal nicht fair. Weder für ihn noch für Felicitas und schon gar nicht für die Schwarzen. Viel zu oft schrien die Hardliner beider Seiten die ruhige, besonnene Bevölkerung nieder, die einer Gleichberechtigung offen gegenüberstand. Achselzuckend, da er die Regeln nicht erfunden hatte und auch nicht ändern konnte, wandte Landon sich ab, lief die Straße entlang und entdeckte Felicitas' Dodge zwischen den Häusern von Birdie und Holly Dedra. Zumindest vermied sie es seit Kurzem, ihren Pick-up für jeden sichtbar am Wegrand zu parken, wenn sie ihre schwarzen Freunde besuchte.

Landon ging zu seinem Wagen, griff durch das heruntergekurbelte Fenster in den Innenraum und warf über Funk John aus dem Bett. Anschließend bat er den Sheriff, zu ihnen herüberzufahren, damit auch er sich ein Bild von der Lage machen konnte. Daraufhin blieb Landon minutenlang untätig, die Unterarme auf das Automobildach gelegt, auf dem sich noch immer das rote Blinklicht drehte. Die Anspannung in seinem Körper ließ allmählich nach, und er atmete mehrmals tief durch. Zwar hatte das Feuer die Kirche zerstört, doch es gab wenigstens keine Toten zu beklagen. Oder ...? Was war mit Abner?

Weitere Minuten verstrichen, bevor Landon sich aufraffte. In seiner Rolle als Deputy musste er zumindest dem Anschein nach eine Ermittlung einleiten. Er stieg ein und startete den Motor. Noch vor der Bahntrasse bog er in einen Feldweg ein, auf dem er nur im Schritttempo zu fahren wagte. Wenig später wurde er bereits fündig: Auf einem ebenen Wiesenstück, das unmittelbar an einen lang gezogenen Ausläufer des Waldes grenzte, erspähte er eine beträchtliche Anzahl Reifenspuren im Gras.

Landon schaltete das Warnlicht ab, stieg aus und lehnte sich rücklings an den Wagen. Hell beschien der Mond das sanfte hügelige Land mit seinen Feldern, Wiesen und Weiden. Die immer dünner werdende

Rauchfahne war über den dunklen Bäumen noch deutlich zu sehen. Er drehte sich um und lehnte sich mit den Oberschenkeln an den Kotflügel. Nicht weit entfernt sah er ein einsames Licht bei den schwarzen Umrissen eines Farmgebäudes. Wenn er ein ernsthaftes Interesse daran gehabt hätte, den heutigen Vorfall zu verfolgen, hätte er spätestens morgen zu den Masons hinausfahren müssen. Denn Fred hatte zum einen das Feuer gemeldet, zum anderen könnte er gesehen haben, welche Fahrzeuge hier abgestellt gewesen waren.

Landon stieß mit der Stiefelspitze gegen das Rad. In nicht allzu ferner Zukunft würde ohnehin ein anderer Deputy seinen Platz einnehmen. Sollte der sich doch mit dem Klan herumschlagen! Er zwängte sich hinter das Steuer, schloss die Tür und jagte den Motor in eine viel zu hohe Drehzahl. Ein Blick auf die Armbanduhr verriet ihm, dass er am Treffpunkt erwartet wurde. Bei der Gelegenheit wollte er nachprüfen, ob der Mustang nach Hause zurückgefunden hatte. Anschließend stand die Suche nach Abner an, falls der bis dahin nicht wieder aufgetaucht war.

~

In dem grünen VW roch es nach kaltem Zigarettenrauch und einem Polsterreinigungsmittel, aber Kerstin störte sich nicht weiter daran. Viel zu groß war ihre Freude über Christophers Rückkehr und seine Einladung zu einem Ausflug an diesem Abend. Während er den Wagen über die kurvigen Straßen steuerte, musterte Kerstin ihren Freund und fragte sich, was es mit seiner heutigen Schweigsamkeit auf sich hatte. Für gewöhnlich erzählte er gern und viel aus seinem Leben in der Kaserne und gab die neuesten lustigen Begebenheiten zum Besten.

War während des mehrwöchigen Manövers etwas Unvorhergesehenes geschehen? Hatte es einen Unfall gegeben, der ihn beschäftigte, gab es Schwierigkeiten unter den Soldaten oder ihren Vorgesetzten? Unter Umständen durfte er gar nicht darüber sprechen!

Kerstin strich ihr neues hellgrünes Etuikleid glatt und lehnte sich zurück. Sie würde einfach abwarten, bis Christopher von sich aus zu erzählen begann, beschloss sie und schaute aus dem Fenster.

Dunkle Wälder, winzige Dörfer und blühende Apfelbäume wechselten sich in rascher Reihenfolge ab, bevor sie einen ersten Blick auf den Würmsee werfen konnte, der in abendliches Sonnenlicht getaucht war und seit dem Vorjahr offiziell Starnberger See hieß. Abseits der gewaltigen Alpenkulisse entdeckte sie Schloss Berg, die ehemalige Sommerresidenz Ludwigs II. Doch das Gebäude verschwand schnell wieder aus ihrem Blickfeld, und schließlich näherten sie sich von hinten dem bewaldeten Höhenzug, auf dem es thronte.

„Kannst du mit deinen Schuhen gut gehen?"

Kerstin fuhr zusammen. Seit mehreren Minuten hatten sie kein Wort miteinander gewechselt, und nun unterbrach Christopher die Stille mit einer eher lapidaren Frage.

„Ja, sie sind recht bequem", antwortete sie und schaute auf den vor ihr liegenden Hang. Ob Christopher von hier hinüber an den See wandern wollte?

Der junge Mann parkte in Waldnähe am Straßenrand, stieg aus und öffnete ihr galant die Tür. Während sie sich eine beige Strickjacke überzog, holte Christopher einen Rucksack aus dem Kofferraum und schulterte ihn.

„Fertig?", fragte er, und Kerstin betrachtete erleichtert das nun fröhliche Lächeln auf dem kantigen Männergesicht.

„Wir können los!", erwiderte sie und ergriff Christophers Hand. Seine Finger umschlossen die ihren, und für einen Moment konzentrierte sie sich ausschließlich auf seine Berührung.

Christopher führte sie durch ein stetig ansteigendes Waldstück, vorbei an einer Lichtung, auf der Löwenzahn und Hahnenfuß mit weißem Kerbel und Mohnblüten um ihre Aufmerksamkeit buhlten. Darüber summten die Insekten und flatterten bunte Schmetterlinge. Die beiden Wanderer nahmen den schmalen Waldpfad in Angriff, und nach einem letzten Anstieg erhob sich vor ihnen plötzlich eine dem Verfall preisgegebene Steinmauer. Christopher half Kerstin über die mit grünem Farn und Efeu bewachsenen Steine auf ein noch intaktes, dem See zugewandtes Mauerstück hinauf.

Mit einer Hand an Christophers Arm gekrallt, da ihr ein bisschen schwindelig war, blickte Kerstin über den See auf die gegenüberliegenden Höhenzüge und die Ortschaft Possenhofen. Von dort spiegelten vereinzelt Fensterscheiben oder ein kupferüberzogenes Kirchturmdach die Sonne wider und blendeten sie.

„Setz dich doch, bitte", forderte Christopher Kerstin auf.

Sie ließ sich auf dem flachen Kissen nieder, das er aus seinem vollgepackten Rucksack geholt hatte. Die Steinquader, von der Sonne aufgeheizt, gaben eine angenehme Wärme ab und verleiteten Kerstin dazu, fröhlich die Beine baumeln zu lassen. Fasziniert beobachtete sie die Farbfacetten des Sees. Sie reichten von tiefem Blau und dunklem Grün bis hin zu einem kalt wirkenden Grau. Ein Dampfschiff pflügte durch das Wasser und hinterließ eine weiße Kielwasserspur. Rechts unterhalb von ihrem Aufenthaltsort, eingebettet in gepflegte Gartenanlagen, sah sie Schloss Berg, das nach dem Krieg seine vier Ecktürme eingebüßt hatte, da diese zu beschädigt gewesen waren.

„Ist das schön, Chris! Was für eine wunderbare Aussicht!" Sie konnte die Augen nicht von dem herrlichen See abwenden, als sie ihrem Begleiter enthusiastisch für den Ausflug dankte.

„Freut mich, dass es dir gefällt", erwiderte Christopher, der noch immer mit dem Inhalt des Rucksacks beschäftigt war. Der leichte amerikanische Akzent umschmeichelte Kerstin. Christophers nahezu perfektes Deutsch war eine der Voraussetzungen gewesen, um überhaupt als Offizier bei den Special Forces aufgenommen und nach Bad Tölz verlegt zu werden.

Endlich ließ Christopher sich neben ihr nieder, und Kerstin lehnte zufrieden ihren Kopf an seine Schulter. Dabei stieg ihr der verführerische Duft von kaltem Braten in die Nase. Obwohl sie ihren Blick nur ungern von den langsam ziehenden Wolken und ihren Spiegelungen auf der Wasseroberfläche lösen wollte, suchte sie die Quelle des Wohlgeruchs.

Christopher hatte ein quadratisches rotes Tuch auf den zerklüfteten Steinen ausgebreitet, auf dem Brote mit Wurst-, Käse- und Bratenscheiben lagen. Zwei Flaschen mit Limonade standen im Schatten eines erhöhten Felsblocks.

„Hast du das alles vorbereitet?"

„Nein, eine der Frauen aus der Kasernenküche."

„Aber es war deine Idee, und du musstest das alles hier heraufschleppen."

Der Gelobte schmunzelte. „Das ist kein Vergleich zum üblichen Marschgepäck. Wobei diese Schlepperei mich als Piloten selten trifft, das gebe ich zu!"

„Möchtest du mir von eurem Manöver erzählen?", hakte Kerstin unverzüglich nach, gleichzeitig griff sie an Christopher vorbei nach einem belegten Brot.

In gewohnt fröhlicher Art berichtete er, während sie sich ausgiebig Zeit für ihr Picknick ließen. Erleichtert, dass ihr Freund sich nicht länger in schweigsame Nachdenklichkeit hüllte, lauschte Kerstin seinen Worten. Nebenbei beobachtete sie, wie der Himmel allmählich ein tieferes Blau annahm, sich über ihre Köpfe hinweg ein violetter Streifen nach dem anderen ausbreitete und der See die Farben prachtvoll widerspiegelte. Sogar die majestätischen Berge im Hintergrund, teilweise noch mit Schnee bedeckt, nahmen die Farben des Firmamentes an.

Nachdem Kerstin in wenigen Sätzen erzählt hatte, was sie in den letzten Wochen ohne Christopher unternommen hatte, legte sich erneut ein länger andauerndes Schweigen über sie. Eingehüllt in das Rauschen der Laub- und Nadelbäume, nur unterbrochen von den Schreien einiger Lachmöwen, die unterhalb ihres Sitzplatzes kreisten und bald über den See davonsegelten, genoss Kerstin Christophers Nähe. Ob es einen besonderen Anlass für das romantische Picknick gab? Wollte er am Ende gar um ihre Hand anhalten? Ein aufgeregtes Flattern breitete sich in ihrem Inneren aus, das eine angenehme Wärme mit sich führte.

Kerstin wandte den Blick vom See und betrachtete das Profil ihres Freundes. Eine kräftige Windbö zerzauste seine schwarzen Haare. Trog der Anschein, oder war Christopher in Gedanken unendlich weit von diesem wunderschönen Ort und somit auch von ihr entfernt?

Die violette Färbung des Himmels ging in ein blasses Gelb über, und da die Sonne seit geraumer Zeit hinter dem Höhenzug verschwunden war, begann Kerstin zu frösteln.

„Willst du mir nicht verraten, was eigentlich los ist?“, fragte sie endlich, weil Christopher offensichtlich nicht vorhatte, sie in seine eigentümliche Gemütslage einzuweihen. Ihre Worte veranlassten ihn, die Überreste des Picknicks zusammenzupacken und den Rucksack auf den mit Gras bewachsenen Boden unterhalb der Steinmauer zu stellen. Anschließend drehte er sich so, dass er sich mit dem Rücken an das hohe Mauerstück lehnen konnte. Mit angezogenen Beinen, die er mit seinen Armen umschlang, wirkte er auf Kerstin ungewohnt unsicher und verletzlich. Als habe er nur auf ihre Frage gewartet, berichtete er von dem Gespräch mit seinem Vorgesetzten und der Aussicht, innerhalb kürzester Zeit entweder in die Staaten, wahrscheinlicher jedoch nach Vietnam abkommandiert zu werden.

Kerstin musterte ihn, als er in unzusammenhängenden Sätzen von seinem Verantwortungsgefühl, von Unruheherden und einem möglichen Krieg erzählte, ohne dass sie verstand, was er ihr zu sagen versuchte. Zudem vermied er weiterhin den Blickkontakt, indem er auf die stahlgraue Wasseroberfläche blickte, auf der eine Handvoll Segelboote den Hafen der Gemeinde Berg ansteuerten.

Nach Beendigung seines Monologs verfiel Christopher erneut in Schweigen, und Kerstin erhob sich verwirrt. Es war an der Zeit, den Rückweg anzutreten, denn unter den Bäumen musste es schon beinahe dunkel sein. Auch Christopher rutschte von der Mauer und schulterte den Rucksack.

Kerstin stolperte hinter ihm her. Sie hatte von Anfang an gewusst, dass ihre Beziehung mit einem US-Soldaten einiges an Turbulenzen mit sich bringen konnte, immerhin hatte sie als Kind den Krieg erlebt. Ihr war bewusst gewesen, dass Christopher nur vorübergehend in Deutschland stationiert sein würde, und dass die Gefahr – gerade für eine *Special Forces*-Einheit – groß war, in einen Kriegseinsatz geschickt zu werden. Sie befanden sich in einer Phase des „Kalten Krieges", wie die politische Situation mittlerweile genannt wurde, die am Beispiel von Kuba gezeigt hatte, wie rasant sie alle an den Rand eines neuen Krieges, eventuell eines Atomkrieges gelangen konnten. Demnach hatte sie sich nicht blauäugig auf eine Beziehung mit Christopher eingelassen. Doch jetzt schien er die entscheidenden Worte nicht über die Lippen bringen zu können. Wie stellte er sich die Zukunft vor? Würde er einfach aus ihrem Leben verschwinden? Sie hatte immer geglaubt, ihre Beziehung ginge tiefer! Nun drohte der Schmerz der Enttäuschung und einer nahenden Trennung ihr Herz zu verbrennen.

Kerstin folgte Christopher in den dunklen Wald, der ebenso kalt und düster war, wie sie ihre Zukunft vor sich liegen sah.

~

Christopher parkte zwischen einigen Jeeps in Tarnfarben vor der Flint-Kaserne, stieg zögernd aus und trottete zur Treppe des lang gezogenen, schmucklosen Gebäudes. Dort ließ er sich auf eine der Stufen fallen. Eine Mondsichel stand am nächtlichen Himmel, und vereinzelt störte das Motorengeräusch eines Autos die Stille in den Straßen von Bad Tölz.

Der junge Mann stützte die Ellenbogen auf seine Oberschenkel und vergrub das Gesicht in den Händen. Was hatte er nur getan?

Gemächliche Schritte, begleitet von einem fröhlichen, wenn auch schrecklich schiefklingenden Pfeifen näherten sich. Christopher hob den Kopf und erkannte im fahlen Mondlicht Brian, an dessen Jackenknopfloch das zarte Gelb einer Wildtulpe schimmerte. Seine struppigen roten Haare wirkten noch zerzauster als sonst. Christophers Hoffnung, der Pilot würde ihn nicht sehen, zerschlug sich schnell. Das Pfeifen endete abrupt, und die gespitzten Lippen weiteten sich zu einem breiten Grinsen.

„Hey, Chris. Genießt du den Mondschein?"

„Ebenso wie du."

„Ich schaue aber nicht so schlecht gelaunt aus der Wäsche. Hat sie Nein gesagt?“ Brian ließ sich neben ihm nieder und sah ihn forschend an.

„Nein, sie hat nicht Nein gesagt.“

„Du hast sie gar nicht gefragt?“

„Richtig.“

„Du brauchst den freien Tag morgen also dringend“, lachte Brian, sprang auf, überlegte es sich anders und setzte sich wieder. „Was ist passiert?“, hakte er nach.

„Sieht man mir so deutlich an, dass etwas schiefgelaufen ist?“

„Ja.“

Christopher hob den Kopf und musterte seinen Gesprächspartner. Brian gehörte nicht zu dem Typ Soldat, der für jeden Spaß zu haben war. Bis zum heutigen Tag hatte Christopher kaum mehr als ein paar Worte mit ihm gewechselt und demnach auch nichts von seiner Verlobten hier in Deutschland gewusst. Vermutlich konnte er mit ihm reden, ohne befürchten zu müssen, dass wenig später die ganze Kaserne über sein Privatleben Bescheid wusste.

„Ich habe Kerstin zu einem Picknick am Starnberger See eingeladen. Kennst du die alte Aussichtsplattform oberhalb von Schloss Berg?“

„Ich war noch nie dort, könnte mir aber vorstellen, dass es sich um einen perfekten Platz handelt. Abgeschieden, mit herrlicher Aussicht, romantisch und heute Abend mit einem grandiosen Sonnenuntergang …“

Christopher nickte zustimmend und fragte sich, weshalb er Kerstin nicht geradeheraus gefragt hatte, ob sie ihn heiraten wolle. „Ich habe ihr von meiner möglichen Verlegung erzählt.“

„Gut. Sie sollte wissen, woran sie ist! Hat sie die Nachricht schlecht aufgenommen?“

„Sie war sehr ruhig und hat eigentlich nichts gesagt.“

„Und du?“

Nun zog Christopher die Schultern hoch und stieß hervor: „Was hätte ich tun sollen?“

„Sie fragen, was sie darüber denkt?“

„Sie hält ansonsten auch nicht mit ihren Gedanken hinter dem Berg.“

„Aber das ist eine umwälzende und schwierige Neuigkeit, die du ihr da mitgeteilt hast. Vielleicht brauchte sie etwas Zeit, um darüber nachzudenken, was das für sie bedeutet? Oder sie hat darauf gewartet zu hören, was du denkst – wie du dir eine gemeinsame Zukunft vorstellst und ob du dir überhaupt eine vorstellen kannst.“

Christopher brummte unwillig vor sich hin und schabte mit den Schuhsohlen über die Betonstufe. Was Brian da sagte, hörte sich vernünftig an – und nicht einmal kompliziert.

„Hör mal, du kannst von deinem deutschen Mädchen nicht erwarten, dass sie dich anbettelt, sie mit in die Staaten zu nehmen – fort von ihrer Heimat, ihrer Familie und ihren Freunden, vor allem nicht, ohne einen Trauschein in der Tasche!"

„Das ist ja mein Problem. Ich weiß nicht, ob ich sie überhaupt heiraten soll."

Brian musterte ihn verständnislos und wartete auf eine Erklärung. Christopher sprang auf und begann, vor der Treppe auf und ab zu gehen. „Mich zu verlieben war nicht vorgesehen! Ich wollte während meiner Zeit in Deutschland keine Beziehung eingehen. Ich kann es Kerstin einfach nicht zumuten, dauerhaft von mir getrennt leben zu müssen. Falls wir ... Ich kann ihr doch nicht diese ständigen Sorgen und Ängste um mich aufbürden!"

„Bemerkst du eigentlich, dass du ununterbrochen *ich* sagst?"

„Na, es sind ja auch meine Gedanken!", begehrte Christopher auf, denn noch immer wühlte der Schmerz in seinem Inneren wie ein Hund nach einem Knochen. Kerstin hatte sich nach einer schweigsamen Fahrt reichlich kühl von ihm verabschiedet. Es hatte keine Umarmung, keinen Kuss für ihn gegeben. Sie war mit Zärtlichkeiten ohnehin sparsam umgegangen, immerhin – so hatte sie immer argumentiert – waren sie ja nicht einmal verlobt. Aber ihr Abschied an diesem Abend war grausam unterkühlt ausgefallen.

„Dann wirst du ihr deine Zukunftspläne mitteilen müssen und sie fragen, was sie davon hält", riet Brian, als sei dies das Einfachste auf der Welt.

Christophers Schritte wurden im selben Maße schneller, wie seine Gedanken dahinrasten. Schließlich blieb er vor dem lässig auf der Treppe lümmelnden Brian stehen. „Als ich Kerstin vor ihrem Elternhaus abgesetzt habe, habe ich ihr gesagt, dass ich es für besser halte, wenn wir unsere Beziehung beenden."

Sein Gesprächspartner schoss hoch. „Sag mal, bist du noch ganz bei Trost? Ich dachte, du liebst sie!"

„Und genau deshalb will ich ihr nicht zumuten, mit einem Soldaten liiert zu sein, der sich von einem Augenblick auf den anderen auf einem Schlachtfeld, viel eher sogar hinter den feindlichen Linien wiederfinden kann!"

Brian ließ hörbar die Luft aus den Lungen entweichen und schüttelte ungläubig den Kopf. „Ob sie so leben will, solltest du sie schon selber entscheiden lassen, Freund! Wir werden vermutlich nach Vietnam versetzt, wo die Staaten nur eine Beraterrolle innehaben. Was soll dir dort zustoßen? Ja, ihr würdet euch eine Weile nicht sehen. Aber wenigstens könntet ihr verheiratet und nicht vollkommen getrennt sein!" Brian stieß die Worte aufgebracht hervor und tippte ihm dabei mehrmals mit dem langen Zeigefinger auf die Brust. Irritiert musterte Christopher seinen sonst so zurückhaltenden Kameraden.

„Scheint dir ja immens wichtig zu sein, was aus mir und Kerstin wird", foppte Christopher.

Brian runzelte erst die Stirn und grinste dann. „Das wenige, was du uns Jungs über Kerstin erzählt hast, macht sie mir sympathisch." Er zuckte mit den Schultern. „Ich denke, ich würde sie mögen. Und da ich dich für einen großartigen Kerl halte, möchte ich gerne, dass du glücklich bist."

Christopher richtete den Blick zum Mond hinauf. In ihrer verschworenen Männergesellschaft war es ungewöhnlich, offen über Gefühle zu sprechen. Sein Landsmann bemerkte Christophers Unbehagen und sagte leise: „Ich sollte mich nicht so einmischen. Entschuldige bitte."

Christopher vollführte eine abweisende Handbewegung und erwiderte: „Ich bin ja froh, dass mir jemand einen Spiegel vorhält. Wie lief es denn bei dir?"

„Wir wollen den Termin so weit wie möglich nach vorn schieben. Wenn wir hier abrücken, will ich Lisa als Ehefrau mit in die Staaten nehmen."

„Was sagen ihre Eltern dazu?"

„Ohne Frage ist es schwer für sie. Dass Lisa einen amerikanischen Soldaten heiratet und eines Tages in die Staaten ziehen wird, steht natürlich schon länger im Raum, aber nun könnte die Trennung wesentlich früher anstehen als gedacht."

Wenn Brian von Lisa sprach, lag ein Strahlen in seinen Augen, das unzweifelhaft bezeugte, wie stark seine Liebe zu ihr war.

„Es ist noch nicht zu spät, Chris. Schlaf darüber, und morgen hast du noch einen ganzen Tag Zeit, deinen Entschluss festzumachen oder dich bei deinem Mädchen zu entschuldigen."

Brian nickte ihm ernst zu, ehe er im Schatten des Gebäudekomplexes davonschlenderte. Christopher blieb tief in Gedanken versunken zurück. Ob es nicht besser war, an dem einmal gefassten Vorsatz festzuhalten und nicht länger über die Folgen nachzudenken? Schließlich wollte er Kerstin doch beschützen … Der Gedanke daran, sie nicht mehr wiederzusehen, verursachte ihm regelrecht körperliche Schmerzen. Doch würde sie seine Entschuldigung überhaupt noch annehmen? Immerhin hatte sie, als er einen Schlussstrich unter ihre Beziehung gezogen hatte, zu Recht äußerst gedemütigt reagiert.

~

Felicitas' Kopf pochte unangenehm und allmählich wanderte der Schmerz über ihren Nacken in den Rücken. Die Entwicklerflüssigkeit und deren Dämpfe, die immer noch nicht auskurierte Kopfverletzung und der Schlafmangel forderten ihren Tribut. Trotzig ignorierte sie weiterhin jedes Warnsignal, zog mit der Pinzette das letzte Bild aus der Flüssigkeit und klammerte es an die Leine entlang der Wand. Zufrieden trat sie einen Schritt zurück, um die Fotografien zu betrachten.

Meterhohe Flammen erleuchteten die eigentümlich orange gefärbte Szenerie, als handelte es sich hierbei nicht um den Platz vor einer Kirche, sondern um den Vorhof zur Hölle. Zwei mit Baseballschlägern bewaffnete, weiß vermummte Gestalten schlugen auf einen halbwüchsigen Schwarzen ein, und trotz der surreal wirkenden Beleuchtung waren die Cowboystiefel des einen Angreifers ausgezeichnet zu erkennen. Die schlanke Silhouette des zweiten Vermummten und seine Körperhaltung waren ebenfalls herrlich eindeutig! Ein überaus kräftiger Klanmann zog die arme Line an ihren Zöpfen hinter sich her. Noch jetzt, beim Betrachten des Bildes, wurde es Felicitas erneut übel.

Zu diesem Zeitpunkt hatte sie kurz davor gestanden, ihre Kamera beiseitezulegen und das Versteck zu verlassen, um dem Mädchen zu Hilfe zu eilen. Aber dann hatte der Mann das Interesse an dem Kind verloren und es wie einen Sack Kartoffeln fallen lassen. Ein gezielter Tritt mit dem auf dem Foto verewigten, auffällig schwarz-weißen Schuh in Lines Gesicht hatte die Attacke auf das hilflose, weinende Kind beendet.

Bei der nächsten Fotografie entstand der Eindruck, als starrten die darauf abgelichteten Klanmitglieder durch die Schlitze ihrer Kapuzen geradewegs in die Kamera. Bei diesen Männern gab es nichts, was ihre Identität verriet, und auch beim nächsten Bild, auf dem ein leicht gebeugt gehender Mann zu sehen war, war nichts Spezifisches zu finden.

Felicitas hatte bei dem Angriff sieben Klanmitglieder gezählt. Ganz offenbar war einer von ihnen ihrer Kamera entwischt. Allerdings wollte sie sich dadurch nicht entmutigen lassen; ein Anfang war gemacht!

Felicitas verließ ihre winzige Dunkelkammer, mit den Gedanken schon wieder auf Wanderschaft. Wenn sie nur wüsste, wo Abner steckte! Sein spurloses Verschwinden quälte sie.

Birdie hatte am vergangenen Abend stundenlang in ihrem Schaukelstuhl auf der Veranda ausgeharrt und mit ihren Gebeten den Himmel bestürmt. Sie hatte Felicitas gegen Mitternacht nach Hause geschickt, ohne dass Abner zurückgekehrt war. Zwar hatte die junge Frau der Bitte Folge geleistet, nicht jedoch, um endlich zu Bett zu gehen, sondern um ihre Fotografien zu entwickeln.

Langsam, um ihrem schmerzenden Kopf jede Erschütterung zu ersparen, ging Felicitas die Stufen hinunter und knipste in der Küche das Licht an. Beim Anblick des schmutzigen Geschirrs im Spülbecken brachte sich ihr Magen durch ein Knurren in Erinnerung. Sie bereitete sich zwei belegte Brote zu, nahm eine Flasche Wasser und ein Glas und verließ das Haus.

Schwüle Luft hüllte sie ein wie eine Decke, und das Lied der Grillen begrüßte sie. Im Fluss, an dessen Ufer sich die Schilfhalme sachte wiegten, spiegelte sich ein verschwommener, runder Mond. Seine ungewöhnliche weißblaue Farbe zauberte einen hübschen Blauton auf das Wasser. Felicitas stellte das Tablett auf dem Gartentisch ab, glitt auf ihren Stuhl und blickte sich fasziniert um. Dies war eine der Nächte, für die sie diese Gegend liebte. „Blaue Nacht“ nannte sie es für sich, wenn alles in dieses sanfte, angenehm blaue Licht getaucht war.

Sie schenkte sich ein Glas Wasser ein und trank. Mit dem noch halb gefüllten Glas in der Hand lehnte sie sich zurück und genoss die friedliche Stille – bis sie schwere Schritte auf dem Kies und gleich darauf auf dem Gras vernahm.

Reglos und mit einer Spur von Angst verharrte sie und beobachtete, wie ein Mann von stattlicher Statur an den längst verblühten Magnolienbäumen vorbeiging. Er stockte, wohl, weil er sie im Schein des Mondes gesehen hatte, und zog den Hut, damit der sein Gesicht nicht länger beschattete.

Es war Landon, der ihr einen Besuch abstattete, wobei er keineswegs davon hatte ausgehen können, sie noch wach anzutreffen. Der Deputy polterte die Verandastufen herauf und nahm auf dem zweiten Stuhl Platz. Er roch noch immer nach Holzfeuer. Big, der ihm gefolgt war, huschte unter den Tisch.

„Ich hatte erwartet, Miss Tess, dass Sie in einem komatösen Schlaf liegen!“, durchbrach er die Stille.

„Und weshalb sind Sie dann gekommen?", fragte sie träge zurück.

„Wegen des Mustangs."

„Er ist heute oder vielmehr gestern Morgen zurückgekehrt, Deputy, allerdings ohne Sie."

Schweigen breitete sich aus, ehe Landon sie warnte: „Halten Sie sich mit dem Pferd vom Feuer fern. Darauf reagiert es überaus schreckhaft."

„Danke für den Rat."

Erneut entstand eine Pause, und Landons Blick wanderte zu den Broten, was Felicitas veranlasste, den Teller einladend zu ihm hinüberzuschieben. Beherzt machte er sich über ihre Mahlzeit her und bediente sich auch an der Wasserflasche.

Felicitas kuschelte sich tiefer in das Polster. Nach all der Aufregung und den bedrückenden und aufwühlenden Szenen nach dem Brand umgab sie nun ein Gefühl der Sicherheit. Ob das an Bigs Gegenwart lag? Oder gar an der von Landon?

„Sie sind auf der Suche nach einem Laden, hörte ich?", nahm Landon die träge dahinplätschernde Unterhaltung wieder auf. „Steve wird sich freuen, Sie schulden ihm mittlerweile eine Menge Geld!"

Felicitas schmunzelte, verlor aber die bewegten Spiegelungen auf dem Wasser nicht aus den Augen. Landon sorgte sich offenbar um seinen Freund Steve, der ihr eine Menge Geld vorgestreckt hatte. Das erinnerte sie daran, dass sie dringend in die Stadt fahren und telefonieren musste! Sie benötigte den unvoreingenommenen Rat eines Anwalts. Bei dieser Überlegung, die unmittelbar mit Adam Lee zusammenhing, kamen ihr alle die schrecklichen Ereignisse der letzten Tage wieder in den leicht umnebelten Sinn.

„Haben Sie etwas von Abner gehört, Deputy?", fragte sie, nachdem er beide Brote verspeist und die Wasserflasche geleert hatte.

„Nein", lautete die knappe Antwort. Felicitas spürte Landons Unwillen, über die Angelegenheit zu sprechen. Sie warf ihm einen vorwurfsvollen Blick zu. Weshalb unternahm er nichts in Bezug auf den Ku-Klux-Klan? Dass er zu der Vereinigung gehörte, nahm sie nicht an, dafür lagen ihm die Schwarzen zu sehr am Herzen. Wusste er um Freunde unter ihnen? Weigerte er sich deshalb, gegen sie vorzugehen? Oder fürchtete er deren Einfluss und Macht?

Felicitas wollte ihn gerade mit einer dieser Fragen konfrontieren, doch er war schneller und erhob sich, als habe er ihr Vorhaben geahnt. Er hob seinen Hut vom Boden auf, streichelte dem Hund über den Kopf und ging zu den Stufen.

„Sie sollten Big mit ins Haus nehmen", schlug er vor, bevor er mit einem Satz ins Gras hinuntersprang und sich den Hut auf den Kopf setzte. „Und gehen Sie endlich schlafen. Ich möchte mich nicht auch noch um Ihre Gesundheit sorgen müssen!"

Nach diesen Worten, die ebenso ehrlich besorgt klangen wie seine Bitte, sich mit einem Wachhund zu umgeben, stapfte er über die Wiese davon und wurde schnell von der blauen Dunkelheit verschluckt.

Felicitas fühlte sich mit einem Mal unendlich müde. Dennoch faltete sie die Hände. Birdie hatte sie gebeten, sie in ihrem Gebet für Adam Lee und Abner zu unterstützen – und das wollte sie unbedingt tun. Mit dem Blick zum blauen Mond hinauf erinnerte sie sich an ihre vertrauensvollen Kindergebete und an die Stoßgebete, die sie in ihren größten Nöten zum Himmel geschickt hatte, damals, als sie in engen Verstecken gelegen und nicht zu atmen gewagt hatte. Sie hatten ihr immer geholfen, Ruhe zu bewahren, irgendwann wieder einen ersten zaghaften Atemzug zu wagen und Tag um Tag weiterzuleben. Also wagte sie es auch jetzt.

10. Kapitel

Feuchtigkeit lag fast greifbar zwischen den schwarzen Baumstämmen, und der runde Mond tauchte die sumpfige Landschaft in graublauen Dunst. Stechmücken schwirrten schrill surrend um Abner herum, setzten sich auf sein verschwitztes Gesicht und verfingen sich in den blutenden Wunden. Sein Körper fühlte sich an, als sei er eine einzige offene Wunde.

Aber das war längst nicht das Schlimmste. Nicht einmal die Tatsache, dass die weißen Männer ihn, nachdem sie endlich von ihm abgelassen hatten, an einen Baumstamm gebunden und im sumpfigen Wald zurückgelassen hatten, bereitete ihm Sorge. Irgendwann würde ihn jemand finden, schließlich waren jeden Morgen in der Früh Fischer auf dem Fluss unterwegs. Was ihm neben der nächtlichen Schwüle den Schweiß aus allen Poren trieb, war das raue Bellen eines Alligators, das er unweit vernommen hatte. Mit weit aufgerissenen Augen, in denen sich der Mond spiegelte und in die unablässig Schweißperlen und Blutstropfen liefen, behielt er sein eingeschränktes Sichtfeld im Blick. Abner wollte nicht als Snack für eines dieser Reptilien herhalten. So weit hatten die Kapuzenträger ihn nicht gebrochen.

Insekten krabbelten über Abners Zehen. Einige von ihnen kletterten an seinen Beinen nach oben, doch der alles beherrschende Schmerz verhinderte, dass er sie spürte. Abner fühlte sich restlos zerschlagen. Ließ er sich jedoch zu sehr hängen, schnitten die Seile um Brust und Arme unerträglich in die blutenden Wunden. Er zuckte zusammen, als er das Aufklatschen eines großen Objekts in eines der stehenden und nach Morast und faulenden Bäumen riechenden Gewässer hörte. Der Alligator war auf der Jagd.

~

Felicitas stützte sich schwer auf das ungewohnte Arbeitsgerät und blickte zu Birdies Veranda hinüber. Lily tat es ihr gleich. Abners Frau Viola kauerte zusammengesunken auf der Schaukel und hielt eine Tasse Eistee umklammert, ihr Blick war ins Leere gerichtet. Neben ihr saß Birdie und murmelte mit geschlossenen Augen vor sich hin.

Im Dorf herrschte nahezu unheimliche Stille. Einige Männer waren heute ihrer Arbeit ferngeblieben, da sie diejenigen, die keinen Job hatten, bei der Suche nach Abner unterstützen wollten. Sogar die Fischer, sonst jeden Morgen mit ihren Kähnen auf dem Mississippi und seinen Nebenarmen unterwegs, hatten sich ihnen angeschlossen. Die Kinder spielten ebenso leise wie an den Tagen, an denen sich die Nachrichten von Bobby Charles' Tod und dem Angriff auf Adam Lee wie ein Lauffeuer verbreitet hatten.

Einzig die Vögel in den Zweigen und die Grillen im Gras schienen von der gedrückten Stimmung unbeeindruckt zu sein. Obwohl der Tag noch jung war, brannte die Sonne bereits vom blauen Himmel herunter, und über den mit Zuckerrohr und Mais bepflanzten Hügeln flimmerte die Luft. Schwitzend trieb Felicitas die Harke in die dunkle Erde und riss Löwenzahn und Grashalme zwischen Birdies und Lilys Tomatenpflanzen heraus.

„Es hilft nichts, wenn du den Boden schlägst", ermahnte Lily sie dezent, während sie sich mit einem Tuch den Schweiß vom Gesicht wischte.

„Wo ist er nur? Haben sie ihn ...?" Felicitas beendete den Satz nicht, kam ihr doch erneut mit erschreckender Intensität das Bild des blutverschmiert im Gras liegenden Adam Lee vor Augen. Bei der Erinnerung an die Gewaltbereitschaft der Männer in der vergangenen Nacht krampfte sich Felicitas' Magen schmerzlich zusammen.

„Erst Adam Lee und jetzt Abner. Und wieder war es mein Fehler!", stieß Felicitas hart aus und trieb das Gartengerät wütend und verzweifelt ein zweites Mal in die Erde. Kleine Steinchen und das frische Grün der Tomatenpflanze wirbelten hoch.

Lily trat neben sie und nahm ihr energisch die Harke aus der Hand. Sie musterte die Weiße, die sich die Haare aus dem verschwitzten Gesicht hinter die Ohren schob. Schließlich wanderte Lilys Blick über die Hausfront, an den hohen Hecken entlang bis zu den angrenzenden Feldern. Bis auf ihre Schwägerin und ihre Großmutter befand sich niemand in ihrer unmittelbaren Nähe. Also legte sie unbeholfen einen Arm um Felicitas' Schulter und drückte sie leicht an sich, wobei sie kaum die Tränen unterdrücken konnte. „Dich trifft doch keine Schuld", flüsterte Lily. „Wie solltest du beeinflussen, wen sich die Klan-Männer schnappen, um ihre Wut an ihm auszulassen? Du hast mit uns den Gottesdienst besucht. Das ist kein Verbrechen, auch wenn einige der Schwarzen keine Weißen in ihrer Kirche mögen und viele Weiße nicht verstehen, weshalb du dort gewesen bist."

„Ich denke, sie haben mich in meinem Versteck entdeckt. Es sah so aus, als wollte Abner die Männer von mir ablenken. Er war dort, wo er sich versteckt hielt, überhaupt nicht in Gefahr!"

„Dann wollte mein Bruder dich und Chapter beschützen. Chapter war doch ganz in deiner Nähe, hat er uns erzählt."

Felicitas nickte, verschwieg jedoch, dass Abner gesehen haben könnte, dass sie Fotografien von dem grausamen Geschehen gemacht hatte. Vielleicht hatte er sie und Chapter retten wollen, vielleicht aber auch ganz speziell die Fotografien. Weil er ihr Vorhaben durchschaut hatte? In dem Fall wäre das Festhalten des Überfalls in Bildern ein schrecklicher Fehler von ihr gewesen. Der Preis schien ihr entschieden zu hoch!

„All dein Grübeln führt zu nichts. Abner ist verschwunden. Wir können nur hoffen und beten, dass er bald zurückkommt", raunte Lily mit belegter Stimme. „Viola ist schwanger, weißt du?"

Die Schwarze brach ab und sah verlegen drein. Vermutlich war ihr bewusst geworden, dass sie Felicitas mit ihren Worten in zusätzliche Gewissensnöte stürzte. Auffordernd streckte Lily Felicitas die Harke entgegen, aber diese schüttelte nur den Kopf und verzog dabei das Gesicht. Noch immer spürte sie die Folgen des Überfalls.

„Setz dich bitte hin", drängte Lily. „Ich sehe doch, wie unwohl dir ist."

„Ich fahre jetzt in die Stadt. Landon und Jo-Jo müssen sich an der Suche beteiligen. Abners Verschwinden darf ihnen nicht gleichgültig sein. Ich könnte auch versuchen, Steve und einige andere Männer zum Helfen zu bewegen. Mr Mason wäre bestimmt bereit dazu."

Eine dunkle Hand auf ihrem Arm hielt Felicitas zurück. Lily war anzusehen, wie schwer ihr ein Widerspruch über die Lippen kam. „Du bringst dich noch mehr in Schwierigkeiten, Tess. Die Menschen in der Stadt sehen es nicht gern, wenn du dich mit uns einlässt. Schon seit Miss Virginias Tod spitzt sich die Lage zu, und seit dem Unfall auf der Brücke liegt etwas noch Dunkleres in der Luft."

Felicitas sah die Sorge im Gesicht der Freundin, dennoch verließ sie eilig das Gartengrundstück. Neben der hochgewachsenen Hecke drehte sie sich nochmals nach Lily um, die ihre Augen mit der Hand beschattete und ihr nachschaute. Die Freundin hielt sie nicht länger zurück. Womöglich, weil sie hoffte, dass zumindest Landon sich von Felicitas zur Mithilfe aufrütteln lassen würde?!

~

Dumpf dröhnten ihre Schritte auf der Holzveranda, ehe Felicitas in das Office stürmte. In der Tür hielt sie inne, bis sich ihre Augen an die dort herrschende Dunkelheit gewöhnt hatten. An der Garderobe hing ein Sheriffhut, ein deutliches Zeichen für die Anwesenheit eines der beiden Deputys. Nachdem sie endlich mehr als nur graue Umrisse sehen konnte, entdeckte sie Landon in einer schmutzigen Uniform, der sich eine Tasse Kaffee eingoss. Ein Bogen Papier steckte in der schwarzen Schreibmaschine und wartete darauf, beschrieben zu werden. Aus dem Hintergrund, dort wo sich die Arrestzellen befanden, kam das ungehobelte Grölen zweier Männer. Felicitas vermutete, dass diese die Frühstücksbrötchen mit alkoholischen Getränken verwechselt hatten.

„Miss Tess?" Landon sprach sie an, da sie noch immer schweigend in Richtung der halb geöffneten Tür schaute.

„Haben Sie Abner gefunden?", fragte sie weitaus ruhiger, als sie sich fühlte. „Haben Sie oder Ihr Kollege überhaupt schon mit der Suche begonnen?", hakte sie nach.

Der Deputy warf ihr einen Blick zu, als habe er eine freche Schülerin vor sich, die es zu tadeln galt.

„Als ob wir nichts anderes zu tun hätten", lautete die abweisende Antwort.

Fassungslos starrte Felicitas ihn an. Dieser Mann war ihr ein einziges Rätsel. Im Dorf brachte ihm nahezu jeder Sympathie entgegen, doch bei Gelegenheiten wie dieser legte er eine erschreckende Kaltherzigkeit an den Tag.

Landon setzte sich auf den Schreibtischstuhl, stellte die graue Tasse mit dem dampfenden Inhalt neben der Schreibmaschine ab und starrte mit gerunzelter Stirn auf das eingespannte Blatt Papier. Für geraume Zeit stammten die einzigen Geräusche von den Inhaftierten und dem Surren des Deckenventilators.

Als erinnere Landon sich plötzlich wieder an ihre Gegenwart, drehte er sich auf dem Stuhl so, dass er sie ansehen konnte. Auf seiner Stirn hatte sich eine tiefe Querfalte gebildet, die Felicitas als Missbilligung deutete. „Jo-Jo hat frei, Miss Tess, und ich bin beschäftigt."

„Wo sind all die Männer, die noch vor Kurzem so eifrig auf der Suche nach Adam Lee waren?"

„Die arbeiten", brummte Landon. „Sie können nicht jeden Tag mit der Suche nach jemandem verbringen."

„Oder ist es vielmehr so, dass einige von ihnen nur zu gut wissen, wo Abner zu finden ist?" Felicitas, inzwischen an die gemütliche Langsamkeit der Menschen hier gewöhnt, schrak zurück, als Landon mit einem Satz aufsprang. Da er mit raumgreifenden Schritten um den Schreibtisch herumkam, wich sie vor ihm rückwärtsgehend aus.

Er eilte allerdings zur Zwischentür und gab dieser mit dem Fuß einen Tritt, sodass sie krachend ins Schloss fiel. Anschließend drehte er sich mit vor der breiten Brust verschränkten Armen zu ihr um, und Felicitas trat unter seinem bedrohlichen Blick vorsichtshalber einen Schritt zurück. Landons wütend funkelnde, dunkle Augen taxierten sie. „Sie reden sich um Kopf und Kragen, Miss Tess“, stieß er mit belegter Stimme hervor.

„Ich bitte doch nur den hiesigen Ordnungshüter um Unterstützung“, widersprach sie, ebenfalls deutlich leiser. Wer auch immer in den Zellen eingesperrt war – Landon wollte keine Zeugen ihres Gesprächs.

„Ich tue, was ich kann!“

„Es ist Abner, Deputy! Ihr Freund. Ich verstehe Sie nicht“, wagte sie zu sagen.

Landon nahm aufgebracht die Arme herunter, sie hingegen wich so weit zurück, bis sie das Türblatt in ihrem Rücken spürte. Das hielt den Mann jedoch nicht davon ab, sich ihr bis auf zwei Schritte zu nähern. Die Hände in die Seiten gestemmt, wodurch er noch breiter wirkte, signalisierte er Felicitas unmissverständlich, dass es für sie momentan kein Entkommen gab. Sie sah das Aufblitzen des Sheriffsterns im Sonnenlicht, das durch die Fenster hereinfiel. Sofort befand sie sich wieder auf dem vom bernsteinfarbenen Mond beschienenen Hügel, in einer Atmosphäre, die ihr einen eisigen Schauer durch den Körper jagte, und versuchte vergebens, sich ins Gedächtnis zu rufen, wann genau sie in jener verhängnisvollen Nacht den Sheriffstern gesehen hatte. War es, bevor ihre und Adam Lees Angreifer davongefahren waren?

Einen Augenblick lang fühlte sie sich wieder wie das kleine Mädchen, das den Uniformierten mit ihren knallenden Stiefeln gegenüberstand. Unter keinen Umständen durfte sie sich anmerken lassen, dass sie ein Nichts, dass sie die Beute war. Mit großen Augen, die deutlich ihre Angst widerspiegelten, sah sie Landon an.

Ohne Vorwarnung ergriff der Mann sie an den Oberarmen und beugte sich über sie. „Gehen Sie in Ihr hübsches Haus und lassen Sie alles andere meine Sorge sein“, raunte er mit heiserer Stimme.

„Wie könnte ich das tun, Deputy? Ich fühle mich verantwortlich.“

Diesmal lachte Landon trocken auf. „Wie lange leben Sie schon hier? Ein paar Wochen? Sie sind für nichts verantwortlich, was hier geschieht oder geschehen ist. Nehmen Sie sich nicht so wichtig! Vor allem aber: Hören Sie endlich auf, sich in fremde Angelegenheiten einzumischen!"

„Aber …"

Der Druck von Landons Griff um ihre Oberarme nahm zu, sein Atem streifte ihre Wange. „Sie brauchen nicht das Leid der ganzen Welt auf ihren schmalen Schultern zu tragen, Miss. Sie haben doch bereits früher–"

Felicitas riss die Augen noch weiter auf. Was hatte er sagen wollen, ehe er sich selbst unterbrochen hatte? Dass sie das bereits genug getan hatte? Früher? In einem anderen Leben, in einem anderen Land? Wie aber konnte er von ihrer Vergangenheit wissen? Niemand hier wusste über ihre Abstammung Bescheid, und dabei musste es auch bleiben! Der Klan mochte Menschen jüdischer Herkunft ebenso wenig wie Schwarze! Sollten die Städter sie doch misstrauisch beobachten und ihr drohen, so viel sie wollten – das war ihr gleichgültig! Doch niemals wieder wollte sie verachtet und verfolgt werden, obwohl sie nichts getan hatte, außer in ihrer Ahnenreihe, die sie schwerlich beeinflussen konnte, jüdische Vorfahren zu haben! Sie war bereit, die Konsequenzen für ihr Tun auf sich zu nehmen, nicht aber noch einmal für ihr Sein.

Doch weshalb sollte Landon überhaupt Details aus ihrer Vergangenheit kennen? Kerstin wusste von Felicitas' schrecklichen Jahren in Nazi-Deutschland. Vielleicht hatte sie darüber mit ihrem Freund Christopher gesprochen, doch ansonsten wusste niemand, wer sie war. Niemand! Vor allem nicht hier in den Staaten!

Was also wusste Landon – und woher? Oder hatte sie zu viel in seinen nicht vollendeten Satz hineininterpretiert?

Felicitas wurde mit einem Mal bewusst, dass sie den Mann seit geraumer Zeit anstarrte, ohne ihm geantwortet zu haben. Sein Griff um ihre Arme war noch immer fest, sein Gesicht dem ihren aufregend nahe. Sie sah seine Bartstoppeln, die hellen Flecken im Braun seiner Augen und die dunklen Ringe darunter, die verdeutlichten, wie wenig er derzeit schlief.

Völlig ungebeten stahlen sich Mitleid und Sorge in ihr Herz und ein weiteres starkes Gefühl, das sie daran hinderte, den Blickkontakt zu lösen. Irritiert über die Heftigkeit ihrer Gefühle versuchte sie schließlich, sich von ihm zu befreien. Sie hatte nie vorgehabt, ihm mehr Zuneigung entgegenzubringen, als sie für Steve und Abner, oder Chapter, Lily, Viola und Birdie empfand. Immerhin war er verwirrend undurchschaubar.

Endlich entließ Landon sie aus seinem Griff und seinem eindringlichen Blick und richtete sich auf. Im selben Augenblick wollte jemand das

Office betreten, und Felicitas blieb nichts anderes übrig, als dem Druck der Tür in ihrem Rücken nachzugeben. Sie stolperte auf Landon zu, der sie reaktionsschnell auffing. Kurz atmete sie den schwachen Duft eines Rasierwassers ein, dem sich der Geruch von morastiger Erde beimengte. Schlagartig wurde ihr klar, woher der Schmutz auf Landons Uniform stammte: Er war in den Wäldern unterwegs gewesen! Hatte er also doch nach Abner gesucht?

Der Deputy ließ sie los und trat zurück, während Felicitas sich zu dem Neuankömmling umdrehte.

„Störe ich?", fragte John ohne das freundliche Lächeln, mit dem er sie sonst bedachte.

„Entschuldige bitte, ich stand ungeschickt hinter der Tür", erwiderte Felicitas und spürte, wie ihr die Hitze ins Gesicht stieg. Was mochte John von ihr und Landon denken?

„Ungeschicklichkeit ist ihr zweiter Vorname", sagte Landon grinsend. „Sobald die Dame uns verlassen hat, kann ich dir Bericht erstatten!"

Mit einem Nicken zeigte Felicitas, dass sie den Rausschmiss verstanden hatte, warf gleichzeitig aber einen Blick auf die Schreibmaschine. Sie tat, als verheddere sie sich mit den Füßen in den Stuhlbeinen, und fiel vornüber in Richtung Tischplatte. Mit einer Hand fing sie sich auf dem Wagen der Schreibmaschine ab und knickte dabei das Papier zu sich herunter.

Fillipp Hauser, geb. 12. März 1947, und Bill Junior Phillips, geb. 25. Oktober 1946, betrunken und randalierend auf dem östlichen Gelände der Mason-Farm angetroffen, las sie.

Eine Entschuldigung murmelnd richtete sie sich auf, zog ihre ärmellose weiße Bluse glatt und huschte an den Männern vorbei aus dem Office. Im Freien empfingen sie blendendes Sonnenlicht und die zwischen den Häusern stehende, schwüle Hitze.

Flip und BillJunior, der Sohn des Bürgermeisters, saßen demnach angetrunken in einer Arrestzelle, und Landon hatte zu verhindern versucht, dass sie das Gespräch mit anhörten. Vermutete er in den Jugendlichen Klanmitglieder? Oder sollten sie nur nicht erfahren, wie vehement Felicitas sich für Abner, Adam Lee und ihre Familien einsetzte?

Grübelnd schlenderte die junge Frau zu ihrem Dodge, den sie auf der gegenüberliegenden Straßenseite abgestellt hatte. Sie wusste einfach nicht, woran sie mit Landon war. Tat er mehr für die Schwarzen, als er ihr gegenüber zuzugeben bereit war? Saß er mit seinem Wissen, wer sich unter den Kapuzen versteckte, zwischen zwei Stühlen? Immerhin war er hier geboren und aufgewachsen und wollte womöglich seine Freunde nicht verraten. Oder gab es einen anderen Grund, weshalb er sich in Bezug auf den Klan so bedeckt hielt? Musste er gelegentlich ein Auge zudrücken, um seine Nachforschungen rund um Virginia Tampicos Tod voranzutreiben, bis er den Mörder seiner Ziehmutter überführen konnte? Auf alle diese Fragen hatte Felicitas keine Antwort; eines freilich war ihr klar: Solange sie nicht mehr über Landons Beweggründe wusste, war es besser, ihre Gefühle für ihn im Zaum zu halten – so schwer ihr das allmählich auch fiel.

Felicitas erreichte ihren Wagen und tastete nach dem Türgriff. Entsetzt fiel ihr Blick auf eine dunkelrote Flüssigkeit, die von der unteren Kante der Fahrertür heraustropfte und sich auf der staubigen Straße sammelte. War das Blut? Rückwärtsgehend wich sie vom Fahrzeug zurück. Grün und blau schillernde Fliegen wurden von der dunklen Lache angezogen wie von einem Magneten. Entsetzt wirbelte Felicitas herum.

~

John saß auf dem Besucherstuhl und hatte die Beine lässig übereinandergeschlagen auf einem Hocker abgelegt, während Landon hinter dem Schreibtisch saß und mehrere Papiere in den Händen hielt. Beide fuhren hoch, als Felicitas hereinstürmte.

„Ich …“, begann sie und holte tief Luft. Hatte sie die ganze Zeit über den Atem angehalten? Immer wieder fiel sie in dieses alte Verhaltensmuster zurück wie damals, wenn die Männer von der Gestapo mit ihren Fluchthelfern gesprochen und ihre Wohnungen durchsucht hatten. Mehr als einmal war sie einer Ohnmacht nahe gewesen und von ihren Beschützern blau angelaufen aufgefunden worden.

Wortlos und kreidebleich deutete Felicitas durch die geöffnete Tür über die wenig befahrene Straße auf ihren Kleinlaster. Die beiden Männer erhoben sich zeitgleich, steckten ihre Waffen in die Holster und ergriffen ihre Hüte. Landon stürmte an ihr vorbei ins Freie, während John sich an der Tür zu ihr umdrehte: „Bleib du lieber hier, Felicitas.“

Sie gehorchte und beobachtete mit zitternden Beinen und jagendem Herzschlag, wie die Deputys sich ihrem Wagen näherten und die dunkelrot schimmernde Flüssigkeit betrachteten. Offensichtlich hielten sie die Lache ebenfalls für Blut, denn sie berieten sich kurz miteinander, ehe sie zu Felicitas zurückschauten. Zögernd wagte sie ein paar Schritte hinaus auf die hölzerne Veranda. Lag jemand in dem Pick-up? *Abner!*, schoss ihr durch den Kopf und ein heißer Schauer der Angst durchlief sie.

„Bitte nicht“, stieß sie leise hervor. Aber war das nicht unmöglich? Niemand konnte einen muskelbepackten und schweren Mann wie Abner ungesehen in ihr Auto legen. Big? Hatte jemand den Hund getötet, um sie damit zu erschrecken?

Felicitas betrachtete die Fenster der Häuser, die dem Office gegenüberlagen, von denen viele, der Hitze zum Trotz, geschlossen und die Vorhänge vorgezogen waren. Vorhin war das anders gewesen, da war sie sich sicher. Die meisten Fenster hatten weit offen gestanden, immerhin galt es bei der heutigen Temperatur jeden Windhauch auszunutzen. Bedeutete dies, dass einige Anwohner gesehen hatten, was an Felicitas' Pick-up vor sich gegangen war? Hatten sie nicht nur ihre Fenster, sondern auch ihre Augen und Herzen verschlossen?

John öffnete die Fahrertür. Ein Schwall Blut ergoss sich auf die Straße, der Wagen war jedoch leer. Landon kehrte zur Verandatreppe zurück und winkte ihr im Vorbeigehen, ihm zu folgen. Er ließ sie vorgehen und schloss die Tür energisch hinter sich. Nun standen sie an derselben Stelle wie zuvor, allerdings in vertauschter Position.

„Es war ein Plastikbeutel, gefüllt mit Blut. Vermutlich aus dem Schlachthof einige Kilometer von hier. Ich hole Ihnen einen Eimer Wasser und einen Putzlappen, damit Sie den Fußraum säubern können.“

„Und weiter wird nichts geschehen? Die Leute in den umliegenden Häusern haben gesehen, wer das war. Daraufhin haben sie alle die Fenster geschlossen und die Vorhänge vorgezogen.“ Felicitas sprach leise, kämpfte sie doch noch immer gegen den Schrecken an, den der Anblick des Blutes ausgelöst hatte.

Der Deputy atmete tief ein, wobei sich das beigefarbene Hemd straff über seinen Brustkorb spannte. „Ein Jungenstreich.“

„Sie wissen ebenso wie ich, dass das nicht stimmt“, widersprach sie, wusste aber, dass das die offizielle Version sein würde: ein Streich gelangweilter Jugendlicher. Also zuckte sie mit den Schultern und bat ihn beiseitezutreten. „Ich hole mir die Putzutensilien bei Dorothy, danke.“

In dem Wissen, dass sie beobachtet wurde, unterließ es Felicitas, die Blutlache abzulichten. Sie eilte zum Laden hinüber, erzählte Dorothy, was passiert war, und lieh sich von ihr einen Eimer mit heißem Wasser und eine Bürste. Innerhalb kürzester Zeit hatte sie das Blut entfernt und lenkte den Pick-up hinaus zum Haus der Phillips', wie sie es ursprünglich geplant hatte. Sie wollte der Frau des Bürgermeisters beim Streichen eines Zimmers helfen. Insgeheim hoffte Felicitas, dass Emmy, die viel Zeit in der Nähe des Funkgeräts verbrachte, eine Ahnung hatte, wo man nach dem vermissten Abner suchen musste. Denn sollte Abner irgendwo verletzt liegen, lief ihnen die Zeit davon!

~

Ein böiger Wind schüttelte die Bäume vor dem Bürogebäude kräftig durch, ließ die weißen Blütenblätter wie Schneeflocken in der Luft tanzen und blähte die Gardinen auf. Vielstimmiger Vogelgesang drang von draußen herein, doch Kerstin hörte ihn nicht. Seit Christopher ihr gestern beim Abschied gesagt hatte, er halte es für besser, ihre Beziehung zu beenden, fühlte sie nicht nur einen schrecklichen Schmerz in sich, sondern auch eine eigentümliche Leere. Eine Leere, die sie fast erdrückte und ihr die Luft zum Atmen nahm. Nur mit Mühe hielt sie die Tränen zurück, und noch einmal ließ sie in Gedanken den gestrigen Abend Revue passieren.

Warum nur war Christopher mit ihr auf die Plattform geklettert und hatte ein romantisches Picknick vorbereitet, um anschließend klarzustellen, dass er vermutlich an einen anderen Einsatzort versetzt wurde und sie sich besser trennten?

Einige Tränen lösten sich unerlaubt, rollten über ihre Wangen und tropften auf den Karton der Akte, die ungeöffnet vor ihr lag. Hatte ihr anhaltendes Schweigen auf seine Eröffnung ihn aus der Bahn geworfen? Für sie hatte nie infrage gestanden, dass ihr geregeltes Leben eines Tages durcheinandergewirbelt werden würde, wenn sie sich mit einem US-amerikanischen Soldaten einließ. Allerdings war sie auf eine dermaßen rasante Entwicklung nicht eingestellt gewesen. Genau diese Dynamik hatte sie beschäftigt, als sie auf der Ruinenmauer gesessen, Christophers Worten gelauscht und über den vom Sonnenuntergang verfärbten See hinweggeblickt hatte.

Kerstin rieb sich energisch die Tränen vom Kinn. Einen Heiratsantrag hatte sie erwartet, gestand sie sich ein, nicht aber eine Trennung. Was dachte der Kerl sich eigentlich? Sie war doch kein Spielzeug, das man eine Zeit lang benutzte und dann gelangweilt zur Seite legte!

Und die Sache mit Felicitas … wusste er nach all den Monaten ihres Zusammenseins noch immer nicht, wie viel die Freundin ihr bedeutete und welche Sorgen sie sich um sie machte? Wie hatte er sein Versprechen vergessen können, sich nach jemandem zu erkundigen, der in den Staaten einmal nach dem Rechten sah? War es demnach ein Fehler gewesen, sich mit diesem viel zu gut aussehenden, amerikanischen Soldaten einzulassen?

Kerstin blätterte die Mappe auf und versuchte, ihre schmerzlichen Überlegungen mit Arbeit zu betäuben. Aber auch heute schlug der Versuch fehl, alle Einzelheiten der halb deutschen, halb englischsprachigen Akte über die Erbschaftsangelegenheit in Mississippi zu erfassen. Ihr Misstrauen blieb. Kerstin hatte sich vorgenommen, die Telefonnummer des Notariats herauszusuchen, bei dem die älteren Damen die Erbschaft abgelehnt hatten. Vielleicht würde sie dort mehr über den Hintergrund des Erblassers erfahren. Zuvor jedoch wollte sie mit dem Rad zur Flint-Kaserne fahren und einen gewissen Offizier der US-Army zur Rede stellen, gleichgültig, ob sie sich dabei lächerlich machte. Ohne eine plausible Erklärung würde sie sich von dem Mann, von dem sie geglaubt hatte, dass er sie liebte, nicht einfach wie einen ausgedienten Besen in die Ecke stellen lassen!

~

Kaum hatte Christopher den Wagen geparkt, bedeckten auch schon unzählige weiße Blütenblätter die Frontscheibe. Ein neuerlicher Windstoß wirbelte sie wieder davon. Christopher ergriff den Strauß Wiesenblumen, den er mithilfe von Tigers Sohn gepflückt hatte, und stieg aus. Er rannte nahezu in Richtung des Notariatseingangs. Auf den Stufen standen drei modern gekleidete junge Frauen, die Augen mit Cateye-Sonnenbrillen vor der Sonne geschützt, und verbrachten rauchend ihre Pause. Christopher bemerkte, wie zwei der Frauen ihn von oben bis unten taxierten, die dritte nahm ihre Brille ab, setzte sie auf die hellblond gefärbten Locken und musterte ihn ungeniert. „Kann ich Ihnen helfen?", fragte sie in perfektem Englisch und verbannte somit ihre Freundinnen gekonnt in den Hintergrund.

„Danke, ich weiß, wo ich hinmuss", wehrte er ab und sprang mit einem Satz die Stufen hinauf.

„Sie sind der Freund von Fräulein Kerstin, nicht wahr?", sprach die Platinblonde ihn erneut an. Da er nicht unhöflich sein wollte, blieb er mit der Hand auf der kühlen Klinke stehen und nickte.

„Sie hat vorhin das Gebäude verlassen. Ich fürchte, es ging ihr nicht gut. Sie hat uns nicht einmal gegrüßt!"

Christopher schob nachdenklich die Unterlippe vor, drehte sich auf dem Absatz um und hastete die Treppe wieder hinunter. „Danke, Miss!", rief er über die Schulter zurück, als er den VW mit dem amerikanischen Kennzeichen fast schon erreicht hatte. Er legte den Strauß behutsam auf den Beifahrersitz und steckte mit lästig bebender Hand den Schlüssel ins Zündschloss. „Reiß dich zusammen, du bist ein gut ausgebildeter, knochenharter Special Forces Captain!“, schalt er sich selbst.

Kerstin hatte ihren Arbeitsplatz also verlassen, weil es ihr nicht gut ging. Ob das an seinen voreiligen und grausamen Worten vom Vortag lag? Mit einem lauten Aufheulen des Motors verließ er den Parkplatz und fuhr zügig zum Haus der Müllers. Dort wiederholte sich die Szene: Kerstins Mutter erklärte ihm, dass ihre Tochter nicht zu Hause sei. Betreten senkte er den Blick auf die gelben und weißen Blüten, die bereits traurig die Köpfe hängen ließen.

Kerstins Mutter ergriff seine Hand. „Gib mir die Blumen. Ich stelle sie ins Wasser. Möchtest du hier auf Kerstin warten?“

Unentschlossen schüttelte Christopher den Kopf. Wo konnte Kerstin hingegangen sein, nachdem sie viel zu früh ihre Arbeitsstelle verlassen hatte? Ihre Mutter jedenfalls schien nichts davon zu wissen, dass er Kerstin am Vortag den Laufpass gegeben hatte. Hieß das, dass sie nicht bereit war, ihre Beziehung so schnell aufzugeben?

„Ich denke, ich weiß, wo sie ist.“ Ohne eine Erwiderung abzuwarten jagte er im Laufschritt zurück zu dem am Straßenrand geparkten Automobil und fuhr zur Kaserne. Sein Herz klopfte heftig, und er spürte eine nahezu berauschende Freude in sich. Sein Entschluss war falsch gewesen, denn Kerstin war eine Kämpfernatur, die sich nicht so leicht unterkriegen ließ. Er war sicher: Sie war auf der Suche nach ihm. Wie hatte er je daran zweifeln können, dass sie das ungewisse und unstete Leben als Ehefrau eines Soldaten aushalten konnte? Etwas zu energisch legte er einen höheren Gang ein und bog in Richtung Flint-Kaserne ab. Dort erklärte ihm der kleine Carl, dass eine hübsche Blondine da gewesen sei und nach ihm gefragt habe. Allerdings habe niemand gewusst, wo er steckte, und deshalb sei sie wieder gegangen.

Christopher warf einen Blick auf seine Armbanduhr. Offiziell hatte Kerstin jetzt Mittagspause, demnach würde sie nicht an ihren Arbeitsplatz zurückkehren. Am besten würde sein, wenn er sein Glück noch einmal bei den Müllers versuchte. Ein weiteres Mal an diesem Tag rannte er zu seinem Wagen.

~

Kerstin war ins Büro zurückgekehrt und wählte die Nummer des Notariats in Bremerhaven. Obwohl sie wenig Hoffnung hegte, um die Mittagszeit jemanden zu erreichen, wurde ihr Gespräch entgegengenommen. In knappen Worten berichtete sie von ihrem Anliegen und wurde weiterverbunden. Ein älterer Herr räusperte sich mehrmals, ehe er sich meldete und Kerstin erneut ihren Wunsch wiederholen ließ. Wieder räusperte er sich und bat sie, einen Moment in der Leitung zu bleiben, während er die Akte holte.

Nervös tippte Kerstin mit einem Bleistift auf ein Blatt Papier und musste lange warten, ehe ein Räuspern im Hintergrund sie auf die Rückkehr des Mannes vorbereitete.

„Ich habe die Unterlagen über den von Ihnen erwähnten Vorgang vor mir liegen."

„Vielen Dank, Herr Preist. Das Problem ist, dass wir den in den Staaten zuständigen Anwalt nicht kontaktieren können. Vielleicht können Sie mir helfen."

„Ihnen ist aber bewusst, dass ich am Telefon keine Auskünfte erteilen darf, Fräulein", unterbrach er sie schroff.

„Weshalb denn nicht?", fragte Kerstin irritiert, ließ den Stift fallen und ballte ihre Hand zur Faust.

„Die Angelegenheit ist … etwas eigentümlich, Fräulein. Wir haben deshalb beschlossen, bei allen Anfragen äußerste Vorsicht walten zu lassen."

„Ich stehe aber auf der anderen Seite, Herr Preist. Eine Freundin von mir hat das Erbe angetreten."

„Eine Freundin? Ich dachte, Sie sind eine Notariatsmitarbeiterin?" Die Männerstimme wurde um eine weitere Nuance misstrauischer.

„Das bin ich ja auch. Aber die Erbangelegenheit betraf eine Freundin von mir."

„Ich erteile am Telefon keine Auskünfte."

„Gut, dann komme ich zu Ihnen."

„Bringen Sie eine Vollmacht Ihres Notars mit, dann werde ich sehen, was ich für Sie tun kann!"

Kerstin verdrehte die Augen. Hatte der Mann überhaupt verstanden, von wo sie anrief? Ihr Vorschlag, persönlich vorzusprechen, war ein verzweifelter Versuch gewesen, den übervorsichtigen Kollegen zum Sprechen anzuhalten.

„Auf Wiederhören!"

Noch ehe Kerstin reagieren konnte, hatte ihr Gesprächspartner aufgelegt. Sekundenlang betrachtete sie verblüfft den Hörer in ihrer Hand. Dann legte sie zögernd auf. Sie stützte das Kinn auf ihre Hände, während ihre Ellenbogen auf dem braunen Aktendeckel ruhten, auf dem Felicitas' Name prangte.

„Geht es dir gut, Feli?“, flüsterte Kerstin. „Warum hast du in deinem Brief keine Telefonnummer angegeben, unter der ich dich oder jemanden erreichen kann, der dich kennt?“ Die Stille nach ihren Worten drohte sie zu erdrücken. Also erhob sie sich, griff nach ihrer roten Handtasche und radelte zum Bahnhof. Dort besorgte sich Kerstin, die sonst so stolz darauf war, niemals überstürzt zu handeln, eine Fahrkarte nach Bremerhaven.

~

Mit einem etwas erzwungenen Lächeln händigte Kerstin dem Notariatssekretär Preist das Schreiben ihres Vorgesetzten aus. Sie legte das zu ihrem blauen Sommerkleid gehörende Jackett über ihre Beine und lehnte sich auf dem unbequemen Stuhl zurück. Im Zug hatte sie kein Auge zugetan, entsprechend erschöpft fühlte sie sich.

„Ehrlich gesagt habe ich nicht mit Ihrem Kommen gerechnet“, brummte der hagere Mann zwischen zwei Räusperern. Seine Stimmbänder waren offenbar stark angeschlagen.

Kerstin reagierte nicht, war sie mit ihren Gedanken doch ganz woanders. Bis kurz vor ihrer Abfahrt hatte sie mehrfach versucht, Christopher zu erreichen, allerdings hatte man ihr auf ihre Anrufe nur immer wieder mitgeteilt, dass er nicht anwesend sei.

„Ich bringe Ihnen die Unterlagen.“ Preist erhob sich schwerfällig und humpelte aus dem Raum. Ob er an einer alten Kriegsverletzung litt? Kerstin gab sich der Überlegung nicht länger hin, sondern rieb sich über die brennenden Augen.

Es dauerte geraume Zeit, bis Preist zurückkam und ihr eine enttäuschend mager aussehende Mappe in die Hand drückte. „Zwei Türen weiter ist ein Aufenthaltsraum, in dem sich zurzeit niemand aufhält.“

„Ich danke Ihnen!“

Preist nickte und wandte sich einem Aktenordner zu. Rasch verließ Kerstin das Büro und betrat den Raum, der mit einer kleinen Kochnische ausgestattet war. In der Spüle stapelte sich schmutziges Geschirr, eine Fliege surrte von Teller zu Teller und erfreute sich an den Speiseresten.

Neugierig zog Kerstin einen Stuhl unter dem winzigen Tisch hervor, setzte sich und schlug die Pappmappe auf. Obwohl ihre Augen vor Müdigkeit tränten, las sie aufmerksam die Vorgänge durch. Als sie die letzte Seite umschlug, fühlte sie tiefe Enttäuschung in sich aufkeimen. Das Erbe war von den Damen abgelehnt worden, weil beide über 70 waren und kein Interesse an einem Haus in den Staaten hatten. Mehr Informationen gab die Akte nicht her.

Kerstin nahm ihre Brille ab und sah aus dem Fenster, als hoffe sie, dort einen Hinweis, eine Erklärung zu finden, sah aber nur den wolkenverhangenen grauen Himmel und darunter die schmucken roten Backsteinhäuser. Wie passte Felicitas in dieses Bild? Ihre Freundin war überaus erstaunt gewesen, als sie plötzlich von zwei entfernten Verwandten erfahren hatte.

Kerstin schrieb die Adresse der Schwestern ab und brachte Preist die Mappe zurück. Der blickte sie über die Hornbrille hinweg an. „Eine eigentümliche Angelegenheit, nicht?"

„Das stimmt leider. Wie haben die beiden Damen reagiert, als man ihnen eröffnete, sie hätten eine Verwandte in Süddeutschland?"

„Soweit ich weiß, kam der Hinweis von den Damen selbst. Als die Papiere aus Washington mit dem Namen einer anderen Nachlassempfängerin eintrafen, haben wir den Fall abgeschlossen."

Kerstin kannte diese Vorgehensweise nur zu gut. Jeder war froh, wenn er potenziell schwierige Erbangelegenheiten vom Tisch bekam, vor allem, da die Ämter sich noch immer mit den komplizierten Kriegsnachlässen herumschlugen.

„Es tut mir leid, dass Ihnen die Papiere nicht weiterhelfen. Aber Sie verstehen bestimmt, dass ich per Telefon keine Informationen weitergeben darf. Das würden Sie im Falle Ihrer Freundin ja auch nicht wollen!"

„Ja, sicher nicht!", pflichtete Kerstin ihm bei und spürte einen wachsenden Kloß in ihrem Hals. Irgendwie mussten die beiden Frauen von Felicitas' Existenz erfahren haben, denn wie sonst hatten sie ihren Namen angeben können, der dann prompt nach Washington gelangt war? Ein anderer Gedanke schlich sich wie ein Dieb in der Nacht in ihren Kopf und ließ sie nach Luft schnappen: Felicitas' Vergangenheit lag vollständig im Dunkeln. Sie war ein im Untergrund lebendes Kind gewesen und hatte sich nach dem Krieg an kaum mehr als an ihren Namen erinnert. Wer war imstande, eine Verbindung zwischen den in Bremerhaven lebenden alten Damen, einer US-Amerikanerin und einer jungen Frau herzustellen, die nach dem Krieg ein Leben begonnen hatte, das mit dem davor absolut nichts zu tun hatte?

„Geht es Ihnen nicht gut, Fräulein?" Preist sah sie durch seine Brillengläser mehr misstrauisch als besorgt an.

„Die Angelegenheit ist ... mysteriös. Ich mache mir wirklich Sorgen um meine Freundin."

Preist runzelte die Stirn und ergriff die Mappe, wodurch er ihr deutlich sein Desinteresse an Felicitas' Geschichte signalisierte.

Zurück auf der viel befahrenen Straße sah Kerstin sich suchend um. Zuerst benötigte sie eine Pension, in der sie sich frisch machen und umkleiden konnte, da sie in dem seit nunmehr zwanzig Stunden getragenen und zerknitterten Kleid nicht die beiden betagten Damen besuchen wollte, die offenbar ihren Stammbaum bis ins kleinste Detail kannten.

~

Felicitas lief der Schweiß über das gerötete Gesicht, und ihre Bluse klebte klatschnass an ihrem Körper. Weiße Farbflecken prangten auf ihrer rechten Wange und ihren Unterarmen, doch als sie in die Mitte des mit Planen und Tüchern abgedeckten Zimmers trat, lächelte sie zufrieden. Der einstmals düstere Raum erstrahlte in neuer Pracht, und wenn erst einmal die vom Tabakrauch verfärbten Vorhänge frisch gewaschen an den hohen, oben mit Bögen versehenen Fenstern hingen, würde dies ein gemütlicher Raum sein.

„Fertig?", fragte Lily und gesellte sich zu ihr, um ihrer beider Werk zu bestaunen. Auf ihren dunklen Armen stach das Weiß der Wandfarbe noch deutlicher hervor als bei Felicitas.

Zum wiederholten Male streckte Emmy den Kopf zur Tür herein. „Wie schön!", freute sie sich, vermied aber weiterhin den Augenkontakt mit Lily.

Felicitas runzelte unglücklich die Stirn, doch sie war nicht gewillt, vorschnell aufzugeben. Dass sie Lily um Mithilfe gebeten hatte, lag nicht daran, dass sie den Raum nicht allein hätte streichen können. Sie nahm die Verschönerungsaktion zum Anlass, einen Kontakt zwischen der Frau des Bürgermeisters und einer Bewohnerin des Dorfes herzustellen, allerdings gestaltete sich ihr Vorhaben zäher als gedacht. Lily benahm sich in der Gegenwart der weißen Frau still, beinahe verschüchtert, und Emmy wusste nichts mit dem ungebetenen Gast anzufangen. Sicher war Emmy dankbar für jede Hilfe, aber es gelang ihr nicht, das Lily gegenüber zum Ausdruck zu bringen.

„Wir waschen jetzt am besten die Pinsel aus und versuchen uns halbwegs von der Farbe zu befreien", erklärte Felicitas.

„Sie haben bestimmt Durst. Ich bereite Ihnen eine Erfrischung vor", kündigte Emmy an.

„Das wäre sehr nett, Mrs Phillips. Könnten wir auf der Veranda sitzen? Da ist es schattig und angenehm kühl. Und vorhin meinte ich, der Wind hätte aufgefrischt. Das kann aber auch nur ein Wunschgedanke von mir gewesen sein!"

Felicitas wandte sich zum Gehen und stolperte dabei beinahe über den noch halb vollen Farbeimer. Reaktionsschnell packte Lily sie am Arm und riss sie zurück, die Hauseigentümerin stieß einen erschrockenen Schrei aus.

„Das hätte eine schöne Sauerei auf Ihren Möbeln gegeben. Wie schrecklich tollpatschig ich doch bin!" Dankbar über Lilys rasche Reaktion umarmte Felicitas ihre Freundin. Sie hatte einen nur schwer wiedergutzumachenden Schaden verhindert.

Emmy verweilte noch immer in der Tür und beobachtete die vertrauliche Geste mit gerunzelter Stirn.

„Es ist wohl besser, du trägst den Farbeimer hinaus, Lily. Wer weiß, was ich sonst damit anstelle!"

Etwas gezwungen lächelte Lily, nahm sich aber des Eimers an. Gemeinsam verließen sie das Haus und gingen auf den alten Brunnen in der Mitte des Vorplatzes zu.

„Ich kann nicht auf der Veranda der weißen Frau sitzen", zischte Lily, kaum dass sie außer Hörweite waren.

„Natürlich kannst du das. Wir haben eines ihrer Zimmer gestrichen, und sie hat uns zum Dank ein Getränk angeboten. Weshalb solltest du ihre Wände anmalen können, nicht aber auf einem ihrer Gartenmöbel sitzen dürfen?"

„Tess!"

„Wenn sie es dir nicht verwehrt, warum stehst du dir dann selbst im Weg? Im Moment machst du dich selbst einer weißen Frau gegenüber klein. Du bist diejenige, die nicht will!"

„Sie hat mich nicht einmal angesehen und nicht ein Wort an mich gerichtet!", flüsterte Lily, befeuchtete ihre Arme am Brunnen und kratzte mit den Fingernägeln die Farbspritzer ab.

„Mrs Phillips ist eine freundliche und feinfühlige Person. Ist dir noch nie der Gedanke gekommen, dass Frauen wie sie einfach nicht wissen, wie sie mit dir umgehen sollen? Sie hat ihr Leben lang gesagt bekommen, dass sie Menschen wie dich zu meiden und möglichst zu übersehen hat."

„Und mir hat man beigebracht, dass man sich von den Weißen fernhält, die Augen zumacht und den Mund hält!"

„Das meine ich ja. Du beschwerst dich bei mir, weil Mrs Phillips nicht mit dir redet. Hast du denn ein Wort an sie gerichtet?"

„Das kann ich nicht!", begehrte Lily auf.

„Das Problem beruht aber doch auf Gegenseitigkeit!", ereiferte sich Felicitas und sprang zurück, als der Wassereimer vom Rand des

Brunnenschachtes kippte und seinen Inhalt über ihre kurze Bluejeans, die Beine und ihre Sandalen ergoss.

Lily unterdrückte ein belustigtes Prusten. „Dagegen hast du eine Menge anderer Probleme!“

Felicitas schnipste der Freundin ein paar Tropfen Wasser ins Gesicht. „Siehst du, jetzt lachst du mich sogar aus! Vor ein paar Wochen war ich auch noch eine von denen, die du gemieden hast!“

Schlagartig wurde Lily ernst. Nachdenklich sah sie zu, wie Felicitas ihre Schuhe auszog.

„Du bist anders.“

„Das bin ich nicht. Ich bin auch weiß“, erwiderte Felicitas herausfordernd, ohne den Kopf zu heben.

„*In* dir ist etwas anders. Als könntest du mich und meine Ängste verstehen.“

„Wir Menschen sind alle unterschiedlich veranlagt! Solange du nicht begreifst, dass die Leute hier in der Stadt nicht einfach nur weiß sind, sondern dass jeder von ihnen seine eigene Art, sein Temperament, seine Träume, aber auch Ängste und dunklen Seiten hat, wirst du nicht sehen können, wie stark sie in ihrer Unterschiedlichkeit den Menschen draußen im Dorf gleichen.“

Verwirrt ging Lily wieder dazu über, ihre Arme von der Farbe zu befreien. „Birdie sagt immer, dass Gott uns alle in einer wunderbaren Vielfalt geschaffen hat.“

„Da hat sie doch recht. Nur nehmen wir Menschen diese Vielfalt nicht zum Anlass, uns daran zu erfreuen, voneinander zu lernen und die Welt abwechslungsreich, schön und bunt zu gestalten, sondern wir lassen zu, dass Fremdartigkeit uns Angst macht, sogar abstößt und Misstrauen hervorruft.“

Lily hob den Kopf. „Also gut, ich gehe mit hinüber zur Veranda. Was aber soll ich tun, wenn sie mich nicht zum Bleiben einlädt?“

In einer hilflosen Bewegung zog Felicitas die Schultern hoch. „Dann hast du es zumindest versucht, Lily. Du hast dir und auch ihr eine Chance gegeben.“

„Das war der Grund, weshalb du mich um Hilfe gebeten hast, nicht wahr? Dahinter stand gar nicht der Wunsch, mich von meinem Kummer um Abner abzulenken, du kleine Ränkeschmiedin!“

„Das und die Möglichkeit, über dich das Gespräch auf Abner zu lenken. Ich hoffe nämlich, die Frau kann uns einen Hinweis liefern, wo er stecken könnte.“

„Dann lass uns schnell zurückgehen!“, stieß Lily hervor.

Emmy wartete auf der Veranda auf ihre fleißigen Helferinnen. Auf dem Korbtisch mit Glasplatte warteten eine Schale mit Erdbeeren, drei Gläser und eine Karaffe, gefüllt mit perlender hellgelber Flüssigkeit. Zwei zum Tisch passende Gartenstühle luden zum Verweilen ein.

Die Freundinnen erreichten gleichzeitig die einzelne, zur Veranda hinaufführende Stufe, auf der Lily zögernd stehen blieb. Erneut verunsichert schaute sie Felicitas an. Eine missbilligende Falte zeigte sich auf ihrer Stirn.

„Ich setze mich hier auf die Stufe“, sagte Felicitas bestimmt. „Wie nicht anders zu erwarten, habe ich mehr Farbe auf meine Kleidung als an die Wand gebracht, und jetzt bin ich auch noch nass. Lily passt besser zu dem schmucken Gartenstuhl!“

Damit schob Felicitas Lily zum nächststehenden Stuhl und ließ sich dann auf der Verandastufe nieder. Sie stellte die feuchten Sandalen neben ihre Füße und ignorierte die anderen beiden Frauen, bis sie am Knarren der Korbstühle hörte, dass sie sich setzten.

„Ich habe Eiswasser mit Zitrone und etwas Zucker vorbereitet. Hoffentlich mögen Sie das?“

„Aber natürlich, wunderbar!“, bestätigte Felicitas erfreut, drehte sich um und wartete, bis Emmy ein Glas gefüllt hatte und ihr entgegenstreckte. Sie nahm es und lächelte die Frau dankbar an. Emmys Lächeln wirkte nicht minder verunsichert als das ihres dunkelhäutigen Gastes, und Felicitas schien es beinahe, als bitte die ältere Dame sie wortlos um Hilfe.

„Du trinkst Zitronenlimonade doch auch gern, nicht wahr, Lily?“, fragte sie deshalb.

„Ja“, lautete Lilys knappe Antwort.

Die Bürgermeisterfrau füllte ein zweites Glas und stellte es vor Lily auf den Tisch.

Als das dritte Glas eingeschenkt war, hob Lily ihres an. „Ich wünsche Ihnen viel Freude mit Ihrem neuen Zimmer, Mrs Phillips“, sagte sie mutig, dabei zitterte ihre Hand deutlich sichtbar.

„Ich bin Ihnen sehr dankbar!“, erwiderte Emmy.

Felicitas reckte sich und stieß erst mit Emmy, dann mit Lily an. Gebannt beobachtete sie, wie die beiden Frauen verlegen zögerten, sich dann das erste Mal an diesem Tag ins Gesicht sahen und schließlich miteinander anstießen, wenngleich überaus zaghaft.

„Wir werden versuchen, in den nächsten Tagen ein weiteres Zimmer zu streichen“, setzte Felicitas die etwas mühsame Unterhaltung fort.

„Aber heute Nachmittag möchte ich bei der Suche nach Lilys Bruder helfen. Später muss ich bei Steve arbeiten. Sobald Abner gefunden ist, können wir weiter Pläne schmieden."

„Sie sind so ein liebes Mädchen, Miss Felicitas." Emmy stellte das Glas auf den Tisch und rang ihre Hände, als sie sich an Lily wandte. „Sie sind demnach die Schwester des vermissten Mannes?"

„Ja, Ma'am. Abner ist mein älterer Bruder. Er ist seit dem Kirchenbrand verschwunden", erwiderte Lily höflich und in sorgfältig artikuliertem Englisch, während in ihren Augen Tränen schimmerten. Den schrecklichen Verlust in Worte zu kleiden, setzte ihr zu.

„Das tut mir so leid, Miss Lily. Mein Bruder ist im Krieg in Frankreich verschollen. Ich weiß also, wie fürchterlich sich die Ungewissheit anfühlt."

„Wenn man nur wüsste, wo man suchen muss. Aber die Wälder sind so groß. Und dann diese sumpfigen, schwer zugänglichen Gebiete ...", flüsterte Felicitas gegen das Lied der Grillen an, trank ihr Glas in einem Zug leer und stellte es neben ihre Schuhe.

„Denken Sie, er ist von ... ich meine ... könnte er nicht ... woanders eine Arbeit angenommen haben?" Emmys Gesicht nahm eine ungewöhnlich dunkle Farbe an. Ihr war anzusehen, wie peinlich ihr die Spekulation darüber war, dass Menschen aus ihrem Bekanntenkreis dem Bruder von Lily etwas angetan haben könnten.

Lily warf Felicitas einen betroffenen Blick zu. Dennoch war sie es, die auf Emmys Frage ruhig und freundlich antwortete: „Abner hat eine Frau und eine Familie, Ma'am. Er ist ein verantwortungsvoller Mann und würde nicht einfach fortgehen."

„Zudem wird er bald Vater!", fügte Felicitas hinzu. Sie hatte den Eindruck, dass die Frau sich zum ersten Mal Gedanken darüber machte, dass der verschollene Mann nicht nur ein ihr fremder Schwarzer, sondern Teil einer Familie war und es Menschen gab, die unter seinem Verschwinden litten.

„Man hört ja so viel über den Funk", begann Emmy und zog die Worte noch mehr als üblich in die Länge, sodass sie sich klebrig wie Zuckersirup anhörten. „Mein Gatte führte diesbezüglich sogar schon Gespräche mit dem Stadtrat. Man fürchtet weitere Übergriffe." Schaudernd sah die Frau zu den Überresten der abgebrannten Scheune.

Lily griff nach ihrem Glas und trank langsam, während Felicitas einen Zitronenfalter beobachtete. Das Insekt flatterte um die roten Blüten einer Kletterrose, deren dornige Triebe sich an einer Säule des wunderhübschen, wenn auch vernachlässigten Antebellum-Hauses hinaufrankten. Obwohl alles in ihr danach schrie, endlich etwas in Bezug auf Abner zu unternehmen, ließ sie der Frau dennoch ausreichend Zeit, ihre Gedanken zu sortieren.

„Man munkelt, es gäbe nicht viele Stellen, an die ein so schwerer Mann gebracht werden könne. Er müsste mit einem Automobil transportiert worden sein, aber entlang der Straßen wurde bestimmt schon nach ihm gesucht."

Felicitas und Lily nickten und warteten, doch Emmy nippte wieder an ihrem Glas. Entweder kannte sie keine weiteren Details oder sie war nicht gewillt, noch mehr preiszugeben. Als auch Lily ausgetrunken hatte, verabschiedeten sich die Besucherinnen. Die Gastgeberin erhob sich ebenfalls und bedankte sich nochmals überschwänglich für ihre Hilfe, wobei sie Felicitas' Rechte mit beiden Händen umfasste. Als sie sich Lily zuwandte, huschte ein unsicheres Zucken über Emmys Gesicht, bevor sie sich dazu durchrang, auch der Schwarzen die Hand hinzustrecken. Lily ergriff sie diesmal ohne Zögern, und wenngleich es nur ein kurzer Augenblick war, so lächelten die Frauen sich doch an.

Die Freundinnen verließen das Grundstück, und kaum dass sie den blauen Pick-up erreicht hatten, rügte Lily: „Wie konntest du dich auf die Stufe setzen und mich zwingen, mit der Frau allein am Tisch Platz zu nehmen?"

„Es gab nun mal nur zwei Stühle. Und ich bin nass."

„Gib es zu, du hast den Wassereimer am Brunnen absichtlich umgeworfen!"

„Wer weiß!", gab Felicitas vage zurück und stieg in das überhitzte Automobil.

11. Kapitel

Landon konnte das penetrante Klopfen an der Tür ebenso wenig länger ignorieren wie das ununterbrochene Brummen einer Fliege, die sich ständig auf sein Gesicht setzen wollte. Er warf das dünne Betttuch beiseite und schlüpfte in eine Bluejeans, deren Knopf er nur mit Mühe schließen konnte. Er saß definitiv zu viel im Automobil und am Schreibtisch und sollte dringend wieder mehr trainieren. Barfuß und mit unbekleidetem Oberkörper stapfte er durch den engen Flur, vorbei an seiner ordentlich an der Garderobe aufgehängten Uniform, und riss die Eingangstür auf.

Felicitas war gerade im Begriff gewesen, sich umzudrehen, und mit einem Anflug von Galgenhumor wurde ihm klar, dass er mit einer nur etwas längeren Reaktionszeit hätte weiterschlafen können. Allerdings wäre ihm dann Felicitas' eigenwilliger Aufzug entgangen. Nicht nur, dass ihr die Haare verschwitzt ins gerötete Gesicht hingen – was sie sehr jung, ja kindlich unschuldig wirken ließ – und weiße Farbkleckse ungleichmäßig über ihre Kleidung und ihre Haut verteilt waren, nein, die nass an ihr klebende Bluse unterstrich aufreizend deutlich ihre weiblichen Reize.

Als ihm bewusst wurde, wie eingeschüchtert Felicitas durch das Fliegengitter seinen nackten Oberkörper betrachtete, stützte er sich mit einer Hand in Höhe seines Kopfes an der linken Seite der Flurwand ab, gab die Pose aber schnell wieder auf. Eigentlich war es nicht seine Art, in dieser Weise die Aufmerksamkeit des weiblichen Geschlechts auf sich zu ziehen, aber in Felicitas' Nähe reagierte er offenbar gern mal unüberlegt.

„Ich … ich habe Sie geweckt, nicht?", stammelte sie verlegen.

„Ja."

„Das tut mir leid!"

Er wartete einen Moment, doch als Felicitas nichts hinzufügte und ihn nur weiter anstarrte, trat er zurück, schloss die Tür und schlenderte in Richtung Schlafzimmer davon. Er hatte es fast erreicht, bevor Felicitas erneut an den Türrahmen klopfte. Offenbar wusste sie nun wieder, was sie hergeführt hatte.

Mit einem Schmunzeln machte er kehrt und öffnete ein zweites Mal. „War noch etwas?"

„Vielleicht weiß ich, wo Abner ist", sagte Felicitas und ignorierte gekonnt seinen gespielt unwirschen Tonfall.

Landon rieb sich mit der rechten Hand über das Gesicht, um die Müdigkeit zu vertreiben, ehe er die Fliegentür aufstieß.

Flink wich Felicitas aus und fing den schmalen Holzrahmen mit der Hand ab. Er ging ins Schlafzimmer und schlüpfte in ein kurzärmeliges Hemd. Noch während er damit beschäftigt war, die Knöpfe zu schließen, trat er in den Flur und traf dort seinen Gast an. Felicitas betrachtete eine Fotografie von ihm und Virginia Tampico. Es war das einzige in seiner Wohnung aufgehängte Bild. Immerhin hatte er ursprünglich vorgehabt, nicht länger als ein paar Wochen zu bleiben.

Felicitas war seine Rückkehr bisher entgangen, also lehnte er sich mit der Schulter an die Wand, verschränkte die Arme vor der Brust und beobachtete sie ungeniert. Mit dem Zeigefinger strich sie an dem rechteckigen Rahmen entlang, und die Zartheit ihrer Berührung wühlte sein Innerstes auf. Sah Felicitas mehr als nur den großen breitschultrigen Mann, der den Arm beschützend um die zierliche Virginia gelegt hatte, die lächelnd zu ihm aufsah? Erkannte sie die Zuneigung in ihren Blicken? Wusste sie nun, wie viel Virginia ihm bedeutet hatte und wie sehr er darunter litt, dass er ihren Tod nicht hatte verhindern können?

Mit einer schnellen Bewegung strich sich Felicitas über die Augen. Hatte sie gar ein paar Tränen abgewischt, die keiner sehen sollte? Landon wusste um ihre schwere Kindheit in Nazi-Deutschland. Sah sie auf der Fotografie einen Menschen, der – wie sie selbst – viel zu früh seine Mutter verloren hatte?

Erst jetzt bemerkte Landon, dass Felicitas keine Schuhe trug, und der Anblick ihrer kleinen nackten Füße verstärkte den Eindruck der Verletzlichkeit, den Felicitas immer bei ihm auslöste. Kräftig biss er die Zähne zusammen. Wusste sie eigentlich, welche Wirkung sie auf das männliche Geschlecht ausübte? War sie sich im Klaren darüber, dass ihre großen Augen fast immer darum zu betteln schienen, sie zu beschützen? Oder ging es nur ihm so?

Landon richtete sich auf, was ein Bodenbrett zum Knarren brachte. Felicitas' Lächeln schnitt ihm ins Herz. Die Frau war für ihn tabu! Er hatte genug Ärger am Hals und durfte sich nicht auch noch verlieben – vor allem nicht in sie!

„Ist das meine Verwandte, Deputy?"

Er war mit zwei Schritten bei ihr, ergriff sie ein wenig zu derb an den Schultern und drehte sie zu sich um. Um ihm in die Augen sehen zu können, legte sie den Kopf in den Nacken. Aufgewühlt betrachtete er ihr rundliches Gesicht. Am liebsten hätte er sie geschüttelt und ihr gesagt, dass Virginia nicht mit ihr verwandt gewesen war und dass sie ihre Sachen packen und verschwinden sollte. Doch er schwieg. Unmöglich konnte er aus dem System ausbrechen. Er musste den Mund halten und versuchen, diese Frau von sich fernzuhalten. Aber war es dafür nicht schon viel zu spät? Was Felicitas betraf, war er ebenso inkonsequent wie sie, denn er wollte sie keinesfalls schütteln und fortschicken, sondern lieber etwas ganz anderes mit ihr tun. Und das gewann immer mehr die Oberhand über seine Gedanken und Sinne.

„Deputy, Sie tun mir weh."

Ruckartig ließ er sie los. Zurück blieb ein Gefühl von Leere und Schmerz. „Entschuldigung", raunte er heiser und wich einen Schritt nach hinten aus.

„Auf der Fotografie sehen Sie glücklich aus. Sie beide!", murmelte Felicitas, die nichts von seinem inneren Kampf ahnte und sich wieder in das Bild vertiefte.

„Virginia war ein glücklicher, zufriedener Mensch. Sie war Ihnen in gewisser Weise sehr ähnlich." Landon hätte den letzten Satz am liebsten zurückgenommen und war froh, dass sie weiterhin intensiv die Schwarz-Weiß-Aufnahme betrachtete.

„Heute sehen Sie nicht mehr so glücklich aus, Deputy. Sie wirken überarbeitet und gehetzt. Als jagten Sie etwas nach, das noch in weiter Ferne liegt."

„Sie kennen mich doch gar nicht", gab er scharf zurück und runzelte unwillig die Stirn. Diese Frau mit ihrer präzisen Beobachtungsgabe schaute fast ebenso tief in ihn hinein, wie Birdie das konnte. Das erschreckte ihn, war er bisher doch davon überzeugt gewesen, seine Tarnung spielend leicht aufrechterhalten zu können.

„Und Sie kennen mich genauso wenig. Wie also kommen Sie zu Ihrer Behauptung, ich sei Virginia ähnlich?" In ihren Augen lag etwas Herausforderndes, das er zuletzt des Öfteren an ihr beobachtet hatte. In Landons Kopf begannen alle Warnglocken gleichzeitig zu schrillen. Er hatte sich in ihrer Gegenwart schon einmal beinahe um Kopf und Kragen geredet, denn natürlich durfte sie nicht erfahren, wie viel er über ihre Vergangenheit wusste. War ihr Misstrauen erwacht? Wie hatte man die Frau nur so furchtbar falsch einschätzen können? Wer hatte sich da vollkommen von ihren unbeholfen wirkenden Bewegungen und ihrer Inkonsequenz blenden lassen?

„Haben Sie eine Karte von der Gegend?“ Felicitas’ abrupter Themenwechsel brachte ihn endgültig aus der Fassung, kämpfte er doch gerade gegen den Wunsch an, sie in die Arme zu ziehen.

„Ja!“, lautete seine knappe Antwort. Er drehte sich um und ging ihr voraus in das spärlich möblierte Wohnzimmer. Aus einer Schublade zog er eine äußerst detaillierte Jagdkarte, die er auf dem Tisch ausbreitete. Felicitas trat neben ihn, und er stellte verwundert fest, dass sie nicht nur mit Farbe beschmiert und die Bluse nass war, sondern auch die kurzen Hosenbeine ihrer Bluejeans dunkle Wasserflecken aufwiesen. Was hatte sie getan, ehe sie ihn um den wohlverdienten Schlaf gebracht hatte – wobei ihr das sogar gelang, ohne dass sie an seine Tür hämmern musste!

„Sie haben entlang der Straßen nach Abner gesucht?“, fragte sie und beugte sich über die Karte. Die Orientierung fiel ihr trotz der verwirrend verlaufenden Linien leicht. Sie fuhr mit ihrem Zeigefinger über die gut befahrbaren Waldwege.

„Und die Reitpfade durch den Wald“, sagte er und verriet damit, wo er sich aufgehalten hatte, bevor sie aufgebracht ins Office gestürmt gekommen war.

„Weil auch Sie davon ausgehen, dass ein schwerer Mann wie Abner unmöglich weit getragen werden kann?“

„Das waren meine Überlegungen, ja.“

„Was ist mit den Wasserstraßen? Einige Leute in dieser *Stadt* besitzen Boote. Ich glaube, vier oder fünf, sogar eines mit Motor.“

Landon beugte sich ebenfalls über die Karte. Dieses Mal fuhr sie mit dem Zeigefinger die Linie entlang, die den Mississippi markierte, der sich an den Ferienhäusern außerhalb der Stadt vorbeiwälzte. Anschließend zeigte sie auf die mit Booten befahrbaren Seitenarme und Seenflächen.

„Ich hatte mich auf die Fischer verlassen. Die sind ohnehin seit Tagesanbruch unterwegs.“

„Heute Morgen, Deputy, waren sie es nicht. Weil sie sich der Suche nach Abner angeschlossen hatten!“

Sie richteten sich beide auf und sahen sich an, wobei Felicitas’ grüne Augen vor ungeduldiger Aufregung funkelten.

„Gut. Das ist ein brauchbarer Hinweis.“ Nachdenklich rieb sich Landon über sein unrasiertes Kinn. Sollte er jetzt John losschicken? Er entschied sich dagegen. Sein junger Kollege war nicht eben ein Freund der Schwarzen, zudem waren sie ohnehin chronisch unterbesetzt. Seufzend trat er in den Flur, holte ein Paar Gummistiefel aus der rustikalen Holztruhe und schritt mit ihnen unter dem Arm zur Eingangstür.

Ein leises Räuspern veranlasste ihn, sich umzudrehen. Er hatte Felicitas' Anwesenheit nicht vergessen – wie könnte er auch –, fürchtete aber die Frage, ob sie ihn begleiten könne. Es bedurfte keiner langen Überlegung seinerseits, ob er sie gern um sich haben wollte, allerdings widersprach das jeder Vernunft. Obendrein wusste er nicht, in welchem Zustand er Abner antreffen würde – falls er ihn fand ...

„Lily sitzt draußen im Automobil. Sechs Augen sehen mehr als zwei."

„Das hatte ich befürchtet", gab er zurück, musste ihr allerdings recht geben. „Wir fahren zur Brücke und beginnen dort mit der Suche. Wir können sicher die Fischerboote benutzen, und vielleicht sind ein paar von den Männern bereits von ihrer Suche zurück."

„Gut, dann sind wir noch ein paar Personen mehr!" Felicitas gesellte sich voller Tatendrang zu ihm.

„Miss Tess, ich weiß nicht, ob wir Abner finden, und wenn ja, ob er überhaupt noch am Leben ist. Ich halte es für besser, wenn Sie hierbleiben."

Mit einem unnachgiebigen Zug um den Mund erwiderte sie: „Ist nicht bereits genug Zeit ungenutzt verstrichen? Ich werde nicht mit Ihnen diskutieren. Glauben Sie mir, ich habe in meinem Leben schon mehr als einen Verletzten oder Toten gesehen."

Er sah den traurigen Schatten, der für einen kurzen Augenblick ihre Augen verdunkelte.

„Gehen wir", beschloss er, ergriff den schwarzen Stetson und verließ vor ihr das Haus. Auch er schloss nicht ab, was Felicitas zu amüsieren schien, wobei sie seine spartanische Einrichtung gesehen hatte und verstand, dass es bei ihm nichts zu stehlen gab. Zudem – welcher übermütige Junge oder Kleinkriminelle würde auf die Idee kommen, ausgerechnet in das Haus des Deputys einzubrechen?

Landon quetschte sich zu Lily auf die Beifahrerbank und registrierte ihre ebenfalls von Farbklecksen verunstaltete Kleidung. Aber zumindest hatte sie Schuhe an den Füßen und war trocken geblieben. Er bat Felicitas um einen kurzen Halt bei der Polizeistation, da er John eine Notiz hinterlassen wollte.

Wenige Minuten später ließen sie die Häuser hinter sich. Der Fahrtwind pfiff durch die geöffneten Fenster herein, kühlte aber das aufgeheizte Wageninnere nicht ab. Innerhalb von Sekunden klebte Landon das Hemd am Körper. Felicitas' kinnlanges braunes Haar flatterte im Wind, während sie das Steuer fest umklammert hielt. Lily kratzte sichtlich nervös mit den Fingernägeln Farbspritzer von ihrem langen Rock.

Landon lehnte sich an die Tür und verschaffte ihr dadurch ein bisschen mehr Platz, woraufhin sie sich etwas entspannte. Lilys und seine gemeinsamen unbeschwerten Kindheitsjahre waren längst vorüber. Beide waren sie gefangen in diesem Umfeld, das ihnen diktierte, wer welche Eingangstür, welche Sitzbank, welchen Wasserspender benutzen durfte, mit wem sie Kontakt pflegen sollten und wen es zu meiden galt. Früher einmal hatte er Lily sehr gemocht und sich ausgemalt, wie es wäre, sie eines Tages zum Traualtar zu führen. Jetzt konnte er über so viel Naivität nur noch den Kopf schütteln.

Hier unten im schwülwarmen Staat Mississippi schien die Zeit stehen geblieben zu sein. Die Schwarzen blieben unter sich und die Weißen versuchten, sie weitestgehend zu ignorieren. Im Norden sah es ein bisschen anders aus, aber womöglich auch nur auf den ersten Blick. Sogar die schwarze Gospelsängerin Mahalia Jackson hatte, als sie 1956 ihr Chicagoer Haus in einer Wohngegend der Weißen gekauft hatte, eingeworfene Fensterscheiben und Schüsse auf ihr Grundstück aushalten müssen. Und dies von denselben Leuten, die sie in den Konzertsälen bewunderten und ihr zujubelten?!

Felicitas lenkte den Wagen über die Brücke, und das dumpfe Rattern der Räder auf den Holzbohlen riss Landon aus seinen Gedanken. Der robuste Pick-up überquerte den Bahnübergang und hielt schließlich im Schatten des Waldes.

Während Lily sich auf die Suche nach den Fischern begab, sprach Felicitas mit Holly Dedra und Birdie, die sich um die aufgelöste Viola kümmerten. Landon hielt sich im Hintergrund. Violas Leid bedrückte ihn, ebenso wie der Umstand, dass er – wie schon bei Virginias Tod – außerstande gewesen war, all das zu verhindern. Wütend trat er mit einem Gummistiefel gegen den Reifen des Dodge.

Wie aus dem Nichts tauchte Big auf und sprang schwanzwedelnd an Landon hoch. Er tätschelte dem Hund den Kopf, hatte allerdings das Nachsehen, als das Tier Felicitas bemerkte. Big schoss davon und gebärdete sich wie wild, sprang aber nicht an ihr hoch, als befürchte er, er könne die kleine Gestalt umwerfen. Big war wirklich ein Original! Ebenso schnell, wie er aufgetaucht war, verschwand er auch wieder.

Dafür kam Felicitas zu ihrem Wagen zurück und holte ihre Sandalen von der Ladefläche. Kritisch betrachtete Landon die unpraktischen, aber zumindest flachen Riemchenschuhe und verschluckte einen Kommentar.

Sie wollte vermutlich nicht noch mehr Zeit verlieren, indem sie sich geeignetes Schuhwerk besorgte. Ruhelos trat sie von einem Fuß auf den anderen, bis Lily in Begleitung ihres Vaters und mit vier Flaschen Wasser unter dem Arm zurückkam.

„Die meisten Männer sind noch auf der Suche nach Abner in den Wäldern unterwegs", keuchte Lily und hielt sich mit beiden Händen am Arm von Felicitas fest, bis sie wieder zu Atem gekommen war. „Aber wir können zwei ihrer Boote benutzen."

Zu viert eilten sie an den Fluss, der dem Mississippi entgegenströmte, kletterten über einen abschüssigen Pfad die Böschung hinunter und bestiegen je zu zweit ein auf den Wellen tanzendes Holzboot.

„Freeman, rudere du doch flussabwärts und von dort in jeden Seitenarm, in den ein motorisiertes Boot fahren könnte. Ich nehme nicht an, dass sich der Klan mitten in der Nacht mit einem Ruderboot abgeplagt hat."

„Das mache ich, Deputy." Kraftvoll stieß Freeman das Boot vom schwankenden Steg ab und ruderte mit der Strömung davon.

Landon kontrollierte, ob Felicitas sicher auf der Holzbank im Heck des Kahns saß, bevor er diesen vom Steg abstieß. Die schwüle Hitze des Maitages trieb Landon zusätzlich zu der ungewohnten Tätigkeit den Schweiß aus allen Poren. Die Sohlen der Gummistiefel fest auf die feuchten Holzplanken gestemmt, musste er sich kräftig gegen die Wellen und die nicht zu verachtende Strömung in die Riemen legen. Dabei ließ er seine Passagierin nicht aus den Augen. Sie beschattete mit einer Hand ihre Augen und suchte das Ufer rechts und links des Flusslaufes ab, umspielt von den an die Bordwand klatschenden braunen Wellen.

Nach einer Weile erreichten sie einen schmalen Zulauf, der deutlich sanfter dahinfloss. Geschickt steuerte Landon das Ruderboot in den Seitenarm und ergriff eine dort schaukelnde Boje. An dieser zurrte er ihr Boot fest und schüttelte erst einmal Arme und Schultern aus.

Die Bäume streckten ihre grünen Zweige über den Wasserlauf und bildeten somit einen natürlichen Tunnel. Vereinzelt gelang es dem Sonnenlicht, das Blätterdach zu durchdringen und den Wellen ein helles Aufblitzen zu entlocken. Das dunkle Wasser war stellenweise von gelbem Blütenstaub bedeckt und die bis an die Oberfläche wachsenden Wasserpflanzen schaukelten sanft in den Wellen.

Landon konnte auf Felicitas' Gesicht die Faszination über das besondere grüne Licht ablesen; vielleicht bedauerte sie, ihren Fotoapparat nicht bei der Hand zu haben.

Als sie sich sattgesehen hatte, wanderte ihr Blick zu ihm. „Das Netz der Wasserarme ist ziemlich unüberschaubar, nicht?“, fragte sie ehrfürchtig.

Landon wischte sich mit dem Arm die Schweißperlen von der Stirn und erwiderte: „Das täuscht, die Wasserwege sind verschlungen und erscheinen daher länger, als sie es eigentlich sind.“

„Es wird schwer werden, Abner hier zu finden.“ Ihre Stimme klang plötzlich traurig und verzagt.

„Die Suche auf die Flussarme auszuweiten ist eine gute Idee.“

„Viola ist schwanger, Deputy. Wussten Sie das?“

Er biss die Zähne zusammen und schüttelte den Kopf. Verzweiflung und Wut wechselten sich in seinem Inneren mit dem Wunsch ab, den Freund aus Kindheitstagen schnellstmöglich zu finden. Bevor Felicitas in sein Haus gestürmt war, hatte er die Hoffnung bereits aufgegeben gehabt, ihn jemals wiederzusehen. Abner wäre nicht der Erste, der von den undurchdringlichen Wäldern und den sumpfigen Randgebieten des Mississippi verschluckt und nie wieder freigegeben werden würde.

„Soll ich das Rudern übernehmen?“, fragte Felicitas ungeduldig und riss Landon aus seinen düsteren Gedanken. Er hob den Blick und musterte die Frau, die sich halb von ihrem Sitz erhoben hatte.

„Setzen Sie sich ganz schnell wieder hin“, fuhr er sie an. Vor seinem inneren Auge sah er sie schon über Bord fallen.

Felicitas gehorchte und wagte nach seinem unfreundlichen Befehl keinen Widerspruch. Als das Ziehen in seinen Armen nachgelassen hatte, band Landon das Boot von der Boje los und ruderte in den grünen Tunnel hinein. Seine Begleiterin schnappte hörbar nach Luft. In dem verworren verlaufenden Flusssystem sammelte sich die Hitze wie dicker Brei, und die zunehmende Feuchtigkeit, gemischt mit dem kräftigen Geruch nach moderndem Holz, trug nicht eben dazu bei, das Atmen zu erleichtern. Wurzelausläufer zeichneten ein undurchdringliches Labyrinth unter der Wasseroberfläche und täuschten nicht selten eine im Wasser liegende Schlange oder gar einen lauernden Alligator vor. Die Barten der Tillandsien hingen von knorrigen Ästen herunter und streiften an dem Boot und den Armen der Eindringlinge entlang. Schlingpflanzen wanden sich über ihren Köpfen, und für das bloße Auge war der Ufersaum kaum zu durchdringen. Das Dickicht aus Strauchwerk, wuchernden Grünpflanzen und von Moos überzogenen, in den Fluss ragenden Ästen bildete ein grünes Bollwerk. Vereinzelt mischten sich rosa und weiße Orchideen unter das Grün, und Landon sah, wie Felicitas' Augen lange auf den abstrakt geformten Blüten verweilten.

„Mein Gott, ist das schön!“, flüsterte sie, hob weit die Hand und schob einen Moosbehang beiseite, damit er ihr nicht durch das Gesicht strich.

„Ja. Hier vom Boot aus“, sagte Landon grimmig und ruderte noch kräftiger. Oberhalb des Astes, den Felicitas beinahe berührt hätte, hatte er den gewundenen und schwarz glänzenden Körper einer äußerst aggressiven und hochgiftigen Cottonmouth-Water-Mocassinschlange erspäht.

„Soll ich nach Abner rufen?“, fragte Felicitas, den Blick auf das verschlungene Unterholz gerichtet.

„Das hat keinen Sinn, solange wir nicht eine Stelle finden, an der jemand ausgestiegen sein könnte.“

„Haben die Fischer solche Anlegestellen? So wie vorhin die Boje an der Einmündung?“

„Ich war lange nicht mehr hier. Früher gab es sie. Ob sie heute noch existieren, kann ich nicht sagen.“

Schweigen senkte sich über sie. Das vielstimmige Pfeifen der Vögel, das Glucksen des Wassers zwischen den Wurzeln und das Plätschern der eintauchenden Riemen bestimmten die Geräuschkulisse. Während der Seitenarm sie tiefer in den urwüchsigen Wald brachte, verrann die Zeit unaufhaltsam; wie der Sand in einer Sanduhr.

~

Lily und Freeman gelangten mithilfe der Strömung weitaus zügiger voran. Stromabwärts wuchs das Unterholz nicht ganz so üppig, zumal sich die meisten Fischer derzeit in diesem Teil des Flusssystems aufhielten und kleinere Rodungen vorgenommen hatten.

Fischreiher stoben auf und hinterließen eine Tropfenspur auf dem Wasser, während ihre silbrigen Körper hinter den nächststehenden Bäumen verschwanden. Zweimal ruderten Vater und Tochter mehrere Meter weit in einen abzweigenden schmaleren Wasserlauf und riefen dort laut nach Abner, um dann wieder umzukehren. Einige Zeit später übernahm Lily die Riemen, sodass Freeman nach seinem Sohn Ausschau halten konnte. Stunde um Stunde verging, und schließlich malte die bleicher werdende Sonne roséfarbene Streifen an den Himmel und wies damit unbarmherzig auf den nahenden Abend hin.

Lily warf ihrem Vater einen verzweifelten Blick zu. Er hatte es aufgegeben, Abners Namen über die Marsch zu rufen, die ihre Geheimnisse für sich behielt. Weit vornübergebeugt kauerte Freeman auf der Holzplanke, den Kopf in seine abgearbeiteten Hände gestützt. Seine allmählich grau werdenden Haare klebten ihm verschwitzt am Kopf. Er bot ein Bild der Verzweiflung und Resignation. Lily hingegen war noch nicht bereit, die Suche aufzugeben. Es durfte einfach nicht sein, dass sie ihren Bruder für immer verloren hatte! Trotzig ruderte sie weiter, obwohl ihr inzwischen die Arme schmerzten.

Schließlich näherten sich Vater und Tochter wieder einem dichter bewachsenen Waldstück mit seinem unverkennbar modrigen Geruch. Freeman hob den Kopf, betrachtete erst den Wald, in den sie nun eintauchten, drehte sich anschließend um und warf einen Blick auf die Vorboten der Nacht. „Ein paar Minuten noch, Lily, dann müssen wir zurück!"

Die junge Frau setzte noch mal all ihre Kraft dazu ein, das Boot voranzubringen. Da auch ihr nicht mehr nach Rufen zumute war, stimmte sie ein Lied an. Ihre kräftige, klare Altstimme verlor sich zwischen den Stämmen, als sie sang: *„Amazing grace, how sweet the sound, that saved a wretch like me! I once was lost, but now am found, was blind, but now I see."*

Plötzlich glaubte Lily eine Stimme zu hören, die mitsang. Aber fast zeitgleich jagte eine heftige Windbö durch die Baumwipfel, sodass ihr Rascheln zu einer gewaltigen Geräuschkulisse anschwoll. „Hast du das gehört?", stieß sie hervor.

Ihr Vater hatte sich jedoch umgedreht und musterte erneut den Himmel, über dem sich jetzt eigentümlich grüngelb verfärbte Wolken ausbreiteten. „Wir müssen zurück! Sofort! Da zieht ein Sturm auf. Es könnte ein Tornado sein. Oder ein Hurrikan, vom Ozean kommend!" Freeman stand in dem schwankenden Boot auf und bedeutete ihr, dass er mit ihr den Platz tauschen wollte.

„Nein! Warte!" Lily schüttelte wild den Kopf, was Freeman dazu veranlasste, sich mit zusammengezogenen Augenbrauen wieder zu setzen.

Geraume Zeit saß Lily einfach nur unbeweglich da und lauschte auf das Knistern der Blätter. Freemans Blick wurde von der dunklen Wolkenfront, die sich aus dem Gelb entwickelte und unaufhörlich näher rückte, magisch angezogen. Aber seine Tochter harrte noch immer reglos aus, wartete, bis der Wind für einen Augenblick den Atem anhielt und erneut nur das Plätschern der Wellen und das zaghafte Brummen der Insekten zu hören war. Selbst die Melodie der Vögel war inzwischen verstummt. In die unheimliche Stille hinein sang Lily eine weitere Strophe – und tatsächlich stimmte eine raue Stimme mit ein. Der Sänger stolperte jedoch mehrmals über die Worte, als habe er nicht die Kraft, sie richtig auszusprechen.

„Abner?", schrie Lily und scheuchte damit ein paar Kraniche aus dem Unterholz auf, die krächzend davonflogen. Daraufhin kehrte wieder Ruhe ein.

„Hier, gleich hier!", lautete Abners Antwort.

Lily jubelte. In diesem Moment fuhr eine kräftige Windbö über das Land, bog die Bäume der Erde entgegen und drückte das Schilf und die am Ufer wachsenden Pflanzen nahezu flach auf den Boden. Das Ruderboot schaukelte bedenklich auf den mittlerweile aufgepeitschten Wellen.

„Wo kam der Ruf her?", fragte Lily ihren Vater mit sich überschlagender Stimme. Sie blendete das drohende Unwetter vollständig aus. Was zählte, war allein, dass sie Abner gefunden hatten – und dass er am Leben war!

Freeman deutete zum linken Ufer und sprang noch vor Lily aus dem Boot, als es unsanft über die leicht erhöhte Böschung schrammte. Er kämpfte sich durch das Dickicht, immer gefolgt von seiner Tochter. Auf einer Lichtung, umgeben von modernden, halb im Wasser liegenden Baumleichen, fanden sie ihn.

Lily stieß einen entsetzten Schrei aus. Der Körper ihres Bruders war mit angetrocknetem Blut und einer Unzahl von Insekten bedeckt, die Kleidung hing in Fetzen an ihm. Aufgrund der grausam unangenehmen Position, in der er an einen Baum gebunden worden war, hatten sich die Fesseln an seinen Armen tief in das Fleisch gegraben.

„Ich dachte, ich höre die Engel singen", murmelte Abner. Von seinen aufgesprungenen Lippen rann Blut. „Aber eine bezaubernde Lilie ist mir auch recht."

„Wer hat dir das angetan?", schluchzte Lily, sank auf den mit toten Zweigen und abgestorbenen Blättern übersäten Boden und konnte doch den Blick nicht von Abner abwenden.

„Binde ihn los", befahl ihr Vater in ungewohnt harschem Tonfall.

Lilys Hände zitterten so sehr, dass sie den vor Blut starrenden Knoten kaum lösen konnte. Als es ihnen endlich gelungen war, Abner von allen Fesseln zu befreien, fiel der große Mann in die Arme seines Vaters.

„Wir müssen uns beeilen, Sohn. Der Sturm kommt schnell näher!"

„Ich weiß nicht, ob ich gehen kann."

„Du musst! Nur bis zum Ufer. Den Rest schaffen Lily und ich."

„Ich versuche es", erwiderte Abner, legte einen Arm um Lily, einen um Freeman und bewegte seine kribbelnden und schmerzenden Beine, die schrecklich kraftlos waren und nicht zu seinem Körper zu gehören schienen. Wenigstens einen Schritt – und dann vielleicht noch einen zweiten?

~

Die Lichtverhältnisse wechselten von tiefem Grün zu einem eigenartigen Gelb, um sich wenig später zu einem bedrohlich wirkenden Grau zu wandeln. Erstaunt drehte Felicitas sich um und suchte eine Lücke zwischen den Zweigen, damit sie den Himmel betrachten konnte. Wurde es denn schon dunkel? Sie hatte sich völlig auf Landon verlassen, sowohl was die Richtung anging, als auch, was die Uhrzeit betraf. Doch ein Blick in sein verbissenes und schweißüberströmtes Gesicht verdeutlichte ihr, dass ihm der Wetterumschwung entgangen war.

„Deputy?"

Landon reagierte nicht. Kräftig ruderte er voran und starrte dabei auf seine nackten Füße, da er inzwischen die Gummistiefel ausgezogen, die Jeans bis unter die Knie aufgekrempelt und das Hemd aufgeknöpft hatte. Den schwarzen Hut hatte er Felicitas überlassen. Sie nahm ihn ab und ließ ihn in ihren Händen kreisen. Sie brauchte ihn nicht mehr. Die Sonne war hinter einer dunklen Wolkenwand verschwunden.

„Deputy Brown?", versuchte sie, Landons Aufmerksamkeit auf sich zu ziehen. Seine wütend zusammengezogenen Augenbrauen zuckten nicht einmal.

„Landon Brown!" Als habe ihn bisher sein Amtstitel irritiert, hob er nun doch den Kopf. Sein abwesender Blick verriet, dass er sich durch einen dichten Dschungel schwerwiegender Gedanken in die Gegenwart zurückkämpfen musste.

Ein peitschender Wind fegte durch die Bäume, schüttelte die Sträucher und brachte das Spanische Moos zum Tanzen. Landon unterbrach seine Ruderbewegung und schaute zwischen den hektisch tanzenden und laut raschelnden Blättern hindurch auf das Fleckchen Himmel, das sich ihm zum Betrachten anbot. Mühsam unterdrückte er einen Kraftausdruck.

„Wissen Sie, wo wir sind?", wagte Felicitas zu fragen und warf einen Blick an dem breiten Oberkörper vorbei. Der Fluss schlängelte sich in Windungen dahin und entschwand nach rund hundert Metern hinter einer sandigen Landzunge.

„Ja", lautete die gepresste Antwort. Mit ein paar kräftigen Ruderschlägen trieb er das Fischerboot voran und ließ es auf dem sanft ansteigenden Ufer auflaufen.

Felicitas sprang über das Dollbord und rief, wie schon viele Male zuvor, als sie kurz an Land gegangen waren, nach Abner. Sie wartete darauf, dass ihr Begleiter die Stiefel anzog und einen Streifzug durch das Dickicht unternahm, doch zu ihrer Verwunderung zog er das Boot vollständig auf den Sand. Irritiert beobachtete sie, wie er einige schwere Äste prüfend aufhob und wieder beiseitelegte. Was hatte Landon nur vor? Hegte er den Verdacht, dass der Gesuchte sich in ihrer unmittelbaren Nähe befand und womöglich nicht allein war?

Erneut brauste ein Windstoß durch den Wald. Bäume und Sträucher schüttelten sich wild unter dessen Wucht, selbst das bisher beschaulich fließende Wasser kräuselte sich wie missbilligend über die Störung. Mit einem Schlag brach fast vollkommene Dunkelheit herein, als habe jemand eine Jalousie zugezogen. Felicitas schlang, erschrocken über das wütende Gebaren der Natur, die Arme um ihren Körper.

Mittlerweile hatte Landon gefunden, was er suchte. Er stemmte einen stabilen Ast unter den Rumpf und drehte das Boot mithilfe dieses Hebels um, sodass das Dollbord zum Wald hin flach auf dem Sand auflag, in Richtung Wasser jedoch eine Öffnung blieb, die einem niedrigen Höhleneingang glich. Anschließend zerbrach er die restlichen Hölzer in etwa fünfzig Zentimeter lange Stücke, was bei den dicken Ästen nicht einfach war.

Ein grelles Licht huschte gespenstisch durch das Gehölz und verschwand ebenso schnell wieder, wie es aufgetaucht war. Felicitas, einerseits fasziniert von dem Naturschauspiel und den sich ständig ändernden Farben, andererseits beunruhigt, drehte sich einmal um ihre eigene Achse. Inzwischen konnte sie zumindest erahnen, was ihnen bevorstand: Von Landon und ihr unbemerkt hatte sich eine gewaltige Gewitterfront am Himmel aufgebaut.

„Miss Tess!“ Landon winkte sie zu sich. Sie folgte der Aufforderung und sah ihn fragend an.

„Kriechen Sie bitte unter das Boot“, wies Landon sie an.

Felicitas betrachtete die längliche Höhle, die ihnen Schutz vor dem Regen bieten sollte.

„Nein!“, entschied sie und spürte, wie eine tief in ihr verborgene Furcht nach ihr griff.

„Miss Tess, Sie kriechen jetzt da rein und machen sich so klein, dass ich auch noch Platz finde.“

„Sie können sich da gern hineinlegen, Deputy. Mir macht Regen nichts aus.“

„Der Regen ist unser geringstes Problem!“, brummte Landon ungeduldig und warf einen weiteren kritischen Blick auf die Baumkronen.

„Deputy Brown, ich möchte nicht …“ Weiter kam Felicitas mit ihrem Protest nicht. Landon packte sie, hob sie hoch und trug sie zu dem provisorischen Schutzbau. Dort angekommen rollte er sie unsanft in den Sand und schob sie bis an die Bordwand. Völlig überrumpelt schloss Felicitas die Augen und hielt den Atem an. Sie hatte sich in ihrem Leben viel zu oft in beängstigend engen Verstecken aufgehalten, immer in der Furcht, erdrückt zu werden oder nicht mehr hinauskriechen zu können. Allerdings war ihre Angst vor den Männern mit den schwarzen Stiefeln und den herrisch kommandierenden Stimmen weitaus größer gewesen!

Eilig drückte Landon eine Anzahl Pflöcke neben der Bordwand in den Sand. Eine neue Sturmbö fegte durch den Wald und löste ein gewaltiges Tosen aus. Der Deputy folgte ihr über den Sand robbend in den Unterschlupf und ergriff ihren Arm. Spürte er, dass mit ihr etwas nicht stimmte? Seine Hände tasteten sich zu ihrem Gesicht vor und hielten es sanft umfangen.

„Atmen Sie! Was soll denn das?“, fragte er und ging dazu über, sie leicht zu schütteln, was ihm in der beengten Behausung nicht wirklich gelang.

Felicitas kannte nur einen Ausweg aus der Enge, die sie in ihrem eigenen Körper gefangen hielt. Vor allem als Kind hatte sie sich an diesen Rettungsanker geklammert. Sie rief Gott um Hilfe an und atmete erst einmal aus, bevor sie gierig die Luft einsog.

Offenbar zufriedengestellt drehte Landon sich von ihr weg und verschloss den Eingang mit den restlichen von ihm vorbereiteten Stöcken. Felicitas war damit beschäftigt, sich zum gleichmäßigen Atmen zu zwingen. Die Geräusche, die von draußen in ihr winziges Versteck drangen, empfand sie als überlaut und extrem beängstigend. Blitze zuckten in immer kürzeren Abständen auf und erhellten mit ihrem gespenstischen Licht die dunklen Holzverstrebungen des Bootes.

Der Deputy wechselte ein zweites Mal mühsam seine Position. Am liebsten wäre sie vor ihm zurückgewichen, doch da sie bereits an die Bordwand gepresst im Sand lag, war ihr das nicht möglich. Erneut spürte Felicitas seine tastenden Finger auf ihrem Oberarm. Er strich über ihre Schulter, an ihrem Hals entlang und legte dann seine Hand warm und Trost bietend an ihre Wange.

„Es tut mir leid, Miss Tess, dass ich Sie in diese Situation gebracht habe.“

„Sie konnten das Gewitter ja nicht kommen sehen“, presste sie zwischen zitternden Lippen hervor. Noch immer versetzten sie die

Dunkelheit und die Enge unter dem gekippten Bootsrumpf in panische Angstzustände.

„Doch, das hätte ich, wenn ich aufmerksamer gewesen wäre."

„Jetzt lässt es sich nicht mehr ändern."

„Leiden Sie unter Klaustrophobie?" Seine Stimme klang besorgt und sehr nahe.

„Seit damals, als …", begann sie und brach dann ab. Wenn sie Landon anvertraute, wie häufig sie sich im Kriegsdeutschland hatte verstecken müssen, würde er sofort den Grund erfassen. Das brennende Kreuz in ihrem Garten stand ihr bildlich vor Augen, und sie wusste, sie durfte dem Klan keine zusätzliche Angriffsfläche bieten.

„Sie hätten von allein hier Zuflucht gesucht, glauben Sie mir", sagte Landon gegen den Lärm an.

Felicitas wollte energisch protestieren, überlegte es sich allerdings anders, als ein schwerer Gegenstand auf den schützenden Holzrumpf knallte. Das Boot erzitterte unter dem Aufschlag, und Felicitas schauderte. Ein massiver Ast musste vom Wind abgerissen und zu Boden geschleudert worden sein.

In ihrem Schutzraum wurde die Luft noch stickiger, als sie es in der schwülen Hitze des feuchten Waldes ohnehin war. Felicitas fühlte, wie sich eine neue Welle der Angst in ihr aufbaute. Ihr Atem wurde unregelmäßiger, während sie gegen die Panik anzukämpfen versuchte.

Landon nahm die Hand fort, was sie bedauerte. Sie spürte, wie sich der Mann neben ihr schwerfällig auf den Rücken rollte. Wollte er den Ausgang im Auge behalten, weil er die Anwesenheit von Alligatoren befürchtete? Hatte er die Holzpflöcke deshalb in den Sand getrieben? Aber würden die plötzlich lächerlich dünn wirkenden Zweige den Reptilien überhaupt standhalten?

„Kommen Sie", hörte Felicitas Landon wie durch Watte hindurch sagen und hob verwundert den Kopf. Was wollte er? Ihr Begleiter schob den Arm unter ihren Nacken, umfasste ihre Schulter und zog sie an sich. Hatte sie zuvor seine sanfte Berührung noch tröstlich gefunden, beunruhigte seine Nähe sie nun. Das war für ihr ohnehin aufgewühltes Gemüt einfach zu verwirrend.

„Legen Sie den Kopf auf meine Brust. Dadurch fällt Ihnen das Atmen leichter, und hier vorn ist die Luft besser!"

Felicitas' Gedanken rasten. Einerseits klang das verlockend, andererseits fürchtete sie sich vor zu viel Körperkontakt mit Landon. Widerspenstig entschied sie sich gegen den Vorschlag. Sie brauchte Abstand zu dem Mann, gerade weil sie sich nach seiner Umarmung sehnte. Landon war für sie nach wie vor ein Mysterium. Vertraut und doch fremd zugleich; charmant und nur Minuten später unnahbar. Sie durfte das Risiko nicht eingehen, sich noch weiter auf ihn einzulassen.

Mehrere Äste fielen laut dröhnend auf das Boot. Bei jedem Schlag zuckte Felicitas zusammen. Die Angst, unter dem Rumpf begraben zu werden, steigerte sich mit jeder Sekunde, die verstrich.

Landon, dessen Arm noch immer unter Felicitas' Schulter lag, nutzte eine ihrer Schrecksekunden und zog sie einfach an sich, was sie aufgewühlt nach Luft schnappen ließ, die angenehm frisch in ihre Lungen strömte. Er nahm die warme Hand von ihrem Rücken und überließ somit ihr die Entscheidung, ob sie bleiben oder zurückweichen wollte.

Die ersten Regentropfen fielen schwer auf den Bootsrumpf. Blitze tanzten über das Wasser und die Wellen rollten schäumend über den Sand, als versuchten sie, an dem Boot zu lecken. Felicitas verscheuchte alle Zweifel, rutschte dichter an Landon heran und bettete ihren Kopf auf seine Brust. Sie hörte den Herzschlag des Mannes und spürte überdeutlich die Wärme seines Körpers. Erst nach etlichen Minuten beruhigte sich ihr galoppierender Puls, und sie wagte es, sich zu entspannen.

Während einer neuerlichen Abfolge von Blitzen sah sie ein Messer zwischen den Holzpflöcken stecken und eine bläulich schimmernde Pistole in Landons rechter Hand. Unangenehm berührt schloss sie die Augen.

„Hoffentlich sind Lily und Freeman rechtzeitig umgekehrt", sagte sie irgendwann in das Schweigen hinein. Sie wagte es nicht, Abners Namen auszusprechen, denn der Gedanke an ihn schmerzte zu sehr.

„Freeman kennt die Wasserläufe gut. Außerdem ist das Gebiet, das sie abgesucht haben, nicht übermäßig dicht bewaldet. Er hat den Himmel sicher besser im Auge behalten als ich."

„Machen Sie sich bitte keine Vorwürfe, Deputy."

„Ist ja auch gemütlich hier, nicht?", foppte er sie.

Entrüstet rutschte Felicitas zurück in ihre Ecke, bereute das jedoch schon bald. Hinten im Boot, eingekeilt zwischen der Bootswand und Landons breitem Körper, war die Luft nach wie vor schrecklich stickig. Zudem schienen der Boden und die Holzwand unaufhörlich näher zu rücken, was sich auch nicht änderte, als sie krampfhaft die Augen zupresste.

„Atmen Sie, Miss Tess. Wenn Sie noch mal die Luft anhalten, sehe ich mich gezwungen, Sie zu schlagen!"

„Das werden Sie nicht tun!“, begehrte Felicitas japsend auf.

„Nein, vermutlich nicht. Ich wüsste ohnehin etwas viel Besseres, um Sie von Ihrer Angst abzulenken.“ Die Bedeutung hinter den heiser ausgesprochenen Worten erschloss sich ihr sofort, und sie spürte eine prickelnde Hitzewelle durch ihren Körper rieseln. In ihr stritt die Sehnsucht nach mehr Nähe zu diesem Mann gegen ihre Vernunft an. Gab es denn keinen Ausweg für sie, mit dem sie sich arrangieren konnte?

Felicitas blinzelte, doch um sie her herrschte einzig Dunkelheit, zerrissen vom Aufleuchten der Blitze, denen bedrohliches Donnergrollen folgte. Wieder trafen mehrere Gegenstände die Bordwand und die Aufschläge dröhnten in ihren Ohren. Durch die Geräuschkulisse war sie zumindest so weit abgelenkt, dass alle Überlegungen, wie ernst Landon seine Worte gemeint haben mochte, in Vergessenheit gerieten. Zudem schwemmte der prasselnde Regen nun den Sand auf und drang unaufhaltsam unter dem Dollbord hindurch.

Landon zog schließlich die Hand zurück, die etwa in Höhe ihres Kopfes lag. Bemerkte auch er die sich ausbreitende Nässe? Sie nahm sich felsenfest vor, dennoch in ihrer Ecke zu verharren. Im Augenblick empfand sie den kühler werdenden Untergrund sogar als angenehm. Doch bereits Minuten später wurde es ihr in ihrer kurzen Bluejeans und der dünnen Bluse empfindlich kalt. Die Luft kühlte in dem tobenden Sturm zügig ab. Obwohl es in ihrem beengten Schutzraum noch warm war, fühlte sich der feuchte Sand immer unangenehmer an. Da sie zuvor heftig geschwitzt hatte, begann sie nun zu frösteln. Felicitas rutschte möglichst unauffällig näher zu Landon, der allerdings prompt den Kopf zu ihr drehte.

„Und? Haben Sie es sich mal wieder anders überlegt?“, fragte er.

„Nein“, murmelte sie in der Annahme, dass er ihre Entgegnung nicht hören konnte.

„Alles klar!“, erwiderte er jedoch und hob einladend den Arm. Felicitas zögerte nicht länger und legte ihren Kopf erneut auf seine Brust. Zufrieden spürte sie, wie sein Körper sie wärmte und die abgekühlte Luft ihre Lungen füllte.

„Wir warten das Ende des Gewittersturms ab. Dann suchen wir bis zum Morgengrauen nach Abner und rudern zurück, bevor jemand einen Suchtrupp nach uns ausschickt“, erklärte Landon den Ablauf, den er sich zurechtgelegt hatte.

„Steve wird mich feuern“, sagte Felicitas, der eingefallen war, dass sie längst bei ihrer Arbeit im Café hätte sein sollen.

„Steve wird Ihnen vor Erleichterung darüber, Sie wohlbehalten wiederzusehen, das doppelte Gehalt anbieten, wenn Sie nur nie wieder eine ähnlich gefährliche Tour mit mir unternehmen."

„Das ist doch Blödsinn. Steve wird Ihnen meinetwegen keine Vorwürfe machen."

„Steve ist Ihren hilflosen Rehaugen vollkommen ausgeliefert!", lachte Landon.

„Sie reden Unsinn, Deputy."

„Wie Sie meinen."

Ihr lang anhaltendes Schweigen hatte zur Folge, dass der an Intensität zunehmende Sturm Felicitas' volle Aufmerksamkeit in Anspruch nehmen konnte. Um sich abzulenken, bat sie: „Erzählen Sie mir bitte etwas über sich? Oder über Virginia!"

Landon reagierte nicht einmal mit einer ablehnenden Antwort. Umso erstaunter war sie, als er schließlich doch mit leiser Stimme zu sprechen begann. Er berichtete von den Tagen, als er mehr Zeit im Dorf am Waldrand verbracht hatte als irgendwo sonst.

Felicitas hörte ihm gern zu, sogar dann noch, als er seinen Arm fest um sie legte und sie an sich drückte. Landon hatte eine angenehm tiefe Bassstimme und konnte wunderbar erzählen, ohne dabei oberflächlich zu werden oder zu sehr ins Detail zu gehen. Die Klangfarbe seiner Stimme wurde weich, wenn er von Birdie erzählte; etwas unsicher, wenn es um Lily ging, und rau, wenn die Rede auf Abner kam. Während Landon erzählte, erfuhr Felicitas mehr über sein Gefühlsleben, als ihm dies möglicherweise bewusst war. Ihre Zuneigung für ihn wuchs weiter, allerdings verflog dieses berauschende Gefühl sofort, als er sich bewegte und sie wieder die Pistole in seiner Hand sah.

An den Sheriffstern in jener schicksalsschweren Nacht erinnert, erschauerte sie. Wann nur hatte sich damals einer der Deputys über sie gebeugt?

~

Es war schwerer gewesen als gedacht, die beiden älteren Damen davon zu überzeugen, dass Kerstin ihnen keine Bürsten oder Fensterleder verkaufen und auch sonst nichts Böses wollte. Glücklich über ihren Erfolg, saß sie nun in einem penetrant nach Mottenkugeln riechenden Wohnzimmer. Der Erkerraum mit der hohen, stuckverzierten Decke beherbergte feingliedrige Möbel mit altrosa Bezügen, einen mit geschliffenen Glasprismen geschmückten Kronleuchter und sogar ein Harmonium.

Adelheid und Irmgard Hinz saßen auf einer Chaiselongue, die Hände ordentlich im Schoß gefaltet, die Beine akkurat nebeneinander. Ihr weißes Haar war zu ähnlich aussehenden Knoten am Hinterkopf aufgesteckt, doch während eine Brille auf dem Nasenrücken von Adelheid thronte, blickte Irmgard Kerstin ohne Sehhilfe, aber mit deutlich misstrauischem Blick an. „Sie sagen also, dass der Anwalt aus den Vereinigten Staaten von Amerika eine Erbin in Süddeutschland gefunden hat und dieses Fräulein das Erbe, das uns angetragen wurde, angenommen hat?"

Kerstin nickte, begeistert über die präzise Zusammenfassung dessen, was sie den beiden durch die geschlossene Eingangstür hindurch umständlich zu erklären versucht hatte. „Sie heißt Felicitas Jecklin."

Die Frauen wechselten einen Blick miteinander. Irmgard, die rüstiger wirkte als ihre Schwester, erhob sich, humpelte zu einem massiven Eichenschrank und öffnete eine mit Intarsien verzierte Tür. Sie zog ein wuchtiges Album aus dem Schrankfach und trug es zu dem filigranen Beistelltisch mit seiner geschliffenen Glasplatte.

„Wir haben nach dem Termin auf dem Notariat, bei dem wir das Erbe abgelehnt haben, einige weitere Nachforschungen betrieben und bei den privaten Gegenständen unserer Mutter auf dem Speicher dieses Familienalbum gefunden. Sehen Sie sich unsere Ahnenreihe an, Fräulein Müller, und Sie werden entdecken, dass wir keine Verwandten in Süddeutschland haben können, die Jecklin heißen. Es gab zwar einen Zweig mit dem Familiennamen Jennerbusch, doch der letzte Vertreter dieses Zweiges starb bereits im Ersten Weltkrieg. Das erfuhren wir aber leider erst, als wir diese Stammbäume durchgeblättert hatten."

Aufs Äußerste angespannt schlug Kerstin das in Leder gebundene schwere Buch mit dem gebrochenen Goldschnitt auf und blätterte es behutsam durch. Dabei kommentierten Adelheid und Irmgard abwechselnd die sorgsam niedergeschriebenen, vom 15. Jahrhundert bis zum Beginn des 20. Jahrhunderts reichenden Stammbäume. Es fand sich tatsächlich kein Hinweis auf ein Mitglied der Familie nach 1918 im Süden des Landes. Dennoch fragte Kerstin nach Auswanderern, deren Angehörige zurückgekehrt sein könnten, verstoßenen Sprösslingen und möglichen Eheschließungen in eine jüdische Familie. Immerhin hatte es geraume Zeit als unverzeihlicher Makel gegolten, Familienangehörige zu haben, die zum Volk Gottes – zu seinem Augapfel – gehörten. Das verdrängte man lieber ...

Die Frauen verneinten alle Möglichkeiten ruhig. Sie wussten von Bekannten zu berichten, bei denen so etwas vorgekommen war, legten jedoch überzeugend dar, dass das in ihrem Fall auszuschließen sei. Sie hatten fälschlicherweise angenommen, entfernte Verwandten mit Namen Janker oder Jenker in Süddeutschland zu haben. Das hatten sie auch dem älteren Herrn Anwalt mitgeteilt, der sie aufgesucht hatte. Da sie nach seinem Besuch und dem anschließenden Notartermin nichts mehr gehört hatten, hatten sie aber auch keine Veranlassung gesehen, es richtigzustellen. Nun entschuldigten sie sich bei Kerstin für das Missverständnis, das ihre Reise in den Norden nötig gemacht hatte.

Schließlich geleiteten die Schwestern Kerstin zur Tür und verabschiedeten sie höflich. Die Notariatsgehilfin blieb auf dem Bürgersteig neben der kaum befahrenen Straße stehen und sortierte ihre Gedanken.

Irrten die Frauen sich? Eigentlich klang alles, was sie erzählt hatten, plausibel, zumal das lückenlose Ahnenregister liebevoll angelegt und sorgsam gepflegt aussah. Ob Kerstin zur Absicherung das hiesige Standesamt aufsuchen und die alten Melderegister durchsehen sollte, falls diese den Krieg überlebt hatten? Oder ob es Unterlagen gab, die belegen konnten, dass eine Familie Jecklin – mit den Damen verwandt und inzwischen mit angeheirateten jüdischen Wurzeln – aus den Staaten nach Deutschland zurückgekehrt war? Mitten in der aufgeheizten Atmosphäre der 1930er-Jahre? War das nicht unsinnig? Und wie kam dieser US-Anwalt bei der zweifelhaften Information über eine Verwandte in Süddeutschland ausgerechnet auf Felicitas, selbst wenn ihr Nachname annähernd so klang wie die Namen, die die beiden Damen irrtümlich genannt hatten? Das war doch alles total absurd!

Erschöpft und ohne recht zu wissen, wie ihr nächster Schritt aussehen sollte, stieß Kerstin sich von der Mauer ab und ging zu Fuß zurück zur Pension. Christopher würde noch einen Tag länger auf ein klärendes Gespräch warten müssen – was ihm vermutlich weniger ausmachte als ihr.

~

Die Huey-Piloten warfen ihre Taschen auf den Gepäckwagen, und Christopher rückte sein grünes Barett zurecht. Brian war damit beschäftigt, seine aufgelöste Verlobte zu beruhigen, die sich eigentlich gar nicht beim Rollfeld hätte aufhalten dürfen. Auch für dieses Paar war der Marschbefehl überraschend gekommen und ihre Bemühungen um eine vorverlegte Trauung somit hinfällig.

Tiger grinste Christopher an und stopfte sein leichtes Gepäck auf den Anhänger. Der laufende Motor war zu laut, als dass sie die geflüsterten Worte des Paares verstehen konnten.

„Dumm gelaufen für den Langen!“, rief Tiger und winkte seiner Ehefrau und seinem Sohn zu, die hinter der Absperrung warteten. Tigers Frau würde in den nächsten Tagen den Umzug zurück in die Staaten organisieren.

Das Dröhnen der Turbinen einer zweiten startklaren Transportmaschine übertönte den Motor des Jeeps, der jetzt auf die Ladeklappe des Flugzeugs zusteuerte, damit das Gepäck der in die Heimat zurückverlegten Soldaten verladen werden konnte. Aus dem Augenwinkel sah Christopher, wie Brian Lisa energisch hinter das Absperrgatter schickte. Das auffällig schöne Mädchen mit den langen schwarzen Haaren folgte Brians Aufforderung mit Tränen in den Augen und gesellte sich neben den kleinen Carl, der tapfer darum kämpfte, nicht zu weinen.

Tiger riss Christopher aus seinen Beobachtungen: „Eine scharfe Braut, findest du nicht auch? Wie kommt die Vogelscheuche an so ein Mädchen?“

Christopher vollführte mit der Hand eine Drehbewegung vor dem Ohr, womit er signalisierte, dass es für eine Unterhaltung zu laut war. Damit vermied er gekonnt eine Antwort. Doch im Grunde stellte er sich dieselbe Frage. Brians Verlobte war wirklich eine Augenweide. Allerdings gönnte Christopher dem immer freundlichen Brian die hinreißende Schönheit von Herzen.

Christopher warf einen letzten bekümmerten Blick auf die Abschiednehmenden. Es war niemand da, der ihm nachwinkte, der ihn vermissen und auf ein baldiges Wiedersehen hoffen würde. Kerstin war nicht da ...

Christopher hatte ein paarmal mit ihren Eltern telefoniert. Kerstin hielt sich noch immer in Bremerhaven auf, offenbar in dem Bemühen, neue Details über Felicitas' Erbe auszugraben. Er hatte ihre Mutter gebeten, Kerstin auszurichten, dass er sie gesucht und mehrmals verpasst hatte. Bei seinem letzten Anruf hatte man ihm ausgerichtet, dass Kerstin sich bei ihm melden würde. Mehr nicht. Und jetzt war es zu spät.

Nur wenige Tage nach ihrem Ausflug zum Starnberger See hatte er seinen Marschbefehl erhalten. Zuerst einmal würde es zurück in die Heimat und von dort weiter nach Vietnam gehen.

Christopher vernahm den Ruf seines Vorgesetzten und setzte sich gemeinsam mit den anderen Männern in Bewegung. Sie rannten zum Transportflugzeug und stiegen ein. Nebeneinander, mit dem Rücken an die Außenwand gelehnt, ließen sie sich nieder. Minuten später befanden sie sich bereits in der Luft und unter ihnen entschwanden Bad Tölz und das *Baker Army Air Field* hinter einer silbergrauen Wolkendecke.

Brian stieß Christopher den Ellenbogen in die Seite. „Jetzt erleben unsere Mädchen schon mal, wie das bei uns in den nächsten Jahren laufen kann, nicht?", brummte er, und der Schmerz über den plötzlichen Abschied und die verpasste Hochzeit stand ihm deutlich ins Gesicht geschrieben.

„Ich weiß nicht einmal, ob ich Kerstin jemals die Adresse meiner Eltern gegeben habe."

Brian sah ihn an, als sei er nicht ganz bei Trost – und Christopher wusste, dass sein Freund damit auch noch recht hatte. Ihm war bewusst, dass er einen schweren Fehler gemacht hatte.

~

Landon erwachte, als ihm ein Käfer über die Hand krabbelte, in der noch immer die Pistole lag. Sanftes hellgrünes Licht umfing ihn auf der einen, stickige Luft und Dunkelheit auf der anderen Seite. Bedauernd stellte er fest, dass Felicitas nicht mehr bei ihm lag. Er hatte es genossen, ihren Körper an seinem zu spüren, wenngleich es ihn gewaltige Selbstbeherrschung gekostet hatte, sie nicht zu küssen …

Energisch verdrängte er den aufwühlenden Gedanken und betrachtete einen schmalen Spalt fehlender Holzstangen im Sand. Passte die Frau durch eine so winzige Lücke? Und wie hatte sie über ihn hinwegklettern können, ohne ihn zu wecken? Eigentlich hatte er nur das Ende des Gewitters abwarten wollen, doch die Helligkeit zeigte ihm überdeutlich, wie weit der neue Tag bereits vorangeschritten war.

Sorgfältig steckte er die Waffe ins Holster, riss die restlichen Holzpflöcke aus und schälte sich unter dem Rumpf hervor. Seine Jeans und das Hemd waren an der Rückseite vom Regenwasser durchtränkt, dunkler Sand klebte daran. Landon richtete sich auf und prüfte mit geschultem Blick die Umgebung. Die Luft hatte deutlich abgekühlt, und der Regen hatte die Wasseroberfläche vom Blütenstaub befreit. Von den Zweigen und Blättern fielen große Tropfen und glitzerten auf ihrem Weg in allen Regenbogenfarben. Als ein sanfter Windhauch die Bäume bewegte, stürzte ein wahrer Vorhang aus Diamanten zur Erde herunter. Die Blätter, auf die diese schillernden Tropfen trafen, neigten sich, schnellten hoch und lösten eine neue Tropfenflut aus.

Landon entdeckte Felicitas am Rand der flachen Sandbank. Sie saß auf einem Baum, der ein Opfer des Sturmes geworden war und quer über den Flusslauf lag, und versuchte mit den Fingern das feuchte Haar vom Sand zu befreien.

Mit einem lauten „Hallo“ machte Landon sich bemerkbar. Felicitas sah ihn mit leicht geneigtem Kopf an und erwiderte schließlich seinen knappen Gruß. „Sie waren wohl sehr müde, Deputy?“

„Wundert Sie das?“

„Nein. Immerhin habe ich Sie am Schlafen gehindert, als Ihre Schicht endlich zu Ende war.“

Landon trat zu ihr an den Stamm und überlegte, wie sie das Boot um das Hindernis herumschaffen konnten.

„Sitzen wir fest?“, lautete ihre nächste Frage und bewies ihm auf angenehme und doch auch aufregende Art, wie genau sie ihn beobachtete.

„Nein. Die Fischerkähne sind genau wegen solcher Fälle sehr schmal und flach gebaut.“

„Das ist gut. Wir müssen dringend weiter nach Abner suchen. Nach dieser Nacht …“

Dies war einer der seltenen Momente, in denen Landon so etwas wie Angst in der meist sehr beherrschten Stimme von Felicitas hören konnte – es sei denn, sie war gezwungen, in ein winziges Versteck zu kriechen. Und was Abner anging … vermutlich war es für ihn zu spät. Wie lange konnte ein verletzter Mann in den Wäldern überleben? Zwei Nächte? Drei? Landon bezweifelte es.

Womöglich hatte Abner die Attacke des Klans von vornherein nicht überlebt, was ihm zumindest einen qualvollen und langsamen Tod in der Einsamkeit erspart hatte. Nun, da er diesen Gedanken erneut zugelassen hatte, breitete sich in Landon tiefe Trauer aus. Abner hatte ihm verziehen und doch waren sie sich in den letzten Tagen nicht einen Schritt nähergekommen. Er würde seinen Jugendfreund schmerzlich vermissen.

Seine Gedanken wanderten zu Lily, Freeman, Holly Dedra, Rose Jada und Abners Frau Viola. Und zu Birdie. Er seufzte innerlich auf und sein Brustkorb hob und senkte sich kräftig. Birdie würde Worte des Trostes für sie alle finden, selbst für ihn. Sie würde versuchen, in ihrer Trauer auch Vorfreude zu wecken, Vorfreude auf ein Wiedersehen im Himmel.

Landon wandte sich von allen Überlegungen ab, die Leid und Tod betrafen. Er betrachtete die vom Sturm abgerissenen Äste rund um den Bootsrumpf, die aussahen, als habe jemand mit ihnen Mikado gespielt. Auf der Suche nach etwaigen Beschädigungen tastete er prüfend die Bordwände ab. Er fand gesplittertes Holz knapp unterhalb des Dollbords, doch das würde die Schwimmfähigkeit des Bootes nicht beeinträchtigen. Landon wollte das Boot auf dem leicht abschüssigen Sandboden in seine rechtmäßige Position kippen. Es gelang ihm beinahe, allerdings rutschte es im letzten Moment knirschend über den nachgebenden Sand davon. Felicitas eilte zu ihm und mit vereinten Kräften schafften sie es, das Fischerboot umzudrehen. Landon zog die Holzriemen unter einem Strauch hervor und legte sie auf den Bootsboden.

„Ich denke, der Kahn passt zwischen Wasser und Stamm hindurch und wir können hinter dem Hindernis einsteigen", erklärte er.

Gemeinsam schoben sie das Boot in den Flusslauf. Während Felicitas das am Rumpf befestigte Seil langsam nachließ, damit das Fischerboot mit der Strömung unter dem gefällten Baum hindurchtreiben konnte, kletterte Landon auf den umgestürzten Baumriesen und sorgte dafür, dass es nirgends hängen blieb.

„Alles klar, Miss Tess. Klettern Sie zu mir rüber und los geht es."

In ihren Sandalen hatte Felicitas Probleme, über den Baumstamm mit dem ausladenden Geäst zu klettern, doch sie gelangte schließlich neben Landon in das seichte Ufergewässer. Fürsorglich half Landon ihr an Bord, wartete, bis sie sicher saß, und stieg dann selbst ein.

„Suchen wir weiter, Deputy?"

„Nein", entschied er knapp und fügte auch keine Erklärung hinzu, obwohl ihm ihr fragender Blick nicht entging. Dank der unterstützenden Strömung und ohne auf andere Hindernisse zu stoßen, kamen sie in dem grünen Tunnel zügig voran. Sie glitten an der Boje vorbei in den schlammigen Mississippi-Nebenarm und die Strömung erfasste sie mit Wucht.

Landon hielt den Fischerkahn nahe am Ufer, und als die ersten Boote der Schwarzen in Sicht kamen, lenkte er ihres geschickt an die Böschung. Ein Knirschen erklang, als die Bordwand an dem schaukelnden Steg entlangschrammte. Behände sprang Landon hinaus und fing das von Felicitas zugeworfene Seil auf. Er vertäute das Boot, das sich erst einmal um die eigene Achse drehte.

„Sehen Sie! Lilys und Freemans Kahn ist dort festgemacht", rief Felicitas ihm über das Rauschen des Stroms hinweg zu.

Landon drehte sich um und registrierte, wie das Regenwasser im Gleichklang der Wellen in dem hinter ihm befestigten Boot schwappte.

„Sieht so aus, als wären sie vor dem Sturm zurückgekommen", informierte er sie, verschwieg aber das angetrocknete Blut an der Bordinnenwand, die sie von ihrem Platz aus nicht sehen konnte. Demnach hatten Lily und ihr Vater Abner gefunden – doch in welchem Zustand?

Plötzlich fühlte sich Landon wieder wie der Junge von einst. Damals, als er noch keine Zweifel wegen seiner Freundschaft zu Abner gekannt hatte. Dass er in Abners Welt eigentlich nichts zu suchen hatte, war ihm noch nicht klar gewesen. Sein Wunsch, unverzüglich hinüber zu den Häusern der Schwarzen zu laufen, wuchs plötzlich übermächtig in ihm an. Er gab dem Drängen nach, griff nach seinem Hut und stieg die Böschung hinauf. Flink lief er über die staubige Straße und hielt vor Violas und Abners Hütte inne. Sein Blick wanderte zurück, und er sah, wie Felicitas ihm deutlich langsamer folgte.

„Landon. Komm doch rein."

Birdies Stimme ließ ihn herumwirbeln. Die alte Frau stand neben der offenen Fliegentür und winkte einladend. Als er mit einem einzigen großen Schritt den Wohnraum betreten hatte, entdeckte er Abner auf einem abgewetzten, eigentümlich farblosen Sofa. Blutige Striemen bedeckten sein von Prellungen entstelltes Gesicht, und ein Auge war komplett zugeschwollen. Ein buntes Tuch verdeckte seinen Körper, und Viola war damit beschäftigt, die Fliegen von ihm fernzuhalten.

Erleichterung durchströmte Landon und schwemmte die auf seinem Herzen liegende, dunkle Schwere mit einem Wimpernschlag fort. Abner war am Leben!

„Hey, Landon, ich habe gehört, dass du und das eigensinnige Mädchen euch meinetwegen in Gefahr gebracht habt", nuschelte Abner.

„Wer hat denn da so maßlos übertrieben?", brummte Landon und registrierte mehr nebenbei, dass Abner ihn nicht länger mit *Sir* oder *Mr Deputy* ansprach.

„Ich danke dir." Abner zog mit sichtbarer Anstrengung den rechten Arm unter der bunten Decke hervor. Die Schmerzen, die diese kleine Bewegung verursachte, standen ihm deutlich ins Gesicht geschrieben.

Landon schluckte trocken. Er warf nur einen kurzen Blick auf die tiefen, von einem Seil stammenden Wunden an seinen Oberarmen. Sie genauer zu betrachten würde nur seine Wut gegenüber Abners Peinigern anheizen. Er ging zum Sofa, beugte sich hinab und drückte die dargebotene Hand. „Das tut man doch für einen Freund", raunte er Abner zu.

„Abner! Geht es dir gut?" Felicitas schob sich neben Landon und bedeckte beim Anblick des verunstalteten Gesichts und der Fleischwunden an Abners Arm mit beiden Händen ihre Wangen.

„Ich bin zu Hause bei meiner Familie. Mir geht es gut!"

„Ich fahre in die Stadt und hole den Arzt", murmelte sie und wollte schon wieder aus dem Raum stürmen.

Birdie stellte sich ihr energisch in den Weg. „Das brauchst du nicht, Mädchen. Abner wird auch so gesund."

„Er ist übel zugerichtet", begehrte Felicitas auf.

Die schüttelte ruhig, aber bestimmt den Kopf. „Bringst du sie nach Hause und erklärst es ihr?“, fragte Birdie und schaute Landon auffordernd an.

„Braucht ihr etwas?“, erkundigte sich Landon an Viola gewandt. Abners Ehefrau verneinte knapp und wedelte weiter die Fliegen fort.

„Gehen wir, Miss Tess.“ Landon stapfte mit quietschenden Gummistiefeln zur Tür, wo Lily soeben eingetroffen war und ihm Platz machte.

„Immer noch *Miss* Tess, Landon? Was ist los mit dir?“, raunte sie ihm zu, ehe sie sich von Felicitas umarmen ließ.

Er ignorierte ihre Frage. Es war der Anlass, der ihn in seine Heimatstadt hatte zurückkehren lassen, der ihn daran hinderte, mehr für Felicitas ... Landon kniff die Augen zusammen und vergrub alle unrealistischen Wünsche tief in seinem Inneren. Lily und Abner kannten ihn von klein auf, und obwohl sie sich jahrelang kaum gesehen hatten, würden sie ihn leichter durchschauen als irgendjemand sonst. Ein weiterer Grund, eine gewisse Distanz zu ihnen beizubehalten!

~

Bereitwillig reichte Felicitas Landon den Wagenschlüssel, und er fuhr sie hinaus zum Tampico-Anwesen. In den tiefen Rillen der Auffahrt stand zwar das Wasser, dennoch schaffte es der Pick-up bis an das geschlossene Tor. Felicitas stieg aus, öffnete und schloss das Gatter wieder, nachdem Landon den Wagen hindurchgelenkt hatte.

„Ich reite auf Ihrem Pferd zurück“, erklärte er knapp. Er brauchte dringend Abstand zu ihr, musste erneut seine Gefühle unter Verschluss nehmen.

Felicitas drehte sich mit der Hand auf dem Geländer zu ihm um. Ihre Kleidung klebte noch immer feucht und verschmutzt an ihr und offenbarte mehr von ihren weiblichen Reizen, als ihr vermutlich bewusst war. Obwohl sie im Schutz des Bootes ebenfalls eingenickt war, wirkte sie müde und ausgelaugt. Ihr desolater Anblick schmerzte ihn, sodass er sich nur unter Aufbietung größter Selbstbeherrschung zurückhalten konnte, die Stufen hinaufzustürmen und sie in seine Arme zu ziehen.

„Danke für Ihre Hilfe bei der Suche, Deputy.“

„Ist das nicht meine Pflicht?“, gab er mit rauer Stimme unfreundlicher zurück, als er wollte. Sein innerer Kampf kostete ihn mehr Kraft, als gut für ihn war.

Felicitas lächelte unverbindlich, was sie beide vor einer erneuten Diskussion über die Rassentrennung und die unterschiedliche

Rechtsauslegung bewahrte. Immerhin hatte sie akzeptiert, dass er sie angewiesen hatte, über Abners Wiederauftauchen Stillschweigen zu bewahren. Wenn Abners Erlebnis zum Stadtgespräch avancierte, würde ihn das sofort wieder in den Fokus des Klans rücken. Tauchte er hingegen eines Tages einfach wieder auf, als sei nie etwas geschehen, bestand für ihn und seine Familie zumindest die Chance, in Ruhe gelassen zu werden.

Landon wartete, bis Felicitas die Tür hinter sich zugezogen hatte, ehe er den Mustang von der Wiese holte. Er sattelte ihn und ritt bald über den Waldpfad in Richtung Stadt. Er war noch nicht weit gekommen, als sich ihm eine Gestalt in den Weg stellte. Da Landon tief in Überlegungen versunken gewesen war, schreckte er auf, das Pferd zuckte lediglich mit den Ohren.

„Wo warst du? Ich habe letzte Nacht Stunden auf dich gewartet", beschwerte sich Sam.

„Es tut mir leid. Ich war auf der Suche nach Abner und bin in den Sturm geraten."

„Die junge Lady war heute Nacht auch nicht da, wie ich festgestellt habe." Landon wurde unter zusammengezogenen Augenbrauen gemustert.

„Von einem Sturm überrascht zu werden war nicht geplant!", rechtfertigte er sich, stieg ab und wickelte die Zügel nachlässig um einen Ast.

„Du bist mit *ihr* unterwegs gewesen?"

„Sie hatte einen passablen Einfall, wo Abner stecken könnte."

Sams Hand senkte sich wie ein Zentnergewicht auf Landons Schulter. „Du bringst dich in verdammte Schwierigkeiten, falls du dich nicht endlich um die Aufgabe kümmerst, für die der Boss dich ausgesucht hat. Aber das weißt du selbst, nicht?"

Landon schlug mit der geballten Faust gegen einen Baumstamm. „Die da oben haben Mist gebaut! Und ich soll tatenlos mit ansehen, wie Tess dadurch in Gefahr gerät? Das kann ich nicht."

„Du kannst das vor allem deshalb nicht, weil du dich zu ihr hingezogen fühlst. So weit hättest du es gar nicht erst kommen lassen dürfen!"

„Sehr witzig", knurrte Landon, dem Gefühlschaos in seinem Inneren hilflos ausgeliefert.

Sam brummte vorwurfsvoll, grinste jedoch dabei. „Du hattest dem Boss zugesichert, dass ein Einsatz in deiner früheren Heimat dir keine Probleme bereiten würde. Nur deshalb hat er dich aus Chicago hierhergeschickt. Ich sehe allerdings, dass das nicht stimmt. Du bist noch viel zu stark mit der Gegend verwoben, vor allem mit den Schwarzen."

Obwohl Landon ihm recht geben musste, schwieg er. Wenn er abgezogen wurde, könnte das für Felicitas übel ausgehen. Aber war nicht genau das sein Dilemma? Er brachte sie in Gefahr und wollte sie gleichzeitig vor genau dieser beschützen?

„Lass den Klan in Ruhe!", fuhr Sam fort, ihm Anweisungen zu erteilen.

„Es ging nicht um den Klan. Abner ist ein Freund. Ich durfte ihn nicht einfach seinem Schicksal überlassen."

„Hör zu, Landon. Wir stehen kurz vor dem Durchbruch! Halte dich also gefälligst von den Schwarzen und von dem Mädchen fern. Weder eine Beziehung zu ihr noch deine Freundschaft mit Abner haben eine Zukunft. Das ist dir doch bewusst. Sobald wir die Sache zum Abschluss gebracht haben, musst du hier verschwinden!"

Teil 3

11. Juni 1963 – 19. Juni 1963

Deswegen sage ich Ihnen, meine Freunde, dass ich immer noch einen Traum habe, obwohl wir den Schwierigkeiten von heute und morgen entgegensehen. Es ist ein Traum, der seine Wurzel tief im amerikanischen Traum hat, dass sich diese Nation eines Tages erheben wird und der wahren Bedeutung seines Glaubensbekenntnisses, wir halten diese Wahrheiten als offensichtlich, dass alle Menschen gleich geschaffen sind, gerecht wird. Ich habe einen Traum, dass eines Tages die Söhne von früheren Sklaven und die Söhne von früheren Sklavenbesitzern auf den roten Hügeln von Georgia sich am Tisch der Bruderschaft gemeinsam niedersetzen können. Ich habe einen Traum, dass eines Tages selbst der Staat Mississippi, ein Staat, der mit der Hitze der Ungerechtigkeit und mit der Hitze der Unterdrückung schmort, zu einer Oase der Freiheit und Gerechtigkeit transformiert wird. Ich habe einen Traum, dass meine vier kleinen Kinder eines Tages in einer Nation leben werden, in der sie nicht wegen der Farbe ihrer Haut, sondern nach dem Wesen ihres Charakters beurteilt werden.

Martin Luther King

12. Kapitel

Christopher rückte mit einer Hand den Kopfhörer zurecht und warf dabei einen flüchtigen Blick auf die Kontrolllichter. Seine Aufmerksamkeit galt vornehmlich der sich vor dem Helikopter ausbreitenden Ebene mit ihren verschlungenen Flüssen und grünen Feldern.

Der tropische Süden Vietnams zeigte sich an diesem warmen Sonnentag von seiner schönsten Seite. Die in Terrassen angelegten Reisfelder, die in der Sonne blau und grün aufleuchteten, breiteten sich über viele Kilometer vor ihm aus. Ihnen schlossen sich exotische Gärten an, die mit Gräben und Kanälen durchzogen waren und nicht selten in gewaltigen Mangrovenwäldern endeten. Ein Schwarm Hainanreiher kreuzte ihren Weg, und Christopher verfolgte ihren Flug misstrauisch. Als die schlanken Silhouetten vorübergezogen waren, beobachtete er für einen Moment die Schatten, die die vier Hubschrauber auf die Felder warfen, ehe er mit einem minimalen Rechtsschwenk eine Kurskorrektur vornahm.

Bald zeichneten sich vor ihm die ersten Häuser der Stadt Saigon ab. Der Pilot folgte dem Song Sai Gon, einem von unzähligen Fischerbooten überfüllten braunen Fluss, bis zum Militärstützpunkt und landete punktgenau auf der Markierung für seinen Huey.

Während die Rotorblätter sich mit einem nachlassenden Geräuschpegel langsamer drehten, setzten links von ihm nacheinander Brian, Tiger und Clive ihre Maschinen auf vietnamesischen Boden. Christophers Co-Pilot öffnete die Tür und sprang hinaus. Soldaten in Jeeps mit Anhängern näherten sich, um die Hueys zu entladen und auch das Privatgepäck der neu eingetroffenen Männer aufzunehmen.

Christopher schaltete die Bell UH1 routiniert und vorschriftsmäßig ab und folgte wenig später den anderen Piloten vorbei an einer Wellblechhalle zu einem Gebäudekomplex, an dem sie von einem Lieutenant Colonel Gibbs begrüßt wurden.

Vor dem einstmals weißen Haus, an dem großflächig der Putz abbröckelte, wehte träge die Flagge der Vereinigten Staaten. Auf den Stufen zur Vorderveranda lungerte eine Handvoll Soldaten in ausnahmslos unordentlicher militärischer Kleidung herum. Sie erhoben sich zwar und grüßten, als Gibbs mit den Neuankömmlingen über einen maroden Steinplattenweg auf das Portal zuging, wirkten dabei jedoch auffällig nachlässig.

Der Lieutenant Colonel winkte mit einer Hand ab und ging voraus in eine angenehm kühle Halle.

„Sie sind vorerst zu viert in der ersten Baracke untergebracht. Gleich die vierte Tür rechts. Wenn Sie sich eingerichtet haben: hier melden!" Gibbs ließ sie stehen und betrat die Schreibstube, in dem ein Telefon mit schrillem Klingeln um Aufmerksamkeit buhlte. Ein gewaltiger, mit Papieren und Büchern überladener Schreibtisch beanspruchte fast den gesamten Raum. Bevor die Tür ins Schloss fiel, sah Christopher, wie sein Vorgesetzter das Barett vom Kopf zog und auf die Tischplatte warf.

Damit blieb den Freunden nur, das klimatisierte Foyer des französischen Kolonialhauses wieder zu verlassen. Sie gingen zu den provisorischen Baracken, die sich dem Gebäude anschlossen. Ihr Zimmer war ein schmaler und völlig überhitzter Raum, der einzige Raumschmuck war eine an der Decke entlang verlaufende Wasserleitung. Zwei Metallstockbetten standen links und rechts neben der Tür, ihnen schlossen sich zwei aus edlem Holz gefertigte alte Schränke an – Überbleibsel aus der Kolonialzeit. Unter dem Fenster thronte ein wuchtiger Tisch auf vier elegant gedrechselten Beinen, der von drei primitiven Holzstühlen flankiert war.

Die Piloten bezogen mit geübten Griffen ihre Betten, räumten ihre wenigen Habseligkeiten in die Schrankfächer und trafen kurz darauf erneut in der Halle ein. Gibbs hielt sich in der Schreibstube auf und schrie lautstark ins Telefon, ansonsten herrschte im Haus ungewöhnliche Stille. Nachdem ihr Vorgesetzter den Hörer auf die Gabel geschmettert hatte, trat er zu ihnen, ließ dabei die Tür nachlässig offen stehen und bedeutete ihnen, ihm hinaus zum Jeep zu folgen. Tiger setzte sich wie selbstverständlich auf den Beifahrersitz, während Clive, Brian und Christopher sich nach hinten quetschten.

Auf ihrer Fahrt durch Saigon betrachtete Christopher aufmerksam die teilweise wuchtigen Gebäude, die bunte Farbenvielfalt und die Menschen auf den Straßen. Mopeds knatterten an ihnen vorbei, auf denen sich bis zu vier Personen drängten. Frauen jeden Alters trugen lange Bambusstangen über den Schultern, an deren Enden jeweils ein geflochtener Korb befestigt war. Ältere Männer, deren Gesichter hinter dem Rauch ihrer Zigaretten wie in einem Nebel verschwanden und die lautstark schwarzen Kaffee schlürften, saßen vor den Eingängen ihrer Häuser oder Geschäfte. Eine dunkelhaarige Kinderschar sprang zwischen Handwagen und

Ochsenkarren, Mopeds, einigen Radfahrern und Fußgängern hindurch und vervollständigte das quirlige Chaos.

Es roch nach kräftigen Gewürzen, gebratenem Huhn, Tabakrauch und tausenderlei weiteren Düften undefinierbaren Ursprungs. Kurzzeitig übertönte das durchdringende Kreischen eines Papageis den hohen Geräuschpegel, unzählige Insekten umschwirrten Christophers Kopf.

„Willkommen im Paradies", lachte ihr Chauffeur und gab sich für einen Vorgesetzten eigentümlich lässig und kameradschaftlich. Offenbar legte er noch weniger Wert auf die militärischen Umgangsformen, als es bei den Piloten ohnehin schon der Fall war.

Christopher wischte sich zum wiederholten Male den Schweiß von der Stirn und fragte sich, ob man diese bei der drückenden Hitze einfach zu anstrengend fand.

Gibbs erläuterte, einem Reiseführer nicht unähnlich, welche Gebäude, Märkte und Plätze der pulsierenden Stadt sie passierten und schlug dann wieder einen saloppen Ton an: „Wir essen in einem landestypischen Café. Heute Abend ist euer erster offizieller Termin. Ihr werdet einigen ranghohen Militärs und zivilen Beratern vorgestellt", erklärte er und schob sich eine Zigarette zwischen die Lippen.

Tiger beugte sich zu ihm hinüber und zündete sie an. Während der Jeep sich weiter durch die Straßen Saigons schlängelte, befragte er ihren Vorgesetzten zu den Details ihrer Aufgabenbereiche. Leider gelang es Christopher nicht, mehr als nur Bruchstücke der Unterhaltung zu verstehen, da das Gespräch zwischen den beiden vorn sitzenden Männern ablief und sowohl der Motorenlärm als auch die Geräusche der Stadt einen Großteil ihrer Worte verschluckten.

Schließlich parkte Gibbs vor einem Haus mit weit überstehendem Dach aus gebrannten Ziegeln, das die im Freien aufgestellten Tische und Stühle beschattete. Dort saßen kaum Gäste asiatischer Herkunft, da das *nha hang*[9] hauptsächlich von Ausländern frequentiert wurde.

Bunt gemusterte Schlangen mit Drachenköpfen wanden sich an den Säulen hinauf, die das Vordach stützten. An der Hauswand wechselten sich blaue und goldene verwirrend aussehende Muster mit immer neuen Drachenfiguren ab.

Der Offizier setzte sich zu zwei Männern in Zivilkleidung, deren Stiefel sie jedoch eindeutig als Mitglieder der US-Truppen auswiesen.

Gibbs stellte sie als Sergeants Bennet und Schalk vor. Sie betrieben etwas höflichen Small talk, ehe sie sich Gibbs zuwandten. Der hatte mittlerweile bei einer vietnamesischen Schönheit eine Mahlzeit für sie alle bestellt. Das Mädchen in ihrem figurumschmeichelnden Hemdkleid, das sich ab der Hüfte in zwei Stoffbahnen teilte und die darunter getragene Pluderhose offenbarte, lächelte, verbeugte sich und eilte davon. Die Blicke aller am Tisch, Brian ausgenommen, folgten der zierlichen Erscheinung mit dem aufgetürmten schwarzen Haar. Clive pfiff anerkennend durch die Zähne, was den drei Männern, die sich bereits länger in Vietnam aufhielten, ein eigentümlich wissendes Grinsen entlockte.

Das Essen wurde von zwei anderen jungen Frauen aufgetragen, und auch sie trugen die seidenen *ao-dai*-Kleider, deren Stehkragen ihre schlanken Hälse noch vorteilhafter zur Geltung brachten. Die Mahlzeit, bestehend aus gegrillten würzig-scharfen Schweinefleischspießen und Meeresfrüchten wie Tintenfisch, Garnelen, Krebse und Muscheln, dazu Nudeln, garniert mit Basilikum, Koriander, Frühlingszwiebeln und Wasserkresse, roch aromatisch nach der Fischsoße *nuoc man* und Zitronengras. Die Kellnerin von zuvor servierte ihnen kleine Keramikschüsseln, gefüllt mit Reis, dazu Stäbchen und zwei Kannen grünen Tee.

Clive bedrängte die Schönheit, ihnen bei Tisch Gesellschaft zu leisten, aber sie lehnte in bruchstückhaftem Englisch höflich ab.

„Die sind biegsam wie Schlangen und duften herrlich nach Blüten. Sie werden euch gefallen!“, grinste Gibbs, während er einen der Fleischspieße vom Teller nahm und genüsslich zu essen begann.

Nicht nur Christopher bemerkte, dass Brian unruhig auf dem Stuhl herumrutschte. Die beiden Soldaten in Zivilkleidung musterten den sehnigen, rothaarigen Texaner und stießen sich gegenseitig grinsend in die Seiten. Sie nahmen offenbar an, Brian könne es kaum erwarten, eines dieser Mädchen näher kennenzulernen. Christopher vermutete allerdings eher Unbehagen bei seinem Freund, fühlte er es doch ebenfalls. Brian respektierte Frauen zutiefst und seine Lisa war an Schönheit und Grazie kaum zu übertreffen.

Die fröhliche und lautstarke Unterhaltung am Tisch wurde hauptsächlich von den schon länger im Land stationierten Männern bestimmt. Sie bestellten zum Nachtisch, bestehend aus Bananen, Papayas, Longans und Milchfrüchten, einen Wein.

Christopher beschloss, wie Brian beim Tee zu bleiben. Als erneut die Frauen Vietnams zum teilweise zotigen Gesprächsthema wurden, lenkte er seine Gedanken auf Kerstin, von der er noch immer nichts gehört hatte. Aber wie sollte er auch? Zwischen seiner Abreise aus Bad Tölz und seiner heutigen Ankunft in Saigon waren gerade einmal etwas mehr als drei Wochen vergangen.

„Ich gehe ein Stück“, raunte Brian ihm zu und riss ihn damit aus der düsteren Überlegung, ob er Kerstin durch seine eigene Dummheit verloren hatte.

„Ich begleite dich“, sagte Christopher spontan und meldete sie offiziell bei ihrem Vorgesetzten ab, was diesen augenscheinlich belustigte.

Wenig später schlenderten die beiden texanischen Piloten die Straße entlang, froh, der zunehmend lüsternen Unterhaltung entkommen zu sein, und betrachteten die Obst- und Gemüsestände. Die mit Ornamenten und Drachenwesen verzierten Läden reihten sich nahezu nahtlos aneinander. Gelegentlich fand sich darunter ein Stand mit feinen Seidenstoffen und *non las*. Diese konisch geformten Hüte aus den Blättern der Latanpalme, die in ein Bambusgerüst eingeflochten waren, erfreuten sich unübersehbar großer Beliebtheit bei der Bevölkerung.

„Wann wirst du deinen Vater treffen?“, erkundigte sich Christopher bei Brian, der noch immer mit grimmiger Miene neben ihm herging.

„Vielleicht heute Abend. Falls nicht, wird er sich bei mir melden“, vermutete Brian und befühlte einen smaragdgrünen Seidenstoff, in dem seine dunkelhaarige Verlobte großartig aussehen würde.

„Bist du schlau aus dem geworden, was Gibbs Tiger über unsere Aufgaben hier erzählt hat?“, fragte Christopher und blieb abrupt stehen, als eine Horde lärmender Kinder an ihm vorbeistürmte und in eine winzige Gasse einbog. „Und kannst du dir einen Reim darauf machen, weshalb er uns in das Café geschleppt hat? Das war ein etwas seltsamer Einstand, finde ich.“

Brian, sonst ein Ausbund an Wissen, blieb ihm die Antworten schuldig. Gemächlich schlenderten sie über den Boulevard *Dong Khoi,* der von Kapok- und Tamarindenbäumen und französischen Kolonialbauten gesäumt war. Am oberen Ende des Boulevards ragten die Zwillingstürme Notre Dames in den blauen Himmel, eines von vielen Überbleibseln der Kolonialherren.

Brian warf einen interessierten Blick auf das Stadttheater, das dem Petit Palais in Paris nachempfunden war und in dem seit 1955 das Marionettenparlament von Präsident Ngo Dinh Diem seinen Sitzungssaal hatte, bevor er doch noch auf Christophers zuvor gestellte Fragen zurückkam: „Ich kann dir nur sagen, was ich vermute, Chris. Ein paar von uns fliegen in der Hauptsache die politischen und militärischen Berater zu ihren Terminen und Treffen. Du hast ja gesehen: Das Land besteht größtenteils aus Dschungel, Reisfeldern und Obstplantagen, durch die lediglich kümmerliche Pfade führen. Die meisten von uns werden eine

Art Grenzschutz aus der Luft zwischen Nord- und Südvietnam und Kambodscha übernehmen."

„Taxiunternehmen also?" Christopher grinste bei der Aussicht auf einige eher gemütliche Monate.

Während sie durch das Gewirr der überfüllten Straßen schlenderten, erzählte Brian Christopher von der Einnahme Vietnams durch die Franzosen im Jahr 1858 und die darauffolgende wirtschaftliche Ausbeutung des Landes, die brutale Niederschlagung Aufständischer durch die Kolonialmacht und die im Zweiten Weltkrieg geführten Vertragsverhandlungen zwischen der französischen Vichy-Regierung und den Japanern[10].

Brian duckte sich unter ein paar roten Lampions hindurch und fügte abschließend hinzu: „Nach dem Waffenstillstand und der Konferenz in Genf wurde Vietnam entlang des siebzehnten Breitengrades in Nordvietnam mit seiner Hauptstadt Hanoi und Südvietnam mit Saigon geteilt."

„Und dann ist das Ganze unserer Regierung zu kommunistisch geworden und–" Christopher verstummte, denn Brian ergriff ihn grob am Arm.

Ihre Aufmerksamkeit wurde von einer unruhigen Menschenmenge gefesselt, die sich gewaltsam gegen uniformierte Polizisten zur Wehr setzte. Neugierig drängten Christopher und Brian sich zwischen die Vietnamesen, unter denen sich eine immense Anzahl orange gekleideter Mönche befand. Sie erreichten in dem Augenblick das Zentrum des Geschehens, als ein am Boden kniender Mönch von einem zweiten Glaubensbruder mit bläulich schimmerndem Benzin aus einem Kanister übergossen wurde.

„Was ... was soll denn das?", stammelte Brian. Ein eigentümlicher Laut entrang sich seiner Kehle. Christopher sah sich um. Vielleicht war es von Vorteil zu verschwinden, bevor die aufgebrachte Menge sich zu einem wütenden Mob verwandelte?

Eine hysterisch klingende Stimme rief ein paar für die Amerikaner unverständliche Worte. Ein kalter Schauer jagte über Christophers Rücken. Was geschah hier? Im nächsten Augenblick schlug eine gewaltige Stichflamme hoch. Schreie erfüllten den Platz. Die Menschen erstarrten, als habe der Anblick der Flammen sie versteinert. Selbst die Polizisten ließen von ihnen ab und drehten sich mit vor Schreck verzogenen Gesichtern dem Drama zu, das sich vor ihren Augen abspielte.

Christopher fühlte den Wunsch, irgendetwas zu tun, zu reagieren. Energisch drückte er sich zwischen Brian und einem anderen

Nichtasiaten vorbei, der die Kaltschnäuzigkeit besaß, mit seiner Kamera die grauenhafte Szene festzuhalten.

Vor einem himmelblauen Austin mit offen stehender Frontklappe saß vollkommen ruhig und reglos der Mönch. Er brannte lichterloh.

Diesmal war es an Brian, den Freund am Uniformärmel zurückzuhalten. Die Menschenansammlung war dazu übergegangen, unverständliche Worte zu flüstern. Das Gemurmel schwoll zu einer bedrohlich klingenden Geräuschkulisse an, die nur vom Zischen der Flammen übertönt wurde. Vereinzeltes Aufschluchzen mischte sich unter die unmenschlichen Laute.

Christopher wandte sich ab, als der Mönch strampelnd nach hinten kippte. Der Anblick war grausig und der Geruch des verbrennenden Fleisches kaum auszuhalten. Zwei vietnamesische Männer musterten ihn mit grimmigen Mienen, und in ihren dunklen Augen flackerte es, als wollten sie sich im nächsten Moment auf ihn stürzen. Alarmiert ließ Christopher den Blick über die Menge schweifen. Waren er und Brian hier der Feind? Wohin waren sie auf ihrem Spaziergang nur geraten?

„Verschwinden wir", brummte der Fotograf in vertrautem amerikanischem Slang, packte seine Kamera in eine ausgebeulte Tasche und schubste Brian an. Die Uniformierten folgten dem Fotografen in die Straße, aus der sie zuvor gekommen waren. Dort lehnten sie sich alle drei – tief durchatmend – an die von der Sonne aufgeheizte Wand eines mehrstöckigen Gebäudes.

„Was – und wer – war das?", fragte Brian in der Hoffnung, von dem Fotografen Auskunft zu erhalten.

„Ihr seid neu hier, nicht? Das merkt man!", keuchte dieser und erklärte ihnen: „Der Mönch ist Thich Quang Duc." Er räusperte sich, als müsse er seine Stimmbänder von dem beißenden Gestank befreien, und bedeutete ihnen mit einer Kopfbewegung, dass es besser sei, wenn sie sich noch weiter vom Schauplatz der Selbstverbrennung entfernten.

„Weshalb tut jemand sich so etwas an?" Christopher folgte dem Mann, der sich als Malcom Browne vorgestellt hatte, unter ein niedriges Dach und ließ sich dort auf den Hocker vor einer winzigen Garküche fallen. Über ihnen schwankten rote und orangefarbene, mit Drachen und Schriftzeichen verzierte runde Seidenlampen im warmen Wind. Der Gestank verbrannten Fleisches hielt sich hartnäckig in Christophers Nase.

„Unsere Regierung unterstützt Ngo Dinh Diem, einen Mann aus dem katholischen Adel", begann der Reporter zu erzählen. „Er schuf eine von Vertretern der römisch-katholischen Minderheit dominierte Regierung.

Die katholische Kirche ist der größte Landbesitzer in diesem Teil Vietnams. Diem hat seit Amtsantritt viele den Katholiken zugutekommende Verordnungen und Gesetze erlassen, die von der buddhistischen Mehrheit, immerhin fast neunzig Prozent der Bevölkerung, als Diskriminierung betrachtet werden."

Christopher und Brian warfen sich einen abschätzenden Blick zu. Sie ahnten, was folgte.

„Am siebten Mai hat Diems Regierung das Hissen buddhistischer Flaggen untersagt, am achten Mai, dem Geburtstag Buddhas, widersetzten sich viele dem Verbot und gingen auf die Straße. In Hue[11] gab es eine gewaltige Demonstration, die von Sicherheitskräften umstellt wurde. Duc rief dazu auf, sich gegen die Diskriminierung zur Wehr zu setzen, und erreichte, dass sich immer mehr Menschen dem Protest anschlossen. Am Abend gab es zwei Explosionen in der Stadt und die Versammlung wurde mit Waffengewalt aufgelöst. Es gab Tote." Wieder legte der Erzähler eine kurze Pause ein und klopfte dabei mit der Hand leicht auf die Fototasche. Christopher fragte sich unwillkürlich, ob Browne Zeuge des Geschehens gewesen war.

„Die südvietnamesische Regierung schob die Explosionen dem Vietcong in die Schuhe und bezeichnete deshalb den Einsatz von Waffengewalt als gerechtfertigt. Auch hier in Saigon gab es Aufmärsche und Hungerstreiks. Bis heute hat sich die Lage nicht mehr vollständig entspannt. Vor ein paar Tagen wurden in Hue fast siebzig friedlich demonstrierende Mönche von der Polizei und dem Militär durch einen Tränengaseinsatz verletzt. Die Chemikalie, aus den Beständen der früheren französischen Kolonialmacht stammend, hatte sich im Laufe der Zeit zu Säure umgewandelt. Sie wurde über die Köpfe der Protestanten ausgegossen und verätzte die Menschen." Browne holte erst einmal tief Luft.

Ein älterer Mann mit dem landestypischen *non la* auf dem Kopf brachte ihnen unaufgefordert Tee an den Tisch, verschwand aber sofort wieder.

Brian löste sich aus seiner Erstarrung, beugte sich zu Christopher und Browne hinüber und flüsterte: „Ich habe gehört, dass die US-Regierung inoffiziell damit droht, dem Regime die Unterstützung zu entziehen."

Der Journalist sah sich um und raunte zurück: „Haben Sie verlässliche Quellen!? Duc hat ein deutliches Zeichen seines Protestes gesetzt. Wenn auch ein grausiges! Unsere Regierung wird gezwungen sein, darauf zu reagieren!"

Die drei Männer schwiegen, noch immer entsetzt über das Gesehene. Christopher stellte sich erneut die Frage, in was für einen Hexenkessel er da hineingeraten war. Der Vietcong übernahm zunehmend mehr Dörfer und Gegenden im Süden, in den Kennedy fortlaufend neue Soldaten schickte. Zudem ging die Regierung unter einem korrupten, keinesfalls demokratisch denkenden Präsidenten gegen buddhistische Mönche und somit indirekt gegen das eigene Volk vor! Wie lange wohl der Einsatz der Green Berets, immerhin eine Kampftruppe für Sondereinsätze, sich ausschließlich auf Grenzsicherung, Ausbildung und Beratung konzentrieren würde?

Browne verabschiedete sich wenig später von ihnen, und auch die Piloten machten sich auf den Rückweg. Sie fanden zwar den Jeep vor dem Café, in dem sie gegessen hatten, doch weder die drei Veteranen noch ihre beiden Kameraden. Kurz entschlossen betrat Christopher das *nha hang*, blieb im Eingang aber erst einmal stehen, um seine Augen an das schummrige Licht zu gewöhnen.

Der Duft von starkem Kaffee begrüßte ihn, Zigarettenrauch hing wie Nebelschwaden in der Luft. Die mit Sprossen unterteilten Fenster waren mit dicken roten Vorhängen halb verhängt, und das mit Schnitzereien verzierte, dunkle Holzmobiliar trug nicht eben zu einer freundlichen Atmosphäre bei. Rote und gelbe Seidenlampen hingen von der niedrigen Decke und verbreiteten ein schummeriges Licht. Das Zimmer war in einen offenen Speisesaal und im angrenzenden Bereich in Nischen aufgeteilt. Von dort drang das unangenehm hohe Kichern einer Frau und das dröhnende Lachen eines Mannes herüber.

Das vietnamesische Mädchen in dem gelben *ao dai*, das sie zuerst bedient hatte, tauchte hinter einer mit bemaltem Stoff bezogenen Trennwand auf. Sie wirkte unbeschreiblich zerbrechlich.

„Ich suche die Soldaten." Er sprach langsam und deutlich, da sie vorhin nur stockend auf Clives Einladung geantwortet hatte. Seine Verwunderung war groß, als sie in fließendem Englisch antwortete, wenn auch mit starkem Akzent: „Ihre amerikanischen Freunde sind ein Haus weiter." Mit einer anmutigen Bewegung deutete sie an den Logen vorbei zu einem zweiten Ausgang. Dieser war durch einen Vorhang verhängt, auf dem sich ein grün-goldener Drache wand.

Christopher bedankte sich und ging auf den Hinterausgang zu, wurde aber von Brian, der ihm gefolgt war, am Arm zurückgehalten. „Glaub mir, Chris. Da willst du nicht hin!", raunte er ihm zu und zog ihn energisch zum Eingang zurück.

Der Blick aus den ausdrucksstarken, dunklen Augen der Südvietnamesin folgte ihnen. Als Christopher sich unter dem Türrahmen bückte, um sich nicht den Kopf zu stoßen, sah er, wie ein bezauberndes Lächeln ihre ernsten Züge erhellte.

~

Landon schob sich den Stetson in den Nacken, als er vor das Schaufenster von Felicitas' Laden trat. Die Junisonne stand tief im Westen und beschien die auffällig saubere Scheibe, hinter der sich Familienporträts neben Landschafts- und Blumenaufnahmen präsentierten. Die linke Seite nahmen Bilder einer Gruppe stolz posierenden Jäger, einer Schulklasse mit ihrer Lehrerin Maggie Lemmon und des ortsansässigen Baseballteams ein.

Der Deputy machte einen Schritt nach rechts, damit er sich ein paar neu hinzugekommene Aufnahmen ansehen konnte. Sie zeigten einige der alten Kolonialhäuser der Stadt, wunderbar eingefangen im sanften Abendlicht der warmen Mississippi-Sonne, sodass der Betrachter unwillkürlich an einen heißen Sommertag erinnert wurde, die Grillen zirpen hörte, den Staub durch die Straßen wandern sah und den allgegenwärtigen salzigen Schweiß auf den Lippen schmeckte.

Das Fotostudio lief erfolgreich, und das nicht nur, weil es Felicitas innerhalb der letzten vier Wochen gelungen war, die Herzen sämtlicher Frauen durch praktische Hilfe zu erobern, sondern auch, weil sie eine wirklich begabte Fotografin war.

Im Steve's wie auch bei Dorothy im Laden erzählte man sich, dass sogar Kunden aus Woodville herüberkamen. Die Deutsche war ein Teil der Stadt geworden, wenn ihr auch wegen ihrer offenen Zuneigung zu den Schwarzen weiterhin ein gewisses Misstrauen entgegengebracht wurde, was sie großzügig – oder naiv – ignorierte.

Zweimal in der Woche fuhr sie mit ihrem Pick-up in Richtung Woodville davon, und vermutlich wusste nicht nur Landon, dass sich unter der flatternden Plane über der Ladefläche einige Schwarze auf dem Weg zu Adam Lee ins Krankenhaus befanden. Er selbst war einmal Zeuge gewesen, als Felicitas im Wald jenseits der Stadt anhielt, um Viola und Holly Dedra aus ihrem unbehaglichen Versteck zu befreien, damit sie bequem bei ihr vorn im Fahrerhaus Platz nehmen konnten.

Als sich ihm Schritte über die ausgebleichte Holzveranda näherten, die auch hier den Gehsteig ersetzte, und Emmy sich zu ihm gesellte, zog er höflich den Hut.

„Deputy Brown, wie schön! Ich habe Sie lange nicht gesehen."

Landon grinste. Dieselben Worte hatte die Bürgermeistersfrau erst vor vier Tagen nach dem Gottesdienst zu ihm gesagt. Es war ihre Art, ein Gespräch zu beginnen. „Das stimmt, Mrs Phillips. Und dabei ist es jetzt endlich nicht mehr so heiß!"

„Ja, ich mag die wenigen kühleren Sommertage, die uns geschenkt werden. Sie sind herrlich erholsam, wobei ich fürchte, die Pause vor der nächsten Hitzewelle könnte von kurzer Dauer sein!" Emmy tippte mit dem Zeigefinger gegen die Schaufensterscheibe. „Sehen Sie, wie vorteilhaft Miss Felicitas unser Haus abgelichtet hat? Ich möchte mir das Bild gerade abholen."

Landon beugte sich nach vorn und betrachtete verwundert die im Gegenlicht aufgenommene Fassade des noch von vor dem Bürgerkrieg stammenden Antebellum-Hauses. Nun, da Emmy ihn darauf hingewiesen hatte, erkannte er es erst. Die Fotografin hatte das von dem Hausherrn schändlich vernachlässigte Gebäude als das nobel wirkende, herrlich anzusehende Herrschaftshaus abgebildet, das es einst gewesen war.

„Ist sie nicht eine Künstlerin? Sie hat den perfekten Blick für Details!", lobte Emmy und trat an die Eingangstür, in deren Glasfenstern zwei Aufnahmen üppig blühender Magnolien hingen.

„Kommen Sie mit herein?", fragte sie, als die Glocke über der Tür bereits einladend läutete.

Da er seit Wochen versuchte, Felicitas aus dem Weg zu gehen, wollte er verneinen, sah dann aber im Halbdunkeln des kleinen Raumes einen Sheriffstern aufblitzen. John Johansen. Nun hielt er der dankbar lächelnden Frau doch die Tür auf und folgte ihr in den Laden. Seinem Kollegen warf er einen grimmigen Blick zu, den John allerdings nicht sah, weil er sich intensiv mit der Inhaberin unterhielt. Landon legte die Stirn in missbilligende Falten. Dieser Kerl hielt sich ständig im Fotostudio, bei Steve oder draußen auf dem Tampico-Anwesen auf, anstatt seiner Arbeit nachzugehen! Womöglich war es an der Zeit, ihm neu zu erklären, wofür er eingestellt worden war und was *nicht* in sein Aufgabenfeld fiel!?

„Ein nettes Paar, nicht?", raunte Emmy Landon zu, trat dann an den vollgestellten, rustikalen Verkaufstisch und begrüßte das „nette Paar".

„Deputy Johansen!", donnerte Landons Stimme durch den Raum und brachte den Mann, aber auch Emmy zu einem schnellen Herumwirbeln. Ohne den Blick von Landon zu nehmen tastete John über die

Theke nach seinem beigefarbenen Hut, den Felicitas ihm schließlich in die Hand drückte, damit er aufhörte, ihre Auslagen durcheinanderzuwerfen.

„Ich denke, du hast zu tun!", wies Landon ihn zurecht.

„Klar!", erwiderte John hörbar irritiert. Er war es nicht gewohnt, dass der ältere Deputy ihn so anblaffte. Mit betretener Miene stapfte er hinaus in den lauen Sommertag.

„Müssen Sie denn so brüllen, Deputy?", rügte Felicitas und stellte die von ihrem geflüchteten Gesprächspartner umgeworfenen Bilderrahmen wieder auf.

„Er ist im Dienst, und Sie sollten ihn nicht davon abhalten, Miss!"

Ihre hochgezogenen Augenbrauen signalisierten ihm deutlich, dass er sich nicht in ihre Angelegenheiten mischen sollte. Landon wusste das, besser noch, als die junge Frau auch nur ahnen konnte. Also drehte er sich wortlos um und folgte John auf die Straße. Zufrieden sah er zu, wie dieser auf die gegenüberliegende Straßenseite schlenderte und sich in den Sheriffwagen setzte. Jetzt war er dort, wo er hingehörte – und dabei weit genug fort von Felicitas! Der letzte Gedanke hatte sich blitzschnell in seine Überlegungen geschlichen. Wütend auf John, auf Felicitas und vor allem auf sich selbst stülpte Landon sich den schwarzen Hut auf die von der Sonne ausgebleichten Haare und stapfte mit polternden Schritten über den Gehsteig.

In den vergangenen Monaten war vieles schiefgelaufen, was ihn zwang, noch immer hier auszuharren und den braven Deputy zu spielen, obwohl er die gesamte Aktion eigentlich inzwischen abgeschlossen haben sollte. Er musste der Stadt, dem Tampico-Anwesen mit all seinen schönen, aber auch schmerzlichen Erinnerungen und vor allem Felicitas, die ihm gefährlich unter die Haut ging, endlich den Rücken zukehren!

Ein langsam fahrender, chromblitzender schwarzer Rolls-Royce Phantom erregte Landons Aufmerksamkeit ebenso wie die weiterer Stadtbewohner. Dorothy, die vor ihrer Ladentür die Veranda fegte, stützte sich auf den Besenstiel; ihr Mann, durch die plötzliche Untätigkeit seiner Frau angelockt, trat neben sie, und auch Flips Mutter stellte ihre Einkaufskörbe ab und musterte die Edelkarosse, die direkt vor Felicitas' Laden anhielt.

„Meine Güte! Was für ein Fahrzeug! Ob der aus Woodville oder gar aus Jackson kommt?", überlegte Dorothy laut.

Walter strich sich über die Glatze und gesellte sich zu Landon. „Ein Kennzeichen aus dem Norden, nehme ich an. Da steckt Geld dahinter!

Viel Geld!", prophezeite er und rieb sich erwartungsvoll die Hände. Hoffte Walter auf einen satten Gewinn für den Laden? Allerdings sah es im Moment mehr danach aus, als fließe das Geld in das Fotostudio, denn der schmächtige Mann mit der runden Brille auf der kleinen Nase öffnete einer exquisit gekleideten Beifahrerin die Tür, und die beiden betraten Felicitas' Eckladen.

Durch das energisch klingende Zuwerfen einer Automobiltür vorgewarnt, richtete Landon seine Aufmerksamkeit auf den Polizeiwagen. John zog mit einer wichtig wirkenden Geste die Hose höher und machte sich auf den Rückweg zum Fotostudio. Landon strich sich nachdenklich über die Bartstoppeln am Kinn. Sollte er das zulassen, damit er später von seinem Kollegen erfahren konnte, was die Neuankömmlinge bei Felicitas gewollt hatten? Da Landon jedoch die Bürgermeisterfrau dort wusste, pfiff er durch die Zähne. John hob den Kopf, sah ihn, zuckte mit den Schultern und setzte sich zurück in den Wagen, wobei er die Tür offen ließ.

Walter lachte laut und klopfte Landon mehrmals derb auf den muskulösen Oberarm. „Du hast dir den Jungen gut gezogen, Landon!" Er verschwand im Laden, wohl wissend, dass er seine Informationen früher oder später bekommen würde. Auch Flips Mutter begab sich, wenngleich zögernd, auf den Heimweg.

Dorothy hingegen trat zu Landon und fuchtelte mit dem Besenstiel gefährlich nahe vor seinem Gesicht herum, dabei ließ sie die Tür des Fotogeschäfts nicht aus den Augen. „Landon, wenn du nicht willst, dass der Grünschnabel dir die Süße vor der Nase wegschnappt, musst du dich endlich mal ins Zeug legen!", zischte sie zwischen nahezu geschlossenen Lippen hindurch. Verständnislos sah Landon Dorothy an. Weshalb sollte er? Er wollte doch gar nicht …

„Jetzt schau mich nicht so unschuldig an. Vergiss nicht, dass ich dich bereits als kleinen Rabauken kannte! Dein sehnsüchtiger Blick ist derselbe geblieben. Damals waren es meine Zuckerstangen, heute ist es die Süße, die du anstarrst wie ein Pferd eine Karotte. Sie stammt zwar nicht von hier, ist aber ein nettes Persönchen. Sehr hilfsbereit und fleißig! Weißt du, dass sie sogar den Unterricht in der Schule übernommen hat, als Miss Maggie krank war? Und nachdem die jungen Switches ihr Baby bekommen haben, hat sie eine Woche in ihrem Haushalt geholfen und die zwei älteren Kinder beschäftigt! Sie hat ihnen gezeigt, wie man Fotografien entwickelt, und der Ältere hat tolle Aufnahmen geknipst."

„Miss Dorothy …"

„Ach, papperlapapp! Du brauchst mir nichts erzählen, Landon Brown. Denkst du, ich sehe nicht, wie du sie mit den Augen verfolgst? Du weißt schon: Zuckerstangen und Karotten ...!"

„Dorothy, ich bin für die Sicherheit der Bürger hier verantwortlich. Nach dem, was im Frühsommer vorgefallen ist, und da die Miss sich durch nichts davon abbringen lässt, Freundschaften mit den Dorfbewohnern zu pflegen, bin ich gezwungen, ein Auge auf sie zu haben – zu ihrer und zu unserer Sicherheit!"

„Der Frühsommer ist vorbei ebenso wie die unglückseligen Vorfälle. Seit dem Brand der Kirche da drüben im Wald ist nichts mehr passiert!"

Ein nichtssagendes Brummen war alles, wozu Landon sich hinreißen ließ. Es wunderte ihn zutiefst, wie friedlich es die letzten Wochen geblieben war. Er hatte mit weiteren Ausschreitungen gerechnet, doch nichts war geschehen. Landon konnte nur hoffen, dass die Geschichte um den Tod des kleinen Bobby Charles bereits in Vergessenheit geriet ... Allerdings gab es da noch Adam Lee. Der Junge lag zwar nicht mehr im Koma, dennoch stuften die Ärzte seinen Zustand als bedenklich ein.

Erneut wanderte Landons Blick zu der vornehmen Limousine. Weder ihre Eigentümer noch Emmy hatten das Fotogeschäft verlassen. Er musste also noch warten, ehe er erfuhr, was es mit den Leuten auf sich hatte.

„Dorothy", grüßte Landon, setzte den Hut auf und stieg die Stufen hinab.

„Morgen ist Tanzabend im Gemeindezentrum. Frag die Süße, ob sie mit dir hingeht, bevor es ein anderer tut!", rief Dorothy ihm ungeniert laut nach.

„Morgen Abend habe ich Dienst."

„Ach!", fauchte die Frau ungehalten, und aus dem Augenwinkel sah Landon, dass sie versuchte, ihn mit dem Besen zu schlagen, obwohl er bereits auf der Straße war. „Das hat deinen Vorgänger und auch Jo-Jo nie davon abgehalten, dort aufzutauchen!", schrie sie ihm nach.

Grinsend betrat Landon das Steve's und schlängelte sich an den Tischen mit den hochgestellten Stühlen vorbei zu der steil nach oben führenden Treppe zu der privaten Wohnung des Wirts und zu einigen Gastzimmern.

„Hey, Steve, bist du da?", rief er hinauf.

„Hast du den Schlitten gesehen? Wo wollte der denn hin?", drang die Stimme des Gastwirts von oben herab.

„Zu Miss Tess."

„Was?“ Steve polterte die Stufen herunter und baute sich, noch zerzaust und mit falsch geknöpftem, kariertem Flanellhemd, vor ihm auf.

„Ich habe keine Ahnung, was das bedeuten soll. Allerdings juckt es mich am linken kleinen Zeh“, erklärte Landon, der erfreut zusah, wie Steve zwei Flaschen Zitronenlimonade aus einer Kiste unter dem Tresen fischte.

„Und was bedeutet das?“

„Ich habe keine Ahnung! Ärger?“

„Für Tess?“

Landon nahm seine Limonade mit einem dankbaren Kopfnicken entgegen und griff nach dem Flaschenöffner.

„Sie ist in den letzten Tagen mehrmals nach Woodville gefahren. Flip hat sie dort auf dem Postamt gesehen. Sie hat telefoniert“, informierte Steve ihn.

„Warum telefoniert sie nicht bei dir oder bei Dorothy?“, überlegte Landon laut.

„Weil sie nicht eine Traube von Zuhörern um sich haben möchte?“, mutmaßte Steve.

„Zumindest lernt sie aus ihren Fehlern.“ Bekümmert dachte Landon an die Nacht zurück, in der er sie mit einer Tränenspur auf der verschmutzten Wange neben ihrem Fahrzeug liegend gefunden hatte. Noch heute zog es ihm bei der Erinnerung an ihren verletzlichen Anblick den Magen zusammen.

Schweigend tranken sie ihre Limonade, und Landon lotete gedanklich aus, ob er Steve in seine Geheimnisse einweihen sollte, verdrängte den Einfall aber energisch. Er war sich nicht sicher, wie loyal Steve ihm gegenüber wirklich war, immerhin war der Café-Eigentümer erst vor knapp drei Jahren aus Woodville in die Gegend gezogen.

„Kann ich dir irgendwie helfen?“, unterbrach Steve seine Gedankengänge.

Landon grinste verlegen. Gerade war ihm die Überlegung durch den Kopf gegeistert, ob er Steve bitten könnte, Felicitas zum Tanz einzuladen, damit er die junge Frau in sicheren Händen wusste. Auszusprechen wagte er nur eine andere Frage: „Ich weiß, dass du vor meinem Amtsantritt als Reserve-Deputy vereidigt wurdest. Falls ich dir einen Hilfssheriffstern anbieten würde, würdest du ihn nehmen? Du kannst es dir ja mal überlegen.“

Sein Gesprächspartner stellte die geleerte Flasche hart auf den Tresen. „Erwartest du Ärger?“

„Es ist – nach all dem, was geschehen ist – ungewöhnlich ruhig geblieben. Ich habe mit einem ekelhaft heißen Sommer gerechnet und meine damit nicht den brennenden Planeten da oben."

„Ich ebenfalls!", pflichtete Steve ihm bei und rülpste verhalten in seinen Ärmel. „Weißt du, Landon, du solltest dich öfter mal mit mir unterhalten."

Verwundert setzte der Deputy die Flasche ab, die er soeben an die Lippen gesetzt hatte.

„Ich bekomme hier so einiges zu hören. Es geht das Gerücht um, dass in den letzten Wochen in verschiedenen Häusern seltsame Dinge aufgetaucht sind."

„Was?" Perplex stellte Landon seine Limonade ab. Gegenstände, die aus Häusern verschwanden, waren nichts Neues, aber Steve schien ihm weismachen zu wollen, dass es Fälle gegeben hatte, in der das Gegenteil vorgefallen war – und das unter dem Deckmantel eines gemeinschaftlichen Schweigens.

„Bei den Fundstücken handelt es sich um verkohlte Holzstücke in einer Länge von etwa zwanzig Zentimetern. An einigen der Holzfragmente klebten Gras- und Erdklumpen, in anderen steckten Nägel. In einem Haushalt soll gar das gesamte zusammengenagelte Mittelstück eines Kreuzes aufgetaucht sein."

Landon begriff schnell: Ein Unbekannter hatte das vorzeitig gelöschte Ku-Klux-Klan-Kreuz vom Friedhof der Schwarzen an sich genommen, in mehrere Stücke zerbrochen und in ausgesuchten Häusern der Stadt verteilt. Und dies vollständig unentdeckt, als sei er ein Phantom?

„Man munkelt außerdem, dass es sich um zwei Kreuze handelt. Vielleicht waren Stücke davon Reste von dem aus Tess' Garten?"

„Dann könnte ich sie fragen, was sie mit den Resten gemacht hat", murmelte Landon.

„Du könntest aber auch mich fragen, von wem ich die Geschichte habe – und bei wem die Kreuzfragmente aufgetaucht sind", knurrte Steve, nahm die Flaschen vom Tresen, obwohl Landons noch nicht leer war, und warf sie klappernd in die Kiste. Landon wand sich innerlich. Er musste die Finger von dieser Sache lassen. Den Klan gab es hier seit mehr als 100 Jahren, und es würde ihn auch noch geben, wenn er längst wieder aus dem County verschwunden war.

„Manchmal frage ich mich, weshalb dich solche Informationen überhaupt nicht interessieren, Landon Brown. Miss Virginia würde dir gehörig den Marsch blasen, wenn sie –" Steve brach ab und hob entschuldigend beide Hände, als er Landons vorwurfsvollen Blick sah. „Ich weiß, ich kannte sie kaum und sollte mir über sie kein Urteil erlauben. Aber mir missfällt dein Desinteresse auch deshalb, weil die Kuttenträger ein Auge auf Tess geworfen haben. Und ich verstehe es nicht."

Erneut spürte Landon die Verlockung, Steve mehr zu erzählen, als er sollte. Doch die Gefahr, dadurch die ganze Aktion zu gefährden, ebenso Sam und den Mann in Vietnam – und womöglich sogar Felicitas –, hielt ihn zurück!

„Wo hat man die Reste des Klan-Kreuzes gefunden?", fragte er also, wie von Steve gefordert, nach.

„Ich weiß, dass im Haus der Hayes' und in dem von Bürgermeister Phillips welche lagen. Es sollen allerdings noch mehr gewesen sein."

„Und jetzt vermutest du, jemand hat die beiden im Verdacht, dem Klan anzugehören? Und dieser Jemand lässt ihnen mit den Kreuzfragmenten eine Warnung zukommen? Ist das nicht ... lächerlich?"

Steve machte ein grimmiges Gesicht, beugte sich zu ihm herüber und flüsterte: „Ja, es hört sich lächerlich an. Aber Phillips und Hayes haben Angst! Zweimal schon fanden sie verkohlte Reste *ihres* Kreuzes bei sich in der Küche. Und ich sage bewusst *ihres* Kreuzes, denn ihre Angst macht sie in meinen Augen tatsächlich verdächtig, dem Klan anzugehören und das Feuer gelegt zu haben."

Landon presste die Lippen zusammen. Wer könnte wissen, welche Stadtbewohner sich unter den weißen Kapuzen versteckten? Gehörten der Bürgermeister und Walter tatsächlich zu denjenigen, die die Kirche in Brand gesteckt, Adam Lee beinahe getötet, Abner verprügelt und Felicitas angegriffen hatten? Landon kämpfte einen Anflug von hilflosem Zorn nieder.

„Die halbe Stadt weiß von den seltsamen Holzlieferungen", fuhr Steve fort, „demnach müssen sie bei noch mehr Leuten aufgetaucht sein. Und glaub mir: Die Betroffenen sind beunruhigt! Jemand weiß um ihre Identität, schleicht sich nachts ungesehen in ihre Häuser und hinterlässt prekäre Grüße. Sie legen den Mantel des Schweigens darüber, halten sogar so dicht, dass nicht einmal du oder Jo-Jo einen Hinweis bekamen!? Vermutlich, weil der Verteiler der Botschaften Volltreffer bei den Adressaten gelandet hat!"

„Dann darf ich mir nun aussuchen, ob ich mich freuen soll, weil diese Männer mal am eigenen Leib spüren, wie es sich anfühlt, wenn sie und ihre Familien bedroht werden, oder ob ich befürchten muss, dass bald wieder Häuser in Flammen aufgehen?"

„Jedenfalls habe ich es dir gesagt. Gleichgültig, wie du über die Sache denkst, Landon, und wie verwirrend ich deine Passivität finde: Jetzt musst du etwas tun!"

„Herzlichen Dank auch!" Landon stand auf, ging um den Tresen herum und ergriff seine Flasche. Er leerte sie in einem Zug und begab sich dann auf den Weg zur Tür.

„He, Landon!"

Landon wandte sich um.

„Um auf deine Frage zurückzukommen: Ja, ich würde den Stern annehmen!"

„Danke, Steve!"

~

Felicitas kippte das Schild an ihrer Ladentür auf *Geschlossen,* drehte den Schlüssel im Schloss und huschte zwischen den Regalen hindurch zurück zu ihren beiden Gästen, die sich als Anwalt Peter Walken und seine Assistentin Veronica Glennon vorgestellt hatten. Walken hatte sich in einem für Felicitas äußerst teuren Telefongespräch bereit erklärt, aus Ohio in den Süden zu fahren.

Die Fotografin brachte dem Juristen das gewünschte Glas Wasser und seiner Begleiterin ein Wasser mit Minze. Während sie Walkens Ausführung darüber lauschte, was er bereits für die Gleichberechtigung der Schwarzen getan hatte und dass einer seiner fähigsten Mitarbeiter ein Schwarzer sei, beobachtete sie, wie draußen mehrere Menschen vorübergingen und neugierig versuchten, einen Blick ins Innere zu erhaschen. Walkens Assistentin rutschte unbehaglich auf dem einfachen Holzstuhl herum, bemüht, den engen Rock des modernen taubengrauen Kostüms schicklich auf Kniehöhe zu halten.

Als Walken in die Hände klatschte, zuckte Felicitas zusammen, war sie doch dazu übergegangen, ihren eigenen Gedanken nachzuhängen.

„Wurde inzwischen eine Klage gegen Ihren schwarzen Freund eingereicht?", wollte Walken wissen.

„Nein, Mr Walken. Er wurde vom Klan angeschossen und liegt seit Wochen im Krankenhaus in Woodville. Es gab nur die Forderung vom Besitzer des Unfallwagens, dass Adam Lees Familie die Reparatur an seinem Automobil bezahlen müsse." Felicitas runzelte die Stirn. Das hatte sie doch schon am Telefon gesagt.

Walken warf seiner Assistentin einen unübersehbar missbilligenden Blick zu. „Kann der Schaden beglichen werden?"

„Nein. Die Familie kann das unmöglich leisten. Rich Carbonne hat zwar lange nicht mehr nach dem Geld gefragt, allerdings fürchte ich, dass er die Forderung wiederholen wird, sobald es Adam Lee besser geht. Ebenso die Frage danach, wann Adam Lee gerichtlich belangt werden wird."

„Gibt es andere Anliegen, bei denen die Gefahr besteht, jemand könnte Sie oder Ihre Freunde vor Gericht bringen?"

Felicitas stellte das noch volle Glas Eistee auf den Tresen. Ihre Hände zitterten zu sehr, als dass sie es länger halten wollte. Die gereizte Stimme des Anwalts ließ erahnen, dass er es missbilligte, wegen einer solchen Lappalie nach Mississippi gelockt worden zu sein. Verzweifelt versuchte Felicitas, ihren Hilferuf zu rechtfertigen: „Adam Lee und ich sind vom Klan angegriffen worden, dann wurde die Scheune des Bürgermeisters in Brand gesetzt. Kurz darauf ging die Kirche der Schwarzen in Flammen auf, und Menschen wurden verletzt. Einen Verwandten von Adam Lee hat man erst zwei Tage nach dem Brand gefunden. Man hatte ihn verprügelt und halb nackt mitten im Wald an einen Baumstamm gefesselt. Es gibt Alligatoren da draußen! Aber all das kümmert niemanden! Keinen Menschen interessiert, was geschehen ist oder wer dahintersteckt." Felicitas atmete tief durch.

„Das heißt, *Sie* wollen Klage einreichen?"

Hilflos zuckte Felicitas mit den Schultern. Plötzlich wusste sie nicht mehr, was sie sich davon erhofft hatte, einen aus dem Norden stammenden Anwalt angerufen zu haben. Zumal sie sich im Rechtswesen des Staates Mississippi überhaupt nicht auskannte.

„Ich fürchtete, dass man Adam Lee anklagen wird, sobald es ihm besser geht. Ich möchte verhindern, dass er in den Mühlen der Justiz zermahlen wird. Die Rechte werden hier – wie ich gehört habe – bei den Schwarzen sehr streng, zum Ausgleich den Weißen gegenüber dann eigentümlich lax ausgelegt."

Veronica räusperte sich und fügte hinzu: „Eine Chance auf unvoreingenommene Ermittlungen und ein faires Verfahren erhalten die Schwarzen meist nur, wenn sich das FBI einschaltet. Das tun die aber nicht, solange das Problem von der hiesigen Polizei und Justiz geregelt werden kann. Es müsste etwas Gravierendes geschehen, damit das FBI sich für den Fall interessiert."

Felicitas blickte in das geschminkte Gesicht der Blondine. Täuschte sie sich oder versteckte sich hinter ihrer sorgsamen Aussprache die Spur eines Südstaatenakzents?

„Was würde passieren, wenn ich ein paar der Klanmitglieder der Gegend überführen könnte?“, fragte sie leise.

Walken hob den Blick von einer Fotografie, die er von der Ladentheke genommen hatte, und Interesse glomm in seinen Augen auf. „Nehmen wir einmal an, Sie könnten das wirklich, Miss Jecklin, und Sie sagen vor Gericht aus. Dann werden Sie hier nicht länger leben können!“, beschwor Walken düstere Zukunftsperspektiven für sie herauf.

Erschrocken sprang Felicitas auf und trat zur Tür. An den eingeklebten Bildern vorbei blickte sie auf die Straße hinaus. Die über die Fahrbahn gespannte Lampe schaukelte sachte im Wind, unter ihr begegneten sich zwei Pick-ups. Die Fahrer, Flip und der alte Fred, hupten kurz und winkten sich grüßend zu. Gegenüber auf dem Gehweg spazierte Maggie Lemmon mit ihrer Schulklasse vorüber.

Könnte sie das hier alles aufgeben, einschließlich ihres Erbes? War Gerechtigkeit wichtiger als ihr neues Leben, die Heimat, die sie endlich gefunden hatte, die Erfüllung ihres Traumes?

Traurig schüttelte sie den Kopf und ging zurück zu ihren schweigend abwartenden Gästen. „Das, was der Klan macht, ist nicht richtig. Die Schwarzen hier leben in ständiger Angst. Wissen Sie, wie sich das anfühlt? Kennen Sie die panische Angst davor, die Aufmerksamkeit von Leuten auf sich zu ziehen, die nur darauf warten, Ihnen Böses anzutun?“

„Nein, das ist mir fremd, Miss Jecklin.“

„Mir nicht!“, erwiderte Felicitas und beließ es dabei. Sie war nach wie vor nicht gewillt, über ihre Kindheit zu sprechen.

Veronica ergriff ihre Hand und drückte sie kurz. „Wir müssen ja nichts überstürzen. Warten wir ab, ob das Gericht bemüht wird. Dann können wir uns einschalten, und Sie müssten nicht als Klägerin auftreten. Was wir dabei alles an die Oberfläche ziehen – und was besser nicht –, steht uns dann frei zu entscheiden.“

„Das heißt aber, Sie reisen ab und kommen erst wieder, wenn sich die Situation hier zuspitzt?“

„Vorerst interessiert mich, wie Sie beweisen wollen, wer sich des Nachts unter einer weißen Kutte versteckt“, unterbrach Walken die Frauen.

Felicitas drehte sich auf ihrem Stuhl halb um, zog die unterste der schwergängigen Schubladen einer schmucken alten Eichenkommode auf und entnahm ihr einen schmalen Pappordner. Zuerst legte sie die düsteren, manchmal etwas unscharfen Fotografien weiß gekleideter Klanmitglieder auf den Holzboden. Sie hörte Veronica schockiert nach

Luft schnappen, als sie die beiden Abzüge sah, auf dem die kleine Line von einem verhüllten Mann herumgezerrt und später mit dem Stiefel ins Gesicht getreten wurde. Viele der Bilder zeigten im Hintergrund die brennende Kirche, teilweise auch abseits geparkte Automobile.

Felicitas ergriff eine andere Mappe. „Sehen Sie hier den verschmutzten Pick-up, an den sich ein Klanmitglied lehnt?" Felicitas deutete auf eine der Aufnahmen, die sie abseits der in Flammen stehenden Kirche geknipst hatte. „Das Automobil war auch beim Überfall auf mich dabei. Es gehört einem Kraftfahrzeughändler, wird aber meist von seinem Sohn gefahren." Sie legte eine zweite Fotografie daneben. Dasselbe Fahrzeug war darauf abgebildet, und diesmal lehnte, in sehr ähnlicher Pose, ein schlaksiger junger Mann daran, der frech in die Kamera grinste. Als Nächstes zog sie das Bild eines Stadthauses hervor, vor dem zwei Männer über die Straße schlenderten. Es wirkte, als wären sie der Fotografin unabsichtlich ins Bild gelaufen.

„Beachten Sie bitte die mit auffälligen Nieten beschlagenen schwarzen Cowboy-Stiefel. Stadtrat Lemmon, der Ehemann unserer Lehrerin, ist überaus stolz darauf, dass er sie eigenhändig geschustert hat!" Felicitas legte das Bild neben das des Vermummten, der Line mit dem Fuß ins Gesicht trat. Die Stiefel waren unschwer zu erkennen. Zu der Aufnahme von einem stämmigen Klanmann mit einem Jagdgewehr in den Händen, an dessen Seite Kerben eingeritzt waren, legte sie die Fotografie eines Anzugträgers, der mit derselben Waffe posierte.

„Ein Farmer im feinen Zwirn?", lachte Veronica.

„Nein, der Bürgermeister, Mr Phillips."

Walken hustete. Auf seiner Stirn glitzerten winzige Schweißperlen, obwohl es nicht sonderlich warm im Laden war. Vornübergebeugt betrachtete er fasziniert Felicitas' Fotografien.

„Und hier habe ich auf Wunsch eines Paares eine Aufnahme in der guten Stube gemacht. Sehen Sie im Hintergrund das Hochzeitsbild. Ich habe es vergrößert. Beachten Sie die Hand des Mannes, die in der Westentasche steckt. Was entdecken Sie da?"

„Drei Finger zeigen heraus, nach unten auf den Boden."

„Drei Finger! KKK. Ein Klanmitglied seit vielen Jahrzehnten."

„Wer ist das?"

„Mr und Mrs Hayes. Ihnen gehört der Gemischtwarenladen nur einige Schritte entfernt. Mr Hayes trägt mit Vorliebe diese auffälligen schwarz-weißen Schuhe. Hier sehen Sie dasselbe Schuhpaar vor der niederbrennenden Kirche."

„Gibt es noch mehr Aufnahmen von dieser Sorte?" Veronica deutete auf die Fotografien, auf denen der Friedhof mit dem brennenden Kreuz und das in Flammen stehende Gotteshaus abgelichtet waren. Felicitas nickte und legte vier weitere Bilder vor. Ein Mann wischte sich mit einem Tuch den Schweiß aus dem Gesicht und hatte dazu seine Kapuze angehoben. Deutlich war zu sehen, um wen es sich handelte.

„Wie viele Klanmitglieder bei dem Kirchenbrand beteiligt waren, kann ich leider nicht sagen. Ich habe hier aber drei, die ich noch nicht identifizieren konnte."

„Genial!", raunte Walken nahezu ehrfürchtig und griff zu der Vergrößerung des Hochzeitsbildes.

„Wie gelang es Ihnen, die Aufnahmen vom Tatort zu schießen, Miss Jecklin? Fürchteten Sie nicht, erwischt zu werden?" Veronica sah sie mit großen Augen an.

„Doch, ich hatte Angst", erwiderte Felicitas, während der Schmerz, den sie damals empfunden hatte, erneut in ihr zu wühlen begann. „Abner Cross hat nie darüber gesprochen, aber ich bin mir sicher, dass er es war, der meine Entdeckung verhinderte. Er war wie ich in den Wald gelaufen und muss sich in meiner Nähe aufgehalten haben, als einige der Klanmänner mich hörten und sich meinem Versteck näherten. Sie kamen nie bei mir an. Ich hörte, wie sie in eine andere Richtung davonliefen – Abner nach, der sie von mir ablenkte."

„Gut, Miss Jecklin." Walken erhob sich. „Diese Beweise könnten das FBI auf den Plan rufen und einen Staatsanwalt dazu bewegen, Anklage zu erheben. Sie würden als Nebenklägerin fungieren, immerhin sind Sie bedroht und verletzt worden." Der Anwalt sah sich nachdenklich um und fuhr fort: „Zur Tarnung fertigen Sie von Miss Glennon und mir ein paar Aufnahmen an. Stellen Sie ein Exemplar davon gut sichtbar in Ihr Schaufenster. Tun Sie in den folgenden Tagen nichts, was Sie sonst nicht auch tun; fallen Sie unter keinen Umständen auf! Miss Glennon und ich kommen einstweilen in Woodville unter."

Felicitas schaute den Juristen so verwirrt an, dass er sich gezwungen sah, erklärend hinzuzufügen: „Ich strenge einige Nachforschungen an. Zudem möchte ich den hiesigen Richtern auf den Zahn fühlen. Eventuell werden wir uns mit einem von ihnen auseinandersetzen müssen, und da wüsste ich gern, wer welche Vorlieben und Eigenheiten aufweist und wer wie viele Leichen im Keller liegen hat. Außerdem muss ich einen Anwalt finden, der hier in Mississippi vor Gericht gehen darf. Wir brauchen jemanden, der gegen und nicht mit dem Klan agiert! Allerdings möchte ich das alles erreichen, ohne dass jemand Wind davon bekommt. Wir geben also vor, hier in der Gegend eine Jagdhütte zu suchen, die wir kaufen möchten."

Obwohl sie von dem, was der Anwalt aufzählte, nicht alles vollständig erfasste, nickte Felicitas und erhob sich.

„Wird es Ihnen gelingen, unsere Identität geheim zu halten, Miss Jecklin? Ich kenne das Kleinstadtgefüge im Süden." Veronica sah sie zweifelnd und besorgt zugleich an.

Als Antwort zuckte Felicitas lediglich mit den Schultern. Sie hatte von klein auf gelernt, Geheimnisse zu bewahren, und meist genügte es, wenn man zu gewissen Themen einfach nur schwieg. Die Frau gab sich mit ihrem Schulterzucken zufrieden.

„Am besten, wir gehen jetzt. Ich bringe Sie zu einem schönen Platz, an dem ich für jeden sichtbar Fotografien von Ihnen machen kann."

Ihre Gäste gingen zur Tür, blieben dort allerdings stehen. Felicitas schaute sich suchend um. Walken hatte ihre Aufnahmen von den Klanmitgliedern zurück in die Mappe gesteckt und trug diese unter dem Arm. Benötigte er sie für seine Recherchen? Unsicher strich Felicitas sich eine Haarsträhne aus dem Gesicht. Womöglich war es sinnvoll, dass die Bilder nicht länger in ihrem Studio aufbewahrt wurden. Bei dem Anwalt waren sie sicherer aufgehoben als hier bei ihr.

„Da draußen ist ein mächtig großer Hund!", flüsterte Veronica in ihre Richtung.

Felicitas lächelte und zwängte sich zwischen ihren Besuchern hindurch. „Das ist Big. Er ist mein pelziger Wächter."

„Den können Sie sicher gut gebrauchen", erwiderte Walken. „Denn Sie fordern nicht nur die ungeschriebenen Regeln des Zusammenlebens heraus, sondern auch den Ku-Klux-Klan und dazu das rassistisch durchdrungene Rechtswesen. Zudem könnten Sie den Zorn einiger Schwarzer auf sich ziehen, die die Einmischung einer Weißen in ihre Angelegenheiten nicht gern sehen!"

Felicitas schob Big, der freundlich mit dem Schwanz wedelte, mit ihren Knien beiseite. „Ich habe mich noch nicht endgültig dafür entschieden, Mr Walken", stellte sie mit tonloser Stimme klar. Dabei kletterte ein unangenehmes kaltes Kribbeln wie von tausend Spinnenbeinen an ihrem Rücken hinauf.

13. Kapitel

Wie bereits bei Felicitas' Einstandsfest im April quoll auch an diesem Tag der als Gemeindehalle dienende Schuppen vor Menschen über, und wie damals eröffnete Pastor Finch die Feierlichkeit mit einem langen Gebet.

Felicitas war wieder damit beschäftigt, für das leibliche Wohl der Feiernden zu sorgen. Sie tat es gern, konnte sie dadurch doch die Tanzaufforderungen sämtlicher Junggesellen unterbinden. Als sie mit zwei Tabletts voller Sandwiches durch die Hintertür trat, schlug ihr brüllendes Gelächter entgegen. Die Musiker legten gerade eine Pause ein und bedienten sich an dem für sie bereitgestellten Wasser, dem Bier oder an den Margaritas und dem Tequila.

Felicitas drückte sich seitwärts gehend zwischen den laut diskutierenden Männern hindurch und ließ das Tablett in die Mitte des Klapptisches rutschen. Dabei hörte sie, wie Bill Junior, der junge Mann, der ebenfalls in dem Unfallfahrzeug an der Brücke gesessen hatte, zu einem Freund sagte: „Bei euch nicht, Matt? Sonst ist es bei allen aufgetaucht. Mein Vater hat das Holzstück sofort entsorgt, bevor meine Mutter es finden konnte."

Felicitas stellte die zweite Platte am Tischende ab und begab sich zügig in die Küche von Steves Café zurück. Dort hatte sie ihren Fotoapparat deponiert.

„Darf ich?", holte sie bei ihrem Chef die Erlaubnis ein, das größte Tanzfest des Jahres in Bildern festzuhalten.

Steve wischte sich die Hände an seiner Schürze ab. „Du hast dich freiwillig zum Helfen gemeldet. Also nimm dir alle Zeit, die du brauchst, okay?"

„Danke, ich benötige nur ein paar Minuten!"

Dieses Mal schlug Felicitas laute Countrymusic entgegen. Auf der Tanzfläche wirbelte Heustaub hoch und tauchte die Paare in ein eigentümliches gelbes Licht. Die Lampen an der Holzdecke waren nicht angeknipst worden, stattdessen erhellten Lampions an mehreren begrünten Girlanden den Raum. Die Fotografin wechselte von Tisch zu Tisch und lichtete, begleitet vom grellen Aufleuchten des Fotoblitzes, die ausgelassen feiernden Stadtbewohner ab.

Als der junge Phillips an die Reihe kam, grinste er breit, legte den Arm um die Schultern seines Freundes Matt, und beide streckten ihr den erhobenen Daumen entgegen. In dieser selbstbewussten Pose ließen sie sich bereitwillig ablichten. Vier Tische weiter wurde Felicitas plötzlich von hinten an den Ellenbogen gepackt. Aftershave-Duft hüllte sie ein, als sich ein Gesicht ihrem Ohr näherte und ihr eine Männerstimme wegen des gewaltigen Geräuschpegels laut zurief: „Bist du jetzt fertig? Dann können wir ja tanzen!"

Felicitas drehte sich um und blickte in Johns graue Augen. Er war in Zivil und hatte sein braunes Haar mit reichlich Pomade fest an seinen Kopf geklatscht, was Felicitas zum Lachen reizte. John verstand dies als Zustimmung und zog sie zwischen den Bänken hindurch in Richtung Tanzfläche.

„Warte, Jo-Jo", begehrte sie auf. Sie verspürte keine Lust, sich in das Getümmel zu werfen, zumal ihr die amerikanischen Tänze unbekannt waren. „Ich bin bei der Arbeit, siehst du das nicht?", rief sie und hob so ruckartig ihren Fotoapparat, dass sie ihn Walter, der direkt neben ihr saß, an den haarlosen Hinterkopf schlug. Bestürzt beugte sie sich vor und entschuldigte sich bei dem Mann für ihre neuerliche Untat.

Dorothy tätschelte ihr beruhigend den Arm und rief: „Das war doch nicht schlimm, Süße! Komm, mach eine schöne Aufnahme von mir und Walter." Im gleichen Atemzug, allerdings deutlich unfreundlicher, wies sie John zurecht: „Und du hindere das Mädchen nicht daran, ihrer Arbeit nachzugehen!"

Felicitas, dankbar für das Eingreifen der resoluten Dorothy, schlängelte sich zwischen den eng stehenden Bänken hindurch. Sie lichtete die beiden Hayes' ab, wobei Dorothy in bekannter Weise die Lippen geschlossen hielt und Walter noch immer grummelnd seinen Hinterkopf betastete.

Nacheinander fotografierte Felicitas die Tischreihen ab und näherte sich dadurch der Band und der Tanzfläche. Sie ging in die Hocke, um die Paare gegen das sanfte Lampionlicht aufzunehmen, eingehüllt in den in der Luft hängenden Heustaub. Anschließend knipste sie die breit grinsenden Musiker, von denen einige bereits sehr schräge Variationen spielten, ebenso wie den Deckelkasten des Pianos, auf dem sich leere und halb leere Gläser und Flaschen sammelten, als sei hier ein ganzes Regiment mit alkoholischen Getränken verköstigt worden. Dabei entdeckte sie Big unter einem Tisch, der sich hier und da einen Leckerbissen zustecken ließ. Sie schnalzte ihm zu, und das Tier schoss freudig herbei. Felicitas ergriff ihn am Halsband, das sie ihm vor einiger Zeit besorgt hatte, und brachte ihn hinaus, wo er gehorsam auf die Ladefläche des Dodge sprang.

Gleich darauf folgte Felicitas Steve durch die Reihen und verteilte auf Zuruf Getränke. Bei dem Tisch angekommen, an dem sich inzwischen noch mehr junge Leute um den Bürgermeistersohn scharten, zupfte sie Steve am Ärmel des hochgekrempelten Holzfällerhemdes. „Wer ist denn der Junge neben Bill Junior?"

„Du kennst ihn nicht? Das ist Matt Simon. Sein Vater ist Vorarbeiter im Carbonne-Sägewerk. Matt arbeitet normalerweise jedes Jahr in den Sommerferien im Sägewerk, dieses Jahr hat er das aber offenbar nicht nötig. Stundenlang kurvt er mit seinem neuen Wagen durch die Straßen. Er, Bill Junior und der junge Carbonne stecken jeden Sommer zusammen."

„Wohnt die Familie Simon denn hier in der Stadt?", fragte sie zurück, so leise es bei der Lärmkulisse überhaupt möglich war.

„Draußen am Stadtrand, das moderne Gebäude gleich neben dem alten Vorkriegshaus der Phillips'. Matt und seine jüngere Schwester gehen aufs College. Die Eltern waren die letzten Wochen über nicht in der Stadt. Ein Todesfall in der Familie der Mutter. Deshalb wirst du sie noch nicht kennengelernt haben."

„Vermutlich", pflichtete Felicitas ihm bei und hob fragend das Kinn in Richtung John, der ihr vom anderen Tischende her heftig zuwinkte. „Wasser, Bier, Mint Julep oder noch einen Bourbon?", rief sie hinüber.

John verdrehte die Augen. Er wollte offensichtlich nichts trinken, sondern mit ihr reden.

„Ich gehe zu ihm, Tess. Kannst du für Essensnachschub sorgen?" Steve zwinkerte ihr zu, drückte sie mit der Schulter unsanft beiseite, damit er an ihr vorbeigehen konnte, und stiefelte zu dem gefrustet aussehenden Mann.

Felicitas verließ die Scheune durch den Vordereingang. Hier empfing sie angenehm unverbrauchte Luft, wenngleich sie deutlich schwüler war als noch in den vergangenen Tagen. Tief atmete sie den Geruchsmix aus trockenem Staub und frisch gemähtem Gras ein. Eine Handvoll Kinder, die um diese vorgerückte Uhrzeit den Eindruck erweckten, sie seien vergessen worden, spielten dort oder saßen mit dem Rücken an die raue Holzwand gelehnt da und betrachteten die Sterne.

Felicitas schlenderte zu ihrem Pick-up, stellte die leeren Gläser in den Fußraum beim Beifahrersitz, legte das hölzerne Tablett dazu und stieg auf der anderen Seite ein. Sie lenkte den Dodge unter der Ampel hindurch, die zu dieser späten Stunde nur noch gelb blinkte, und bog am Stadtrand noch vor dem verrosteten Pick-up ab. Ihr Wagen holperte unsanft über einen Feldweg, was die Gläser zum Klirren brachte, bis Felicitas in Höhe des Bürgermeister-Anwesens anhielt.

Unter dem Sitz zog sie eine stabile Stofftasche hervor, der sie ein verkohltes Stück Holz entnahm. Mit diesem in der Hand, begleitet von dem freudig um sie herumspringenden Big, dem rote Barbecuesoße an den Lefzen hing, spazierte sie den Weg entlang, bis sie zu einem wuchtigen Neubau gelangte, der direkt an Emmys Garten grenzte.

Zum ersten Mal hatte ihre geheimnisvolle Tätigkeit ihren Sinn erfüllt. Die Unterhaltung der jungen Männer über die plötzlich auftauchenden Holzfragmente hatte sie zu einem weiteren Klanmitglied geführt, auf das sie sonst möglicherweise niemals gestoßen wäre. Im Heuschober hatte Felicitas Matt Simon mehrmals abgelichtet. Wenn sie Glück hatte, würde sich eines Tages die Möglichkeit ergeben, ihn in einer weißen Kutte zu fotografieren, und womöglich konnte sie diese Aufnahmen dann einem der heutigen Bilder als Beweisstück zuordnen.

Felicitas blieb vor dem niedrigen, vom Mondlicht beschienenen Gartenzaun stehen und putzte dem Hund mit ihrer Schürze die Soße aus dem Fell, ehe sie ihm das schwarze Holzstück anbot. „Bring das ins Haus, Big. Bring!"

Der Rüde schnappte sich das Holz, von dem einige Späne ins Gras fielen, setzte über den Zaun und jagte wie immer voller Freude über das Spiel auf das Haus zu, um sich einen Weg hinein zu suchen. In letzter Zeit war es für Big ungleich schwieriger geworden, Felicitas' Anweisung zu befolgen. Die Klanmitglieder achteten vermehrt darauf, dass ihre Türen und Fenster geschlossen blieben, zumal die ersten heißen Tage des Sommers vorbei waren.

Es dauerte endlose fünf Minuten, bis sie das Tier mit einem kraftvollen Satz zurück über den Zaun springen sah. Big lief ihr voraus zum Automobil, sprang auf die Ladefläche und blickte Felicitas mit schief gelegtem Kopf und einem stehenden und einem hängenden Ohr auffordernd an. Sie trat an die Fahrertür, versteckte die Tasche mit den restlichen Holzfragmenten unter dem Sitz und holte die Tüte mit dem übrig gebliebenen Chili con Carne von vorgestern hervor. Sie riss sie auf und leerte den Inhalt vor Big auf das Metall. Der Hund machte sich über seine absolute Lieblingsspeise her, als habe er nicht vorhin von vielen wohlmeinenden Händen massenhaft Wurst und Fleisch zugesteckt bekommen. Für altes Chili con Carne tat er fast alles ...

Wenig später stand Felicitas, die sich eine frische Schürze über das gepunktete A-Linien-Kleid gebunden hatte, wieder in Steves Küche und wusch Salat. Lily kam mit einem Stapel gespülter Gläser in die Sommerküche und stellte sie für Debbie bereit, die sie füllte und hinüber in den Schuppen brachte. Kaum, dass die Aushilfskraft verschwunden war, gesellte sich Lily an Felicitas' Seite. „Bei allem, was du tust, sei bitte sehr vorsichtig! Auch, was die Fremden angeht, die bei dir im Laden waren."

Felicitas ließ die Arbeit ruhen und blickte auf das scharf geschliffene Messer in ihrer Hand. „Woher weißt du von ihnen?"

„Hier bleibt nichts geheim, Tess, das solltest du inzwischen doch wissen. Heute hatte Mr Carbonne gleich mehrere Gäste. Sie erzählten aufgeregt von deinen Besuchern. Fremde in der Gegend, die sich anschließend in Woodville in einer Pension nahe des Wilkinson County Courthouse einquartieren, sind immer ein Gespräch wert."

„Was sagten sie? Konntest du das hören?" Felicitas ergriff eine herrlich duftende rote Paprika aus Birdies Garten und schnitt sie in schmale Streifen.

„Mr Phillips vermutete, dass es sich um Anwälte handelt. Er meinte, sie müssten vielleicht noch Erbschaftsangelegenheiten mit dir besprechen. Mr Hayes sprach davon, dass du das FBI auf die Geschichte mit Adam Lee und Abner angesetzt hast, doch Carbonne lachte nur darüber. Kein Mensch beim FBI kümmere sich um harmlose Querelen hier unten in Mississippi, sagte er. Mr Lemmon regte an, dass man dich und auch das Pärchen ein bisschen im Auge behalten sollte."

Felicitas warf die Paprikastreifen in eine Glasschüssel und widmete sich den Pilzen. Phillips, Walter und Lemmon, drei Männer, um deren Klanzugehörigkeit sie mit Sicherheit wusste, hatten sich ihretwegen mit Carbonne getroffen? Gehörte der Besitzer des Sägewerks ebenfalls der rassistischen Vereinigung an? Ein unangenehmes Kribbeln setzte sich in ihrem Nacken fest. Keinesfalls wollte sie jetzt, da der Anwalt Nachforschungen betrieb, Aufmerksamkeit erregen. Das könnte gefährlich werden, immerhin war sie bereits zweimal vom Klan gewarnt worden!

Lily stand noch immer nah bei ihr. Wartete sie auf eine Erklärung? Leise seufzend legte Felicitas das Messer beiseite und ergriff Lilys dunkle

Hand, deren Innenseite eine so erstaunlich helle Farbe aufwies. „Danke, dass du es mir gesagt hast. Ich möchte dich jedoch nicht damit belasten. Vertraust du mir?“

„Dir? Ja. Aber sonst keinem Weißen. Ausgenommen Landon vielleicht. Obwohl der sehr eigenartig ist, seit er zurückgekommen ist.“ Lily drückte Felicitas' Hand und machte sich wieder an die Arbeit.

„Fertig mit den Salaten?“, dröhnte Steves Stimme in die Sommerküche.

„Fast!“, rief Felicitas über die Schulter und beeilte sich, endlich den Nachschub fertigzustellen. Sie presste mit jedem Arm je eine der riesigen Glasschüsseln an sich und trug sie zum Heuschober hinüber, um dort den ersten Tisch anzusteuern.

Landon, in Dienstkleidung, stellte sich ihr in den Weg. „Das ist meine Portion!“, verkündete er und nahm ihr eine Schüssel ab. Felicitas hob den Kopf, doch sein Gesicht lag halb verborgen im Schatten des beigen Sheriffhuts. Wollte dieser kräftige Mann sich heute Abend ausschließlich von Salat ernähren? Dann bräuchte er sicherlich mehr als nur die eine Schüssel.

„Sie arbeiten heute? Das wusste ich nicht“, sagte er, fischte einen Paprikastreifen heraus und schob sich diesen in den Mund.

„Muss ich Sie neuerdings darüber informieren, wann ich arbeite und wann nicht?“, konterte Felicitas keck. Sie versuchte, sich an dem Hünen vorbeizuschieben. Da er aber nicht einen Zollbreit zurückwich, würde sie ihr Vorhaben entweder aufgeben oder intensiven Körperkontakt in Kauf nehmen müssen.

„Tanzen Sie?“, wollte er wissen.

Um seiner beunruhigenden Nähe zu entkommen, wich Felicitas einen Schritt zurück. War das eine Aufforderung? Er war doch im Dienst und sie, wie er soeben treffend bemerkt hatte, ebenfalls bei der Arbeit. „Nein, ich tanze nicht!“

„Gut!“, erwiderte er und trat beiseite, um sie vorbeizulassen. Dabei ließ sie ihn nicht aus den Augen und sah daher sein triumphierendes Lächeln, ehe er sich zwischen John und Flip auf die Bank quetschte.

Plötzlich klirrte Glas. Eine Fensterscheibe zerbarst in Tausende scharfkantige Splitter. Kurz darauf zersprang eine zweite auf der gegenüberliegenden Längsseite des Gebäudes. Ein Gegenstand flog in den Raum, begleitet von einem eigentümlichen Zischen. Stille kehrte ein. Selbst die Musiker hatten ihr Stück unterbrochen. Von draußen waren die lauten Stimmen von Kindern zu hören. Zwei Frauen sprangen erschrocken auf.

Ein gellender Schrei ertönte. Unterhalb der zertrümmerten Scheiben schossen helle Stichflammen hoch. Fast zeitgleich zersprangen weitere Fensterscheiben. Im Schein der Lampions sah Felicitas die auseinanderspritzenden Scherben wie Kristalle aufblitzen. Sekunden später breiteten sich auch dort gierige Flammen aus.

Panik brach aus. Felicitas erhielt einen derben Stoß von hinten. Die Schüssel entglitt ihr und zersplitterte vor ihren Sandalen. Jemand rempelte sie unsanft von der Seite an. Sie fiel gegen zwei Frauen, die kreischend auseinanderstoben. Zurückweichend stolperte Felicitas über eine Bank und schlug mit dem Hinterkopf unsanft auf dem Tisch auf.

„Raus hier! Raus!", brüllte eine Männerstimme. Aber die Menschen drängten ohnehin in Richtung des offen stehenden Scheunentors.

Felicitas rappelte sich benommen auf. Als sie aufsah, fand sie sich inmitten eines rasch um sich greifenden, prasselnden Feuers wieder.

~

Lisa Reiser reichte Kerstin den Brief und setzte sich neben sie auf die Holzbank, von der aus man einen herrlichen Ausblick über die Isar hatte. Auf den Wellen tummelten sich Stockenten, und entlang des Ufers schlenderten zwei Frauen, die hochrädrige Kinderwagen vor sich herschoben.

„Das, was du jetzt lesen wirst, wird dich nicht gerade beruhigen", warnte Lisa sie vor.

Die Verlobte von Christophers Freund Brian hatte Kerstin vor drei Wochen kontaktiert. Lisa hatte ihr erzählt, dass Brian ihr geschrieben habe, wie sehr Christopher die Trennung bedauere und unter seiner falschen Entscheidung leide, mit der er Kerstin hatte schützen wollen.

„Der Brief ist von deiner zukünftigen Schwiegermutter", sagte Kerstin nach einem Blick auf den Absender.

„Schon in Ordnung. Du darfst ihn lesen. Ein Großteil des Inhalts betrifft unsere Fragen nach dem Washingtoner Anwalt und nach Virginia Tampico."

Noch immer unsicher zog Kerstin den dünnen Briefbogen aus dem Umschlag und überflog die Anrede und die in Worte gekleidete Vorfreude auf Lisas baldige Reise nach Washington. Schließlich fand sie das, was sie vorrangig interessierte: Mrs Norris schrieb, dass der mit dem Erbe betraute Anwaltskollege seit rund 22 Jahren nicht mehr praktizierte, jedoch noch seine Lizenz besessen hatte. Vor zwei Monaten sei er im Alter von 82 Jahren verstorben.

Kerstin hob den Kopf und sah Lisa mit weit aufgerissenen Augen an.

„Lies weiter", forderte die dunkelhaarige Schönheit Kerstin auf und drückte leicht ihren Arm, als wolle sie ihr dadurch Mut zusprechen. Konnten die Nachrichten denn noch verwirrender werden?

Kerstin entnahm den nachfolgenden Zeilen, wie viele Hebel Brian Norris' Mutter in Bewegung gesetzt haben musste, um etwas über Virginia Tampico herauszufinden, allerdings mit mäßigem Erfolg. Buchstäblich über Nacht war Virginia im Jahr 1935 in Mississippi aufgetaucht. Nach ein paar Wochen, die sie in Woodville verbracht hatte, war sie in das Haus gezogen, das nach ihrem Ableben an Felicitas gefallen war. Über eine Familie Tampico war ebenso wenig zu finden wie über Virginias Leben vor 1935.

„Hat sie vielleicht wie Feli jüdische Wurzeln und ist in den Dreißigerjahren noch rechtzeitig aus Hitler-Deutschland geflohen?", fragte Kerstin nach langem Schweigen.

„Wenn du weiterliest, wirst du sehen, dass Reena denselben Gedanken hatte, allerdings deutet nichts darauf hin. Eventuell könnte man versuchen, in Woodville jemanden zu finden, der sie kurz nach ihrer Ankunft kennengelernt hat. Derjenige müsste wissen, ob sie damals noch mit einem deutschen Akzent gesprochen hat."

„Wie soll ich das von hier aus bewerkstelligen?", murmelte Kerstin bedrückt und spürte, wie die Furcht um Felicitas erneut von ihr Besitz ergriff.

Ihr Misstrauen, was die Erbangelegenheit betraf, war also berechtigt gewesen! Weshalb sollte ein Anwalt, der schon vor mehr als zwei Jahrzehnten in den Ruhestand gegangen war, plötzlich eine komplizierte, Kontinente übergreifende Erbschaftsangelegenheit übernehmen? Und wenn die von Brians Mutter kontaktierten Behörden nichts über eine Familie Tampico wussten, wie sollte es dem Anwalt dann gelungen sein, zuerst die beiden älteren Damen in Bremerhaven und anschließend auch noch Felicitas ausfindig zu machen? Sie schüttelte bestürzt den Kopf. Es war, als erfasse sie ein Sog, der sie in die Tiefe reißen wollte.

„Komm mit mir in die Staaten, Kerstin", schlug Lisa ihr unvermittelt vor. Der Wind spielte in ihrem Haar, und in ihren blauen Augen war deutlich ihre Anteilnahme zu erkennen.

„Ich kann doch nicht einfach mit dir nach Washington reisen!"

„Reena wird es verstehen. Von Washington aus können wir mehr über Brians und Christophers Ergehen in Vietnam erfahren. Du könntest zu seinen Eltern reisen – oder zu deiner Freundin nach Mississippi."

„Ich besitze noch nicht einmal eine Adresse von Christophers Eltern", gab Kerstin leise zu.

Daraufhin entzog Lisa ihr sanft den Brief, den sie in ihren verkrampften Händen zerknitterte, und las vor: *„Ich konnte die Adresse ausfindig machen, um die du mich gebeten hattest. Wir können ja nicht zulassen, dass diese beiden ihr Glück versäumen, nur weil sie ein paarmal zum falschen Zeitpunkt am falschen Ort gewesen sind, nicht wahr?"* Lisa las ihr die Adresse der Familie Keating in Texas vor.

„Ach, Lisa! Ich weiß gar nicht, wie ich dir danken soll!", entfuhr es Kerstin.

„Indem du mich begleitest. Dein Englisch ist weitaus besser als meines. Ich wäre beruhigter, wenn ich nicht allein in ein fremdes Land zu einer fremden Familie reisen müsste!"

Unschlüssig erhob sich Kerstin und ging zum Flussufer hinunter. Konnte sie spontan, ohne eine vorausgehende detaillierte Planung in die Staaten reisen? Das entsprach nicht ihrer Art! Allerdings bot sich ihr durch Lisas Vorschlag vielleicht die beste Möglichkeit, mehr über Felicitas' eigentümliches Erbe herauszufinden. Allein deshalb sollte sie das ungewöhnliche Angebot annehmen. Und dann gab es da ja auch noch Christopher …

Schwungvoll drehte sie sich um, lief zur Bank zurück, ergriff Lisas Hände und zog sie auf die Beine. „Was muss ich bis dahin alles erledigen?", fragte sie entschlossen.

~

Für Felicitas war es nichts Neues, den Atem anzuhalten. Doch neben ihr hustete jemand erbärmlich, schnappte dann gierig nach Luft, sog dadurch aber nur noch mehr Rauch in die Lungen. Mit fliegenden Fingern zerrte Felicitas sich ihr Haarband über Nase und Mund, zwang sich auszuatmen und nur oberflächlich wieder einzuatmen. Mit tränenden Augen suchte sie die andere Person. Links vor ihr entdeckte sie den schemenhaften Umriss einer Frau. Felicitas taumelte auf sie zu. Im Näherkommen erkannte sie Emmy.

„Wir müssen raus!", schrie sie gegen das Prasseln der Flammen an. Weit aufgerissene graue Augen starrten abwesend an ihr vorbei.

„Kommen Sie!", forderte Felicitas Emmy erneut auf. Dabei strömte der beißende Rauch durch das Tuch in ihre Lungen.

Die Frau des Bürgermeisters wurde von einem heftigen Hustenanfall geschüttelt. Es wäre tödlich, noch länger zu warten. Also packte Felicitas

Emmy unter den Achseln und zog sie wie eine Puppe von der umkippenden Bank. Unter Aufbietung all ihrer Kräfte schleifte sie die Frau rückwärtsgehend mit sich. Sie stieß unsanft gegen eine quer liegende Bank, dann gegen einen Tisch. Das Band einer Handtasche verfing sich an ihrem linken Fuß. Es gelang ihr kaum, das lästige Stück abzuschütteln. Emmy hing wie ein Kartoffelsack in ihren Armen. Ihre Kräfte erlahmten.

Plötzlich entstand über ihnen ein eigentümlich rollendes Geräusch. Ein gewaltiges Krachen folgte. Entsetzt richtete Felicitas ihren Blick auf die Holzdecke. Sie sah orange züngelnde Flammen inmitten einer grauschwarzen Rauchwalze. Die Hitze griff mit feurigen Händen nach ihr. Ihre Lungen drohten zu platzen. Wirre Gedanken jagten sich wie Fledermäuse in ihrem Kopf. Der Wunsch, Emmy loszulassen, um nach draußen zu flüchten, wurde immer stärker. Doch wo war die Tür?

~

„Wo ist Tess?“ Steve packte Landon derb am Oberarm.

Der Deputy drehte sich alarmiert um. „Tess?“

„Ich habe sie nicht gesehen.“

„Vielleicht ist sie vorne raus?“

„Nein. Ich bin vorne raus. Da war sie nicht. Aber hier hinten kann ich sie auch nicht finden“, stieß Steve hervor und trat auf die Nebentür zu, aus der sich Rauchwolken herauswälzten.

Landon ließ ihn stehen und sprang mit den Füßen voran in den alten Stadtbrunnen, der seit Jahren nur noch als Dekoration diente. Mit einer kräftigen Bewegung und triefend nass zog er sich wieder nach oben und streifte sich das Hemd über Mund und Nase. Er rannte auf den Hintereingang zu, holte tief Luft und betrat das Holzgebäude.

Eine gewaltige Hitzewelle empfing ihn, wollte ihn warnen, sich keinen Schritt weiter in die dem Untergang geweihte Scheune zu wagen. Ein lang gezogenes Knarren und Quietschen ertönte, als bedauere das Gebäude sich selbst.

„Tess?“, brüllte Landon durch das tropfende Kleidungsstück. Er wusste, mehr als eine, höchstens zwei Minuten hatte er nicht, bevor die Feuer sich zu weit ausgebreitet hatten. Wo steckte Tess? Weshalb hatte er sie nicht gepackt und mit sich hinausgezerrt? Landon schüttelte alle Überlegungen von sich ab. Er hatte sich um zwei kleine Jungen gekümmert, die starr vor Schreck auf dem Boden gekauert hatten.

Kam er zu spät? In ihm begann ein Feuer zu toben, heißer noch als das um ihn herum. Er wollte Felicitas nicht verlieren, selbst wenn er sich bis jetzt standhaft dagegen gewehrt hatte, sie überhaupt für sich zu gewinnen.

Neben ihm tauchte eine männliche Gestalt aus der grauen Rauchwand aus. Steve war ihm gefolgt. „Siehst du sie?", bellte er Landon an.

„Zu spät!", gab der Deputy zurück. Sein Herz drohte es angesichts der Endgültigkeit seiner eigenen Worte in Stücke zu reißen. Er drehte sich um, um sich selbst in Sicherheit zu bringen. Jemand umklammerte sein Bein.

„Steve!", stieß der hervor; dieser wirbelte herum. Landon ging in die Hocke. Knapp über dem Boden erschien ihm die Hitze erträglicher und die Luft ein kleines bisschen besser zu sein. Über einem roten Tuch, das die untere Gesichtshälfte bedeckte, erkannte Landon Felicitas' weit aufgerissene Augen. Sie packte seine Hand und führte sie zu einer anderen, reglos neben ihr liegenden Person.

Der Deputy überließ es Steve, Felicitas ins Freie zu schaffen. Er selbst nahm sich der zweiten Frau an. Unsanft hievte er sie auf seine Arme und folgte dem Wirt, der den Ausgang trotz des unzureichenden Lichts mühelos fand.

Es schien eine halbe Unendlichkeit zu dauern, ehe sie nach draußen taumelten. Die Nachtluft tat so gut, dass Landon für einen Moment die Augen schloss. In diesem Augenblick krachte unter dröhnendem Getöse der erste Stützbalken der Scheune ein. Landon flüchtete mit der Frau in seinen Armen vor der Hitzewelle. Diese erreichte ihn dennoch, schob ihn förmlich vor sich her. Allerdings war er mittlerweile weit genug entfernt, um vor Verbrennungen bewahrt zu bleiben.

So sachte wie möglich legte er die schwer atmende Emmy auf dem niedergetretenen Gras ab. Mehrere Menschen drängten herbei, unter ihnen der Arzt. Landon, der Emmy gut versorgt wusste, hob den Kopf und sah, wie Steve Felicitas in den Brunnen gleiten ließ.

Mit einem Satz sprang Landon auf die Füße, stürmte zu ihnen und lehnte sich über die von der Sonne noch immer aufgeheizten Einfassungssteine. Felicitas' Gesicht wies einen unnatürlichen Rotton auf, ihre Augen tränten und sie hustete würgend. Aber sie atmete!

Felicitas tauchte im Wasser unter und kühlte ihr Gesicht. Landon schob Steve kurzerhand beiseite und beugte sich in den Brunnenschacht hinein. Er griff nach Felicitas' Hand, die ihm jedoch entglitt. Immer tiefer sank sie in die Dunkelheit hinab. Obwohl Landon wusste, wie wohltuend das kalte Wasser für sie war, quälte ihn noch immer die Furcht um ihr Leben, die vorhin in ihm aufgestiegen war. Wie hätte er ohne sie weiterleben sollen? Aber wie konnte er *mit* ihr leben? Er war nicht der Mann, für den sie ihn hielt. Sein Leben war auf einer Vielzahl von Lügen aufgebaut. Sein Geheimnis stand zwischen ihnen, bereit, jeden Funken von Vertrauen und Zuneigung zu zerstören.

Als Felicitas endlich wieder aus dem vom Feuerschein unruhig beleuchteten Wasser auftauchte, ergriff sie seine Hand. Kraftvoll zog Landon sie aus dem Brunnenschacht und presste sie an sich. Felicitas atmete kräftig durch. Er löste einen Arm von ihrem Rücken und strich ihr vorsichtig die nassen Haarsträhnen aus dem Gesicht.

Felicitas, deren Arme nur leicht um Landon gelegt waren, als fürchte sie sich davor, ihn zu berühren, schaute zu ihm auf. „Danke!", flüsterte sie. In ihren Augen spiegelten sich die Flammen wider, zeigten ihm erneut die Gefahr, in der sie sich befunden hatte.

Landon wischte alle Vernunft beiseite, umschlang Felicitas erneut mit beiden Armen und legte seine Stirn an ihre. „Ich hatte schon befürchtet …", begann er mit vor unterdrückten Gefühlen brechender Stimme, unterbrach sich aber selbst.

Aufgeregte Rufe jenseits des Brunnens drangen zu ihnen herüber. Wie schattengleiche Fabelwesen bewegten sich die Menschen zwischen nächtlicher Dunkelheit und flackerndem Feuerschein.

„Sagen Sie mir nur eines", murmelte Felicitas und rückte ein Stück von ihm ab. Landon richtete sich auf, behielt sie jedoch in den Armen. Er wollte sie nicht loslassen.

„Habe ich den Sheriffstern gesehen, *bevor* der Polizeiwagen oben auf dem Hügel hielt oder erst danach?"

„Hm?" Was meinte sie? Sprach sie von der Nacht, in der sie und Adam Lee auf dem großen Hügel überfallen worden waren? Weshalb glaubte sie, einen Sheriffstern gesehen zu haben – abgesehen von seinem und dem von John?

„Wollen oder können Sie meine Frage nicht beantworten, Deputy Landon Brown?"

Er ließ sie abrupt los. Sein nasses Uniformhemd klebte an ihm, als wolle es ihm die Luft abschnüren. Felicitas misstraute ihm und dazu hatte sie jeden nur erdenklichen Grund! Aber lautete die Frage, die er sich zu stellen hatte, nicht vielmehr, ob sie ihm wirklich zutraute, dass er dort gewesen war und tatenlos zugesehen hatte, wie jemand auf Adam Lee geschossen und sie geschlagen hatte, um dann einfach davonzufahren und später mit John zurückzukehren? Das konnte Felicitas doch nicht von ihm denken!

Erschüttert wandte Landon sich von der zitternden Frau ab und ging ein paar Schritte auf das Café zu. Mit zu Fäusten geballten Händen ließ er der Möglichkeit Raum, dass entweder John oder Sheriff Fraser zum Klan gehören könnten. Als er sich umdrehte, um Felicitas gegen den Schein des Feuers anzusehen, war sie verschwunden.

~

Steve reichte Felicitas ein Glas Eistee und ließ sich ihr gegenüber am Tisch nieder. Sie stellte das Getränk unbeachtet ab, da sie sich auf den Brief konzentrierte, der im Café für sie hinterlegt worden war. Nebenbei kühlte sie ihren rechten Fuß in einer Schüssel Wasser, in der bei jeder Bewegung Eisstücke klirrten, gelegentlich wurde sie von einem Hustenreiz geschüttelt.

„Geht es dir wirklich gut, Tess?“, erkundigte Steve sich zum dritten Mal. „Mrs Phillips wurde ins Krankenhaus gebracht. Rauchvergiftung.“

Felicitas hob den Kopf und lächelte ihren geduldigen und besorgten Chef beruhigend an. In ihrem Rücken stieß jemand die Tür auf, wodurch die aufgeregten Stimmen und die Rufe der Feuerwehrmänner eindringlicher als zuvor hereindrangen.

„Ich habe viel Übung darin, die Luft anzuhalten, Steve“, entgegnete Felicitas und vertiefte sich wieder stirnrunzelnd in ihre Lektüre. Das, was Kerstin ihr aus Deutschland schrieb, klang eigenartig. Kerstin hatte in Bremerhaven nachgeforscht und erfahren, dass die zwei alten Damen wohl nicht mit ihr verwandt waren. Ein verhaltenes Seufzen entfuhr Felicitas' Kehle.

„Was ist denn? Schlechte Nachrichten?“, erkundigte sich Steve, der es sich offenbar zur Aufgabe gemacht hatte, sie zu bemuttern.

„Der Freund meiner Freundin ist nach Vietnam versetzt worden“, erwiderte sie, ohne dabei den Kopf zu heben.

„Vietnam?“ Auf Landons entgeisterten Ausruf hin sah sie auf. Sie hatte ihn nicht hereinkommen hören. Der Deputy schlängelte sich durch die Tischreihen zu ihnen nach vorn, und auch Steve blickte ihm irritiert entgegen. „Sie haben Kontakte nach Vietnam?“, bohrte Landon angespannt nach.

„Kontakte? Nein, so würde ich das nicht nennen“, antwortete Felicitas verwirrt und wandte sich, als Landon grimmig schwieg, erneut ihrem Brief zu. Er endete mit der eindringlichen Bitte von Kerstin, ihr eine Telefonnummer zukommen zu lassen, unter der sie sie erreichen konnte, oder sie anzurufen.

„Was willst du hier eigentlich, Landon? Hast du nicht da draußen zu tun?", fragte Steve den untätig verharrenden Deputy.

„Kann ich dein Telefon benutzen?"

„Was ist denn mit eurem?"

„Damit telefoniert Jo-Jo."

„Du weißt, wo der Apparat hängt." Steve schob den Eistee auffordernd vor Felicitas, um sie endlich zum Trinken zu animieren.

Sie faltete den raschelnden Papierbogen zusammen und steckte ihn zurück in das hellblaue Luftpostkuvert. „Ich verstehe das nicht", murmelte sie und nahm einen Schluck.

„Was verstehst du nicht?", fragte Steve. Nach einem Tag wie dem heutigen gab es ein halbes Dutzend Vorkommnisse, die Unverständnis hervorrufen könnten.

„Meine Freundin schreibt, dass die Damen, die vor mir das Erbe angeboten bekamen, gar nicht mit mir verwandt sind."

„Das ist wirklich seltsam", bestätigte Steve und blickte sie noch sorgenvoller an als zuvor.

Landon stand noch immer mit dem Rücken zu ihnen, reglos wie eine Statue, ohne nach dem Telefonhörer gegriffen zu haben.

„Stimmt was nicht?", sprach Steve den Deputy an.

„Eine ganze Menge", lautete die gepresst klingende Antwort. Endlich nahm er das Telefon zur Hand, und Felicitas registrierte unangenehm berührt, dass er sie während des Gesprächs unaufhörlich beobachtete. Dabei sagte er nicht mehr als einige Satzfragmente, hörte seinem Gesprächspartner aber aufmerksam zu. Kaum dass er aufgelegt hatte, hob er einen der Stühle herunter, die zum Reinemachen auf die Tische gestellt worden waren, drehte ihn um und ließ sich schwer darauffallen.

Unwillkürlich zog Felicitas das Handtuch fester um sich, das Steve ihr um die Schultern gelegt hatte. Eisige Kälte rieselte ihr den Rücken hinab. Ein eigentümliches Glühen in Landons Augen machte ihr Angst. Zu gern hätte sie in Erfahrung gebracht, weshalb ihre Erwähnung von Vietnam ihn so aufgeschreckt hatte und was er von der seltsamen Entwicklung ihrer Erbangelegenheit hielt, doch Landon begann überraschend von einem Medgar Wiley Evers zu sprechen. Felicitas und Steve erfuhren, dass der schwarze Menschenrechtler am heutigen Tag vor den Augen seiner Ehefrau und den Kindern in der Einfahrt seines Hauses erschossen worden war. Landon befürchtete nun, dass ihr brennendes Gemeindezentrum nicht die letzte Reaktion auf das Attentat bleiben würde.

„Ich erhielt vorhin einen eigenartigen Funkspruch über ein Attentat in Jackson. Als ich hörte, dass das Opfer der Erste Vorsitzende der NAACP[12] in Mississippi gewesen sein soll …" Landon brach ab und deutete mit dem Daumen über seine Schulter zu dem schwelenden Holzgerüst neben dem Café.

„Hat man den Attentäter erwischt?", fragte Steve betroffen.

„Nein."

„Weiß man, wer das da draußen war?"

„Nein."

Felicitas blickte abwechselnd zu den beiden düster vor sich hin starrenden Männern.

„Uns steht ein heißer Sommer bevor", prognostizierte Steve und rieb sich die Stirn, als bereite ihm allein der Gedanke schon Schmerzen.

Landon betrachtete seine auf der Tischplatte gefalteten Hände, seine Schultern hingen ungewohnt nach vorn, als sei die Last, die er zu tragen habe, viel zu schwer für ihn.

„Was ist die NAACP?", wagte Felicitas schließlich die Stille zu durchbrechen. Zwei Augenpaare musterten sie erstaunt, woraufhin sie entschuldigend mit den Schultern zuckte. Immerhin war sie noch nicht lange im Land.

„Die NAACP ist eine der ältesten und einflussreichsten Bürgerrechtsorganisationen. Sie wurde 1909 gegründet und sieht ihre Aufgabe vor allem darin, sich für die Rechte der Schwarzen einzusetzen. Sie beschäftigt unter anderem auch Anwälte."

Landon hatte sich während Steves Erklärung erhoben und verließ nun wortlos den Raum. Allerdings bemerkte Felicitas dies kaum, war sie gedanklich doch bei Walken und seiner Sekretärin. Es drängte sich ihr die Überlegung auf, warum Walken sie nicht an die NAACP verwiesen hatte. War sie womöglich schon wieder falsch beraten worden? Oder hatte Walken selbst ein so immenses Interesse am Schicksal der Schwarzen und deren Gleichberechtigung, dass er ihr die Organisation nicht als beste Möglichkeit vorgeschlagen hatte? Plante er, einen der Anwälte der NAACP ins Boot holen, sobald es zu einer Klageeinreichung kam, zumal er als Anwalt aus Ohio hier in Mississippi vermutlich gar nicht prozessieren durfte? War er kein Mitglied der NAACP, weil er dadurch geschäftliche Einbußen befürchtete? Die würde er aber auch dann in Kauf nehmen müssen, wenn sich eines Tages herumsprechen sollte, aus welchem Grund er hierher nach Mississippi gereist war! All das waren Fragen, auf die sie sich bald Antworten erhoffte.

Verwirrt und von immer wiederkehrenden Hustenattacken geplagt steckte Felicitas Kerstins Brief in ihre feuchte Rocktasche und erhob sich. „Brauchst du mich hier noch? Sonst würde ich gern nach Hause fahren."

„Das Geschirr zum Abspülen hat sich in Rauch aufgelöst", erwiderte Steve mit einem deutlichen Anflug schwarzen Humors und stand ebenfalls auf. „Fahr nach Hause, Tess. Aber pass auf dich auf, hörst du?"

Felicitas lächelte ihm müde und dankbar zu und verließ mit schleppenden Schritten das Café. Das eingestürzte Gebäude qualmte vor sich hin, während rote Glutnester die Dunkelheit erhellten.

~

Aus dem Augenwinkel sah Landon, wie Felicitas ungewohnt langsam in Richtung ihres Pick-ups ging. Wie aus dem Nichts tauchte der struppige Hund auf und begleitete sie. Big schien auf eine Mitfahrgelegenheit nach Hause gewartet zu haben, einem Zuhause, das er sich selbst ausgesucht hatte. Landon beneidete den Streuner.

„... das hier in den Griff bekommen", hörte er Fraser toben und konzentrierte sich wieder auf den wütenden, rotgesichtigen Sheriff.

„Ich wusste nichts von dem Attentat in Jackson", verteidigte sich John kleinlaut und sah Landon vorwurfsvoll an.

Der verschränkte die Arme vor seinem noch immer feuchten, nach Holzfeuer riechenden Polizeihemd und erwiderte: „Ich habe einen unvollständigen Funkspruch gehört, das war alles. Erst nach dem Ausbruch des Feuers kam mir der Gedanke, dass es einen Zusammenhang mit unserem Brandanschlag geben könnte, und ich habe herumtelefoniert, um die Hintergründe des Funkspruchs zu erfahren."

Er warf erneut einen Blick auf Felicitas und wünschte sich, sie begleiten zu können. Sein seit Langem aufgestauter Frust nahm allmählich überhand. „Eigentlich sollten wir über solche Ereignisse von Woodville informiert werden, nicht?", spielte er den Ball übellaunig zurück. Mit welchem Informanten er gesprochen hatte, behielt er für sich. Durch seinen Kontakt war er inzwischen weitaus besser im Bilde als Fraser. Der taxierte ihn unfreundlich und stapfte aufgebracht davon.

John grinste und zog einen imaginären Hut vor Landon. Anscheinend war seine Kopfbedeckung, wie auch Landons Sheriffhut, ein Opfer des Feuers geworden.

„Keine Vermissten?", fragte Landon nüchtern nach.

Johns Gesicht war schlagartig ernst. „Nein, Gott sei Dank. Es gibt ein paar Brandwunden zu beklagen, zwei Frauen liegen mit

Rauchvergiftungen im Krankenhaus in Woodville und eine Handvoll Kinder haben einen gehörigen Schrecken bekommen. Das ging noch mal gut aus."

„Haben die Kinder, die draußen spielten, die Täter gesehen?"

„Nur die fliegenden Molotowcocktails und ein paar schattenhafte Gestalten."

Felicitas' Wagen fuhr von Schlagloch zu Schlagloch die Straße entlang, und Landon folgte ihm mit den Augen. Dabei fielen ihm einige Männer auf, die den blauen Dodge ebenfalls intensiv musterten und dann die Köpfe zusammensteckten. Landon ließ seinen jungen Kollegen stehen und schritt auf die Gruppe zu, zu der sich auch der Bürgermeister gesellte.

„... sieht so aus, als habe die Deutsche deiner Frau das Leben gerettet, Phillips", hörte er Walter sagen.

„Deswegen bleibt sie trotzdem ein Judengör", knurrte eine für Landon nicht zuzuordnende, leise Stimme. Als habe er nie die Absicht gehegt, ihrem Gespräch beizuwohnen, ging er hinter der Gruppe vorbei, nickte Switch zu, der dabei war, eine Feuerwache einzuteilen, und tauchte in der Dunkelheit unter. Zwischen zwei dicht beieinanderstehenden Hausfronten lehnte er sich mit dem Rücken an eine Holzfassade und presste die Handballen auf seine Augen. Niemand, absolut niemand konnte etwas über Felicitas' Herkunft wissen!

Sein Partner im Wald hatte Nachforschungen betrieben, und erst daraufhin war ihnen klar geworden, dass Felicitas nach der Wannseekonferenz 1942 den Schutz verloren haben musste, der ihr und ihrer Familie durch die Nürnberger Gesetze zuvor gewährt worden war. Sam war die Verschwiegenheit in Person. Er hatte das delikate Detail, das in ihrer Gegend zu einem Problem für die junge Frau werden könnte, mit Sicherheit für sich behalten. Weshalb also machte das Gerücht über Felicitas' jüdische Herkunft hier die Runde?

Landon wusste um die Gefahr, doch seine Angst um Felicitas war Grund genug, sie einzugehen: Er machte sich unverzüglich auf den Weg, um seinen Komplizen aufzusuchen.

~

„Sehe ich das richtig?", fragte Sam und fuhr fort: „Dieses angeblich harmlose, tollpatschige Mädchen, das man uns im Tampico-Haus einquartiert hat, ist jüdischer Abstammung, und der Klan könnte das innerhalb weniger Stunden zugetragen bekommen. Als ‚Niggerfreundin' hat sie ohnehin den Klan am Hals. Zudem kennt sie einen in Vietnam stationierten Offizier des luftlandefähigen Spezialeinsatzkommandos? Genau dieser Umstand, im Zusammenhang mit ihrer aktuellen Anschrift, könnte für zusätzlichen Zündstoff sorgen. Habe ich etwas vergessen, Landon?“ Noch immer klang Sams Stimme aufreizend ruhig, er konnte jedoch einen sarkastischen Unterton nicht verhehlen.

„Womöglich trägt sie zwei, drei weitere Geheimnisse mit sich herum, auf die ich nur noch nicht gestoßen bin. Diese Frau ist einfach unglaublich!“, knurrte Landon.

„Das meinst du im doppelten Sinne, nicht?“, erwiderte sein Gegenüber und sah sich nervös um. Sam wollte unter keinen Umständen dabei gesehen werden, wie er mit einem Deputy sprach, selbst wenn der in Zivil war. Zwar stand nicht weit von ihnen ein mit langen Stämmen beladener Güterzug, der in den nächsten Stunden das Holzfällerlager verlassen würde, doch der bot ihnen keinen ausreichenden Sichtschutz.

„Die größte Gefahr für sie ist, dass sie gar nicht ahnt, in welcher Gefahr sie schwebt“, erläuterte Landon, während er wachsam die Blockhütten der Arbeiter im Auge behielt.

„Was willst du tun? Sie einweihen? Das Mädchen würde uns aus dem Ruder laufen, und wir beide könnten hier einpacken, noch ehe wir unser Ziel erreicht haben. Dafür haben wir entschieden zu lange in diesem langweiligen Nest ausgehalten!“

Landon behielt für sich, dass ihm das momentan ziemlich egal war. Seine Sorge um Felicitas wuchs mit jeder weiteren Minute. Verbissen presste er die Lippen zusammen, ehe er seinem Partner vom letzten, ihm bisher vorenthaltenen Problem erzählte: „Eine Freundin von Tess hat ihr geschrieben, dass mit der Erbschaft irgendetwas nicht stimmt. Sie ist Notariatsgehilfin und hat vergeblich versucht, den Anwalt in Washington aufzutreiben. Auf ihren Misserfolg hin hat sie die alten Schwestern aufgesucht; die ersten Erben für das Tampico-Haus.“

„Mist!“, zischte Sam. „Du würdest die Kleine gern hier wegschaffen, oder?“

„So schnell wie möglich. Irgendwie muss etwas passieren. Ich kann das nicht länger verantworten.“

„Würde sie die Gegend verlassen, wenn du ihr erzählst, dass der Klan von ihrer jüdischen Herkunft weiß?“

„Ich bezweifle es.“

„Ich ebenfalls“, grunzte Sam und suchte in dem leicht abschüssigen Gelände einen besseren Halt.

„Ich muss sie mit der Wahrheit konfrontieren. Nur dann werde ich sie zum Gehen bewegen können. Und wir könnten es so einfädeln, dass jeder hier glaubt, sie würde einen Besuch in Deutschland machen. Somit verhindern wir zumindest für einige Zeit ein erneutes Aufflammen der Spekulationen um das Tampico-Grundstück."

Landons Kumpan kniff skeptisch die Augen zusammen. „Dem wird der Boss nicht zustimmen. Zu viel steht auf dem Spiel. Gerade jetzt."

„Sam!"

„Wir arbeiten hier seit zwei elend langen Jahren! Willst du das Ganze in den Sand setzen? Ich nicht."

„Auch wenn die Gefahr besteht, dass Tess unter die Räder kommt?" Landon war laut geworden, weshalb Sam ihn anzischte und sich hinter einen Haselstrauch duckte. Doch im nahe gelegenen Lager blieb es ruhig. Die Männer schufteten hart und schliefen demzufolge tief.

„Ich werde mit dem Boss sprechen", bot Sam an. „Mehr kann ich im Augenblick nicht für dich tun. Der war allerdings schon verärgert, dass du heute vom Café aus angerufen hast."

„Ach, darüber bist du bereits informiert?", polterte Landon und trat gereizt gegen eine junge Kiefer.

„Die Abmachung lautete, dass ich den Kontakt übernehme und du nur den braven Deputy spielst."

„Meine Aufgabe als Deputy ist es, für die Sicherheit der Bürger zu sorgen. Zu ihnen gehört auch Tess!"

„Das sind deine *offiziellen* Aufgaben. Aber du hast anderes zu tun! Schieb den Deputy-Job, soweit es geht, auf den Kleinen ab."

„Jo-Jo ist überfordert. Wir sind mit zwei Mann für das große Einzugsgebiet viel zu wenige."

„Ich frage nach, ob die Beziehungen vom Boss ausreichen, dass die Gegend einen dritten Deputy erhält, allerdings einen, der dir und mir nicht in die Quere kommt!"

Landon biss die Zähne zusammen. Das war alles nicht das, was er sich vorgestellt hatte. „Tess hat mich heute etwas Eigenartiges gefragt. Sie wollte von mir wissen, ob sie den Sheriffstern während des Angriffs auf sie und Adam Lee gesehen hat oder erst, als Jo-Jo und ich auf dem Hügel eingetroffen sind."

„Moment." Sam hob eine Hand und strich sich über seinen Oberlippenbart. „Soll das heißen, es besteht die Möglichkeit, dass einer der Deputys oder der Sheriff zum Klan gehört und dass Tess ihn entlarven könnte?"

„Mehr noch. Ich fürchte, sie kennt die Identität mehrerer Männer, die ab und zu in die Kutte schlüpfen."

In knappen Worten berichtete er von Felicitas' Vorwurf, dass er ihr nicht zuhörte, wenn sie versuche, ihm von dem Überfall auf Adam Lee zu erzählen, und von seinem Gespräch mit der Bürgermeistersfrau vor dem Fotogeschäft und dem mit Dorothy in ihrem Laden. Beide hatten ihn unabhängig voneinander darauf hingewiesen, welch hervorragenden Blick für scheinbar nebensächliche Details Felicitas besaß.

„Du denkst, sie kann ein paar der Kuttenträger identifizieren?", hakte Sam nach. „Und dass sie hinter der Sache mit den in verschiedenen Häusern auftauchenden Holzteilen steckt?"

„Blödsinn!", widersprach Landon heftig, schaute dann aber betreten über seinen Gesprächspartner hinweg in den nächtlichen Wald hinein. War Sams Gedanke wirklich so abwegig? Landon ging inzwischen davon aus, dass Felicitas in der Lage sein könnte, einige der Klan-Anhänger zu demaskieren. Wie realistisch war es, dass es außer der Deutschen noch eine andere Person gab, die über ein ähnliches Wissen verfügte und die Holzstücke als Warnung verteilte? Wenn das stimmte, war Felicitas – die er aus lauter Sorge um ihre Sicherheit aus der Schusslinie schaffen wollte – genau diejenige, die äußerst geschickt und dreist den Ku-Klux-Klan in der Gegend in Atem hielt?!

Sams Grinsen verriet, dass er seine Überlegungen erahnte. „Ich frage nach, ob wir die *ungewöhnliche Person* zu ihrem Schutz fortbringen dürfen. Allerdings fürchte ich, dass der Boss uns antworten wird, dass wir gefälligst die Finger von Felicitas Jecklin lassen sollten, falls wir uns nicht mit einem auf den Klan angesetzten weiblichen FBI-Agenten anlegen wollen!"

Landon unterdrückte bei diesem Scherz ein trockenes Auflachen. Frustriert verabschiedete er sich und trat leise den Rückweg zu seinem Pferd an, das er jenseits des Hügels zurückgelassen hatte. Dabei fragte er sich, wie in aller Welt er in diese Geschichte hatte hineinrutschen können – und ob ihm die nötige Skrupellosigkeit fehlte, um heil aus ihr herauszukommen.

14. Kapitel

Christopher setzte den Helikopter sanft auf der grünen Rasenfläche auf, deren Halme sich unter dem Luftstrom der Rotoren wild in alle Richtungen bogen. Er betätigte einige Schalter und wartete, bis die Rotoren zur Ruhe gekommen waren, ehe er durch das Mikrofon an seinem Kopfhörer das Okay zum Öffnen der Kabinentür gab. Mit Zivilisten an Bord ging er lieber kein Risiko ein. Er hatte wenig Lust, später erklären zu müssen, weshalb er die Berater des Präsidenten und zwei hochrangige Vietnamesen *kopflos* aus der entlegenen Provinzstadt im Dschungel zurückbrachte.

Christopher wartete, bis alle, auch der Co-Pilot, den Huey verlassen hatten, ehe er den Kopfhörer abnahm und die rechte Cockpittür öffnete. Sofort war er von mehreren Kindern umringt, die neugierige Blicke in den Hubschrauber warfen. Er ließ sie geraume Zeit gewähren, achtete aber darauf, dass sie draußen blieben und die Finger von den Geräten ließen, ehe er sie wegscheuchte und die Cockpittür schloss. Er sah der Schar in ihren erdbraunen Kleidern nach, denen hier und da ein modernes Kleidungsstück beigemischt war. Auf einem abseits gelegenen Feld arbeiteten Frauen in gebückter Haltung, die allesamt die unvermeidlichen Kegelhüte trugen.

Während sein Co-Pilot beim Huey blieb, schlenderte Christopher durch das Dorf. Er betrachtete die einfachen Hütten mit ihren Schilfdächern und die wie Fremdkörper zwischen ihnen stehenden Kolonialgebäude, an denen der Putz in großen Platten abbröckelte. Dabei lauschte er auf die vielfältigen Geräusche des Dschungels, aus denen sich vor allem das lautstarke Kreischen der Languren hervortat. Zurück am Landeplatz stellte er fest, dass die in Brians Huey beförderte Begleitcrew ihre Waffen im Anschlag hielt. Sie sicherten das Gebiet zwischen Teepflanzen und Dschungel ab.

Irritiert über das zur Schau gestellte Misstrauen der Bevölkerung gegenüber ging Christopher zu seiner Maschine. Vermuteten seine Kameraden Mitglieder des Vietcong in der Gegend? Gab es hier in der Vergangenheit schon öfter Auseinandersetzungen?

Christopher gesellte sich zu Brian und beide blickten schweigend zu den arbeitenden Frauen hinüber. Ohne die Delegation zu beachten schufteten sie gebeugt in ihren Anpflanzungen. Von der angespannten Atmosphäre angesteckt empfand Christopher die *non la* plötzlich als bedrohlich, beschatteten diese doch die Gesichter nahezu vollständig. Christopher war plötzlich unsicher, ob das auf dem Feld nicht als Frauen verkleidete Kämpfer waren. Sie anzugreifen würden die mit dem kommunistischen Norden sympathisierenden Südvietnamesen wohl nicht wagen. Da Christopher sich darüber aber nicht sicher war, raunte er Brian zu: „Sehen wir zu, dass die Maschinen startklar sind."

„Ich werde Clive und Tiger gehörig die Leviten lesen, wenn wir zurück sind", knurrte Brian. Er hatte vor mehr als zwei Stunden vergeblich versucht, die beiden Piloten ausfindig zu machen, die eigentlich für diesen Flug eingeteilt gewesen waren.

„Wo die sich bloß rumtreiben?", flüsterte Christopher mit einem weiteren misstrauischen Blick auf die Feldarbeiterinnen. Sie hatten nicht ein Mal die Köpfe gehoben, seit die Helikopter über dem Dorf aufgetaucht waren.

„Das fragst du? Gibbs hat sie ja gleich am ersten Tag ins Rotlichtmilieu eingeführt."

„Tiger hat eine Frau und einen Sohn", widersprach Christopher empört.

Brian musterte ihn mit zusammengekniffenen Augen. „*Ich* weiß das. Sag das nicht mir, sondern ihm."

„Wir sollten sie melden, anstatt freiwillig ihre Flüge zu übernehmen", brummte Christopher halbherzig und kletterte auf seinen Sitz, wohl wissend, dass er die Kameraden nicht verpfeifen würde. Brian ging vor der gewölbten Glasscheibe vorbei, warf ihm einen eigenartigen Blick zu und bestieg den zweiten Huey.

Eine Stunde später hoben die Helikopter ab und schwebten senkrecht in den gold verfärbten Himmel hinauf, bevor sie im Schein der untergehenden Sonne nach Saigon zurückflogen.

~

Als Christopher und Brian vom Hangar in Richtung Unterkunft schlenderten, kam Clive um den Absperrzaun gestolpert und fiel förmlich in Brians Arme. Er atmete schnell und hüllte die Freunde in eine Wolke aus Alkohol. Christopher packte den etwas kleineren Clive am Hemd und zwang ihn, eine halbwegs aufrechte Körperhaltung einzunehmen.

„Was ist los? Wo steckt Tiger?“, zischte Christopher und hinderte Clive unsanft daran, den Kopf an Brians Schulter zu legen. Die Augen des Kameraden flackerten, während ein kräftiges Zittern in Wellenbewegung durch seinen Körper lief.

„Hat Ärger. Mit irgendwelchen Typen angelegt“, lallte der Mann.

„Vietnamesen?“

„Auch. Und ein anderer Typ“, gab er undeutlich von sich.

„Wo?“

„Nha hang.“

„Weshalb bist du abgehauen?“, brauste Brian auf. Clive hob mühsam den Kopf und starrte den Rothaarigen betroffen an, als wurde ihm erst jetzt bewusst, dass er Tiger im Stich gelassen hatte.

„Verdammt, die zerlegen das ganze Haus!“, keuchte er und wollte sich Halt suchend an Christopher lehnen, der Clive jedoch kräftig schüttelte.

„Verschwinde nach drinnen. Aber lass dich nicht erwischen!“

Clive stieß ein unartikuliertes Wort aus, das vermutlich seine Zustimmung signalisieren sollte. Derweil kletterte Christopher bereits hinter das Steuer eines offenen Jeeps, bei dem – wie so oft – der Schlüssel steckte. Der innere Kampf, den Brian mit sich selbst ausfocht, war ihm anzusehen, ehe auch er über die geschlossene Tür in das Fahrzeug hechtete und, zur Eile mahnend, auf die Frontablage klopfte.

Christopher jagte den Jeep mit aufheulendem Motor rückwärts aus dem Grundstück und fuhr, so schnell es ihm in dem Durcheinander auf den Straßen möglich war, in Richtung des von den Soldaten oft frequentierten Cafés. In einer belebten Querstraße nahe beim Fluss stellte er den Jeep ab und die Freunde sprangen hinaus. Im Laufschritt überquerten sie den Platz und drängten sich zwischen Frauen und Männern, Fahrrädern, Mopeds und Ochsenkarren hindurch, bis sie die drachengeschmückten Säulen des Cafés erreichten. Hintereinander stürmten sie in den ersten Raum. Zwar stapelte sich auf den Tischen noch Geschirr, doch die Gäste hatten offenbar das Weite gesucht.

In einer Ecke entdeckte Christopher die hübsche Vietnamesin, die sie bereits an ihrem ersten Tag in Saigon bedient hatte. Zusammengekauert wie ein in die Enge getriebenes Kaninchen lauschte sie auf die Stimmen und den Lärm aus dem Hinterhof.

Christopher warf dem Mädchen einen mitleidigen Blick zu, während Brian den roten Drachenvorhang beiseitezerrte, und sie stürmten in einen gepflasterten, von einer schmucklosen Mauer umgebenen Hof. Wenige Meter entfernt befand sich die Tür zu einem niedrigen Nebengebäude.

Als sie dieses betraten, fanden sie sich in einem wilden Durcheinander aus zerrissenen Stoffbahnen, heruntergefallenen Lampions und zertrümmerten Stühlen wieder. Inmitten des Chaos kauerte eine weitere zarte Vietnamesin. Sie hatte notdürftig einen Stofffetzen um ihren unbekleideten Körper geschlungen. Eine dünne Blutspur lief ihr wie ein seidener Faden aus der Nase. Beim Anblick der hereinstürmenden Uniformierten rutschte sie jammernd an die stoffverkleidete Wand.

„Mein Gott, wie alt ist das Kind?“, entfuhr es Christopher.

„Alt genug, um von einem männlichen Verwandten an die Soldaten verkauft zu werden“, zischte Brian zwischen zusammengebissenen Zähnen hervor. „Am besten, wir lassen sie in Ruhe!“, mahnte er und hielt Christopher davon ab, auf das verängstigte Mädchen zuzugehen.

Sie stiegen über die ihnen im Weg liegenden Hindernisse und gelangten in einen angrenzenden, deutlich größeren Raum. Hinter ihnen fiel eine Tür ins Schloss. Erschrocken wirbelte Christopher herum, wobei er reaktionsschnell seine Pistole zog. Jemand hatte sich in einer Nische versteckt gehabt und war aus dem Haus geflohen.

„Tiger?“, rief Brian gegen den noch immer anhaltenden Lärm an. Stimmen erhoben sich, dann flüchteten zwei dunkelhäutige Männer blitzschnell aus einem Hinterausgang. Nun kehrte Stille ein, lediglich das leise Wimmern des Mädchens aus dem Nebenraum drang zu ihnen herüber.

„Tiger?“, rief jetzt auch Christopher. Eine gepresste Antwort lockte sie in ein drittes Zimmer, in dem die Verwüstung nicht geringer ausfiel als in den vorigen. Der Gesuchte stand vollkommen nackt, mit angewinkelten Armen und geballten Fäusten in der Mitte des Raums und tänzelte wie ein Boxkämpfer hin und her, während ihm Blut aus einer Platzwunde an der Schläfe über das Kinn strömte.

„Was tust du hier?“, fuhr Christopher Tiger an.

„Ich habe für die Hure zwanzig Dollar bezahlt, und die tut nicht, was ich will!“

„Buddhistische Prostituierte machen keine Fellatio. Du solltest dich besser informieren!“, bellte Brian voller Verachtung, während er auf der Suche nach weiteren Personen misstrauisch und vorsichtig zugleich mit den Stiefeln die Matten und Kissenberge auseinanderschob. Christopher, der die Tür absicherte, warf dem Freund einen kurzen Seitenblick zu. Was Brian so alles wusste!

Aufgebrachte Stimmen drangen von draußen herein. Mit quietschenden Reifen bremsten mehrere Automobile auf der Straße ab.

„Zieh dich an und lass uns verschwinden! Polizei!“, mahnte Brian nach einem flüchtigen Blick aus einem der verhängten Fenster und ergriff Tiger am Arm. Als Antwort verpasste der ihm einen Schlag ins Gesicht.

„Spinnst du?“, brüllte Brian ihn an und drückte die Hände auf sein Auge.

„MP[13]?“, wollte Christopher wissen.

„Nein, vietnamesische Polizei!“, gab Brian gepresst zurück.

Ihr Blickwechsel fiel kurz, aber eindeutig aus: Sie mussten schleunigst das Weite suchen und das am besten ungesehen. Christopher suchte in dem Chaos aus Stoffen und Möbeln Tigers Kleidung zusammen. Er und Brian verständigten sich durch einen weiteren Blickkontakt, ehe sie gleichzeitig zu Tiger stürmten, ihn zu Boden warfen und den wild mit den Beinen strampelnden Piloten hinter sich her in Richtung Nebenausgang schleiften, durch den zuvor die anderen Männer getürmt waren. Schon drangen die gellenden Rufe der Polizisten durch die Räume. Gehetzt sahen die Freunde sich um. Sie kannten sich in dem Gewirr der Gassen hinter dem Café nicht aus.

„Über die Mauer!“, zischte Brian, dessen Auge allmählich zuschwoll.

Tiger setzte sich noch immer gegen sie zur Wehr. Da es ihnen nicht gelang, den kräftigen Mann über die mehr als ein Meter hohe Steinwand zu wuchten, zögerte Christopher nur einen Wimpernschlag lang, ehe er dem um sich Tretenden die geballte Faust ins Gesicht schlug. Zu zweit brachten sie den nun benommenen Kameraden so weit, dass er sich zumindest die Hose und die Stiefel überziehen ließ. Sie nutzten die Gunst des Augenblicks, rollten Tiger über die Abgrenzung und ließen ihn auf der gegenüberliegenden Seite hinunterfallen. Anschließend wälzten sie sich ebenfalls über die Mauer und landeten neben Tiger, der im Begriff war aufzustehen.

„*Dung lai*[14]“, brüllte ihnen eine herrisch klingende Stimme nach, doch die Freunde dachten nicht daran, dem Befehl Folge zu leisten.

„Wenn du nicht endlich mit der Gegenwehr aufhörst, lassen wir dich hier zurück!“, drohte Brian Tiger, der ihn aus glasigen Augen anstarrte.

Christopher packte den Mann an dessen verschwitztem Arm und zog ihn grob hinter sich her in eine schmale Gasse. Inzwischen war die Dämmerung der Nacht gewichen, sodass zwischen die dicht gedrängten Häuser, Anbauten, Zäune und Mauern eine undurchdringliche Dunkelheit gekrochen war. Tiger taumelte mehr, als dass er lief, und seine Helfer hatten alle Mühe, ihn zur Eile anzutreiben.

„Folgt uns jemand?“, keuchte Christopher, während er in eine Seitengasse einbog, die er im selben Augenblick erst bemerkt hatte. Da er Tiger, der sich weiterhin wehrte, noch immer fest im Griff hielt, prallte der gegen einen Zaun aus Bambusstäben, die unter dessen Gewicht melodisch klapperten.

„Keine Ahnung“, lautete Brians atemlose Antwort.

Vor Christophers Füßen huschten Schatten davon und verschwanden unter den am Wegesrand wachsenden Sträuchern. Er konnte nur hoffen, dass sich in der Finsternis und dem Gewirr aus Pflanzen und Mauern keine Giftschlange verbarg. Abermals bog die kleine Gruppe nach rechts ab und stolperte über Unrat. Ein eigentümlicher Gestank verfolgte sie mehrere Meter weit.

„Lass mich los!“, brüllte Tiger, nachdem er ein zweites Mal gegen ein Hindernis geprallt war. Christopher folgte der erstaunlich klaren Aufforderung unverzüglich. Auch für ihn würde das Vorankommen einfacher sein, wenn er den aggressiven Burschen nicht mehr hinter sich herzerren musste.

Endlos erscheinende Minuten später erreichten sie eine belebtere Straße. Die in Vietnam beliebte Fünftonmusik – aus der Christopher inzwischen eine *dan nhi*, die durchdringend klingende, zweisaitige Fiedel heraushören konnte – und ein Potpourri an deftigen Gewürzen drangen aus einem Reis- und Nudellokal zu ihnen in die Gasse. Keuchend lehnten sie sich nebeneinander an die gekalkte Gebäudewand.

„Brian, bleib du mit dem blöden Kerl hier. Er soll sich anziehen. Ich treibe unseren Jeep auf.“

„Okay.“ Brian schnappte Tiger am Arm, als der Christopher folgen wollte.

Christopher wartete, bis die beiden wieder im Zwielicht verschwunden waren, ehe er sich entfernte, dabei seine Jacke glatt zog und Blütenblätter von der Uniform schnippte. Da er sich auf seinen geschulten Orientierungssinn verlassen konnte, marschierte er zügig die Straße mit den hohen Gebäuden entlang. An ihrem Ende angelangt, trat er auf eine Kreuzung und bemerkte drei geparkte Polizeiwagen direkt vor dem überhängenden Dach des *nha hang*, aus dem sie Minuten zuvor geflohen waren. Zwei einheimische Polizisten sprachen mit einem Airborne-Lieutenant Colonel. Christophers Mundwinkel zuckten, als er den Offizier erkannte. Er hatte ihn an ihrem ersten Abend bei ihrer Einführung kennengelernt. Colonel Barff hatte damals über die grundlegenden Regeln referiert, wie sie sich hier in Saigon zu verhalten hatten.

„Idioten!“, schimpfte Christopher beim Gedanken an Clive und Tiger und wechselte auf die dem Café gegenüberliegende Straßenseite. Er folgte einem Mann, der auf beiden Schultern eine Bambustragestange mit daran hängenden Körben balancierte, und hoffte, dass niemandem seine Uniform auffiel. Bald schon stieg ihm der modrige Geruch des Flusses in die Nase, und schließlich erreichte er die Straße, in der er den Jeep wusste. Neben diesem stand ebenfalls ein Lieutenant Colonel. Mit grimmigem Gesicht fragte sich Christopher, ob es hier ein Nest gab. So unauffällig wie möglich wich er zurück und lehnte sich an eine Hauswand. Der Offizier wartete unverkennbar auf die Rückkehr des Fahrers.

Was sollte er jetzt tun? Einfach hinübergehen, denn immerhin hatte er mit der Schlägerei nichts zu tun gehabt? Zweifelnd betrachtete er die geröteten Knöchel an seiner noch immer schmerzenden rechten Hand.

Der Lieutenant Colonel stieß sich ungeduldig vom Wagen ab, an dem er gelehnt hatte, und Christopher erkannte Gibbs in ihm. Erleichtert eilte er auf den Vorgesetzten zu.

„Verdammt noch mal. Waren Sie da drin dabei?“, fuhr der Höherrangige ihn an.

„Nein und ja, Sir.“

„Tiger und dieser geile Bock?“

„Clive hatte sich rechtzeitig aus dem Staub gemacht.“

„Wo ist Tiger?“

„Ein paar Straßen weiter.“

„Einsteigen. Wir holen ihn.“

Christopher öffnete die Fahrertür, doch Gibbs bedeutete ihm mit einer knappen Bewegung, dass er fahren würde. Rasch wendete der Mann das Fahrzeug, und Christopher wies ihm den Weg. Nachdem der Jeep abrupt vor der Gasse gestoppt hatte, schubste Brian Tiger auf das Militärfahrzeug zu. Christopher sah den Schrecken im Gesicht seines Freundes, als der Gibbs hinter dem Steuer entdeckte. Dennoch stieg Brian sofort ein und zog Tiger, der dummes Zeug von sich gab, neben sich auf die Rückbank. Mit verbissenen Gesichtszügen fuhr Gibbs zur Base zurück und verschwand dann wortlos in seiner Schreibstube.

Die Freunde verfrachteten Tiger in ihre Stube und in sein Bett. Clive hatte offensichtlich ebenfalls dorthin gefunden und lag schnarchend vor der Koje auf dem Boden.

Aufseufzend ließen sich Christopher und Brian auf die Stühle fallen. Es war Brian, der schließlich das Schweigen brach: „Das wird ein Nachspiel haben.“

„Das bezweifle ich. Gibbs hat sicher kein Interesse daran, dass die Geschichte nach außen dringt. Immerhin hat er uns den Schuppen gezeigt."

Brian nickte nachdenklich und betastete behutsam sein blau unterlaufenes Auge.

„Was haben die getrunken? Clive hat sich vor Angst beinahe in die Hose gepisst, und Tiger war übermäßig aggressiv."

„Ich nehme an, da war mehr als Alkohol im Spiel", sagte Brian, stand auf und kühlte sich das Auge mit Wasser.

„Drogen?" Christopher betrachtete den Freund, dem die Tropfen den Hals entlang in die Uniform liefen. „Willst du damit sagen, Gibbs hat uns an einem Ort eingeführt, an dem Drogen verkauft werden?"

Brian lachte trocken. „Mein naiver Freund", sagte er nur, bevor er fragte: „Sehe ich schlimm aus?"

„Als ob dich eine Faust geküsst hat."

„Ausgerechnet jetzt! Ich habe morgen ein Treffen mit meinem Vater."

Christopher besah sich seine Hand und bog die Finger langsam zur Faust. Die Schwellungen an den Knöcheln schmerzten. „Du kannst ja sagen, dass ich es war", murmelte er.

„Gute Idee, Chris. Mein Vater ließ mir ohnehin ausrichten, dass ich dich mitbringen soll."

„Weshalb denn das?"

„Ich fürchte, er führt etwas im Schilde!"

~

Die Limousine, in der Christopher und Brian chauffiert wurden, hielt in einer der besseren Gegenden Saigons. Ansehnliche Villen, die den Einfluss der französischen Kolonialherren nicht verleugnen konnten, säumten hinter den scheinbar bis in den Himmel wachsenden Schopfpalmen den Boulevard. Als Brian den obersten Knopf seines dunklen A-Klasse-Uniformjacketts schloss, folgte Christopher seinem Beispiel.

Gemeinsam schritten sie zwischen prunkvoll angelegten Blumenrabatten hindurch zu einer mit Stuck verzierten Pforte, wo ein Sergeant sie begrüßte und ihnen die Tür öffnete. Eine rundliche Vietnamesin, deren weinroter und mit Blumen bedruckter *ao dai* über ihrer Brust spannte, offerierte ihnen lächelnd ein Tablett mit gefüllten Gläsern. Beide Piloten winkten ab.

Im Foyer hielten sich etwa ein Dutzend Männer auf, einige von ihnen ebenfalls in der Ausgehuniform der Special Forces, andere in der

Südvietnams, unter sie mischten sich ein paar Zivilisten. Christopher folgte Brian durch einen Salon, in dem sich westlich aussehende Frauen aufhielten, die wenigsten von ihnen in Uniform. Das Licht der verzierten Lampen hob die warmen Maserungen der dunklen Holzmöbel hervor und zog die Blicke von Christopher, dem Sohn eines Schreiners, auf sich. Fasziniert von dem edlen Ambiente betrat er den angrenzenden Raum. Dieser war ausschließlich den zumeist Zigarillos rauchenden Männern vorbehalten. Bläulicher Dunst schwebte knapp unterhalb der stuckverzierten Zimmerdecke und kreierte mit den fast schwarz wirkenden Möbeln und den an den Wänden hängenden Waffen verschiedenster Gattungen und Jahrhunderte die Atmosphäre einer Räuberhöhle.

Beim Anblick der illustren Gesellschaft empfand Christopher eine ihm unbekannte Beklommenheit, zumal er unter den Offizieren im Rauchersalon auch Lieutenant Colonel Barff entdeckte.

„Dort drüben vor dem Kamin steht mein Vater. Die Männer bei ihm sind unschwer als hochrangige Militärs und Botschaftsangestellte zu erkennen."

„Wo sind wir hier gelandet?"

„Keine Angst, die beißen alle nicht. Ursprünglich wollte mir mein Vater Botschafter Frederick Nolting vorstellen, aber der musste Ende Mai den Hut nehmen. Sein Nachfolger, Lodge, wird nicht vor August eintreffen. Du darfst dich einfach nicht in ihre politischen oder militärischen Klüngeleien verstricken lassen, dann kommst du hier ungeschoren wieder weg", spottete Brian und ging zielstrebig auf den Kamin zu.

Bob Norris begrüßte seinen Sohn mit kräftigem Handschlag und einem breiten Lächeln, das die Sommersprossen, mit denen auch sein Gesicht großzügig verziert war, in Bewegung brachte. Seine roten Haare waren dünner als die von Brian, standen aber nicht weniger widerspenstig vom Kopf ab. Brian winkte Christopher herbei, um ihn mit seinem Vater bekannt zu machen. Die Begrüßung fiel herzlich aus, und nach ein wenig Small Talk stellte Bob seine bisherigen Gesprächspartner Brian und Christopher vor. Gleich darauf bat er die beiden Freunde, ihn zu begleiten.

Gemeinsam stiegen sie die mit einem Läufer ausgelegten, knarrenden Holzstufen in den ersten Stock hinauf. Vater und Sohn tauschten dabei Neuigkeiten über Reena Norris, Brians Mutter und ihre texanischen Verwandten aus, und dabei erfuhr Christopher, dass Reena, es vorgezogen hatte, in Washington zu bleiben, solange ihr Ehemann in Vietnam tätig war.

Bob, der sich im Auftrag des US-Außenministeriums in Vietnam aufhielt, führte die jungen Offiziere in ein geräumiges, ebenfalls mit erlesenen Möbeln ausgestattetes Arbeitszimmer, wies ihnen zwei Stühle an einem ovalen Konferenztisch zu und bestellte telefonisch Getränke. Bevor er sich ihnen gegenüber niederließ, zog er die Vorhänge vor und knipste eine mit Glasprismen behängte zweite Deckenlampe an.

„Brian sagte mir, Sie seien ein loyaler Mann, Captain Keating."

Christopher, der steif auf dem harten Holzstuhl saß, wusste nicht recht, ob ihn die versteckte Frage stolz machen oder vielmehr misstrauisch stimmen sollte. Also erwiderte er: „Loyal, Mr Norris? Viele Menschen sind loyal. Letztendlich kommt es doch nur darauf an, wem oder welcher Sache gegenüber."

„Brian, der Mann ist für den Auswärtigen Dienst geboren", lachte Bob. Brian grinste und streckte die langen Beine unter den Tisch. Er wirkte bei Weitem nicht so angespannt wie Christopher. Ganz offensichtlich waren ihm Veranstaltungen, wie sie gerade in diesem Haus stattfanden, nicht fremd.

„Was ist mit deinem Auge passiert?", erkundigte Bob sich nun und Christopher nahm sich vor, sich bei Tiger im Nachhinein zu bedanken, lenkte das geschwollene Auge doch zumindest für den Augenblick die Aufmerksamkeit von ihm ab.

„Ein kleiner Zusammenstoß mit einer Faust."

„Schwierigkeiten?"

„Die hat vielmehr der andere. Wir mussten ihn aus einer heiklen Situation herausboxen."

Erstaunt wurde Christopher Zeuge, wie Brian seinem Vater offenherzig von den Geschehnissen erzählte, ohne jedoch Namen zu nennen. Zwischen den beiden bestand offenbar ein enges Vertrauensverhältnis. In die Stille, die Brians Bericht folgte, drangen gedämpftes Gelächter und die Musik der Streicher von unten herauf.

Ein in Gedanken versunkener Bob nahm einen Bleistift aus einer Holzschale und tippte mit dessen Rückseite in monotonem Rhythmus auf die Tischplatte. „Drogen", sagte er irgendwann leise und unterbrach für einen Augenblick das Tippen.

Christopher hatte den Eindruck, als warte er auf etwas, und tatsächlich klopfte es wenig später an die Tür. Ein weiterer Amerikaner trat mit einem Tablett in den Händen ein. Eilfertig stellte er Gläser und mehrere Flaschen unterschiedlichen Inhalts auf den Tisch. Der Neuankömmling, wie Brians Vater etwa Mitte 50, setzte sich in aller Selbstverständlichkeit neben Bob an den Konferenztisch. Offenbar war er nicht einfach nur jemand, der die Gäste mit Getränken versorgte ... „Draußen ist alles ruhig", informierte er und legte die gefalteten Hände auf die Tischplatte.

Christopher warf seinem Freund einen fragenden Blick zu. Die Falten auf Brians Stirn verrieten, dass er sich ebenfalls keinen Reim auf das Geschehen machen konnte.

„Die beiden sind bereits in Kontakt gekommen", erklärte Bob dem Neuankömmling.

Ein bedeutungsvolles Nicken war die Antwort, ehe sich der Mann zurücklehnte und die Arme vor der Brust verschränkte. Inzwischen war Bob dazu übergegangen, den Bleistift über das Holz zu rollen, was Christophers Unruhe nur noch steigerte. Offenbar war dies kein harmloses Treffen zwischen Vater und Sohn. Bei Christopher manifestierte sich zunehmend der Eindruck, dass die beiden Herren momentan abwogen, ob sie ihr Anliegen wirklich vortragen sollten.

„Wie ich hörte, seid ihr Zeuge der Selbstverbrennung des buddhistischen Mönches gewesen?", fragte Bob dann in die Stille hinein.

„Ja", erwiderte Brian knapp. Ob er über die plötzlich im Plauderton vorgebrachte Frage ebenso irritiert war wie Christopher? War die Entscheidung gefallen, ihn und Brian nicht ins Vertrauen zu ziehen – um was auch immer es gegangen sein mochte?

„Ich hoffe, ihr seht keine Veranlassung, euch intensiver in die Angelegenheit zu involvieren."

Brian schüttelte den Kopf, woraufhin Bobs fragender Blick Christopher traf. „Saigon ist zum intellektuellen Zentrum einer großen buddhistischen Protestbewegung geworden", erklärte Brians Vater. „Es werden Schriften verteilt, noch immer gibt es Demonstrationen und Hungerstreiks ..."

„Die Selbsttötung des Mönchs hat mich entsetzt, Mr Norris. Ich verstehe ihren Sinn nicht – es sei denn, es wäre ihm dadurch gelungen, über unsere Regierung indirekten Druck auf die südvietnamesische Regierung auszuüben. Dass dieses Ziel hinter der Selbstverbrennung des Mönches stecken könnte, ist allerdings eine Vermutung von Brian. Ich persönlich verfüge nur über ein oberflächliches Wissen zur politischen Lage des Landes. Das betrifft auch den Buddhismus, und Letzteres habe ich auch nicht vor zu ändern. Ich bin Christ."

„Der Glaube der Vietnamesen ist eine Mischung aus Konfuzianismus, Buddhismus und Taoismus." Bob lehnte sich zurück. „Der Konfuzianismus, der von den Chinesen übernommen wurde, legt vor allem Wert auf gesellschaftliche Harmonie und eine strenge Hierarchie der Ehrerbietung. Männer stehen über den Frauen, ein Sohn ist mehr wert als eine Tochter, Bildung ist bei Weitem wichtiger als Reichtum. Hinzu kommt der Respekt vor dem Alter und somit der Ahnenkult, also die Allgegenwart der Geister. Dabei geht es nicht einzig um die Geister der Verstorbenen, sondern auch um die Geister in allem um sie herum."

Brians Vater betrachtete den Bleistift in seiner Hand, lächelte und fuhr dann fort: „Verletzt man sich an einem Stein, ist er ein böser Geist; geschieht einem Gutes durch einen Stein, ist der Geist gut gestimmt. Der Buddhismus richtet sich an das Herz eines Menschen, soll also dem persönlichen Heil dienen."

Bob hob fragend die Augenbrauen und Christopher nickte ihm zu, um zu signalisieren, dass er ihm folgen konnte. Offenbar war er, ebenso wie sein Sohn Brian, ein wandelndes Lexikon.

„Der Taoismus ist eine Philosophie, die sich auf das Nichts konzentriert, auf Abwesenheit von Ehrgeiz, Wünschen und Freuden, und die die Welt als Illusion sieht. Sie werden in Vietnam aber auch eine große Anzahl Katholiken finden, denn ihre Missionare waren durchaus erfolgreich unterwegs."

Während er Bobs Ausführungen zuhörte, stellte Christopher für sich fest, wie froh er war, sich nicht in mehreren miteinander vermengten Glaubensrichtungen zurechtfinden zu müssen. Selbst wenn die Dreieinigkeit Gottes nicht einfach zu verstehen oder gar zu erklären war, war er doch froh über die grundsätzliche Klarheit und Geradlinigkeit seines Glaubens.

Bob ließ ihm keine Zeit für weiterführende Gedankengänge, da er nun nahtlos an Christophers vorige Aussage anknüpfte, was die Selbstverbrennung betraf: „Die Unterstützung für Präsident Diem durch die US-Regierung bröckelt. Taten wie die von Duc lenken die Aufmerksamkeit der Öffentlichkeit vermehrt auf das korrupte, wenig demokratische Regime und fordern uns zum Handeln auf."

Bob räusperte sich und legte endlich den Bleistift in die Holzschale. Als habe er zuvor nicht über zwei völlig andere Themen gesprochen, kam er plötzlich wieder auf ihr Erlebnis vom Vortag zurück, was Christopher die Stirn runzeln ließ. Er fand das Gespräch mit Brians Vater ungemein anstrengend.

„Wussten Sie, dass die Deutschen während des Zweiten Weltkrieges eine Droge namens Pervitin gegen Müdigkeit und zur Stabilisierung der Psyche an ihre Frontsoldaten verteilt haben?"

Christopher blieb nur zu nicken, da Brian sofort anmerkte: „Pervitin ist ein Amphetamin. Alle zum Überleben notwendigen Körperfunktionen werden stimuliert: Risikobereitschaft, Sinneswahrnehmung, Konzentration, aber auch Angst und Aggressivität. Ist Vergleichbares nicht auch an amerikanische, englische und japanische Soldaten ausgegeben worden?" Seine Frage hatte einen unverkennbar lauernden Unterton.

Christopher sah deutlich Clives panische Angst und Tigers übersteigerte Aggressionsbereitschaft vor sich. Waren sie mit einem Amphetamin in Kontakt gekommen? Oder riefen gewisse Drogen eine ähnliche Wirkung hervor?

Bob überging die Frage seines Sohnes und sagte stattdessen: „Anderes ist im Umlauf, und zwar in völlig unkontrolliertem Ausmaß!"

„Opium? Marihuana? Haschisch? Heroin?"

Brian und sein Vater schienen in einer Art Geheimsprache zu kommunizieren. Christopher warf dem vierten Mann im Raum, der sich bis jetzt durch schweigendes Beobachten ausgezeichnet hatte, einen fragenden Blick zu. Er hielt noch immer die Arme vor seiner Brust verschränkt und lauschte der eigenartigen Unterhaltung ohne erkennbare Gefühlsregung.

„Alles. Zum Rauchen, zum Schnupfen, zum Spritzen."

„Davon ging ich aus, spätestens, als ich gestern das Verhalten meiner Kameraden miterlebt habe. Aber was hat das mit uns zu tun, Dad? Du weißt, dass ich die Finger von dem Zeug lasse, und Christopher ebenfalls."

Bob nickte seinem Sohn mit ernster Miene zu, bevor er mit einer knappen Geste auf seinen Sitznachbarn deutete, um das Wort an ihn zu übergeben.

„Kann ich mich darauf verlassen, dass alles, was von nun an gesagt wird, den Raum nicht verlässt?", fragte dieser übergangslos.

Christophers Unbehagen wuchs. Er rutschte auf dem Stuhl nach vorn, als müsse er demnächst die Flucht ergreifen. Sein Freund bejahte jedoch souverän, als sei er derlei Geheimniskrämerei von klein auf gewohnt.

„Captain Keating?"

Christopher blähte kurz die Wangen auf und drehte die Handflächen nach oben. „Habe ich eine Wahl?"

„Niemand zwingt Sie hierzubleiben. Sie dürfen sich gern unten am Büfett bedienen, bis wir nachkommen", gab Bob ihm die Chance zu einer eigenen Entscheidung.

Der Mann, der sich noch immer nicht vorgestellt hatte, hob die Hand. „Alternativ biete ich Ihnen an, sich zuerst anzuhören, was ich zu sagen habe. Meine Frage lautet vorerst nur, ob Sie über den Inhalt des Gesprächs Stillschweigen wahren können, gleichgültig, was sich daraus ergeben wird."

„Das geht in Ordnung", pflichtete Christopher bei, kam aber nicht umhin, sich wie eine Maus angesichts eines verlockend duftenden Stücks Speck in einer Falle zu fühlen.

Der Unbekannte beugte sich ein Stück weit über den Tisch. Mit gedämpfter Stimme erklärte er: „Mein Name ist T. B. Burns. Ich bin der Verbindungsoffizier zwischen hier", er vollführte mit der Hand eine frei interpretierbare kreisförmige Geste, „und dem FBI in der Heimat. Der Konsum illegaler Drogen unter den mehr als 16.000 in Vietnam stationierten Soldaten hat in den letzten Monaten drastisch zugenommen, mit verheerenden Folgen. Ich möchte nicht wissen, was geschieht, falls bei einem militärischen Eingreifen seitens der US-Armee weitaus größere Truppenkontingente hierher verbracht werden."

„Das wird nicht passieren, Burns. Präsident Kennedy vertritt nach wie vor die Auffassung, dass der Vietnamkonflikt Sache der Vietnamesen ist. Die USA liefern militärische Ausrüstung und haben Ausbilder und Berater entsandt, doch das vietnamesische Volk muss seine Probleme mit den Kommunisten im Norden eigenständig lösen", warf Bob ein, überließ dann aber wieder Burns das Wort.

„Seit nunmehr zwei Jahren versuchen wir, ein weiteres Phänomen zu unterbinden, nämlich die Verbringung von Drogen über die Kanäle der Army in die Heimat. Einzelne Soldaten haben sich mit dem Drogenschmuggel einen ordentlichen Nebenverdienst geschaffen, doch die sind für uns zweitrangig. Wir wissen mittlerweile von einer straff geführten Organisation, die im großen Stil Drogen in die Staaten schleust. Obwohl wir intensive Nachforschungen betrieben haben, sind uns die Drahtzieher hier in Vietnam noch immer unbekannt. Das Einzige, was wir inzwischen sicher wissen, ist, dass die Drogen in Mississippi, in der Nähe von Woodville im Wilkinson County, wieder auftauchen und von dort verteilt werden."

Christopher blieb ruhig sitzen, obwohl er sofort eine Verbindung zu Kerstins tollpatschiger Freundin knüpfte. Er kam nicht dazu, sich über den Zufall zu wundern, dass Felicitas ausgerechnet in die Nähe eines Drogenschmugglerrings gezogen sein musste.

„Die Spur ließ sich deshalb nach Mississippi verfolgen, da das von hier stammende Heroin in seiner Reinheit einzigartig ist. Im Gegensatz zu dem in der Heimat gehandelten Stoff, der nur zwischen 5 bis 10 % rein ist, weist der vietnamesische einen Reinheitsgrad von 95 % auf. Hinter dem Drogenhandel stecken unüberschaubar hohe Profite und – das ist das besonders Schreckliche – eine direkt beim ersten Konsum süchtig machende, äußerst gefährliche, hochreine Droge."

„Sie sind vom CID[15] ...?", fragte Christopher, und Burns nickte.

Bei dem Gedanken an Tiger und Clive fühlte Christopher sich elend. Die zerstörerischen Auswirkungen des Drogenmissbrauchs waren ihm durchaus bekannt, angefangen beim Alkohol, dem sein Großvater verfallen gewesen war, bis hin zu Opium, das für einen seiner Jugendfreunde das Todesurteil bedeutet hatte.

„Als ich von der Verlegung neuer Huey-Piloten zur hiesigen Special Forces Group nach Saigon erfuhr, habe ich mit McNamara[16] und Norris Kontakt aufgenommen. Mein Ziel war es, mit Ihnen, Captain Norris, und eventuell mit ein paar Ihrer Freunde, denen Sie vertrauen, in Kontakt zu treten. Ich könnte Ihre Hilfe gebrauchen."

„Ist das jetzt der Zeitpunkt, an dem Sie mir freistellen zu gehen?", forschte Christopher nach.

Über Bobs Gesicht huschte ein Lächeln. „Das ist er, ja. Ich persönlich wäre Ihnen dankbar, wenn Sie blieben. Wir benötigen jede tatkräftige Unterstützung."

Christopher warf einen fragenden Blick zu Brian, doch der schaute stur geradeaus, als wolle er ihn bei der Entscheidungsfindung nicht beeinflussen, was Christopher ihm hoch anrechnete. Dennoch zögerte er. Erst am Vortag hatten sie Clive und Tiger den Rücken freigehalten und sie vor einem drohenden Disziplinarverfahren geschützt. Stimmte er jetzt zu, Burns bei der Jagd zu helfen, musste er sich womöglich gegen seine Kameraden stellen. Bei aller Tragik des Themas war er sich im Augenblick nicht sicher, ob er dazu bereit war.

Der CID-Agent schenkte sich ein Glas Wasser ein. Ohne einen Schluck zu sich genommen zu haben, sagte er leise: „Ihre Überlegung sollte nicht sein, ob Sie damit Ihre Kameraden verpfeifen, sondern wie Sie am besten dazu beitragen können, sie zu schützen. De opresso liber.[17]" Jetzt nahm Burns den Bleistift und tippte mit seiner Rückseite auf Christophers blaues Ärmelabzeichen mit dem gelben Kampfmesser und dem Dreifachblitz wie auch auf das Special-Forces- und Airborne-Band.

„Im Drogengeschäft gibt es ein paar wenige Könige, und das Fußvolk wird unter Druck gesetzt. Ganz abgesehen davon, welche körperlichen und seelischen Verletzungen das Zeug anrichtet. Falls Captain Keating und Sie sich für eine Kooperation mit dem CID bereit erklären, nenne ich Ihnen einige Namen von Verdächtigen. Meine Bitte an Sie wäre, dass Sie die betreffenden Männer im Auge behalten und mir regelmäßig über ihre Aktivitäten Bericht erstatten. Wir suchen den Kopf der Organisation in Vietnam. Über diese Schattengestalt wissen wir nichts. Es gibt lediglich den begründeten Verdacht, dass sie entweder zur CIA, zur Army oder zum Stab des Auswärtigen Amtes gehört."

Zögernd hob Christopher die Hand. „Nehmen wir einmal an, ich habe einen Freund, der bereits drogenabhängig ist ..."

Burns signalisierte ihm durch ein Nicken, dass er fortfahren solle.

„Wäre ich aufgrund meiner Abmachung mit Ihnen nicht gezwungen, ihn zu melden?"

„Mir geht es um den großen Fisch, nicht um die kleinen Haihappen, Keating. Den Privathandel der Soldaten können wir nicht unterbinden. Zu Ihrer Frage: Ich würde Sie nicht zwingen, den Namen Ihres Kameraden preiszugeben. Bedenken Sie aber: Sie nennen ihn einen Freund! Diese Drogen können ihn umbringen. Es gibt die Möglichkeit einer völligen Dienstbefreiung, wenn der Betroffene sich freiwillig in Behandlung begibt. Der Ehrlichkeit halber möchte ich hinzufügen, dass dem Soldaten für eventuellen Drogenhandel, ebenso wie für Drogenmissbrauch, dennoch ein zivilrechtliches Verfahren angehängt werden wird."

Bekümmert senkte Christopher den Kopf. Wie konnte er zwischen der in ihrer Einheit wichtigen Kameradschaft und dem Wunsch abwägen, seine Freunde vor Schaden und Gefahr zu bewahren? Er musste sich entscheiden. Jetzt.

Christopher kniff die Augen zusammen, ehe er Burns zunickte. Der Agent bedankte sich mit einem knappen Lächeln.

„Kommen wir zu den Namen. Einer der Männer gehört bereits zu Ihrem Bekanntenkreis. Es handelt sich um Ihren Vorgesetzten Gibbs. Er ist der Grund, weshalb Sie hierher nach Saigon und unter sein Kommando gestellt wurden. Die anderen beiden heißen Bennett und Schalk. Ansonsten bin ich, wie gesagt, auf der Suche nach einem Mann, der die Freiheit hat, sich uneingeschränkt in Saigon, aber auch in Vung Tau[18] oder in China Beach[19] bewegen zu können und der den Süden der USA mit Rauschmitteln überschwemmt. Ich bitte Sie, dass Sie sich um die drei genannten Männer kümmern. Erforderlich ist dafür nicht mehr, als die Augen und Ohren offen zu halten."

„Wie erreichen wir Sie?", hakte Christopher nach.

„Ich nenne Ihnen bei jeder Zusammenkunft den nächsten Treffpunkt und die Uhrzeit. Im Notfall kontaktieren Sie Mr Norris", erklärte Burns bestimmt, zog zwei kleine Hefte aus seiner Hemdtasche und reichte sie über den Tisch.

Christopher, gedanklich noch immer damit beschäftigt, dass er nun als Spitzel für das FBI und den CID arbeiten würde, blätterte die Seiten durch. Worte wie *Skulled out*, *Get a buzz*, *Speedball*, *Weed*, *Stash*, *Smack* und *M. Johnson* fielen ihm auf. Hinter den vielen verschieden lautenden Bezeichnungen für einen Drogenrausch und die häufig benutzten Namen für die Drogen war eine vietnamesische Begriffslehre angehängt. Opium heiß demnach auf Vietnamesisch *thuoc phien*.

„Prägen Sie sich die Worte ein. Sobald Sie eines davon hören, seien Sie einfach ein bisschen ... aufmerksam", bat Burns eindringlich und erhob sich.

Während der Agent mit Bob an ein Fenster trat und dort eine leise geführte Unterhaltung begann, wandte sich Brian an Christopher. „Ich mag den Kerl nicht", flüsterte sein Freund.

„Weshalb machst du dann mit?"

„Weil die Drogen schlimmer sind als meine Antipathie dem Mann gegenüber."

„Was machen wir mit Tiger und Clive?"

„ Wenn sie für einen Cent Grips im Kopf haben, machen sie ab sofort einen großen Bogen um das Café."

„Wenn sie dazu überhaupt noch in der Lage sind", brummte Christopher zweifelnd. Brians ausbleibende Antwort zerstörte den letzten Rest Hoffnung.

Seine neue Aufgabe mit all ihren Fallstricken bereitete Christopher jetzt schon Magenschmerzen.

~

Im Steve's herrschte noch die angenehm ruhige Atmosphäre vor dem Ansturm der Arbeiter aus dem Sägewerk und der Farmer, die sich eine Mahlzeit in dem einzigen Café im Umkreis von gut 20 Kilometern leisteten. Felicitas balancierte die von Fred bestellten Sandwiches und den Salat zu seinem Platz. Sie sprach den Mann nicht an, da er gebannt zum Fernsehgerät schaute, in dem die unter militärischen Ehren stattfindende Beerdigung des ermordeten Bürgerrechtsaktivisten Medgar Evers auf dem Nationalfriedhof Arlington, Virginia, übertragen wurde. Rund 3.000 Trauernde waren anwesend, das hatte der Sprecher mit verhaltener Stimme verkündet, während im gesamten Land große Anteilnahme herrsche.

Fred biss in das Sandwich und kaute, nahm den Blick aber nicht von der flimmernden Mattscheibe. Allerdings veranlasste ihn das schallende Lachen eines jungen Mannes am Nebentisch, um Ruhe zu bitten. Die Jugendlichen stießen sich grinsend an, respektierten jedoch seinen Wunsch und unterhielten sich deutlich leiser.

Die Stimme des Vorsitzenden des amerikanischen Veteranenkomitees, Mickey Levine, drang laut durch den Raum, als er sagte: „Kein Soldat auf diesem Friedhof hat couragierter und heldenhafter gekämpft als Medgar Evers."

Felicitas, am Tresen mit dem Spülen der Gläser beschäftigt, hob nicht einmal den Kopf, als sie ein zweistimmiges „Buh" hörte und die jungen Gäste unruhig auf ihren Stühlen herumzurutschen begannen. Der Heldenstatus, den Levine über Evers verhängte, missfiel ihnen unüberhörbar, und sie tauschten sich aufgeregt tuschelnd über die Sendung aus. Die TV-Übertragung endete, und eine viel zu stark geschminkte Reporterin aus Jackson, wo Evers gelebt hatte und ermordet worden war, befragte Passanten nach ihren Gefühlen bezüglich des Mordes. Eine ältere Dame mit einem kecken roten Hut sagte: „Ich weiß nicht, was die ganze Aufregung soll. Täglich werden in unserem Land Menschen ermordet."

„Wo sie recht hat …!", sagte Flip, laut Kaugummi kauend.

Eine junge Frau mit zwei zappelnden Kleinkindern an den Händen erwiderte auf die Frage der Reporterin: „Ich behandle die Schwarzen genauso, wie sie es verdienen. Vermutlich tun das alle hier im Süden, selbst wenn die aus dem Norden etwas anderes behaupten!"

Felicitas' Blick ruhte auf ihren vom heißen Wasser geröteten Fingern. Übelkeit stieg in ihr auf. Wusste die Frau, was sie da gesagt hatte? Gebrauchte sie bewusst zweideutige Formulierungen oder hatte sie sich nur ungeschickt ausgedrückt? Vom Tisch der Jugendlichen jedenfalls brandete spontan ein zustimmendes Grölen auf. Zumindest die meisten von ihnen durchschauten, was auch Felicitas herausgehört hatte.

Steve gesellte sich neben sie und begann, die gespülten Gläser abzutrocknen. „Alles in Ordnung bei dir?"

„Warum denn nicht?" Felicitas schenkte ihm ein gezwungenes Lächeln. Immerhin konnte er nicht ahnen, wie angestrengt sie im Augenblick dagegen ankämpfte, deutsche Parolen in demselben Grundtenor aus ihrem Gedächtnis zu verbannen.

„Denken Sie, die Tat wird eine Reaktion von Washington nach sich ziehen? Ich hörte, dass genau heute dem Kongress eine Gesetzesvorlage zur landesweiten Gleichberechtigung vorgelegt wurde. Werden jetzt großzügiger Gesetze erlassen, um ein Ende der Rassentrennung auch hier im Süden rigoros durchzusetzen?", fragte die Reporterin mit zunehmend drängender Stimme, die unschwer erkennen ließ, wie gern sie eine provokante Antwort hören wollte.

Eine klobige Zigarre hing schräg im Mundwinkel des befragten älteren Herrn, sein grauer Bart erinnerte an den von General Lee[20]. Aus dem Vorgarten des Interviewten winkten dem TV-Zuschauer kleine Konföderiertenflaggen entgegen. „Gute Frau, Sie stehen hier auf dem Boden von Mississippi. Was der Rest der Welt tut, kümmert uns nicht!"

Begeisterter Beifall über das mit einem süffisanten Lächeln vorgetragene Statement kam von Bill Junior und Matt, ebenso wie von ihren Freunden und den zwei Mädchen am Tisch. „Eine Runde Coke und Tequila auf meine Kosten", brüllte Matt.

„Und über wie viele Wochen willst du das bei mir abstottern?", lautete Steves Frage.

„Kommen Sie schon, Cartier. So knapp hält mich mein Vater nicht!", lachte Matt.

„Und dabei haben die Ferien erst begonnen", brummte Steve, ehe er die gewünschten Getränke holte. Kurz darauf strömten einige Holzarbeiter in den Raum. Fred stemmte sich mühsam aus seinem Stuhl und trat zu Felicitas an den Tresen. „Ich mache mal Platz. Die jungen Leute sind mir entschieden zu laut!"

„Es tut mir leid, dass es jetzt so unruhig geworden ist, Mr Mason."

„Ach, das macht nichts, Mädchen. Das erinnert mich daran, Miss Cécile nicht so lange allein zu lassen."

„Wie geht es Ihrer Frau?"

„Gut. Gut, soweit man das in unserem Alter sagen kann, nicht?"

„Grüßen Sie sie bitte von mir."

„Gerne. Miss Cécile wird sich darüber sehr freuen."

Felicitas reichte dem alten Herrn das Wechselgeld und pflügte ihm einen Weg zur Tür.

„Sie sind ein nettes Mädchen. Passen Sie dort draußen gut auf sich auf, ja? Die Menschen sind dieser Tage extrem aufgewühlt."

Berührt durch seine Besorgnis winkte Felicitas ihm lächelnd nach, als er zu dem klapprigen Pick-up hinüberging, mit dem er sie vor vielen Wochen aus Woodville hierher gefahren hatte.

Sie war vorsichtig geworden. Seit Evers' Ermordung vor einer Woche hatte nicht nur das Maisfeld einer schwarzen Familie gebrannt, sondern auch eine Heuwiese in der Nähe der Stadt war das Ziel von Brandstiftern gewesen. Dieses Feuer konnte gerade noch rechtzeitig gelöscht werden, ehe die Flammen ein Waldstück erreichten. Als wären das nicht schon genug Strafaktionen gegen die jeweils andere Partei, waren zwei schwarze Frauen auf dem Weg von der Stadt ins Dorf von mehreren Automobilen wie Vieh gejagt worden, deren Kennzeichen allerdings zu einem benachbarten County gehörten.

Einen Tag später brannten in umliegenden Gemeinden einige Scheunen und auch eine Schule für weiße Kinder ab, wobei es Verletzte gegeben hatte. Ein älterer Schwarzer war verprügelt und anschließend in den Mississippi geworfen worden, aus dem er gerade noch rechtzeitig von Fischern gerettet wurde. Daraufhin waren die Automobile einiger weißer Jugendlicher in Brand geraten, ein darin eingesperrter Jagdhund hatte keine Chance gehabt.

Die Gewalt eskalierte auf beiden Seiten, wie auch das Misstrauen zwischen Weißen und Schwarzen weiter zunahm. Kälte breitete sich in den Herzen der Menschen aus fast im gleichen Maße, wie das Quecksilber der Thermometer in die Höhe kletterte.

Felicitas vermied es neuerdings, ihren Pick-up im Dorf abzustellen, sondern ritt mit dem Pferd zu Birdie und ihrer Familie. Ebenso untersagte sie es sich, die restlichen Holzstücke der Klan-Kreuze von Big in die Häuser schmuggeln zu lassen. In einer Atmosphäre aus Misstrauen und Wachsamkeit war ihr das damit verbundene Risiko zu groß, zumal sie annahm, dass die Wirkung des Druckmittels inzwischen verpufft war. Zwar kannte sie noch nicht alle Mitglieder des Klans, aber dieses hochgesteckte Ziel war wohl ohnehin nicht zu erreichen.

Manifestiert hatte sich diese Erkenntnis, als Felicitas vor zwei Tagen auf ihrem späten Ritt nach Hause beinahe in eine Klansversammlung gestolpert wäre. Das nervöse Gebaren des ansonsten so braven Mustangs und die Erinnerung an Landons Warnung, das Tier vom Feuer fernzuhalten, hatten sie rechtzeitig vorgewarnt. Zu ihrem Entsetzen hatten vor den zuckenden Flammen nicht nur Männer in weißen Kutten gestanden. Auch Kinder, gekleidet mit denselben spitz zulaufenden Kapuzen, waren ums Feuer getanzt, als sei das alles nur ein aufregendes Spiel. Eine etwas abseits versammelte, laut diskutierende Gruppe hatte Felicitas' Aufmerksamkeit ebenfalls erregt, da unter den Kutten unverkennbar Frauenröcke zu sehen gewesen waren …

Felicitas, die tief in Gedanken versunken noch immer an der Tür stand, wich zurück, als Walter und Lemmon das Steve's betraten. Dorothys Ehemann war ihr noch nie durch besondere Höflichkeit aufgefallen, also verwunderte es sie nicht, dass er sie wortlos passierte. Aber auch der Stadtrat und Ehemann der hiesigen Lehrerin, bisher immer sehr zuvorkommend, warf ihr lediglich einen unfreundlichen Blick zu.

Mit dem Rücken an den schmalen Türrahmen gelehnt, beobachtete Felicitas, wie die Männer sich an den letzten freien Tisch setzten. Was veranlasste einen stets auf gute Manieren bedachten Mann wie Lemmon zu einem solchen Verhalten? Sie zog die linke Schulter hoch. Vermutlich hatte er einen schlechten Tag hinter sich oder Ärger mit seiner dominanten Frau.

„Hat Steve Sie zum Rausschmeißer degradiert?", sprach sie plötzlich eine wohlbekannte Stimme an. Ihr war, als glitten prickelnde Eisstückchen über ihre erhitzte Haut. Langsam, um ihrer Gefühle Herr zu werden, wandte sie sich zu Landon um.

„Hallo, Deputy. Ich habe Sie lange nicht mehr hier gesehen", erwiderte sie und verzichtete darauf, auf seinen Spott einzugehen. Seit ihrem Abenteuer auf dem Fluss und der Umarmung nach dem Brand des Gemeindezentrums fühlte sie in seiner Gegenwart eine eigentümliche, manches Mal fast schmerzliche Unruhe in sich, was sie sehr zurückhaltend agieren ließ.

Landon nahm mit einer bedächtigen Bewegung die dunkle Sonnenbrille ab und schob einen Bügel in die Brusttasche des Uniformhemdes, sodass die Gläser außen zu sehen blieben. Anschließend wechselte er den neuen Sheriffhut in die linke Hand und strich sich mit der anderen ein paar vorwitzig in die Stirn fallende Strähnen zurück. „Ich habe viel zu tun", sagte er ernst, was Felicitas zu einem Nicken veranlasste.

Die Brände und Übergriffe der letzten Woche hielten ihn und John in Atem. Sie hatte beide Deputys kaum zu Gesicht bekommen, obwohl John sich bisher auffällig um sie bemüht hatte. Und auch Landon war früher häufiger im Café oder auch draußen auf dem Anwesen aufgetaucht.

„Ist Jo-Jo drin?" Mit einem Blick über sie hinweg suchte Landon den überfüllten Raum nach seinem Kollegen ab.

„Tut mir leid, nein. Ich habe ihn heute noch nicht gesehen. Könnte er weggefahren sein?"

Der Deputy schüttelte bestimmt den Kopf, als habe John sich nirgends anders als in der Stadt aufzuhalten.

„Ich habe das ungute Gefühl, dass sich heute etwas zusammenbraut", sagte er halblaut, mehr zu sich selbst als an sie gewandt.

Felicitas und Landon ließen Carbonne passieren, der sich zu Walter und Lemmon setzte, und kurz darauf traf auch Bürgermeister Phillips ein.

„Alles ruhig geblieben?", fragte er Landon und übersah Felicitas dabei geflissentlich. Sie drückte sich mit dem Rücken an die Zarge, damit der breitschultrige Mann ungehindert an ihr vorbei das Innere des Gebäudes betreten konnte.

„Noch, Bürgermeister. Warten wir die Nacht ab. Ich befürchte, es ist die Ruhe vor dem Sturm."

„Meine Bemühungen, eine Unterstützung für dich und Jo-Jo aufzutreiben, trafen auf taube Ohren. In ganz Mississippi gab es in der vergangenen Woche Unruhen – und Tote. Warum musste dieser Evers auch auf offener Straße erschossen werden?" Nun erst drehte Phillips sich zu Felicitas um und nickte ihr wortlos zu.

„Wie geht es Ihrer Frau, Mr Phillips?", erkundigte sich Felicitas. Ihr letzter Besuch im Krankenhaus bei Adam Lee lag zwar erst drei Tage zurück, und dabei hatte sie auch nach Emmy gesehen, doch sie fand es angemessen, Interesse zu zeigen.

„Nicht gut", lautete sein knapper Kommentar, bevor er sich an den Tisch zu Carbonne, Walter und Lemmon gesellte. Mit gerunzelter Stirn betrachtete Felicitas den ihr zugewandten breiten Rücken. Emmy hatte zuversichtlich geklungen und angekündigt, dass sie bereits in den nächsten Tagen entlassen werde.

„Jetzt würde ich gern Ihre Gedanken lesen, Miss Tess", raunte Landon.

Sie unterdrückte ein Auflachen. Wenn Landon wüsste, was sie über viele der Anwesenden dachte, die sich zu fröhlichen Gesprächen und Kartenspielen im Steve's einfanden, würde er entweder sein Gefängnis überfüllen, oder Felicitas zum Schweigen bringen – je nachdem, auf welcher Seite er stand.

„Dieses Schweigen missfällt mir."

„Hatten Sie – und Steve und Jo-Jo und Mr Mason und Mrs Phillips – mich nicht ermahnt, dass ich sehr, sehr vorsichtig mit dem sein soll, was ich tue und sage?"

Damit ließ sie den verdutzten Landon stehen und kehrte an ihre Arbeit zurück. Allerdings blieb sie nicht mehr lange, denn als zuerst ein Großteil der jungen Leute und kurz darauf die Runde um Bürgermeister Phillips das Café verließen, bat sie Steve, vorzeitig Feierabend machen zu dürfen.

Rasch trat sie vor die Eingangstür und wurde Zeuge, wie die Männer, die sie inzwischen als Klanmitglieder entlarvt hatte, auf mehrere Fahrzeuge verteilt davonfuhren. Bei allen lag das Ziel in derselben Richtung.

~

Bevor sie ihren Pick-up erreicht hatte, wurde Felicitas aufgehalten. Walken und seine Assistentin Veronica kamen ihr aus einer Hauseinfahrt entgegen. Felicitas war nicht eben begeistert davon, dass der Anwalt sie in aller Öffentlichkeit ansprach. Immerhin hatte er selbst sie um strikte Geheimhaltung gebeten.

„Wir müssen miteinander reden“, raunte Walken ihr zu.

Sie deutete auf ihren Eckladen, der nur von einer Straßenlampe und der Ampel beleuchtet wurde. „Gehen wir in meinen Laden. Ich habe Ihre Bilder fertig, Sie stehen seit zwei Tagen im Schaufenster. Es ist zwar eine ungewöhnliche Uhrzeit …“

„Es ist wichtig!“, drängte der Mann und bedeutete Felicitas, dass sie vorausgehen solle.

Unbehagen ergriff sie. Das unerwartete Auftauchen des ungleichen Paares signalisierte ihr, dass Unvorhergesehenes geschehen sein musste. Darum bemüht, ihre Hände ruhig zu halten, zog Felicitas den Schlüssel aus der Hosentasche und schloss auf. Sie knipste die Lampe über der Verkaufstheke an, während die Besucher es sich in der Zwischenzeit auf Felicitas’ Neuanschaffung, einer verschnörkelten Bank aus Gusseisen, bequem machten.

Ohne Umschweife erläuterte der Jurist den Grund seiner Anwesenheit: „Ich konnte einen Blick in die Krankenakte des schwarzen Jungen, Adam Lee, werfen.“

„Wie ist Ihnen das denn gelungen? Haben Sie jemandem erzählt, weshalb Sie in Woodville sind?“, stieß Felicitas aufgeregt hervor. „Selbst wenn hier in der Stadt darüber spekuliert wird, dass Sie Anwalt sind, so nahm man bisher an, es ginge noch immer um mein Erbe.“

„Beruhigen Sie sich bitte, Miss Jecklin. Niemand hat mich bei der Einsichtnahme in die Akte gesehen.“

Seine Erklärung wirkte keineswegs besänftigend auf Felicitas, sie klang vielmehr danach, als habe der Mann sich widerrechtlich Zugang zu Adam Lees Unterlagen verschafft.

„Ich fürchte, es könnte für uns sehr schwierig, ja nahezu unmöglich werden, den Jungen aus der Sache herauszuboxen“, fuhr Walken unbeirrt fort. „Es besteht der begründete Verdacht, dass Adam Lee Drogen konsumiert hat. Die Entzugserscheinungen fielen dem Krankenhauspersonal auf und waren seiner Genesung nicht zuträglich." Während er sprach, rieb sich Walken fortwährend die Hände, als friere er. „Miss Jecklin, eventuell wäre es besser, die Angelegenheit auf sich beruhen zu lassen, falls Mr Carbonne, dessen Wagen bei dem Unfall beschädigt wurde, dies ebenfalls tut. Und offenbar zeigt auch der Staat Mississippi nur wenig Interesse daran, den Fall aufzugreifen. Dieses Mal könnte das Desinteresse sogar von Vorteil sein. Bei einem Verfahren könnte der Drogenkonsum Ihres jugendlichen Schützlings thematisiert und als Signal dafür gedeutet werden, dass er wirklich am Steuer saß. Nachforschungen nach weiteren Drogenabhängigen und vor allem nach Dealern in seinem Umfeld würden automatisch folgen."

Felicitas presste die Hände an ihre Wangen. Fassungslos blickte sie zwischen den Besuchern hin und her. Als ihr die gesamte Tragweite der Neuigkeit bewusst wurde, taumelte sie nach hinten und lehnte sich Halt suchend an den cremefarbenen Schrank mit den vielen kleinen Schubladen, deren emaillierte Knaufgriffe sich ihr in den Rücken bohrten.

„Adam Lee hat Drogen konsumiert? Richtige Drogen? Und im Rausch soll er Bobby Charles ...?" Vollkommen überfordert bei dem Gedanken schüttelte sie immer und immer wieder den Kopf, als könne sie dadurch ihre Benommenheit loswerden. „Ich kann mir das einfach nicht vorstellen. Niemand dort draußen im Dorf nimmt Drogen, und gehandelt wird damit sicher auch nicht!"

„Wie viele der dort ansässigen Familien kennen Sie? Alle? Und wie gut?", hakte Walken nach.

Felicitas nahm die Hände von ihren Wangen und begann, ihre Finger zu kneten. Sie kannte Birdie, ihre Kinder und die Enkel, dazu Bobby Charles' und Chapters Familien inzwischen sehr gut. Sie waren ihr ans Herz gewachsen. Natürlich hatte sie auch mit anderen Familien Kontakt, hatte bei den einen oder anderen schon auf der Veranda gesessen, bei ihnen Lebensmittel eingekauft oder Schreiner- und Näharbeiten ausführen lassen. In der Zeit, als Holly Dedra und ihre Schwiegertochter Abner gepflegt hatten, hatte Felicitas jeden Tag ein paar Stunden in Birdies Garten gesessen, um den Schulkindern Unterricht zu erteilen, deren Eltern sich weder eine Busfahrt noch den Schulbesuch in der Umgebung leisten konnten. Aber bedeutete das, dass sie die Leute wirklich kannte? Es war nicht auszuschließen, dass einer oder mehrere der Männer mit Drogen handelten. Gab es sowohl im Dorf als auch hier in der Stadt Konsumenten? Gefangen von ihren Fragen, Zweifeln und

Unsicherheiten schloss sie die Augen, nur um sie Sekunden später weit aufzureißen.

Nein, sie traute Adam Lee nicht zu, dass er Rauschmittel nahm! Für all das musste es eine andere logische Erklärung geben. Erleichterung wollte sich einstellen, doch eine neue Überlegung verdrängte das Gefühl sofort wieder: War Adam Lees Familie über den Verdacht des Pflegepersonals informiert worden? Zumindest war nie die Rede davon gewesen. Woher rührte dieser mangelnde Informationsfluss? Aus Gleichgültigkeit dem schwarzen Patienten und seinen Angehörigen gegenüber? Unverständnis ergriff Felicias, das gleichzeitig ein Gefühl der Überforderung in ihr weckte.

„Was geschieht jetzt?“, fragte sie leise.

„Wir möchten Sie bitten: Halten Sie die Augen offen. Wenn es in dem Dorf ein Drogenproblem gibt, wird es Ihnen auffallen, nun, da sie darüber Bescheid wissen. Wenn wir eine Verteidigung für den Jungen oder aber eine Klage gegen den Klan vorbereiten müssen, sollten wir vor allen unliebsamen Überraschungen gewarnt sein.“

Walken erhob sich, und die Assistentin tat es ihm gleich, trat jedoch zur Theke und lächelte Felicitas freundlich an. „Mr Walken ist nicht der Typ Anwalt, der hinschmeißt, wenn es schwierig wird, Miss Jecklin. Nicht einmal bei einem Pro-Bono-Fall wie diesem. Halten Sie durch!“

Felicitas bedankte sich für das Gespräch und ließ die beiden hinaus. Nachdenklich verweilte sie in der Tür. Der nächtlichen Stunde zum Trotz staute sich in der Straße eine schwere, schwüle Hitze und trieb Felicitas den Schweiß aus allen Poren. Wieder jagten Gedanken und Bilder wie Gespenster durch ihren Kopf und verwirrten sie mehr, als dass sie ihr Klarheit brachten. Hatte Bobby Charles sterben müssen, weil Adam Lee sich auf Drogen eingelassen hatte? War die Unterhaltung in ihrer Küche mit ihm deshalb so einsilbig ausgefallen? Hatte er vertuschen wollen, wie high er in der Unfallnacht gewesen war – so sehr, dass er sich womöglich nicht einmal an den Unfall erinnerte?

Obwohl sie zuerst vermutet hatte, dass das Krankenhauspersonal Adam Lee etwas untergeschoben haben könnte – immerhin hatte Felicitas auch mit dem Juraprofessor schlechte Erfahrungen gemacht –, brachen jetzt Zweifel in ihr auf. Energisch ergriff sie ihre wertvolle Olympus-Kamera, schloss hinter sich ab und stapfte tief in Gedanken versunken zu ihrem Pick-up.

Teil 4

30. August – 31. August 1963

Wenn du durch Wasser gehst, werde ich bei dir sein. Ströme sollen dich nicht überfluten! Wenn du durch Feuer gehst, wirst du nicht verbrennen; die Flammen werden dich nicht verzehren!
Jesaja 43,2

Der heiße Sommer der berechtigten Unzufriedenheit der Neger wird nicht vorbeigehen, bis es einen belebenden Herbst der Freiheit und Gleichheit gibt.
Martin Luther King

15. Kapitel

Kerstin und Lisa hatten Deutschland im Juli verlassen, einige Tage nachdem John F. Kennedy Westberlin einen Besuch abgestattet hatte. Seitdem waren sie bei Reena Norris, Brians Mutter, in ihrer herrlichen Villa in Washington D. C. zu Gast, ohne viel von der Stadt und ihrer Umgebung gesehen zu haben.

Kerstin trug einen Brief von Christopher mit sich, gleichgültig, wohin sie in Begleitung von Lisa oder Reena unterwegs war. Der für sie unbeschreiblich wichtige Brief begann mit einer zerknirschten und unbeholfenen Entschuldigung des Texaners und wurde daraufhin zu einer zweiseitigen Liebeserklärung, die mit den Worten endete, dass er sie, sobald er zurück in den Staaten sei, vom Fleck weg heiraten wolle. In den vergangenen Wochen waren Christophers Zeilen und ihre wachsende Freundschaft mit Lisa und Reena die einzigen Lichtblicke in Kerstins Leben gewesen. Ihre Sorge um Felicitas, die sie noch immer nicht erreichen konnte, wuchs mit jedem Tag, schneller als Unkraut wucherte.

Mithilfe ihrer neuen Freundinnen hatte Kerstin sich auf die Suche nach den Akten des geheimnisvollen Anwalts gemacht, was sich als aussichtslos erwies. Er hatte seit über 20 Jahren nicht mehr praktiziert und keine Kanzlei besessen, in der es Aufzeichnungen zu dem Fall geben konnte; sein Privathaus war längst geräumt, seine wenigen Habseligkeiten einer wohltätigen Einrichtung gespendet worden.

Gleichzeitig forschten die drei Frauen nach Virginia Tampico, war sie doch neben dem geheimnisvollen Juristen die einzige mit Felicitas in Zusammenhang stehende Person. Hierbei leisteten ihnen Reenas weitreichende Kontakte ausgezeichnete Dienste. Aber die Frau aus Mississippi schien keine Vergangenheit zu haben. Als Kerstin sich der Parallelen zu Felicitas bewusst wurde, verwirrte sie das noch mehr.

Vor zwei Tagen hatte Kerstins Mutter endlich eine Telefonnummer von Felicitas übermitteln können, da deren neuester Brief erst lange nach Kerstins Abreise in Deutschland angekommen war. Bei ihrem ersten Versuch, dort anzurufen, hatte ein Steve Cartier abgenommen. Er hatte ihr versichert, dass er Felicitas über Kerstins Anruf informieren wolle, und die Nummer der Familie Norris notiert. Beim zweiten Gespräch hatte Steve ihr freundlich erklärt, dass Tess, wie er Felicitas nannte, recht weit außerhalb der Stadt wohnte und dass er sie seit dem Vortag nicht gesehen habe. Er würde versuchen, sie über Funk zu erreichen, wobei sie sich aber selten in der Nähe des Funkgerätes aufhielt.

Beim dritten Anruf in Mississippi hatte der noch immer zuvorkommende Steve Kerstin bedauernd mitgeteilt, dass er Felicitas eine schriftliche Nachricht an der Tür ihres Fotogeschäftes hinterlassen habe, die sie vermutlich noch nicht gefunden hatte. Allerdings sei sie heute bei ihm im Café zur Arbeit eingeteilt, und er würde persönlich dafür sorgen, dass sie Kerstin zurückrief.

Nun saß Kerstin seit zwei Stunden neben dem Telefon. Ihr Herz schlug unruhig, während sie einige der alten Vermisstenanzeigen durchsah, die Reena, die in Texas als Anwältin eingetragen war, hatte auftreiben können.

Die drei Frauen beschränkten sich bei ihren Nachforschungen auf das Jahr, in dem Virginia Tampico wie aus dem Nichts in Woodville aufgetaucht war, doch da sie kaum etwas über sie wussten, gestaltete sich die Suche schwierig. Zudem lag der Verdacht nahe, dass die Frau unter falschem Namen gelebt hatte, was ihnen die Aufgabe zusätzlich erschwerte.

Kerstin hoffte, dass sie von Felicitas eine Beschreibung von Virginia bekommen konnte. Vor allem aber freute sie sich unbändig darauf, ihre Freundin zu sprechen und ihr von all dem zu erzählen, was in der Zwischenzeit geschehen war. Überdies wollte sie von Felicitas persönlich hören, dass es ihr dort unten im Süden wirklich gut ging – und einfach einmal wieder ihrer Stimme und ihrem fröhlichen Lachen lauschen!

Lisa betrat das geräumige Wohnzimmer und legte einen Stapel Papiere auf den Boden. „Das sind die vermissten Frauen aus Louisiana. Reenas Draht zum hiesigen Polizeichef muss ausgezeichnet sein. Dennoch hoffe ich, deine Freundin ruft an, bevor wir unsere Suche von den Südstaaten auf das ganze Land ausweiten müssen."

„Es tut mir leid, Lisa. Du solltest mit deiner zukünftigen Schwiegermutter eigentlich deren Verwandte besuchen oder das Land kennenlernen, statt mit mir über dreißig Jahre alten Akten zu brüten."

„Die Mitglieder der Familie Norris leben doch fast alle in Texas. Reena lebt nur in Washington, da sie hier mehr Zeit mit ihrem Mann verbringen kann, wenn er für kurze Stippvisiten in die Staaten kommt. Und das Land – das bereise ich gemeinsam mit Brian, sobald wir erst verheiratet sind. Die Suche nach Miss Tampico ist eine willkommene Ablenkung für mich. Brian schreibt von Unruhen ..."

Lisa setzte sich Kerstin gegenüber, um auch sie in die neuesten Nachrichten aus Vietnam einzuweihen: „Die buddhistische Bevölkerung rebelliert, der Vietcong geht zunehmend aggressiver vor und bringt immer mehr Dörfer und Städte Südvietnams in seine Gewalt. Die Situation der Soldaten ist schwierig, distanziert sich doch die US-Regierung zunehmend von dem hart gegen sein eigenes Volk vorgehenden Präsidenten Diem. Zudem deutet Brian an, dass einige seiner Kameraden einen unrühmlichen Lebenswandel führen. Mein Resümee aus dem Brief lautet: Vietnam ist ein exotisch schönes, aber hochexplosives Pulverfass."

Kerstin blickte ihre Freundin irritiert an angesichts dieser Einzelheiten über den Einsatzort der Special Forces-Einheiten. Von Christopher bekam sie keine solch detaillierten und beunruhigenden Hintergrundinformationen. Womöglich erklärte sich das durch die unterschiedlichen Charaktere der beiden Männer.

„Außerdem", Lisa stand auf, „helfe ich dir gern, Kerstin."

Das schrille Läuten des Telefons ließ die Freundinnen zusammenzucken. Kerstin starrte den schwarzen Apparat an, als wüsste sie nicht, was damit zu tun sei.

Da sie sich nicht rührte, hob Lisa ab. „Felicitas! Wie schön! Entschuldigen Sie bitte, Sie kennen mich ja gar nicht. Allerdings habe ich das Gefühl, als ob ich Sie schon seit Jahren kennen würde. Mein Name ist Lisa Reiser."

Lisa lauschte und lachte dann belustigt auf. In der Zwischenzeit war Kerstin bis vorne an die Stuhlkante gerutscht, und ihre Hand schwebte in der Luft, ungeduldig darauf wartend, den Hörer gereicht zu bekommen.

„Ja, Kerstin hält sich in Washington auf, und sie wird sehr froh sein, endlich Ihre Stimme zu hören." Lisa reichte Kerstin den Hörer und verließ taktvoll den Raum.

Innerhalb dieser wenigen Augenblicke hatte Felicitas Kerstin bereits mit Fragen überschüttet, und das, obwohl sie sich eine ungewohnt gedehnte Sprechweise angeeignet hatte, was Kerstin verwunderte und zugleich amüsierte. Felicitas schien in ihrem neuen Zuhause angekommen zu sein.

Je länger ihr Gespräch dauerte, desto mehr war Felicitas eine wachsame Zurückhaltung anzumerken, sodass Kerstin sich fragte, ob ihre Freundin womöglich Zuhörer hatte.

Kerstin ihrerseits erzählte knapp, aber offen von ihren Zweifeln bezüglich des Erbes und von den Nachforschungen, die sie betrieb. Felicitas hörte schweigend zu, während Kerstin im Hintergrund Musik und Gelächter vernahm.

Als sie ihren Bericht beendet hatte, schwieg Felicitas weiterhin, bis sie kaum verständlich fragte: „Hat sich bei dir jemand nach meiner Herkunft erkundigt?"

Angesichts des Anflugs von Unsicherheit in Felicitas' Stimme runzelte Kerstin die Stirn. Hatte man in Mississippi etwas über Felicitas' jüdische Abstammung herausgefunden? Doch warum sollte das ein Problem darstellen? „Von mir weiß niemand etwas, Feli. Nicht einmal mit Christopher habe ich darüber gesprochen."

„Ich hatte zweimal nachts Leute auf dem Grundstück, die mir Schmierereien an der Hauswand hinterließen."

„Antisemitische Schmierereien?"

„Ja."

„Aber weshalb?"

„Kerstin, ich …" Deutlich war herauszuhören, wie gehemmt Felicitas sprach. „Du wohnst bei einer Amerikanerin, oder? Frag sie. Oder ich rufe dich morgen früh wieder an. Steve lässt mich bestimmt vor Öffnung des Cafés telefonieren."

„Warum besitzt du kein eigenes Telefon?"

„Bei meinem Haus draußen liegen keine Leitungen. Wir funken. Und für den Laden lohnt sich ein Telefonanschluss nicht. Ich halte mich kaum dort auf. Die meisten Bilder lichte ich im Freien ab. Ach, Kerstin …"

„Hast du Angst?"

„Nein, aber ich bin beunruhigt."

„Das Gespräch macht so keinen Sinn. Ruf mich bitte morgen früh an, wenn niemand zuhört, ja? Aber eines noch: Ich brauche eine Beschreibung von Miss Virginia Tampico, damit wir sie besser in den Vermisstenmeldungen suchen können."

„Aber …?"

„Es gibt nirgends irgendwelche Aufzeichnungen über eine Virginia Tampico, Feli! Nicht vor 1935, als sie plötzlich in Woodville aufgetaucht ist. Sie muss ihren Namen geändert haben."

„Ich könnte Landon fragen, den Deputy hier. Er kannte sie sehr gut."

„Kannst du ihm vertrauen?"

„In der Hinsicht schon."

„Und in welcher nicht?"

Felicitas war abgelenkt. Sie sprach mit jemandem, der neben sie getreten sein musste. Kurz darauf war sie wieder deutlicher zu hören und beantwortete auch Kerstins zuvor gestellte Frage: „Was die Schwarzen anbelangt."

„Ach, jetzt verstehe ich. Du hattest in einem Brief über diesen Geheimbund geschrieben. Haben die auch etwas gegen Juden?"

„Ja."

„Am besten kommst du sofort hierher!"

„Das kann ich nicht. Ich lebe hier. Ich habe hier Freunde. Und Aufgaben."

„Aber deine Sicherheit geht vor!"

„Ich werde ja nur …", wiederum stockte Felicitas und ihre Worte waren erneut kaum verständlich, „… gewarnt. Mir geht es gut, Kerstin. Viele Menschen hier mögen mich."

„Sei vorsichtig, ja?! Und rede mit diesem Landon. Er könnte uns vielleicht den richtigen Namen der Frau nennen oder zumindest eine brauchbare Beschreibung von ihr geben."

„Ich habe mal eine Fotografie von ihr gesehen. Sie war nicht unbedingt attraktiv. Dunkle Haare, ich vermute mal schwarz, über die Augenfarbe kann ich nichts sagen, ihre Augen waren mandelförmig. Sie hatte für eine Frau ungewöhnlich buschige Augenbrauen. Auf ihrer großen, schmalen Nase befand sich ein Höcker. Ihr Mund war breit, und links von ihrem Mundwinkel zog sich eine Narbe über die Wange. Ihr Kinn war spitz, die Gesichtsform oval. Sie war klein und schmal gebaut."

„Die Fotografin mit dem geübten Blick!", freute sich Kerstin, die eilig mitstenografiert hatte.

„Ich rufe dich morgen an, sobald Steve wach ist und mich reinlässt."

„Vergiss es bitte nicht. Ich mache mir wirklich Sorgen um dich und hoffe, dass ich bis dahin in den Akten eine Frau gefunden habe, auf die deine Beschreibung passt."

„Du musst dir wirklich keine Sorgen um mich machen, Kerstin."

„Doch, das muss ich! Da ist Mysteriöses im Gange und du steckst mittendrin." Missbilligend kniff Kerstin die Augen zusammen, als durch das Telefon tiefe Stimmen und Gelächter drang.

„Bis morgen!", rief ihre Freundin noch, dann brach die Verbindung ab.

Keineswegs beruhigt nach dem eigentümlichen Gespräch betrachtete Kerstin ihre Notizen, ehe sie diese in Reinschrift übertrug. Die Tür zum Wohnzimmer wurde einen Spalt weit geöffnet, und als Lisa sah, dass sie aufgelegt hatte, traten sie und Reena ein und setzten sich auf die Couch. In knappen Worten berichtete Kerstin, was sie in Erfahrung gebracht hatte.

„Das klingt alles beängstigend.“ Lisa sah betroffen zu Kerstin. „Brian hat mir vom Ku-Klux-Klan erzählt. Die haben innerhalb ihrer Reihen eine richtig streng durchstrukturierte Hierarchie. Mit denen ist nicht zu spaßen.“

Reena drückte ihrer zukünftigen Schwiegertochter beschwichtigend die Hand. Doch das, was sie beizutragen hatte, klang ebenfalls beunruhigend: „Die anhaltenden Unruhen in Mississippi sind eine Folge der Ermordung eines Schwarzen namens Medgar Evers. Er war Präsident einer Bürgerrechtsorganisation und erster Vorsitzender der NAACP in Mississippi. Etwa zwei Wochen nach seiner Ermordung wurde ein Düngemittelvertreter und Mitglied des White Citizens Council[21], Bill De La Beckwith, verhaftet. Es geht das Gerücht, er sei ein Mitglied des Klans.“

„Immerhin haben sie den Mörder gefunden!“ Kerstin seufzte betroffen über die Geschichte.

Reena blickte sie ernst an und schüttelte bedauernd den Kopf. „Unter meinen Anwaltskollegen wird angenommen, dass ein Gericht in Mississippi, höchstwahrscheinlich aus ausschließlich weißen Geschworenen bestehend, den Mann für nicht schuldig erklären wird. Und sollten sie ihn wider Erwarten dennoch verurteilen, bedeutet lebenslänglich zehn Jahre oder weniger, wobei es überaus skurrile Gründe für eine vorzeitige Entlassung und ein äußerst schwammiges Bewährungssystem gibt.“

Kerstin wies auf eine der Akten, in der von einer attraktiven, seit nahezu 30 Jahren als vermisst gemeldeten Frau die Rede war. „Diese *White Knigh*ts des Ku-Klux-Klan schrecken demnach weder vor Mord zurück noch davor, die Gerichte zu infiltrieren? Ich muss zu Feli! Sobald es geht!“

„Heute kannst du nirgendwo mehr hin“, beschwichtigte Reena ihren Gast. „Nutzen wir die Zeit sinnvoll und gehen die Mappen durch.“

„Hast du heute Abend nicht einen Termin beim Gouverneur?“, erinnerte Lisa Reena an ihre Verabredung.

Die Frau lächelte und griff nach den am Vortag eingetroffenen Akten aus Arkansas. „Es ist nur eine Einladung zu einer Wohltätigkeitsgala. Der Gouverneur wird mein Fehlen verschmerzen. Suchen wir die junge Miss Tampico! Ihr Geheimnis aufzuklären könnte bedeuten, auch das Geheimnis um Felicitas zu lösen.“

Das Funkgerät knackte ununterbrochen, da sich ein paar Frauen über ein Kuchenrezept austauschten. Entnervt stellte Landon das Gerät leiser, setzte sich wieder und hämmerte weiter auf die Tasten der Schreibmaschine ein.

Vierzehn Fälle von Brandstiftung, zwei Vergewaltigungen, unzählige Schlägereien und zerstörtes Eigentum in den letzten acht Wochen hielten nicht nur die Deputys und Switchs Feuerwehrmänner in Atem, sondern die gesamte Bevölkerung der Region. Vorurteile und Missgunst waren in Hass umgeschlagen, der sich in erschreckender Gewaltbereitschaft Luft verschaffte. Allein diese Woche hatte draußen im Dorf eine Familie ihr Haus, eine andere ihren Stall mitsamt den Schweinen darin verloren, und ein kleiner Junge war schwer verletzt worden, da das Toilettenhäuschen mit Benzin übergossen und in Brand gesteckt worden war, in dem er gerade saß. Scheunen, Garagen, Automobile und zwei Geschäfte in der Stadt waren zum Ziel von Brandstiftern geworden. Carbonne hatte es ebenfalls getroffen, was ihn zur Raserei getrieben hatte. Ein ganzer Güterzug mit Holz war auf dem Weg durch den Wald in Brand geraten und hatte nicht mehr gelöscht werden können.

Landon und John hatten sich in ihrem Office eine Stunde lang die wütenden Tiraden des Geschäftsmanns angehört. Er hatte ihnen gedroht, seine Beziehungen spielen zu lassen und dafür zu sorgen, dass sie fristlos entlassen und nie wieder einen anständigen Job bekommen würden. Irgendwann war Landon die Geduld ausgegangen. Er hatte dem Mann gesagt, er solle seine Beziehungen besser dazu nutzen, endlich einen dritten Deputy anzufordern, hatte sich seinen Hut geschnappt und sich aus dem Staub gemacht.

Landon seufzte. Viele benachbarte Countys meldeten Übergriffe von beiden Seiten. Ganz Mississippi schien in Flammen zu stehen. Den Leuten war es offenbar nicht heiß genug, obwohl das Thermometer seit Wochen nicht einmal mehr nachts unter 25 °Celsius fallen wollte.

Landon tippte den Bericht zu Ende und riss das Papier von der Walze. Er hatte vor einer Stunde vier Neunjährige dabei erwischt, wie sie versuchten, ihre Schule anzuzünden. Wütend hatte er sie auf die Rückbank des Polizeiwagens gestopft und ins Office gefahren. Er hatte ihnen laut und deutlich die Leviten gelesen, sodass sogar Walter in der Tür kehrtgemacht und es vorgezogen hatte, später wiederzukommen. Anschließend hatte er die drei vorlautesten und uneinsichtigsten Jungen in die Zellen gesperrt, sich den vierten geschnappt, der inzwischen in Tränen ausgebrochen war, um ihn mit Signallicht, damit die ganze Nachbarschaft etwas davon hatte, nach Hause zu chauffieren. Seine Mutter war ebenfalls den Tränen nahe gewesen, während sein Vater sich für das Verhalten seines Sohnes entschuldigt hatte.

Den drei restlichen Jungen war es nicht besser ergangen, wobei Landon im Weggehen gehört hatte, wie dass Brüderpaar eine ordentliche Abreibung von ihrem Vater bekam. Daraufhin war er umgekehrt und hatte dem prügelnden Vater nicht minder deutlich die Meinung gesagt. Sein Bericht über die Vorkommnisse fiel hingegen kurz aus. Sachlich. Emotionslos. Wahrscheinlich würde man in der Stadt nicht lange darüber reden, da dieses Ereignis, so befürchtete er, bald von einem anderen überschattet werden würde.

Er heftete das Blatt ab, öffnete zwei weitere Knöpfe seines am Körper klebenden Uniformhemds und goss sich kalten Kaffee ein, den er eigentlich nicht mochte. Aber wer konnte bei diesen Temperaturen schon etwas Heißes trinken?

Sam hüllte sich in Schweigen, was den brennenden Holztransport betraf. Allerdings hatte er ihm ausgerichtet, dass aufgrund der Unruhen im Land vermehrt FBI-Leute unterwegs waren, Felicitas unwichtig sei und nicht aus dem Tampico-Haus entfernt werden dürfe und das Unternehmen in der Gefahr stand aufzufliegen. Alles in allem also Nachrichten, die zum Wetter passten. Hinzu kam, dass Martin Luther King Jr. und seine Mitstreiter den wohlmeinenden Rat Kennedys ignoriert hatten. Der Präsident, der die Bürgerrechts-Gesetzgebung unterstützte, hatte angeregt, eine Großdemonstration aufzuschieben, um die im US-Kongress eingereichte Gesetzesvorlage für eine landesweite Gleichberechtigung nicht zu gefährden. Doch der *March on Washington for Jobs and Freedom* hatte wie geplant vor zwei Tagen stattgefunden und war trotz aller Unkenrufe ohne Störungen verlaufen. Mehr als 250.000 Menschen, unter ihnen 60.000 Weiße, hatten die mitreißende Ansprache von King über seinen Traum eines friedlichen, freien und gleichgestellten Miteinanders gehört.

Landon hob ruckartig den Kopf, als sich jemand räusperte. Vor ihm stand Felicitas. In seinen Augen betörend schön, obwohl auch ihre Haut nass glänzte und feuchte Haarsträhnen in ihrem Gesicht klebten. Wie hatte sie sich ihm unbemerkt nähern können?

„Entschuldigen Sie bitte“, begann sie und lächelte ihn an.

Vergeblich bemühte sich Landon darum, jede Gefühlsregung zu unterdrücken. Nicht nur, dass er sich übermächtig zu der Frau hingezogen fühlte, er hatte in derselben Intensität auch Angst um sie. Wobei – in den vergangenen Wochen war es erstaunlich ruhig um sie geblieben. Wenn sie Glück hatte, hatte sich das Gerücht um ihre jüdische Herkunft nicht verbreitet.

„Sie stören nicht", erwiderte er mit tiefer Stimme.

Ihr Blick ruhte lange Zeit nachdenklich auf ihm, und er wünschte sich einmal mehr, ihre Gedanken lesen zu können. Dass er ihr seit Wochen aus dem Weg ging, schien ihr nichts auszumachen. Dabei hatte er seit dem Brand der Gemeindescheuer zu hoffen gewagt, dass sie mehr für ihn empfand als nur kameradschaftliche Zuneigung.

„Miss Tess?", fragte er schließlich und riss sie aus ihren Betrachtungen seiner Person.

„Entschuldigen Sie, bitte." Bereits auf dem Weg zur Tür sagte sie über die Schulter: „Ich habe es mir anders überlegt."

„Das ist nichts Neues!", lachte Landon, sprang auf und eilte ihr nach. Er umfasste ihren linken Unterarm, als sie die Hand auf den Türknauf legte. „Warum sind Sie gekommen? Sie können mir vertrauen", versuchte er herauszufinden, was sie hierher geführt hatte. Sie war sicher nicht aus einer Laune heraus ins Office gekommen. Dafür wirkte sie immer viel zu beschäftigt – es sei denn, sie hielt sich bei Birdie und Lily auf. Wie häufig sie in den letzten Wochen die Familie Cross besucht hatte, konnte er allerdings nicht sagen, immerhin machte er sich auch dort rar.

Felicitas musterte ihn ebenso aufmerksam wie zuvor. „Kann ich das wirklich, Deputy? Ihnen vertrauen?"

Nach dieser traurig klingenden Frage entzog sie ihm energisch den Arm und huschte nach draußen in das gleißende Licht der tief stehenden Abendsonne. Landon, versuchte ihr nachzulaufen, blieb zurück, als er seinen Namen im Sprechfunk hörte. Aufgebracht trat er die Tür ins Schloss und eilte an das CB-Funkgerät.

„Schlägerei im Sägewerk", brüllte Matthew Simon, Carbonnes Vorarbeiter, ihn durch den Empfänger an. Gleichzeitig nach Hut und Waffe greifend, lief Landon auf die Straße und warf sich ins Automobil. Er schaltete sowohl die Sirene als auch das rote Blinklicht ein, wendete mit quietschenden Reifen und versuchte, während er den Wagen um möglichst viele Schlaglöcher herumlenkte, John per Funk zu erreichen. Es war anzunehmen, dass er Hilfe gebrauchen konnte.

~

Christopher stellte die mit Schriftzeichen verzierte runde Spielfigur auf das nächste dunkle Feld und kratzte sich dann unbehaglich im Nacken.

Er verlor beim *Elephant Chess*, einer orientalischen Fassung des Damespiels, grundsätzlich gegen Brian, was ihn inzwischen nicht mehr wunderte. Der lange Mann mit dem roten Borstenhaar und den Millionen Sommersprossen war eine Intelligenzbestie. Gleichgültig, was er las, sah oder hörte, es blieb unauslöschlich in seinem Kopf hängen. Dennoch hielt er sich stets bescheiden im Hintergrund, und seine hilfsbereite Ader machte ihn beliebt – wenn auch auf eine andere Weise als die gut aussehenden, Sprüche klopfenden Kameraden.

In Christophers Rücken wurde die Tür aufgestoßen. Tiger stürmte herein, ließ die Tür offen stehen und stolperte quer durch den Raum. Er prallte gegen den Tisch, der mit derbem Knall an die Wand stieß.

Brian und Christopher erfassten die brenzlige Situation sofort und reagierten wie ein eingespieltes Team. Während Brian zur Tür sprang und sie schloss, ergriff Christopher Tiger von hinten und drehte ihm den Arm auf den Rücken. Der Mann ging brüllend in die Knie. Brian hatte dank der wohlorganisierten Spinde schnell zwei Gürtel griffbereit, mit denen er Tiger erst die Hände und anschließend noch die Beine fesselte. Wie eine verletzte Schlange wand sich der Gefangene auf dem Boden und brüllte wutentbrannt, was Christopher veranlasste, ihm eine von seinen eigenen weißen Unterhosen in den Mund zu stopfen. Wie schon einige Male zuvor packte Christopher Tigers Arme und Brian die Beine. Sie schleppten den Kameraden neben die untere Koje, in der eigentlich Clive schlief, holten aus und warfen ihn auf die Matratze. Das Metallgestell quietschte laut und rutschte, wie zuvor der Tisch, gegen die instabile Trennwand ihrer provisorischen Stube.

Im gleichen Moment sprang die Tür erneut auf. Christopher und Brian stellten sich breitbeinig, aufrecht und mit im Rücken verschränkten Händen als Sichtschutz vor das Bett.

Gibbs runzelte die Stirn, tat, als habe er nichts gesehen, und blaffte: „Colonel Barff braucht einen Huey. Wo sind Tiger und Whittaker?"

„Dienstfrei." Christopher war sich nur zu bewusst, dass die beiden längst zurück sein sollten. Aber das wusste Gibbs ebenfalls.

„Keating, um Null-Neunhundert[22]." Ohne die Wiederholung seines Befehls von Christopher abzuwarten drehte der Ranghöhere sich um und schloss sorgfältig die Tür hinter sich.

„Deine Art, die Kameraden zu beschützen, scheint ihm imponiert zu haben, Chris."

„Darauf pfeif ich", gab Christopher unwirsch zurück und zerrte dem mittlerweile still liegenden Tiger den Knebel aus dem Mund.

„So schlimm war es lange nicht mehr mit ihm", sagte er und atmete unangenehm berührt den Duft eines süßen Parfums ein.

Tiger hatte sich fast vier Wochen lang von den hübschen Vietnamesinnen ferngehalten, dann war es um seine Selbstbeherrschung geschehen gewesen. Wohl auch, weil Clive ihm immerzu in den höchsten Tönen von seinen Eroberungen vorgeschwärmt hatte.

Inzwischen kam nicht nur Clive fortwährend in einem Zustand zurück, den er als *stoned* bezeichnete, sondern auch Tiger, der sich allerdings meist besser im Griff hatte. Normalerweise legten Tiger und Clive sich einfach in ihre Betten, schliefen und litten am nächsten Tag etwas unter den Nachwirkungen. Es gelang ihnen sogar, den Drogenmissbrauch halbwegs zu kaschieren, wobei Gibbs auf dem Gebiet ohnehin beide Augen verschloss. Und dies, obwohl sie sich im Ernstfall alle aufeinander würden verlassen müssen!

Christopher und Brians Drängen, Hilfe anzunehmen und an ihre Familien zu denken, verpuffte im warmen Wind, der vom Indischen Ozean kommend über das Land strich. Nicht einmal um ihrer Gesundheit willen konnten sie die Finger von den Frauen lassen, obwohl die im Verdacht standen, auch in vom Vietcong besetzten Dörfern tätig zu sein, wo sie ebenfalls ihre Geschlechtskrankheiten streuten.

„Vermutlich hat er mehr genommen, als er verträgt, oder etwas anderes als gewöhnlich. Möglich ist auch, dass zusätzlich hochprozentiger Alkohol im Spiel war", deutete Brian Tigers aggressiven Gemütszustand.

Indes schlüpfte Christopher in die Stiefel und erhob sich schwerfällig vom Bett. „Kameradschaft hin oder her. Es reicht! Ich sehe nicht länger zu, wie die beiden sich auf Raten umbringen. Ich setze ihnen eine letzte Frist. Wenn dann nicht Schluss ist, verpfeife ich sie. Und Burns kann mir gar nichts! Ich pfusche ihm nicht ins Handwerk, sondern melde nur zwei Männer, die illegale Drogen nehmen und damit ihre Kameraden und sich selbst gefährden."

Brian nickte und wirkte seltsam erleichtert. Hätte er das, was Christopher nun androhte, gern früher getan?

„Lass dir was einfallen, falls Barff Tiger oder Clive namentlich angefordert hat."

Christopher bejahte, obwohl er schon jetzt wusste, wie sehr er es hassen würde, den Vorgesetzten anzulügen. Wenig später trat er in den leichten Dauerregen hinaus und joggte in Richtung der abgestellten Helikopter. Dabei sah er im Gegenlicht der hinter einer Wolkenfront hervorschauenden Sonne zwei Männer heftig miteinander streiten. Einen

Augenblick lang dachte er, es handele sich um Barff und Gibbs, doch bevor er nahe genug bei den Streithähnen angelangt war, um sie sicher erkennen zu können, verschwanden sie hinter einem Hangar. Christopher begrüßte seinen Techniker und Co-Piloten und half ihm, den Huey für den Start vorzubereiten.

~

Kerstin legte den Hörer auf die Gabel und drehte sich zu Reena und Lisa um, die sie neugierig anschauten. Enttäuscht, dass ihre Freundin ihre Entscheidung wieder mal revidiert hatte, ließ sie die Schultern hängen. Felicitas hatte spät und von einem Anschluss aus angerufen, an dem sie wieder nicht frei sprechen konnte, obwohl dieses Mal wenigstens keine Hintergrundgeräusche gestört hatten.

„Feli hat mit einer Frau namens Holly Dedra gesprochen. Mit ihr soll Miss Tampico eng befreundet gewesen sein. Doch Holly Dedra wusste nichts von einer Namensänderung. Dafür erzählte sie, dass Miss Tampico früher von ihrem Ehemann geschlagen worden war. Sie muss das Thema einmal kurz zur Sprache gebracht haben – und dann nie wieder. Holly Dedra hatte ihr Schweigen akzeptiert und den Teil von Miss Tampicos Leben in der Vergangenheit versinken lassen."

„Das hilft uns schon mal weiter. Wir suchen also nach einer Frau, die von ihrem Mann verprügelt wurde. Stammt daher die Narbe in ihrem Gesicht, von der Felicitas sprach?" Reena wirkte erfreut über die Information, Lisa sah vielmehr schockiert aus. Ehemänner, die ihren Frauen physische Gewalt antaten – das überstieg ihr Vorstellungsvermögen.

„Wie wir jetzt wissen, war Miss Tampico zum Zeitpunkt ihres Todes achtundvierzig Jahre alt. Als sie verschwand, war sie demnach-", Kerstin warf einen Blick zur Deckenlampe, ehe sie fortfuhr, „zweiundzwanzig."

„Wir suchen also eine 1913 geborene Frau", vervollständigte Reena und ergriff einige Papiere, die sie zuvor beiseitegelegt hatte. Halblaut las sie die Namen. „Ich glaube, eine Vermisste hier …", begann sie und blätterte die Seiten durch. „Da! Fabienne Chevalier, New Orleans. Im Februar 1935 während *Mardi Gras*[23] verschwunden. Von ihrem Ehemann Pierre Chevalier, einem wohlhabenden Sohn einer alteingesessenen kreolischen Familie, eine Woche später als vermisst gemeldet. Zwei Tage darauf gab er dann noch das Fehlen erheblicher Geldmengen und wertvollen Schmucks zu Protokoll."

„Dem fiel ja früh auf, dass ihm seine Ehefrau abhandengekommen ist!", murmelte Lisa ungewohnt sarkastisch.

„Die Frau war bei der Polizei in New Orleans aktenkundig, da sie ihren Mann zweimal beschuldigt hatte, sie geschlagen und dabei erhebliche Verletzungen zugefügt zu haben. Sie bedurfte ärztlicher Behandlung."

„Und niemand hat darauf reagiert?", vermutete Kerstin.

„Niemand! So etwas war nicht unbedingt ein Vergehen, dem nachgegangen wurde", pflichtete Reena ihr bei.

„Gibt es eine Beschreibung der Frau?"

„Besser, Lisa – eine Fotografie! Ich dachte aber, es passt nicht." Begleitet von knisterndem Rascheln der Xerografien zog Reena die Kopie eines Schwarz-Weiß-Bildes hervor und reichte es Kerstin. Sie und Lisa steckten die Köpfe zusammen, um das Abbild einer Frau mit langen dunklen Haaren anzusehen. Sie lachte ihnen ausgelassen entgegen.

„Mandelförmige Augen? Das ist schwer zu beurteilen. Die Frau lacht zu herzhaft. Ihre Augen sind zu schmalen Schlitzen zusammengezogen. Doch der Höcker auf der Nase ist vorhanden, wenngleich er aus der frontalen Perspektive nur zu erahnen ist." Kerstin legte den Kopf schief und hob das Bild ins Licht.

„Spitzes Kinn, breiter Mund, ja, aber das mit der schmalen Gesichtsform passt überhaupt nicht. Die Frau sieht vielmehr füllig aus. Seht ihr die runden Schultern?", wandte Lisa ein.

„Vergesst nicht: Zwischen dieser Aufnahme und der bei Felicitas liegen vermutlich viele Jahre. Sie könnte abgenommen haben. Seht euch meine Hochzeitsfotografie an. Da sah ich auch noch viel runder und straffer aus." Reena seufzte, blickte wie Kerstin und Lisa auf das Bild auf dem Kamin und lachte dann leichthin auf. „Wobei mir wieder einmal klar wird: Das Älterwerden trifft jede Frau. Früher oder später! Also verlasst euch nicht auf eure Jugend und Schönheit. Beides ist vergänglich."

Kerstin sah, wie Reena Lisa zuzwinkerte. Sie verstand die geheime Botschaft in dieser vertrauten Geste gut. Brian war äußerlich kein attraktiver Mann. Sollte er jedoch nur einen Teil von Reenas Intelligenz und ihrer großherzigen Freundlichkeit besitzen, konnte Lisa sich glücklich schätzen.

„Die Narbe. Das eindeutigste Merkmal, die Narbe, fehlt", flüsterte Lisa, als sie sich erneut dem Schwarz-Weiß-Bild zuwandte.

„Deshalb hatte ich den Abzug beiseitegelegt", gab Reena zu. „Aber wer sagt uns, dass sie sich die Verletzung nicht bei ihrem letzten Streit mit ihrem Gatten, kurz vor ihrem Verschwinden zu Mardi Gras, zugezogen hat, also nachdem die Aufnahme entstanden war? Oder erst nach ihrer Flucht. Hat Felicitas diese Holly Dedra nach der Narbe befragt?"

„Nein, leider nicht. Darüber haben wir nicht gesprochen."

„Kannst du sie anrufen?"

„Ich versuche es bei Mr Cartier, fürchte aber, wir bekommen vor Morgen keine Antwort von ihr."

„Ruf dennoch sofort an. Und anschließend bitte ich meinen Freund, den Polizeipräsidenten, in Woodville und Umgebung nachzufragen, ob es dort vielleicht einmal eine Fabienne Chevalier gegeben hat. Wenn wir Glück haben, hat sie nicht während der Flucht, sondern erst in Woodville ihre Identität geändert. Womöglich wohnte sie unter ihrem richtigen Namen in einem Hotel oder in einer Pension. Vielleicht hatte sie vorübergehend einen Job oder hat ein Haus gemietet, war bei einem Arzt oder im Krankenhaus in Behandlung. Es muss doch irgendeinen Hinweis auf ihre Anfangszeit dort geben!"

„Was würde ich nur ohne euch tun?", fragte Kerstin zutiefst dankbar.

„Du stehst für Felicitas ein. Das finde ich bewundernswert. Etwas Besseres als eine Freundin wie dich kann einem Menschen nicht passieren!" Mit viel Wärme und Herzlichkeit im Blick drückte Lisa Kerstins Linke und zog ihr dann die alte Fotografie aus den Fingern, damit sie die Hände zum Telefonieren freihatte. Allerdings benötigte Kerstin einen Moment, ehe sie den Hörer abnahm. Sie tat doch nur, was ihr Herz ihr auftrug.

Nach mehreren erfolglosen Versuchen schüttelte Kerstin ungeduldig den Kopf. „Seltsam. Ich komme nicht durch. Weder bei dem Anschluss im Café noch bei dem vom Laden."

„Womöglich gab es einen Sturm, der die Leitungen zerstört hat?", sinnierte Reena. „Hoffen wir, dass Woodville nicht auch betroffen ist, sonst wird es für den Polizeipräsidenten unmöglich, dort unten einen Sheriff aufzutreiben, der sich nach Miss Tampico oder Mrs Chevalier erkundigen kann."

~

Eine braune Staubwolke zog hinter dem Fahrzeug her, als Landon durch das offen stehende Gittertor auf das Gelände des Sägewerks fuhr. Vorbei an meterlangen, aufgestapelten Baumstämmen gelangte er zu den Baracken. Vor diesen hatte sich eine Menschentraube gebildet. Allerdings schien die Prügelei nicht mehr im Gange zu sein. Die Männer standen, getrennt in Weiße und Schwarze, untätig herum, sprachen leise miteinander und hatten die Hände entweder in die Hosentaschen geschoben oder die Daumen in den Hosenträgern eingehängt.

Simon, Carbonnes Vorarbeiter, löste sich aus einer Gruppe und kam Landon entgegen. „Ich habe bereits den Arzt angefunkt. Der Mann sieht übel aus."

Landons Erleichterung, dass sich die Auseinandersetzung inzwischen in Luft aufgelöst hatte, schlug in Entsetzen um. War den von Hass geprägten Zusammenstößen zwischen Schwarzen und Weißen schon wieder ein Mensch zum Opfer gefallen? Mit weit ausholenden Schritten ging er auf die Versammlung von rund zwanzig Weißen zu, die bereitwillig zurückwichen, um ihn durchzulassen. Der Verletzte lag reglos auf dem Boden und war schlimm zugerichtet. Landon benötigte mehrere Sekunden, ehe er in ihm seinen Partner Sam erkannte.

In Landons Kopf herrschte für einen Moment ein heilloses Durcheinander, ehe es ihm gelang, auf erzwungene Ruhe und höchste Konzentration umzuschalten. Sein Blick wanderte über die Gesichter der Anwesenden, doch sie schienen ihm nicht feindlich gesonnen zu sein. Als Nächstes versuchte er unauffällig die Umgebung zu überblicken. Eine Gefahr konnte überall auf ihn lauern!

„Er atmet und hat einen Puls", informierte ihn Pete, der Koch des Lagers. Er besaß eine medizinische Grundausbildung, da sich bei der Arbeit im Sägewerk immer wieder mal einer der Männer verletzte und dann schnell erstversorgt werden musste. „Wir haben ihn vorsichtshalber nicht bewegt."

„Gut. Danke", erwiderte Landon, und Pete entfernte sich, um seine blutverschmierten Hände zu waschen und sich umzuziehen.

Zutiefst beunruhigt ging Landon neben seinem Partner in die Hocke. Was war geschehen? Der Mann war Profi genug, um jedem Streit aus dem Weg zu gehen. Niemals hätte Sam sich mit einem der Arbeiter auf ein Handgemenge eingelassen, dafür stand zu viel auf dem Spiel. War jemand hinter Sams und somit auch hinter Landons Geheimnis gekommen? Hatte man Sam deshalb unschädlich machen wollen?

Landon legte eine Hand auf Sams Rechte. Der verdrehte linke Arm deutete auf mindestens einen Bruch hin, sein Gesicht war bereits schrecklich entstellend angeschwollen. Dem Deputy blieb nur zu hoffen, dass Sam keine inneren Verletzungen hatte!

Erstaunt runzelte Landon die Stirn. Täuschte er sich, oder flüsterte Sam etwas? Angesichts von Sams Blessuren konnte Landon nicht sehen, ob er die Augen offen oder geschlossen hielt. Auf seinen Verdacht hin, Sam könnte bei Bewusstsein sein, kniete Landon sich auf den staubigen Boden.

„Er weiß …", flüsterte Sam.
„Du bist entlarvt worden?"
„Ja." Sams Stimme klang verzerrt vor Schmerz.
„Wer ist er?"
„Getäuscht."
„Du warst hinter dem Falschen her?"
„Ja."
„Wer ist es?"

Sam gab keine Antwort, dafür näherten sich ihnen Schritte, und von weit her drang das lauter werdende Motorengeräusch eines sich nahenden Automobils zu ihnen. Hoffentlich hatte der Arzt gleich einen Krankenwagen aus Woodville geordert.

Sam bewegte die Finger, was Landon veranlasste, sich mit dem Ohr erneut seinem Gesicht zu nähern. Womöglich hatte er wichtige Informationen für ihn! „Carbonne. Nicht …"

„Deputy?"

Landon richtete sich auf, als der Vorarbeiter ihn ansprach, ließ jedoch die Hand auf der von Sam.

„Wer war das, Simon?"

„Die Männer sagen, der Nigger. Er kam hier heute Morgen zu Fuß an. Ein Bär von einem Mann. Ich hatte ihn für zwei Wochen eingestellt, aber jetzt ist er weg."

Wütend presste Landon die Zähne zusammen, bis sie knirschten. Ein Unbekannter hatte nach Arbeit gefragt, Sam ausgeschaltet und war dann untergetaucht? Vermutlich hatte er abseits der Piste, in einer Schneise oder einem Waldweg, sein Fahrzeug abgestellt und wartete in aller Ruhe, bis Sheriff, Arzt, Krankenwagen und wer sonst auch immer jetzt hier herausfuhr, an seinem Versteck vorbei war.

Tess! Landons Kopf ruckte hoch. Die Einfahrt zum Tampico-Haus war längst nicht mehr so zugewachsen und versteckt wie noch im Frühjahr. Sollte der Angreifer dort geparkt haben? Bestand Gefahr für Felicitas? Die schrecklichen Erinnerungen an Virginias gewaltsamen Tod überrollten ihn mit Vehemenz und ließen ihn unwillkürlich die Hand an die Schusswaffe legen.

Das Automobil des Arztes preschte auf die Lichtung und hielt neben dem Polizeiwagen, dessen rotes Signallicht in der zunehmenden Dämmerung über die Blockhäuser und Bäume huschte.

„Ich mache mich auf die Suche, Simon. Gib mir eine Beschreibung des Burschen."

„Die sehen doch alle gleich aus“, grunzte Simon in seine Richtung, während er den Arzt mit Handschlag begrüßte.

„Simon!“

„Kleiner als du, Deputy. Etwa so groß wie ich, aber doppelt so breit. Er trägt die Haare kurz geschoren.“ Simon zuckte mit den Schultern, fügte mit einem Blick auf Sam jedoch hinzu: „Finde den Kerl, Brown. Sam ist ein guter Kerl!“

„Darauf kannst du wetten“, brummte Landon, zwängte sich in den Wagen, schaltete das Signallicht aus und raste in der Staubwolke davon, die der Arzt hinter sich hergezogen hatte. Mehrmals schlug er ungeduldig mit der flachen Hand auf das Lenkrad. Jede sich ihm entgegenstellende Bodenwelle war eine zu viel.

Zwischen den Bäumen war es bereits dunkel, dennoch fand er die Einfahrt zum Tampico-Anwesen mühelos. Landon jagte das Automobil über die Spurrillen, Löcher und Wurzeln hinweg und bremste auf dem Kies vor dem Haus kräftig ab. Der Wagen rutschte mehrere Meter weit. Er sprang aus dem Fahrzeug, ließ die Tür offen und sah sich aufmerksam um. Bis auf Felicitas' Dodge stand kein Fahrzeug auf dem Vorplatz.

Konnte er beruhigt wieder gehen? Immerhin hatte er sich vor Wochen dazu durchgerungen, sich von Felicitas fernzuhalten und sollte das beibehalten.

Andererseits – wie konnte es sein, dass sie seine überstürzte Ankunft überhört hatte? Weshalb zeigte sie sich nicht, weder auf der Veranda noch an einem Fenster? Die Möglichkeit, dass der Täter hier irgendwo herumschlich, war nicht von der Hand zu weisen. Er sollte sich besser vergewissern, ob es Felicitas gut ging!

Im Näherkommen fiel sein Blick durch die Holzverstrebungen der Veranda. Er erstarrte. Gegen das Licht der Lampe sah er im Salon zwei Personen. Eine von ihnen, in einem schwingenden kurzen Rock, war unverkennbar Felicitas. Bei der anderen handelte es sich um einen auffällig kräftigen Mann, der breitbeinig vor der Frau stand. Sorge und Wut wallten in Landon auf, und beides konnte er nur mühsam unterdrücken. Sie waren schlechte Berater in dieser riskanten Situation.

Während er über die Rasenfläche auf die Stufen zulief, öffnete er das Holster, zog die Pistole heraus und entsicherte sie. Er nahm die Waffe in beide Hände und huschte, die Schattengestalten nicht aus dem Auge lassend, an die Verandatür. Die Stimme von Elvis Presley drang ihm entgegen. Felicitas hatte den Plattenspieler laufen. War ihr und dem Eindringling deshalb seine nicht eben unauffällige Ankunft entgangen?

Landon befand sich nur noch einen Schritt von der Fliegentür entfernt. Er atmete ein, hob die Waffe und trat vor. „Hände so, dass ich sie sehen kann. Und dann zu mir umdrehen!“, rief er laut in den Raum.

Er sah Felicitas erschrocken zusammenzucken. Ihr Gegenüber hob langsam die Arme, die Ellenbogen angewinkelt, und drehte sich zu ihm um. Da er vor der Lichtquelle stand, lag sein Gesicht noch immer im Schatten.

„Deputy Brown. Das ist Abner!“, sagte Felicitas mit ungewohnt dünner Stimme.

„Hey, Landon!“, brummte Abner erstaunlich ruhig.

„Was zum Henker machst du hier!“, bellte Landon, senkte die Schusswaffe, entsicherte sie sorgfältig und steckte sie weg.

„Ich suche dich!“, gab Abner mit seinem sonoren Bass und der gemächlichen, fast gelangweilten Ausdrucksweise zurück.

„Meine Güte, Deputy! Warum dringen Sie mit einer Waffe bei mir ein? Wollen Sie jeden erschießen, der sich mit mir unterhält?“, fuhr Felicitas ihn nun an.

Er ignorierte sie und wandte sich an seinen Jugendfreund, der die Fliegentür aufstieß. „Weshalb suchst du mich ausgerechnet hier?“, brummte Landon.

Abner trat zu ihm auf die Terrasse, sodass Landon endlich seine Gesichtszüge sehen konnte. Deshalb entging ihm auch Abners breites Grinsen nicht.

„Weil du in letzter Zeit so oft hier zu finden warst.“

„Das war früher.“

„Ach?“ Die Stimme des Schwarzen triefte vor Sarkasmus. Dennoch fuhr er fort: „Die halbe Stadt sucht nach dir. Irgendwelche Idioten haben einen Teil der Telefonmasten angezündet.“

„Wo steckt eigentlich Jo-Jo, wenn man ihn braucht?“, polterte Landon und warf Felicitas einen flüchtigen Seitenblick zu.

„Also, bei mir nicht, Deputy“, sagte sie prompt. „Jo-Jo war seit zwei Monaten nicht mehr da. Er hatte anscheinend ganz plötzlich genug von meiner Gesellschaft.“

Zwei Monate? Grübelnd kniff Landon die Augen zusammen. Genauso lange war es her, dass er befürchtet hatte, Felicitas' jüdische Abstammung könne im Dorf die Runde machen. War das ein Zufall?

Ihre Frage bezüglich des Sheriffsterns kam ihm erneut in den Sinn. Hatte sie ihn tatsächlich oben auf dem Hügel gesehen, *während* Adam Lee angeschossen und sie zusammengeschlagen worden war? Hielt Jo-Jo sich von ihr fern, weil er inzwischen über ihre jüdischen Wurzeln Bescheid wusste? Gehörte sein junger Kollege zum Klan?

„Ich gehe dann mal zurück“, durchbrach Abner das Schweigen. „Habe dich ja gefunden und das mit den Telefonmasten weitergegeben. Alles Weitere liegt jetzt bei dir.“

Abner wollte sich umdrehen, doch Landon ergriff ihn an der muskelbepackten Schulter. „Halte bitte die Augen offen. Draußen beim Sägewerk hat ein Schwarzer einen Arbeiter zusammengeschlagen.“ Landon schluckte, ehe er fortfuhr: „Der Angreifer könnte auf der Suche nach einem Fortbewegungsmittel, einem Unterschlupf, nach Verpflegung oder was auch immer sein.“

„Habt ihr mal wieder einen schwarzen Sündenbock?“, gab Abner mit bedrohlichem Unterton zurück.

Landon richtete sich zu seiner vollen Größe auf, sodass sich das verschwitzte Hemd um seinen Oberkörper spannte. „Abner!“

„Ist schon gut. In diesen Zeiten wird es zur schlechten Angewohnheit, die Straftaten der einen gegen die der anderen Seite aufzurechnen.“

„Pass auf dich und deine Familie auf.“

„Danke für die Warnung.“ Abner eilte von der Veranda, und kurz darauf verschluckte ihn die Dunkelheit.

„Dachten Sie, der Mann sei hier bei mir?“, wandte Felicitas sich an Landon.

„Die Gefahr bestand“, gab er zu und drehte sich zu ihr um. Sie befand sich nur einen Schritt von ihm entfernt, hielt die Hände hinter ihrem Rücken ineinandergelegt und sah zu ihm auf. Ihre Haut glänzte feucht, ein deutliches Indiz dafür, wie sehr auch sie unter der Hitze litt. Ihm war durchaus bewusst, dass er schleunigst aus ihrer Nähe fliehen sollte. Vorher musste er sich allerdings über ihr Funkgerät in der Stadt melden. Dennoch sah er sie einfach nur an, wie sie zerbrechlich, gleichzeitig aber auch selbstbewusst, ja fast kämpferisch vor ihm stand.

Plötzlich reckte sie sich ihm entgegen und nahm ihm in einer so vertrauten, ja fast zärtlich anmutenden Bewegung den Hut vom Kopf, dass es ihn schmerzte.

„Mit Hut kann ich Ihr Gesicht kaum sehen“, erklärte sie leise. Täuschte er sich, oder schwang in ihrer Stimme Unsicherheit mit? Landon rührte sich nicht und schwieg weiterhin. Die Grillen zirpten lauthals. Der träge Flusslauf plätscherte um den Steg und ein milchig-weißer Mond, der das Land in ein blaues Licht tauchte, kletterte über die Baumspitzen. Blauer Mond.

Landon verdrängte die warnenden Stimmen und die schlimmen Ereignisse des Tages. Oder war es Felicitas' Nähe, die das alles in ihm auslöschte? Ohne weiter nachzudenken ergriff er sie an den Oberarmen und zog sie näher zu sich. Er beugte sich über sie, nahm sie allerdings nicht in den Arm. Er wollte sie einfach nur ansehen. Sie tippte ihm mit der Hutkrempe gegen den Sheriffstern. Wollte sie ihn damit an seine Pflichten erinnern, oder beschäftigte sie sich erneut mit der Frage, wann sie in jener verhängnisvollen Nacht das Abzeichen gesehen hatte? Er spürte, wie sie sich versteifte, und ließ sie auf der Stelle los.

„Ich muss mit Ihnen reden, Miss Tess“, brachte er mühsam hervor.

„Sie müssen das Funkgerät benutzen. Schon vergessen? Sie werden gesucht.“

„Ich muss eine Menge!“, sagte Landon in grollendem Tonfall und wandte sich mit fast übermenschlicher Anstrengung von ihrem mondbeschienenen Antlitz ab, um sich per Funk im Office zu melden.

Zuerst einmal wurde er von mehreren Funkern mit Vorwürfen überschüttet, als habe er die Telefonleitungen lahmgelegt, und anschließend mit Fragen überhäuft, die er alle nicht beantworten konnte. Ohne zu reagieren, wartete er ab, bis es im Funkverkehr ruhiger geworden war, und fragte schließlich nach John.

„Ich bin im Office. Du hast seit einer Stunde Dienstschluss.“

„Dann übernimm einfach. Du weißt ja Bescheid.“

„Wo bist du?“

„Noch unterwegs. Ich suche einen Mann, der einen Holzfäller übel zusammengeschlagen hat und jetzt auf der Flucht ist.“

„Ein Schwarzer von hier?“, lautete Johns Rückfrage, die zeigte, wie intensiv die Gerüchteküche bereits brodelte.

„Niemand von hier.“ Ob diese Information ausreichte, damit die Meute in den Häusern blieb? Landon bezweifelte es.

Resigniert über all das, was ihm mehr und mehr aus den Händen glitt, legte er die Sprechmuschel beiseite und kehrte auf die Veranda zurück. Elvis hüllte sich inzwischen in Schweigen, Felicitas hingegen stand herrlich lebendig auf dem Steg, umgeben von einem blau glitzernden Sternenmeer – den Reflexionen des Mondes auf der Wasseroberfläche – und hatte sich seinen Hut aufgesetzt. Da er ohne die Kopfbedeckung unmöglich nach Hause fahren konnte, ging er über die Wiese und betrat kurz darauf die Holzbohlen des Stegs. Sie knarrten kräftig unter seinen Schritten, doch die Frau wandte sich nicht zu ihm um. Also trat er leicht versetzt hinter sie und bemerkte, wie gut ihr der Hut stand.

„Haben Sie eigentlich auch mal Feierabend, Deputy?"
„Selten", gab er zu.
„Besuchen Sie deshalb die Masons nicht?"
„Was hat das mit meiner Arbeit zu tun?"
„Ich habe mich heute mit Miss Cécile unterhalten. Sie hat mir erzählt, wie oft sie Sie bereits zum Essen eingeladen hat. Sie würden aber nie kommen. Sie vermutet, es liegt daran, weil Mr Mason bei jeder Einladung erwähnt, dass Sie eine Frau mitbringen sollen."
Landon verschränkte die Arme vor der Brust. „Und er hat mich immer glauben lassen, die Bedingung käme von Miss Cécile. So ein altes Schlitzohr! Übrigens finde ich es amüsant, dass Miss Cécile nun Sie einspannt, um mir zu verstehen zu geben, dass ich nie eine Frau abbekommen werde, wenn ich zu viel arbeite."
Landon mochte ihr Lachen. Ihr Humor hatte ihn schon bei ihrer ersten Begegnung fasziniert, als sie unwissentlich die Trauergäste verköstigt und über das daraus entstandene Chaos herzhaft gelacht hatte. Zu seinem Leidwesen hörte er sie aber in letzter Zeit nur noch selten lachen. Lag es daran, dass er sich zurückgezogen hatte, oder war ihr nicht mehr nach überschwänglicher Heiterkeit zumute?
„Sie wollten mir etwas mitteilen, Deputy", sagte sie endlich, als sie sich wieder beruhigt hatte.
„Ich finde, Sie könnten mich endlich beim Vornamen nennen."
„Ich weiß nicht, ob das angemessen ist", erwiderte sie ausweichend, was er als ein Nein interpretierte. Anscheinend war auch sie auf Abstand bedacht.
„Vor einiger Zeit haben Sie mir eine eigentümliche Frage gestellt, Miss Tess. Sie wollten wissen, ob Sie den Sheriffstern *während* des Überfalls auf dem großen Hügel gesehen haben oder erst später, *nachdem* die Angreifer fort waren."
Sie sah ihn abwartend an.
„Sie sind sich offenbar über den Zeitpunkt nicht sicher, haben seitdem aber einen der Deputys der Gegend oder den Sheriff selbst im Verdacht, zum Klan zu gehören?", versuchte er noch einmal, eine Reaktion herauszufordern.
Felicitas hüllte sich weiterhin in Schweigen. Anerkennend stellte er fest, wie geschickt sie das Gespräch im Griff hatte. Sie musste nichts zugeben, da er die Unterhaltung begonnen hatte und damit derjenige war, der Stück um Stück mehr von seinen Gedanken und Überlegungen offenlegen musste. Würde ihr das Thema zu brisant werden, könnte sie

sich höflich, aber bestimmt zurückziehen, ohne verraten zu haben, was in ihr vorging.

„Vor etwa acht Wochen hörte ich nebenbei, wie jemand aus der Stadt sagte, Sie hätten jüdische Wurzeln."

Jetzt war es heraus, und Landon behielt ihr vom Mond angeleuchtetes Gesicht prüfend im Blick. Ein kaum wahrnehmbares Zucken der Mundwinkel war Felicitas' einzige Reaktion. Allerdings hielt sie, vermutlich unbewusst, den Atem an. Sein Wunsch, ihr zu sagen, dass sie das nicht tun müsse, dass sie vor ihm keine Angst zu haben brauche, weil er um dieses Detail ihres Lebens schon lange wusste, wuchs beständig an. Felicitas schwieg weiterhin. Besorgt beobachtete er sie, doch sie holte schließlich wieder Luft. Sie vertraute ihm offenbar mehr, als er befürchtet hatte.

„Woher dieses Gerücht stammt, kann ich mir beim besten Willen nicht erklären", fügte er noch hinzu in der Hoffnung, von ihr zumindest diesbezüglich eine hilfreiche Information zu erhalten.

Felicitas wusste dies aber offensichtlich ebenfalls nicht, denn ihre Antwort war nicht mehr als ein knappes Kopfschütteln.

„Sie wissen, wie der Klan auch auf Juden und sogar auf Katholiken reagiert?"

„Ja, das weiß ich."

„Jo-Jo war unverkennbar an Ihnen interessiert, Miss Tess."

Trotz des alles vereinnahmenden blauen Mondlichts bemerkte er ihr Erröten.

„Seit dem Tag, als mir das Gerücht zu Ohren kam, scheint es, als habe Johns Interesse an Ihnen nachgelassen."

„Wollen Sie mir damit sagen, dass Sie nicht am Überfall beteiligt waren, Sie also kein Klanmitglied sind? Oder wollen Sie von mir hören, ob Jo-Jo damals dabei gewesen sein könnte?

„Da ich Jo-Jos Verhalten auffällig finde, gehe ich davon aus!"

„Sie haben mich nie zu dem Überfall befragt, Deputy", begehrte sie plötzlich auf. „Wie kann ich bei so viel Desinteresse wissen, auf welcher Seite Sie stehen?"

Ob er wollte oder nicht, er musste ihr recht geben. Er war nicht wegen des Klans als Deputy eingeschleust worden. Dieser ging ihn nichts an, außer, er kam ihm in die Quere – oder bedrohte Felicitas! Erneut handelte Landon gegen seinen Verstand, der ihn vor einer Fortsetzung des Gesprächs warnte. „Und Sie wissen wirklich nicht, wie das Gerücht entstehen konnte?"

„Ich habe niemandem von meiner Vergangenheit erzählt, und zwar aus genau dem Grund, der Sie dazu bringt, mir heute alle diese Fragen zu stellen. Ich habe keine Lust, die Aufmerksamkeit rassistischer Fanatiker auf mich zu ziehen."

„Woher stammt es dann?"

„Wenn ich das wüsste", gab sie heftig zurück und riss sich den Hut vom Kopf. Der entglitt ihr, fiel auf die Wasseroberfläche und trieb mit der Strömung davon. Betroffen presste sie die Hände an ihre Wangen. „Entschuldigen Sie bitte. Das wollte ich nicht."

„Der kommt nicht weit", erwiderte Landon. Da eine Beendigung des Gesprächs ohnehin ratsam war, sprang er vom Steg ins raschelnde Gras. Er lief am Flussbett entlang und fischte den Hut noch vor den Zypressen, die gleich dunkler Gestalten im Wasser standen, zwischen den geschlossenen Blüten der Lotuspflanzen heraus. In der Zwischenzeit hatte Felicitas die Holzplattform verlassen und wartete auf dem Rasen auf ihn. Schweigend begleitete sie ihn zum Wagen.

„Ich möchte Sie eigentlich darum bitten, mir zu versprechen, dass Sie auf sich aufpassen. Leider fürchte ich Ihre Antwort, da ich nicht weiß, ob ich ein Ja als ein Ja oder eher als ein Nein verstehen soll."

Sie lächelte, sah dabei aber an ihm vorbei. Ob sie sich hier draußen überhaupt noch sicher fühlte? Hatte sie Angst? Landon zwang sich dazu einzusteigen und die Tür ins Schloss zu ziehen. Felicitas beugte sich vor der heruntergekurbelten Scheibe zu ihm hinab und sagte: „Ich bin vorsichtig, Landon. Danke, dass du vorbeigekommen bist."

Noch bevor er reagieren konnte, entfernte sie sich mit im Kies leise knirschenden Schritten. Er ließ den Motor an und wendete. Auf ihn wartete eine Menge Arbeit, die er ohne einen Partner an seiner Seite erledigen musste, denn dieser lag inzwischen im Krankenhaus und kämpfte um sein Leben.

~

Im bläulichen Licht des Mondes tauchten die Hütten der Schwarzen wie unförmige Schatten vor Landon auf. Einige wenige von ihnen waren durch flackernde Feuer schemenhaft beleuchtet. Als Landon das Haus passierte, in dem die Familie Cross wohnte, lief Rose Jada auf ihn zu und winkte kräftig mit den stämmigen Armen. Er bremste, parkte das Fahrzeug vor der Treppe von Birdies Zuhause und stieg aus.

Abners 7-jährige Schwester rief: „Mommy will mit Ihnen reden, Sir, Mr Deputy."

„Wo finde ich sie?"

„Auf Birdies Terrasse."

„Geh ins Haus, Rose Jada."

„Wegen dem fremden Mann? Der ist weg. Wir haben gesehen, wie er vorbeigefahren ist. Gleich nachdem Abner zurück war. Ein Automobil, das wir hier noch nie gesehen haben. Und wir kennen alle, die zum Sägewerk fahren." Rose Jada streckte ihm einen zerknitterten Zettel entgegen. „Chapter, Line und ich haben das Kennzeichen für Sie aufgeschrieben, Sir, Mr Deputy."

Das linierte Blatt in ihrer kleinen Hand sah aus, als habe sie es aus einem Schulheft gerissen. Landon bedankte sich bei dem Mädchen und betrachtete die mit Krakelschrift niedergeschriebene Nummer.

„Es stammt aus Maryland", sagte Rose Jada bereits im Davonhüpfen.

„Das habt ihr prima gemacht. Vielen Dank", rief Landon ihr nach und beobachtete, wie sich Line und Chapter zu ihr gesellten.

Befriedigt darüber, wenigstens einen guten Hinweis zu haben, steckte er den Zettel ein und eilte dann zu Birdie. Der flackernde Schein zweier Kerzen in Einmachgläsern erhellte die Veranda nur unzureichend, auf der Birdie und ihre Tochter Holly Dedra in der Holzschaukel saßen. Landon stieg zwei der drei Treppenstufen hinauf, stellte ein Bein auf die oberste Stufe und lehnte sich seitlich gegen das Geländer. „Guten Abend", grüßte er.

„Der Abend ist wunderschön, aber nicht gut", korrigierte ihn Birdie. „Hat Tess mit dir gesprochen? Abner sagte, du warst bei ihr."

Landon zuckte knapp mit den Schultern. „Sie war nicht sehr gesprächig."

„Dann werde ich das übernehmen müssen." Holly Dedra richtete sich auf, woraufhin die Schaukel ein schrilles Quietschen von sich gab. „Heute war Tess bei mir und hat nach Virginias Herkunft gefragt."

Alarmiert hob Landon die Augenbrauen. Die deutsche Freundin von Felicitas wusste inzwischen viel zu viel – und hatte sogar mit den älteren Damen in Norddeutschland gesprochen. Vielleicht hatte sie mittlerweile herausgefunden, dass Felicitas keine Verwandte von Virginia war. Aber war die neugierige Deutsche auf weitere Feinheiten des ganzen Durcheinanders gestoßen? Zog sich auch diese Schlinge zunehmend enger um seinen Hals?

„Tess' Freundin ist in Washington. Die Frau, bei der sie wohnt, ist eine Anwältin, ihr Mann arbeitet für das Auswärtige Amt. Sie kennen eine Menge sehr einflussreiche Leute."

Landon atmete flach. Alles war im Begriff zusammenzubrechen! Es waren zu viele Fehler gemacht worden, die Spuren hinterlassen hatten. Ein gewiefter Ermittler mit guten Beziehungen würde genau dort nachhaken. Leider schienen sich sowohl die Freundin von Felicitas als auch deren Gastgeberin dahingehend perfekt zu ergänzen.

Holly Dedra sprach weiter, doch Landon unterbrach sie ungeduldig. „Entschuldige bitte, Holly Dedra. Du weißt, ich mag deine Geschichten, aber ich bin in Eile."

„Jetzt plötzlich?" Mit ihrer Frage traf Birdie ihn an einem wunden Punkt. Hatte er zu lange gezögert? Nicht nur was Felicitas betraf, sondern auch seinen Job hier?

„Tess wollte von mir wissen, ob ich Virginias richtigen Namen kenne. Ihre Freundin konnte nichts über sie finden, bevor sie nach Mississippi gezogen ist. Davon hatte ich nie etwas gehört, also konnte ich ihr auch nicht weiterhelfen. Ich sagte ihr aber, dass sie damals vor ihrem gewalttätigen Ehemann geflohen ist. Virginia und ich sprachen nur einmal kurz über den Kerl, und deshalb hatte ich es vergessen – bis Tess nachgehakt hat. Weißt du, was das bedeuten könnte?"

Landon war zu perplex für eine angemessene Reaktion. Virginia hatte unter falschem Namen gelebt?

Holly Dedra fuhr fort: „Es bedeutet, Virginias Ehemann könnte sie eines Tages gefunden und erschossen haben. Sie lebte fast dreißig Jahre hier, ohne einer Arbeit nachgegangen zu sein. Liegt da nicht die Vermutung nahe, dass sie vor ihrer Flucht die Konten ihres betuchten Ehemannes leer geräumt hat?"

Bevor Landon etwas einwenden konnte, fuhr Holly Dedra scharfsinnig fort: „Das alles heißt aber auch, dass Tess unmöglich mit ihr verwandt sein kann. Denn Virginia Tampico ist ein Fantasiename. Jemand hat einen ganz großen Fehler begangen!"

Dem konnte Landon uneingeschränkt zustimmen, wenn auch nur gedanklich. Und erneut war die sonst so bedächtige Erzählerin schneller als er: „Was bedeutet das nun für Tess, Landon? Kann sie einfach weiter dort draußen leben, wenn wir nur Stillschweigen bewahren? Oder wird eines Tages dieser grässliche Kerl wieder auftauchen? Und wird er dann auch Tess etwas antun?"

„Das halte ich für unwahrscheinlich", brummte Landon. Seit Virginias Ermordung trieb ihn der Verdacht um, seine Ziehmutter habe eines Tages etwas gesehen oder erfahren, was ihn und Sam betraf ...

„Warum?"

„Danke, Holly Dedra. Ich werde sehen, wie ich das regeln kann“, versprach Landon ausweichend.

„Erzähl ihm von den Schmierereien“, mischte Birdie sich nun in das Gespräch ein.

„Ich weiß nicht …“

„Tess sollte das nicht geheim halten. Nicht vor Landon.“

Landon stellte sich aufrecht hin. Gab es noch mehr Schwierigkeiten, von denen er nicht einmal etwas ahnte?

„Also gut. Weil auch ich Angst um sie habe“, lenkte Holly Dedra ein. „Freeman ist in letzter Zeit oft bei Tess auf dem Grundstück gewesen. Der Garten macht viel Arbeit. Zweimal war an ihre Hauswand mit roter Farbe ein Wort geschrieben worden. Freeman hat es abgeschrieben. Tess hat die Schmierereien später eigenhändig überstrichen.“

„Was stand dort?“, hakte Landon nach, ahnte allerdings bereits, in welche Richtung die Botschaften gegangen sein mochten.

„Judensau.“

Hilflos und voller Zorn auf die Schmierfinken, auf Felicitas mit ihrer Heimlichtuerei, auf seinen Boss, der ihn zwang, die Scharade aufrechtzuerhalten, und auf sich selbst ballte er die Hände zu Fäusten.

Felicitas hatte demnach von dem in der Stadt kursierenden Gerücht gewusst. Das erklärte ihre Gelassenheit, als er sie darauf angesprochen hatte, keinesfalls aber ihre Gleichgültigkeit der Gefahr gegenüber, in der sie sich befand. Oder war diese ihr ein vertrauter Begleiter geworden, schon damals, als Kind?

„War das alles?“, presste er zwischen zusammengebissenen Zähnen hervor.

„Nein!“ Birdie erhob sich mühsam.

Landon sprang von der Treppe und wartete, bis sie neben ihn trat. Bei ihm untergehakt, führte die alte Frau ihn in ihren üppigen Gemüsegarten. „Tess bat mich, darüber Stillschweigen zu wahren. Aber Landon, ich habe Angst um sie.“

„Nicht nur du“, gestand er. Kräftig und voller Zuneigung drückte Birdie seinen Arm.

„Sie bat mich zweimal um Rat. Das eine Mal war vor einigen Wochen. Sie hat einen Anwalt aus dem Norden angerufen, weil sie dachte, sie müsse Adam Lee vor Rich Carbonne beschützen und seine Verteidigung vorbereiten, falls er angeklagt wird. Bis der Jurist die Zeit fand, hier herunterzufahren, konnte sie bereits einige Männer des hiesigen Klans identifizieren. Stell dir vor: Sie hat Aufnahmen gemacht, mit denen sie beweisen kann, wer zum Klan gehört! Von mir wollte sie wissen, ob sie diesen Mr Walken beauftragen soll, gegen den Klan vorzugehen.“

Landon drohte es den Magen umzudrehen. Schweißperlen rannen ihm über die Stirn, während er versuchte, den galoppierenden Herzschlag zu ignorieren, der ihm zuzuraunen schien: *Rette Tess. Rette Tess.* Im selben Rhythmus schlug er mit dem Hut gegen sein linkes Bein.

„Ich sagte ihr, sie solle nichts überstürzen; ihr abzuraten wagte ich nicht. Sie ist, was ihre Entscheidungen anbelangt, ziemlich unberechenbar.“

„Wenn das an die Öffentlichkeit gelangt, bringt der Klan sie innerhalb von ein paar Stunden um!“, zischte Landon und die in ihm explodierende Angst um Felicitas ließ ihn erzittern. Was hatte diese Frau nur vor?

Sams flapsige Andeutung, dass es sich bei Felicitas vielleicht um eine FBI-Agentin handelte, die den Klan ausheben sollte, kam ihm in den Sinn, doch das war einfach zu abwegig.

„Das ist noch nicht alles“, verriet Birdie und versetzte ihm einen neuerlichen Adrenalinschub.

„Was denn noch?“, stöhnte er.

„Ruhig, mein Junge. Hör mir zu, bevor du dich gegen die ganze Stadt stellen willst, um sie zu beschützen.“

„Ich sollte sie übers Knie legen oder einsperren“, erwiderte er.

„Wenn das deine Art ist, ihr deine Liebe zu zeigen, haben Virginia, Holly Dedra und ich jämmerlich versagt.“

„Erzähl bitte, Birdie.“

„Tess war sehr aufgelöst, weil der Anwalt ihr gesagt hat, dass Adam Lee bei dem Unfall unter Drogen gestanden haben soll. Sie wollte von mir wissen, ob Adam Lee regelmäßig Drogen genommen hat oder jemand anders aus dem Dorf Handel damit treibt. Sie sagte, sie müsse herausfinden, woher das Teufelszeug stammt. Zuerst will sie den am Unfall beteiligten Jungen Fragen stellen. Morgen geht sie zu den Söhnen des Bürgermeisters und des Vorarbeiters, später zu Flip und zu Carbonnes Jungen.“

Landon zog seinen Arm aus dem von Birdie und setzte sich den Hut auf.

„Mit wie vielen Leuten will sie sich noch anlegen?“, knurrte er und stürmte davon.

16. Kapitel

Vom Pazifik kommend peitschte ein kräftiger Wind den Monsunregen vor sich her. Grimmig kniff Christopher die Augen zusammen. Plötzlich auftretende Böen warfen seinen Helikopter wie ein Spielzeug hin und her. Barff hielt sich am Sitz fest, zeigte jedoch kein Bestreben, den gefährlichen Flug abzubrechen. Mit gerunzelter Stirn konzentrierte Brian sich auf seinen Job. Seit geraumer Zeit hatten sie die flache Ebene hinter sich gelassen und überflogen bewaldete Hügel, Wasserfälle, Städte mit alten Kolonialvillen und steuerten schließlich grüne Berge an.

„Über den nächsten Berg, anschließend können Sie den Vogel runterbringen."

Christopher bestätigte den Befehl und konzentrierte sich auf seine beiden Fußpedale für den Heckrotor und die Gierachse. Eine neue Windbö erfasste den Helikopter und trug ihn mehrere Meter seitwärts. Es kostete Christopher einige Anstrengung, die Bell UH-1 zu stabilisieren. Auf der Suche nach einem halbwegs geschützten Landeplatz betrachtete er kritisch die in einem Tal liegenden Häuser. Er beschloss, eine weitläufige Schleife zu fliegen, um mit dem schützenden Berghang im Rücken auf dem von den Gebäuden und Bäumen am weitesten entfernten Acker zu landen.

„Könnte ungemütlich werden, Colonel", gab er über den Funk am Helm durch.

„Was soll das? Runter mit dem Vogel!", brüllte Barff ihn an.

Christopher zuckte nicht einmal. Barff mochte der ranghöhere Offizier sein, aber er war der Pilot. Es lag in seiner Verantwortung, die Maschine und die Passagiere heil nach unten zu bringen. Verwundert warf er einen kurzen Blick auf das sich vor ihm ausbreitende Feld, auf dem sich rote Blüten unter den Regentropfen duckten. Die Anpflanzung lag nicht wie die anderen nahe der Ortschaft, sondern abgeschieden in einem Waldstück. Wer machte sich die Mühe, mitten in einem Wald ein Feld zu roden, zu bepflanzen und zu ernten?

Wieder rüttelte ein Windstoß den Huey unsanft durch und forderte Christophers ganze Aufmerksamkeit. Routiniert wartete er, bis die Bö abflaute, um anschließend mithilfe des Pitch[24] nach unten abzutauchen. Synchron setzten die Kufen auf dem unebenen Acker auf. Christopher wischte sich mit dem Ärmel der Uniform den Schweiß von der Stirn.

„Für die Gespräche sind zwei Stunden anberaumt. Bleiben Sie also in der Nähe“, befahl Barff, noch immer deutlich ungehalten. Der Lieutenant Colonel und seine vier Begleiter stiegen aus und entfernten sich geduckt, da sich die Rotoren weiterhin mit hoher Geschwindigkeit im Kreis drehten. Nach Abschalten des Motors nahm Christopher den Kopfhörer ab und verließ in einer Regenpause ebenfalls den Huey.

Barff hatte auf Begleitschutz verzichtet, was bedeutete, dass er sich absolut sicher war, in diesem Dorf nicht in ein Vietcong-Nest zu stechen. Dennoch fühlte Christopher sich unwohl. Entsprechend misstrauisch blickte er sich um. Unbeeindruckt von ihrer Anwesenheit arbeiteten zwei Dutzend Frauen auf einem Zuckerrohrfeld, ihre Kinder um sich geschart. Ein beruhigendes Zeichen? Christopher konnte die Frage nicht beantworten, zu fremd waren ihm die Denkweise und die Kultur der Menschen in Vietnam. Zudem wusste er nicht, zu was der Vietcong fähig war. Stellten sie Frauen und Kinder zur Tarnung vor ihre Waffen?

Da er nicht auf einen Einsatz eingestellt gewesen war und zu viel Kaffee getrunken hatte, schlenderte Christopher über ein abgeerntetes Feld in Richtung Waldrand, um sich dort zu erleichtern. Dabei entdeckte er einen Feldweg, den man mit einem Ochsenkarren befahren konnte. Da ihm die verborgene Pflanzung nicht mehr aus dem Sinn gehen wollte, sah er sich prüfend um. Er wähnte sich unbeachtet und folgte der leisen Stimme in seinem Inneren, die ihm zuflüsterte, dass er sich ein genaues Bild von dem Feld machen sollte.

Gemächlich spazierte er zwischen den Bäumen hindurch in den undurchdringlich erscheinenden Wald hinein, und als er außer Sichtweite des Dorfes war, beschleunigte er das Tempo. Schwüle Hitze, die nach moderndem Holz, nasser Erde und den rundum wuchernden Blüten roch, hüllte ihn ein. Den pfeifenden und kreischenden Tierstimmen, die ihm in einer fast beängstigenden Intensität entgegenhallten, gelang es sogar, das Rauschen der windgeschüttelten Bäume zu übertönen. Bereits nach wenigen Schritten wurde es Christopher unerträglich heiß. Zum Greifen feuchte Luft benetzte seine Haut und erschwerte das Atmen. Unzählige Arten von Insekten umschwirrten ihn. Eine Bewegung am Boden verleitete ihn zu einem Seitwärtssprung. Der schlanke Leib einer dunkelgelb und schwarz gestreiften Krait[25] schlängelte sich eilig in das dichte Unterholz. Das beklemmende Gefühl, in eine grüne Hölle geraten zu sein, ließ Christopher nicht mehr los. Er war erleichtert darüber, dass Kennedy auf den Standpunkt beharrte, dass Südvietnam sich ohne eine noch weiterreichende aktive Unterstützung von US-Truppen mit dem pronördlichen Vietcong auseinandersetzen sollte. Christopher gratulierte dem Präsidenten gedanklich zu dieser Haltung.

Endlich erreichte er die Lichtung. Vor ihm wiegten Tausende von feuerroten Schlafmohnblüten ihre Köpfe im böigen Wind. Durch die Entdeckung wie elektrisiert, sah er sich prüfend um. Niemand hielt sich auf der Lichtung auf, also zog er sein Messer und schnitt einen Blütenkopf ab, den er in die Tasche seiner Uniformhose steckte.

Da er nicht vorhatte, sich erwischen zu lassen, machte er sich zügig auf den Rückweg, blieb aber auf der Hut vor Giftschlangen oder Giftspinnen.

Zurück beim Huey setzte er sich auf den Pilotensitz und verschränkte die Hände im Nacken. Mit geschlossenen Augen überlegte er, ob Barff so unwirsch auf sein Landemanöver reagiert hatte, weil er hatte verhindern wollen, dass Christopher das Mohnfeld sah. Wusste der Offizier von der Lichtung? Ein Gedanke jagte den nächsten. War der Lieutenant Colonel die gesuchte Verbindung zwischen den Schmugglern in Vietnam und den Staaten? Der Offizier war durchaus in einer Position, sich gewisse Rechte und Freiheiten herauszunehmen ...

Christopher verzog das Gesicht und fragte sich, ob dieser Flug überhaupt von offizieller Stelle abgesegnet worden war, bevor ihn ein weiterer schrecklicher Gedanke überfiel: Hatten Barff und Gibbs bewusst den Versuch unternommen, einige der neu in Saigon stationierten Piloten in das Drogen- und Prostitutionsmilieu einzuführen, in der Hoffnung, einen von ihnen in eine Abhängigkeit zu treiben – auch in eine Abhängigkeit von ihnen?

De opressor liber. Christophers Entschluss stand fest: Er musste sich dringend mit Burns treffen!

Da er die Augen weiterhin geschlossen hielt, entging ihm, wie sich unweit des Helikopters ein Vietnamese aus einem Bewässerungsgraben erhob und im Schatten des Waldes zu den Häusern huschte.

~

Da der Mond hell genug durch die Fenster schien, betrat Landon seine Wohnung, ohne das Licht anzuknipsen, und eilte an den massiven Kleiderschrank im Schlafzimmer. Er zog den Schlüssel aus der Hosentasche und schloss auf. Hastig zerrte er die Kleidung beiseite, hob eine schwere

Holzkiste von einem nachträglich eingebauten Brett herunter und stellte sie auf das Bett. Mit einem zweiten Schlüssel entriegelte er das Vorhängeschloss, ehe er den Deckel öffnete.

Die Zeit des Abwägens und Abwartens war vorüber. Entschlossen ergriff er seine Marke, anschließend holte er zwei Schusswaffen samt eines Gürtelholsters aus der Kiste und entnahm ihr zuletzt einen schwarzen Schultergurt. Mit fließenden Bewegungen zog Landon sich das Hemd über den Kopf, legte den Schultergurt an und steckte die Ersatzwaffe in die Halterung. Als er wieder ordentlich gekleidet war, wickelte er den zusätzlichen Waffengurt in ein Hemd, das er unachtsam von einem Bügel gerissen hatte. So ausgestattet verließ er die Wohnung nur Minuten, nachdem er sie betreten hatte.

Es war bereits nach Mitternacht und noch immer stand der weiße Mond hoch am Himmel. In der Stadt herrschte friedliche Stille. Die Laternen über der wie ausgestorben wirkenden Straße waren gelöscht, aus einem der Häuser, an denen Landon vorbeieilte, klang leise Klaviermusik. Vereinzelt brannte hinter vorgezogenen Vorhängen oder geschlossenen Fensterläden noch Licht, und auf einer Veranda lag ein Mann auf einer Matte und schnarchte. Offenbar hatte er es bei der stehenden Hitze im Inneren des Gebäudes nicht ausgehalten. Die Fensterscheiben des Office waren von innen beleuchtet, und Landon sah im Vorbeieilen John, der auf dem Schreibtischstuhl saß und schlief, die Füße auf dem Tisch und mit vor der Brust verschränkten Armen. Ob er oder der Bürgermeister dafür Sorge getragen hatte, dass die Telefonleitung wieder funktionierte? Ansonsten hatte Landon ein nicht zu verachtendes Problem!

Er passierte Felicitas' Eckladen. Verlassen und dunkel lag er da und sein Anblick jagte Landon einen stechenden Schmerz durchs Herz. Das schmucke Fotostudio und das Haus im Wald gehörten ihr nicht länger. Felicitas würde der Stadt bald schon den Rücken kehren müssen – und damit auch ihm!

Über dem Laden der Hayes brannte gleich hinter mehreren Fenstern Licht. Dorothys Schatten wanderte an einem nicht vollständig zugezogenen Vorhang vorbei und offenbarte, dass sie Lockenwickler gewaltigen Ausmaßes trug. Mittlerweile lief Landon der Schweiß in Strömen über das Gesicht. Er erreichte das Steve's, als der Wirt gerade die Stühle mit der Sitzfläche nach unten auf die Tische stellte. Mit mehr Kraft als nötig klopfte Landon gegen die Glasscheibe, was Steve zusammenzucken ließ, dennoch beeilte er sich, die Tür zu öffnen.

„Ich habe geschlossen!“, klärte er Landon grinsend auf. Als sein grimmig dreinblickender Freund nicht reagierte, wurde er schlagartig ernst. „Schwierigkeiten?“ Steve trat beiseite und schloss hinter Landon ab, allerdings nicht, ohne zuvor einmal links und rechts die verwaiste Straße entlangzublicken.

„Hält sich noch jemand in der Küche auf?“

„Nein, die Frauen sind alle weg.“

„Funktioniert dein Telefon?“

„Wird das nun zur Angewohnheit, dass die Deputys bei mir telefonieren?“

„Funktioniert es?“, drängte Landon auf eine Antwort. Er hatte keine Zeit für Späße.

„Vor zwei Stunden war es noch defekt.“

Der Deputy warf das Hemd zwischen die Stuhlbeine, die wie Rippen eines Skeletts der Decke entgegenragten, und trat hinter den Tresen. Unsanft riss er den Hörer an sich. Das Telefon war tot.

„Mist!“, knurrte er und beobachtete, wie Steve mit spitzen Fingern das Hemd auseinanderzog und die darin eingewickelte Waffe anstarrte.

„Wirst du mir mal verraten, was los ist? Denn eigentlich wollte ich jetzt ins Bett.“

„Du hast gesagt, du nimmst den Sheriffstern an, wenn ich ihn dir anbiete?“

„Ist es so weit?“

Landon zerrte seinen Stern vom Hemd und knallte ihn vor Steve auf eine noch freie Fläche des Tischs. „Dein Stern, deine Waffe.“

„Erwarte jetzt bitte keine Jubelrufe von mir.“

„Sicher nicht. Hör zu: Als Erstes fährst du bitte zum erstbesten funktionierenden Telefon. Du musst für mich einen Anruf nach Washington tätigen.“ Landon beugte sich weit über den breiten Tresen, um nach Stift und Papier zu greifen. Dabei waren ihm die Sonnenbrille und die Marke in seiner Brusttasche im Weg, also holte er beides hervor und legte sie neben sich auf das zerkratzte Holz.

Steve ergriff die bronzefarbene Marke und betrachtete sie entgeistert, während Landon schrieb.

„FBI“, murmelte der Wirt halblaut vor sich hin. „Du bist beim FBI?“ Die Frage stellte er merklich lauter.

„Das wissen nur du und ich, Steve. Und vorerst muss es dabei bleiben.“

„Du bist also doch hinter dem Klan her?“

„Ursprünglich nicht. Diese verrückte Miss hat mich da hineingezogen“, entgegnete Landon und reichte Steve, der ihn noch immer ungläubig anstarrte, den Zettel. „Das ist die Nummer. Mit ihr landest du in der FBI-Zentrale. Verlange nach Roger Neill. Falls er nicht da ist, lässt du dich unter keinen Umständen abwimmeln. Deine nächste Ansprechperson ist Hoover.“

„Der FBI-Chef persönlich?“

„Das Codewort lautet *Blue Moon*. Du musst es in jedem Fall nennen, sonst wirst du nicht ernst genommen.“

„Was soll ich ihnen sagen?“

„Sag ihnen, ich hätte dich beauftragt, sie zu kontaktieren. Nenne deinen Namen. Ich habe dich als mögliche Kontaktperson angegeben, falls es Probleme gibt.“

„Sehr nett!“, brummte Steve.

„Richte ihnen aus, dass Sam von einem eingeschleusten Kerl attackiert wurde und schwer verletzt im Krankenhaus in Woodville liegt. Das hier ist das Automobilkennzeichen des Angreifers. Sie sollen sehen, ob sich damit was anfangen lässt.“ Landon legte ihm Rose Jadas Zettel vor. „Sag ihnen, Sams Tarnung sei aufgeflogen, meine hoffentlich noch nicht.“

„Und was noch?“

„Ich brauche Verstärkung, weil ich den Klan am Hals habe und eventuell denjenigen, der die Vietnamdrogen hier zwischenlagert und dann verteilt. Sam hat mir seinen Namen gesagt.“

„Ist das alles?“ Steves Stimme schwankte zwischen Zynismus und Entsetzen.

„Die Jungs müssen unverzüglich Tess aus der Schusslinie holen. Sie kann Mitglieder des Klans identifizieren.“

„Tess?“

„Die Frau ist ... Legt sich mit dem Klan und mit Drogendealern an.“

„Soll ich das so ausrichten?“

„Meinetwegen, wenn sie daraufhin die Beine in die Hand nehmen!“

„Was mache ich nach dem Telefonat?“

„Ich würde dich gern auf die Suche nach einem Anwalt in Woodville schicken, fürchte aber, das könnte zu viel Zeit beanspruchen. Mir ist es lieber, du fährst zu Tess und lässt sie nicht einen Augenblick aus den Augen, bis meine Kollegen bei ihr eintreffen.“

„Okay.“

„Und Steve: Vertraue niemandem! Auch nicht Jo-Jo oder einem anderen Mann mit einem Stern auf der Brust.“

„Jo-Jo?"

„Ich gehe davon aus, dass er beim Überfall auf Adam Lee und Tess mit von der Partie war." Landon beobachtete zufrieden, wie Steve wütend die Augenbrauen zusammenzog. Sein Freund würde gut auf Felicitas achtgeben, sie notfalls mit seinem Leben beschützen.

Als wolle er Landons Gedanken unterstreichen, stopfte Steve energisch die Zettel in seine Hosentasche und schnallte sich den Holstergurt um. Den Sheriffstern behielt er in der Hand. „Eine Frage noch, Landon."

Der Angesprochene, gerade dabei, die FBI-Marke in seine Gesäßtasche zu schieben, hob den Blick.

„Wer bist du?"

„Special Agent Landon Brown. Das hier ist mein erster eigenständiger Job, und ich habe keine Lust, ihn in den Sand zu setzen."

„An mir soll's nicht liegen, Agent Brown. Schon allein wegen Tess!"

~

Landon kramte den Schlüssel für Felicitas' Haus hervor, steckte ihn ins Schloss und ließ die Tür aufspringen. Angespannt lauschte er in die Nacht hinein. Die Bäume ragten stoisch dem Himmel entgegen und entsandten in Ermangelung auch nur eines Windhauches nicht einmal ein leises Flüstern. Nur die Grillen zirpten unermüdlich. Es herrschte eine ungewöhnliche Stille. Die Ruhe vor dem Sturm?

Der Agent wandte sich im Türrahmen um und suchte mit dem Blick eines geschulten Beobachters die in blaues Licht getauchte Umgebung ab, soweit er sie von der Treppe aus einsehen konnte. Nirgendwo gab es eine auffällige Bewegung, einzig die Glühwürmchen tanzten zwischen den Blättern der Sträucher.

Er zwängte sich durch einen schmalen Spalt in den dunklen Flur und schloss lautlos die Tür. Noch immer auf verräterische Geräusche lauschend, klopfte er dem aufgeregten Big das Fell und wartete, bis das Tier sich wieder hinter die Tür legte. Im Vorbeigehen überprüfte er sein ehemaliges Zimmer, die Küche, den Salon, die Abstellkammer und das Bad. Jeder Raum strahlte beruhigende Normalität aus. Nach dem kleinen Rundgang nahm er die Treppe, wohl wissend, dass die knarrenden Stufen ihn verraten könnten. Doch als er oben ankam, herrschte weiterhin dieselbe friedliche Ruhe im Haus wie zuvor. Felicitas schlief fest.

Gewissenhaft kontrollierte er auch hier sämtliche Räume, bis er zuletzt vor der angelehnten Schlafzimmertür stand. Behutsam streckte er die Hand aus, berührte die weiß lasierte Tür mit den Fingerspitzen und stieß diese auf. Geräuschlos glitt sie nach innen und eröffnete ihm den Blick auf Virginias romantisches Himmelbett. Der weiße Stoffhimmel schimmerte bläulich im Lichtschein des Mondes; allerdings fand Landon das Bett leer vor. Noch ehe er dies verarbeiten konnte, wurde ihm die Mündung eines Gewehrlaufes gegen die rechte Wange gedrückt.

„Eine unnötige Bewegung, und ich drücke ab“, warnte ihn die beherrscht klingende Stimme der Gesuchten. Bewundernd zog Landon die Augenbrauen hoch und ging einfach mal davon aus, dass Felicitas das nicht zwingend als „unnötige Bewegung“ interpretierte.

„Das Gewehr in deinen Händen stammt aus dem Sezessionskrieg und hat sicher damals schon dem Schützen hinter dem Abzug mehr Schaden zugefügt als demjenigen vor dem Lauf“, wagte er zu erklären.

„Du meinst also, es eignet sich besser als Schlagwaffe? Das Ding ist enorm schwer.“

„Ein brauchbarer Gedanke, Tess. Aber ich hätte nichts dagegen, wenn du das an jemand anderem ausprobieren würdest.“

Der Lauf verschwand umgehend aus seinem Gesicht, und ein Schlag gegen seinen Schädel blieb aus, wie Landon dankbar feststellte.

„Danke für den Tipp. Und jetzt verrätst du mir bitte mal, was du in meinem Schlafzimmer zu suchen hast.“

„Dich!“

„Also hör mal …“

„Tess, zieh dich bitte an und komm runter in die Küche. Ich muss mit dir reden.“

„Schon wieder?“, lachte sie.

Landon atmete laut aus. Es war nicht nur die Gefahr, in der sie schwebte, die ihn aufwühlte. Die Tatsache, hier mit ihr in ihrem Schlafzimmer zu stehen, setzte ihm zu. Dennoch wagte er es, sie anzusehen. Sie trug einen altmodischen, dunkelbraunen Bademantel, auf dem unzählig viele weiße Margeriten blühten. Auch dieser hatte einst Virginia gehört.

„Zieh dich bitte an. Ich warte unten“, wiederholte er gepresst und ließ sie allein.

~

Zögernd trat Felicitas in die in Mondlicht getauchte Küche. Dass Landon sie mitten in der Nacht aus dem Bett holte, bedeutete sicher nichts Gutes. Er erhob sich von der Bank und forderte sie auf, Platz zu nehmen.

„Möchtest du etwas trinken?“, fragte Felicitas stattdessen und wandte sich der Küchenzeile zu. Landons angespannte Gesichtszüge und sein seltsames Auftreten flößten ihr Angst ein, also flüchtete sie sich in Geschäftigkeit.

„Nein, Tess. Ich möchte, dass du dich hinsetzt und mir genau zuhörst."

„Ich kann dir auch etwas zu es–"

Landon packte sie an den Schultern, drehte sie um, ergriff sie dann um die Taille und setzte sie einfach auf den Tisch. „Erstens, Tess, bin ich nicht Deputy Brown, sondern Special Agent Landon Brown vom Federal Bureau of Investigation." Er warf ihr seine Marke in den Schoß. Felicitas nahm das Abzeichen, das angenehm kühl in ihrer Hand lag, ohne es anzuschauen. Plötzlich war er wieder ein Fremder für sie; unnahbar und unheimlich zugleich.

Er fuhr fort: „Deine Freundin hat recht. Du bist nicht mit Virginia verwandt. Das FBI ist – unter anderem – für deinen Einzug in das Haus verantwortlich. Weshalb, erkläre ich dir in Ruhe, wenn ich mehr Zeit habe. Zweitens: Steve wird später vorbeikommen und auf dich aufpassen. Du kannst beten und hoffen, dass der von dir engagierte Anwalt nur von deiner jüdischen Abstammung und nicht über die Fotobeweise gesprochen hat, mit deren Hilfe du den ortsansässigen Klan überführen könntest."

„Mr Walken hat das gestreut? Aber ihm habe ich nicht …" Felicitas schwieg und legte ihre freie Hand an ihre Wangen. „Er weiß, dass ich aus Deutschland komme. Und ich habe ihm gegenüber angedeutet, dass ich genau wüsste, wie es sich anfühlt, gedemütigt, verfolgt und gejagt zu werden. Er hat einfach eins und eins zusammengezählt."

„Als Birdie den Namen Walken erwähnte, wurde mir einiges klar. Der Mann und seine Assistentin waren bereits vor drei oder vier Jahren in der FBI-Zentrale ein brisantes Thema. Sie sind dabei, sich in Ohio eine große Anwaltskanzlei aufzubauen. Das Pärchen steht im Verdacht, Prozesse künstlich aufgebauscht zu haben. Diese gestalteten sich daraufhin spektakulärer, erzielten ein größeres Medieninteresse – und brachten dadurch auch mehr zahlungskräftige Klienten ein", erklärte Landon und ließ sie nicht zu Wort kommen. „Flips Mutter war auf dem Nachhauseweg, als die Brandsätze auf die Gemeindescheune geworfen wurden. Sie hat mir erzählt, dass sie sich nicht sicher sei, aber sie glaubte, einen weißen Mann gesehen zu haben."

Felicitas spielte mit der FBI-Marke in ihrer Hand und schüttelte verwirrt den Kopf, sodass ihre dunklen Haare um ihren Hals tanzten.

„Dass Mrs Hauser so etwas überhaupt ausgesagt hat … Ich war immer überzeugt, sie, in jedem Fall aber ihr Mann, würden zum Klan gehören."

„Da täuschst du dich", widersprach Landon. „Mr Hauser sagte einmal zu mir, dass er die Schwarzen nicht leiden könne und das auch offen sage. Genau so wenig mag er jedoch die Feiglinge, die sich unter Kapuzen verstecken und nächtliche Angriffe auf Frauen und Kinder unternehmen."

Felicitas wartete auf weitere Erklärungen, obwohl sie im Grunde genug gehört hatte. Ihre Gedanken wirbelten wild durcheinander. Plötzlich wurden ihre Augen groß und rund. Landon, der sich, seit er Felicitas etwas unsanft auf den Küchentisch gesetzt hatte, rücklings an das Büfett gelehnt hatte, sah es, stieß sich ab und trat vor sie. Noch mehr schlechte Neuigkeiten lagen ebenso schwer in der Luft wie die schwüle Hitze und der nimmermüde Gesang der Grillen.

„Landon, ich habe die Fotografien, mit deren Hilfe ich die Klanleute überführen kann, dem Anwalt überlassen. Ich dachte, bei ihm sind sie besser aufgehoben als bei mir!"

Landon schnalzte mit der Zunge und nahm seinen vorherigen Platz wieder ein. „Das durchtriebene Pärchen könnte einige deiner Aufnahmen dazu einsetzen, dir die Meute auf den Hals zu hetzen. Das ist ihre Masche. Die beiden wollen einen späteren Prozess, in den sie wohl schon fleißig investiert haben, zu einer Sensation aufbauschen."

Zutiefst betroffen senkte Felicitas den Kopf. „Wie konnte ich nur auf sie hereinfallen?"

„Du bist nicht die Erste, Tess, der das passiert ist", sagte Landon sanft, um dann deutlich aggressiver fortzufahren: „Aber ich werde dafür sorgen, dass du die Letzte warst!"

„Und was ist das nun mit dir? Bist du wegen des Klans hierher zurück in deine Heimatstadt gekommen? Oder wegen Miss Virginia? Hat sie keine Vergangenheit, weil sie für die Regierung wichtig war? Hatte sie hier Unterschlupf gefunden?"

„Nein, Tess. Dass Virginia ihren Namen geändert hatte, wusste ich nicht. Die Kollegen vom FBI könnten allerdings mehr darüber wissen. Ich bin hier, weil seit 1959 Unmengen gefährlicher Rauschmittel von Vietnam in die Staaten geschmuggelt werden. Der Weg der Drogen führt in diese Gegend, von hier aus werden sie verteilt."

„Das Sägewerk? Die Holztransporte? Bobby Charles' Unfall?"

„Du begreifst schnell."

„Wenn die Drogen hier im Wald umgeschlagen werden, könnte Virginia dahintergekommen sein. Musste sie deshalb sterben? Hast du mich deshalb gebeten, immer auf den regulären Wegen zu bleiben und niemals zu tief in den Wald einzudringen?“

„Ich vermute, dass Virginia etwas gesehen hat, das sie nicht hätte sehen sollen“, lautete Landons beipflichtende Antwort.

Felicitas ließ ihre Beine baumeln, während sie die verwirrenden Informationen zu verstehen versuchte, vor allem aber auch die Frage, was Landon in der heutigen Nacht zu ihr trieb. Weshalb erzählte er ihr von all den Verwicklungen? Und warum jetzt? Am Ku-Klux-Klan konnte es nicht liegen, denn Landon hatte nichts davon gesagt, dass die Fotografien bereits im Umlauf waren. Demnach hing seine Anwesenheit mit der Drogengeschichte und mit der Schlägerei draußen im Sägewerk zusammen. Sie fragte ihn geradeheraus danach, und er bestätigte ihren Verdacht.

„Du warst bei Birdie, nicht? Hat sie dir auch von meinen Plänen erzählt, morgen die vier jungen Männer aufzusuchen, die mit Adam Lee im Unfallwagen gesessen haben?“

„Ja.“

„Du vermutest ebenfalls, dass sie ihm Drogen angeboten haben? Nehmen sie selbst welche oder sind sie sogar in den Schmuggel verwickelt?“

„Oder ihre Väter?“

„Carbonne, Simon, Hauser?“

„Sam, mein Kollege aus dem Holzfällerlager, nannte mir einen Namen, bevor er das Bewusstsein verlor.“

Zögernd fragte Felicitas: „Ich gehe also nicht zu den jungen Leuten?“

Landon verschränkte die Arme vor der Brust und sah sie unter zusammengezogenen Augenbrauen streng an. „*Du* wirst nirgendwohin gehen! Kollegen vom FBI holen dich ab.“

„Ich verliere das Haus und den Laden?“ Das auszusprechen, was ihr in den Kopf schoss, ließ Felicitas erzittern.

„Ja.“

„Und alle meine Freunde hier?“

„Leider, ja.“

„Du aber auch!“

„Da hast du recht.“

„Muss ich nach Deutschland zurück?“

„Ich hoffe nicht.“

„Du hoffst nicht?“

Landon stieß sich von der Kommode ab, trat vor sie und ergriff sie an den Schultern. Tief ausatmend schloss Felicitas die Augen und lehnte ihre Stirn an seine Brust. Wenn Landon bei ihr war, fühlte sie sich sicher und geborgen. Doch sie ahnte, dass er in wenigen Minuten das Haus verlassen musste, um diese Drogenschmuggler zu fassen.

„Ich vermute, es ist nicht der richtige Zeitpunkt, Tess. Aber ich weiß auch, dass der nächste passende Augenblick lange auf sich warten lassen könnte. Deshalb: Könntest du dir vorstellen, mich eines Tages zu heiraten?"

„Nein!", rief sie spontan aus.

Er küsste sie aufs Haar und drehte sich um. Bereits in der Tür sagte er, ohne sie dabei anzusehen: „Das ist gut!"

Felicitas rutschte vom Tisch und folgte ihm bis zum überdachten Eingang. Sie sah ihm zu, wie er sich auf seine Stute schwang und davongaloppierte. Befremdet fragte sie sich, weshalb er sie fragte, ob sie sich vorstellen könnte, ihn zu heiraten, wenn er auf ihre abschlägige Antwort dann mit den Worten reagierte, dass er ihre Entscheidung gut fände?

Als sie verstand, lächelte sie zum fahlblauen Mond hinauf.

~

Burns warf einen kurzen Blick auf die von Christopher mitgebrachte Pflanze und lauschte ruhig seinem Bericht. Als der Pilot geendet hatte, wartete er auf eine Reaktion seines Gesprächspartners, die jedoch lange ausblieb.

„Gut gemacht, Keating. Damit kann ich etwas anfangen. Barff hatte ich im Verdacht, doch er ist ein anerkannter und fähiger Offizier. Bevor ich gegen ihn ermittle, muss ich mir schon sehr sicher sein, sonst machen mir hier ein paar Leute die Hölle heiß."

Christopher zuckte mit den Schultern. Er hatte den Job erledigt, alles Weitere interessierte ihn nicht. Das galt allerdings nicht für seine Freunde und deshalb erklärte er: „Ich muss meine beiden Kameraden melden, Burns. Es reicht!"

„Ich kann Sie gut verstehen. Die Drogen formen aus fabelhaften Männern körperliche und geistige Wracks. So weit wollen Sie es nicht kommen lassen, und das ist Ihr gutes Recht. Aber bitte warten Sie, bis ich Ihnen grünes Licht gebe. Ich versuche, alle mir zur Verfügung stehenden Strippen zu ziehen. Eventuell brauchen wir einen Kontrollflug zu dem Feld, damit wir den ein oder anderen Militär davon überzeugen können, dass wir recht haben."

Christopher gab nickend seine Zustimmung und wartete, bis Burns den Eingangsbereich des Caravelle-Hotels verlassen hatte, bevor auch er auf den belebten Platz trat. Der Weg durch die Straßen und Gassen Saigons behagte ihm nicht. Seit am 7. Juli amerikanische Journalisten von der Geheimpolizei angegriffen und am nächsten Tag von der Polizei festgenommen worden waren, weil sie einen buddhistischen Protestzug begleitet hatten, fühlte er sich trotz der Uniform nicht mehr sicher.

Erst vor einer Woche hatte eine Spezialeinheit der ARVN[26] zeitgleich mehrere buddhistische Pagoden gestürmt und knapp 1.500 Mönche verhaftet, zahlreiche getötet oder verschleppt. Zwei der Mönche hatten sich an die US-amerikanische Hilfsmission gewandt, die ihnen Asyl gewährte. Derlei Auswüchse zerrütteten zusehends das ohnehin fragile Verhältnis zwischen Diem und den USA, und nicht nur Christopher fragte sich, wie lange man dem Treiben von Diem und seinem Bruder noch zuschauen würde.

~

Barff nahm den Hörer ab und meldete sich mit vollem Rang.

„Thang hat recht. Keating war im Wald und hat Burns eine Kostprobe mitgebracht“, teilte Clive ihm mit.

„Wo haben sie sich getroffen?“

„Im Caravelle-Hotel.“

„Sehr geschickt. Dort konntest du nichts hören?“

„Unmöglich, leider.“

„Macht nichts, Whittaker. Es wird bald einen Flug geben. Wir sind gewarnt und empfangen die Delegation entsprechend. Das Ganze lässt sich spielend dem Vietcong in die Schuhe schieben, und wir sind die Spitzel los.“

„Können Sie Keating und Norris raushalten?“

„Kommt darauf an, wer die Vögel fliegt.“ Barff grinste vor sich hin. Wie stellte Whittaker sich das vor? Der ehemals als einer der Besten geltende Elitesoldat war inzwischen leicht beeinflussbar und vollkommen von ihm, den Nutten und vor allem von den Drogen abhängig. Er war nur noch eine Witzfigur. Keating und Norris arbeiteten mit dem CID zusammen und wussten vermutlich genug, um sie alle in Schwierigkeiten zu bringen. Auch sie würden bei einem Überfall des „Vietcong“ zu Tode kommen. Ohne ein weiteres Wort legte Barff auf und zündete sich eine Zigarette an.

~

„Hoffentlich hast du einen guten Grund, mich mitten in der Nacht aus dem Bett zu holen", knurrte Carbonne, zog den Gürtel des dunkelblauen Seidenmorgenmantels über seinem mittlerweile gewaltigen Bauch stramm und ließ sich in einen roten Samtsessel fallen.

Landon hielt die Arme vor der Brust verschränkt, wobei er in einer Hand seine Marke versteckte. Abschätzend musterte er den Mann und fragte sich, ob der sich neben dem Drogenhandel auch noch beim Klan betätigte. Landon kniff ein Auge zu. Weshalb hatte er sich von Felicitas nicht sofort die Namen nennen lassen? Allerdings war er momentan wegen der Drogen in dem gepflegten alten Plantagenhaus; um den Klan wollte er sich später kümmern.

„Über die Holztransporte aus Ihrem Sägewerk werden illegale Rauschmittel im ganzen Land verteilt, Mr Carbonne." Landon hasste es, dass ihn einige der Männer, die ihn von Kindesbeinen an kannten, nach wie vor mit Vornamen ansprachen, während er die zurückhaltende Form der Anrede gebrauchen musste. Aber so lief das in diesem Landstrich eben. Selbst Frauen in Dorothys oder gar in Céciles Alter blieben zeitlebens eine „Miss", weil jeder im Ort sie nun einmal als eine solche kannte. Eingeheirateten Frauen hingegen wie Emmy blieb die reservierte Anrede einer Mrs, die verdeutlichte, dass sie eine „Fremde" war.

Entspannt, als gingen ihn die von Landon angesprochenen Vorgänge in seinem Sägewerk nichts an, breitete Carbonne die Arme auf der Rückenlehne aus. Zumindest aber schien er angestrengt nachzudenken, wie seine nach unten verlaufenden Mundwinkel verrieten. „Wenn es stimmt, was du da sagst, erklärt das einiges."

„Dann erzählen Sie mal."

Carbonne lachte und zwinkerte ihm zu. „Zuerst ziehe ich Erkundigungen ein und führe ein, zwei Gespräche."

Landon kochte innerlich. Die Geringschätzung seiner Fähigkeiten hatte ihre Ursache darin, dass er im Gedächtnis der Leute noch immer der kleine Junge in kurzen Hosen war, dem zeitlebens seine früheren Streiche angekreidet werden würden. „Das tun Sie nicht, Carbonne. Zuallererst erzählen Sie mir, was Sie wissen."

„Und weshalb sollte ich das tun?"

Landon warf die Marke. Carbonne fing sie reaktionsschnell auf, und bei ihrem Anblick fiel dem überheblichen Mann die Kinnlade förmlich nach unten. Landon kam nicht umhin, die Situation zu genießen. Dennoch zog er vorsichtshalber seine Waffe, wenngleich sie wie ein harmloses Spielzeug in seiner Hand liegen blieb.

„FBI? Du bist ein Agent vom FBI?"

„Eingesetzt, um in dieser Ecke Mississippis die Drahtzieher des Drogenschmuggels zu finden. Es dauerte leider lange, bis wir eine Spur fanden."

„Wir?"

„Ihr Arbeiter Sam und ich."

„Jemand hat ihn übel zusammengeschlagen", wusste Carbonne und lehnte sich, nachdem er die Marke auf den Tisch gelegt hatte, erneut zurück.

Landon ließ ihm Zeit. Es brachte nichts, wenn er den Mann bedrängte und der sich daraufhin stur stellte oder womöglich erst einmal eine Horde Anwälte antanzen ließ.

Nach einem längeren Schweigen fluchte Carbonne abstoßend, beugte sich nach vorn und stützte die Unterarme auf die Knie. In dieser Haltung taxierte er Landon. „Montgomery kam in Kontakt mit Marihuana. Bis zu dem Unfall auf der Brücke ahnte ich davon nichts. Nur seine wechselnden Launen und das Absinken der Noten waren mir aufgefallen. Glaub mir: Wenn ich wüsste, woher das Zeug stammt, wäre ich demjenigen längst an die Gurgel gegangen."

„Demnach standen alle Insassen des Unfallwagens unter Drogen?"

„Alle, bis auf einen."

„Das war aber nicht Adam Lee?"

„Verdammt, nein. Die haben sogar den Nigger vollgedröhnt, ansonsten wäre der Unfall wahrscheinlich nicht passiert."

Sorgenfalten bedeckten Landons Stirn. Carbonnes Aussage klang plausibel. Zu deutlich stand dem Vater Sorge, zugleich aber auch Wut ins Gesicht geschrieben. Landon musste sich die Frage stellen, ob er womöglich im falschen Wohnzimmer saß.

Wohl zu der Überzeugung gelangt, dass er Landon helfen sollte, holte Carbonne tief Luft und berichtete: „Ich war auf dem Rückweg von einem ... Pokerspiel beim Sägewerk, als ich am Unfallort eintraf. Simons Sohn Matt hing über der Brüstung, als suche er jemanden. Auf meine Frage, was er da tun würde, sagte er, ein schwarzes Kind sei in den Fluss gefallen. Die anderen vier waren völlig zugedröhnt, mit ihnen war nichts anzufangen. In diesem Augenblick kehrte Pastor Finch von der Jagd zurück. Er hielt an und fragte, ob er helfen könne, doch ich schickte ihn nach Hause. Vermutlich war er es, der das Sheriffbüro verständigt hat."

Landon stimmte mit einem nichtssagenden Brummton zu und forderte Carbonne mit hochgezogenen Augenbrauen auf fortzufahren.

„Matt und ich haben den Boy hinter dem Steuer vorgezogen und davongejagt, Matt fuhr den Wagen dann hierher, wo wir die Schlafenden in der Garage ließen. Er lief dann nach Hause.“ Carbonne betrachtete intensiv seine weichen Hände. „Als ich später an die Brücke zurückkehrte, sah es dort aus wie auf einem Schlachtfeld. Der Versuch, etwaige Spuren zu verwischen, war nur zu offensichtlich. Ich hatte ja nichts anderes getan! Ich denke, Simon, vielleicht auch Hauser wollten dadurch ihre Söhne schützen.“

„Oder das Drogenimperium?“, brummte Landon. Dass der junge Simon als Einziger nicht unter Drogen gestanden hatte, weckte Landons Misstrauen. Zudem fügten sich mit dieser Information einige Kleinigkeiten zu einem Bild zusammen: Da gab es das prächtige neue Haus und die lange Abwesenheit im Frühsommer, weil es angeblich einen Trauerfall in der Familie gegeben hatte. Das Ehepaar Simon war erholt und braun gebrannt wie nach einem Urlaub zurückgekehrt. Auch der Wechsel von Matt und seiner älteren Schwester auf eine teure Universität, die beiden flotten Wagen der Simons sowie Matts Art, mit Geld förmlich um sich zu werfen, sprachen nun, da er mehr über den Unfall und den Drogenkonsum der jungen Männer wusste, eine allzu deutliche Sprache.

Landon sprach laut aus, was er dachte, und Carbonne, der aufmerksam zuhörte, nickte mehrmals. Vielleicht war er, wie viele andere auch, davon ausgegangen, dass die Simons ein Vermögen geerbt hatten …

„Matthew hat gestern Morgen den Nigger eingestellt, obwohl wir im Augenblick genug Arbeiter im Lager haben. Der war es doch, der deinen Spitzel zusammengeschlagen hat, nicht? Und der brennende Holztransport …“, Carbonne verzog wütend das Gesicht und schlug mit der rechten Faust in die linke Handfläche, ähnlich einem Baseballspieler, der in seinen Handschuh boxt.

„Der Transport war bereits unterwegs, als uns die Nachricht erreichte, dass er im Grenzgebiet zu Louisiana gestoppt werden würde. Wir nutzen die kürzeste Schienenstrecke und die führt durch einen Teil von Louisiana“, fügte Carbonne erklärend hinzu. „Die Stämme sollten dort auf Borkenkäferbefall untersucht werden. Es gibt momentan wohl Probleme mit den Schädlingen, weshalb Louisiana versucht, sie auf allen erdenklichen Wegen aus den eigenen Waldbeständen fernzuhalten.“

„Die Stämme sollten untersucht werden?“, wiederholte Landon grübelnd.

„Alle, durchweg.“

„Die Drogen sind also nicht auf den Güterwagen, sondern im Holz versteckt!"

„Hättet ihr Agents mich mal lieber eingeweiht, anstatt mich zu verdächtigen, dann hätte ich euch einen Tipp geben können. Wir verschicken regelmäßig Rohholz. Mit Rinde, mit kleineren Ästen, mitsamt der Löcher, die Spechte, Maden oder wer auch immer in die Bäume getrieben haben."

Landon hatte genug gehört und stemmte sich schwungvoll aus dem Sessel. Er steckte die Waffe weg und griff über den Tisch nach der Marke.

„Ich bitte Sie, Mr Carbonne, das Gespräch für sich zu behalten", verpackte er eine Drohung in höfliche Worte.

„Ich werde mich hüten, damit an die Öffentlichkeit zu gehen. Nachher hängt ihr Feds mir den Drogenhandel an. Hol dir den Schuldigen! Dann kann ich meinen Sohn besser vor dem miesen Zeug schützen."

„Wo ist Montgomery?"

„Im Bett."

„Auch zu ihm kein Wort."

Carbonne nickte und streckte Landon seine Rechte über den Tisch entgegen, jedoch ohne aufzustehen. „Aus dir ist was geworden, Landon. Als du früher immer bei den Schwarzen rumgehangen hast, hatte ich das Schlimmste befürchtet. Ich mochte deine Mutter. Es tat mir leid, wie sehr sie unter der Abwesenheit deines Vaters gelitten hat."

Es widerstrebte Landon, auf die persönliche Äußerung zu reagieren, und als er kurz darauf dem Plantagenhaus den Rücken zukehrte, war er tief in Gedanken versunken.

Carbonne mochte nichts mit den Drogen zu schaffen haben, hatte damals allerdings den Unfallhergang vertuscht. Gehörte er zum Klan? Das nächtliche „Pokerspiel" nahm Landon ihm jedenfalls nicht ab. Hatte Carbonne eine Untersuchung vorausgeahnt, die es beim Verdacht auf einen möglicherweise rassistisch motivierten Mord an einem kleinen Jungen hätte geben können? Versuchte Carbonne seinen Sohn und sich selbst zu schützen – auch gegen einen Klanbruder – oder waren er und Simon nicht in dem Geheimbund involviert?

Der Gedanke, zu Felicitas hinauszureiten und ihr zu diesem Thema einige gezielte Fragen zu stellen, reizte ihn zunehmend. Gleichzeitig könnte er sich davon überzeugen, dass bei ihr alles in Ordnung war …

Energisch schob er den in ihm brennenden Wunsch beiseite und machte sich auf den Weg in die Stadt, um dort einen zweiten unbescholtenen Bürger aus dem Bett zu werfen.

~

Christopher, bei diesem Flug ohne Co-Pilot im Cockpit, ließ den Huey vom Boden abheben und blickte sich nach dem zweiten Helikopter um. Brian folgte versetzt hinter ihm. Wie mit Burns und der kleinen *Green Beret*-Einheit abgesprochen, flog er erst gen Osten, ehe er beidrehte. Sie umflogen Saigon und die dortige US-Base auf ihrem Weg in Richtung Westen. Zwischen den beiden Hueys herrschte absolutes Funkverbot, denn nur eine Handvoll Personen war in die Mission eingeweiht.

Gleich einem Vogelpaar zogen sie über die ausgedehnte, undurchdringliche Fläche des Dschungels hinweg. Das nuancenreiche Grün wurde von einzelnen blau schillernden Wasserläufen durchbrochen, die mancherorts in Kaskaden in die Tiefe fielen. Auf einer Lichtung entdeckte Christopher eine Herde Elefanten und inmitten des dichten Baumbewuchses lagen winzige Dörfer versteckt. Die Hubschrauber flogen eine weite Schleife. Um Burns das Schlafmohnfeld zu zeigen, verringerte Christopher die Flughöhe und setzte den Helikopter wenig später an fast derselben Stelle auf, an der er Stunden zuvor schon einmal gelandet war. Zumindest durchnässte der Regen nicht länger das Erdreich.

Die Mitglieder der schwerbewaffneten Special Forces-Einheit sprangen in schnellem Rhythmus aus den Hueys. Begleitet von sechs der acht Soldaten machte Burns sich auf den Weg in die Stadt.

Angespannt stieg auch Christopher aus und sah ihnen nach. Ob diejenigen zu fassen waren, die für Barff die Drogen herstellten? Der Schlag gegen sie kam überraschend, zumal Burns tatsächlich einige Namen der Einheimischen auf seiner bereits älteren Verdächtigenliste gefunden hatte.

Christophers Blick wanderte zu den Feldern. Sie lagen verwaist zwischen ihm, einem wild wuchernden Waldstück und den ersten Häusern und Hütten. Noch vor drei Stunden waren hier Frauen mit Kindern bei der Arbeit gewesen; und genau ihr Fehlen irritierte ihn.

Wo waren sie? Vorhin hatten sie im strömenden Regen gearbeitet, als mache ihnen die Nässe nichts aus. Und nun, da es trocken war, ruhten sie? War das nicht paradox?

Beunruhigt trat Christopher zu den beiden Soldaten bei den Helikoptern. Sie behielten abwechselnd ihre Kameraden, die Felder und den angrenzenden Wald im Auge. Eine warnende innere Stimme wollte Christopher dazu treiben, die Delegation zurückzurufen, doch er beherrschte sich. Dafür sprach er den Headquarter-Company-Captain, der

Burns als Verbindungsoffizier begleitete, auf seine Entdeckung an. Der nahm seine Beunruhigung durchaus ernst und rief nach dem First Lieutenant, der mit den restlichen Green Berets bereits die halbe Strecke zum Stadtrand hinter sich gebracht hatte und sich nun ruckartig umdrehte. Zur selben Zeit stieß der zweite Wächter bei den Hueys einen Warnruf aus und riss das Gewehr hoch. Wie aus dem Nichts erhoben sich hinter den Helikoptern mit Grünzeug getarnte Gestalten aus einem Graben. Mündungsfeuer blitzten in rasend schneller Abfolge auf. Kugeln schlugen mit metallischem Aufschlag in die Hueys ein.

Christopher warf sich zu Boden und rollte sich in Richtung seines Cockpits. Der Captain erwiderte inzwischen die Schüsse. Befehle wurden gebrüllt, Schreie ertönten. Die Green Berets, die auf dem Weg zur Stadt gewesen waren, machten kehrt, um ihren Kameraden zu Hilfe zu eilen.

Ein Vietnamese wandte sich zu Christopher um und hob ein M 14, das Standardgewehr der US-Army. Christopher presste seine Wange in den vom Regen aufgeweichten Dreck. Zusammenhanglose Worte kamen ihm als Gebet über die Lippen. Kugeln peitschten über ihn hinweg, bohrten sich links und rechts von ihm in die Erde. Fontänen spritzten auf. Abrupt endete der Beschuss. Christopher wagte es, den Kopf zu heben. Er zitterte. Sein Angreifer wälzte sich laut schreiend auf dem Boden.

Brian rückte in sein Blickfeld. Er versuchte ebenfalls, seinen Huey zu erreichen. Allerdings strömten nun sowohl aus dem Wald als auch aus der Stadt bewaffnete Schatten auf sie zu. Christopher sprang auf die Füße. Hitzewellen durchströmten ihn. Es gelang ihm, sich auf den Pilotensitz zu werfen. Schnell schloss er die Tür und startete die Rotoren. Quälend langsam setzten sie sich in Bewegung. Hinter ihm warfen sich der Captain und der Soldat in den Helikopter.

„Hoch mit dem Vogel. Wir nehmen die von oben aufs Korn“, schrie ihm der Offizier über den Lärm zu. Er verdeutlichte durch eine Armbewegung, was er wollte.

Christopher lief der Schweiß über das Gesicht. Er war für Situationen wie diese ausgebildet worden, also unterdrückte er die in ihm aufsteigende Panik. Endlich war der Huey startklar. Im gleichen Moment erreichte auch Brian seine Maschine. Er erhob sich, dabei zuckte er zweimal zusammen. Sein Oberkörper bog sich eigentümlich nach hinten. Er warf die Arme hoch, bevor er hintenüberfiel.

„BRIAN!!“ Christopher wusste nicht, dass er es war, der geschrien hatte.

Der Captain brüllte ihn aus der Kabine an, und Christopher gehorchte mechanisch. Er zog den Huey hoch und schwenkte dann so scharf zur Seite, dass er einen Augenblick befürchtete, die Soldaten am offenen Einstieg zu verlieren. Doch die waren auf der Hut. Als sie sich dem anderen Helikopter näherten, feuerten Christophers Passagiere, was ihre Waffen hergaben.

Christopher hielt mit der rechten Hand den Steuerknüppel fest im Griff, zwang sich zu höchster Konzentration. Wieder kippte er den Huey, bestritt einen engen Kreis und manövrierte die Schützen an Bord zurück in eine ausgezeichnete Schussposition. Mittlerweile erreichten die aus dem Wald herbeistürmenden Angreifer den Kampfplatz.

Der Captain setzte sich einen der Kopfhörer auf und meldete sich über Funk bei Christopher, was die Kommunikation erheblich vereinfachte. „Schwenken Sie rüber auf die Truppe vom Wald."

„Vietcong?"

„Nein. Nur eine Stadt voller Drogenbarone und ihr Fußvolk", keuchte der Captain.

Wie angewiesen zog Christopher eine weitere Kurve. Erneut jagte er sein Fluggerät auf die Angreifer zu. Diese schreckten zurück. Waren sie nicht auf eine direkte Konfrontation mit den US-Soldaten aus? Zudem bestand die Bewaffnung bei vielen von ihnen ausschließlich aus Ästen oder Messern. Christopher gab die Entdeckung an den Captain weiter. Der reagierte sofort, indem er ihn in Richtung Stadt beorderte. Christopher zog den Huey hoch und flog über die zögernden Angreifer hinweg. Dabei erkannte er trotz der Schmutzschicht im Gesicht einen von ihnen: Clive!

Christopher stöhnte gequält auf. Ob es noch mehr Amerikaner unter ihnen gab? Kannten sie im Gegensatz zu Clive, der im Rückzug begriffen war, keine Skrupel, ihre eigenen Kameraden anzugreifen und sie möglicherweise sogar zu töten? Welche Macht besaßen die Drogen und das mit ihnen zu verdienende Geld!

Unweit des zweiten Helikopters sah er nicht nur den reglosen Brian, sondern auch zwei Soldaten, die im Liegen feuerten. Ein pfeilschnell aus dem Nichts kommendes Geschoss traf den am Boden stehenden Huey. Keine Sekunde später erwuchs aus ihm ein alles vernichtender, greller Feuerball. Der Helikopter vollführte einen Satz und kippte völlig zerstört zur Seite.

„Wir holen sie raus!", stieß der Green Beret zwischen zusammengepressten Zähnen hervor.

Christopher bestätigte, als habe er einen eindeutigen Befehl erhalten. Dem Captain schien das zuzusagen, denn er ließ Christopher freie Hand dabei, wie er die Aktion angehen wollte. Noch einmal lenkte er das Gefährt knapp über die Angreifer nahe des rauchenden Huey hinweg. Die Soldaten an der offenen Kabine nahmen sie verbissen und unbarmherzig unter Beschuss, sodass sie in den Graben flüchteten, aus dem sie zuvor geklettert waren. Christopher beeilte sich zurückzuschwenken und hielt die Maschine über dem Boden möglichst ruhig in einem Hover[27]. Der Erste, den der Soldat an Bord zog, war Burns. Der Captain hingegen sprang auf den Acker hinunter und feuerte noch immer. Christopher warf einen besorgten Blick auf die dritte Angreifergruppe aus der Stadt, doch auch sie hielten inne und beobachteten, was geschah. Das missfiel ihm, und mit einem Blick auf den ausbrennenden Hubschrauber zog es ihm eiskalt den Rücken hinauf. Was, wenn er jetzt von dem irgendwo versteckten Kerl mit der leichten Panzerabwehrwaffe als Ziel anvisiert wurde?

Die Soldaten warfen ihre beiden verletzten Kameraden unsanft in den Huey, dann kletterten sie hinterher. Den Schluss bildete der Captain, der Christopher herrisch winkte, sofort abzuheben. Der Hubschrauber stieg senkrecht nach oben. Dort erfasste ihn eine ekelhafte Windbö, die ihn seitwärts vor sich hertrieb. Eine weitere Detonation pflügte den Teil des Ackers um, über dem er Sekunden zuvor noch geschwebt hatte.

„Verdammte Mistkerle!", hörte er den Captain in seinem Kopfhörer fluchen. „Hoch die Kiste und weg!"

Christophers Magen krampfte sich zusammen, als er mit ansehen musste, wie die Männer aus dem Graben sprangen und sich dem brennenden Wrack und dem auf dem Rücken liegenden Brian näherten. Einer der Vietnamesen kickte gegen Brians Füße. Christopher sah, dass sein Freund die Hand hob.

„Nein!", stieß er hervor und erntete einen Fluch des Offiziers, da er ihm über den Kopfhörer in die Ohren gebrüllt hatte.

„Brian lebt. Ich lasse ihn nicht zurück!"

„Er ist–"

„Bei allem Respekt, Sir, aber ich lasse den Mann nicht da unten liegen!", fiel Christopher ihm mit fester Stimme ins Wort. Dennoch zog er einen weiten Bogen um die wallende, dunkle Rauchsäule. Nahezu fiebrig wartete er auf das Einverständnis des Ranghöheren.

„Also, runter", hörte er noch, ehe der Offizier den Kopfhörer wieder ablegte, um sich freier bewegen zu können. Aus dem Augenwinkel beobachtete Christopher, wie er, unterstützt von dem Lieutenant, die unverletzten Soldaten instruierte. Zwei von ihnen gingen erneut dazu über, die feindlichen Stellungen unter Feuerbeschuss zu legen, während zwei andere sich sprungbereit hinter die Öffnung duckten.

Christopher steuerte in Richtung des brennenden Hueys. Die dort Versammelten rissen allesamt die Köpfe hoch. Mit der Rückkehr des Hubschraubers hatten sie offenbar nicht gerechnet. Sie flüchteten rücklings in ihren Graben. Noch im Vorbeiflug sprangen die Green Berets ab, rollten über die Erde und packten Brian, der erschreckend schlaff zwischen ihnen hing.

Christopher wendete so schnell, dass er einen Augenblick befürchtete, mit den Spitzen der Rotorblätter den Acker zu pflügen. Schüsse peitschten gegen das Metall. Die beiden Türschützen stellten das Feuer ein, als Christopher auf die am Boden kauernden Männer zusteuerte. Sie reichten Brian hinein und warfen sich hinterher. Die Beine des einen Soldaten baumelten noch in der Luft, als Christopher den Huey hochzog und seitlich kippte, sodass der Soldat in die Kabine rutschte. Jemand schob die Tür zu.

Da Christopher inzwischen ausgemacht hatte, wo sich der Schütze mit der Panzerabwehrwaffe, eine ebenfalls aus den USA stammende M72LAW, versteckte, flog er im Tiefflug über die Felder. Die Pflanzen darauf wurden zu Boden gedrückt. Erst zwanzig Meter vor der Stadt zog Christopher den Huey hoch. Als sein Hubschrauber stabil in der Luft stand, warf er einen prüfenden Blick zurück. Hinter ihm hatten sich die Soldaten sortiert und halbwegs ordentlich hingesetzt, zwei von ihnen kümmerten sich um Brian.

„Gut gemacht“, hörte er den Offizier sagen, ehe er sich mit der Base in Saigon in Verbindung setzte. Christopher jagte den Hubschrauber so tief wie nur möglich über die sanften Hügel Vietnams, selbst wenn er dadurch einige Bauern erschreckte und eine Herde Ziegen auseinandertrieb. Er wollte Brian schnellstmöglich zu einem Militärarzt schaffen.

~

John schreckte aus süßen Träumen auf, als Sheriff Frasers Stimme aus dem Funkgerät dröhnte. Verschlafen hob er die Füße vom Tisch, reckte sich und griff nach der Sprechvorrichtung, wobei er mühsam ein Gähnen unterdrückte.

„Was ist bei euch da draußen eigentlich los?“, bellte der Sheriff ihn an.

„Warum?“, fragte John lahm.

„Die Telefonleitungen sind defekt, und mich hat mitten in der Nacht eine Anfrage vom Chief der Hauptstadt-Polizei erreicht. Sie interessieren sich für Virginia Tampico in Zusammenhang mit einer Fabienne Chevalier. Das sei anscheinend Miss Virginias richtiger Name."

„Das ist eigenartig", brummte John und rieb sich mit der freien Hand die Augen. Zumindest war er inzwischen wach genug, um nachzufragen: „Ist das der Grund, weshalb das seltsame Paar Felicitas vor einigen Wochen in ihrem Laden aufgesucht hat?"

„Das glaube ich nicht, falls es dieselben sind, die sich hier in einer Pension einquartiert haben. Auch wenn sie zwischendurch immer wieder in ihre Heimat verschwunden sind, zeigen sie vielmehr Interesse an Adam Lee und den Justizangestellten in unserem County." Der Sheriff atmete schwer, als habe er einen Sprint hingelegt. „Ich habe sie mal genauer unter die Lupe genommen: Er hatte einige spektakuläre Fälle, zuletzt trat er dabei auch einem Mitglied des Klans auf die Füße, was ihm im Norden einige Aufmerksamkeit eingebracht hat."

John verkniff sich eine Entgegnung auf Frasers unausgesprochenen Verdacht, die beiden könnten hier Vergleichbares planen und Unruhe in ihre Gegend bringen.

„Ich höre mich ein bisschen um. Landon kannte Miss Virginia gut. Wahrscheinlich kann er uns sagen, ob Fabienne Chevalier ihr richtiger Name war. Wobei ich mich frage, weshalb jemand seinen Namen ablegt – es sei denn, er hat etwas auf dem Kerbholz."

„Danke für die Unterstützung."

Fraser beendete das Gespräch und John, zurück auf seinem Stuhl, beobachtete nachdenklich einen gemächlich über die Tischplatte krabbelnden Marienkäfer mit vier schwarzen Punkten. Keine zwanzig Minuten später stürmten Phillips und Lemon in das Office und rissen John aus dem Halbschlaf, in den er hinübergedämmert war. Lemmon setzte sich auf den Besucherstuhl und schlug John gegen die Schuhspitzen. Schnell nahm er die Füße vom Tisch. Immerhin handelte es sich bei Lemon um ihren Großen Zyklopen[28]. Der sagte: „Meine Frau kann bei der Hitze nicht schlafen und hat Frasers Funkspruch gehört."

John blies die Wangen auf. Hatte seine ehemalige Lehrerin sich daraufhin veranlasst gesehen, ihren Mann zu wecken? Was ging den Klan Virginia Tampicos Lebensgeschichte an, zumal sie ohnehin tot war?

„Maggie traf doch vor einigen Wochen diesen Walken in einem Café in Woodville, als sie im Krankenhaus einen ihrer Schüler besuchte", fuhr Lemmon fort.

Der Bürgermeister, in dieser Nacht in einer viel zu engen Jeans und einem gestreiften Hemd, nickte, als sei er dabei gewesen.

„Sie sprachen auch über Miss Jecklin. Walken verriet Maggie, dass er davon ausgehe, dass die Deutsche jüdische Vorfahren habe und sich als Kind jahrelang vor den Nationalsozialisten verkrochen hat."

„Das wissen wir doch, Lemmon", brummte Phillips ungeduldig. „Das hat uns deine Frau doch sofort erzählt."

In John wuchs der Verdacht, dass auch Phillips nicht wusste, weshalb Lemmon ihn zu dieser nächtlichen Stunde hierher ins Office beordert hatte.

„Maggie und ich haben uns nichts dabei gedacht, doch der Anwalt schwärmte damals auch von Jecklins Fotografien. Und damit sind wir bei dem Punkt, den wir erst heute Nacht begriffen haben: Walken sagte, er nehme an, dass man mit einigen von Jecklins hervorragenden detaillierten Aufnahmen sogar Kriminelle überführen könne. Wir hielten das für eine rein nebensächliche Aussage eines Rechtsanwalts, mit der er die Detailtreue der Fotografin herausstellen oder sich auch nur wichtigmachen wollte. Aber als vorhin der Funkspruch von Fraser kam … Ist euch bewusst, dass diese Jecklin gar nicht Tampicos Verwandte sein kann, wenn die einen anderen Namen angenommen hat? Wer oder vielmehr *was* ist das Mädchen dann?"

Phillips schlug mit geballter Faust kräftig auf den Tisch. Der Pappbecher mit den aufgedruckten braunen Blumen, in dem die Deputys ihre Stifte aufbewahrten, kippte um, und selbst der Marienkäfer vollführte einen Satz, ehe er die Richtung wechselte und weiterkrabbelte.

„Willst du damit sagen, dass diese Jecklin ihre Fotografien dazu nutzen könnte, *uns* anzuklagen?", ereiferte sich der Bürgermeister mit hochrotem Kopf.

Lemmon blieb gelassen. In seinem Gesicht zuckte kein Muskel, nur die hellblauen Augen waren kalt auf Phillips gerichtet. „So kann man das doch verstehen, nicht wahr? Die Frau lichtet ja ununterbrochen alles und jeden ab. Wer weiß, was sie da vor die Linse bekommen hat, vor allem dann, wenn wir sie nicht beachtet haben? Denkt an die verkohlten Hölzer. Die sind plötzlich bei uns aufgetaucht und beweisen: Es gibt jemanden in unserer Stadt mit einem für uns gefährlichen Wissen – und weshalb sollte das nicht Jecklin sein, so tollpatschig und unbeholfen sie sich auch gibt?"

„Wir brauchen die Fotografien!" Phillips, der weiterreichende politische Ambitionen hatte, japste förmlich nach Luft.

„Ich vermute, die finden wir bei diesem Walken in Woodville. Wenn mein Verdacht richtig ist, kann ich mir nicht vorstellen, dass die Beweisbilder in Jecklins Haus oder in ihrem Laden liegen. Am besten, wir statten dem Mann einen Besuch ab, dann wissen wir, woran wir sind!"

„Ich kann hier unmöglich weg", murmelte John, inzwischen nicht nur aufgrund der schwülwarmen Temperaturen schweißnass geschwitzt.

„Das musst du auch nicht. Bill und ich genügen völlig. Wir wollen ja nicht auffallen! Du ziehst aber deine Kontrollfahrt zeitlich vor. Dabei weckst du die anderen. Falls ich recht habe, und davon gehe ich aus, müssen wir bereit sein und schnell handeln."

John blieb wie gelähmt zurück, als die beiden das Office verlassen hatten. Er hörte draußen ein Automobil starten und wegfahren. Waren sie entlarvt? Was würde mit ihm geschehen, falls seine Mitgliedschaft im hiesigen Klan an die Öffentlichkeit drang? Er hatte nur den einen Job und war davon ausgegangen, ihn ein Leben lang zu behalten. Er durfte einfach nicht mit den Übergriffen in Verbindung gebracht werden ...

War Felicitas in der Lage, den Klan auffliegen zu lassen? Die süße Felicitas ... Elektrisiert vor Schmerz und Wut griff er nach seinem Hut und der Waffe und wollte das Licht löschen. Er entschied sich um, ging nochmals zum Schreibtisch und zerdrückte mit dem Daumen den Marienkäfer. Dann erst verließ er das Office.

~

Christopher stürmte wutentbrannt aus dem Raum und schloss nicht eben leise die Tür hinter sich. Ihr Flug und das anschließende Gemetzel hatten Verhaftungen nach sich gezogen, laut geführte, kontroverse Diskussionen und eine kurzfristig anberaumte Anhörung, in der Burns mehr verschleiert als offenbart und ein Vertreter des JAG[29]-Corps ausschließlich geschwiegen hatte. Als die kleine Kommission dazu überging, auf Christopher einzudringen, hatte sich zu dessen Erstaunen nicht nur der Captain der Headquarter Company, sondern auch der Lieutenant Commander für ihn eingesetzt, und ihn mit deutlichen und knapp an einer Unhöflichkeit vorbeischrammenden Bemerkungen aus der Schusslinie genommen. Daraufhin hatte er auch noch erwirkt, dass Christopher aus der Anhörung entlassen und zurück in das Behelfskrankenhaus und an die Seite seines Freundes geschickt wurde, der dort um sein Leben kämpfte.

Christopher spurtete los, stürmte aus dem Gebäude, jagte über den lang gezogenen Platz vorbei an den provisorisch errichteten Baracken und Hangars und betrat das Krankenhaus, in dem die Sanitäter und Ärzte die Drogenopfer, die Syphiliskranken, die Verletzten des heutigen Einsatzes ... und Brian behandelten. Vor dem Abteil, in dem Brian lag, stoppte Christopher. Er wartete, bis sein Herzschlag sich normalisierte, bevor er den Vorhang beiseiteschob und sich dem Anblick stellte.

Betroffen stockte er. Weder ein Arzt noch ein Sanitäter waren bei Brian. Hatten sie alles getan, was in ihrer Macht stand? Erfolglos? Vor dem Metallbett kniete Brians Vater. Er umklammerte die rechte Hand seines Sohnes, hielt die Augen geschlossen und bewegte tonlos die Lippen. Ob er betete?

Im ersten Moment war Christopher versucht, sich rücksichtsvoll zurückzuziehen, doch die fast bläuliche Gesichtsfarbe seines Freundes, die alle Sommersprossen weggewischt hatte, ließ ihn eintreten. Er setzte sich auf der anderen Seite des Betts auf einen Hocker, ergriff Brians Linke und tat das Einzige, was er für ihn, aber auch für sich selbst tun konnte: beten.

~

Brian drückte Christophers Hand, wenn auch erschreckend schwach. Christopher hob den Kopf und begegnete Bobs Blick. Hatte er es ebenfalls gespürt? Hoffnung keimte in ihm auf. Wenn Brian auf ihre Anwesenheit reagierte, bestand dann nicht die Chance, dass er überlebte?

„Du musst leben!“, flüsterte Christopher ihm ins Ohr und fühlte gleichzeitig die Angst wie ein heißes Feuer in ihm wüten. Brian durfte den Kampf nicht verlieren! In seiner Hilflosigkeit klammerte Christopher sich an gemeinsame Erinnerungen.

„Hey, stirb mir hier nicht weg, Kumpel. Ich habe dich noch nicht bei diesem grässlichen Spiel geschlagen. Wenigstens einmal solltest du mich gewinnen lassen!“, sagte Christopher und spürte dabei, wie der Kloß in seinem Hals unaufhörlich anwuchs. Er trug seinen eigenen Kampf aus – gegen die Hoffnungslosigkeit. „Du musst mir doch immer die komplexen Zusammenhänge in und um unsere Einsatzorte erklären. Also reiß dich gefälligst zusammen, hörst du?“, flehte er Brian an, während eine Stimme in seinem Kopf ihm einzureden versuchte, dass es dafür zu spät sei. Der Kloß in seinem Hals drückte zunehmend auf seine Brust und sandte schmerzhafte Wellen aus. Er wollte Brian nicht verlieren. Es durfte einfach nicht sein, dass er hier vor seinen Augen starb.

„Wir werden bald unsere Mädchen besuchen, das weißt du doch, Brian! Die werden staunen, wenn wir plötzlich vor ihnen stehen ...“ Seine

Stimme versagte ihren Dienst. Er schluckte mehrmals, aber es half nicht, die Tränen, die ihm in den Augen brannten, zu verbannen. Gepeinigt beugte er sich vornüber und presste seine heiße Stirn auf die erschreckend schlaffe und kühle Hand des Freundes. Als Brians Vater ihm die Hand auf die Schulter legte, tropften erste Tränen auf die Bettwäsche; ein nicht länger zu unterdrückendes Schluchzen brach sich Bahn.

Christopher keuchte, seine Stimme zitterte und war kaum zu verstehen, als er leise sagte: „Du wolltest mir das Segeln beibringen, mein Freund." Eine weitere anfeuernde Bitte an Brian, am Leben zu bleiben, brachte Christopher nicht mehr zuwege. Verzweifelt krallte er sich an Brians Hand.

Durch den Körper des Schwerverletzten lief plötzlich ein Zittern. Zeitgleich erhoben sich Christopher und Bob und beugten sich über ihn. Brians Augen waren geschlossen, sein bläuliches Gesicht eingefallen und noch schmaler als sonst. Für den Bruchteil eines Augenblicks huschte ein Lächeln über seine fahlen Lippen, dann atmete er ein letztes Mal aus.

Brian war tot.

~

Ein kräftiger Schmerz, der ihm durch den Fuß schoss, holte Christopher in die Gegenwart zurück. Er stand an einer kahlen Steinmauer, gegen die er in einem fort mit dem Fuß trat, während er laut seine Verzweiflung und Wut hinausbrüllte. Als der Schmerz überhandnahm, nahm er die Fäuste zu Hilfe, um auf das graue Mauerwerk einzuschlagen. Irgendwann schmerzten auch die so sehr, dass er halbwegs realisierte, was er da eigentlich tat.

Christopher drehte sich um und rutschte mit dem Rücken langsam an der Wand hinab, bis er mit seiner A-Uniform in einer schlammigen braunroten Pfütze saß. Warme Regentropfen fielen auf ihn herunter und liefen ihm vom nassen Haar über den Hals in den Kragen.

Brian war tot. Er war im Kampf gegen die Drogen und für seine Kameraden gestorben; erschossen von Männern, die von den eigenen Leuten zu diesem Hinterhalt angestiftet worden waren. Mit einer Waffe aus dem Bestand der USA, vielleicht sogar durch einen Schützen der US-Army? Durch einen Mann, den Brian und Christopher ihren Freund nannten?

Christopher schluchzte auf. Er lehnte den Hinterkopf an die raue Wand und betrachtete das Grau um sich her. Trostlosigkeit. Hoffnungslosigkeit. In Christophers Herzen tobte ein Sturm. Brian war sein Freund gewesen; sein einziger richtiger Freund in diesem fremden Land. Der blitzgescheite und großherzige Brian. Christopher würde ihn schmerzlich vermissen! Mit seinem Tod war auch ein Teil seines Herzens gestorben. Niemals hätte er gedacht, dass ihn der rothaarige Sonderling einmal so tief prägen würde.

Lisa kam ihm in den Sinn, das wunderschöne Mädchen, das Brian hatte heiraten wollen. Sie würde vergeblich auf seine Rückkehr warten. Ihr Schmerz, ihr Verlust, ihre verlorene Liebe drohten ihm den Magen umzudrehen. Erneut schossen ihm Tränen in die Augen und vermischten sich mit dem in Strömen über sein Gesicht rinnenden Regen. Seine Gedanken wanderten zu Kerstin. Die Sehnsucht nach ihr raubte ihm beinahe den Atem. Er wollte ihre Stimme hören, sich in ihre Arme flüchten und alles vergessen.

Aus der Regenwand löste sich ein Schatten und näherte sich ihm mit schleppenden Schritten. Einen verwirrenden Moment lang glaubte Christopher, es sei Brian, doch dann erkannte er dessen Vater. Ohne den Anflug eines Zögerns zu zeigen setzte sich Bob neben ihn in den Schlamm.

„Ich danke Ihnen, dass Sie meinen Sohn da draußen im Dschungel nicht alleingelassen haben. Ihn beerdigen zu können wird seiner Mutter und seiner Verlobten viel bedeuten."

Christopher atmete tief durch und wischte sich mit dem Ärmel über die Augen. Es half nichts. Die Tränen liefen weiter.

„Sie sind hier nicht mehr sicher, mein Freund. Durch den Hinterhalt konnten unweigerlich Spuren verwischt werden, einige der in die Drogengeschichte verwickelten Militärs wie auch Zivilisten sind gewarnt. Ich werde mich dafür einsetzen, dass Sie mit mir den Sarg meines Sohnes in die Heimat begleiten."

Der Mann erhielt keine Antwort. Nebeneinander an die Mauer gelehnt saßen sie da und ließen sich den Regen über die Gesichter laufen, als erhofften sie sich von seinem sanften Streicheln Trost.

~

Glutrot stieg die Sonne über die Hausdächer und verwandelte Fensterscheiben und Blechverkleidungen in spiegelnde Flächen. Ein neuer Tag kündigte sich an, ebenso heiß wie der vorangegangene. Noch war es still in den Straßen von Woodville. Nur ein Junge auf einem Fahrrad, der die Zeitungen in die Vorgärten und auf die Veranden warf, und der Milchmann, der seinen Laufburschen schickte, um die Flaschen vor die

Haustüren zu stellen, waren unterwegs. So schnell es ihre hohen Absätze erlaubten, folgte Veronica ihrem aufgebrachten Chef zum Rolls-Royce und sah zu, wie er das Gepäck in den Kofferraum wuchtete und den Deckel zuschlug. Das laute Geräusch hallte zwischen den noch schlafenden Häusern wider.

„Wir haben das provoziert, Peter! Du wolltest mehr Aufmerksamkeit auf das Kuhnest und Miss Jecklin ziehen. Wir dürfen jetzt nicht einfach verschwinden!"

„Doch!", zischte Walken zurück. Sein Gesicht wies deutliche Spuren der Auseinandersetzung auf, die er in den frühen Morgenstunden mit zwei vermummten Gestalten ausgetragen hatte.

„Peter!" Veronica versuchte nun leise und mit lockender Stimme, sich Gehör zu verschaffen. „Sie haben die Bilder und kennen ihren brisanten Wert. Du kannst dich nicht einfach aus dem Staub machen!"

„Doch!", wiederholte er. „Ich verschwinde, gleichgültig, ob du mitkommst oder bleibst. Ich habe keine Lust, in den eskalierenden Krieg zwischen dem Klan und …"

„… einer harmlosen und völlig ahnungslosen Frau hineingezogen zu werden?", setzte Veronica den Satz fort.

„Steigst du jetzt ein oder soll ich ohne dich fahren?"

Hilflos sah Veronica zu, wie Walken die Fahrertür öffnete und einstieg. Gleich darauf sprang der Motor an und der schwarze Phantom rollte die leicht abschüssige Straße entlang. Fassungslos stöckelte sie hinter dem Wagen her und war erleichtert, als Walken anhielt und sie einsteigen ließ. Mühsam zog sie ihren Rock zu den Knien hinunter und bat dann: „Können wir nicht an einer Telefonzelle anhalten und jemand anrufen, der Felicitas Jecklin warnt?"

„Wen willst du kontaktieren? Den Bürgermeister? Einen Deputy oder den Pfarrer? Den Besitzer des Country Store oder den Automobilhändler? Oder lieber die Lehrerin und ihren Mann, vielleicht Carbonne oder den Feuerwehr-Captain? Weißt du, welcher von ihnen uns vorhin besucht hat?" Walken deutete mit dem Zeigefinger auf sein blau unterlaufenes Auge und die aufgeplatzte Lippe.

„Wir müssen aber doch etwas unternehmen. Die arme Frau!"

„Sie hat sich in Sachen eingemischt, die sie nichts angehen, und wusste um die Gefahr!"

„Wir, Peter! *Wir* haben die Gefahr erst heraufbeschworen. Durch den von uns gelegten Brand und die von dir nach außen getragenen Informationen!"

Der Wagen passierte die Stadtgrenze von Woodville und fuhr auf dem Highway 61 Richtung Norden in den dichten Wald. „Bei der nächsten Tankstelle hältst du an. Ich weiß, wen wir telefonisch alarmieren. Diesen Steve Cartier. Ich denke, Miss Jecklin vertraut dem Mann. Zudem hat er einen eigenen Telefonanschluss im Café."

Zufrieden darüber, dass sie die sympathische Deutsche würde warnen können, lehnte Veronica sich in ihrem Sitz zurück und schloss die Augen, um den unsanft unterbrochenen Schlaf fortzusetzen.

„Tu, was du nicht lassen kannst!", brummte Walken und gab Gas.

~

Begleitet von einem dumpfen Schlag schloss sich hinter dem tobenden Matt die Zellentür. Matts Vater, eine Zelle weiter, verhielt sich im Gegensatz zu seinem Sohn auffällig leise. Er schien nachzudenken, was in seinem Fall auch dringend angebracht war.

Landon begab sich nach vorne und knipste die Deckenlampe und die Schreibtischlampe aus, denn mittlerweile überzog ein glutroter Himmel das Dorf und machte die künstliche Lichtquelle überflüssig. Erschöpft legte er die Protokolle beiseite und fuhr sich mit der Hand durchs zerzauste Haar. Alles an ihm klebte und schmeckte nach Salz. Hinter dem Schreibtisch ging er in die Hocke und hob vorsichtig die Splitter eines Getränkeglases auf. Matt hatte es vor Aufregung über die Befragung und vor Panik, dass er sich plötzlich einem Special Agent des FBI gegenübersah, vom Tisch gestoßen.

Im gleichen Moment flog die Eingangstür auf und jemand stürmte in den Raum. Von der Eile des Eindringlings erschreckt richtete Landon sich auf und betrachtete grimmig Johns Rücken. Der junge Mann stand vor dem Funkgerät und schien nachzudenken, ehe er achselzuckend den Schlüsselbund aus der Uniformhose zog und den Waffenschrank öffnete.

Behutsam beugte Landon sich nach vorn, ergriff seine Marke und ließ sie in der Hosentasche verschwinden. Er setzte sich, bevor er sich räusperte.

Mit hochrotem Kopf fuhr John herum. „Landon!", stieß er hervor und brachte ein eigentümlich hohes und albernes Lachen zuwege. „Weshalb bist du hier?" Johns Nervosität war unübersehbar. Sein Blick wanderte unstet umher. „Hast du bis jetzt den Boy gesucht, der den Holzarbeiter überfallen hat?"

„Ja", erwiderte Landon und erneut stieg Wut in ihm auf, wenn er daran dachte, wie selbstgefällig Simon ihn in Gegenwart des Schwerverletzten gebeten hatte, den Angreifer zu finden. Dabei hatte Simon den Schläger selbst instruiert, um Sam, den er im Verdacht hatte, für eine Bundesbehörde zu arbeiten, aus dem Weg zu räumen.

„Geh mal schlafen, du siehst grauenhaft aus, Landon!"

„Bald!", antwortete er und wusste nur zu gut, wie stark der Schlafentzug, dem er seit Wochen ausgesetzt war, an ihm zehrte.

Das Funkgerät erwachte zum Leben. Die ersten Bewohner der Umgebung wünschten zu hören, was es Neues gab. Das verleitete John dazu, sich mit den Fingern hektisch durch die Haare zu fahren. Er entspannte sich erst, als eine Frauenstimme aufgebracht lospolterte, weil sie ihren Mann suchte, der in der Nacht nicht nach Hause gekommen war.

„Funktioniert das Telefon? Gab es einen Anruf für mich?", wollte der nervöse Deputy von Landon wissen. Der Agent schüttelte gespielt desinteressiert den Kopf, konnte aber nicht verhindern, dass sich Johns Unruhe auf ihn übertrug. War ihm etwas entgangen, seit er von Carbonne zu Simon gefahren war?

„Auch kein Funkspruch?"

„Nein."

„Hau dich ins Bett, Landon. Du musst mich später ablösen, ich habe heute Abend nämlich was vor!" John zwinkerte ihm zu, doch seine Lässigkeit wirkte aufgesetzt. Der Bursche wollte ihn unverkennbar loswerden.

Landon stützte sich auf die Tischplatte und erhob sich schwerfällig. Er hatte keine Lust, John zu sagen, wen er hinten eingesperrt hatte und weshalb. Das würde zu viele Fragen aufwerfen, außerdem bestand noch immer die Möglichkeit, dass Simon nicht nur Drogen schmuggelte, sondern auch zum Klan gehörte. Was würde John dann tun?

Im Funkgerät begann es zu rauschen, und Lemmons Stimme drang in den Raum. Johns Gesicht lief dunkelrot an. „Jo-Jo, bist du da?"

„Mr Lemmon?", meldete sich John schnell und seine Wortwahl ließ Landon misstrauisch die Augen zukneifen. John sprach Lemmon seit Jahren beim Vornamen an.

„Alles eindeutig. Wir sind auf dem Weg." Lemmons kryptische Worte verdeutlichten, dass er durch Johns Anrede gewarnt war. Oder hätte er im offenen Funkverkehr ohnehin nichts anderes gesagt? Denn dass im Moment Unerfreuliches im Gange war, spürte Landon deutlich. Allerdings konnte er die Gefahr nicht einordnen. Er kam sich vor, als rudere er bei Nebel über den Ozean, nur Meter von der Küste entfernt, ohne sie finden zu können.

„Landon, du legst dich besser in die Federn und ich fahr noch mal zu den Telefonmasten raus. Bei Tageslicht finde ich hoffentlich verwertbare Spuren. Gestern Abend war das unmöglich. Lemmon hat freundlicherweise seine Hilfe angeboten.“

Landon nickte nur. Er hatte noch immer die Hände auf die Tischplatte gestützt, stand vorübergebeugt da und überlegte, wie er John davon abhalten konnte, die hinteren Räume zu betreten, bevor das FBI die Inhaftierten abgeholt hatte. Sein Kollege nahm ihm die Entscheidung ab, indem er grüßend die Hand hob und eilig das Office verließ. Zwar zögerte er kurz in der Tür, doch dann verschwand er aus Landons Blickfeld.

Einige Minuten später saß Landon in seinem Privatwagen und fuhr mit überhöhter Geschwindigkeit durch den Wald in Richtung Woodville. Wie erwartet sah er weder Lemmon noch John bei den zerstörten Telefonmasten. Ihm blieb nur zu hoffen, dass die Schwarzen an diesem frühen Morgen äußerst wachsam waren.

~

Flip trug die weiße Kapuze in der einen, das Gewehr in der anderen Hand. Mit großen Schritten eilte er auf die Menschenansammlung zu, der Lemmon soeben ein paar Fotografien hinhielt. Für Flip war es schwierig gewesen, sich heute loszueisen. Immerhin hatte er eine Arbeit im Sägewerk, und sein Vater durfte Flips seit vielen Jahren bestehende Klanzugehörigkeit nicht herausfinden. Seit jener Nacht, in der Maggie Lemmon, seine Lehrerin, ihn und einige andere Schüler zu einer Nachtwanderung auf die Lichtung im Wald mitgenommen hatte, war er mit von der Partie.

Damals hatten die Männer in den weißen Roben, angestrahlt durch einen Kreis aus flackernden Fackeln, um ein Podest gestanden, von dem ein schlanker Mann seine Hasstiraden in die aufgepeitscht jubelnde Menge heruntergeschrien hatte. Flip hatte die Argumentation bereits in der Schule kennengelernt, denn Maggie lehrte sie dasselbe. Sieben Jahre alt war er damals gewesen.

Heute allerdings wirkte die Versammlung eigenartig, obwohl Flip es gewohnt war, die Mitglieder in ihren Kutten zu sehen, während sie die Kapuzen noch in den Händen hielten. Endlich fiel ihm ein, was anders war: Er kannte diesen Anblick lediglich bei Dunkelheit. Doch inzwischen war der Tag angebrochen, wenngleich die Sonne ihre Strahlen noch nicht einmal über die hohen Baumwipfel sandte.

War das Treffen eine reine Informationsveranstaltung? Weshalb hatte Jo-Jo dann aber ausrichten lassen, sie sollten die Waffen mitbringen? Und warum reichte der Deputy zwei Jungen im Alter von zwölf Jahren je ein Gewehr und schickte sie los, um Wache zu halten?

Flip trat zu Bill Junior und fragte ihn: „Wo steckt Matt? Was ist eigentlich los?"

„Jo-Jo konnte Matt nicht auftreiben. Er hat sogar dreist an der Tür geklingelt und wollte so tun, als müsse er ihn dienstlich befragen. Aber niemand hat ihm geöffnet."

„Eigenartig."

Bill Junior zuckte mit den Schultern und konzentrierte sich wieder auf die Rede des Großen Zyklopen. Lemmon feuerte sie an, im Namen Gottes einen Sieg davonzutragen, um nicht bald von einer minderwertigen Rasse beherrscht zu werden. Deshalb müssten auch denjenigen, die sich für die Erhebung der Schwarzen über die weiße Bevölkerung starkmachten, der Kampf angesagt werden.

Wie meist hörte Flip nicht richtig zu. Vieles von dem, was da gerufen und gesagt wurde, verstand er ohnehin nicht. Er war dabei, weil es Spaß machte dazuzugehören, weil man ihm erklärt hatte, dass er als Weißer besser sei als die Nigger, die nur dreckige Schmarotzer seien, und weil er die Fackeln, die wehenden Fahnen und die geheimnisumwitterten Treffen aufregend fand. Zudem hörte er seit der ersten Klasse nichts anderes als derlei Parolen – und Loblieder auf den Ku-Klux-Klan.

Lemon zitierte lauthals brüllend Bibelverse, in denen seiner Ansicht nach deutlich darauf hingewiesen wurde, dass sie sich gegen die Schwarzen erheben mussten, dass diese dazu geboren seien, um als Sklaven zu dienen. Flip konnte das in den Textstellen nicht heraushören; aber er war ja auch nicht so intelligent wie Lemmon. Also skandierte er mit, hob die Waffe dem Himmel entgegen und schwor mit den anderen, sich heute dem Widersacher entgegenzustellen.

Dennoch zuckte er irritiert zusammen, als er hörte, dass Felicitas dieser Feind sein sollte. Unwillkürlich senkte er die Hand mit dem Jagdgewehr und sah fragend zu Bill Junior. Hatte sein Freund dasselbe verstanden wie er? Doch der schloss sich gerade dem geordneten Zug an, als sie einen noch im Zwielicht liegenden Waldweg entlangmarschierten. Wenig später stülpten sich die Männer die Kapuzen über, und Flip folgte mechanisch ihrem Beispiel. Nur ihre Schritte auf dem moosbewachsenen Untergrund, das gelegentliche Knacken eines Astes und der Gesang der Vögel in den Bäumen waren zu hören.

Als die Kolonne sich aufteilte, folgte Flip wie immer Bill Junior und lag Minuten später hinter einem Strauch am Rand eines Flusslaufes. Ihm gegenüber stand das mit weißen Schindeln verkleidete Tampico-Haus. Das Wasser spiegelte die Sonnenstrahlen wider, als diese wie ein sanfter, friedlicher Morgengruß über die Baumgipfel strichen.

~

Die einsame Tankstelle am Straßenrand lag verlassen zwischen Wäldern und Wiesen, der grauhaarige alte Schwarze Joe saß im Glaskabuff und döste. Landon wartete, den Telefonhörer ans Ohr gepresst. Ein Knacken in der Leitung verriet, dass er weiterverbunden wurde, und zu seinem Missfallen meldete sich Roger Neill.

„Ich dachte, du bist auf dem Weg hierher!", fuhr Landon seinen Vorgesetzten an.

„Hoover hat zwei Agents losgeschickt."

„Zwei?!", brüllte Landon in den Hörer.

„In Mississippi brennt es an allen Ecken und Enden. Es sind mehr Agents im Einsatz, als wir haben."

„Roger, ich brauche jemanden, der Sam bewacht. Und ich brauche zwei Mann, die meine Drogenschmuggler abholen ... und eine kleine Armee, um dem Klan zu Leibe zu rücken."

„Diese Frau befindet sich also wirklich im Besitz von Fotobeweisen?"

„Ich habe die Bilder nicht gesehen, aber sie ist vertrauenswürdig – und in Gefahr!"

„Du magst sie!", lachte Roger, was Landon nur noch wütender machte.

„Schick mir Verstärkung. Sofort! Sonst haben wir hier demnächst mindestens eine Tote!"

Am anderen Ende der Leitung blieb es still.

„Roger. Du kennst mich. Wie oft hast du bemängelt, dass ich immer versuche, Dinge im Alleingang herunterzureißen? Ich bitte dich nicht grundlos um Verstärkung."

„Ich sehe zu, was ich tun kann. Hoover hat sich seit dem Demonstrationsmarsch in Washington vollkommen auf Martin Luther King eingeschossen."

„Hoover bespitzelt King? Mein Gott, Roger! Ich befürchte hier einen Krieg, und ihr habt nichts Besseres zu tun, als einen Mann zu beobachten, der die Menschen zu Frieden und Solidarität aufruft?" Landon brüllte inzwischen laut genug, dass der schwerhörige Joe in seinem

Glashäuschen erwachte, an dessen Außenwand der öffentliche Fernsprecher befestigt war.

„Ich sehe, was ich tun kann“, wiederholte Roger stereotyp.

„Und ich werde, falls der Frau etwas zustößt, mit der Story an die Presse gehen, wie eine jüdischstämmige Deutsche unter Beteiligung des FBI in die Staaten gelockt wurde, nur damit sie hier vom Klan hingerichtet wird!“

Landon knallte den Hörer auf die Gabel, um ihn nach einem gezielten Tritt gegen die Holzverstrebung erneut abzunehmen und Sheriff Fraser anzurufen. Er wusste um das Risiko, dass Fraser zum Klan gehörte, doch das war im Moment geringfügiger als die Gefahr, die sich in seiner Heimatstadt zusammenbraute.

„Dan, ich bin es, Landon. Ich brauche sofort die Unterstützung einiger Deputys.“

„Machst du Witze? Die Polizei hat mich um Hilfe gebeten. Vor einer Stunde ist durchgesickert, dass der schwarze Junge von euch, Adam Lee, gestorben ist. Vor dem Krankenhaus versammelt sich jetzt schon eine Horde Schwarzer und schreit lauthals nach Vergeltung. Um sie herum schleichen Weiße, die verdächtig nach Zipfelmützen aussehen, sodass ich demnächst eine Straßenschlacht befürchte. Wundert mich übrigens, dass aus deiner Gegend noch keine Idioten hier sind.“

„Die planen ganz offensichtlich was anderes!“, knurrte Landon und wünschte sich, Dan hätte unrecht und die Männer wären in Woodville.

„Tut mir leid. Ich kann dir niemanden schicken. Versuch es woanders. Und noch was: Vorhin rief mich eine Pensionswirtin an und hat Anzeige erstattet. Ihre Gäste, diese Anwälte von Miss Felicitas, sind mitten in der Nacht abgereist. Das Zimmer sei vollkommen verwüstet. Auf dem Flur hat sie eine Fotografie gefunden, auf der eine brennende Kirche und zwei Zipfelmützen zu sehen sind.“

Der Hörer schlug gegen die Glasscheibe und schwang dann am schwarzen Kabel hin und her. Sekunden später jagte Landon den Wagen in einer Staubwolke über die Landstraße, den Weg zurück, den er gekommen war.

~

Der Duft von frisch aufgebrühtem Kaffee verbreitete sich in der gemütlichen Küche, und zwei Fliegen umkreisten träge summend das Marmeladenglas. Steve machte es sich auf einem Stuhl bequem, während er mit einer Hand Big kraulte.

Felicitas stellte die Kaffeekanne ab und ließ sich auf Landons Bank nieder. Da zerbarst die Fensterscheibe neben ihr mit einem lautem Knall. Ein faustgroßer Stein sprang über den Tisch, zerschlug eine von Virginias Tassen und fiel dann polternd zu Boden. Instinktiv drückte sich Felicitas flach an die Wand. Der Hund schnappte nach dem Wurfgeschoss und rannte damit aus der Küche.

Steves Stuhl kippte hintenüber, als er eilig aufsprang. Er nahm neben dem zersplitterten Fenster Aufstellung, um einen Blick hinauszuwerfen. „Es geht los, Tess. Der Klan. Ich sehe vier, nein, fünf Männer."

„Ich dachte, die kommen nachts", flüsterte Felicitas und bemühte sich, gleichmäßig zu atmen.

„Sie wollen bestimmt nur reden", versuchte Steve sie zu beruhigen, öffnete allerdings das Holster.

„Reden? Dazu hätte ich auch das Fenster öffnen können."

Steve grinste sie schief an. „Du bleibst im Haus."

„Und was hast du vor?"

„Reden?"

„Bist du dir sicher?"

„Nein!" Steve zuckte mit den Schultern. „Landon hat mir nicht gesagt, was ich tun soll, falls die Idioten sich blicken lassen. Er hat nicht mit einem so frühen Auftauchen des Klans gerechnet – wenn überhaupt." Steve steckte sich umständlich den Sheriffstern an und trat in den Durchlass zum Wohnzimmer.

„Also ... ich weiß nicht", hinterfragte Felicitas Steves Vorhaben. Sie wusste nicht, was sie von der Sache halten sollte, zumal ihr die Erinnerungen an die rauen Stimmen und die knallenden Stiefeltritte aus ihrer Kindheit den Bezug zur Realität zu stehlen drohten.

„Ich habe keinem dieser Männer da draußen etwas getan. Zudem trage ich jetzt den Stern", argumentierte Steve, sah dabei aber unsicher zu Boden.

„Steve, du redest dir etwas ein", widersprach sie hastig und mit heiserer Stimme, „die sind hinter mir her. Vermutlich, weil sie inzwischen von den Fotografien wissen." Nur mühsam brachte Felicitas die Worte hervor, plagte sie doch das Déjà-vu.

„Ich versuche dennoch, auf sie einzuwirken. Wenn es ungemütlich wird, verschwindest du besser nach hinten raus."

Felicitas sah zu, wie Steve energisch die Verandatür aufschob. Noch einmal drehte er sich zu ihr um, und sie konnte von seinen Lippen ablesen, wie er lautlos formulierte: *Gott schütze dich!* Daraufhin trat er durch die Fliegentür auf die Veranda. Nun huschte auch Felicitas ins Wohnzimmer und drückte sich neben dem Vorhang an die Wand. Von dort betrachtete sie die kleine Ansammlung weiß verhüllter Männer.

Zu den fünf, die Steve gesehen hatten, gesellten sich zwei weitere vermummte Gestalten. Einen von ihnen konnte Felicitas anhand seiner Statur und der großen Schuhe eindeutig als Flip identifizieren. Ob sein Pick-up heute genug Sprit gehabt hatte – oder war er mit einem seiner Freunde gefahren? Felicitas seufzte. Sie mochte die Menschen dort draußen. Der Gedanke verwirrte sie. Gewaltsam zwang sie sich, aufmerksam und hellwach zu bleiben.

Steves Stimme drang zu ihr. „Hey, Leute, was wollt ihr hier?"

„Die Miss. Wir müssen uns mit ihr unterhalten."

„Dann lasst euch zum Kaffee einladen. Sie ist sehr gastfreundlich."

„Meinst du, wir setzen uns an einen Tisch, an dem sonst Nigger sitzen? Was machst du hier überhaupt? Verschwinde, Cartier."

„Landon hat mich als Reserve-Deputy eingesetzt. Und da ich gerade hier bin, passe ich ein bisschen auf die Lady auf."

Draußen blieb es still. Ob Steve, den alle mochten, einen beruhigenden Einfluss auf die Anwesenden ausüben konnte? Weit vornübergebeugt spickte Felicitas an der Leibung vorbei und beobachtete zwei miteinander flüsternde Männer. Der stämmigere der beiden, Felicitas vermutete in ihm den Bürgermeister, zog sich zurück und verschwand aus ihrem Blickfeld. Begab er sich auf die Suche nach Landon? Ein heißer Schauer der Sorge jagte ihr über den Rücken.

„Steve, verschwinde von hier. Noch hast du die Möglichkeit dazu", rief eine Männerstimme, die Felicitas nicht zuordnen konnte.

„Das werde ich nicht tun. Geht nach Hause. Über alles, was in den letzten Monaten geschehen ist, lässt sich vernünftig reden. Es gibt in Bezug auf Tess oder die Leute aus dem Dorf nichts, was sich nicht klären ließe."

„Doch, der tote Boy", brüllte eine jüngere Stimme dazwischen.

„Landon weiß inzwischen, dass der Unfall unter Drogeneinfluss geschehen ist. Adam Lee saß am Steuer und wird sich dafür verantworten müssen."

Felicitas biss sich auf die Unterlippe. Sie bewunderte Steve für sein Verhandlungsgeschick. Er versuchte den Leuten klarzumachen, dass es noch keinen irreparablen Schaden gegeben hatte. Der Tod des kleinen Bobby Charles war keine Tat mit rassistischem Hintergrund gewesen, obwohl am Unfallort viel dafür getan worden war, möglichst alle Spuren zu verwischen. Adam Lee konnte wieder gesund werden und ihr selbst war nichts Schlimmes zugestoßen. Das, was den Männern im Moment vorgeworfen werden konnte, waren Brandstiftung und tätliche Angriffe, die es aber in gleicher Weise auch aus den Reihen der Schwarzen gegeben hatte. Für diese Vergehen würden Richter aus Mississippi fraglos ein gnädiges Urteil fällen; mit großer Wahrscheinlichkeit einen Freispruch, falls es überhaupt zu einer Klageerhebung kommen sollte.

„Verschwinde, Steve!"

„Leute, lasst uns vernünftig sein."

„Genau!", rief eine schlanke Gestalt, hob die Waffe, zielte und schoss. Steve sackte getroffen zu Boden. Felicitas stieß einen erstickten Schrei aus. Sie zitterte unter den Hitzewellen, die durch ihren Körper liefen. Draußen wurde laut und kontrovers diskutiert. Offenbar gingen die Klanbrüder den Schützen aus ihren Reihen an.

Felicitas zwang sich zum Handeln, huschte durch die Verandatür und packte Steve unter den Armen.

„Verschwinde", zischte er sie an, doch sie zerrte ihn, unterstützt von seinen Beinbewegungen, zurück ins Haus. Die Fliegentür schnappte klappernd hinter ihnen zu. Felicitas gab der Glastür einen Tritt, sodass auch sie mit einem Knall ins Schloss fiel. Entsetzt starrte sie auf die sich ausbreitende Blutlache auf Steves Hemd.

„Verschwinde durch ein Fenster nach hinten raus", keuchte er.

„Ich kann dich doch nicht allein lassen."

„Die sind gerade mächtig sauer auf den Schützen! Sie tun mir nichts."

„Ich kenne solche Leute", fauchte Felicitas erregt. „Jetzt bist du involviert. Sie werden auf dich keine Rücksicht mehr nehmen."

Irgendwo im Haus splitterte erneut eine Fensterscheibe, dann nochmals. Das schrille Geräusch von zerberstendem Glas schnitt Felicitas tief ins Herz. Sie hing mehr an dem Haus, als es ihr bewusst gewesen war. Gewaltsam kämpfte sie alle Gefühle nieder, riss den Bezug eines Sofakissens herunter und presste diesen auf Steves Schussverletzung. „Drück das fest auf die Wunde. Ich hole Eis."

„Halte dich von den Fenstern fern!", warnte Steve keuchend.

Geduckt huschte Felicitas in die Küche, tastete nach dem Griff des Kühlschranks und richtete sich erst auf, als die schwere Tür ihr Schutz bot. Sie entnahm die Eiswürfelform. Mit dieser und einem frischen Handtuch kehrte sie zu dem Verletzten zurück.

Der hatte sich mittlerweile bis zum Türrahmen der Küche vorgearbeitet. Felicitas klopfte die Eiswürfel aus dem Metallspender, stopfte sie in den bereits blutdurchtränkten Kissenbezug und drückte diesen wieder auf die stark blutende Wunde.

„Es riecht nach Rauch", murmelte Steve unter Schmerzen.

Felicitas hob den Kopf. Unter der Tür zu Landons Zimmer quollen dünne Rauchfahnen hervor. Die Möglichkeit, über Funk Hilfe zu rufen, gab es für sie nicht mehr. Auch hörte sie aus dem ersten Stock das leise Knistern von Flammen, die gierig nach Nahrung suchten.

„Wir müssen hier raus", flüsterte sie Steve zu und fühlte Eiseskälte nach ihrem Herzen greifen. Die Wände schienen zusammenzurücken und wollten ihr die Luft zum Atmen rauben.

„Tess!" Steve ergriff ihre Hand und schüttelte sie heftig. Sie atmete aus und kräftig wieder ein. „Ich werde auf die Männer da vorn schießen. Das wird die restlichen anlocken, die sich um das Haus verteilt haben. Und dann kannst du ungesehen fliehen."

„Und du?" Ihre Stimme bebte, Schweißtropfen rannen ihr über das Gesicht.

Steve gab keine Antwort. Gehetzt sah Felicitas sich um. Es musste einen anderen Ausweg geben. Für sie beide!

„Bleib hier liegen. Ich bin gleich zurück." Sie lief geduckt zur Treppe und stürmte diese hinauf. Aus ihrem Labor quoll schwarzer Rauch in den Flur, und die ersten Flammen fraßen sich in den Holzboden. Felicitas war klar, dass das Holzhaus dem Feuer nicht lange standhalten konnte. Sie mussten sich beeilen.

Sie rannte in ihr Schlafzimmer und kniete sich vor der alten Truhe auf den Boden. Mit fliegenden Fingern hob sie den gewölbten Deckel an, warf Decken, Bettwäsche und Tischdecken achtlos beiseite. Schließlich fand sie, was sie suchte: ein weißes Baumwollnachthemd. Sie ergriff es, dazu die einschüssige Büchse aus dem Bürgerkrieg, und eilte die Stufen wieder hinunter, gefolgt von schwarzem Qualm. Bei Steve angekommen legte sie die Büchse ab und riss gewaltsam die weiten Ärmel des Nachthemds ab.

„Kannst du in die Küche an das noch intakte Fenster robben?", fragte sie den Verletzten.

Er atmete schwer und stöhnte gelegentlich vor Schmerz auf. „Wenn du mir hilfst", erwiderte er. Offenbar war Steve bereits zu geschwächt, als dass er die Kraft besaß, ihr zu widersprechen. Sie zog und zerrte den Mann zur Sitzbank und half ihm hinauf.

„Hör zu", keuchte Felicitas. „Ich nehme jetzt deine Waffe und schieße aus dem Wohnzimmerfenster. Sobald du die Schüsse hörst, öffnest du das Fenster hinter dir, kletterst auf das Sims und lässt dich hinausfallen. Gleich unterhalb wächst ein Rhododendron, der wird deinen Fall abbremsen. Du rollst dich nach rechts. Zwischen dem Strauch und der Treppe ist nur ein schmaler Spalt von etwa einem halben Meter, den musst du zügig überwinden und unter die Steintreppe kriechen. Dort bist du erst mal sicher."

„Und du?"

„Der Platz reicht nur für einen. Es ist Bigs Versteck. Ich hole Hilfe."

„Wie willst du das anstellen, Tess? Nimm du das Versteck unter der Treppe!"

„Nein. Ich komme auf anderem Weg hier raus", erklärte sie überzeugter, als sie sich fühlte, und zog mit schweißnassen Fingern Steves Pistole aus dem Halfter. „Zeig mir, wie sie funktioniert."

„Du wirst hoffentlich aus Versehen mindestens einen der Typen treffen!", ächzte Steve, und Felicitas lächelte ihm freudlos zu. In aller Eile ließ sie sich den Mechanismus erklären. Sie hasste Schusswaffen. Zu viele davon hatte sie als kleines Mädchen gesehen, zu oft auch, was sie anrichten konnten.

„Bist du bereit?"

„Ja!", keuchte Steve und drehte den Griff des Fensters, hielt es aber geschlossen.

Felicitas atmete tief durch und huschte davon. Gebückt betrat sie den Salon und stellte entsetzt fest, dass selbst hier erste Rauchwolken hereinkrochen. Die Zeit wurde knapp. Sie drückte sich neben einem zertrümmerten Fenster an die Wand. Die Klanmänner standen noch immer auf der Wiese und warteten darauf, dass sie und Steve das brennende Gebäude verließen.

Über Felicitas entstand ein rollendes Geräusch. Es verhinderte, dass sie ihre Pläne ein zweites Mal überdachte. Das Haus war verloren. Es würde niederbrennen – und mit ihm all die darin enthaltenen Erinnerungen.

Felicitas atmete nochmals tief durch, streckte die Waffe aus dem Fenster und drückte ab. Überrascht von der Wucht des Rückschlags hätte sie sie beinahe fallen gelassen.

Draußen ertönte ein Schrei. Ob vor Schreck oder Schmerzen, wusste sie nicht. Wieder schoss sie; so oft, bis die Pistole nur noch ein mehrmaliges Klicken von sich gab. Nun erst nahm sie die Aufregung im Garten wahr. Jemand schickte mit wütender, sich überschlagender Stimme die Männer zurück auf ihre Posten. Die Schüsse hatten beträchtliche Unruhe ausgelöst, und Felicitas hoffte, dass Steve mittlerweile sicher in Bigs

Versteck lag. Sie hastete in den Flur und fragte sich, wo der Hund steckte. Hatte er sich beim ersten Anzeichen des Aufruhrs verzogen? Das Tier war kein Held, das wusste sie inzwischen.

Felicitas nahm im Vorbeihuschen das Nachthemd und die alte Flinte auf und betrat die Vorratskammer. Im Zimmer über ihr prasselten die Flammen. Sie spürte die von ihnen ausgehende Hitze förmlich nach sich greifen. Hinter der Holzwand, die den winzigen Vorratsraum vom Stall trennte, hörte sie den Mustang nervös schnauben und stampfen. Es wurde höchste Zeit, ihn aus dem Stall zu lassen.

Felicitas suchte sich einen sicheren Stand und stieß den schweren Kolben gegen die vernagelte Hintertür. Es krachte und splitterte, doch mehr geschah nicht. Wiederholt und immer verzweifelter schlug sie mit dem Gewehrkolben auf das Holz ein, darauf hoffend, dass den Männern draußen der Lärm wegen des Feuers entging.

Endlich brachen die ersten Holzlatten durch, mehrere zersplitterte Löcher entstanden. Durch den Erfolg beflügelt hämmerte Felicitas weiter auf das geschwächte Holz ein. Schließlich schob sie das Gewehr durch das gezackte Loch. Als Nächstes folgte das Nachthemd und zuletzt kroch Felicitas mit den Beinen voran in den Anbau. Das schartige Holz zerkratzte ihr die Arme, doch sie beachtete es nicht.

Der Mustang tänzelte nervös auf und ab. Vergeblich versuchte Felicitas, ihn mit leise gemurmelten Worten zu beruhigen. Sie streifte sich das Nachthemd über, steckte das Gewehr darunter und ließ den Lauf an ihrem Hals entlang über ihren Kopf hinausragen. Umständlich, da in ihrer Beweglichkeit stark eingeschränkt, stülpte sie einen der abgeschnittenen Ärmel über den Lauf und ihren Kopf, sodass das Ganze, wenn man nicht zu genau hinsah, wie eine spitz zulaufende Kapuze wirkte. Rennen konnte sie mit dieser Konstruktion nicht, doch sie wollte nur die rund zwanzig Meter zur nächsten Buchsbaumhecke zurücklegen. Von dort, so hatte sie geplant, konnte sie ungesehen in den Wald fliehen.

Der Mustang rollte die Augen und trommelte mit den Vorderhufen gegen die Außentür. Das Feuer machte ihn vollkommen verrückt.

Das zunehmende Brausen der um sich greifenden Flammen zwang Felicitas zum Handeln. Sie stellte sich neben die Tür und schickte ein Stoßgebet zum Himmel. Ihr Plan sah vor, dass sie das Pferd hinausließ und sich während der daraus entstehenden Verwirrung fortstahl. Sie sah keine andere Chance, sowohl dem Feuer als auch dem Klan zu entkommen! In dem Augenblick, als sie nach dem Riegel greifen wollte, wurde er von außen zurückgeschoben.

Eisstücke schienen durch ihre Adern zu fließen. Eine Stimme sagte lockend: „Na komm, Pferdchen. Du kannst ja nichts für die Niggerliebe der Judenhure."

Die Tür schwang auf. In helles Sonnenlicht getaucht, erschien eine weiß gekleidete Gestalt. Durch die ausgesparten Schlitze in der Kopfbedeckung richteten sich überrascht aufgerissene Augen auf Felicitas.

17. Kapitel

Die von Kerstin auf dem Küchentisch abgestellten Tassen stießen melodisch klingend aneinander. Mit dem Tuch in der Hand ging sie zur Spüle, um das von Lisa mittlerweile gespülte Geschirr abzutrocknen.

In der Zwischenzeit war es Reena endlich gelungen, den Polizeichef ans Telefon zu bekommen. Sie bedankte sich bei ihm für seine Hilfe, lachte über eine abschließende Bemerkung des Mannes und legte auf. Mit schnellen Schritten trat sie vom Flur in die Küche und gesellte sich zu den jüngeren Frauen. „Aus Woodville kam noch keine Nachricht. Dort unten herrschen extreme Unruhen. Erneut scheint ein Schwarzer zu Tode gekommen zu sein."

Die Freundinnen schauten sich bekümmert an. Kerstin seufzte auf. „Dieses Warten macht mich verrückt. Solange wir Fakten recherchieren konnten, ging es ja noch, aber jetzt möchte ich am liebsten dorthin fahren."

Reena hob die Hand und bat Kerstin dadurch, sie weitererzählen zu lassen, was sie in Erfahrung gebracht hatte: „Die Nachforschungen meines Bekannten in New Orleans waren von Erfolg gekrönt. Mr Chevalier hat vor fast genau zwei Jahren die Stadt verlassen. Er hat sich ordnungsgemäß abgemeldet und die letzte Rate Gas und Wasser bezahlt."

„Vor etwa zwei Jahren wurde Virginia Tampico getötet. Ob er für ihren Tod verantwortlich ist?", fragte Lisa leise und tauchte die verbliebenen Tassen in das heiße Spülwasser.

„Falls ja, hat er nie versucht, an ihr Erbe – das Haus – zu gelangen. Oder glaubt ihr, er könnte hinter der mysteriösen Erbangelegenheit stecken, in die Feli da hineingeschlittert ist?", überlegte Kerstin halblaut.

„Ich vermute eher, da steckt jemand ganz anderes dahinter." Reena sah von Kerstin zu Lisa. „Eine Organisation, die täuschend echt aussehende Dokumente erstellen kann, Lebensläufe fälschen und vieles mehr."

„Woran denkst du?", fragte Kerstin. Wer könnte über so viel Macht verfügen und gleichzeitig ein Interesse an ihrer Freundin haben?

„Du hast doch einen Verdacht?", fragte Lisa und trocknete sich die Hände ab.

Da sie keine Antwort erhielt, drehte sie sich zu ihrer zukünftigen Schwiegermutter um. Reena war abgelenkt. Sie schaute aus dem Fenster und schien plötzlich in sich zusammenzusacken. Ein lang gezogenes Stöhnen verließ ihre Kehle. Sofort eilten die beiden Freundinnen zu ihr. Während Kerstin Reena den Arm um die Schulter legte, warf sie einen verwirrten Blick hinaus. Was hatte die Frau nur dermaßen schockiert?

In der Auffahrt parkte ein schwarzes Automobil mit militärischem Kennzeichen, dem gerade zwei Uniformierte und ein schwarz gekleideter Herr mit militärischen Rangabzeichen entstiegen. Angetan mit Sonnenbrillen, die ihre Gesichter halb verdeckten, verweilten sie vor dem Kühlergrill und unterhielten sich. Einer der Männer hielt einen Umschlag in der weiß behandschuhten Rechten.

„Bitte nicht", murmelte Reena, löste sich von den jungen Frauen und torkelte mehr an die Haustür, als dass sie ging. Lisa, die ebenfalls erblasst war, folgte ihr, blieb aber mitten im Flur stehen, als wisse sie nicht, ob sie Reena folgen durfte. Hastig gesellte sich Kerstin zu ihr.

Die Männer, die Reena partout nicht einlassen wollte, sprachen leise mit der Frau. Wen oder was versuchte sie dadurch zu beschützen? Sich selbst? Nachdem die Uniformierten und der Militärpfarrer ihr die Hand geschüttelt hatten, schloss sie hastig die Tür, als wolle sie nicht nur die Delegation, sondern auch die zuvor gesprochenen Worte aussperren. Wie von unsichtbaren Kräften zurückgehalten, drehte Reena sich um. Ihr Blick traf Lisa. Gleich darauf fiel sie auf die Knie und brach in Tränen aus.

„Brian!", flüsterte Lisa tonlos.

Erst jetzt dämmerte Kerstin, was vor sich ging. Hatten die Soldaten etwa eine Todesnachricht überbracht? Sofort verselbstständigten sich ihre Gedanken: Wenn Brian etwas zugestoßen war, was war dann mit Christopher? Die Freunde flogen für gewöhnlich im Verbund! Kerstins Beine begannen zu zittern. Hatten Lisa und sie die Männer verloren, denen all ihre Liebe galt? Waren ihre gemeinsamen Zukunftspläne von einem auf den anderen Augenblick pulverisiert worden? Und: Wie würde sie überhaupt erfahren, was passiert war? Ob Christophers Eltern daran dachten, hier bei ihr anzurufen?

Lisa kniete inzwischen neben Reena auf dem Boden. Die Frauen hielten sich eng umschlungen und weinten. Hilflos und von unzusammenhängenden Überlegungen geplagt, die sie wie Wespen umschwirrten, kauerte Kerstin sich ebenfalls auf den kühlen Steinboden. Reena streckte ihre Hand aus, und Kerstin ergriff sie.

„Hier ist ein Umschlag. Sie sagten, er enthalte ein Telegramm von meinem Mann und es liege eines von Captain Christopher Keating für seine Verlobte bei."

Ein Hoffnungsfunke glomm in Kerstin auf. Ein Telegramm von Christopher! Hieß das nicht, dass er am Leben war? Tränen quollen zwischen ihren geschlossenen Lidern hervor. Tränen der Trauer und des Mitgefühls und Tränen der Erleichterung. Spontan drückte sie Reena fest an sich. Sogar in ihrem Leid war der Frau bewusst, welch qualvolle Unsicherheit Kerstin umtreiben musste.

In gleichen Moment stand ihr Entschluss fest: Sie konnte versuchen, Felicitas telefonisch zu erreichen, um ihr die neuesten Erkenntnisse ihrer Nachforschungen mitzuteilen, aber sie würde vorerst nicht nach Mississippi reisen. Reena und Lisa brauchten sie hier in Washington.

~

Die Flammen schlugen zuerst aus den Fenstern des oberen Stockwerks, während aus dem Erdgeschoss dicker schwarzer Rauch quoll. Das zuerst schüchtern anmutende Knistern des Feuers war inzwischen zu einem gewaltigen Brodeln angewachsen, das jedes andere Geräusch verschluckte. Die Hitze des noch jungen Tages war ohnehin kaum zu ertragen, aber die, die das brennende Haus nun ausstrahlte, war noch um ein Vielfaches schlimmer. Flip wich Schritt um Schritt zurück. Ihn schmerzte die Zerstörung des schönen Gebäudes. Anderen erging es offenbar ähnlich, denn das leicht gebeugt gehende Klanmitglied schüttelte den Kopf und hinkte zum Fluss. Der Mann näherte sich dem Pferd, das vor ein paar Sekunden um die Hausecke geprescht gekommen war. Jetzt galoppierte es wie von Sinnen durch den Fluss, als suche es verzweifelt einen Ausweg.

Eine zweite Person wandte sich ebenfalls von dem schrecklichen Schauspiel ab und stapfte davon. Machte sich der kleine Mann in der viel zu langen Kutte auf den Nachhauseweg, da weder Cartier noch Felicitas das Haus je verlassen würden?

Eine eigentümliche Faszination ergriff Flip, als er beobachtete, wie die Flammen meterhoch aus dem Dachstuhl schlugen, als wollten sie den Himmel erfassen und ihn in eine flammende Hölle verwandeln. *Aber das ist nicht richtig!* In Flip keimte sachter Protest auf. Der Himmel, der musste doch für alle Ewigkeit erhalten bleiben!

Er nahm hektische Bewegungen hinter sich wahr. Verstört drehte er sich um und hätte dabei beinahe seinen Kaugummi verschluckt.

„FBI. Waffen fallen lassen und langsam umdrehen!", brüllte Deputy Brown gegen das Tosen des Feuers an.

Flip musterte den Mann in der vor Nässe triefenden Sheriffuniform entgeistert. Er musste durch den Fluss auf das Grundstück gelangt sein. Neben Landon gesellten sich noch mehr Männer, allesamt waren sie schwarz, trugen Bluejeans oder Latzhosen und ausgebleichte Hemden. Die Stöcke und Äxte in ihren Händen wirkten wenig bedrohlich. Flip erkannte Abner und Abners Vater Freeman unter ihnen und grinste einfältig. *FBI!?* Deputy Brown machte Witze! Aber er hatte sie alle ziemlich überrascht!

„Kommen Sie schon, Deputy. Lassen Sie den Quatsch! Sie haben mit der Masche und Ihren ungewaschenen Kumpanen keine Chance!", ätzte Lemmon mit verstellter Stimme.

Flips Grinsen wurde noch breiter, obwohl es ihn andererseits auch verstörte, als er sah, wie Landon seine handliche Waffe auf Lemmon richtete. „Genau, Deputy, lassen Sie den Quatsch", lachte Flip und nahm sein Gewehr in die andere Hand.

Zweimal biss ihm etwas schmerzhaft in die Brust, ließ ihn taumeln und zu Boden stürzen. Verwundert betrachtete Flip den blauen Himmel, um den die Flammen weiterhin einen Kampf auszutragen schienen. Ein heißer Schmerz verbrannte ihn, er bekam keine Luft. Um ihn herum herrschte Chaos. Bevor er die Augen schloss, hörte er ein seltsames Geräusch, das er sich nicht erklären konnte.

~

Landon schwitzte wie noch nie zuvor in seinem Leben, obwohl er gerade erst durch den Fluss geschwommen war. Er vermutete weitere Klanmitglieder hinter dem lichterloh brennenden Gebäude. Sie konnten ihm gefährlich in den Rücken fallen. Seine Helfer machten ihre Sache gut, doch waren sie zu spät gekommen? Wo befanden sich Felicitas und Steve? Sahen sie nicht, dass sie das Haus jetzt verlassen konnten?

Lemmon rief ihm mit lausig schlecht verstellter Stimme zu, dass er den Quatsch sein lassen solle. Landon richtete seine Waffe auf den Mann. War er der Wortführer? War er für all das verantwortlich, was in den letzten Wochen hier geschehen war? Wenn es zu einer Schießerei kam, würde Lemmon der Erste sein, der eine Kugel abbekam! Aus dem Augenwinkel sah Landon, wie ein schlaksiger Vermummter das Gewehr anhob. Noch ehe er reagieren konnte, zuckte die weiß gekleidete Gestalt von zwei Schüssen getroffen zusammen, ließ die Waffe fallen und fiel hintenüber.

Woher waren die Schüsse gekommen? Irritiert, aber dennoch wachsam kniff Landon ein Auge zu und realisierte Bewegungen vor sich. „Runter auf den Boden!“, rief er seinen Helfern zu, die erfreulich schnell reagierten. Er wollte unbedingt vermeiden, dass die Schwarzen in eine Kampfhandlung verstrickt wurden. Das wollte er ihnen in der momentan aufgeheizten Situation nicht antun.

Aus den Büschen und hinter Bäumen sprangen Männer mit Schusswaffen in den Händen hervor. Unter ihnen entdeckte Landon bekannte Gesichter.

„FBI. Runter mit den Waffen!“, brüllte Theodore Fassbinder, der am *Graduation Day* gemeinsam mit Landon seine Marke erhalten hatte. Ein Hubschrauber flog über das brennende Haus hinweg. Innerhalb von Sekunden lagen fünf gefesselte Klanmitglieder auf der Wiese.

Landon steckte die Waffe ein, bevor er wie gejagt auf die Veranda zulief. Sie war in einen beißenden Rauch gehüllt.

„Tess? Steve?“, brüllte er und wich taumelnd zurück, da die Hitze unerträglich war.

Theodore gesellte sich zu ihm. „Da ist niemand mehr drin, Landon. Niemand bleibt in einem brennenden Haus. Vorher hätten sie es verlassen und versucht, sich mit den Angreifern auseinanderzusetzen.“

„Wo sind sie dann?“, zischte Landon verzweifelt.

„Agent Brown!“

Er wirbelte herum. Zwei von Theodores Männern trugen Steve auf die Wiese und legten ihn dort vorsichtig ab. Sein Hemd war blutüberströmt und er war bewusstlos.

„Habt ihr auch die Frau gefunden?“, rief Theodore den beiden zu, die sich um Steve kümmerten, die Frage jedoch verneinten.

„Ruf den Helikopter zurück, Eliot. Er soll die Verletzten ins nächste Krankenhaus fliegen.“ Theodore beugte sich über den angeschossenen Klanmann und zog ihm die Kapuze vom Kopf. Entsetzt presste Landon die Lippen zusammen. Flip! Der Junge war gerade mal achtzehn Jahre alt und in seinem Wesen fast so unmündig wie ein Kind. Theodore fühlte den Puls an Flips Hals und schüttelte mit einem Seitenblick auf Landon den Kopf. Flip lebte nicht mehr.

Ein weiterer Mann aus Theodores Trupp näherte sich ihnen. „Ich habe im Anbau einen Toten gefunden. Sieht aus, als sei er unter die Hufe eines Pferdes geraten! Seltsamerweise fehlt seine Kapuze.“

Mit dem Daumen deutete er auf den gescheckten Mustang, der mittlerweile mit weißem Schaum bedeckt war und immer noch am Flussufer auf und ab trabte. „Außerdem hat jemand ein Loch zwischen Haus und Stall geschlagen. Könnte aber auch das Pferd gewesen sein."

Abner ergriff Landon am Arm. „Es gibt doch diese zugenagelte Tür zwischen dem Anbau und der Vorratskammer. Tess muss das gewusst haben."

„Dann ist sie vielleicht da herausgekommen", vermutete Landon, und die Hoffnung, die in ihm aufbrandete, jagte so etwas wie elektrische Impulse durch seinen Körper.

„Vielleicht ist sie auf dem Weg ins Dorf?"

„Abner, macht euch bitte auf die Suche. Findet sie, bevor sie den Falschen in die Arme läuft!"

Zu allem entschlossen umgriffen Abners gewaltige Hände seine Axt noch fester, und er rief Freeman und seine Freunde zu sich, um Sekunden später im Laufschritt hinter Virginia-Eichen, Sumpfzypressen und Kiefern zu verschwinden.

Landon strich sich über das Kinn und versuchte, sich zu beruhigen. Er musste die Kontrolle zurückerlangen, die ihm in dem Moment abhandengekommen war, als Flip die Waffe auf ihn gerichtet hatte. Seither hatte er ausschließlich intuitiv reagiert. Seufzend ging er in die Hocke und schloss dem Jungen die Augen. Lange schon hatte er geahnt, dass ein Teil der jungen Leute dem örtlichen Klan angehören könnte, doch jetzt in das fast kindliche Gesicht sehen zu müssen, war nicht einfach.

Unter gewaltigem Tosen brach ein Teil des Dachstuhls in sich zusammen. Ein Funkenregen ergoss sich über sie, und Theodore bat einen seiner Begleiter, die Umgebung im Auge zu behalten, damit das Feuer nicht auf den Wald übergriff.

„Wo kommt ihr eigentlich her?", wollte Landon von Theodore wissen, als sie zu den Gefangenen gingen. Diese schmorten unter ihren Kapuzen in der prallen Sonne vor sich hin, ohne einen Ton von sich zu geben.

„Wir waren ganz in der Nähe, als Roger anrief. Das sind alles Anwärter in der Ausbildung, die, weshalb auch immer, jemand ausgerechnet mir anvertraut hat. Der Einsatz hier bot eine gute Gelegenheit, sie auf die Praxis vorzubereiten."

Landon nickte, schaute dabei aber gehetzt zum Waldrand. Er wollte endlich Felicitas sehen. Unverletzt!

„Jemand sollte sich um das Pferd kümmern", schlug Theodore vor. Seine Eltern hatten eine Pferderanch in Virginia, und womöglich rührte die Fürsorge um den Mustang daher.

„Der muss mal ganz schlechte Erfahrungen mit Feuer gemacht haben. Solange es hier brennt, kriegst du den nicht zur Ruhe", erklärte Landon.

„Können wir ihn nicht wegbringen, bevor er sich selbst umbringt?"

„Das Tor steht offen. Er könnte raus, wenn er die Fluchtmöglichkeit entdecken würde. Du kannst ja versuchen, es ihm zu erklären."

Theodore betrachtete das wilde Gebaren des Mustangs und schüttelte den Kopf, meinte aber: „Wird auch nicht schwerer sein, als den FBI-Anwärtern Verstand einzubläuen."

Der zurückbeorderte Hubschrauber suchte zwischen dem Fluss und dem brennenden Gebäude einen Platz zum Landen. Als der Helikopter sich herabsenkte, bogen sich Bäume und Sträucher, im Fluss peitschte das Wasser zu Fontänen hoch. Der Mustang reagierte viel mehr auf das verstärkte Aufflackern des Feuers als auf den Motorenlärm.

„Bringen wir deinen Freund schnell ins Krankenhaus!", sagte Theodore und half beim Einladen des Verletzten.

Landon blieb zurück und blickte erneut in den vor allem aus Virginia-Eichen und Zypressen bestehenden Wald. Wo mochte Felicitas im Augenblick sein? Er wollte sich endlich vergewissern, dass es ihr gut ging und sie in seinen Armen halten. Doch die Gefahr, dass sie auf ihrer Flucht einem Klanmitglied begegnen könnte, war weiterhin gegeben. Ihm blieb nur zu hoffen, dass Abner und sein Trupp sie bald fanden ... und hoffentlich brauchten sie dann den Helikopter nicht noch einmal!

Wäre es nicht besser, selbst nach Felicitas zu suchen? Theodore und zwei seiner Männer konnten die Gefangenen bewachen, während er die anderen FBI-Anwärter mitnahm, um das Umland nach ihr zu durchkämmen.

Landon wurde abgelenkt, als er den alten Fred auf sich zukommen sah. „Ich habe den Rauch gesehen und bin sofort losgefahren, als mir klar wurde, dass es auf dem Anwesen brennt! Geht es Miss Felicitas gut?"

„Wir haben sie noch nicht gefunden!", erwiderte Landon heiser.

„Aber ist sie ..." Fred, dem der Schweiß ebenfalls in Strömen über den Körper lief, deutete mit zittriger Hand auf das flammende Inferno.

„Nein. Ich denke nicht, dass sie noch im Haus war."

„Sie ist ein tapferes Mädchen!", flüsterte Fred und klopfte Landon mit der von Altersflecken übersäten Hand auf den Arm. Wieder ein wenig zuversichtlicher nickte Landon. Fred hatte recht: Felicitas war eine Überlebenskünstlerin. Er durfte die Hoffnung einfach nicht aufgeben, dass er sie bald wohlbehalten wiedersehen würde. Er flehte in Gedanken Gott an, dass er damit recht behielt.

„Hör mal, Landon, ich kümmere mich um den Schecken. Der bringt sich ja um."

„Lassen Sie das lieber. Er könnte Sie auch noch über den Haufen rennen. Wir haben da drüben schon einen toten Klanmann, der auf sein Konto geht."

„Du weißt, ich hatte ihn seit Miss Virginias Tod auf meiner Farm. Meine vertraute Stimme beruhigt ihn vielleicht."

„Versuchen Sie es, Mr Mason. Wäre schade um das Tier. Aber seien Sie vorsichtig."

Kaum dass Fred sich mit schwerfälligen Schritten entfernt hatte, riss Theodore den Gefangenen nacheinander die Kapuzen herunter, wobei er nicht gerade zimperlich vorging. John starrte Landon wütend an, Lemmon hielt die Augen geschlossen, als ginge ihn das alles nichts an. Die drei anderen – Farmer aus der Umgebung, die Landon nur aus der Kirche und aus Steves Café kannte –, blickten eher ängstlich zwischen den beiden Agents hin und her.

„Darf ich mich vorstellen, meine Herren? Mein Name ist Special Agent Fassbinder und dies ist Special Agent Brown. Wenn wir jetzt bitte Ihre Namen erfahren dürften?"

Die Gefesselten hüllten sich weiterhin in Schweigen. Theodore zuckte mit den Schultern und grinste, wobei er eine Reihe schief stehender Zähne offenbarte. „Macht nichts. Ich befrage nachher *Deputy* Brown. Der wird Ihre Identitäten kennen."

Landon sah aus dem Augenwinkel, wie Abner neben dem Funken sprühenden Skelett des Gebäudes aus dem Wald trat und sich prüfend umsah, als ob er sich vergewissern wolle, dass das FBI die Lage noch im Griff hatte. Offenbar beruhigt winkte er in Richtung Wald. Landons Herzschlag schien für einen Moment auszusetzen und er war wie gelähmt. Da war sie!

Felicitas trat neben den stämmigen Schwarzen und spähte vorsichtig wie ein scheues Reh umher. Als sie den toten Flip entdeckte, presste sie die Hände an ihre Wangen, und Landon sah Tränen in ihren Augen schimmern. Mit einer kaum merklichen Bewegung schüttelte er den Kopf. Das war so typisch für Felicitas. Bestimmt hatte sie gewusst, dass Flip zum Klan gehörte, dass er unter den Angreifern war, die ihr nach dem Leben trachteten – und doch trauerte sie um ihn. Als ihr Blick Landon traf, huschte ein flüchtiges Lächeln über ihr Gesicht.

„Ist sie das?", flüsterte Theodore ihm zu.

„Ja."

Plötzlich flog Felicitas förmlich auf Landon zu. Er drehte sich, damit er sie würde auffangen können, allerdings blieb sie zwei Meter von ihm entfernt stehen. Wie meist hatte sie ihre Gefühle gut im Griff. Vermutlich waren ihr zu viele Zuschauer anwesend, darunter auch einige, denen sie weder zeigen wollte, wem ihre Zuneigung galt, noch wie sehr sie sich nach Schutz und Trost sehnte.

„Hast du Steve gefunden, Landon?“, fragte sie ihn mit ängstlich aufgerissenen Augen.

„Er ist mit dem Helikopter auf dem Weg nach Natchez ins Krankenhaus.“

Abner gesellte sich zu ihnen und schob sich dabei wie ein schützendes Bollwerk zwischen die auf dem Boden liegenden Klanmänner und Felicitas. „Ich habe die anderen Männer ins Dorf geschickt. Wer weiß, an wem die Flüchtenden ihren Zorn auslassen wollen.“

„Meinst du nicht, dass sie untertauchen werden?“, fragte Felicitas und sah an Landon vorbei zu dem Mann, der sie neugierig musterte und sich schließlich als Theodore Fassbinder vorstellte.

Theodore deutete auf das allmählich in sich zusammensackende Haus. „Dafür gibt es für die Kapuzenträger keine Veranlassung mehr, oder? Sie haben dem Anwalt Ihre Fotografien abgenommen und vernichtet. Die Negative sind in Flammen aufgegangen. Und Sie, Miss Jecklin, werden für tot gehalten.“

Ein feines Lächeln umspielte Felicitas' Lippen, die für Landons Geschmack viel zu weit von seinen entfernt waren. „Weder diese Männer noch Sie sollten mich unterschätzen, Mister.“

Nur mühsam gelang es Landon, ein Grinsen zu unterdrücken. Versteckte Felicitas ein Ass im Ärmel? Gab es weitere Abzüge der Aufnahmen? Hoffentlich hatte sie die nicht ausgerechnet in ihrem Fotostudio deponiert, denn das würde geplündert sein, wenn sie zurück in die Stadt kamen.

„Ich gehe jetzt nach Hause“, sagte Abner leise zu Landon, und der dankte ihm wortlos mit einem festen Händedruck.

„Schön, dass es Ihnen gut geht, Miss Felicitas“, wandte sich Fred an Felicitas. Er war bei ihrem Eintreffen eigens vom Flussbett herübergehumpelt und lächelte sie an, ehe er sich wieder dem Mustang zuwandte.

„Einige der Verdächtigen haben wir für Sie eingefangen, Miss Jecklin“, lachte Theodore, der offensichtlich Gefallen an Felicitas fand. Diese besah sich die reglos im Gras liegenden Männer.

„Eine kleine Gruppe!“, merkte sie an, offen wie immer.

„Unter ihnen befindet sich immerhin ein Großer Zyklop! Sehen Sie sein Abzeichen?“, glaubte Theodore, seinen Erfolg verteidigen zu müssen.

„Ich kenne mich mit den Zeichen nicht aus. Allerdings wäre mir nie der Gedanke gekommen, Mr Lemmon in einer Führungsposition zu sehen. Seine Frau hat ihn nämlich ziemlich unter ihrer Fuchtel.“ Ihr Blick wanderte zu John, und sie schüttelte bei seinem Anblick traurig den Kopf. Als Gegenreaktion spuckte der junge Deputy in ihre Richtung aus.

Landon gelang es nur mühsam, sich zurückzuhalten, Felicitas hingegen tat, als habe sie Johns Beleidigung nicht bemerkt, und trat vor die restlichen Gefesselten. „Gut, dass sie die drei Männer hier erwischt haben. Sie waren ab und zu bei Steve im Café, ansonsten kenne ich sie nicht. Ich kann sie anhand meiner Fotografien nicht dem Klan zuordnen.“

„Hinter dem Haus beim Stall liegt noch ein Toter.“ Theodore war offenbar noch immer darauf aus, der jungen Frau zu imponieren.

„Ich weiß!“, erwiderte sie bedrückt, und erneut traten ihr Tränen in die Augen. „Er ist ein Freund von Flip. Ich nehme an, sie sind gemeinsam zur Schule gegangen. Der Mustang hat ihn überrannt, daraufhin machte ich mir seine Kapuze zunutze und entkam. Ist er wirklich auch tot?“

Theodore bejahte, nun deutlich zurückhaltender. Vermutlich war ihm klar geworden, dass die Frau mit den großen Rehaugen und den ungelenkig wirkenden Armbewegungen – und die er keinesfalls unterschätzen sollte – ein immenses Repertoire rasch wechselnder Gefühlsstimmungen in sich trug.

„Wer sind die anderen, Tess?“ Landon ergriff ihre Hand und zog sie näher zu sich. Dabei bemerkte er das Blut an ihrer blauen Bluse.

Felicitas interpretierte seinen Blick und die gerunzelte Stirn richtig und drückte ihm kurz die Hand. „Das ist nur ein Kratzer“, beruhigte sie ihn und wandte besorgt den Kopf, als der verstörte Wallach erneut in ihre Richtung kam, begleitet von dem Singsang des alten Fred.

„Walter Hayes gehört zu ihnen, begann Felicitas diejenigen aufzuzählen, deren Mitgliedschaft in dem rassistischen Geheimbund sie würde beweisen können. Theodore notierte den Namen, während Landon die Stirn runzelte. Mit Walter hatte er nicht gerechnet, obwohl Steve ihm die Geschichte mit den verkohlten Holzstücken erzählt hatte. Dagegen waren die beiden anderen Namen, die Felicitas nun nannte, keine Überraschung: Bürgermeister Phillips und Rich Carbonne.

„Bill Junior und Matt Simon“, fuhr Tess fort und ihre leise Stimme zeigte, wie schwer es ihr fiel, all diese Menschen zu beschuldigen. Der nächste Schock wartete bereits auf sie, wenn Landon ihr erst mitteilen musste, wen er aus den Reihen der Schwarzen als Unruhestifter entlarvt hatte und dingfest machen würde.

Landon, der beide Simon-Männer hinter Gitter wusste, wartete gespannt darauf, ob Felicitas auch Matts Vater nennen würde.

„Es gibt noch einen; ich denke, er ist in Flips Alter, aber ich konnte ihn nicht identifizieren. Er hat ziemliche O-Beine, aber die haben hier viele Männer!"

Einer der Agent-Anwärter lachte kurz auf.

„Und es gibt da noch diesen einen Vermummten, der sich immer bedeckt im Hintergrund hält. Er geht leicht gebeugt und schwerfällig. Leider gelang es mir nicht, ihn einer Aufnahme ohne Kutte zuzuordnen. Ich vermute jedoch, er ist wie die drei Männer hier ein Farmer und hält sich selten in der Stadt auf."

„Was ist mit Matthew Simon?", drängte es Landon nun doch nachzufragen. Hatte Felicitas den Vorarbeiter von Carbonne auch nicht identifizieren können?

Sie kniff die Augen zusammen. „Ich weiß es nicht, Landon. Ich hatte, da Flip bei der Truppe ist, ja auch Mr Hauser im Verdacht. Du bist dir aber sicher, dass er nicht dazugehört. Vielleicht verhält es sich bei Matt und Matthew Simon ähnlich? Der Sohn ist Mitglied, der Vater nicht?"

„Simon war möglicherweise zu sehr mit dem Drogenschmuggel beschäftigt, um Zeit für den Klan zu haben. Oder das Risiko, enttarnt zu werden und dadurch sein einträgliches Nebeneinkommen zu verlieren, war ihm zu groß", mutmaßte Landon laut.

Felicitas warf ihm einen überraschten Blick zu, hatte sie doch noch nicht gewusst, dass er nicht Carbonne, sondern Simon verhaftet hatte. Sie löste ihre Hand aus seiner, was er zutiefst bedauerte, und tippte ihm mit dem Zeigefinger an die Brust. „Von dir erwarte ich eine Menge Erklärungen."

Nun war es an Landon, das Gesicht zu verziehen. Dieses Gespräch fürchtete er jetzt schon!

„Miss Jecklin, ich würde Ihnen den Kerl ja gern überlassen. Aber da ich die von Ihnen genannten Personen nicht kenne, brauche ich ihn in der Stadt."

„Das ist in Ordnung. Sie müssen nur dafür Sorge tragen, dass er nicht davonläuft."

Landons Kollege zwinkerte ihr zu und deutete nun seinerseits mit dem Finger auf zwei seiner Kollegen.

„Thompson, Cooper, ihr bleibt mit der Miss und den Gefangenen vorerst hier. Lasst mir die Lady nicht einen Augenblick aus den Augen. Sie ist wertvoller als der Krönungsschmuck der britischen Queen, ist das klar?"

„Aye, Sir!", erwiderten die Angesprochenen.

Landon musterte Thompson und Cooper misstrauisch. Ob die Anwärter in der Lage waren, auf eine Frau wie Felicitas achtzugeben? Sie wussten zwar um die für sie bestehende Gefahr, nicht aber von ihrer wankelmütigen Entschlussfreudigkeit, ihrer großen Vergebungsbereitschaft und ihrem Willen, in den Menschen immer auch das Gute zu suchen, ganz abgesehen von ihrer Tollpatschigkeit und der Fähigkeit, von einem Fettnäpfchen in das nächste zu tappen. Landon kam nicht umhin festzustellen, dass er Felicitas nicht allein lassen wollte. Jetzt nicht und niemals mehr wieder!

Seinen Blick gelassen ignorierend, stellten die jungen Männer sich selbstbewusst links und rechts der gefangenen Klanleute auf und richteten ihre Augen auf Felicitas.

Fassbinder hatte es eilig. Er schickte die restlichen FBI-Männer im Laufschritt davon und folgte ihnen nach einem auffordernden Wink in Landons Richtung. Offenbar parkten ihre Fahrzeuge in der Auffahrt.

Landon ergriff Felicitas am Ellenbogen. Sie roch nach Rauch, und neben den Blutspuren hatte sie einige Risse in ihrer Kleidung und Blätter in den zerzausten Haaren. Dennoch war sie ihm nie schöner vorgekommen.

„Ich erkläre dir, was geschehen ist, sobald das alles vorbei ist. Bleib bitte in der Nähe der Agents."

„Ist gut, Landon."

Er runzelte die Stirn. Es war nicht so, dass er ihr misstraute, doch zu oft hatte er miterlebt, wie schnell ihr ein neuer Gedanke in den Kopf schoss und zuvor gefällte Entscheidungen pulverisierte.

Sie legte ihre Hand an seine rechte Wange. „Ich bleibe. Für heute hatte ich genug Aufregung. Glaub ja nicht, dass das alles spurlos an mir vorübergeht."

„Nein, das nehme ich nicht an!", raunte er und kämpfte ein weiteres Mal gegen seinen unbändigen Wunsch an, sie in die Arme zu schließen.

„Würdest du dich bitte nach Steves und Adam Lees Ergehen erkundigen, bevor du zurückkommst? Und nach dem deines Kollegen? Sam heißt er, nicht? Ich glaube, ich habe ihn einige Male im Steve's bedient ..."

„Du hast ein großes Herz, meine Liebe", flüsterte er, allerdings ohne ein Lächeln auf den Lippen. So vieles war zwischen ihnen noch unausgesprochen, und einiges davon war durchaus dazu geeignet anzunehmen, dass man ihm besser nicht vertrauen und sich stattdessen von ihm fernhalten sollte.

~

Felicitas drehte sich schweren Herzens zu ihrem Haus um. Von dem einst hübschen Gebäude war nichts übrig geblieben.

Virginias Haus gab es nicht mehr. Wer auch immer sie gewesen sein mochte, jetzt waren die letzten Andenken an sie zerstört. Der Klan hatte Felicitas nicht die Wahl gelassen, ob sie gegen ihn vorgehen oder lieber hier wohnen bleiben wollte. Zwei Teenager waren tot, fünf lagen gefesselt auf der Wiese und mindestens fünf weitere Männer standen kurz davor, von Mitarbeitern einer Bundesbehörde verhaftet zu werden. Felicitas war sich bewusst, dass viele der Menschen, die ihr ans Herz gewachsen waren, sie in Zukunft hassen würden. Hier, wo sie sich das erste Mal in ihrem Leben zu Hause gefühlt hatte, würde ihr fortan Verachtung entgegenschlagen. Aber zumindest galt der Hass ihr und nicht den Schwarzen, denn im Gegensatz zu ihnen konnte sie einfach alles hinter sich lassen und gehen. In eine andere Stadt, in einen anderen Staat, in ein anderes Land.

Tiefe Traurigkeit überkam sie und wollte sie in einen Strudel der Verzweiflung ziehen. Sie hatte dieses Haus geliebt, ebenso die Menschen zu beiden Seiten der Bahnlinie, sogar diejenigen, von denen sie gewusst hatte, dass irgendwelche Menschen von klein auf Hass in ihre Herzen gesät hatten – über Generationen hinweg.

Vorhin im Wald war sie zwei kleinen Jungen begegnet, die mit Gewehren in den Händen an ihr vorbeigerannt waren. Zuvor hatten sie, ohne sich über Felicitas' Anwesenheit bewusst zu sein, ihre Kutten im Wald versteckt. Sie würde die Jungen melden, aber erst, wenn die erste Verhaftungswelle vorüber war. Die beiden verdienten eine Chance, sich Gedanken über ihr Handeln machen zu können, und vielleicht war der Hass noch nicht tief genug in ihnen verwurzelt, als dass er sie am Umkehren hinderte.

Die Überreste des Hauses sackten weiter in sich zusammen und schickten dem klaren Himmel eine imposante grauschwarze Rauchwolke entgegen. Da sich kein Windhauch rührte, erhob sie sich wie ein warnender Finger über dem Ort des Geschehens. Felicitas, die das Werk der Zerstörung nicht länger mit ansehen wollte, blickte zum Fluss. Der alte Fred saß im Schatten einiger Weiden und beobachtete den Mustang, der sich noch immer nicht völlig beruhigt hatte. Da sie von den Flammen, den Gefesselten und den Toten wegwollte, machte sie sich auf den Weg zu den beiden.

„Miss? Wo gehen Sie hin?“, sprach Thompson sie an, sodass sie sich zu ihm umdrehte. Der Mann war fast ebenso muskulös gebaut und durchtrainiert wie Landon. Zudem glaubte sie, in dem jungen Gesicht dieselbe Mischung aus großem Durchsetzungsvermögen und Freundlichkeit zu erkennen.

„Ich gehe zu Mr Mason und dem Pferd.“

„Okay, Miss. Aber positionieren Sie sich bitte so, dass Sie uns und wir Sie sehen können.“

Felicitas lächelte den besorgten Thompson an, der jedoch keine Miene verzog. „Könnten Sie bitte die fünf Männer in den Schatten schaffen? Die Sonne ist mörderisch. Und auch den Leichnam ...?“ Felicitas brach ab. Erneut übermannte sie die Trauer um Flip und seinen Kameraden.

„Okay. Los, Cooper. Fass mit an“, forderte Thompson seinen Kollegen auf, Felicitas Wunsch nachzukommen, wandte sich aber zuerst an sie: „Miss, Sie bleiben bitte noch hier, bis die alle im Schatten liegen.“

Felicitas gehorchte. Sie fühlte sich viel zu ermattet, um einer so Respekt einflößenden Person zu widersprechen. Die FBI-Anwärter steckten ihre Waffen weg und zogen die Gefangenen in den Schatten einiger Bäume, bevor sie auch die Toten holten und neben sie legten. John, der neben Flips Leichnam lag, versuchte, sich trotz der Fesseln von ihm fortzubewegen, kam aber nicht weit, da dort Lemmon lag. Der Stadtrat versetzte ihm – soweit er sich rühren konnte – einen kräftigen Knuff.

„Bitte, Miss“, forderte Thompson sie schließlich auf, ihr Vorhaben auszuführen.

~

Landon unterließ es, Sheriff Fraser über Funk vorzuwarnen; die Telefone funktionierten noch immer nicht. Je weniger Menschen in und um Woodville wussten, dass sich ihrem Distriktgefängnis zwei Pick-ups mit unbequem untergebrachten Gefangenen näherten, umso sicherer würden die Fahrzeuge ankommen. Sicherheitshalber begleiteten Theodores Männer den Gefangenentransport, während Landon zum Tampico-Anwesen zurückfahren wollte, um dort gemeinsam mit Felicitas auf die Rückkehr des Helikopters zu warten.

Die Stadt schien zu schlafen, obwohl es erst auf Mittag zuging. Das war in den heißen Sommerwochen kein ungewöhnliches Phänomen, doch am heutigen Tag lag es nicht an der Hitze und der Luftfeuchtigkeit, sondern an einer Art Schockstarre, in der die Leute verharrten. Innerhalb von nur einer Stunde hatten sie viele ihrer einflussreichen Bürger verloren, darunter den Bürgermeister, die Lehrerin ihrer Elementary-School und deren Mann, immerhin ein Stadtrat, und dazu Carbonne, den größten Arbeitgeber der Region.

Landon war unterwegs zu Felicitas' Eckladen und fand ihn wie erwartet aufgebrochen und heillos verwüstet vor. Hier blieb ihm nichts zu tun. Er betrachtete misstrauisch die geschlossenen Fenster und zugezogenen Vorhänge der Häuser, die die staubige Straße flankierten. Er fühlte sich alles andere als wohl in seiner Haut. Die Menschen im Süden besaßen fast alle eine Waffe, und nicht nur das heiße Wetter konnte ihr Blut im Moment zum Kochen bringen. Zwar hatte es sich mit großer Wahrscheinlichkeit herumgesprochen, dass der vermeintliche Deputy Brown ein Bundesbeamter war, doch ob das letztlich einen Schutz für ihn bedeutete, wusste er nicht. Allerdings würde ein auf offener Straße erschossener FBI-Agent ein gewaltiges Aufgebot an weiteren Agents hier einfallen lassen und der Ortschaft negative Schlagzeilen bis hinauf an die kanadische Grenze einbringen. Ob die Leute in ihrer Erregung aber tatsächlich so weit dachten? Oder daran, dass etwas Derartiges den soeben Verhafteten das Genick brechen würde?

Landon wollte es nicht beschwören. Für etwaige Beobachter deutlich zu sehen, öffnete er das Hüftholster und behielt die Hand am Griff seiner Waffe, während er mit betont lässigen Schritten zum Haus des Feuerwehr-Captains schlenderte. Falls Switch keine vernünftige Erklärung dafür vorzuweisen hatte, weshalb er nicht längst mit seiner Truppe zum Brand unterwegs war, würde er ihn wegen des Verdachts auf Mittäterschaft in eine der jetzt wieder leeren Zellen stecken.

Switch selbst öffnete ihm die Tür und ließ einen Blick über Landons angeschlagenes Äußeres wandern. „Schwierigkeiten?"

„Die bekommst du gleich. Sogar der alte Mason ist draußen beim Feuer und du sitzt faul zu Hause."

„Ein Feuer? Mich hat niemand informiert, Brown!" brüllte Switch durch den Flur: „Martha? Das Funkgerät ist doch an, oder?"

„Natürlich! Da herrscht aber seit gut einer Stunde absolute Funkstille. Kein Wunder, bei dem, was gerade in der Stadt los ist. Nicht mal die geschwätzige Miss Fanny-Lou plappert uns die Ohren voll. Wer ist denn an der Tür? Du wirst doch nicht auch verhaftet? Diesem Landon würde ich aber was erzählen!"

Der Genannte hob die linke Augenbraue. Die Leute hüllten sich also in ängstliches Schweigen, falls das FBI den Funk abhörte.

„Wo brennt es diesmal?", knurrte Swift ihn an.

„Das Tampico-Haus. Es ist nicht mehr zu retten, aber der Brand muss beaufsichtigt werden."

„Ich rufe die Männer zusammen. Willst du mit rausfahren?"

Landon, der das eigentlich vorgehabt hatte, ergriff Switch plötzlich fest am Arm. „Mason hat das Feuer nicht gemeldet?"

„Nein. Komisch, nicht?"

„Der gebeugte Alte!", zischte der Agent und wollte selbst nicht glauben, was er soeben begriffen hatte.

„Was ist los?"

„Mach deinen Job!", wies Landon Switch an, während er bereits die Straße entlang zu seinem Wagen rannte. Er sprang hinein, wendete mit durchdrehenden Reifen und fuhr ein weiteres Mal viel zu schnell zwischen den Häusern hindurch.

~

Felicitas ging über die leicht abschüssige, unter ihren Füßen federnde Wiese an den Fluss. Die Reflexionen der Sonne auf dem Gewässer blendeten sie, daher beschattete sie mit der Hand ihre Augen und suchte das Pferd. Die Ohren des Mustangs, der mit zitternden Beinen im Wasser stand, zuckten in ihre Richtung. Ungeachtet ihrer Halbschuhe stieg sie durch das Binsengewächs am Ufer in den Fluss, der mit einer beruhigenden Melodie um ihre Beine plätscherte. Flussalgen schwammen wie ein grüner Teppich auf dem Gewässer.

Der Mustang, dessen geschecktes Fell zwischen den Schaumflocken nass glänzte, ließ sich von ihr streicheln.

„Sie haben ein gutes Händchen für Tiere", lobte Fred. „Big und auch dieser verrückte Kerl hier mögen Sie."

Felicitas lächelte den alten Mann dankbar an. Ihrem angeschlagenen Gemüt tat ein harmloses Gesprächsthema gut, zumal Fred ihr durch seine Worte den Eindruck vermittelte, in den vergangenen Wochen nicht alles falsch gemacht zu haben. Gemächlich verließ Fred den Schatten der Weiden und watete durch das hüfttiefe Wasser auf sie und das Pferd zu.

„Wir sollten ihn abreiben", schlug der Farmer vor.

Erfreut, endlich etwas Sinnvolles tun zu können, zog Felicitas den abgerissenen Ärmel des alten Nachthemdes aus der Hosentasche ihrer kurzen Bluejeans, tauchte ihn ins Wasser und massierte damit das Fell des Mustangs. Fred tat dasselbe auf der anderen Seite. Das Tier stand jetzt vollkommen ruhig und ließ den Kopf hängen.

„Wohin Big nur verschwunden ist?", fragte Felicitas nachdenklich in die Stille hinein.

Fred lachte kurz auf. „Um den brauchen Sie sich keine Sorgen zu machen. Der liegt bestimmt auf irgendeiner Veranda und lässt sich Leckerbissen zustecken."

„Eine schöne Vorstellung. Das würde gut zu ihm passen", erwiderte Felicitas lächelnd. Sie hatte den Hals und den Rumpf des Pferdes ordentlich abgerieben und watete um das Tier herum auf die dem Haus abgewandte Seite.

Mit einer Hand am Widerrist abgestützt, stand Fred leicht gebückt da und rieb die Brust des Schecken ab. Als er das Tuch ins Wasser tauchte, drohte es ihm zu entgleiten. Reaktionsschnell griff er danach und verwundert stellte Felicitas fest, wie auffällig sein Stoffstück ihrem ähnelte. Sie starrte auf den zu einer Kapuze zugeschnittenen Stoff, und plötzlich stand ihr klar vor Augen, was sie übersehen hatte: Hinter dem gebeugt gehenden Klanmann, dessen Identität sie nicht aufklären konnte, steckte Fred Mason!

„Sie?", entfuhr es ihr.

Ruckartig hob sie den Kopf. In der freien Hand, für ihre beiden Bewacher durch den Pferdekörper verdeckt, hielt der Mann eine Pistole, die Mündung auf ihren Bauch gerichtet.

~

Felicitas starrte mit angehaltenem Atem auf die silbern schimmernde Schusswaffe in der von Altersflecken übersäten Hand. „Lemmon ist mein Nachfolger, Miss Felicitas", erklärte ihr Fred mit seiner kratzigen Stimme.

„*Sie* waren ein Großer Zyklop?", stieß sie hervor.

„Über fünfzig Jahre lang. Alles, was die Leute hier wissen, haben sie von mir gelernt."

„Den Hass? Die Ungerechtigkeiten? Die menschenverachtenden Ansichten? Die Gewalt?"

„Sie haben eine spitzere Zunge, als ich dachte."

„Und ich hätte Ihnen das nicht zugetraut. Die arme Miss Cécile."

Der alte Mann lachte, ließ sie jedoch nicht aus den Augen. Sein Blick war wachsam und die Waffe unbarmherzig auf sie gerichtet, wenngleich seine Hand zitterte.

„Sie haben keine Ahnung von den Strukturen des Klans. Kinder können ihre Mitgliedschaft vor ihren Eltern geheim halten – wobei das eher ungewöhnlich ist, denn meist bekommen sie ihre Stellung durch die Muttermilch eingeflößt –, aber niemals die Ehepartner voreinander. Miss Cécile weiß sehr genau darüber Bescheid, wer ich bin."

„Das erschreckt mich noch mehr", gab Felicitas zu.

Ihr Herz und ihr Kopf weigerten sich zu akzeptieren, dass das freundliche und hilfsbereite Ehepaar zum Klan gehörte, ihn sogar über ein halbes Jahrhundert hinweg angeführt hatte. Dennoch stellte sie keinen Augenblick infrage, ob von Fred eine Gefahr für sie ausging. Sie blickte zu den zu ihrem Schutz abgestellten Männern, doch es genügte ihnen anscheinend, sie hinter dem Pferd zu sehen.

„Unterlassen Sie jedwede Dummheit. Wenn Sie die Feds auf uns aufmerksam machen, schieße ich."

„Werden Sie das nicht ohnehin tun?", fragte Felicitas verunsichert. War dieser Mann, den sie als höflichen und liebenswerten Menschen kennengelernt hatte und der ihr prompt ein, wenn auch schnell wieder verblassendes Lächeln schenkte, wirklich dazu in der Lage, sie kaltblütig zu erschießen?

„Eigentlich hatte ich das nicht vor, aber da ich nun von weiteren Fotografien weiß ..."

Felicitas sah eine kleine Chance, dem Unvermeidbaren zu entkommen. Zumindest vorerst. „Falls mir etwas zustoßen sollte, gelangen die Abzüge an die Öffentlichkeit."

„Sie vertrauen in der Stadt keinem Menschen, und somit gibt es niemanden, dem Sie die Bilder mit einer derartigen Anweisung zur Aufbewahrung übergeben haben."

„Doch. Steve!", erwiderte sie herausfordernd.

„Falls er seine Verletzung überlebt, gibt es andere Möglichkeiten, ihn zum Schweigen zu bringen."

„Und Landon!", schlug sie dem Mann verzweifelt eine neue Variante vor.

„Sie vertrauen Landon nicht. Es gab genug Kleinigkeiten, die mir verrieten, dass Sie ihn mögen. Die Tatsache, dass Sie sich sogar nach der gemeinsamen Nacht im Wald noch bei den Nachnamen nannten, zeigt, dass sie ihn, weshalb auch immer, nicht an sich heranlassen wollten. Inzwischen ahne ich den Grund: Sie waren niemals in der Lage, ganz auszuschließen, ob er zu uns gehört."

„Das war alles lediglich Tarnung zwischen Landon und mir."

„Dann hätten Sie ihn früher eingeweiht. Landon ahnte nichts von dem, was Sie wissen! Und jetzt hören Sie mit den sinnlosen Ausflüchten auf. Sie haben die Bilder zwar versteckt, aber an einem Ort, von dem nur Sie allein wissen. Es gefällt mir nicht, Sie zu töten, wie es mir auch bei Miss Virginia missfallen hat, aber manche Dinge müssen einfach ..."

„Miss Virginia?" Felicitas starrte den Mann an. Fred hatte Virginia umgebracht? Demnach war das Töten für ihn ... Gewohnheit? Eiskalte Furcht bemächtigte sich ihrer und ließ sie erzittern. Das Pferd spürte ihre Angst und spielte erneut nervös mit den Ohren.

„War Miss Virginia hinter Ihre Rolle beim Klan gekommen und musste deshalb sterben?"

„Sie verstehen gar nichts!", bellte Fred, warf einen Blick auf die FBI-Anwärter und fuhr dann deutlich beherrschter fort: „Miss Virginia hat das Grundstück gekauft, nur ein paar Wochen, bevor ich das Geld zusammenhatte, um es für mich zu erstehen. Was für ein Hohn, dass ich überhaupt gezwungen war, Geld dafür anzusparen! Meinen Vorfahren gehörte die ganze Gegend von der Brücke bis an das Sägewerk. Sie verloren es, als die Nigger nach dem Ende des Sezessionskrieges über sie herfielen und das Plantagenhaus dem Erdboden gleichmachten. Zehn Jahre später wurde ich in einer heruntergekommenen Hütte geboren, dort, wo jetzt der Laden der Hayes' steht."

Wieder blickte Fred prüfend über den Pferderücken hinweg auf ihre ahnungslosen Bewacher. „Meine Mutter, einst eine Dame der höhergestellten Gesellschaft und umsorgt von dienstbaren Sklaven, war gezwungen, sich ihren Lebensunterhalt durch Wäschewaschen zu verdienen. Sie hat mir eingebläut, dass ich eines Tages unseren Grund und Boden zurück in die Familie holen muss. Ihr Leben war darauf ausgerichtet, mir das beizubringen! Und dann funkte Miss Virginia dazwischen!"

„Sie haben sie getötet, weil sie das Grundstück erworben hat, das früher ihrer Familie gehört hatte? Aber bei ihrem Tod lebte Virginia doch bereits seit fast dreißig Jahren in dem von ihr erbauten Haus."

Fred ballte die Hand, die noch immer die tropfende Kapuze festhielt, zur Faust. „Sie war eine nette Frau, ganz so wie Sie auch. Miss Cécile mochte Miss Virginia sehr, wie sie übrigens auch Sie gern hat. Es wird ihr das Herz brechen, wenn Sie von Ihrem Tod erfährt."

„Ach, Ihre Schuld an Miss Virginias Tod haben Sie ihr nicht anvertraut?"

„Man darf eine Frau nicht mit allem Unglück belasten."

„Unglück? Sie haben Miss Virginia kaltblütig erschossen!"

„Ja, weil sie mich bedrängte!" Nun wurde der Alte wieder lauter. Mit brüchiger Stimme fauchte er: „Das Weib hatte den Nerv, mich mehrmals zu bitten, mit Miss Cécile bei ihr einzuziehen! Sie sagte, wir könnten doch nicht länger allein da draußen auf der Farm sein! Sie wollte auch noch dieses Land an sich reißen! Wollte uns damit demütigen, dass wir in ihrem Haus zu Gast wohnen und ihr unsere Dankbarkeit zeigen, obwohl der Boden, auf dem es erbaut wurde, mir gehört! Und das alles zusammen mit den ständig ein und aus gehenden Niggern!"

Fred hob die Schusswaffe ein Stück an. In seine braunen Augen trat ein Furcht einflößendes Funkeln.

~

Felicitas wich zurück und stolperte über einen Flussstein. Sie versank rücklings in den Fluten und die gemächliche Strömung trieb sie zwischen den Pferdebeinen hindurch.

Sie riss die Augen auf und sah grüne Flussalgen, die sich wie grazile Tänzerinnen um sie herbewegten. Konnte der alte Mann sie unter all den Wasserpflanzen und den Spiegelungen auf der Wasseroberfläche sehen? Vermutlich nicht! War das ihre Chance, ihm zu entkommen? Sie ließ sich einfach treiben. Das in ihren Ohren rauschende Wasser änderte plötzlich die Farbe. Um Felicitas breiteten sich weitverzweigte Wurzeln und raue Baumstämme aus. Sie schufen aus dem Flussbett ein Labyrinth, das aus bedrohlich kleinen und beängstigend dunklen Hohlräumen bestand. Sie zwang sich, an das zu denken, was ihr als Kind und auch zuletzt wieder geholfen hatte, die Angst vor der Enge zumindest eine Zeit lang zu ertragen: Sie bat Gott um Ruhe und wurde mit einem noch größeren Gefühl der Sicherheit und des Geborgenseins beschenkt, als sie in Landons Nähe verspürte.

Mit einem Mal erkannte sie den Vorteil darin, dass sie gelernt hatte, über einen beträchtlichen Zeitraum hinweg den Atem anzuhalten, und ebenso hatte ihre Tollpatschigkeit ihren Sinn. All die Jahre über hatte ihr beides beim Überleben geholfen – auch heute wieder!

Felicitas wand sich, noch immer unter Wasser, in das Labyrinth der Zypressen- und Weidenwurzeln hinein. Sie war kaum in der Lage, das Schwarz des Wurzelgeflechts vom fließenden Gewässer zu unterscheiden, so dunkel war es unterhalb des Blätter- und Wurzeldaches. Schließlich war es ihr unmöglich, den Atem länger anzuhalten, zumal bereits ein erstes Schwindelgefühl einsetzte. Sie tauchte zu den weiter oben gelegenen

Wurzeln, bis ihr Kopf die Wasseroberfläche durchbrach und ihre Lungen sich mit frischer Atemluft füllen konnten. Doch wo war Fred? War er ihr am Ufer gefolgt? Erwartete er sie hier zwischen den Weiden am Ufersaum?

Das Erste, was sie wahrnahm, war Landons wütende und zugleich verzweifelt klingende Stimme: „Wie konnte das passieren? Wo ist sie?"

Die Antwort der Männer, die für ihre Sicherheit verantwortlich waren, verstand Felicitas nicht. So leise wie möglich zog sie sich auf einen breiten, quer wachsenden Weidenbaum und kletterte knapp oberhalb der Wasseroberfläche über Wurzeln, liegende Stämme und winzige, begrünte Sandbänke, bis sie auf die Wiese sehen konnte. Fred saß mit hinter dem Rücken gebundenen Händen nahe am Flussufer. Thompson hielt seinen Revolver und den des alten Mannes in den Händen, Cooper und Landon waren in den Fluss gesprungen. Ihre hastigen Bewegungen veranlassten das Pferd, an Land zu trotten, wo es stehen blieb.

„Landon!", rief Felicitas, da von Fred keine Gefahr mehr ausging.

Er hob ruckartig den Kopf, entdeckte sie und kämpfte sich durch das Wasser auf sie zu. Dabei riss er hinderliche Flusspflanzen aus und warf sie beiseite, sodass die Tropfen, die er dadurch streute, im Sonnenlicht wie Diamanten glitzerten. Endlich erreichte er den Waldrand. Ohne ein Wort an Felicitas zu richten, ergriff er sie, zog sie von dem Wurzelgeflecht ins Wasser und umschloss sie mit seinen Armen.

„Wann hörst du endlich auf, mich aus Angst um dich durch die Gegend zu jagen?", raunte er ihr ins Ohr und presste sie an sich. Felicitas spürte das Zittern des Mannes, bemerkte, wie er sie noch inniger an sich drückte, als müsse er sich an ihr festhalten. Wellen der Erleichterung und der Sehnsucht nach Landons Zärtlichkeiten überrollten sie.

„Jetzt!", flüsterte sie.

Nach diesem aus ihrem Mund zweifelhaften Versprechen ließ er sie los, strich ihr die tropfenden Haarsträhnen aus dem Gesicht, ehe er ihre Oberarme umklammerte und sie ernst ansah. „Bevor der Hubschrauber zurückkommt, erzähle ich dir, was in den vergangenen Monaten geschehen ist. Ob ich noch zu der Erklärung komme, was ab heute mit dir passiert, vermag ich nicht einzuschätzen."

„Das hört sich beängstigend an."

„Das, was du hinter dir hast, war auch kein Spaziergang. Du wirst das schaffen!"

„Mit dir?"

„Das kommt darauf an."

„Worauf?"

„Ob du mich noch willst. *Nachdem* ich dir alles erzählt habe."

~

Felicitas saß mit dem Rücken zu den rauchenden Trümmern des Hauses auf der Holzplattform am äußersten Ende des Stegs und ließ die Beine ins Wasser baumeln. Während Thompson und Cooper noch grimmiger als zuvor die Gefangenen bewachten, hatte Switch eine Brandwache eingeteilt und die restlichen Feuerwehrmänner und die beiden Toten mit in die Stadt genommen, sodass auf dem Grundstück endlich wieder mehr Ruhe einkehrte.

Landons Schritte klangen zögernd, als er sich Felicitas näherte. Genauso langsam setzte er sich neben sie. Schweigend zog er Schuhe und Strümpfe aus und streckte seine langen Beine ebenfalls in das Nass.

„Wo soll ich anfangen?", murmelte er unschlüssig.

Da Felicitas ihn nicht drängen wollte, obwohl sich ihre Neugier mit der Sorge darüber abwechselten was er enthüllen würde, schwieg sie und ließ sich von der hoch am Himmel stehenden Sonne die Kleidung trocknen.

Landon begann mit scheinbar emotionsloser Stimme zu berichten: „Der Hinweis, dass der Umschlagpunkt der aus Vietnam eingeschleusten Drogen in den hiesigen Wäldern sein muss, kam von einem Ermittler namens Burns aus Vietnam. Das FBI wurde um Unterstützung gebeten, weshalb J. Edgar Hoover mich hierher schickte, da es einfach zu werden versprach, mich wieder in meine ehemalige Heimat einzubürgern und das Vertrauen der Leute zu gewinnen."

„Deshalb warst du so erschrocken, als ich Vietnam erwähnte?"

„Du standest ohnehin so sehr in der Gefahr, auf die Drogenschmuggler – oder diese auf dich – zu stoßen, dass bei der bloßen Erwähnung Vietnams bei mir beinahe die Sicherung durchbrannte." Landon blickte auf die Bäume, die am gegenüberliegenden Ufer dem blauen Himmel entgegenwucherten. „Das Sägewerk und das Holzfällerlager mit seinem Schienenverkehr erschien uns als ein hervorragender Umschlagpunkt. Darum hat man, etwa vier Wochen nachdem ich als Deputy vereidigt worden war, Sam zu meiner Verstärkung geschickt. Für ihn war es leichter, sich dort draußen umzusehen und umzuhören, als ich das erst von Woodville, später dann direkt aus der Stadt bewerkstelligen konnte. Unser Verdacht erwies sich sehr bald als richtig. Sam bekam sogar einmal eine Lieferung Drogen zu Gesicht, aber uns waren die Hände gebunden, wussten wir doch immer noch nicht, wer für die Verteilung verantwortlich war. An diesem Tag äußerte er mir gegenüber den Verdacht, dass er beobachtet werde, weshalb wir unser routinemäßiges Treffen in einer Hütte auf Virginias Grundstück sofort abbrachen." Landon atmete tief durch. „Am nächsten Morgen fanden schwarze Waldarbeiter Virginia tot in ihrem Cadillac."

„Daher stammt deine Vermutung, ihr Tod hänge mit der Drogensache zusammen?"

„Und mit meiner und Sams Unachtsamkeit samt der Tatsache, dass wir uns hier trafen." Landons Stimme wurde sehr tief und auf seiner Stirn entstanden Querfalten. Felicitas ergriff seine Hand, was ihn veranlasste, sie das erste Mal anzusehen, seit er mit dem Bericht begonnen hatte. Aufgeregt widersprach Felicitas: „Aber Landon, das stimmt nicht. Du darfst dich nicht länger mit diesem Gedanken quälen. Mr Mason hat Virginia getötet!"

Sein Griff verstärkte sich plötzlich so sehr, dass sie vor Schmerz nach Luft schnappte. Zwar verleitete ihr leiser Zischlaut ihn dazu, diesen zu lockern, nicht aber, sie loszulassen. Umgehend, wobei sie ihre Worte mit der freien Hand unterstrich, erzählte sie Landon, was sie von Fred erfahren hatte. Daraufhin versank Landon in lang anhaltendes Schweigen und, so vermutete Felicitas, in unerfreuliche Überlegungen. In der Zeit, die er benötigte, um die neuen Informationen zu verarbeiten, beobachtete sie den Tanz zweier zartgelber Schmetterlinge über der spiegelnden Wasseroberfläche. Schließlich straffte Landon die Schultern, um mit seiner Erklärung fortzufahren: „Fred, Carbonne, die Hayes' und auch die Simons meldeten nach Virginias Tod Interesse an dem Grundstück hier an. Ich besprach mich mit Roger Neill, meinem Vorgesetzten. Wie Sam und ich war auch er der Überzeugung, dass es besser war, wenn hier niemand wohnte. Zum einen wollten wir dem Drogenschmuggler keine Möglichkeit bieten, sich hier draußen einzunisten, zum anderen wollten Sam und ich die Hütte im Wald als Treffpunkt behalten. Wir hatten dort Unterlagen, unsere Ausrüstung ... Zudem hätte Sam, falls er in Schwierigkeiten geraten sollte, hier den schnellstmöglichen Anlaufpunkt, um sich zu verstecken und mit mir in Kontakt zu treten." Landons Blick war um Verständnis heischend auf sie gerichtet. Da für Felicitas aber noch immer im Dunkeln lag, was das alles mit ihr zu tun hatte, zuckte sie lediglich mit der linken Schulter.

„Also durchsuchte ich Virginias private Unterlagen und fand darin den Hinweis auf ihre aus Deutschland stammende Großmutter. Damit zwang ich Phillips – als Vertreter der Stadt, zu der das Grundstück gehört – die Suche nach diesen Erben in die Hand zu nehmen. Solange diese aussichtslose Suche lief, konnten wir das Haus unbewohnt halten. Dabei kam uns zugute – so glaubten wir –, dass Deutschland weit weg ist und das Chaos seiner jüngsten Geschichte es schwierig machen würde, Unterlagen und Erben zu finden. Wir dachten, wir hätten genug Zeit geschunden, um unsere Arbeit unbehelligt abzuschließen."

„Aber?"

„Die Ermittlungen zogen sich hin. Weder Sam noch ich konnten nennenswerte Erfolge vorweisen, gleichzeitig überschwemmten immer mehr gefährliche Drogen den Süden des Landes. Sam fand schließlich unter den Holzfällern einen Verdächtigen. Der Mann arbeitete seit Jahren für Carbonne, besaß eine Art Narrenfreiheit und begleitete oft die rausgehenden Züge. Doch eines Tages kündigte er und zog in eine andere Stadt. Es dauerte Wochen, bevor definitiv erwiesen war, dass der Schmuggel damit weder beendet war, noch dass die Drogen über eine neue Umschlagstelle verteilt wurden. Wir waren gezwungen, wieder von vorn anzufangen."

Landon rieb sich den Nacken, ehe er fortfuhr: „Leider begannen da unsere Schwierigkeiten erst richtig. Fred Masons Behauptung, dass er der rechtmäßige Eigentümer des Tampico-Anwesens sei, wurde zunehmend aggressiver. Es gab einige Stadtbewohner, zudem einige einflussreiche Personen in Woodville, die geneigt waren, ihm recht zu geben. Das Ehepaar Mason an sich hätte für unsere Undercover-Ermittlung kein Problem dargestellt. Ich nahm nicht an, dass sie mit Drogen handelten. Doch ich hegte die Sorge, dem Ehepaar könne Ähnliches widerfahren wie Virginia ..."

„Und Fred könnte das Geheimnis der Wasserschleusen und, schlimmer noch, die versteckte Hütte im Wald kennen", vervollständigte Felicitas. „Somit hättet ihr das Grundstück nicht mehr für eure Zwecke nutzen können."

„Ganz richtig, Special Agent Jecklin." Landon lächelte sie an und wischte sich mit dem Ärmel den Schweiß aus dem Gesicht. „Wir sollten in den Schatten gehen, Tess."

„Ich möchte hier sitzen bleiben. Wenn ich dich vorhin richtig verstanden habe, wird dies das letzte Mal sein, und dabei habe ich den herrlichen Platz viel zu wenig genutzt."

Landon nahm seinen Sheriffhut ab und stülpte ihn Felicitas auf das feuchte Haar. „Beim FBI war man schließlich bei der Überlegung angelangt, dass man kurzfristig einfach einen angeblichen *Erben* aus den Reihen des FBI aus dem Hut zaubern könnte. Allerdings kam fast zeitgleich Phillips mit der Nachricht, sein Anwalt hätte zwei Damen im Norden Deutschlands gefunden, die Anspruch auf das Erbe hätten. Also ließen wir die Sache vorerst weiterlaufen, immerhin konnten das Verfahren und die Ankunft eines Erben aus dem Ausland weitere Wochen, wenn nicht gar Monate dauern."

„Aber die beiden Damen lehnten das Erbe direkt ab."

„Richtig." Landon fuhr sich mit den Händen durch das verschwitzte Haar. „Erst da erfuhr ich, dass Phillips einen Großonkel, der schon lange nicht mehr als Anwalt praktizierte, mit der heiklen Angelegenheit beauftragt hatte. Vermutlich mit dem Hintergedanken, dass der sich schwer damit tun würde, einen Erben im Ausland zu finden, und die Sache damit zügig ad acta gelegt werden würde. Womöglich entsprach Phillips damit dem Wunsch einer der Parteien, die das Haus unbedingt haben wollten."

„Mr Simon – wegen der Drogen. Oder vielleicht Mr Mason? Seinem ehemaligen Großen Zyklopen konnte der Bürgermeister vermutlich keinen Wunsch abschlagen."

„Ich denke eher, dass die Absprache zwischen Phillips und den Hayes' getroffen wurde. Walter ist der Cousin von Phillips."

Felicitas hob erstaunt die Augenbrauen.

„Aber offenbar hat dieser Auftrag den Eifer des alternden Anwalts geweckt. Vielleicht fühlte er sich dadurch wieder jung, zurückversetzt in seine erfolgreichen Jahre ..." Landon lachte trocken auf. „Er reiste persönlich nach Deutschland, bekam von den beiden Frauen einen Namen in Süddeutschland genannt – und suchte verbissen weiter."

„Und dabei fand er mich?"

„Ja. Allerdings hatten Mason, Simon und Carbonne inzwischen einen Rechtsstreit vom Zaun gebrochen, gegeneinander und auch gegen diesen von Altersbeschwerden geplagten Anwalt, was dem Mann mehr als unangenehm war." Landon schüttelte grinsend den Kopf. Im Nachhinein amüsierte er sich über das Desaster. „Dieser Großonkel von Phillips benötigte also dringend einen Erfolg in Form eines Erben. Vielleicht nahm er es deshalb mit der Recherche nicht mehr ganz so genau, oder es lag an seiner Erschöpfung und der Sprachbarriere ... jedenfalls legte er sich auf eine gewisse Felicitas Jecklin fest."

Landon warf Felicitas einen prüfenden Blick zu und fuhr dann fort: „In Washington machte man sich Sorgen, dass diese junge, ungebundene

Erbin womöglich schneller hier eintreffen könnte, als Sam und ich den Fall lösen würden. Also schickte man einen FBI-Mitarbeiter nach Deutschland, der sich die junge Frau einmal näher anschauen sollte. Man wollte einfach wissen, mit wem man es zu tun bekommen würde. Mein Kollege forschte ebenfalls nach – was ungeheuer frustrierend und kompliziert gewesen sein muss – und fand schließlich heraus, dass der Anwalt sich geirrt hatte. Es gab keine familiären Bande zwischen dir und den älteren Frauen und schon gar nicht zu Virginia. Dennoch war klar, dass wir dem Gerangel und dem viel zu großen Interesse an dem Haus ein Ende setzen könnten, indem wir einen Erben hier einziehen ließen. Dich. Die erste Einschätzung unseres Mannes fiel positiv aus. Du hattest keine Familie, was von Vorteil war, denn somit hattest du keine Unterstützung im Rücken, die Zweifel an dem Erbe anmelden könnte. Und – entschuldige bitte, Tess", unterbrach sich Landon und blickte sie dieses Mal eher zerknirscht an. „Wir konnten nur einer total naiven und leicht zu beeindruckenden Person den Einzug im Tampico-Haus ermöglichen. Zu ihrer und zu unserer Sicherheit. Unser Mann in Deutschland war begeistert von deinem unschuldigen Gesicht, deiner Tollpatschigkeit und dem Umstand, dass du außer zu dem Ehepaar, bei dem du gearbeitet hast, und einer einzigen Freundin keine intensiveren Kontakte zu pflegen schienst. Also empfahl er uns, den Anwalt nicht im Nachhinein darüber aufzuklären, dass ihm ein Fehler unterlaufen war. Denn der hatte bereits alles in die Wege geleitet. Du warst informiert, das Verfahren lief. Für uns war das praktisch, also ließen wir alles so weitergehen."

„Du meinst, wenn das FBI nicht involviert gewesen wäre, wäre der Irrtum ohnehin niemandem aufgefallen?"

„Vermutlich nicht", pflichtete Landon ihr bei. „Erfreulich war, dass du dich nicht so richtig entscheiden konntest. Wir hegten die Hoffnung, dass du letztendlich doch ablehnen würdest. Damit hätten wir wieder Zeit gewonnen."

„Ich bin also wirklich ausspioniert worden? Kerstin hat das in einem ihrer letzten Briefe erwähnt.

Landon nickte. „Ja, du wurdest beobachtet. Einmal bist du dem Agent sogar auf den Fuß getreten und hast dich bei ihm entschuldigt."

Nun war es an Felicitas zu schmunzeln. „Ich fürchte, ich bin schon vielen Männern auf die Füße getreten."

Als Erwiderung drückte Landon kräftig ihre Hand.

„Aber nach meiner plötzlichen Ankunft hier lief dann alles schief?"

„Völlig! Du hast zwar die Stadt im Sturm erobert, dich aber auch mit den Schwarzen angefreundet. Und du bist keinesfalls naiv oder leicht zu beeindrucken. Deine Kerstin erwies sich als eine richtig gute Freundin. Sie forschte hartnäckig nach, weil sie auf dich aufpassen wollte, und Washington, wie auch Sam und ich, bemerkte das zu spät … vor allem ich, weil ich viel zu sehr damit beschäftigt war, mich nicht in dich zu verlieben. Obwohl es dazu schon längst zu spät war. Der einzige Grund übrigens, weshalb ich sogar dankbar dafür bin, dass dieser alte Anwalt und die Leute in Washington gravierende Fehler gemacht und das Chaos verursacht haben. Birdie würde sagen: Wir alle machen Fehler, wir sollten Gott nur nicht im Weg stehen, wenn er sie für seine Zwecke nutzt!"

Felicitas lächelte bei seiner offenen Liebeserklärung, und in ihr wuchs ein Gefühl, als öffneten Millionen von Blumen gleichzeitig ihre bezaubernd schönen Blütenköpfe. Sie betrachtete ihre Hand, die in der seinen fast vollkommen verschwand, was ihr ein herrliches Gefühl des Zuhauseseins vermittelte.

„Dann war Sam der Mann, der mich bei meinem Einzug beobachtet hat?", nahm sie dennoch den Gesprächsfaden wieder auf.

„Vermutlich", erwiderte Landon, der bisher nichts von ihrem Beobachter gewusst hatte.

Das lauter werdende Dröhnen eines sich nähernden Helikopters veranlasste Landon, auch ihre andere Hand zu ergreifen. Plötzlich war Eile geboten. „Sie bringen dich von hier fort. Ich weiß nicht wohin, und ich kann auch nicht mit dir gehen. Du wirst Zeit haben, dir zu überlegen, wie deine Zukunft aussehen soll … und bitte denk auch darüber nach, ob ich in sie hineinpasse."

Felicitas blieb nur ein kurzes Nicken, ehe der schwarze Schatten des Hubschraubers über das Wasser huschte. Die Zeit zerrann wie Sand zwischen ihren Fingern. „Darf ich mich von meinen Freunden im Dorf verabschieden?"

„Nein."

„Landon! Bitte!" Nicht einmal Lebewohl durfte sie den lieb gewonnenen Menschen sagen? Weder Lily, die ihr eine gute Freundin war, noch der weisen und herzensguten Birdie oder Chapter, ihrem kleinen Freund? Was war mit Abner, der ihr mehr als einmal das Leben gerettet und dabei seines aufs Spiel gesetzt hatte? Es war so ungerecht, so falsch … Ihr Herz fühlte sich an, als würde es entzweigerissen.

„Es ist zu gefährlich. Jeder im Umkreis weiß inzwischen, was hier passiert ist."

„Aber meine Sachen aus dem Laden muss ich wenigstens holen."

„Tess ..." Landon sprang auf die Füße und zog sie mit sich hoch.

„Muss ich irgendwann bei einem Prozess aussagen?"

„Nicht, wenn du noch weitere Fotografien besitzt, die wir als Beweismittel einsetzen können."

„Es sind die Negative. Sie sind im Schließfach 19 in der Schule. Die Nummer des Schlosses ist 9493."

Landon sah sie verblüfft an. „Du hast Miss Maggie die Negative untergeschoben?"

„Ich dachte, da sind sie am sichersten."

„Ich habe kürzlich einige Jungen dabei erwischt, wie sie die Schule anzünden wollten."

„Dann hast du die Beweise gerettet." Felicitas lachte ihn an, wurde aber schnell wieder ernst.

Der Abschied von Landon stand unmittelbar bevor, ebenso von dem bezaubernden Fleckchen Erde, der ihr eine Heimat hätte werden sollen, und den Menschen, die sie in ihr Herz geschlossen hatte.

Die sich drehenden Rotorblätter wirbelten Staub und Asche auf. „Kopf unten behalten!", befahl Landon, nahm ihr den Hut ab, drückte ihr mit der Hand den Kopf nach unten und lief neben ihr her bis zur geöffneten Tür des Helikopters. Dort angekommen half er ihr in das erschreckend dunkle Innere und schnallte sie an.

„Du kommst wirklich nicht mit?"

„Nein. Ich fahre mit deinen Beschützern."

„Landon, ich habe einen Berg Schulden bei Steve, weil mein Geld aus Deutschland noch immer nicht eingetroffen ist. Und ich spreche nicht von euren Mississippi-Hügeln!"

„Es wird sich jemand um all das kümmern."

„Wann sehe ich dich wieder?"

„Das weiß ich nicht. Aber ich werde erfahren, wo sie dich hingebracht haben."

„Darf ich den Mustang behalten?"

„Den, den du unter keinen Umständen haben wolltest? Bestimmt! Ich sehe zu, was ich tun kann."

„Landon? Was ist mit Steve und ..."

„Steve geht es gut. Er ist außer Lebensgefahr. Und Sam wird auch wieder."

„Das ist gut."

„Aber ... Tess, Adam Lee ist gestorben."

Felicitas öffnete den Mund und riss die Augen auf. Adam Lee war tot? Er hatte sich doch auf dem Weg der Besserung befunden. Tränen schossen ihr in die Augen. Birdie und Holly Dedra hatten schon wieder einen geliebten Menschen verloren. Den wievielten in ihrem Leben?

Felicitas rief sich Adam Lees schüchternes, schiefes Grinsen in Erinnerung, sah seine schlaksige Gestalt am Lagerfeuer vor sich, umgeben von den Menschen, die ihn nach dem Tod seiner Eltern liebevoll aufgenommen hatten. Es waren Traumbilder, die niemals mehr Realität sein würden. Vorbei, verloren. Nichts war mehr so, wie es noch vor wenigen Wochen gewesen war. Felicitas spürte, wie ihr die Kontrolle über ihr Leben entglitt, das sie sich nach ihrer schweren Zeit als jüdisches Kind in Nazi-Deutschland aufgebaut hatte. Wegen ihres überstürzten Abschieds und mit dem Schmerz um Adam Lee in ihrem Herzen wäre sie am liebsten aus dem Helikopter gesprungen und zu Birdie geflüchtet. Der Gurt und Landons starke Hände hielten sie auf dem Sitz.

„Liebes, du kannst nichts dafür. Wenn Carbonne oder Simon Adam Lee woanders gefunden hätten, wäre es ihm nicht besser ergangen. Beide Väter wollten ihre Söhne beschützen. Sie mussten befürchten, dass Adam Lee von den Drogen erzählt oder dass ihre Klanmitgliedschaft herauskommt, weil der Unfall als rassistischer Anschlag gewertet werden könnte."

„Der Sommer ist einfach zu heiß gewesen."

Landon nickte, schob die Tür zu und lief geduckt davon. Mit einem leichten Rucken hob der Hubschrauber vom Boden ab. Felicitas liefen die Tränen über die erhitzten Wangen, als sie mit ansehen musste, wie Landon, Thompson, Cooper und die rauchende Ruine rasch kleiner wurden. Wieder einmal lag ihr Leben in Trümmern.

Teil 5

Sommer 1964

… dass eines Tages jedes Tal erhöht und jeder Hügel und Berg erniedrigt werden. Die unebenen Plätze werden flach und die gewundenen Plätze gerade, und die Herrlichkeit des Herrn soll offenbart werden und alles Fleisch miteinander wird es sehen. Dies ist unsere Hoffnung. Dies ist der Glaube, mit dem ich in den Süden zurückgehen werde. Mit diesem Glauben werden wir den Berg der Verzweiflung behauen, einen Stein der Hoffnung. Mit diesem Glauben werden wir gemeinsam arbeiten können, gemeinsam beten können, gemeinsam kämpfen können, gemeinsam in das Gefängnis gehen können, um gemeinsam einen Stand für Freiheit mit dem Wissen zu machen, dass wir eines Tages frei sein werden. Und dies wird der Tag sein. Dies wird der Tag sein, wenn alle Kinder Gottes mit neuer Bedeutung singen können: Mein Land, es ist über dir, süßes Land der Freiheit, über das ich singe, Land, wo mein Vater starb, Land des Pilgers Stolz, von jedem Berghang lass die Glocken der Freiheit läuten. Wenn Amerika eine großartige Nation sein soll, dann muss dies wahr werden.

Lass daher die Glocken der Freiheit von den wunderbaren Hügeln von New Hampshire läuten. Lass die Glocken der Freiheit läuten von den mächtigen Bergen New Yorks. Lass die Glocken der Freiheit von den Höhen der Alleghenies in Pennsylvania läuten. Lass die Glocken von den schneebedeckten Gipfeln der Rockies in Colorado läuten. Lass die Glocken der Freiheit vom Lookout Mountain in Tennessee läuten. Lass die Glocken der Freiheit von jedem Hügel und Maulwurfshügel in Mississippi läuten. Von jedem Berghang lass die Glocken der Freiheit läuten.

Wenn dies geschieht und wenn wir erlauben, dass die Glocken der Freiheit läuten, und wenn wir sie von jedem Dorf und jedem Weiler, von jedem Staat und jeder Stadt läuten lassen, werden wir diesen Tag schneller erleben, wenn alle Kinder Gottes, schwarzer Mann und weißer Mann, Juden und Christen, Protestanten und Katholiken Hände halten können und die Worte des alten Neger-Spirituals „Endlich frei, endlich frei. Danke Gott, Allmächtiger, endlich frei" singen.

Martin Luther King

18. Kapitel

Bunte Schmetterlinge, darunter ein imposanter Schwalbenschwanz, flatterten um die Bluebonnets mit ihren weißen Blütenspitzen, die sich in Reenas Garten gleich einem großen See bis an die Straße hinauf ausbreiteten. Im Schatten des überstehenden Hausdachs saßen Reena, Lisa und Felicitas in den bequemen Gartenstühlen und betrachteten die Flugkünste der filigranen Insekten. Die texanische Sonne brannte heiß vom Himmel und machte es, begleitet von der hohen Luftfeuchtigkeit, die in diesem Sommer von Louisiana herüberzudrücken schien, beinahe unmöglich, mehr zu tun, als zu atmen und Eistee zu trinken.

Felicitas sah auf, als Kerstin mit einer Kristallschale in den Händen auf die Terrasse trat. Das Eis zwischen den Melonenstücken erzeugte ein melodiöses Klirren, kam aber nicht gegen das schrille Zirpen der Zikaden an. Die kleinen Unruhestifter waren hier in Texas ebenso laut wie in Mississippi.

„Chris hat angerufen", erklärte Kerstin, warum die drei Frauen so lange auf ihre Erfrischung hatten warten müssen. „Er lässt euch grüßen."

„Wie geht es ihm?", erkundigte sich Reena.

„Gut. Seine Piloten in Ausbildung stellen sich vielversprechend an." Sanft setzte Kerstin die Schale auf dem Holztisch ab und ließ sich zwischen Lisa und Felicitas auf ihren Stuhl fallen, bevor sie die zuvor unterbrochene Unterhaltung fortführte. „Die Ermordung Kennedys letzten November hat offenbar nicht nur die Bürgerrechtsbewegung schwer getroffen. Chris hat mir erzählt, dass Kennedy noch im Oktober ein Memorandum verfasst hatte, in dem er anregte, die US-Soldaten bis Ende 1965 größtenteils aus Vietnam abzuziehen, vorausgesetzt, die Südvietnamesen seien bis dahin in der Lage, deren Aufgaben zu übernehmen. Wie es aussieht, ist Präsident Johnson nicht dieser Meinung."

„Sind die Südvietnamesen denn in der Lage, die Aufgaben der US-Truppen zu übernehmen?", wollte Lisa wissen.

„Muss die Frage nicht vielmehr heißen: Warum müssen die US-Truppen die Aufgaben der Südvietnamesen übernehmen?", gab Kerstin zurück.

„Hat Johnson denn eine Wahl? Ist das Kennedys Erbe an ihn? Brian ist in Vietnam gestorben. Wir sehen sicher schrecklich voreingenommen auf die Angelegenheit. Ich möchte nicht in der Haut des Präsidenten stecken", sagte Reena.

„Präsident Johnson muss schnell entscheiden, welchen Weg er einschlagen will", sagte Felicitas zurückhaltend. Sie fühlte sich in Diskussionen zur Politik der Vereinigten Staaten unsicher. „Ich bin sehr froh, dass im Juni das Bürgerrechtsgesetz in Kraft getreten ist und endlich die Rassentrennung in allen Staaten aufgehoben wurde. Auch wenn die Gouverneure von Alabama und Mississippi das neue Gesetz nicht anerkennen und umsetzen wollen. Es ist ein wichtiger Schritt in die richtige Richtung, den Kennedy in die Wege geleitet und Johnson umgesetzt hat."

„Du vermisst deine Freunde aus Mississippi, nicht?" Kerstin sah sie mitfühlend an.

„Ja, das tue ich. Umso mehr, weil ich mich nicht von ihnen verabschieden durfte und mein Aufenthaltsort geheim gehalten wird. Nicht mal schreiben darf ich.[30]"

Felicitas versank in Schweigen. Es bereitete ihr Kummer, nicht zu wissen, wie es Lily, Abner und seiner Frau Viola ergangen war, ob es der alten Birdie gut ging und ob Chapter, Rose May und Line sich mittlerweile von Bobby Charles' Tod erholt hatten. Wieder plagten sie Albträume, doch nun sah sie darin ihre schwarzen Freunde, gejagt vom Klan. Ob es in der Gegend noch immer Fanatiker gab, die die Schwarzen weiter tyrannisierten? Hatten ihre Freunde darunter zu leiden, dass Felicitas ihr Wissen über den Klan nicht für sich behalten hatte?

Felicitas seufzte. Alle ihre Fragen führten zu nichts, denn es gab niemanden, der ihr eine Antwort geben konnte. Da war es auch kein Trost, dass in den Nachrichten die kleine Ecke in Mississippi niemals auftauchte, in der sie einige Monate ihres Lebens verbracht und ein Stück ihres Herzens zurückgelassen hatte. Nur Landon, den sie schmerzlich vermisste, wäre wohl in der Lage, diese Wissenslücken zu füllen.

Bei dem Gedanken an ihn schnürte es Felicitas die Luft ab. Er hatte ihr in den vergangenen zwölf Monaten dreimal eine Mitteilung zukommen lassen. Die erste, kurz nachdem sie bei den Norris' angekommen war. Gemeinsam mit Lisa, die ihren Verlobten verloren hatte, und Kerstin, die auf Christophers Rückkehr gewartet hatte, war sie bei Reena zu Gast. Diese schätzte in der schweren Zeit nach dem Tod ihres Sohnes die Anwesenheit der drei jungen Deutschen sehr.

In dem knapp gehaltenen Brief hatte Landon ihr mitgeteilt, dass das Verfahren gegen den Klan eingeleitet worden war und dass man Steve und Sam sicherheitshalber in eine Klinik in einem anderen Bundesstaat verlegt hatte. Sein Brief endete mit der Frage, ob sie schon einen Entschluss gefasst habe. Allerdings hatte sie keine Möglichkeit gesehen, ihm eine Antwort zu geben, da ihr eine strenge Kontaktsperre auferlegt worden war, die auch ihn einschloss.

Inzwischen waren Kerstin und Christopher verheiratet und lebten in einem schmucken Holzhaus ganz in der Nähe des Sees, an dem das Haus der Familie Norris stand. Christopher war im Fort Sam Houston in San Antonio als Ausbilder für junge Piloten beschäftigt.

Die zweite, ebenso kurze Nachricht von Landon hatte sie kurz nach dem Attentat auf John F. Kennedy erreicht. An diesem Tag hatte der Nachtclubbesitzer Jack Ruby den des Mordes an Kennedy verdächtigten Lee Harvey Oswald in einem Parkhaus erschossen, obwohl der sich in Polizeigewahrsam befunden hatte. Landon hatte sich in Dallas inmitten eines chaotischen, nicht zu überblickenden Dramas wiedergefunden und Felicitas in seiner nicht mehr als drei Sätze umfassenden Mitteilung um Geduld gebeten.

Weihnachten und der Jahreswechsel kamen und gingen, ohne dass Felicitas etwas von Landon hörte. Schließlich bekam sie Ende April ein Telegramm, in dem er ebenso knapp wie zuvor mitteilte, dass Byron De La Beckwith, der Mörder des Bürgerrechtlers Medgar Evers, nach einem Verfahren mit ausschließlich männlichen und weißen Geschworenen nicht vor die Grand Jury zur Eröffnung einer öffentlichen Anklage geladen werden würde. De La Beckwith wurde weder rechtskräftig verurteilt noch freigesprochen. Das Verfahren gegen ihn wurde eingestellt.

Landon befürchtete einen ähnlichen Ausgang bei der noch anstehenden Verhandlung in Woodville und deutete an, dass Felicitas möglicherweise doch aussagen müsste. Die letzten Worte des Telegramms, das zuoberst auf ihrem kleinen Schreibtisch lag, lauteten: *Warte auf mich!* Seitdem hüllte Landon sich in Schweigen.

Auf Reenas und Kerstins Vorschlag, sie könnten sich ein wenig umhören und bestimmt etwas über Special Agent Landon Brown herausfinden, reagierte Felicitas ablehnend. Sie würde warten, bis Landon sich bei ihr meldete, falls er das wollte.

Die offenkundig um sie besorgte Reena bot ihr an, dass sie in das Gästehaus unten am Strand ziehen könne, was Felicitas ebenfalls dankend ablehnte. Sie wollte bis zum Ende des Sommers warten und dann entscheiden, wie sie ihr Leben gestalten würde. Erschwert wurde das allerdings durch ihre mittlerweile abgelaufene Aufenthaltsgenehmigung, was im Augenblick allerdings noch niemanden störte, da sie sich in Mississippi ja förmlich in Luft aufgelöst hatte. Doch nun war sie wieder eine Illegale, ein Nichts. Wie in ihren Kindheitstagen hielt sie sich versteckt, wenngleich sie diesmal nicht auf der Flucht vor der Obrigkeit war. Dennoch quälte es sie, nach einer zerrissenen Kindheit nun eine völlig unklare Zukunft vor sich liegen zu haben. Wie lange dieser Zustand wohl noch andauern würde?

Pauline, die rundliche ältere Haushälterin der Familie Norris, öffnete die Terrassentür. „Entschuldigen Sie bitte, aber da ist ein Herr am Telefon. Er verlangt, Miss Jecklin zu sprechen."

Felicitas' Herzschlag beschleunigte sich, und sie spürte, wie ein aufgeregtes, vorfreudiges Kribbeln durch ihren Körper wanderte. Ob das endlich Landon war? Befand er sich womöglich ganz in der Nähe?

„Ich habe nicht verraten, ob ich Miss Jecklin kenne, da mir der Name des Mannes fremd ist."

Der mitleidige Blick aus Paulines Augen jagte Felicitas einen kalten Schauer über den Rücken. Enttäuscht ließ sie sich an die Stuhllehne zurücksinken. Der Anrufer war nicht Landon. Aber wer wusste sonst von ihrem Aufenthaltsort? Sein Vorgesetzter, Roger Neill? Plötzlich durchfuhr sie ein furchtbarer Gedanke: Weshalb sollte Neill sie anrufen, es sei denn, Landon war etwas zugestoßen!

Kerstin ergriff Felicitas' Hand und drückte sie fest, wobei sie ihr zuraunte: „Ihm ist sicher nichts passiert. Der Anruf hat einen anderen Grund, ganz bestimmt!"

Felicitas lächelte schwach über den gut gemeinten Versuch der Freundin, sie zu beruhigen, vermied dabei aber einen Blick auf Lisa.

„Ich gehe ran!", beschloss Reena. Sie verschwand in ihrem Haus, kam aber bald zurück und streckte Felicitas ein gefaltetes Notizblatt entgegen. „Es war Steve Cartier!"

„Steve?" Felicitas jubelte erfreut auf.

„Er sagte, du sollst bitte im Laufe des Tages in die Innenstadt kommen. Ich habe dir den Straßennamen und die Nummer aufgeschrieben, wo er dich treffen will."

Verblüfft nahm Felicitas den Zettel in die Hand und betrachtete Reenas schöne Handschrift. „Steve ist in Texas? Hier in der Stadt?"

„Woher sollen wir wissen, dass er es wirklich ist?", hakte Kerstin skeptisch nach. Die Erlebnisse ihrer Freundin in Mississippi waren für sie immer noch als eine Mischung aus unguten Erinnerungen und sich nahezu fantastisch anhörenden Geschichten präsent. Offenbar befürchtete Kerstin, dass jemand Felicitas mundtot machen wollte.

„Er nannte Felicitas ‚Tess'. Ich glaube nicht, dass das viele Menschen tun. Und er hat wohl mit einem gewissen Misstrauen gerechnet und bat mich, dir Folgendes auszurichten ..."

Gespannt sah Felicitas zu Reena, die sich wieder auf ihrem Stuhl niederließ. „Landon Brown habe ihm von der Nummer 19 erzählt. Und von 9493."

„Er ist es tatsächlich!" Felicitas brachte nicht mehr als ein Flüstern zustande.

„Was bedeuten die Zahlen?", fragte Lisa.

„Im Spind Nummer 19 hatte ich die Negative versteckt. Das Zahlenschloss hatte ich in Virginias Haus gefunden, es hat die Nummer 9493. Außer mir wusste das nur Landon."

„Willst du gleich los?" Kerstin betrachtete kritisch die flimmernde Luft über der Bluebonnet-Wiese.

„Ich gehe, sobald es abgekühlt hat", beschloss Felicitas und schenkte sich Eistee nach. Sie trank zwei Schlucke und erhob sich dann. „Denkt ihr nicht auch, dass es bereits merklich kühler geworden ist?"

Die drei Frauen am Tisch pflichteten ihr lachend bei.

~

„Hier oben bringe ich ein Leuchtschild mit der Aufschrift *Steve's* an. Und jetzt komm mit rein!", forderte der vor Begeisterung förmlich übersprudelnde Steve Felicitas auf und zog sie hinter sich her. Die Stühle und Tische der ehemaligen Kneipe waren mit löchrigen Planen abgedeckt, auf denen dicker Staub lag. An der Frontseite des Tresens hingen unzählige Spinnweben.

„Die solltest du vielleicht woanders hinhängen", schlug Felicitas vor.

Noch immer war es für sie unbegreiflich, weshalb es Steve ausgerechnet in diese Stadt verschlagen hatte. Gut, er hatte ihr gesagt, dass Landon ihm verraten hatte, wo sie sich aufhielt, doch war das ein Grund, ebenfalls in eine beschauliche Kleinstadt nach Texas zu ziehen, um dort ein neues Café zu eröffnen?

„Was hältst du davon, wenn wir neben den Sandwiches, dem Barbecue und deinen genialen Salaten auch deutsche Küche anbieten? Ich könnte versuchen, Lily zu überreden, hierher zu ziehen. Natürlich erst, wenn mein Café floriert und ich sie anständig bezahlen kann."

„Steve …"

„Und jetzt kommt das Beste." Der Wirt ergriff sie wieder bei der Hand und zog sie in einen Nebenraum. Dieser hatte eine eigene Eingangstür in die Seitenstraße und war vollkommen leer. „Sieh es dir an! Das ideale Ambiente für eine begnadete Fotografin!"

Er seufzte theatralisch auf und ließ sie los. Mit flinken Bewegungen schloss er die in bunte Glasscheiben unterteilte Tür auf. Eine leise Glocke ertönte, als sie aufschwang. „Die einzige Bedingung ist: keine Fotografien von Menschen, die weiße Kapuzen tragen!"

Ihr Lachen erfüllte den angenehm hellen Raum. Die Vorstellung, hier ein Fotostudio zu eröffnen, gefiel ihr.

„Wie geht es Lily, Steve? Und den anderen?", gelang es Felicitas zu fragen, als Steve endlich einmal Luft holte.

„Allen geht es gut. Es gab keine Angriffe auf sie, falls du das befürchtet haben solltest. Es ist sehr ruhig in der Stadt geworden, die Menschen lecken noch immer ihre Wunden. Pastor Finch donnert von der Kanzel seine neu entdeckten Themen wie *Liebe deinen Nächsten* und *Alle Menschen sind vor Gott gleich.* Es gibt viele Stimmen, die ihm recht geben, bisher jedoch geschwiegen haben. Die Größte aber ist Emmy Phillips. Sie fährt einmal in der Woche ins Dorf hinaus, unterrichtet die Kinder und hilft, wo sie helfen kann. Die Renovierung ihres Hauses hat sie weit hintenangestellt. Jedem, der sie auf ihr Tun anspricht, erzählt sie, dass sie zu verhindern versuche, dass sich ein Sommer wie der 1963 wiederholt. Niemand wagt es, ihr zu widersprechen."

„Das ist gut", seufzte Felicitas und fühlte die Bewunderung für Emmy, die so viel Liebe und Aufmerksamkeit verschenkte, wie einen angenehm lauen Sommerregen in ihr Herz fallen.

„Abner und Viola haben einen gesunden Sohn. Birdie ist die stolzeste Urgroßmutter, die du dir vorstellen kannst. Sie nennt ihn Together, obwohl er eigentlich Lucas heißt. Und jetzt schau hier!", fuhr Steve fort und zog eine schmale Tür auf, die Felicitas' Aufmerksamkeit bisher entgangen war, da sie sich nahezu perfekt in das in hellem Blau gestrichene Holzpaneel an der Wand einfügte. Dahinter verbarg sich ein fensterloser Raum, der früher vermutlich als Vorratskammer gedient hatte. „Deine Dunkelkammer!"

„Steve, ich habe noch eine Menge Schulden bei dir."

„Nicht mehr. Ich glaube, Landon hat einigen Leuten beim FBI ein mächtig schlechtes Gewissen eingeredet. Immerhin ist dir übel mitgespielt worden."

„Und jetzt versucht er, seine Mitschuld daran wettzumachen?“, brach es aus ihr heraus.

Steve kratzte sich am Hinterkopf, sah einen Augenblick lang betreten drein und ergriff dann ihre Hände. „Ich schieße dir das Geld vor, und dafür arbeitest du wieder bei mir in der Küche und im Service. Na, was sagst du?“

„Das ist wirklich großzügig von dir, aber ich weiß noch nicht einmal, ob ich hierbleiben möchte.“ In Gedanken fügte sie hinzu, dass sie auch nicht wusste, was aus ihr und Landon werden würde – falls er sich jemals bei ihr melden sollte.

„Dass dir Entscheidungen schwerfallen, weiß ich ja. Deshalb dachte ich, ich stelle dich vor vollendete Tatsachen und du hast gar keine Chance, Nein zu sagen.“

„Ich denke darüber nach, in Ordnung?“

„Mach das!“, erwiderte Steve, grinste dabei aber so siegessicher, als wisse er bereits jetzt, wie ihre Entscheidung ausfallen würde.

Während Steve in seinem zukünftigen Café zurückblieb, schlenderte Felicitas durch die ruhigen Straßen der Stadt – die diese Bezeichnung auch verdiente –, vorbei an den gepflegten Vorgärten. Sie betrachtete die spielenden Kinder und ihre Mütter, die über den Zaun mit Nachbarinnen plauderten oder Wäsche aufhängten. Manche ignorierten sie, andere nickten ihr höflich zu.

Ein älterer Postbote kam ihr entgegen und begrüßte sie mit einem Kopfnicken. „Sie sind bei Mr und Mrs Norris zu Gast, nicht wahr?“

„Ja, das bin ich.“

„Das sind sehr nette Leute und so engagiert, was das Wohl der Stadt anbelangt. Traurig, das mit ihrem Sohn.“

Felicitas stimmte leise zu. Der Mann tippte sich grüßend an die Mütze und ging weiter seiner Arbeit nach.

Einige Minuten später erreichte sie den Pfad, der sie durch ein kleines Waldstück an den See brachte. Beim Anblick des grünen Wassers, auf dem sich der Widerschein der Sonne wie ein weißer Schleier bis zu ihr ans Ufer Bahn brach, blieb sie stehen. Ihr gefiel der See, der sich in mehreren Windungen zwischen bewaldeten Hügeln und schroffen Sandsteinfelsen hindurchschlängelte, bevor er sich in einen rauschenden Fluss verwandelte. Nur wenige Häuser standen am Ufer, ansonsten war der See von Wald, vereinzelten Lichtungen und einem schmalen

Sandstreifen umgeben, auf dem frühmorgens häufig Angler anzutreffen waren.

Felicitas schlenderte auf das Anwesen der Familie Norris zu, das inmitten der fünf anderen Ufergrundstücke lag. Das letzte Haus stand etwas abseits auf einer in den See hineinreichenden Landzunge. Felicitas hatte es in den letzten Wochen oft dorthin gezogen, weil sie von der Lage des Gebäudes fasziniert war. Da der Vorbesitzer verstorben war und die Erben sich nicht darauf einigen konnten, was mit dem Haus geschehen sollte, war das kleine Schmuckstück dabei zu verfallen. Obwohl es einen ziemlich trostlosen Anblick bot, war Felicitas sofort begeistert davon gewesen. Es war zweistöckig, aus denselben braunen Steinen erbaut, auf denen es auch thronte, und besaß ein spitz zulaufendes Dach. Der Eingang befand sich auf einer Veranda in Richtung See, die auf hohen Holzstelzen stand, die den Höhenunterschied zwischen dem Felsen und dem tiefer gelegenen Sandstrand ausglichen.

Reena hatte auf Felicitas' Bitte hin die Erbengemeinschaft ausfindig gemacht, aber die Rückmeldung war enttäuschend ausgefallen. Das Grundstück war kurz vor Weihnachten verkauft worden. Gleich nach dem Jahreswechsel hatten die Renovierungsarbeiten begonnen. Felicitas seufzte. Dieses Haus hätte sie dazu bringen können, sich hier niederzulassen. Da es an jemand anderen verkauft worden war, hing ihr Entschluss in der Luft. Doch nun war Steve aufgetaucht. War das ein Zeichen des Himmels, dass sie sich hier das Zuhause schaffen sollte, das sie sich immer erträumt hatte? Sie könnte in das kleine Strandhaus ziehen, wie Reena es ihr angeboten hatte, oder eine Wohnung in der Stadt mieten.

Nachdenklich strich Felicitas sich eine Haarsträhne aus dem Gesicht, die der Wind sofort wieder zurückwehte. Sie mochte Steve sehr. Mit ihm zusammenzuarbeiten wäre sicher sehr angenehm. Aber war es der richtige Weg?

~

Felicitas erreichte das Norris-Grundstück und betrachtete die Wellen, die zischend über den Sand ausrollten. Ihr Glucksen erinnerte sie an den Fluss in Virginias Garten und rief erneut ein wehmütiges Gefühl in ihr wach.

„Wo steckst du, Landon?", fragte sie leise und blickte dabei auf den Kiefernwald in den gegenüberliegenden Hügeln. Die Bäume hatten diesem Teil des Landes ihren Namen gegeben: die Piney Woods-Area.

Ein lautes Bellen riss Felicitas aus ihren Überlegungen. Hier am See hielt niemand einen Hund. Neugierig schlenderte Felicitas am Strand entlang, vorbei an den beiden anderen Grundstücken. Sie passierte die in den See führenden Holzstege, an denen einige Ruder- und Segelboote vertäut lagen, die fröhlich auf den Wellen schaukelten.

Der Hund, den sie bellen gehört hatte, rannte rund hundert Meter von ihr entfernt aus dem Wasser und schüttelte sich heftig. Wassertropfen flogen in alle Richtungen. Felicitas lachte auf, und das Tier sah zu ihr hinüber. Im gleichen Moment gellte ein Pfiff über den Strand, sein Echo hallte mehrmals von den Hügeln und Felswänden wider. Vermutlich war inzwischen eine Familie mit Haustieren in das frisch renovierte Haus eingezogen, überlegte Felicitas und wandte sich ab, da sie nicht aufdringlich erscheinen wollte.

Allerdings hörte der Hund nicht auf den Pfiff seines Besitzers, sondern stürmte mit wild auffliegendem, zottigem Fell auf sie zu. Felicitas erschrak. Wollte der Hund sie anfallen? In diesem Augenblick erkannte sie ihn und öffnete sprachlos den Mund.

Big jagte mit flappenden Ohren herbei, sprang wie verrückt im Kreis um sie herum und versuchte nebenbei, ihr die Hände zu lecken. Zwischen Freude und Verblüffung beugte sie sich hinunter, kraulte ihm das struppige Fell und bemühte sich gleichzeitig, seine Zunge aus ihrem Gesicht fernzuhalten.

„Big! Wie kommst du denn hierher?“, fragte sie.

Als sie sich aufrichtete, entdeckte sie zwischen den äußeren Stützbalken der Veranda und dem grünen See eine Gestalt. Aufgrund der tief stehenden Sonne konnte sie nicht mehr als einen Schattenriss erkennen, der sich mit ausgestrecktem Arm an einem Balken abstützte und sie ungeniert beobachtete. Atemlos richtete Felicitas sich auf. Ihr Herz schlug noch schneller als vorhin, nachdem Pauline einen Anruf für sie angekündigt hatte. Bei dem Mann unter den Bäumen handelte es sich nicht um Steve. Das konnte sie eindeutig erkennen. Seine Statur war deutlich größer, breiter ...

Sie hob die Hände, um ihre Augen vor der Sonne zu schützen, konnte jedoch weiterhin nur eine schwarze Silhouette sehen. War Landon zu ihr zurückgekehrt, nun, da sie sich fast schon damit abgefunden hatte, ihn niemals wiederzusehen? Oder saß sie einer Täuschung, einem Wunschdenken ihres Herzens auf? Sie hob einen angeschwemmten Stock auf. „Kennst du das Spiel noch, Big?“, fragte sie. Ohne zu zögern schnappte der Hund nach dem Ast.

„Bring das zu Landon. Bring!“, feuerte sie ihn an. Mit gewaltigen Sätzen jagte Big über den Strand. Felicitas wartete nicht, bis er ihren Beobachter erreicht hatte. Eilig lief sie am Wasser entlang und blieb nur kurz stehen, um ihre hinderlichen Sandalen abzustreifen.

Landon kam ihr gemächlich entgegen, gerade so weit, dass die Sonne sein blondes Haar beschien und sie ihn zweifelsfrei erkennen konnte. Bei einigen abgerundeten Felsen, die annähernd gleich groß waren wie Felicitas, hielt sie inne, nachdem sie beinahe über einen kleineren Stein gestürzt wäre. Ihr Atem und ihr Herz arbeiteten um die Wette, doch sie schob beides weder auf die Hitze noch auf ihren schnellen Lauf. Landon war gekommen! Er stand auf der gegenüberliegenden Seite einer der Felsen und musterte sie intensiv. Unterdessen hatte sich Big mit heraushängender Zunge in den Schatten einer Kiefer gelegt.

„Tess“, sprach Landon sie an, und seine Stimme klang tiefer, als Felicitas dies je gehört hatte. War er ebenso aufgewühlt wie sie?

Sie ließ sich ausgiebig Zeit, ihn zu betrachten. Seine kantigen Gesichtszüge, die dunklen Augen, die nachlässige Rasur, der breite Oberkörper, über den sich ein weißes Hemd spannte – das alles war ihr nur zu vertraut, abgesehen von den unterhalb der Knie abgeschnittenen, ausgefransten Bluejeans. Dennoch fühlte sie eine zunehmende Beklemmung in sich aufsteigen. Der Umstand, dass sie sich knapp ein Jahr nicht gesehen hatten, forderte seinen Tribut. Er kam ihr – neben all dem Vertrauten – fremd vor. Sie wusste nicht, wie es ihm in den vergangenen Monaten ergangen war, genauso wenig, wie sie erahnen konnte, ob er noch etwas für sie empfand.

„Du bist nicht gerade ein begnadeter Briefeschreiber“, sagte sie in dem Versuch, eine Unterhaltung zu beginnen.

„Ich kann gar nicht schreiben!“, erwiderte er und zog in einer um Verzeihung bittenden Geste die Schultern hoch. „Als Entschuldigung dafür habe ich dir ein Geschenk mitgebracht.“

„Big?“

„Falsch.“

„Das beschwipste Eichhörnchen?“

„Nein, das hier!“ Er stellte den rechten Fuß auf einen kleineren Felsen, beugte sich auf ihre Seite herüber und streckte ihr einen schmalen, rechteckigen Gegenstand hin. Felicitas ergriff das Büchlein, und dabei berührten sich ihre Finger. Für einen Augenblick schloss sie die Augen, da ein prickelnder Schauer durch sie hindurchrieselte. Wie sehr hatte sie ihn vermisst!

Die junge Frau senkte den Kopf und betrachtete den Führerschein in ihrer Hand. Zögernd schlug sie ihn auf. Darin stand ihr Name, mehr nicht.

„Den Rest musst du zügig nachtragen lassen. Und ein Foto brauchst du noch. Er gilt hier als Identifikationspapier. Herzlich willkommen in den USA!"

„Ist der echt?", fragte sie halb ernst, halb belustigt.

„Er ist echt. So echt, Tess, wie ab sofort alles sein wird, was dich betrifft."

Schweigen senkte sich über sie. Ein Windstoß brachte die Bäume zum Rauschen und auf dem Wasser kräuselten sich winzige Wellen. Jenseits der grünen Hügel zuckte ein Blitz über den Himmel.

„Ich bekomme mein Leben zurück?"

„Soweit es möglich ist, ja."

„Was ist mit Birdie, Lily und den anderen? Wie geht es ihnen? Haben sie nach mir gefragt?"

Landon nickte. „Ich habe Briefe von ihnen an dich. Auch einen von Emmy Phillips."

„Mrs Phillips hat mir einen Brief geschrieben?"

„Es ist nur ein Zettel, den sie mir während der Verhandlung heimlich zugesteckt hat. Erst als ich ihn las, bemerkte ich, dass er eigentlich für dich bestimmt ist."

„Was schreibt sie?"

„Du kannst ihn gleich selbst lesen. Wusstest du, dass ihre Urgroßmutter Jüdin war?"

Felicitas schaute Landon mit großen Augen an. „Nein. Und das wird sie auch weiterhin für sich behalten!"

„Sie entschuldigt sich bei dir für alles, was dir angetan wurde."

„Ich mag sie sehr", flüsterte Felicitas und drehte sich dem Wasser zu. Ihre Gefühle für Landon wühlten sie ebenso stark auf wie ihre Sehnsucht nach diesen lieben Menschen. Eine Bewegung neben ihr ließ sie schnell den Kopf drehen. Landon war auf einen Felsen gesprungen und setzte sich hin.

„Der Prozess ist vorbei", informierte er sie mit nüchtern klingender Stimme.

„Ich glaube nicht, dass ich nach dem, was mit Medgar Evers' Mörder geschehen ist, etwas darüber hören möchte."

„Doch, das möchtest du."

„Also gut."

„Jo-Jo bekam drei Jahre. Die drei Farmer drei Jahre auf Bewährung, die beiden 12-jährigen Jungen müssen gemeinnützige Arbeit in Woodville leisten. Dan Fraser hat sie unter seine Fittiche genommen. Carbonne wurde freigesprochen."

„Geld, Einfluss und ein großer Arbeitgeber in der Region."

Landon schwieg zu ihrem Einwand, berichtete aber weiter: „Fred wurde aus Rücksicht auf sein Alter nicht verurteilt. Eine Anklage wegen Mordes an Virginia Tampico steht noch aus. Bill Phillips bekam vier, sein Sohn zwei Jahre. Walter ist im Gerichtssaal ausfällig geworden und hat den Richter beschimpft. Er hat sechseinhalb Jahre bekommen. Lemmon ist mit sechs Jahren angesichts seiner Position am besten weggekommen, seine Frau erhielt einen Freispruch. Für Simon steht noch ein Verfahren wegen Drogenschmuggels an. Übrigens: Adam Lee hat tatsächlich mit Drogen gehandelt. Carbonnes Sohn Montgomery sagte dies aus, wie auch einige andere Jungs. Adam Lee wurde von Simon beliefert, der Junge wollte wohl schnell zu Geld kommen …"

Felicitas verknotete die Finger hinter ihrem Rücken und schaute zu den dunklen Wolken hinauf, die der Wind über die Bergkette und den See trieb. Mehrmals blitzte es über den Hügeln. Was hatte Adam Lee sich nur dabei gedacht? War er sich der Tragweite seines Tuns nicht bewusst gewesen? Oder war der Wunsch nach einem besseren Leben, nach Wohlstand und Anerkennung wichtiger für ihn gewesen als sein Gewissen und die Familie?

Nur mühsam gelang es Felicitas, die Tränen zurückzuhalten. Armer Adam Lee. Zerrissen zwischen seinen Träumen und der Realität eines ärmlichen Lebens hatte er offenbar übersehen, was für einen Reichtum er in seiner Familie hatte. Und nun war er tot. Ebenso wie Bobby Charles. Das Kind hatte noch seine ganze Zukunft vor sich gehabt. Doch was für eine Zukunft? Hätte sie sich von der Adam Lees unterschieden?

Felicitas' Gedanken wanderten zu Abner, der schrecklich misshandelt worden war, und zu der kleinen Line, die ins Gesicht getreten worden war. Sie sah beide vor sich, als hätte sie diese erst gestern gesehen.

War das Urteil gerecht? Ungerecht? Felicitas atmete tief durch. Stand ihr denn ein Urteil zu? Sie hatte in ihrem Leben viele Fehler gemacht. Aus den meisten von ihnen hatte sie gelernt, und wie Birdie immer sagte, durften Fehler gemacht werden. Auch solche, wie die Menschen in dem Mississippi-Städtchen sie begangen hatten? Würden sie aus ihren Fehlern lernen und einen Weg finden, es beim nächsten Mal besser zu machen?

Eine scharfe Windbö schlug ihr gegen den Körper und wirbelte ihre Haare auf, die sie mit einem roten Haarband zurückgebunden hatte. Das warme Grün des Sees verwandelte sich in ein eigentümliches Blaugrau.

„Hier könnte es demnächst ungemütlich werden", brachte Landon sich in Erinnerung und sprang von dem Felsen, jedoch nicht auf ihre Seite. Sein Blick wanderte zum Strandhaus hinauf. „Ein hübsches Haus. Weißt du, wem es gehört?"

„Nein. Ich hatte mich erkundigt, ob es zu kaufen oder zu mieten sei. Leider war es zu diesem Zeitpunkt bereits verkauft."

„Schade, es hätte zu dir gepasst!" Landon ging an Big vorbei, tauchte unter den Zweigen der Kiefern hindurch und stieß mit dem Fuß prüfend an einen von Wind und Wetter dunkel verfärbten Stützbalken der Veranda. Unschlüssig darüber, was sie nun tun sollte, zumal Landon sich auffällig von ihr fernhielt und kein Wort über eine gemeinsame Zukunft verlauten ließ, umrundete Felicitas die Steine und trat neben ihn. Er lächelte auf sie herab, drehte sich aber sofort wieder von ihr weg, dem See zu.

„Am Ende des Stegs fehlt eine Plattform, findest du nicht auch?"

„Du kannst den Gedanken ja an den Eigentümer weitergeben."

Landon zuckte mit den Schultern, stieg auf die Holzplanken und schlenderte über den Steg. Felicitas sah ihm traurig nach. Landons Bemühen, Abstand zwischen ihnen aufrechtzuerhalten, schmerzte sie. Wollte er nichts mehr von einer gemeinsamen Zukunft wissen?

Die Bäume schüttelten sich mittlerweile laut rauschend im kräftigen Wind, als protestierten auch sie gegen die ihr zuteilwerdende Behandlung. Big stand auf, streckte sich und verschwand unter der Veranda, wo er sich gemütlich hinlegte, als gehöre er ebenso dorthin wie früher unter die Treppe beim Tampico-Haus.

Felicitas horchte auf. Spielte die Geräuschkulisse ihr einen Streich oder hatte sie soeben ein Wiehern gehört? Sie lauschte angestrengt und kniff dabei die Augen zu Schlitzen zusammen. Da war es wieder: eindeutig ein Wiehern. Verwirrt schaute sie zu Landon, der dem sich allmählich zu einem Sturm auswachsenden Wind trotzte.

Felicitas wandte sich vom Steg ab. Sie wollte zum Haus der Familie Norris zurückkehren, wenngleich ihr der Weg plötzlich unendlich lang und schwer vorkam, fast so, als ginge es steil bergauf. Aber bereits nach zwei großen Schritten entschied sie sich um. Sie eilte an den Verandastützbalken vorbei und erklomm den Hang neben dem Haus. Ein

Verdacht war in ihr gereift. Doch falls dieser sich nicht bestätigte, war sie entschlossen, diesen seltsamen Mann dem Sturm zu überlassen und zu gehen.

Hinter dem kurzen Anstieg zog sich eine mit Blumen übersäte Lichtung in den Wald hinein, die neuerdings von einem Holzzaun umgeben war. Auf ihr graste der Schecke aus Mississippi. Überwältigt biss sich Felicitas auf die Unterlippe und drehte sich zum Steg um. Landon stand weiterhin reglos dort draußen, ließ den Wind an seinem Hemd zerren und seine Haare zerwühlen.

Warum befand sich der Mustang hier? Es war ihr Wunsch gewesen, Virginias Reittier zu behalten, und Landon hatte ihr versprochen, es für sie möglich zu machen. Zudem hatte er gesagt, dass sich jemand um sie kümmern würde. Beinhaltete ein Bemühen um sie nicht nur ein Dokument, das ihr ein unbegrenztes Bleiberecht gewährte, und das Pferd, sondern auch ein Haus? Dieses Haus?

Ein anderer Gedanke schoss ihr durch den Kopf. Hatte Steve womöglich davon gewusst? Waren er und Landon gemeinsam angereist? Das alles war ein einziges Komplott!

Felicitas lachte fröhlich auf. Ein zweites Pferd trabte an die Seite des Schecken, und es überraschte Felicitas nicht mehr, Landons langbeinige Stute vor sich zu sehen. War damit auch eine andere und für sie weitaus wichtigere Frage geklärt?

Tiefe Freude breitete sich in ihr aus. Sie stürmte an der Hauswand entlang, gelangte auf die Veranda und polterte die Holzstufen hinunter. Als sie den Steg erreichte, flog sie förmlich auf Landon zu. Der bemerkte ihr Nahen und drehte sich um. Ein flegelhaft freches Grinsen begrüßte sie, und in seiner Hand, die er ihr entgegengestreckte, lag ein Schlüssel, den Felicitas jedoch ignorierte.

„Bedeutet dies hier das, was ich annehme?“, rief sie gegen das Brausen und Donnern der Wellen an.

„Du hast mich also endlich durchschaut? Ich dachte schon, ich muss ein zweites Jahr warten, bevor ich dich in die Arme schließen darf.“ Landon steckte den Hausschlüssel in die Hosentasche, ergriff sie an den Oberarmen und schob sie an den Rand des Bootssteges.

Felicitas’ Blick streifte über das aufgewühlte Wasser, das die freudige Euphorie in ihrem Inneren widerzuspiegeln schien. Der Wind blies ihr kraftvoll ins Gesicht, zerrte an ihrem Kleid und schob sie vor sich her, sodass sie gegen Landon gedrückt wurde. Dieser legte einen Arm um ihren Bauch, den anderen um ihre Schultern und kam dabei mit seinem

Mund aufregend dicht an ihr Ohr. „Das Haus gehört dir. Sieh es als Entschädigung und Entschuldigung einiger Menschen an, die einfach über einen Teil deines Lebens verfügt haben und die du möglicherweise nie kennenlernen wirst."

Die zunehmende Kraft des Windes presste Felicitas fester an Landon, und sie genoss seine Nähe, seine Wärme und den Halt, den er ihr bot.

„So viel kann ich dir als Entschuldigung nicht anbieten, Tess. Ich habe nur mich."

Sie drehte sich ein kleines bisschen in seinen Armen und hob ihr Gesicht an. „Mehr brauche ich nicht", erwiderte sie und hoffte, dass er sie über das Toben des Sturms und die gegen den Steg klatschenden Wellen verstanden hatte. Sein Kuss wischte alle Zweifel beiseite.

Epilog

05. Februar 1994

Landon wartete, bis die Horde Enkelkinder auf die vor einigen Jahren erneuerte und vergrößerte Holzveranda gestürmt war, bevor er das Haus betrat. Felicitas schaltete das Radio ab und drehte sich zu ihm um. In ihrem Gesicht spiegelte sich eine Mischung aus Trauer und Triumph.

„Es ist vorbei!“, sagte sie leise und betrachtete den Tortenheber in ihrer Hand, von dem Krümel auf den gefliesten Küchenboden fielen.

„Was ist vorbei?“, fragte Landon, während er einen Stapel Zeitungen anhob, da er darunter die gesuchten Unterlagen vermutete.

„Seit du nur noch als Ausbilder tätig bist, bekommst du nichts mehr von dem mit, was abseits dieses Fleckchens Erde und des Hoover-Buildings geschieht“, rügte Felicitas ihn.

Landon grinste vergnügt, ließ die Journale zurück auf die Ablage fallen, trat hinter sie und legte die Arme um ihre mittlerweile runde Taille. Sie lehnte sich mit dem Rücken an seinen noch immer durchtrainierten Körper und blickte aus dem Fenster. Auf der Veranda saßen ihre Freunde. Steve und Lily hielten unter dem Tisch Händchen wie ein jung verliebtes Paar. Ihnen gegenüber saß das Ehepaar Keating, wobei Christopher mit dem Rollstuhl viel Platz beanspruchte. Er hatte im Vietnamkrieg versucht, eine Gruppe Soldaten unter Feindbeschuss aus dem Dschungel zu evakuieren. Dabei war sein Helikopter abgeschossen worden, und Christopher hatte beide Beine verloren.

Lisa, die nie geheiratet und das Ehepaar Norris bis zu ihrem Tode versorgt hatte, schüttelte lachend ihre schwarze Haarpracht. Einige silberne Strähnen schimmerten unter den warmen Strahlen der abendlichen texanischen Sonne hell auf. Kerstins, Lilys und Felicitas' Enkelkinder liebten die moderne und fröhliche Frau und umschwirrten sie auch jetzt wie die Motten das Licht.

„Was ist vorbei, meine Liebe?“, raunte Landon ihr ins Ohr und brachte es fertig, ihr einen Schauer durch den Körper zu jagen.

Energisch befreite sie sich aus seinen Armen und wandte sich den Kuchenplatten zu. „Heute wurde Byron De La Beckwith endlich für den Mord an Medgar Evers verurteilt. Die Geschworenen waren Männer und Frauen, Schwarze wie Weiße und die Beweise stützten sich in der Hauptsache darauf, dass dieser Beckwith sich im Laufe der Zeit viel zu sicher gefühlt hat. Er hat anderen gegenüber mit dem Mord geprahlt! Die Ermordung Evers' ist mehr als dreißig Jahre her, doch der junge Anwalt und Evers' Witwe haben es geschafft, ihn endlich hinter Gitter zu bringen. Beckwith ist ein alter Mann. Ich vermute, er wird im Gefängnis sterben."

„Und, bist du jetzt zufrieden?"

Felicitas blickte über die Köpfe ihrer Freunde hinweg auf den spiegelnden See, die grünen Hänge und die Sandsteinfelsen, die das Gewässer säumten. „Zufrieden? Ich weiß es nicht. Es ist, als habe man über dreißig Jahre lang ein Buch offen liegen gehabt, ohne es zu Ende zu lesen. Jetzt sind die letzten Zeilen gelesen und man kann es getrost zuklappen."

„Ich hätte mit einem fotografischen Beispiel gerechnet, aber gut, ich habe es verstanden!", foppte Landon sie und stibitzte ein Stück Kuchen.

„Es gibt noch mehr solche Bücher. Kennedys Ermordung zum Beispiel oder –"

Landon legte ihr sanft den Zeigefinger auf die Lippen und rettete nebenbei mit der anderen Hand den gefährlich nahe an die Kante der Arbeitsfläche gerutschten Kuchen. „Du darfst in dieser Welt keine endgültige Gerechtigkeit erwarten, meine Liebe, die wirst du erst in der Ewigkeit finden."

„Wie gut, dass wir immer wieder einen kleinen Vorgeschmack erleben dürfen." Glücklich zwinkerte Felicitas Landon zu, ehe ihr Blick zurück zu den lachenden Kindern, den sich unterhaltenden Freunden und dann hinaus auf die Schönheiten der Landschaft vor ihrem Küchenfenster schweifte. Dieses Wissen hatte sie damals, als man sie noch Fitzi genannt hatte, am Leben erhalten, war ihr als Felicitas, als Feli und auch als Tess ein Trost gewesen und schenkte ihr heute die ruhige Gewissheit, von ihrem Lebensziel nicht mehr weit entfernt zu sein.

„ICH HABE EINEN TRAUM …!"
Martin Luther King

Historische Personen:

Byron De La **Beckwith** 09.11.1920 – 21.01.2001
(Ku-Klux-Klan-Mitglied und Mörder Evers')

Malcom **Browne** 17.04.1931 – 27.08.2012
(US-amerikanischer Journalist und Fotograf. Er erhielt mit seiner Fotografie des brennenden Mönches die Auszeichnung: WorldPressFoto des Jahres 1963)

Ngo Dinh **Diem** 03.01.1901 – 02.11.1963
(Präsident der Republik Südvietnam, mehr s. u.)

Thich Quang **Duc** 1897 – 11.06.1963
(Buddhistischer Mönch, der sich 1963 aus Protest gegen die Regierung in Saigon selbst verbrannte)

Medgar Wiley **Evers** 02.07.1925 – 12.06.1963
(Bürgerrechtsaktivist aus Mississippi)

J. Edgar **Hoover** 01.01.1895 – 02.05.1972
(FBI-Direktor von 1924 – 1972)

Mahalia **Jackson** 26.10.1911 – 27.01.1972
(Gospelsängerin)

John F. **Kennedy** 29.05.1917 – 22.11.1963
(35. Präsident der USA)

Martin Luther **King Jr** 15.01.1929 – 04.04.1968
(Bürgerrechtsaktivist, Baptistenpastor, mehr s.u.)

Henry Cabot **Lodge Jr** 05.07.1902 – 27.02.1985
(US-Botschafter in Südvietnam bis 1963)

Frederick **Nolting** 24.08.1911 – 14.12.1989
(US-Botschafter in Südvietnam ab 1963)

Lee Harvey **Oswald** 18.10.1939 – 24.11.1963
(Gilt als Mörder John F. Kennedys)

Jack **Ruby** 25.03.1911 – 03.01.1967
(Eigentlich: Jacob Rubenstein; erschoss Lee Harvey Oswald)

Ngo Dinh Diem und Vietnam im Jahr 1963

Ngo Dinh Diem, der erste Präsident der Republik Südvietnam, war ein glühender Nationalist und Antikommunist – dazu Katholik und somit einer Minderheit angehörend. Sein Regierungsstil war autoritär und brutal.

Bereits 1956, also lange vor Beginn des Vietnamkrieges, befanden sich Einheiten der Green Berets (US-Streitkräfte) in Südvietnam. Sie waren zu Ausbildungs- und Beratungszwecken in dem westlich, (pseudo-)demokratisch geführten Land und sollten zudem eine Infiltration durch die Anhänger des kommunistischen Nordens (Vietcong) verhindern.

1963 wurden angesichts der zunehmenden Unruhen im Land drei weitere Special Forces Groups aufgestellt und nach Südvietnam verlegt. Somit hielten sich über 16.000 US-Soldaten in Südvietnam auf, wodurch ihr Einsatz kaum mehr als Beratungs- und Ausbildungsphase bezeichnet werden konnte. (Diese endete ohnehin 1964 mit dem Tonkin-Zwischenfall, der als Auslöser für den 1965 beginnenden 2. Indochinakrieg gilt.)

Anmerkungen der Autorin: Die ausufernde Prostitution (die jungen Vietnamesinnen/Vietnamesen wurden wegen ihrer Armut meist von Vätern oder Brüdern zur Prostitution gedrängt) und der exzessive Drogenkonsum während des Vietnamkrieges wie auch der (private) Drogenhandel mit der Heimat werden im Roman zeitlich etwas „vorgezogen“, wobei beides sicher auch schon während der oben beschriebenen Beratungsphase vorkam. Der organisierte Drogenhandel, wie er im Roman erzählt wird, ist Fiktion.

Um den Rahmen des Romans nicht mit historischen Hintergrundfakten zu sprengen, sind die Ursachen des Vietnamkrieges nur oberflächlich angerissen.

Obwohl der Roman in den 60er-Jahren des vergangenen Jahrhunderts spielt, spiegelt er doch Themen (Integration, Rassenfeindlichkeit etc.) wider, die uns auch heute wieder sehr beschäftigen.

Martin Luther Kings Kampf um Gleichberechtigung

King initiierte 1956 in Montgomery, Alabama einen Bus-Boykott der schwarzen Bevölkerung. Damit begann eine neue Ära des passiven Widerstandes, um eine Verbesserung der Lebensbedingungen der Schwarzen in den Vereinigten Staaten zu erwirken. Weitere Boykottierungen von Geschäften, Buslinien und öffentlichen Einrichtungen durch die Schwarzen – mit dem Ziel, die Rassentrennung endgültig aufzuheben – folgten und erlangten internationales Aufsehen. Ab 1962 wurden friedliche Aufmärsche organisiert.

Ein Jahr später forderte King in Birmingham, Alabama, auf, 40 Tage lang zu demonstrieren. Dies führt zu Verhaftungen von ca. 2500 Menschen, einschließlich ihm selbst. Die größte Demonstration, die in die Geschichte einging, ist der Washington-Marsch am 28.08.1963, bei dem mehr als 250.000 Demonstranten für ihre Rechte bzw. für die Rechte der Schwarzen eintraten.

King erhielt im Jahr 1964 den Friedensnobelpreis. Am 4. April 1968 wurde er auf dem Balkon eines Hotels in Memphis, Tennessee, erschossen.

Seine offenbar nicht regulär verfasste Doktorarbeit und diverse Verschwörungstheorien um seine Ermordung sorgten noch Jahre nach seinem Tod für Aufsehen.

Danke

Mein Dank gilt wie immer dem gesamten Team von Gerth Medien und damit auch denjenigen, die ich noch nie persönlich getroffen habe, und den fleißigen Testleserinnen Karen Hauck, Solveig Strutzke, Beate Lange-Alber und Annette Reif.

Für die Hilfe bei der Recherche sage ich herzlich Danke an meine Autorenkollegin Stefanie Ross und an die Autorenvereinigung DELIA, die den Kontakt und den Austausch mit vielen wunderbaren Kollegen und Kolleginnen erst möglich macht.

Ein weiteres Dankeschön geht an Stephanie Knoblich-Flentje, die mir bei vielen kniffligen Recherchefragen zur Seite gestanden hat, und im Besonderen an meine Familie, die mich immer wunderbar unterstützt, sei es beim Schreibprozess, bei der Recherche oder in den Überarbeitungsphasen.

Nicht vergessen möchte ich BloggerInnen, BuchhändlerInnen, LesungsveranstalterInnen und – allen voran Sie, die Leser und Leserinnen. Vielen Dank, dass Sie mir so treu von einer Geschichte in die andere folgen, von einem Schauplatz zum nächsten und bei vielen „Zeitsprüngen"!

Anhang

1 Textausschnitte aus der berühmtesten Rede von Martin Luther King Jr. vom 28. August 1963, Washington D.C.

2 Special Forces, auch Airborne oder nach ihren grünen Baretts Green Berets genannt, sind ein luftlandefähiges Sondereinsatzkommando der Vereinigten Staaten und somit eine Spezialeinheit. Für sie begann der Vietnamkonflikt bereits im Jahr 1957, da Kennedy sie als Berater und als militärische Ausbilder nach Südvietnam entsandte.

3 Kurzform der landessprachlichen Bezeichnung für „Vietnamesischer Kommunist". Umgangssprachlich gebraucht für eine Guerillaorganisation, die unter dem offiziellen Namen „Nationale Front für die Befreiung Südvietnams" den bewaffneten Widerstand gegen die Regierung und die sie unterstützenden Armeen führte.

4 22.00 Uhr.

5 Leichter Mehrzweckhubschrauber. Offizielle Bezeichnung: Bell UH-1 Iroquois.

6 Aus Mais hergestellte Speise, ähnlich eines Grießbreis.

7 Während der NS-Regierung SS-Junkerschule, nach dem Krieg bis zum Abzug 1991 Europäischer Stützpunkt der Special Forces Einheit und Ingenieursschule.

8 William Tecumseh Sherman (1820 – 1891), Nordstaatengeneral im Sezessionskrieg. Nach der Einnahme Atlantas ging sein „Marsch zum Meer" in die Geschichte ein. Seine Philosophie der „Verbrannten Erde" machte ihn zum meistgehassten Menschen in den Südstaaten.

9 Café.

10 Diese hatten dazu geführt, dass aus dem Gebiet ein von den Franzosen unterstütztes japanisches Protektorat entstand, weshalb die vietnamesische Bevölkerung fortan von zwei Ländern ausgebeutet wurde. Nach dem Zweiten Weltkrieg und der Potsdamer Konferenz fiel das Land in den britischen Einflussbereich. Da Frankreich seine Kolonie nicht hatte aufgeben wollen, hatten sie in Südvietnam erneut ein koloniales Regime errichtet und wollten anschließend auch den Norden wieder für sich einnehmen. Es kam zu blutigen Kämpfen,

wodurch der Erste Indochinakrieg (Der Zweite Indochinakrieg ist vielmehr unter dem Begriff „Vietnamkrieg“ bekannt) entfacht wurde und sehr bald in den Sog des Kalten Krieges geriet.

11 von 1802 – 1945 Hauptstadt Vietnams.

12 National Association for the Advancement of Colored People (Nationale Vereinigung für die Förderung Farbiger).

13 Militärpolizei.

14 Vietnamesisch für „halt“.

15 Criminal Investigation Division, untersteht dem Criminal Investigation Comand, Militärverfolgungsbehörde der US-Army.

16 Verteidigungsminister (1962 – 1968) Robert Strange McNamara.

17 Latein: Freiheit den Unterdrückten, das Motto der Special Forces Einheiten.

18 Stadt im Südosten von Vietnam, während des Krieges Versorgungsstützpunkt der US-Truppen und Stützpunkt der australischen Armee.

19 Herrlicher Strand im Nordosten von Vietnam, Urlaubsparadies für die US-Soldaten.

20 Robert E. Lee (1807 – 1870), Oberbefehlshaber der Konföderierten Armee im Sezessionskrieg.

21 „Weiße-Bürger-Rat“, eine Organisation, die 1954 gegründet wurde. Ihre ca. 60.000 Mitglieder, größtenteils aus dem Süden, widersetzten sich der Rassenintegration. In den 1970ern schwand der Einfluss der Gruppe. Nachfolgeorganisation: Council of Conservative Citizens, gegründet 1988.

22 9.00 Uhr morgens.

23 mardi gras: franz. „fetter Dienstag“, Faschingsdienstag. In New Orleans groß gefeiert.

24 Veränderung der Anstellwinkel von Rotorblättern.

25 Giftnatter.

26 Armee der Republik Vietnam (Südvietnam).

27 Schwebeflug.

28 Rangbezeichnung innerhalb des Ku-Klux-Klan.

29 Judge Advocate General's Corps, oberste Justitzinstanz der US-Streitkräfte.

30 1970 richtete das FBI das heute noch bestehende Zeugenschutzprogramm ein, das inzwischen jedoch vom US-Marshalls Service betreut wird. Der Ursprung dieser Einrichtung stammt aus dem Jahr 1871 (Ku-Klux-Klan-Act) zum Schutz der Zeugen gegen den Klan.

Der Verlag weist ausdrücklich darauf hin, dass im Text enthaltene externe Links nur bis zum Zeitpunkt der Buchveröffentlichung eingesehen werden konnten. Auf spätere Veränderungen hat der Verlag keinerlei Einfluss. Eine Haftung des Verlags für externe Links ist stets ausgeschlossen.

MIX
Papier aus verantwortungsvollen Quellen
FSC® C014496

1. Auflage März 2018
2. Auflage September 2018
Bestell-Nr. 817460
ISBN 978-3-95734-460-1

Umschlaggestaltung: Hanni Plato
Umschlagfoto: Getty Images, Edwin Remsberg
Satz: Verlagsservice Apel, Wietze
Druck und Verarbeitung: GGP Media GmbH, Pößneck
Printed in Germany

www.gerth.de